suhrkamp taschenbuch 2436

Guillermo Cabrera Infante, 1929 in Gibera auf Kuba geboren, lebt heute in London. 1987 erschien im Insel Verlag *Rauchzeichen*.

»Ein-Bilder- & Wörterrätsel schönsten und reichsten Ausmaßes, das dem Leser anheimstellt, wie er sich in diesem tropischen Regenwald der Sprache zurechtfindet. Danken wir dem Verlag ..., daß wir Guillermo Cabrera Infante mit Pauken & Trompeten auf deutsch begrüßen können«, so *Wolfram Schütte* in der *Frankfurter Rundschau.*

Nacht in der Karibik, großstädtische Amüsierwelt, Havanna im Jahr 1958, vor der Revolution. Drei traurige Tiger (oder sind es vier) tigern durch den Dschungel aus nächtlichen Straßen, Bars, Nachtclubs, very-late-shows, Absteigen. In einer endlosen Nacht des Herumstreifens reden und reden sie, hören, sehen und riechen schwarze und noch schwärzere Sängerinnen, schauen »Revuefleisch«, gabeln Nachtvögelchen auf, lecken ihre eigenen Wunden. Eine ganze – längst vergangene – Welt wirbelt zu wechselnden sprachfarbigen, komischen, traurigen, erotischen, kopfjonglierenden kaleidoskopischen Mustern. Die *Neue Zürcher Zeitung* wertet: »Einer der wichtigsten Romane der zeitgenössischen Erzählkunst.«

Guillermo Cabrera Infante
Drei traurige Tiger

Roman

Aus dem kubanischen Spanisch
von Wilfried Böhringer

Suhrkamp

Die Originalausgabe erschien 1967 unter dem Titel
Tres tristes tigres bei Editorial Seix Barral, S.A., Barcelona
Umschlagfoto: Stephan Erfurt

suhrkamp taschenbuch 2436
Erste Auflage 1995

Druck: Ebner Ulm · Printed in Germany
Umschlag nach Entwürfen von
Willy Fleckhaus und Rolf Staudt

1 2 3 4 5 6 – 00 99 98 97 96 95

Für Miriam,
der dieses Buch sehr viel mehr verdankt,
als es den Anschein hat.

ANMERKUNG

Die Figuren sind, obwohl sie auf reale Personen zurückgehen, fiktionale Geschöpfe. Alle im Buch erwähnten Eigennamen sind als Pseudonyme zu betrachten. Die Fakten sind zwar manchmal der Realität entnommen, werden dann aber immer als imaginär behandelt.
Jede Ähnlichkeit zwischen Literatur und Geschichte ist zufällig.

HINWEIS

Dieses Buch ist auf kubanisch geschrieben. Das heißt, in den verschiedenen Dialekten des Spanischen, die in Kuba gesprochen werden, und die Schrift ist lediglich ein Versuch, die menschliche Stimme sozusagen im Flug zu erhaschen. Die verschiedenen Formen des Kubanischen verschmelzen, wie ich glaube, zu einer einzigen literarischen Sprache. Dennoch ist der vorherrschende Akzent die Redeweise der Einwohner Havannas, und insbesondere der nächtliche Jargon, der, wie in allen großen Städten, etwas von einer Geheimsprache hat.
Die Rekonstruktion war nicht einfach, und manche Seiten sollte man eher hören als lesen, und es wäre auch gar keine schlechte Idee, sie laut zu lesen. Abschließend möchte ich mir die folgende Bemerkung Mark Twains zu eigen machen:

»Ich gebe diese Erläuterungen aus dem einfachen Grund, daß ohne sie viele Leser annehmen würden, alle Personen versuchten gleich zu reden, ohne dies aber zustande zu bringen.«

GCI

»Und sie versuchte sich vorzustellen, wie eine Kerzenflamme aussieht, nachdem sie ausgegangen ist.«

Lewis Carroll

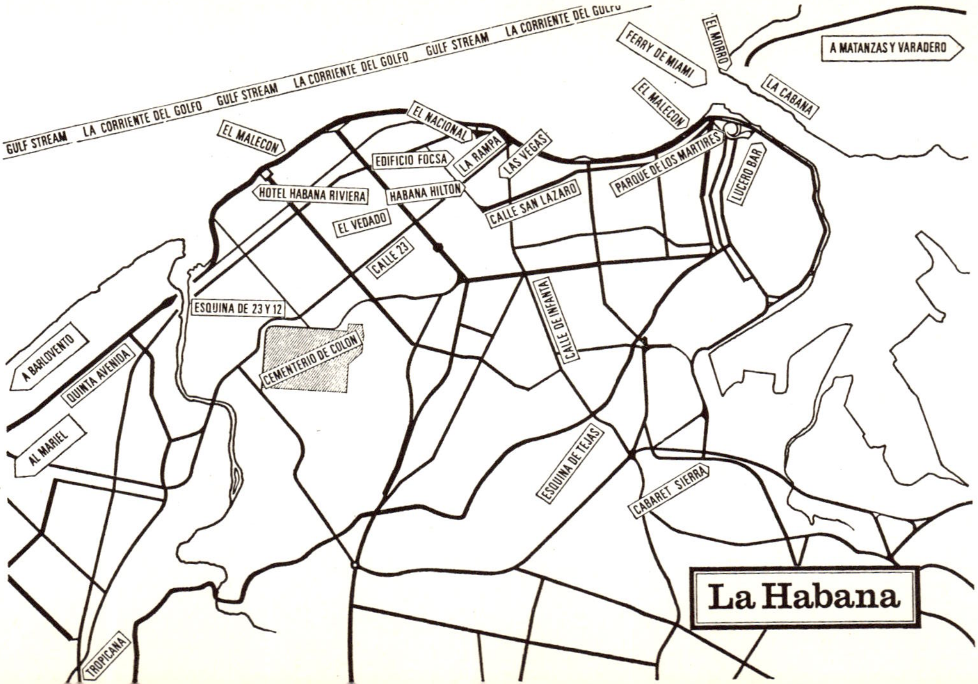
La Habana
A MATANZAS Y VARADERO
LA CABANA
EL MORRO
FERRY DE MIAMI
EL MALECON
GULF STREAM LA CORRIENTE DEL GOLFO GULF STREAM LA CORRIENTE DEL GOLFO GULF STREAM LA CORRIENTE DEL GOLFO
EL MALECON
EL NACIONAL
EDIFICIO FOCSA
LA RAMPA
LAS VEGAS
PARQUE DE LOS MARTIRES
LUCERO BAR
HOTEL HABANA RIVIERA
HABANA HILTON
CALLE SAN LAZARO
EL VEDADO
CALLE 23
CALLE DE INFANTA
ESQUINA DE 23 Y 12
CEMENTERIO DE COLON
A BARLOVENTO
QUINTA AVENIDA
AL MARIEL
ESQUINA DE TEJAS
CABARET SIERRA
TROPICANA

Prolog

Showtime! Meine Damen und Herren. *Ladies and gentlemen.* Einen *wunder*schönen Abend Ihnen allen, meine Damen und Herren. *Good-evening, ladies & gentlemen. Tropicana,* der FABELhafteste Nachtclub der Welt ... *»Tropicana«, the most fabulous nightclub in the* WORLD ... präsentiert ... *presents* ... seine *neue* Revue ... *its new show* ... in der Künstler von kontinentalem Ruhm ... *where performers of continental fame* ... Sie alle mitnehmen werden ... *will take you all* ... *to the wonderful world of supernatural beauty of the Tropics* ... in die wunderbare, außergewöhnliche und herrliche Welt der Tropen ... Die Tropenwelt für *Sie,* liebe Landsleute ... Die Tropen im Tropicana! *In the marvelous production of our Rodney the Great* ... In der grandiosen, wunderbaren Produktion unseres GROSSEN RODERICO NEYRA! ... *»Going to Brazil«* ... Mit dem Titel *Komm mit mir nach Brasilien* ... Pararam pampam, pararam pampam, parampampam ... *Brazuil terra dschi nostra felitschidade* ... *That was Brezill for you, ladies and gentlemen. That is, my very, very particular version of it!* Brasilien, meine Damen und Herren, die Sie mir heute abend zuhören. Das heißt, *meine* Version von *Brazil,* dem Land von Carmen Miranda und Joe *Carioca.* Aber ... Brasilien, liebe Gäste, die Sie hier in dieses Kolosseum des Vergnügens und der Heiterkeit und des Glücks gekommen sind! Brasilien, jetzt und immerdar, das ewige Brasilien, liebenswerte, hochgeschätzte Besucher unseres Forum Romanum des Gesangs und des Tanzes und der Liebe bei schummriger Beleuchtung! *Ouh, ouh, ouh. My apologies!* ... Herzallerliebstes Publikum, Volk Kubas, dieses *aller*schönsten Landes, das Menschenaugen je geschaut, wie schon der Entdecker Colón sagte (nicht der Colón von Colón, Castillo y Campanario, unseren allseits bekannten Bankrotteuren, nein ... Hahahahaaa. Sondern Cristóbal Colón, der mit den Karavellen!) ... Liebes Volk, liebes Publikum, liebe Gäste, entschuldigen Sie mich für einen Augenblick, während ich mich in der Sprache *Scheckspeares, in English,* an die erlesenen Besucher wende, die *bis zum allerletzten Platz* diese Hochburg der Liebe und der Lebensfreude füllen. Ich möchte mich, wenn es mir die sprichwörtliche Liebenswürdigkeit des hochverehrten kubanischen Publikums erlaubt, an unsere RIIIIEsige amerikanische Besucherschar wenden: an die ehrenwerten und strahlenden Touristen, die das Land der *gay senyoritaes and brave caballerros* besuchen... *For your exclusive pleasure, ladies and gentlemen, our Good Neighbours, you that are now in Cuba, the most beautiful land human eyes have ever seen, as Christofry Colombus, The Discoverer, said once, you, hap-py visitors, are once and for all, welcome. WelCOME to Cuba! All of you... be* WELL*come! Bienvenidos, as we say in our romantic language, the language of colonizadors and toreros (bullfighters) and very, very, but verry (I know what I say) beautiful duennas. I know that you are here to sunbathe and seabathe and sweatbathe Ha ha ha... My excuses, thousand of apologies for You-There that are freezing in this cold of the rich, that sometimes is the chill of our coolness and the sneeze of our colds: the Air Conditioned, I mean. For you as for everyone here, it's time to get warm and that will be with our coming show. In fact, to many of you it will mean heat! And I mean, with my apologies to the very, very oldfashioned ladies in the audience, I mean, Heat. And when, ladies and gentlemen, I mean heat – it's* HEAT! Geschätztes, hochgeschätztes, über alles geschätztes Publikum: und nun für Sie eine literarische Übersetzung. Ich habe eben zu meinen amerikanischen Freunden gesagt, zu den guten Nachbarn aus dem Norden, die uns hier besuchen, meine Damen und Herren, habe ich gesagt, Herren und Damen, Señoras und Señoritas und... Señoritos, denn heute abend ist alles vertreten... Ich habe also zu unseren liebenswerten Gästen aus dem Norden gesagt, daß bald, sehr bald, in einigen Sekunden, dieser Vorhang aus Silber und Goldlamé, der die weltberühmte Bühne des Tropicana ziert – des luxuriösesten Nachtclubs der Welt! –, ich habe also zu ihnen gesagt, daß die überdachte Winterkälte dieser tropischen Sommernacht, Eis der Tropen unter den Kristallgewölben des Tropicana . . . (Schön hab ich das gesagt, nicht? Gött-lich!), daß diese Kälte der Reichen, die Kälte unserer klimatisierten Räumlichkeiten, sehr bald dahinschmelzen wird durch die Hitze und den Pfeffer unserer ersten großen Show des Abends, sobald sich dieser Vorhang aus Gold und Silber öffnet. Zuvor jedoch möchte ich, mit der Erlaubnis des liebenswerten Publikums, einige alte Freunde dieses Palastes der Fröhlichkeit begrüßen . . . *Ladies and gentlemen tonight we are honored by one famous and lovely and talented guest . . . The gorgeous, beautious famous film-star, madmuasel Martín Carol! Lights, Lights! Miss Carol!, will you please? . . . Thank you, thank you so much Miss Carol! As they say in your language, Merdsí bocú!* (Wiesiegesehenhabenliebenswertegästeweiltunteruns-dergroßeleinwandstardiehinreißendschöne *Martín Caroll!*) . . . *Less beautiful but as rich and as famous is our very good friend and frequent guest of Tropicana, the wealthy and healthy (he is an early-riser) Mr. William Campbell, the notorious soup-fortune heir and World champion of indoor golf and indoor tennis (and other not so mentionable indoor sports-Hahahahaa), William Campbell, our favorite play-boy! Lights (Thankyou, Mr. Campbell), Lights, Lights! Thanks so much, Mr. Campbell, Thank-you very much!* (Liebenswertesundgeduldigeskubanischespublikum es ist Mister Campbellderberühmtemillionenerbeeinessuppenvermögens.) *Is also tonight with us the Great Emperor of the Shriners, His Excellency Mr. Lincoln Jefferson Bruga. Mr. Lincoln Jefferson? Mr. Jefferson?* (Es ist Mister Lincoln Bruga, Kaiser der *Shriners*, geduldiges Publikum.) *Thank*-YOU, *Mr. Bruga. Ladies and Gentlemen, with your kind permission . . .* Meine sehr verehrten Damen und Herren, liebe Kubaner, nun ist es an der Zeit, unsere einheimischen Gönner vorzustellen, die es verstanden haben, mit der sprichwörtlichen Großzügigkeit und der für uns so typischen kreolischen Ritterlichkeit, die so kubanisch ist wie diese Palmen dort hinten und die Guayaberas (aber immer mit

Querschleifchen, klar?), wie sie die eleganten Habaneros tragen, mit der gewohnten Gastfreundlichkeit haben Sie gestattet, daß wir zuerst unsere internationalen Gäste vorstellen. Doch nun sind, wie es sich gehört, die distinguiertesten Zuschauer aus unserem gesellschaftlichen, politischen und kulturellen Leben an der Reihe. Bahn frei für die siegreiche, aufrechte Jugend und für das unbesiegte jugendliche Alter! Bahn frei für das fröhlichste und bezauberndste Publikum des U-NI-VERSUMS! Scheinwerfer, wenn ich bitten darf. Ja, so ist es schön. Wir begrüßen die bezaubernde *jeune-fille,* wie unsere Gesellschaftskolumnisten zu sagen pflegen, Señorita Vivian Smith Corona Alvarez del Real, die heute ihren fünfzehnten Geburtstag begeht und für die Feier den glorreichen Rahmen des Nachtclubs unter den Sternen ausgesucht hat, heute allerdings wegen Regen und schlechtem Wetter leider unter seinem Glasgewölbe. Wie hat Vivian diesen Tag herbeigesehnt: fünfzehn goldene Lenze, ach ja, lang, lang ist's her. Aber wir können uns ja damit trösten, daß wir auch erst zweimal fünfzehn Jahre alt sind. Herzliche Glückwünsche, Vivian. *Happy, happy birthday!* Wir wollen Vivian nun das *happy-birthday* singen. Auf geht's! *Happy birthday to you, happy birthday to you, happy birthday dear Vivian, happy birthday to you!* Und jetzt wollen wir uns alle, aber wirklich alle, ohne jede Ausnahme, ein bißchen anstrengen und es zusammen singen, gemeinsam mit Vivians Eltern, Herr und Frau Smith Corona Alvarez del Real, die mit ihrem über alles geliebten Sproß bei uns sind. Und ab geht die Post! *Happy birthday to you, happy birthday to you, happy-birthday dear Vivian, happyyy-birthdaaayyy tooo-yyyoouuuuu!* Ja, so macht man das! Gut, nun aber zu ernsteren Dingen. Wir haben auch die Ehre, unter unseren erlesenen Gästen den Herrn Oberst Cipriano Suárez Dámera, i. G., R. I. P. und JWD, begrüßen zu dürfen, einen ehrenhaften Offizier und untadeligen Gentleman, wie immer in Begleitung seiner schönen, reizenden und eleganten Gattin Arabella Longoria de Suárez Dámera. Einen wunderschönen guten Abend Ihnen, Herr Oberst, und Ihrer

Gattin! Dort hinten sehe ich, an diesem Tisch, ja, genau dort, neben der Tanzfläche, den Herrn Senator und Publizisten Doktor Viriato Solaún, häufiger Gast in unserem Palast der Fröhlichkeit, *im Tropicana!* Wie immer in bester Begleitung, der Herr Senator. Aus der Welt der Kultur ziert unsere Nächte im *Tropicana* die schöne, elegante, geistreiche Dichterin Minerva Eros, eine Vortragskünstlerin von außergewöhnlicher dramatischer Begabung und mit einem zarten Schmelz in ihrer klangvollen Stimme: durch ihre sanfte, einschmeichelnde Sprechweise wird jeder Vers zum samtenen Reim. MINERVA! Licht! Licht! LICHT! (Scheiße). Einen Augenblick bitte, mein Freund, jetzt sind die schönen Frauen an der Reihe. Aber halt! Da ist doch unser großer Starphotograph. *Yes, the Photographer of the Stars. Not a great astronomer but our friend, the Official Photographer of Cuban Beauties. Let's greet him as he deserves!* Ein Applaus für den Großen Códac! Und hier ist nun endlich Minerva, Minerva Eros für Sie, hochverehrtes Publikum. Applaus. So ist's recht. Ich möchte Ihnen noch bekanntgeben, daß Minerva vom nächsten Ersten an mit ihrem klassischen Gebärdenspiel, mit ihrer wie von Künstlerhand geformten Gestalt und mit ihrer Stimme, die die Stimme der Kultur ist, jede Nacht die letzte Show *im Tropicana* verschönern wird. Bis bald, Minerva! Und viel Erfolg! Nein, Minerva, wir haben *dir* zu danken, denn du bist die Muse unserer Mußestunden. Und nun ... *and now* ... meine Damen und Herren ... *ladies and gentlemen* ... meine lieben Gäste, die Sie Gutes zu schätzen wissen ... *Discriminatory public* ... Ohne Übersetzung ... *without translation* ... Keine Worte mehr, außer euren Begeisterungsrufen, kein Laut mehr, außer eurem herzlichen Applaus ... *Without words but with your admiration and your applause* ... Ohne Worte, aber mit Musik und gesunder Lebensfreude und Stimmung ... *Without words but with music and happiness and joy* ... Für Sie! ... *To you all!* Unsere erste große Show des Abends ... im Tropicana! *Our first great show of the evening ... in Tropicana!* Vorhang auf! ... *Curtains up!*

Debütanten

Wir haben aber *nie* jemand erzählt, daß wir auch Sachen unter dem Lastwagen gemacht haben. Aber alles andere haben wir erzählt, und alle Leute im Ort haben es gleich erfahren und sind uns dann fragen gekommen und alles. Mami war unheimlich stolz, und jedesmal wenn jemand bei uns zu Hause vorbeigekommen ist, hat sie ihn reingerufen und Kaffee gemacht, und wenn dann der Kaffee serviert war, haben ihn die Leute in einem Zug ausgetrunken und dann die Tasse ganz langsam auf dem Tischchen abgesetzt, ganz vorsichtig, als ob sie aus Eierschale wär, und dann haben sie mich mit lachenden Augen angesehen, aber so gemacht, als wüßten sie nichts, und mit ganz unschuldiger Stimme immer wieder die gleiche Frage gestellt, »*Komm her, Kleine, und erzähl mal: Was habt ihr unter dem Lastwagen gemacht?*« Ich hab erst nichts gesagt, und dann hat sich Mami vor mich hingestellt, mich unters Kinn gefaßt und mir den Kopf gehoben und gesagt, »Kind, sag, was du gesehen hast. Erzähl nur alles, so wie du es mir erzählt hast, nur keine Angst.« Ich hab gar keine Angst oder sowas gehabt, aber ich wollte nichts sagen, wenn Aurelita es nicht mit mir zusammen erzählen durfte, und dann haben sie immer Aurelita geholt, und sie ist mit ihrer Mama gekommen und so, und dann haben wir es beide ganz toll erzählt. Wir haben genau gewußt, daß wir die Attraktion vom Viertel und sogar vom ganzen Ort waren, zuerst vom Viertel und dann vom ganzen Ort, also sind wir immer zusammen im Park spazierengegangen, stocksteif sind wir da rumstolziert, ohne jemand anzuschauen, aber wir haben gewußt, daß uns alle nachschauen, und im Vorbeigehen haben sie was miteinander geflüstert und uns so heimlich von der Seite angeschaut und alles.

Diese ganze Woche über hat mir Mami die neue Kittelschürze angezogen, und dann hab ich immer Aurelita abgeholt (die auch was Neues anhatte), und wir sind auf der Hauptstraße spazierengegangen, bis es Abend war. Und der ganze Ort war an der Haustür, um uns vorbeigehen zu sehen, und manchmal haben sie uns aus einem Haus zu sich gerufen und alles, und wir haben dann die ganze Geschichte haarklein nochmal erzählt. Am Ende der Woche haben es schon alle gewußt, und die Leute haben uns auch nicht mehr gerufen und uns nichts mehr gefragt, und da haben Aurelita und ich angefangen, uns Sachen auszudenken. Wir haben die Geschichte jedesmal mit mehr Einzelheiten erzählt, und fast hätten wir sogar gesagt, was wir dabei gemacht haben, aber Aurelita und ich haben uns immer noch gerade rechtzeitig zurückgehalten, und so haben wir als einziges nie erzählt, daß wir beim Zuschauen auch Sachen gemacht haben. Als dann Ciana Cabrera schließlich mit ihrer Tochter Petra nach Pueblo Nuevo umgezogen ist, haben sie uns im Ort überhaupt nicht mehr gefragt, und da sind Aurelita und ich hingegangen und sind zu Fuß bis nach Pueblo Nuevo marschiert und haben es dort allen erzählt. Jedesmal haben wir neue Sachen erfunden, und wenn sie gesagt haben, ich soll es hoch und heilig schwören, dann hat es mir überhaupt nichts ausgemacht, die Hand aufs Herz zu legen und bei Gott und allen Heiligen zu schwören, weil ich selber nicht mehr gewußt hab, was die Wahrheit und was gelogen war. Anders als bei uns im Viertel haben uns in Pueblo Nuevo meistens die Männer gefragt; sie waren immer in dem Laden am Ortseingang und haben uns rangerufen und die Ellbogen auf die Theke gestützt und sich die Zigarre in den Mund gesteckt und dabei auch schon so mit den Augen gelächelt, als wenn sie die Geschichte schon wüßten, aber sie haben ganz interessiert getan und uns dann ganz unschuldig gefragt und so gesäuselt, *»Mädchen, kommt mal her.«* Sie haben aufgehört zu reden, und obwohl wir eigentlich schon bei ihnen waren, mußten wir noch näher kommen, und dann erst haben sie gesagt, *»Sagt mal, was habt ihr da unter dem Lastwagen gemacht?«* Das Komischste war, daß ich dabei immer erst geglaubt hab, daß sie etwas anderes fragen wollten, nämlich, was Aurelita und ich *eigentlich* unter dem Lastwagen gemacht haben, und mehr als einmal wär's mir fast rausgerutscht. Aber Aurelita und ich haben immer nur die Geschichte erzählt und nie gesagt, daß wir auch Sachen unter dem Lastwagen gemacht haben.

Die Geschichte war so, daß Aurelita und ich donnerstags immer ins Kino gegangen sind, weil da Damentag war, aber in Wirklichkeit sind wir gar nicht ins Kino gegangen. Mami hat mir fünf Centavos gegeben, und Aurelita hat mich früh abgeholt, und dann sind wir jeden Donnerstag ins Kino gegangen, weil donnerstags Damentag war und Mädchen dann nur fünf Centavos bezahlen mußten. Im Kino liefen immer so Filme mit Jorge Negrete und mit Gardel und so, und uns ist es immer gleich langweilig geworden, und da sind wir aus dem Kino raus und um den Park rum und haben geguckt. Manchmal waren die Filme auch lustig und haben uns gefallen, aber bei den andern sind wir, gleich nachdem sie angefangen hatten, wieder abgehauen und haben uns unter dem Tabaklaster versteckt. Wenn der Tabaklaster nicht da war, dann haben wir uns im Espartogras versteckt, auf dem freien Grundstück. Von dort aus konnte man schlechter zuschauen, aber wenn der Lastwagen nicht da war, haben sie auch viel mehr Sachen gemacht. Zufälligerweise war der Verlobte von Petra, das ist die Tochter von Ciana, jeden Donnerstag da. Also eigentlich war er donnerstags und sonntags da, aber am Sonntag sind sie immer im Park spazierengegangen, aber donnerstags waren ja alle im Kino, weil da Damentag war, und darum sind sie zu Hause geblieben, im Wohnzimmer, und haben es ausgenützt. Sonntags sind wir nie hin, weil sonntags alle im Park waren, aber donnerstags haben wir so getan, als gingen wir ins Kino, und sind dann hin, um durch die Tür zuzuschauen. Die Mutter war auch zuhause, aber die war irgendwo in den hinteren Zimmern zugange, und wahrscheinlich hat immer der Fußboden geknarrt, wenn sie kam, weil er aus Holz war, und dann ist sie immer schnell aufgestanden und hat sich wieder auf ihren Platz gesetzt, und die Mutter ist reingekommen und hat mit ihnen geredet oder sich zum Fenster rausgelehnt und die Straße rauf und runter geschaut oder zum Himmel hinauf oder so getan, als wenn sie auf die Straße oder zum Himmel hinauf schauen würde, und dann ist sie wieder hinein und dort hinten dringeblieben. Aber solange die Mutter im Haus drin war und nicht ins Wohnzimmer kam, um sich mit ihnen zu unterhalten oder aus dem Fenster zu schauen oder so zu tun, als wenn sie aus dem Fenster schauen würde, haben sie es ausgenutzt, und wir haben alles sehr gut gesehen, weil sie nämlich immer die Tür aufgelassen haben, um die Unschuldigen zu spielen.

Es hat immer gleich angefangen. Sie hat auf ihrem Schaukelstuhl gesessen und er auf seinem, so, seitwärts, und sie hat immer ganz weite, glockige Kleider angehabt und ist seelenruhig auf ihrem Schaukelstuhl sitzengeblieben in ihrem glockigen Halbtrauerkleid und hat geredet oder so getan, als wenn sie reden würde. Und wenn die Alte hinten war, hat sie sich rumgedreht, und er hat sein Ding rausgeholt, und dann hat sie es angefaßt und richtig in die Hand genommen und gestreichelt und alles, und dabei hat sie aber immer gut aufgepaßt, ob die Alte kommt, und dann ist sie von ihrem Schaukelstuhl aufgestanden und hat ihren Rock hochgezogen und sich bei ihm auf den Schoß gesetzt und angefangen sich so zu bewegen, und er hat angefangen zu schaukeln, aber auf einmal ist sie runtergesprungen und hat sich wieder auf ihren Stuhl gesetzt, und er hat die Beine übereinandergeschlagen, so nach der andern Seite, daß man nichts merkt, weil nämlich die Alte wieder gekommen ist, und die Alte ist immer ganz arglos ans Fenster gegangen und hat auf die Straße oder zum Himmel hinauf geschaut oder so getan, als wenn sie auf die Straße oder zum Himmel hinauf schauen würde, und dann ist sie wieder rein, und sie haben wieder angefangen sich zu streicheln, sie hat sein Ding angefaßt und er hat jetzt auch an ihrem rumgemacht, und auf einmal ist sie mit dem Kopf runter und hat ihn zwischen seine Beine gesteckt und eine ganze Weile dort gelassen, aber dann ist sie plötzlich aufgesprungen, weil ihre Mutter im Anmarsch war. Den ganzen Abend haben sie es so getrieben, und die Alte ist immer wieder gekommen und hat zum Fenster rausgeschaut, oder wenn nicht, dann hat er so getan, als wenn nichts wär, und hat mit der Alten geredet und gelacht, und sie, die Petra, hat auch gelacht und ganz laut geredet, und dann ist die Alte wieder ans Fenster rausgekommen und wieder reingegangen und dann eine ganze Weile da hinten dringeblieben, beten oder sowas, sie war nämlich unheimlich fromm und hat ständig gebetet, vor allem seit ihr Mann gestorben war. Dann sind sie immer hingegangen und haben mit der Vorstellung wieder von vorn angefangen, und wir haben ihnen von unter dem Lastwagen zugeschaut und es auch gehörig ausgenützt.

Den großen Wirbel hat es dann an dem Tag gegeben, als uns der Laster fast totgefahren hat. Der Fahrer hat den Laster gestartet, weil er ja nicht gewußt hat, daß wir drunter waren, und fast hätt er uns mit den Hinterrädern überfahren, und wir haben angefangen zu schreien wie am Spieß, und da sind alle Leute rausgekommen, um zu sehen, was los ist. Ich glaube, der Fahrer hat nicht gewußt, daß wir unter dem Lastwagen waren, aber manchmal denke ich, der Fahrer hat es doch gewußt und hat als einziger auch gewußt, daß Aurelita und ich Sachen unter dem Lastwagen gemacht haben. Jedenfalls sind alle rausgekommen, und der Fahrer hat uns angebrüllt, und Petra hat uns angebrüllt, und Petras Verlobter hat uns angebrüllt, und Ciana, Petras Mutter, hat uns zwar nicht angebrüllt, aber sie hat gesagt, sie würde es meiner Mutter sagen und auch der Mutter von Aurelita, und da haben wir dann beschlossen, wenn sie, Ciana Cabrera, alles erzählen würde, dann würden wir auch alles erzählen. Sie hat es erzählt, und da haben wir es auch erzählt. Ich war sicher, daß mich Mami hauen würde und so, aber als ich ihr alles erzählt hab, hat sie angefangen zu lachen und gesagt, daß es an der Zeit wär, daß Petra mal die Gelegenheit beim Schopf packt. Damit wollte sie wohl sagen, daß Petra schon ziemlich alt war und daß sie schon seit ungefähr zehn Jahren mit ihrem Verlobten verlobt war, jedenfalls haben das alle Leute im Viertel gemeint. Meine Mutter hat gesagt, »Na, sieht ja ganz so aus, als hätte Petra beschlossen, hinter der Kirche zu heiraten.« Ich weiß, daß das nicht heißt, daß Petra auf der anderen Seite der Kirche heiraten wollte, dahinter, sondern daß das etwas anderes heißt, aber ich hab genau gewußt, daß ich es nicht sagen durfte (so wie ich auch nicht sagen konnte, was Aurelita und ich unter dem Lastwagen gemacht haben), und da hab ich Mami gefragt, »Mami, wie heiratet man denn hinter der Kirche? Ohne Pfarrer?«, und Mami hat schallend gelacht und gesagt, »Ja, Kind, genau: ohne den Pfarrer«, und hat sich fast totgeprustet. Und dann hat sie die Nachbarinnen gerufen.

Und so haben Aurelita und ich angefangen zu erzählen, was passiert war, und jedesmal, wenn jemand zu uns nach Hause kam, hat er nur noch eins gemacht (später hat Mami nämlich auch keinen Kaffee mehr ausgegeben), er hat guten Abend oder guten Morgen oder guten Tag gesagt und dann gleich gefragt, *»Kinder, kommt mal her. Was habt ihr unter dem Lastwagen gemacht?«* Und wir haben erzählt und erzählt und erzählt, bis wir fast einmal erzählt hätten, was wir *tatsächlich* unter dem Lastwagen gemacht haben. Aber dann sind Ciana Cabrera und ihre Tochter Petra nach Pueblo Nuevo gezogen; das ist in Wirklichkeit gar kein anderer Ort und auch nicht neu, sondern ein Viertel am anderen Ende des Orts, das noch viel ärmer ist und wo die Leute in Häusern mit Lehmboden und Palmdach und sowas wohnen, und die Leute in unserem Viertel haben uns nicht mehr gefragt, und da haben Aurelita und ich beschlossen, jeden Tag nach der Schule nach Pueblo Nuevo zu gehen, damit sie uns fragen, *»Mädchen, kommt mal her. Was habt ihr unter dem Lastwagen gemacht?«*

In Pueblo Nuevo haben wir dann auch erfahren, daß der Verlobte von Petra donnerstags und sonntags zuerst überhaupt nicht mehr in den Ort gekommen ist und später nur noch sonntags, um im Park spazieren zu gehen, und wir haben auch mitgekriegt, daß die Petra keinen Schritt mehr aus dem Haus gemacht hat, weil die Mutter den ganzen Tag die Tür verrammelt hat, und keiner hat sie zu Gesicht bekommen, und die Alte hat beim Einkaufen mit niemand geredet, und sie haben auch mit niemand mehr verkehrt, nicht wie früher, wo sie ständig andere Leute besucht haben.

Havanna, 22. April 1953

Liebe Estelvina!

Ich hoffe sehr, daß diese Zeilen Dich und die Deinigen bei bester Gesundheit antreffen, hier gehts wie immer so einigermasen. Estelvina Dein Brief hat mich wie man so sagt mordsmäsig gefreut, Du kannst Dir gar nicht vorstellen wie ich mich gefreut hab Deinen Brief zu bekommen nach so langer Zeit wo Du uns nicht geschrieben hast. Ich weis schon das Du allen Grund hast Dich zu ärgern und auf uns bös zu sein nach allem was paßiert ist und so, aber eigentlich war es ja auch nicht unsre Schuld das Gloria von Dir zu hause abgehaun ist und hier nach Havanna gekommen ist. Du darfst nicht vergessen das sie uns auch angelogen hat weil sie uns nähmlich gesagt hat das Du sie zum studieren hierher geschickt hast und sie hat uns sogar einen Brief gezeigt und gesagt er wär von Dir und in diesem Brief tätst Du schreiben das Du sie uns hierher schickst das sie studiert und eine anstendige Frau wird und so und wir waren so blöd das wirs geglaubt haben und haben sie hier schlafen laßen und das alles und Du weist ja was das heist weil in diesem Zimmer war ja noch nie Platz genug.

Du fragst mich jetzt nach ihr und sagst das sie Dir seit ungefehr acht Monaten nicht mehr schreibt und ich kann Dir sagen das wir auch schon seit einer Ewigkeit keinen Mugs mehr von ihr gehört haben, aber auch rein gar nichts. Ich weis nicht ob dort wo ihr jetzt wohnt, wo sich die Füchse gutnacht sagen wie Gilberto sagt, die Zeitschrift Bohemia hinkommt, wenn ihr sie nicht bekommt dann soll Dir der Basilio wenn er ins Dorf geht mal eine Nummer besorgen und dann wirst Du schon merken was Dein Töchterchen so treibt. Sie ist scheins Künstlerin geworden oder sowas. Ich weis nicht ob Du weist das sie wie sie so ungefehr vierzehn Tage hier in Havanna war angefangen hat zu arbeiten und eine Stelle irgendwo drüben im Bedadoviertel als Kindermädchen angenommen hat oder sowas ähnliches und wie wir sie dann gefragt haben wo sie studiert hat sie uns gesagt das sie nicht im Traum dran denkt zu studieren, genau das hat sie gesagt, und außerdem hat sie gesagt das sie sich nicht vier oder fünf Jahre von ihrem Leben tagsüber kaputtarbeiten will und dann noch Abends studieren und nie irgendwo hin ausgehen und kein bischen Spaß haben, nur das sie dann später wie ein Pferd in irgendeinem Büro arbeiten kann und ein paar lumpige Flöhe verdiehnt, genau das hat sie gesagt.

Estel ich schwör Dir bei meiner sehligen Mutter das ich ihr am liebsten eins aufs Maul gegeben hätte wegen der frechen und unverschämten Art wie sie es gesagt hat und wie sie das Maul aufgerißen hat wo sie noch so eine Rotsnase ist und noch nichtmal sechzehn. Gilberto hat nur zu mir gesagt das sie schließlich keine Tochter von mir ist oder sonstwas und ich soll mich gefelligst um meinen eigenen Kram kümmern und der Rest der Welt könnt mir gestohlen bleiben. Deine Tochter, weist du was die gesagt hat? Das mein ich nähmlich auch hat sie gesagt und ist gegangen. Jedenfalls ist sie dann so an die vierzehn Tage, also mindestens zwei Wochen nicht mehr bei mir zuhause aufgekreutzt und wie sie dann wieder gekommen ist war sie ganz ardrett zurechtgemacht und hat mich um Endschuldigung gebeten und so und hat mir gesagt das sie nicht mehr Kindermädchen ist und das sie jetzt in einem Frisörsalon arbeitet und sie würd viel mehr Geld verdienen und es wär überhaubt viel besser und sie wär in eine Pension umgezogen. Ich schwör Dir das ich mich sogar richtig gefreut hab und zu mir gesagt hab, was für eine tolle Tochter hat doch meine Freundin Estelvina das die sich in Havanna so gut zurechtfindet und ich schwör Dir beim allerheiligsten Estel das ich daran gedacht hab wie wir noch kleine Mädchen waren und auf dem Hof von der Zuckermühle gespielt haben und zusammen in die Schule gegangen sind und diese ganzen Erinnerungen und Du weist ja wie dumm und einfältig ich manchmal bin, das mir sogar die Tränen gekommen sind und Gilberto ist sogar noch sauer auf mich geworden weil er gemeint hat das ich keinen Grund zum häulen hätt. Nachher haben wir dann noch Krach wegen der Geschichte gehabt und uns eine Woche lang oder so ungefehr gestritten und dann kam Dein Brief und der hat mir in der Sehle wegetan, das schwör ich Dir Schwester, weil Du bist für mich wie eine Schwester, und hab deswegen gehäult wie nicht gescheit. Aber es geht ja alles vorbei, sogar die Kuh vergisst das sie ein Kalb gewesen ist wie Gilberto sagt und ich hab den Kummer dann auch verwunden. Ich schwör Dir bei der Heiligen Jungfrau das wir nichts von dieser ganzen Geschichte gewußt haben und das Deine Tochter von der man nicht meinen sollte das sie Deine Tochter ist auch die Muttergottes übers Ohr hauen würde.

Jedenfalls kam sie ganz kurz drauf wieder vorbei und ich hab ihr mal die Lewitten gelesen. Man sollt nicht meinen hab ich zu ihr gesagt, das du die Tochter von meiner besten Freundin Estelvina Garces bist, meine Freundin Estelvina hab ich zu ihr gesagt ist eine anstendige und ordendliche Frau und Mädchen sag ich noch du solltest dir mal ne Scheibe von deiner Mutter Estelvina abschneiden und das es sowas wie Dich Estelvina kein zweitesmal gibt und das sie Dich noch vor Kummer ins Grab bringen wird und dann könnt sie erstmal sehn was es heist ohne Mutter zu leben wie Du und ich, wo wir beide als Weisen aufgewachsen sind, und da fängt Deine Tochter an Rots und Wasser zu häulen und tut mir wieder Leid und ich tröste sie und alles. Wetten das Du nicht weist was sie zu mir gesagt hat bevor sie gegangen ist, als sie sich wieder beruhigt hat und nicht mehr gehäult hat und ich ihr Kaffee gemacht hab und sie ihn getrunken hat undsofort. Also sie bleibt an der Tür stehen mit einer Hand auf der Türklinke und in der andren ein hübsches Handtäschchen was sie dabei hatte und sagte ganz hochnäsig zu mir und lacht sich dabei fast kaputt, hören Sie, sagt sie zu mir, man sagt nicht Estelvina, man sagt Etelvina ohne ess und knallt mir die Tür vor der Nase zu und haut ab bevor ich ihr den Kopf zu Recht setzen kann. Die Tochter die Du da auf die Welt gebracht hast Estel ist Dir ganz schön aus der Art geschlagen, ich hab Dir nähmlich noch aller Hand andere Sachen zu erzählen.

Ich hab grad das Geschirr vom Mittagessen gespühlt und Gilberto ist schon wieder zur Arbeit und ich kann Dir jetzt den Brief von heute Morgen in aller Ruhe weiterschreiben. Wie ich Dir schon gesagt hab ist Deine Tochter ein ganz schönes Früchtchen geworden hier in Havanna was eine unsehlige Stadt ist für junge Leute wenn sie keine Erfahrung haben. Von Arsenio Que der hier arbeitet haben wir erfahren das sie viel im Radiozenter zu Gang war, in dem großen Gebäude wo die Radiostation CMQ ist und ein Teather und Caffes und Restaurante und ein Haufen andere Sachen. Gloria war schon ewig lang nicht mehr in der Gegend gewesen und eines tags ist sie dann zu uns nachhause gekommen und kaum war sie da hat sie sich hingesetzt und ein Bier verlangt, ja Du hast richtig gehört. Mädchen hab ich zu ihr gesagt, meinst du vielleicht das du hier inner Kneipe bist, hier gibts kein Bier und auch kein Kühlschrank und Gilberto darf auch wegen der Leber gar nicht trinken und weist Du was sie zu mir gesagt hat. Gilberto soll jetz trotzdem ein Bier holen gehn das ihr seht wie ich gestiegen bin. Ich hab gar nicht verstanden was sie damit sagen wollte. Gestiegen hab ich zu ihr gesagt, wohin denn gestiegen? Und dann hat sie zu mir gesagt, na dann besorgt euch doch eine Zeitung dann werdet ihr mich schon sehn. Der arme Gilberto ist dann zu Genaro rüber, das ist ein Zigarrenwickler der bei uns nebenan wohnt, ein Neger aber ein sehr anstendiger Kerl, und der hat ihm die Zeitung geliehn. Gilberto war kaum zur Tür rein da hat sie sie ihm aus der Hand gerißen, hat sie aufgeschlagen und uns gegeben und was meinst du was wir da im Mundo gesehen haben, Deine Tochter die Reklame für Polarbier macht. Sie ist da fast nackig drauf, mit einem von diesen Badanzügchen die Bickini heißen, aber wahrscheinlich kennst Du die gar nicht und weist nicht wie die aussehen, nichts wie zwei Stückchen Stoff eins oben und eins unten, das oben sieht wie die Larfe vom Zorro aus und das andere ist grad so groß wie ein Taschentüchelchen und sonst nichts und wider nichts steht sie neben einem Eisbär und legt ihm so den Arm um und so. Und auf der Anzeige heißts Die Schöne und der

Eisbär wissen, Polarbier das will keiner missen und dann kommt eine Aufschrift, die irgendwie wie was unanstendiges aussieht wenn man genau hinschaut, weil nämlich die Schrift wie eine Hand aus Buchstaben ist und die Finger sind auch aus Buchstaben und betadschen von oben bis unten Deine Tochter Gloria Perez die jetzt natürlich nicht mehr Gloria und schon garnicht mehr Perez oder irgendsowas heißt.

Sie heißt jetzt Cuba Venegas weil das ist scheins ein Name der gut verkauft wie sie uns gesagt hat, aber frag mich bloß nicht was der verkauft. Also Deine Tochter Cuba Venegas macht auch Reklame für andere Markenartikel, zum Beispiel macht sie auch Reklame für Materva-Limonade und es gibt jetzt eine Anzeige die geht nicht mehr wie sonst immer, die heißt jetzt ganz einfach Trinken Sie was Cuba trinkt, und mit diesem ganzen Zeugs ist sie scheins ziehmlich berühmt geworden und verdient viel Geld weil sie ist mal mit einem von diesen großen Autos hierher gekommen wo überhaupt kein Dach drauf ist und hat uns von der Straße aus gerufen das wir rauskommen und uns ihr Kapriolett anschauen wie sie dazu sagt. Ich bin nicht rausgegangen weil auf dem Gehsteig vorm Haus immer so viel Leute unterwegs sind und ich hatte die Klammotten an die ich daheim rum den ganzen Tag anhab, aber der arme Gilberto, der ist ja wie ein kleiner Junge mit sowas und für Autos hat er schon immer so geschwermt, der ist rausgegangen und hat mir gesagt das der Wagen ganz toll ist. Er hat mir auch gesagt das ein Mann am Steuer war, ich hab Gilberto gefragt wers denn war und er hat gesagt das er ihn nicht kennt, ich hab ihn gefragt wie er aussieht und er hat gesagt er hätt nicht drauf geachtet und er könnt nicht um alles in der Welt sagen ob er blond oder dunkelhäutig war oder ob er überhaupt ein Nase im Gesicht hatte und er wüste nur das es ein Mann war weil er einen Schnurbart hatte und es gäb zwar auch schnurbärtige Frauen aber die hätten nie so einen gezwirpelten wie ihn scheins der Typ im Auto gehabt hat.

Deine Tochter Cuba Venegas, endschuldige Estel aber ich muß einfach lachen, ist noch öfters hergekommen, jedesmal besser angezogen wie vorher. Einmal ist sie reingekommen und hat ein ganz schmechtiges, zartes Bürschchen dabei gehabt, und der hat sich immer mit der Zunge die Lippen angefäuchtet und ganz glatte Haare hat er gehabt, in einer Art Welle überm Gesicht. Er hat ihr ein kleines gepflochtenes Köfferchen hinterher getragen und wollte sich nicht setzen scheins aus Angst er könnt sich auf meinen gamligen Sesseln sein weißes Höschen dreckig machen, die waren ganz bestimmt aus Adlaseide oder sowas. Deine Tochter war ganz toll angezogen und hat unheimlich gut ausgesehen und furchtbar elegant und sie hat mir gesagt das sie jetzt auch Wedette oder sowas ähnliches wär, das sie fürs Radio und fürs Fernsehn arbeitet, stell Dir vor, und sie hat mir auch gesagt das sie ganz schön was verdient, und wie ich sie gefragt hab ob sie Dir was schickt hat sie gesagt das sie Dir was zu Weihnachten geschickt hätt aber das sie viel für Kleider und für Schuhe und für Schminke und sowas ausgeben müßte und auch für einen Sekretär und da hat sie auf das Bürschchen mit dem gepflochtenen Köfferchen gezeigt. Stell Dir vor, Deine Tochter mit einem Sekretär, was sagst Du denn dazu. Jedenfalls hat sie zu mir gesagt das ich sie unbedingt im Fernsehn sehn muss und sie hat mir noch ein Haufen anderes Zeugs erzählt wo ich mich nicht mehr dran erinner. Ein andermal ist sie in einem wunderschönen Kleid aus Sateng oder sowas ähnliches gekommen und hat gesagt sie würden eine Fothoreportage von ihr machen und der Fothograf war gleich dabei, ein Typ mit dunkelgrüner Brille und Froschgesicht und einem ganz schmalen Schnurbart, wie mit dem Bleistift gezogen, und es war nicht der Typ von neulich, das meint jedenfalls Gilberto, und dieser Typ hat dann hier im Haus Fothos von ihr gemacht und Deine Tochter, die frühere Gloria, hat mir gesagt das der Fothograf in Carteles was auch eine Zeitschrift hier in Havanna ist einen Artikel über alle Einselheiten aus ihrem Leben bringen will, das hat sie zu mir gesagt, und sie haben hier den liebenlangen Nachmittag rumgeknipst. Dieser Fothograf ist übrigends ein wirklich unverschemter Kerl und hat den ganzen Nachmittag an Deiner Tochter rumgetetschelt und ihr an allen Ecken und Enden Küsschen gegeben und fast hätt ich sie rausgeschmissen weil ich nämlich solchene Unsitten in meinem Haus nicht haben will. Beim weggehn hat er mir gesagt das er mir ein Paar Fothos schenken will die er von mir beim waschen im Hof gemacht hat und ich wart heut noch drauf. Gilberto hat dann die Zeitschrift gekauft und vom Haus sieht man nur das schlimmste nähmlich den Hof und den Waschtrog und den Abort und überhaupt die ganzen mufligen Ecken vom Haus, aber immer nur hinten und vorne Deine Tochter mit ihren Verrenkungen. Was da dazu geschrieben war hat mir überhaubt nicht gefallen und umsobesser das wir selber nicht auf den Bildern draufsind.

Das letztemal das ich Deine Tochter gesehn hab bei der man ja schon gar nicht mehr weis wie sie eigendlich heißt war vor ungefehr sechs Monaten. Sie ist eines tags am Nachmittag mit einer blonden Freundin hier aufgetaucht und beide hatten Hosen an, lange Hosen, die waren so eng wie ich in meinem ganzen Leben noch keine gesehn hab und haben Zigarretten geraucht, die ganz fein und süßlich geduftet haben. Ich hab ihnen Kaffe gemacht und alles und sie sind ein weilchen hiergeblieben und haben sich hingesetzt und ich hab mich fast gefreut weil sie so hübsch ausgesehn hat. Sie schmiert sich zwar ziehmlich viel Schminke ins Gesicht und viel Puter und Lippenstift aber sie war wirklich hübsch. Sie und ihre Freundin waren stendig am tuscheln und haben eine Geheimniscremerei veranstaltet das es einem schon auf die Nerfen gehn konnte und ich kann Dir sagen mir hat das überhaubt nicht gepaßt und sie haben sich sogar einander die Zigarretten angezunden weist Du, eine mit beiden Zigarretten im Mund, also mir hat das alles ganz und garnicht gefallen, und dann haben sie Sachen gesagt die ich kaum verstanden hab und darüber gelacht oder sie haben auch einfach so losgelacht und dann sind sie auf den Hof gegangen und haben über die Nachbarn gelacht und Händchen gehalten und stendig Schwesterchen und Schätzchen und Liebste und sowas zunander gesagt und wie sie gegangen sind haben sie immer noch Händchen gehalten und sich halbtot vor

Lachen verabschiedet wie wenn ich ihnen beim rausgehn einen tollen Witz erzählt hätt und ich hab sie bis zur Haustür bekleidet und sie haben mir vom Auto aus zugewunken und sind dann mit einem Mordsgetöse davongefahren und haben als noch wie nicht ganz gescheid gelacht. Das war das letztemal das Deine Tochter, die vorher Gloria Perez geheißen hat und jetzt Cuba Venegas heißt, das die hier war.

Bei dem ganzen Kuttelmuttel hätt ich fast vergessen Dir zu sagen das ich so vor einem Jahr die letzte Hoffnung verloren hab noch ein Kind zu kriegen. Ich war schon ganz aus dem Häuschen aber dann ist es doch nichts geworden und jetzt kann ich diesen Wunschtraum entgültig abschreiben, weil ich bin ja fast schon auf dem alten Teil. Da hilft alles nichts Estel wir werden langsam alt und es geht halt immer schneller bergab. Schreibe bald und vergiss nicht Deine Freundin die immer an Dich denkt und nicht vergißt das sie uns wie wir noch klein und in der Schule waren immer für Schwestern gehalten haben, alles liebe, Deine

Delia Doce

B. S.: Gilberto grüßt Dich herzlich und auch Deinen Mann.

Ich habse einfach drauflosredn lassn, bisse ersmal außer Puste war, un wiese dann ihr Pulver verschossn gehabt hat, habich zu ihr gesagt, ach was, Alte, du hasdoch kein blassn Schimmer vom Le'm (genauso habichs gesagt), aber auch nichn geringsten: ich will ganz einfach mein Spaß ham un, sag ich zu ihr, ich werdoch nich mein ganzes Le'm hier wiene Mumie in som Grab hockng, wose die Pfarraonen unso eingeschlossen ham, ich bin doch nich von vorgestern, un ich schwör dir bei meiner selgen Mutter, dassich mich nich inne Klamotten geschmissn hab un dann doch nich tanzn geh, das wär ja noch schöner, da wär ich ja noch lieber Jungfrau, un dann sagtse zu mir, du, sagtse, un macht dabei so mim Händchen rauf und runter, so ganz etepetete, du, sagtse zu mir, geh-doch-von-mir-aus-wohin-de-willst, ich werdich jehnfalls nich festhaln: bin ja schließlich nich deine Mutter, haste mich verstandn, sagtse, un hält sich dabei die Hand so an ihre Negerflabbe un schreit mir so ins Ohr, daß mir fasts Trommelfell platzt, un ich sag zu ihr, Señora, sag ich (jaja, richtig gesiezt habich sie, ich weiß schon, wann ich ein auf fein machn muß), Sie könn ehm Aungblick nich genießn un machn sichs Le'm unnötig schwer, Sie sindoch schon viel zu verknöchert, Sie versteeehn mich einfach nich, un da kommtse mir wieder mit derselm Leier: du kannsdoch gehn wanns dir in Kram paßt, Kindchen, mir is doch völlig wurscht wasde mit deim Le'm un dem Ding zwischn dein Bein machst, das mußde doch mit dir un dem andern ausmachn, das is ja nuwirklich nich mein Bier, also hau schon ab, wennde willst, sonst kommsde noch zu spät, un ich sag zu ihr, aber Mädchen, sag ich, da liegsde aber schief, total schief: wer hat dir denn gesagt, sag ich zu ihr, daß der Karnevaln Mann is, un außerdem is Tanzen ja kein Verbrechen, sag ich zu ihr, un sie sagt zu mir, ich hab dich hier nich angebundn un hab dir auch kein Keuschheitsgürtel angezohng, un mir kam langsam auch die Galle hoch bei dem ganzn Geschimpfe, un ich war ziemlich auf hundert, un ich sag zu ihr, man lebt halt nur einmal, meine Liebe, sag ich, un das muß man ehm könn, das is auchne Kunst, haste das kapiert? un da geht die hin un sagt, hörste, hörste, da haste deine Musik un dein Geschwofe un dein Gerammel: von mir aus kannste gehn, aber merk-dir-eins, wennde gehst, dann einfürallemal, in dieses Haus brauchste nich mehr zu komm, weilde dann nämlich vorner zunen Tür stehst, dann is hier nämlich dicht, un wennde aufm Flur rumhängst, dann hol ich die Hausmeisterin, damitse dich rausschmeißt, nur dassde Bescheid weißt, haste mich verstandn, un ich bin schon ganz fickrig un hör, daß tatsächlich die Musik kommt mit irm Rüttmus un irm Gewusel un Gebums un fast schon anner Ecke ist, und ich sag zu ihr, ach Mädchen, du bis vielleichn Brausekopf, beruhig dich, beruhig dich doch, Schätzchen, oder trinkn Baldrianteechn, un was macht diese Schlampe, diese, also ich muß mich wirklich zusammenreißn, sie macht so un sagt nix, aber auch garnix mehr un dreht mirn Rückn zu, un ich nehm so, genau so, meine Schtola un mein Täschchn un machn Schritt, nich, un nochn Schritt, nich, un nochn Schritt un schon bin ich anner Tür un geh hin un dreh mich um, so, ganz schnell, wie die Bettedeiwis, un sag zu ihr, jetzt hör mal gut zu, was ich dir sag, sag ich: man lebt nur einmal, haste gehört, sag ich zu ihr un schrei mir dabei fast die Lunge ausm Hals: man lebt nur einmal, sag ich zu ihr, un wenn ich mal tot bin, dann is auch der Karneval tot, un die Musik is tot, uns Vergnüng is tot, weil nämlich danns ganze Le'm tot is, haste mich verstandn, sag ich zu ihr, un dann, sag ich, is nämlich die, die hier vor dir steht, Magalena Cruz, auf der annern Seite, un von dort kamma nu wirklich nich hier rüberguckn un auch nix hörn, un dann is nämlich endgültig Feiera'md, Schätzchen, haste mich verstandn, sag ich zu ihr, un dann machtse so, ganz feierlich, dreht sich so halb um, dassichse so vonner Seite seh, un geht hin un sagt, Mädchen, son Verteidiger wie dich findet der Karneval kein zweitesmal, sagtse. Zisch jetzt endlich ab, hatse gesagt.

Mein Bruder und ich hatten eine neue Methode entdeckt, wie man ins Kino kommt, die hätten wir uns eigentlich patentieren lassen sollen. Wir konnten uns nicht mehr so wie früher ins Esmeralda mogeln, weil wir dafür schon zu groß waren: den Türsteher dadurch ablenken, daß man sich mit ihm unterhält oder einen Streit vortäuscht oder haltet ihn! haltet ihn! schreit, damit einer von beiden hineinschlüpfen kann, und dann kommt der andere und bittet um die Erlaubnis, drinnen seinen Bruder suchen zu dürfen, um ihm dringend etwas von seiner Mama auszurichten, und dann bleiben beide drin – so ging das nicht mehr. Aber jetzt kamen wir über den *Santa Fe Trail* ins *Land der Gottlosen.* Zuerst sammelten wir alle gebrauchten Tüten, denn für zehn davon bekamen wir einen Centavo am Obststand in der Calle Bernaza (wo mir der Besitzer einmal gesagt hatte, er würde mir fünfundzwanzig Centavos für hundert Tüten geben, und als ich, noch ganz geblendet von der Entdeckung, die ich gerade gemacht hatte: eine Goldgrube: ein Depp: einer, der nicht bis drei zählen konnte: die Ader, die man noch ausbeuten konnte, wie ein geölter Blitz und vom Goldfieber gepackt mit zwanzig Tüten zurückkam und die fünf Centavos von ihm verlangte und nur ein Grinsen dafür erntete und dann ein Lachen und die Antwort, »Du hälst mich wohl für bescheuert«, und dann zu meinem Erstaunen noch den Nachtrag, »Nimm deine Tüten und zisch ab, du Scheißer!«, da wußte ich, was eine Doppeltäuschung ist), und wenn die Tütenjagd mal schlecht lief, schauten wir, was wir an alten Zeitungen zusammenbekamen, gingen in der ganzen Mietskaserne danach fragen oder suchten sie sonstwo zusammen, und schließlich gingen wir mit unserer wertvollen Fracht ins Fischgeschäft – wo man für die Zeitungen weniger bekam als für die Tüten. (An ein Trinkgeld für Botengänge war überhaupt nicht zu denken, weil man die umsonst machen mußte: die Leute in unserem Wohnquartier waren so arm, und Lesbia

Dumois, die freigebige fünfzehnjährige Nutte, Max Urquiola, der alte Verschwender, der sich als Croupier die Nächte um die Ohren schlug, und Doña Lala, die großzügige und alte und fast Ehrfurcht gebietende Geliebte des dreifachen Helden: Flieger, Oberst, Politiker (sie alle waren epische Gestalten: verachtet mir nicht als dürftige Charakterisierung, was allein, ausschließlich, ewig eine Otiose sein will), sie alle waren weggezogen, waren fortgegangen, waren gestorben: wir hatten sie ebenso verloren wie die Unschuld, mit der man als Kind ohne zu erröten ein Trinkgeld annimmt: jetzt wurden wir größer und wußten schon, was es heißt, eine Gefälligkeit zu verkaufen – da verkauft man lieber gebrauchte Tüten, alte Zeitungen oder ...)

Unsere letzte ergiebige Goldader waren die Bücher: die meines Vaters, die seines Onkels, die seines Großonkels: wir verkauften das literarische Erbe der Familie. Den Anfang machte eine ganze Kollektion – oder vielmehr ein Stapel – einunddesselben miserablen Theaterstücks von Carlos Montenegro, das man meinem Vater geschenkt hatte, um damit zu Geld (mein Vater), zu Ruhm (der Autor) und zu einem Publikum (das Buch) zu kommen, und das Die Hunde der Radziwill hieß. Ich hatte nie Gelegenheit gehabt, es zu lesen, mehr noch: kein Mensch hatte es je gelesen, denn die Bücher waren unaufgeschnitten und bewahrten noch ihre ursprüngliche Jungfräulichkeit. Außerdem gab es da noch ein weiteres Geschenk vom selben Autor, allerdings ein anderes Buch, Sechs Monate bei den Kampftruppen (oder -verbänden). Beide Kollektionen gingen den Weg nach Santa Fe, so unbefleckt wie die Empfängnis: wir verkauften sie als Wertpapier. Ich meine, nach dem Papierwert, und der lag weit unter dem kleinsten Wert unseres Papiergeldes: nicht einmal fünfzig Centavos brachten sie ein: Buchhändler haben die Literatur noch nie zu schätzen gewußt. Dann folgten andere, weniger illustre oder mehr gelesene (und folglich nicht so zahlreiche) Bücher auf dem verborgenen Pfad. Manchmal gingen sie (von meinem Bruder und mir begleitet: Waren können ja nicht allein zum

Markt gehen) je zwei und zwei, dann wieder je fünf und fünf, ein andermal je drei und sieben, je vier und zwei, undsoweiter. (Ich erlasse dem Leser die Schreie, Wutausbrüche, damokleischen Drohungen meines Vaters, nicht erlassen kann ich ihm die unanständigen Wörter, denn ich habe ihn nie eines sagen hören. Erspart seien ihm auch die unanständig wirkungsvollen Argumente meiner Mutter, der es auf unerfindliche Weise gelang, die Liebe meines Vaters zu seiner Bibliothek zu neutralisieren, die von Tag zu Tag mehr der Erinnerung an eine Bibliothek ähnelte: leere Fächer, Regale, auf denen sich die Bücher zu weit nach rechts oder nach links lehnten, weil sie den hautengen Kontakt mit einem auf dem Altar des Kinos geopferten Gefährten vermißten (denn es sei betont, daß jedes Buch, das wir in das Vernichtungslager des Antiquariats verbrachten (und was es doch an Antiquariaten im Viertel gab: wieviele konnten einen in Versuchung führen auf dem Weg nach . . . Santa Fe), durch den Stein der Weisen in Form eines Fußmarsches und eines Liedchens von literarischem Blei in kinematographisches Gold verwandelt wurde), Titel, die die Erinnerung noch zu sehen glaubte, deren Existenz aber das Bewußtsein leugnete, waren Beweise dafür, daß der Fuchs des 20. Jahrhunderts in den Bücherstall kam. Oder vielleicht der MGM-Löwe?)

Ich bin auf dem Weg
nach Santa Fe

(Erste Variation:
Ja ich bin
yippie-yey
auf dem Weg nach Santa Fe)

(Zweite Variation:
Ich bin ja ich bin ja ich bin yippie-yey
auf dem Weg nach Santa Fe)

(Dritte Variation:
Ich bin
yippie-yey ich bin
ich bin
yippie-yey yippie-yey
auf dem Weg auf dem Weg auf dem Weg
nach Saaantaaaaaaa Feeeeeeeeeeeeeeeeee)

Diese Weise (mit ihren Goldwyn-Variationen) wurde mit der entsprechenden Melodie gesungen, frei nach der Musik aus Santa Fe Trail oder Land der Gottlosen, nur daß wir das damals nicht wußten. Wo hatten sie mein Bruder und ich wohl her? Sicherlich aus einem Film – aus einem Western.

An diesem Tag, an diesem Donnerstag (donnerstags kostete das Kino damals weniger), von dem ich rede, hatten wir den ersten Teil unserer Reise nach Santa Fe bereits geschafft (denn Santa Fe, ihr habt es sicher bereits erraten, war Arkadien, der Himmel auf Erden, das Heilmittel gegen alle Schmerzen des Heranwachsens: das Kino), und bevor mein Vater von der Arbeit zurückkam, hatten wir gebadet, das Programm ausgesucht (vielmehr das Kino ausgesucht: das Verdun, das, obwohl sein Name an eine Schlacht erinnerte, friedlich, volkstümlich und kühl war, mit seinem heißen Eisen- und Blechdach, das unter lautem Quietschen und Scheppern zurückgeschoben wurde, sobald die warme Nacht hereinbrach, und nie so leicht wieder zu schließen war, wenn es zu regnen begann: dort fühlte man sich wohl, auf der Galerie, die Leinwand vor sich (vor allem wenn man einen Platz in der ersten Reihe des zweiten Rangs ergattern konnte (auf der Empore, die früher auch Paradies genannt wurde): ein Platz für Fürsten, die Königsloge anderer Zeiten mit anderen Darbietungen) und direkt unter den Sternen: man fühlte sich dort fast noch wohler als in der Erinnerung daran) und machten uns auf den Weg, als uns im Treppenhaus Wilma das Wichtelweib begegnete, die wie viele unserer Nachbarn nicht nur eine Person, sondern eine Persönlichkeit war. Aber – Himmel hilf! – Wilma das Wichtelweib (eine verkrümmte, zahnlose, schmutzige Alte mit unstillbaren sexuellen Gelüsten) war auch ein Unglücksvogel. »Ins Kino, was?« sagte sie, glaube ich. Mein Bruder und ich sagten ja und rannten weiter die barock gewundene, schmutzige Treppe hinab. »Viel Spaß«, sagte die arme Alte und quälte sich die Treppe hinauf. Wir sagten nicht danke zu ihr: jetzt half nur noch dreimal auf den Boden spucken, zwei Finger kreuzen und gut auf den Verkehr aufpassen.

Wir nahmen Kurs auf das Kino. Als wir den Parque Central durchquerten, wurde es bereits dunkel. Wir gingen durch die Kolonnade des Centro Gallego, um uns die Photos der spanischen Tänzerinnen anzuschauen und vielleicht auch das einer Rumbera im Trikot. Dann gingen wir den Bürgersteig am Louvre entlang, wo sich langsam die nächtlichen Plauderer und im Café an der Ecke die unermüdlichen Kaffeetrinker einfanden, und blieben am Zeitungsstand stehen, wie die zahlreichen Motten angezogen von den bunten Lichtern der amerikanischen Magazine, und drehten Runde um Runde um Runde, ohne etwas zu kaufen, ohne etwas anzurühren, ohne etwas zu verstehen. Der Bürgersteig am Louvre ist endlos: noch ein Kaffeestand und noch mehr Leute, und eine Gruppe plaudernder Männer steht vor den großen Ölporträts der Kandidaten, die sich zum Bürgermeister, Stadtrat oder Senator wählen lassen wollen und alle aussehen, als wären sie für den Oscar nominiert, wenn man dem Kunstmaler glauben will, der sie verherrlicht hat – und auch ein bißchen retuschiert. Jetzt sind wir in der Schießbude mit den sechs Flippern und dem mechanischen Punchingball. Der trockene Knall der Schüsse übertönt das Geklingel der Pinballs und den Fluch des Falschspielers, der ein Tilt verursacht hat. Schlußpunkt ist der schwammige Schlag auf den kaputten Punchingball, dessen Mechanismus eigentlich schon längst punch-drunk sein müßte. Jemand (der Junge am Flipper, der Seemann am Schießstand, der Neger am Punchingball) trifft ins Schwarze. Wir gehen hinaus, eingehüllt in den Duft der Fritten und heißen Würstchen und Fleischbrötchen, die es an der Ecke an einem *ad-hoc-dog* gibt. Wir haben nicht gegessen und werden auch nicht essen. Wer wird denn ans Essen denken, wenn ein langer Weg vor ihm liegt, den die Sehnsucht verkürzt – oder umgekehrt –, und ihn in Santa Fe Abenteuer, Freiheit und eine ganze Traumwelt erwarten? Mit wenigen Schritten überqueren wir drei Straßen – ein Stückchen Prado, Neptuno und San Miguel – auf dieser pulsierenden, lauten, stinkenden, bunten, von Menschen überquellenden Kreuzung, wo eines zukünftigen Tages in trügerisch harmonischem Chachacha-Schritt La Engañadora promenieren wird. Wir haben eines der Etappenziele erreicht, das Rialto. Heute abend läuft Auf Messers Schneide, aber (fürchten wir) klingt dieser Titel nicht zu metaphysisch? Wir kommen zu dem Schluß, daß es so ist, nur daß wir es mit anderen Worten ausdrücken. Lieber bis nächste Woche warten, oder vielmehr bis zur nächsten Abteilung der Bibliothek, und dann in Das kurze, glückliche Leben des Francis Macomber gehen. Der Titel ist sehr lang und sehr kompliziert, und diese Frau, die der Hedy Lamarr so ähnlich sieht, ist auch eher ein Hemmnis. ABER: es gibt Löwen und Safaris und Großwildjäger: ganz Afrika, was so viel heißt wie das Herz von Santa Fe. Wir werden dabei sein.

Wir gehen weiter, eingehüllt in den Lärm der Stadt und jetzt auch in den Duft von Früchten (Mamey, Mango, Chirimoya, ganz ohne Zweifel: diese düstere Frucht, außen chamäleongrün und innen grauezellengrau, Fruchtfleisch wie krankes Hirn, mit den vielen schwarzen Punkten der Samenkörner in ihrer schlüpfrigen Zyste, aber mit diesem Geruch nach allen nur möglichen Früchten vom Baum der Erkenntnis, mit dem Aroma der Gärten Babylons und dem Geschmack von Ambrosia, was immer das auch sein mag), von Milkshakes, von Erfrischungsgetränken aus Melonen, Tamarinden und Kokosmilch, und in dem ganzen Gemisch noch der Geruch einer weiteren Frucht, der Geruch nach Schuhwichse und Lederfarbe und Polierlappen aus dem Palast der Schuhputzer und dort an der Ecke die Umspannstation für die Pferde unserer Stagecoach: Die Standfesten, ein Name, der nur bedeuten soll, daß sich die Kunden dort nie hinsetzen, sich aber ganz eindeutig nach etwas Zweideutigem anhört: wo wir für sechs Centavos (sozusagen für eine Kollektion der Zeitschrift *Nueva Generación*) zwei Colas trinken können, bevor wir die dürstende Wüste mit all ihren Gefahren und Wagnissen durchqueren.

Und wieder der staubige Weg. Vor uns die Versuchung des Alkazar, wo immer gute Filme laufen. Aber letzte Woche war da eine Sängerin, die so laut schrie, daß man es bis auf die Straße hören konnte – obwohl der Film, Kesselschlacht, ein Kriegsfilm war: Schuld daran sind diese Pflichtshows in den Kinos, die sie sich für die Bühnenkünstler ausgedacht haben. Ein Stück weiter, schon ganz nah bei Santa Fe, ist das Majestic, das so gute Programme hat, mit zwei, drei oder sogar vier Filmen pro Vorstellung, obwohl sie oft nicht jugendfrei sind und man den Türsteher beschwatzen muß, oder ihm an der Ecke Kaffee holen, nur damit man nachher (alles in allem) bloß kranke Leute sieht und eine (furchtbar magere) Frau, die mit großer Heimlichtuerei in einem Zuber (voller Schaum) ein Bad nimmt, und ein Paar, das eines Nachts von zu Hause abhaut, und nach einem Gewitter kriegt sie dann ein Kind. Der letzte Mist.

Plötzlich ein einziges Durcheinander. Leute rennen davon, jemand rempelt mich an, eine Frau kreischt und versteckt sich hinter einem Auto, und mein Bruder zieht und zieht und zieht mich wie in einem hartnäckigen Traum an der Hand, am Arm, am Hemd und schreit: »Silvestre, paß auf, die bringen dich um!«, und ich spüre, wie man mich in einen Ort zerrt, der sich später als Chinesenkneipe entpuppt, und falle unter einen Tisch, wo sich bereits ein Paar die unsichere Deckung hinter einem Binsenstuhl und einem Palmenkübel teilt, und höre, wie mich die Stimme meines Bruders dicht über dem Boden fragt, ob ich verletzt bin oder nicht, und erst dann höre ich ganz fern/ganz nah die Schüsse und stehe auf (um zu fliehen? um in den hinteren Teil der Kneipe zu laufen? um der Gefahr zu trotzen? nein, nur um zu gucken) und ich spähe zur Tür hinaus, und die Straße ist bereits leergefegt, und einen halben Häuserblock entfernt oder ganz weit weg oder nur ein paar Schritte von mir (ich erinnere mich nicht genau) sehe ich einen dicken, alten Mann, einen Mulatten (ich weiß nicht, wie ich bereits wissen kann, daß es ein Mulatte ist), der auf dem Boden liegt und einen anderen Mann an den Beinen festhält, und der versucht immer wieder, den Liegenden abzuschütteln, und da er es nicht schafft, sieht er keine andere Möglichkeit mehr, ihn loszuwerden, als ihm zweimal hintereinander in den Kopf zu schießen, und ich höre die Schüsse nicht, sehe nur einen Funken, einen weißen und roten und orangefarbenen oder auch nur grünen Blitz, der aus der Hand des Stehenden fährt und das Gesicht des toten Mulatten beleuchtet – denn zweifellos ist er *jetzt* tot –, und der Mann reißt eines seiner Beine los, dann das andere, und im Davonrennen feuert er seine Pistole in die Luft ab, nicht um Angst einzujagen, nicht um sich den Weg freizuschießen, sondern um seinen Sieg zu verkünden, scheint mir, so wie ein Hahn kräht, nachdem er den anderen Hahn im Hühnerhof getötet hat, und die Straße füllt sich wieder mit Menschen, und sie fangen an zu schreien und um Hilfe zu rufen, und die Frauen brechen in lautes Geheul aus, und ganz in der Nähe sagt jemand *»Sie haben ihn umgebracht!«*, als handle es sich um einen berühmten Toten und nicht um einen leblosen Körper, der da mitten auf der Straße liegt, den jetzt vier Männer aufheben und mühselig wegschleppen und der um die Ecke verschwindet, vielleicht in einem Auto, ganz sicher aber in der Nacht. Mein Bruder kommt von irgendwoher zurück und ist völlig verstört. Ich sage es ihm: »Wenn du jetzt dein Gesicht sehen könntest.« Er sagt zu mir: »Und du deins erst!«.

Wir gehen weiter, Richtung Kino. An der Ecke ist ein schwarzer Blutfleck unter der Straßenlaterne, und die Leute versammeln sich darum und schauen und reden. Ich kann mich beim besten Willen nicht mehr an den Titel des Films erinnern, den wir uns anschauen wollten, den wir uns anschauen gingen und den wir uns dann auch anschauten.

Livia? Beba, Beba Longoria. Ja, höchstpersönlich. Und? Wie geht's dir, meine Liebe? Na das freut mich aber. Ich, quietschfidel. Aber nein, meine Liebe, gesund und munter wie'n Fisch im Wasser. Ach so, noch nich lang, aber ich hab sowieso 'ne belegte Stimme. Ja, wahrscheinlich weil ich noch'n bißchen schläfrig bin. Wer hat der hat, und wer nich, der guckt halt mit'm Ofenrohr in' Mond. Du kennst mich ja, ich hab ja schon immer gern geschlafen und rumgefaulenzt, und jetz, wo ich's kann, nutz ich's aus. Kokosmilch trinkt man am besten unter ner Palme, hat meine Oma immer gesagt, und ich sag mir halt auch, man soll da ausruhn, wo man sich müde macht. Ich? Immer noch dieselbe. Warum hätt ich mich denn ändern sollen? Hör mal, Livia, wart mal'n Momentchen, nich auflegen, ja?... Was hab ich grad gesagt? Nein, ich hab nur'n Fläschchen Chanel offen gelassen und Angst gehabt, daß es verduftet. Was wollt ich grad erzählen? Na ja, egal. Nein, meine Liebe, 's war nich so wichtig. Du hast mich gefragt, ob ich grad erst aufgestanden bin, und ich hab dir genau dasselbe gesagt wie immer, was ich auch immer gesagt hab, wie wir noch zusamm'gewohnt haben. Korrekt? Korrekt. Nein, das hab ich von ihm, weißt du, er macht ihm ja alles nach, alles, aber auch wirklich *al-les*. Na ja, *das* natürlich *nich. Mein ich* je'nfalls. Jaja, sie reden alle so komisch. Aber Schluß jetz mit dem *abschtragten* Gerede, wie mein Mann immer sagt, ich erzähl dir lieber den Klatsch, von dem ich dir hab erzählen wollen, wie ich dich angerufen hab, wegen dem ich dich überhaupt anruf. Weißt du schon, daß sie mein' Mann in' Vedado-Tennis-Club aufgenommen haben? Ja, Kindchen, ja. Sie konnten ja garnich mehr anders. Der *Tschief* persönlich hat bei zwei Ministern, die Gründungsmitglieder sind, Druck gemacht, und da *mußten* sie ihn einfach aufnehmen. Nein, du hast dich nich verhört. Aber jetz werden wir wohl 'ne kirchliche Trauung und den ganzen Zirkus durchziehn müssen. Du weißt ja, daß das jetz groß in

Mode is. Das Brautkleid hab ich schon bestellt. Stell dir das mal vor, ich als Braut, wo ich doch seit ich denken kann Ciprianos Geliebte bin, und jetz, wo ich alt und schrumplig werd, soll ich mich noch als Braut rausputzen. Je'nfalls sind wir jetz Mitglieder, und drum hab ich dich auch angerufen. Gestern abend ham wir's im Tropicana gefeiert. Nein, Kindchen, mit *pe*, nich mit *eff*. Was *du* gleich wieder denkst. Wir sind also ins Tro*pi*cana gegangen und ham eine *traum*-haf-te Nacht verbracht. Du weißt ja, wie Cipriano is... M, m. Wie? Sei doch nich kindisch, Mädchen, ich lach ja selber drüber. Er kriegt immer 'ne Mordswut, aber ich kann mir einfach das Lachen nich verkneifen. Er sagt, ihm hätt der Name je'nfalls Glück gebracht. Na ja, wenn der *Tschenerel* Fulgencio heißt und ein Bruder Hermenegildo, warum soll er dann nich Cipriano heißen? Das sagt er je'nfalls. Cipriano? Allerbestens. Wie 'ne Made im Speck. Ich weiß nich, ob du schon weißt, daß sie ihm die Konzession für'n La Lisa-Markt gegeben ham. Ja, so vor'nem Monat. Das ham wir gestern abend außer der Sache mit dem Tennis-Club auch noch gefeiert. *Sänkju*, meine Liebe. Nein, die Tankstelle verwaltet 'n Bruder von ihm, Deogratzia. Das kannst du laut sagen. Die Mutter muß 'ne ganz schöne Meise gehabt ham. Sie ham alle so komische Namen. 'N andrer Bruder von ihm heißt Berenitze, und einer, der is schon vor Jahren gstorm, der Ärmste, der hat Metodio geheißen, und 'n andrer, der *immer noch* auf'm Land lebt, wenn er nich gestorm is, das is nämlich so'n Eigenbrötler, der nix von der Familie wissen will, der heißt Diogenes Lätzio. Klar, wo sollen sie denn *sonst* herstammen, vom Land, aus Moa de Toa bei Baracoa, drü'm, im Osten. So genau weiß ich's nich, aber er hat den *Tschenerel* irgendwo da unten im Busch kennengelernt, und sie sind zusammen in die Armee eingetreten und zusammen aufgestiegen und so... Genau das sag ich ihm auch immer, aber er meint, daß es mit dem Oberst genug wär, und ich soll doch an Genovevo denken, sagt er, und an Gómez Gómez, und fängt an, mir 'ne ganze Latte von Namen aufzuzählen, von Leuten, über die er Bescheid weiß, und stopft mir damit 's

Maul. Er sagt, 's wär am besten, nich so aufzufallen, damit man freie Hand hat... Nein, Schätzchen, *nie*-und-*nimmer.* Sie wollten ihn hinschicken, aber er hat sich rausgewunden. Mein Mann is 'n ganz schön gerissener Hund. Er is hingegangen und hat zu Fulgen gesagt, er würd im Generalstab gebraucht und seine Erfahrung in Taktik und was weiß ich nich alles, und da ham sie ihn in Ruhe gelassen. Nein, da läuft jetz nix mehr. Du kennst ja die Geschichte mit Curbelo. Je'nfalls was so erzählt wird. Ja, die Sache mit den Tagegeldern und so. Ja sicher, natürlich, aber das is doch alles so 'ne elende Plackerei, und außerdem weiß er, daß ich nich um alles in der Welt aufs Land zieh und daß ich nix mehr von Moskitos und Stechmücken und Zecken wissen will und daß für mich gleich hinterm Almendares 's flache Land anfängt. Drum will ich ja auch hier nich mehr weg, auch wenn sie Cipriano noch so viele Häuser im Kantri-Club und im Biltmor und sonstwo angeboten haben. Und weißt du, er geht mir ja nich von der Pelle! In *jeder* Beziehung. Ja, ja, ganz verrückt. Was *geee-ben?* Ich hab ihm doch nix gegeben. Nenenee. Weißt du, mit sowas hab ich nix am Hut. Auf so'n Quatsch laß ich mich nich ein. Ich bin fürs Reelle: ich geb ihm, was ich selber hab, und dazu die Erfahrung. Das gleicht sich immer schön aus: je mehr ich vom einen hab, desto weniger hab ich vom andern. Und fitzefersa. Aber irgendwas muß ja doch noch an mir dransein, denn er is ja so scharf auf mich, so *un*heimlich scharf. Ja, ja, fuffzig und nich totzukriegen. Aber Mädchen, um Himmelswillen! Erzähl mir bloß nix von Empollien und so'm Zeug, sonst krieg ich's wirklich noch mit der Angst zu tun. Ja *Kind,* hast du denn nich mitgekriegt, was mit dem Miguel Torruco passiert is? *Torruco.* To-rru-co. Ja, der mexikanische Filmschauspieler. Ja, der, genau. Der is der Frau doch *auf der Couch* gestorben. Couch oder Bettcouch – das is doch egal. Und weißt du, was 'ner Freundin von 'ner Freundin von mir passiert is? Der is 'n Typ gestorben, wie sie mit ihm grad Ecke 11 und 24 war. Ach Kindchen, nu tu doch *bitte* nich so unschuldig! Natürlich 'n Hotel. Die *Absteige,* Kindchen, da unten am Fluß, Richtung Miramar. Na siehste. Natürlich kenn ich sie. Willst du vielleicht behaupten, daß du sie nich kennst? Na also. Also diese Freundin von meiner Freundin is da zugange und auf einmal liegt der Mann steif im Bett. Ich mein *ganz* steif. Morgens um zwei. Und kein Mensch weit und breit. Wetten du kommst nich drauf, was sie gemacht hat? Sie is hingegangen und hat ihn in aller Gemütsruhe und ohne mit der Wimper zu zucken angezogen, hat'n Portier gerufen, hat ihn ins Auto gesetzt und sich hinters Steuer geklemmt . . . Nein, drum lern ich ja zur Zeit fahren. Also, sie is losgefahren und zur Unfallstation und geht hin und sagt, die fragliche Person, wie's immer in den Polizeimeldungen heißt, die fragliche Person ist beim Fahren an 'nem *Herzinfakt* gestorben. Wie findest du das? Das perfekte Verbrechen. Ja, natürlich bin ich vorsichtig. Er kümmert sich überhaupt nich drum, du Dummerchen . . . Nein, er läßt mich ja, er weiß nur zu gut, daß man mich nich an die kurze Leine nehmen kann. Ich glaub, ganz im Vertrauen gesagt, meine Liebe, daß er sogar 'n bißchen Spaß dran hat. Ja, Kindchen, die sind alle so. Das sin die Jahre. Das Alter . . . Ja, ein richtiger alter Lustmolch. Ja, ja. Auf je'n Fall, das kann uns keiner mehr nehmen. Geschenkt ist geschenkt . . . Du kannst meinetweeng auch'n andres Wort dafür sagen, wenn's dir Spaß macht. Aber *sei-so-gut* und erzähl das nich überall rum. Ja, ja, wann du willst. Du weißt ja, ich kann dich jetz mal in' Tennis-Club einladen. Bis du noch da? Also, meine Liebe, ich häng jetz auf, ich will nämlich noch'n Bad nehmen und mir'n Kopf waschen, ich muß noch zum Friseur. Nein, Mirta de Perales. Ausgezeichnet, du, wirklich Klasse. Meine Haare sind jetz pi-co-bel-lo, du wirst schon sehn. Also, Schätzchen, bis bald. *Solong.*

Nicht zu fassen! Das war ja eine richtige Nachhilfestunde im Rechnen. Ich blieb wie versteinert stehen und schaute auf die Wand. Nicht auf die Wand, auf eine Lithographie dahinter – hinter ihm, nicht hinter der Wand: ich bin eher Supermaus als Supermann. Es war eine romantische Zeichnung, auf der ein paar kapriziöse (und folglich – würde Códac sagen – schwule) Haie ein dahintreibendes Boot oder Floß umringten, auf dem zwei oder drei Kerle – so muskulös und hübsch, daß sie eher wie Photomodelle aus Youth & Health als wie Schiffbrüchige aussahen – malerisch nach Backbord hingegossen lagen. Ich dachte, daß die Haie auf dem Bild scheue Sardinen waren, verglichen mit diesem Hai des täglichen Lebens, der mir ohne Schamgefühl oder Befangenheit fest in die Augen sah und sicherlich glaubte, ich sei derjenige, der rot werden müßte. Ich erinnere mich, daß ich vom Bild zum Schreibtisch sah, von den wallenden Wogen (oder dem wogenden Wall?) des Meeres, das in ferner Bläue am Malecón endete, oder vielmehr dort, wo heute der Malecón ist, denn im Hintergrund, ganz hinten, sah man, so unglaublich das scheinen mag, das graue Havanna des 18. Jahrhunderts, sprang ich auf das öde Festland oder feste Ödland seiner abschlägigen Antwort, schwenkte vom Meeresblau zum Billardgrün der Schreibunterlage, zu dem angriffslustigen Brieföffner – ein langer Reißzahn mit dem vergoldeten Zahnfleisch als Griff –, zu dem glänzend braunen Zigarrenetui mit seinem Rokokomonogramm, das vielleicht ebenfalls vom Schöpfer der Haie und Homos entworfen war, zu der barocken, schwarzledernen Schreibmappe mit ihren goldenen Schließen, und ließ meine Augen über seine kohlegraue Krawatte aus italienischer Seide klettern, wobei meine ungläubigen Pupillen einen Augenblick auf der riesigen Cipollinperle unter dem perfekten Dreieck des Knotens verharrten, ritzte in meine nörgelnde Netzhaut den tadellosen Kragen des bei Mieres maßgeschneiderten Hemdes und sah nun seinen Kopf auftauchen (ein hartes Stück Arbeit für die Guillotine, wäre er ein Hai des 18. Jahrhunderts gewesen: er hatte keinen Hals), ganz plötzlich, wie einer dieser Hokusai-Vollmonde, die im Sommer in oranges Staunen versetzen und die man nach dem Aufgehen zuerst für einen riesigen Lampion hält, dann für den Mond und schließlich dann doch für eine etwas ungewöhnliche Lampenkugel der Straßenbeleuchtung, bevor man endgültig weiß, daß es tatsächlich der Mond der Kariben ist und nicht eine reife, zur Verblüffung Newtons unsichtbar aufgehängte Tropenfrucht. In seinem wohlrasierten, dicken, glänzenden Gesicht zeichnete sich fast ein Lächeln ab, während seine hellen europäischen Augen diesen offenen, kaufmännischen Blick auf mich richteten, der aus dem armseligen Einwanderer einen Unternehmer (und Ausnehmer) gemacht hatte, und sein Mund, seine schmalen, blutleeren Lippen, seine kostspieligen Zähne, seine seit langem an die Köstlichkeiten der Küche gewöhnte Zunge bewegten sich, um mich sanft zu fragen: »Verstehen Sie?«

Ich wollte ihm sagen, daß ich Zahlen nicht nur zeichnen, sondern auch zusammenzählen kann, aber ich öffnete nicht den Mund, sondern die Tür, auf deren Glasscheibe *tavirP* stand. Zehn. Nein, weniger. Fünf, drei Minuten zuvor war ich auch hier draußen, im Vorzimmer, in das ich jetzt zurückgehe, weil nichts mehr zu tun ist als adieu zu sagen und nicht bis bald und hinauszugehen und die Tür lautlos hinter mir zu schließen und an den Zeichentisch zurückzukehren. (Zu meinen Plakiaten, wie Arsenio Cué mit Chiaroscurostimme sagen würde.) Damals, vorher, dachte ich, er würde mich gar nicht empfangen, und zwar genau in dem Augenblick, als Yosi oder Yossi oder Jossie zu mir sagte: »Señor Solaún wird Sie gleich empfangen, Ribot.« »Bürger Maximilien Robespierre Ribot«, sagte ich zu Jossie oder Yossi oder Yosi, aber sie verstand nicht. Mein Selbstbildnis: Einer, der sein bißchen Pulver in zu vielen Salven verschießt. Wie schon bei anderen Gelegenheiten, als sie es auch nicht verstand oder nicht einmal hörte, hätte ich Giambattista Bodoni Ribotto oder William Caslon Rybot oder Silvio Griffo di Bologna sagen können. Diesmal war ich kein genialer Drucker und auch kein berühmter Musiker (Sergio Krupa oder Chanopozo Ribó), sondern ein berüchtigter Revolutionär, ein Gemeinfreier, der seine Rechte einforderte. Fast höher noch als die nach oben unterwürfige und zu mir überhebliche Stimme, die von ganz oben herab »Wie bitte?« fragte, schwang sich der Gedanke, daß mich der Edle Herr von Solaún nun in sein Schloß einließ, mir eine Privataudienz gewährte, obwohl er wußte, daß ich um eine kunsthandwerkliche Gehaltserhöhung bitten würde, allein schon wegen der Geschichte von gestern, und ich antwortete: »Ach nichts.«

Schon seit mehr als einem Monat versuchte ich, über die Gilde der Werbefachleute eine kleine Gehaltserhöhung zu ergattern, und es kam nichts dabei heraus, und genau das war von der Gewerkschaft des Graphischen Gewerbes auch zu erwarten, denn ich war ja kein Arbeiter. Ich war auch kein Künstler und kein Handwerker. Ich war eine *Fachkraft* (soll ich es mit Großbuchstaben schreiben und in Stymie Bold 90 Punkt drukken lassen?), einer, der in diesem Niemandsland, im dunklen Loch meines neumodischen Gewerbes Zuflucht gesucht hatte: weder Künstler noch Techniker noch Handwerker noch Arbeiter noch Wissenschaftler noch Lumpenprolet noch Nutte: eine Hybride, ein Bastard, eine Mißgeburt, ein parturiunt montes (wie du, Silvestre, in deinem Latein mit ostkubanischem Akzent sagen würdest) nascetur ridiculus mus. Ein Werbefritze, igittigitt. Jetzt, heute, seit einer Woche versuchte ich es mit einer persönlichen Eingabe, die aber auf gut oder schlecht Glück über ein gleichgültiges oder feindseliges Meer zu segeln schien, wie die Flaschenpost eines Schiffbrüchigen. Denn auch ich, auf meinem heterosexuellen Floß, trieb ruderlos dahin.

Dann kam die Trapeznummer. Schon gestern am frühen Morgen hatte ich einen dunklen, schmutzigen, flickenübersäten Mann im Wartesaal gesehen. Er rauchte nicht, sprach nicht mit den anderen, die dort immer warten, und hatte weder Schreibmappe noch Notizbuch, noch Aktentasche dabei. War er vielleicht ein Anarchist, ein verzweifelter später Leser Bakunins mit seiner unvermeidlichen Bombe, ein kreolischer

Tyrannenmörder? Dreimal stellte ich mir die dreifache Frage. Ich sah ihn, als ich morgens kam, er saß in der Mittagspause da und auch noch am Nachmittag, und als ich dann nach Feierabend herauskam, richtete er seine vollen sechs Fuß Größe auf, und wir gingen zusammen hinunter. In diesem Augenblick kam Senator Solaún, Verwalter, Herr, geborener Gebieter. Klein, dick und behende sprang er aus dem Wagen, ganz in blütenweißen Drillich gekleidet, den Panamahut fest auf dem kahlen Schädel. Ferner Trommelwirbel. Fast hätte eine Stimme verkündet: »Meine Damen und Herren! Senator Solaún steigt nun die Treppe hinauf. Ohne Netz, meine Damen und Herren! Ohne Netz und doppelten Boden! Wir bitten um absolute Ruhe, denn das leiseste Geräusch könnte ihn das Leben kosten.« Der Besucher und ich sahen ihn im selben Augenblick, doch ich bin sicher, daß wir nicht dasselbe dachten. Der Mann sackte noch mehr in sich zusammen, senkte Kopf und Blick und streckte dem Großen Solauni, der die Treppe heraufkam, andeutungsweise in einer Geste des Bittens die Hand hin, oder vielmehr im Fehlen dieser Geste, die sich dennoch in seiner ganzen Gestalt ausdrückte: die reine Metaphysik des Bettelns.

»Señor Solaún«, sagte der Mann mit einer Stimme, die man nicht gehört hätte, wäre nicht die Stille dieser Sternminute der Menschheit gewesen, deren stumme Zeugen er und ich waren. Solaún schaute ihn von oben herab an, und da wurde mir klar, daß man nicht größer sein muß, um einen anderen von oben herab anzuschauen. Der Trommelwirbel hörte auf, an seine Stelle trat ein lautes Brüllen: es waren nicht die Löwen, es war die Stimme Solaúns:

»Aber ich *bitte* Sie, wie *können* Sie mich auf der Treppe ansprechen!«

Mehr brauchte er nicht zu sagen, denn der Besucher, der Bittsteller, der professionelle Anpumper, sie alle waren schlagartig verschwunden, und wo sie gewesen waren, stand jetzt nur noch ein armseliger Mann, zusammengesunken, verspottet, endgültig lächerlich gemacht. Ich wollte lachen, applaudieren, protestieren, tat aber nichts von alledem, weil ich ganz fasziniert die Szene betrachtete. Oder war es Angst und nicht Faszination? Solaún bemerkte mich und sagte zu dem Mann:

»Sprechen Sie mit meiner Sekretärin«, und ging weiter die Treppe hinauf, doch jetzt war er ein Mann wie jeder andere, der mit ganz gewöhnlichen Schritten eine völlig normale Treppe hinaufging. Ich war es, und nicht der Eindringling auf der Treppe, der seinen Rat befolgte, und jetzt ließ Yossie oder vielleicht Josefa Martínez die Zugbrücke herunter, und ich überschritt den feudalen Burggraben mit der linkischen Grazie des Bauern, der zum erstenmal in das Schloß eingelassen wird.

»Bitte, kommen Sie doch rein«, sagte Viriato Solaún mit der ganzen Liebenswürdigkeit, die einer vermitteln kann, wenn er gerade etwas Bedeutendes, Lebenswichtiges tut: einen Scheck für die Gattin unterzeichnen, damit sie ihre Einkäufe machen kann, nochmal kurz mit der Liebsten telephonieren, die Churchill anzünden (er war so reich, daß er sich den Luxus leisten konnte, metaphorisch gesprochen, pro Stunde einen englischen Premierminister aufzurauchen), die ihren nachmittäglichen Duft verbreitet. »Worum geht es, junger Mann?«

Ich sah ihn an, und fast hätte ich gesagt, Um mein Leben und vielleicht auch um Leben und Tod. Tatsächlich aber sagte ich:

»Ja, wissen Sie, also, ich hab da ein Problem ...«

»Ja, ja.«

»Ich verdiene ziemlich wenig.«

»Wie bitte? Wir haben Ihnen doch erst vor sechs Monaten das Gehalt erhöht!«

»Ja, das stimmt. Das war, als ich geheiratet hab, aber ...«

»Ja, ja.«

Es klang eher wie Nein, nein (Sie brauchen sich gar nicht weiter zu bemühen), aber er verstand es, dieses einfache doppelte Wort so geschickt einzusetzen, daß ich klein beigab.

»Also, wir bekommen nämlich bald Nachwuchs.«

»Ach so ist das! Sie bekommen also einen Sohn.« Ich hätte ihn verbessern sollen: Oder eine Tochter, vielleicht auch einen

Hermaphroditen. Aber statt dessen redete er: »Das ist ja eine größere Sache. Haben Sie sich das gut überlegt?«

Tatsächlich hatte ich mir das nicht überlegt, weder gut, noch schlecht, ja nicht einmal mittelmäßig. Kinder überlegt man sich nicht, man hört oder sieht sie nicht einmal kommen. Sie tauchen auf und sind einfach da. Sie sind fast wie Errata. Verflixt, da ist mir doch tatsächlich ein Hurenkind in das Novalgin-Layout gerutscht. Ich hätte einen Interruptus machen sollen.

»Nein, also überlegt, so richtig überlegt hab ich mir das nicht.«

»Aber Ribot, das Kinderkriegen muß man sich doch gut überlegen.«

Die Nachkommenschaft ist etwas Geistiges, würde Leonardo sagen. Ich weiß, was ich das nächste Mal tu: Ich setz mich an meinen Tisch, stütze mein Kinn auf die Hand, wie Nobel auf allen Porträts, und hänge ein Schild an die Tür. *Bitte nicht stören. Ich entwerfe gerade einen prächtigen achtpfündigen Stammhalter.*

»Sie haben recht«, sagte ich unterwürfig, »man muß es erst entwerfen, sich überlegen.«

Nun konnte der Herr diesem seinem Leibeigenen eine versöhnliche Geste gewähren.

»Nun gut«, sagte er. »Was kann ich für Sie tun?«

Zunächst einmal sagte ich gar nichts. Ich hatte nicht erwartet, daß mein Gesuch eine Antwort war. Ich war gekommen, um Fragen zu stellen, die ich alle vorher eingeübt hatte. Was kann das Festland für einen Schiffbrüchigen tun? Das war alles, was mir im Augenblick einfiel. Mir am Ufer entgegenkommen? Mir eine Rettungsleine zuwerfen? Mich hinter dem Horizont vergessen? Ich beschloß, um das Einfachste zu bitten. Oder war es das Schwierigste?

»Ich dachte, ob Sie vielleicht, wenn es ginge, so gut sein könnten, und ich bekäm mein Lehrr, äh Lohn ein bißchen erhöht. Natürlich nur, wenn das möglich wär.«

Ich hatte die grammatikalische Konstruktion gewählt, die am

besten geeignet war, beim Burgherrn die Vorstellung von Respekt und Hierarchie und notwendiger Distanz zu wecken. Was ja alles die Neigung sowohl zu öffentlicher als auch zu privater Wohltätigkeit fördert. Doch es kam keine Antwort. Nicht sofort. Das ist das Geheimnis großer Männer. Auch kleiner großer Männer. Sie kennen Preis und Wert aller Dinge, auch der Worte. Und der Stille, wie die Musiker. Und der Gesten. Wie Schauspieler und Buddhisten. Wie bei einer religiösen Zeremonie zog Solaún ein schweinsledernes Etui aus der Innentasche und entnahm ihm ebenso langsam wie sorgfältig seine bifokale Brille. Er setzte sie bedächtig auf. Er schaute mich an, schaute auf den leeren Block (oder schaute er leer auf den Block?), den er auf seiner Schreibunterlage vor sich hatte, nahm in aller Ruhe einen unnützen Federhalter aus einem unnötigen Tintenfaß, denn Tintenfaß und Federhalter, beide schwarz, waren wie die Lithographie, die Perle, das Zigarrenetui, die Schreibmappe und der Brieföffner nur zur Zierde da. Jetzt wirkte er einen Augenblick der Stille. Ich hätte alle Geräusche der Schöpfung hören können, doch ich hörte nur das erquickende Raunen der Klimaanlage, das kratzende Tätowieren der Maorifeder auf dem weißen Papier und den phänomenalen Wind, den in seinen nachmittäglichen Gedärmen die Gase der Verdauung erzeugten. Das Direktorakel sprach.

»Wieviel verdienen Sie?«

»Fünfundzwanzig in der Woche.«

Es trat erneut Stille ein, endgültige, wie mir schien. Diesmal war der Geruchssinn an der Reihe, doch es war kaum mehr zu erschnuppern als der schwache kaufmännische Guerlainduft in dem blauen Taschentuch, das sich als geschneiderter Horizont in einem schmalen Streifen über die Küste der Brusttasche erhob. Ich glaube, genau in diesem Augenblick begann ich aus metaphorischer Sympathie, aufmerksam jenes Meisterwerk der Lithographie zu betrachten, das den kartographischen Stich so gekonnt mit exotischer Thematik und Schwulität vermählte. Seine reale, bereits vollendete Hand (angesichts dieses Adjektivs waren meine Hände der unüberlegte Fötus einer

Hand und die Hand des unbekannten Künstlers, der mit solcher Vollkommenheit diese Szene einer romantischen Tragödie gestochen hatte, die eines Tages zur Allegorie werden sollte, diese bereits zu Asche und Staub gewordene Hand war nach dem Begriff, den seine Maniküre von einer Hand hatte, die Nichtidee einer Hand) umfaßte in grotesker Haltung den Federhalter, als wäre es sein kaufmännischer Degen, und beide fuhren mit falscher weil überflüssiger Präzision auf und ab. Wäre dies nicht der Augenblick gewesen, in dem sich mein ganzes Sinnen dem Seh- und Seestück zuwandte, so hätte ich das Rauschen der Rechnung gehört, denn mein Gehör steht meinen Augen in nichts nach. Wenn ich modester wäre, dann hätte *ich* die Bilder einer Ausstellung geschaffen und nicht Mussorgski. Eine sichtbar klangvolle Bewegung riß mich aus dieser eines *Bustrófedon* würdigen (oder ihm nachgemachten) Illusion.

Solaún y Zuleta, Viriato, Senator der Republik auf Lebenszeit, Geschäftsmann, Ehrenpräsident des Baskischen Zentrums und des Verbandes der Kaufmännischen Angestellten, Gründungsmitglied des Havanna Yacht & Country Club, Hauptaktionär der Papierimport und Geschäftsführender Direktor der Solaz Verlags-AG, der mit Söhnen, Töchtern, Schwiegertöchtern, Schwiegersöhnen und Enkeln und Neffen und Großneffen im Gesellschaf sführer Havannas eine ganze, mit Photos des Familienverbandes gebührend illustrierte Seite einnahm, hub erneut und endlich zu sprechen an:

»Fünfundzwanzig in der Woche? Aber mein lieber Ribot, das sind ja hundert Pesos im Monat.«

Bevor ich klopfte, schaute ich auf meine Hände: unter jedem Fingernagel hatte ich einen schwarzen Halbmond. Ich ging noch einmal die Treppe hinunter. Schon zum zweitenmal. Beim erstenmal hatte ich gesehen, daß meine Schuhe völlig verdreckt waren, und war hinuntergegangen, um sie auf der Straße sauber zu machen. Was sich dann nicht gerade als die beste Idee erwies. Am linken Schuh löste sich fast der Absatz, und ich mußte versuchen, ihn wieder festzubekommen, indem ich wie ein Geistesgestörter auf dem Bürgersteig herumstampfte. Es gelang mir zwar nicht, den Absatz wieder festzudrücken, wohl aber, die Aufmerksamkeit einer alten Frau zu erregen, die ihren Hund spazierenführte und nun auf der gegenüberliegenden Straßenseite stehenblieb, um mir zuzusehen. »Ich bin die kubanische Antwort auf Fred Astaire«, rief ich ihr zu, aber sie tat so, als hätte sie mich nicht gehört: statt ihrer antwortete mir der Hund, der nicht minder geistesgestört in die ruhige Straße bellte. Jetzt suchte ich unten den Boden ab, bis ich ein Holzsplitterchen fand, und reinigte damit sorgfältig die Fingernägel. Ich ging erneut ganz langsam die Marmorstufen hinauf und betrachtete dabei aufmerksam den gepflegten Garten, bewunderte die blendend weiße Steinfassade. Als ich oben ankam, dachte ich, es wäre vielleicht besser, ein andermal wiederzukommen, aber ich hatte bereits den Türklopfer in der Hand und außerdem, würde ich es überhaupt schaffen, noch einmal zu kommen? Ich hatte ja schon heute fast nicht die Kraft dazu gehabt.

Ich klopfte ein einziges Mal. Ich wollte sachte, ganz vorsichtig klopfen, aber der Klopfer rutschte mir aus der Hand, und es klang wie ein Schuß: es war ein schwerer bronzener Klotz. Niemand kam. Vielleicht gehe ich besser wieder. Ich klopfte erneut, diesmal zweimal und sachter. Ich glaubte, jemanden kommen zu hören, aber die Tür öffnete sich erst viel später. Ein Kerl in Uniform machte auf.

»Was willst du?« fragte er, als wollte er damit sagen, ich hätte dreimal zuviel geklopft, und in dem vertraulichen *du* lag zweifellos eher Verachtung als Zuneigung.

Ich begann, in den Taschen nach dem Zettel zu suchen. Ich konnte ihn nicht finden. Ich zog ein Überweisungsformular heraus und die Adresse des Phonetiklehrers und Sprecherziehers Edelmiro Sanjuán und den letzten Brief meiner Mutter, ohne Umschlag und ganz zerknittert. Wo hatte ich nur diesen verdammten Zettel hingesteckt? Der Mann wartete und war allem Anschein nach eher geneigt, mir die Türe vor der Nase zuzuschlagen, als noch etwas Geduld aufzubringen. Ich fand ihn endlich und gab ihn dem Mann, und er nahm ihn mit einer antiseptischen Gebärde entgegen. Er dachte, damit wäre die Sache erledigt. Ich sagte ihm, für wen er war und daß ich auf eine Antwort warten wolle.

»Warten Sie hier«, sagte er und schloß die Tür. Ich betrachtete eingehend den Türklopfer. Es war die amputierte Pranke eines Bronzelöwen, der mit langen Bronzekrallen eine Bronzekugel festhielt. Wahrscheinlich war er aus der Bronx importiert. Ich hörte, daß irgendwo Kinder spielten, Namen riefen. Auf einem der Bäume im Park sang schnatternd ein Vogel tiatira tiatira. Es war nicht heiß, obwohl es so aussah, als würde es am Abend noch Regen geben. Die Tür ging wieder auf.

»Sie sollen hereinkommen«, sagte der Kerl widerwillig.

Als ich eintrat, nahm ich zuallererst einen köstlichen Essensgeruch wahr. Ich dachte, vielleicht laden sie mich zum Essen ein. Seit mindestens drei Tagen hatte ich nur Milchkaffee zu mir genommen und ab und zu ein Stück in Öl getunktes Brot. Vor mir sah ich einen jungen Mann (als ich eintrat, stand er neben mir, aber ich drehte mich zu ihm um), der müde aussah, wirres Haar und schwermütige Augen hatte. Er war schlampig gekleidet, hatte ein schmutziges Hemd an, und die Krawatte hing auf Halbmast unter dem nicht zugeknöpften, weil knopflosen Kragen. Er hatte eine Rasur nötig, und zu beiden Seiten des Mundes hing schlaff ein ungepflegter Schnurrbart herab. Ich wollte ihm die Hand geben und deutete eine leichte

Verbeugung an, und er tat dasselbe. Ich sah, daß er lächelte, und spürte, daß ich selbst auch lächelte: beide begriffen wir gleichzeitig: es war ein Spiegel.

Der Kerl (was war er: Butler, Sekretär, Leibwächter?) wartete immer noch am Ende des Flurs auf mich. Er sah ungeduldig oder vielleicht gelangweilt aus.

»Er sagt, Sie sollen sich setzen«, sagte er und zeigte auf eine Tür, die sich links als einziger Fluchtweg aus der Dunkelheit des Empfangszimmers öffnete, wo ich Vasen mit künstlichen Blumen, Polstersessel, einen Tisch mit Zeitschriften erahnte. Die offene Tür wies in das einladende Licht eines zweiten Raums. (Vom dunklen Empfangszimmer aus hatte ich den Eindruck, er sei hell erleuchtet.) Ich ging hinein und sah, daß das Licht durch die Fenster hereinfiel: zwei große, weit offenstehende Erkerfenster. Es gab da ein kompliziert geflochtenes Korbsofa und einen Lehnsessel aus braunem Leder und einen Wiener Schaukelstuhl und auch einen Sekretär mit Edelholzintarsien und ein Spinett, glaube ich, oder ein barockes Klavier. An den Wänden hingen Bilder in wuchtigen Rahmen. Was sie darstellten oder welche Farbe sie hatten, konnte ich nicht sehen, weil das grelle Licht auf dem Firnis glänzte und sie verschleierte. Es standen, glaube ich, noch weitere Möbel im Raum, und bevor ich mit dem eindeutigen Gefühl, bei einem Antiquitätenhändler zu sein, Platz nahm, geschahen drei Dinge gleichzeitig oder sehr kurz hintereinander. Ich hörte ein schrilles, vibrierendes Geräusch und danach ein schallendes Händeklatschen, ich hörte einen Schuß und sah, wie eine Hand und ein uniformierter Arm die Tür zuzogen.

Ich setzte mich und dachte, draußen klopfe jemand, und als ich es mir bequem gemacht hatte (ich merkte, daß ich wirklich erschöpft war, fast bis zur Übelkeit), sah ich das Engelchen. Es war eine Statue aus Baccarat oder Biskuit oder unglasiertem Porzellan auf einem Sockel aus demselben Material – oder aus Gips. Es war ein kräftiger Engel, mit einem schräg am Hinterkopf sitzenden Heiligenschein. In einer Hand hielt er ein offenes Buch, und sein linker Fuß ruhte auf einem Felsbrocken und der rechte auf der Grundfläche, die den Erdboden darstellen sollte, und die andere Hand reckte er zum Himmel. Vor allem galt meine Aufmerksamkeit dem nougatfarbenen Büchlein (das Figürchen war bemalt), denn es sah wie Marzipan, fast eßbar aus. Ich bekam solchen Hunger (zum Frühstück hatte ich nur einen schwarzen Kaffee an der Ecke getrunken), daß ich das Büchlein gegessen hätte, wenn es mir der Engel angeboten hätte. Ich beschloß, es zu vergessen.

Ich hätte es auch vergessen, ohne es eigens zu beschließen, denn die Tür ging auf, und es erschien ein Mädchen, eine sehr junge Frau, die mich ohne jede Verwunderung ansah. Sie war von Kopf bis Fuß naß, triefnaß: von ihren schwarzen Haaren, die am Kopf und im Gesicht klebten, rann das Wasser über Arme und Beine herab. Sie hatte hochstehende, breite Backenknochen, ein eckiges, gespaltenes Kinn, einen breiten, vollen Mund, eine flache Nase mit hohem Steg und große, schwarze Augen mit noch schwärzeren Wimpern und Brauen. Sie wäre schön gewesen, hätte sie nicht diese zu hohe, zu gewölbte, zu männliche Stirn gehabt. Sie streckte die Zunge heraus, um das Wasser zu schlürfen, oder vielleicht auch, weil sie sich angestrengt bemühte, das Oberteil ihres gelben Bikinis zuzuknüpfen. Als ihr einer der Träger entglitt, hielt sie den BH mit der rechten Achselhöhle fest und ließ die linke Hand hinter dem Rücken. Sie war mittelgroß und hatte kräftige, vorne gewölbte Schenkel. Sie war braungebrannt, hatte allerdings wohl auch nie eine ganz weiße Haut gehabt. Sie schaute mich erneut an, das Kinn auf der Brust, als hielte sie mit dem Unterkiefer ein imaginäres entgleitendes Handtuch fest.

»Haste Gabriel gesehn?« fragte sie mich und sah wohl mein Erstaunen, denn sie wartete gar nicht erst auf eine Antwort, sondern machte kehrt und ging wieder hinaus, ohne die Tür hinter sich zuzumachen. Ich sah, daß sie das Oberteil des Badeanzugs schließlich ganz auszog. Über ihren langen, braungebrannten, glänzenden Rücken zog sich eine tiefe Furche bis in den Slip. Ich stand auf und schloß die Tür. Bevor ich sie schloß, hörte ich wieder ein Klopfen, wieder einen Schuß.

Ich hatte mich noch nicht wieder gesetzt, als erneut die Tür aufging. Ich dachte fast schon, noch ein unerwarteter Besucher, aber nein, ich dachte es dann doch nicht: es war er. Er hatte meinen Zettel in der Hand. Er sah mich an oder versuchte, mich anzusehen, denn ich stand zwischen ihm und den offenen Fenstern. Er begrüßte mich nicht, sondern hielt den Zettel in seiner Hand hoch.

»Da-das ist vo-von Ihnen.« Es war keine Feststellung und auch keine Frage, doch befremdlich waren für mich weder sein unschlüssiger Tonfall noch das Stottern (unerwartet: ich hatte eine andere, vielleicht herrischere oder männlichere Stimme erwartet: es wurden so viele Geschichten über ihn erzählt, und sie alle hörten sich wie Legenden oder Lügenmärchen an), noch daß er auf mich zuging und dabei den Zettel wie einen forschenden Zeigefinger in die Höhe hielt, noch daß er mich nicht duzte (wie es bisher alle in diesem Haus getan hatten), noch daß er sich so flegelhaft benahm: Was mich erstarren ließ, war die lange schwarze Pistole, die er in der linken Hand hielt. Er kam auf mich zu, und ich wollte ihm die Hand entgegenstrecken, um seine zu schütteln, aber welche? Er ging an mir vorbei zum Fenster und schloß es: er sperrte damit die Stimmen der Kinder, den schnatternden Gesang des Vogels und das Licht aus: den Nachmittag. Dann nahm er mir gegenüber Platz. Er merkte, daß ich ihn nicht ansah, daß mich die Waffe in seiner Hand faszinierte.

»Scheibenschießen«, sagte er ohne weitere Erklärung. Er war nicht jung, aber auch nicht alt: er war gealtert. Ich hatte ihn noch nie persönlich gesehen: nur ab und an per Zufall im Fernsehen, wenn er einen Hotdog nach dem anderen aß, als Werbung für eine Würstchenmarke. Das war lange her, und jetzt war er eine Berühmtheit, ein Magnat, ein Politiker. Die Hotdogs hatte er wohl tatsächlich gegessen, denn er war fett, ungebührlich fett. Er hatte einen weißen Pullover und hellblaue Shorts und modische dunkelblaue Leinenschuhe an. Er trug eine Brille und einen struppigen Schnurrbart (den die Zeitungen als »englisch« beschrieben), und sein Haar war krauser und heller als im Fernsehen. Er ähnelte Groucho Marx, aber der negroide Einschlag war unverkennbar. »Ein Roter«, hatte mir jemand gesagt, »ein rothaariger Mulatte.« Seine Augen waren klein und kleinlich, und auch verschlagen.

»Du bist also Marias Sohn«, sagte er jetzt, ohne damit etwas festzustellen.

»Das wird allgemein behauptet«, sagte ich lächelnd. Er lächelte nicht zurück.

»Du willst etwas.«

»Ja«, sagte ich. »Ich wollte Sie um Rat fragen.«

»Wie?« Es war seine erste Frage. Als ich antworten wollte, entsprudelte meinem Mund ein Schwall Musik: entfesselt, rhythmisch, erbarmungslos. Es war ein Rock'n Roll, der irgendwo im Haus ertönte, vielleicht sogar unter meinem Sessel. Er brauchte die Schallquelle nicht erst ausfindig zu machen: er wußte Bescheid. Er sprang auf und stürzte zur Tür. Er öffnete sie mit der rechten Hand (ich fragte mich, wo er wohl den Zettel gelassen hatte) und schrie, mit der Pistole in der anderen Hand herumfuchtelnd, brüllte gegen die Musik an, die durch die Tür hereinkam und die Luft im hinteren Teil des Zimmers komprimierte:

»Maga!«

Der barbarische Rhythmus der Musik wogte unvermindert weiter.

»Maga!«

Zwischen den elektrischen Gitarren, den brünstigen Saxophonen und dem Geheul eines ins Spanische übersetzten Elvis Presley glaubte ich, eine menschliche Stimme zu vernehmen.

»Magalena, verDAMMich!«

Die Musik wurde leiser und war nur noch diskreter Hintergrund für jene sanfte, unschuldige Stimme.

»Was ist denn, Pipo?«

Als sie Pipo sagte, wußte ich, daß er nicht ihr Vater war.

»Dieser Krach«, sagte er.

»Was für'n Krach?«, sagte sie.

»Die Musik.«

»Was ist denn mit der Musik? Gefällt sie dir nicht?«

»Doch, Schätzchen, aber nicht so laut, *plies.*«

»Is ja schon ganz leis«, sagte sie, immer noch eine Stimme irgendwo im Haus.

»Gut«, sagte er und schloß die Tür.

Er setzte sich wieder und sah mich wieder an. Ich bemerkte, daß sein Blick jetzt irgendwie sonderbar war. Nicht sonderbar, eher gereizt. Ich versuchte, ihm den Punkt in Erinnerung zu bringen, an dem der musikalische Diskurs meine biographische Notiz abgelöst hatte.

»Also: ich brauche einen Rat.«

»Aber was für einen denn«, sagte er, und seine Stimme war wieder erloschen, stumpf.

»Ich weiß nicht. Ich weiß wirklich nicht, was ich mit meinem Leben anfangen soll. Ich konnte es zu Hause, in diesem Nest, nicht mehr aushalten. Da hat man doch keine Zukunft.«

»Und was willst du machen.«

»Das wüßte ich ja gerade gern. Ich dachte, Sie könnten mir vielleicht helfen. Ich würde gern studieren.«

Er dachte nicht lange nach.

»Wo. Schulen gibt es überall. Was willst du studieren.«

»Theater.«

»Du und Schauspieler?«

»Nein, ich möchte schreiben fürs Theater, fürs Tiewie.«

Tiewie sagte ich. Am Pendel der Hoffnung baumelte ich zwischen Hunger und Lächerlichkeit.

»Aber du weißt doch, was das für ein Leben ist. Das ist alles so verkommen. Das ist nichts für einen Jungen vom Land wie dich.«

»Glauben Sie das nicht, ich hab schon einiges von der Welt gesehen. Ich hab auch schon was geschrieben.«

Ich hätte ihm sagen sollen, daß ich die Welt zwischen meinem Dorf und Havanna gesehen hatte, daß mein Schwung gerade bis hierher gereicht hatte, daß ich ein Buch mit Sonetten und ein paar Erzählungen geschrieben hatte. Aber ich sagte es ihm nicht: mein Hunger: ich hatte ihn bis zu diesem Augenblick gut ausgehalten, hatte ihn fast vergessen in der Mittagshitze, die in dem geschlossenen Raum immer drückender wurde. Ich sah erneut den Engel an, und das Hungergefühl wurde stärker. Wäre das Marzipanbuch doch nur wirklich eßbar, wären seine Blätter doch nur Blätterteig. Ich schaute dem Engel ins Gesicht. Er schien mir sein offenes Buch entgegenzustrecken. Dann schaute ich *ihn* an und glaubte ein Lächeln zu bemerken. Verleiht Hunger einen Hauch von Heiligkeit?

»A-ach j-ja«, sagte er, und es überraschte mich, daß er über zwei Wörter stolperte. Er hatte sich die ganze Zeit mit mir unterhalten, ohne zu stottern. Mir fiel auf, daß er mich duzte, nicht weil er erst jetzt damit begonnen hätte, sondern weil sich der Ton seiner Stimme verändert hatte.

»Ja. Haben Sie nicht gesehen, was auf dem Zettel stand? Es waren Verse.«

In Wirklichkeit hatte er weder etwas gesehen noch gehört.

»Wie findest du sie?« fragte er mich mit einer Frage.

»Was?« Ich hatte den vagen Gedanken, er könnte vielleicht die Verse meinen.

Er lächelte zum erstenmal.

»Sie.«

»Wen?«

»Magalena.«

Er meinte also das Mädchen: die, die oben Rock'n Rolls detonieren ließ, war dieselbe, die im Schwimmbecken im Hof gebadet und irgendeinen Gabriel gesucht hatte, vermutlich den Kerl in Uniform. Ich war nahe daran, ihn zu fragen, ob sie seine Tochter sei, nur aus Neugier, um zu sehen, was er sagen würde. Er ließ mir keine Zeit dazu.

»Sieht doch gut aus, oder.«

Ich wußte nicht, was ich sagen sollte, und sagte deshalb das Einfachste.

»Ja, natürlich.«

»Gefällt sie dir?«

»Sie? Mir?«

Wer, wenn nicht sie, und wem denn sonst? Aber irgendetwas

mußte ich ja sagen. Und ich muß leider gestehen, genau das sagte ich.

»Natürlich dir. Daß sie mir gut gefällt, ist doch klar.«

»Ich weiß nicht recht. Ich hab sie nicht richtig gesehen, eigentlich fast gar nicht.«

»Aber sie war doch hier und hat mit dir geredet.«

»Nein, sie hat die Tür aufgemacht, nach einem gewissen Gabriel gefragt und ist wieder gegangen, ohne die Tür hinter sich zuzumachen.« Und ich fügte etwas hinzu, das eigentlich zum Totlachen war (immer noch besser als der Hungertod): »Sie war tropfnaß«, aber er nahm es ernst:

»Ja, und sie hat im Wohnzimmer und auf der Treppe und oben überall Pfützen hinterlassen.«

Er schien sich in eine hydraulische Meditation zu versenken, kam aber dann wieder auf das vorherige Thema zurück.

»Also, gefällt sie dir oder gefällt sie dir nicht?«

»Ja, schon«, sagte ich schüchtern. Ich bin vom Land.

Er stand auf. Irgendetwas störte ihn.

»Na gut, kommen wir zum Schluß. Was wi-willst du also.«

»Ich brauche jemand, der mir beisteht«, sagte ich ziemlich dramatisch. »Ich weiß nicht mehr weiter. Zuhause, im Dorf, kann ich einfach nicht mehr leben, und hier hab ich kein Geld. Ich hab seit Tagen nur Milchkaffee zu mir genommen. Wenn mir keiner hilft, dann bleibt mir nur noch der Selbstmord. Zurück geh ich auf keinen Fall.«

»Du heißt Antonio.«

Ich dachte, es sei eine Frage.

»Nein, Arsenio.«

»Nein, ich meine, daß dein wirklicher Name Antonius ist, daß du der Heilige Antonius bist.«

»Ich versteh nicht. Warum?«

»Du wirst gleich verstehen. Du brauchst also Beistand.«

»Ja«, sagte ich.

»Gut, du sollst ihn haben«, sagte er, hob die Pistole und zielte auf mich. Er war keine zwei Meter von mir entfernt. Er drückte ab. Ich spürte einen Schlag gegen die Brust und einen Stoß an der Schulter und einen brutalen Tritt in der Magengrube. Dann hörte ich die drei Schüsse, die klangen, als klopfe jemand an die Tür. Mein Körper wurde ganz schlaff und fiel vornüber, ich sah nichts mehr, mein Kopf schlug hart auf den Rand eines Brunnens, der sich im Boden öffnete, und ich fiel hinein:

SIE SANG BOLEROS

Ich lernte La Estrella kennen, als sie noch Estrella Rodríguez hieß und noch nicht berühmt war, als niemand dachte, daß sie so bald sterben würde, und keiner aus ihrem Bekanntenkreis um sie geweint hätte, wenn sie gestorben wäre. Ich bin Photograph, und meine Arbeit bestand damals darin, die Sänger und die Leute von den Varietétruppen und all die anderen Nachtschwärmer auf die Platte zu bannen, und so war ich ständig auf Tour in den Cabarets und Nachtclubs und ähnlichen Etablissements, um Photos zu schießen. Ich verbrachte die ganze Nacht damit, die ganze Nacht und die frühen Morgenstunden und oft auch den ganzen Morgen. Manchmal hatte ich nichts zu tun, hatte meinen Bereitschaftsdienst bei der Zeitung hinter mir und ging dann um drei oder vier Uhr morgens ins Sierra oder ins Las Vegas oder ins Nacional, um mich dort mit einem befreundeten Conferencier zu unterhalten oder mir die Revuegirls anzuschauen oder den Sängerinnen zuzuhören und mich mit dem Rauch und dem muffigen Geruch der klimatisierten Luft und mit Alkohol zu vergiften. So war ich damals, und nichts und niemand hätte mich ändern können, denn die Zeit verging und ich wurde älter und die Tage vergingen und waren bloßes Datum und die Jahre waren Abreißkalender, und ich machte immer so weiter, begnügte mich mit den Nächten und goß sie in ein Glas mit Eis oder in ein Negativ oder in die Erinnerung.

In einer dieser Nächte kam ich ins Las Vegas und traf all diese Leute an, die nichts und niemand hätte ändern können, und eine aus dem Dunkel auftauchende Stimme sagte zu mir, Photograph, komm setz dich her und trink was, ich geb dir einen aus, und es war kein geringerer als Vítor Perla. Vítor hat eine Zeitschrift, in der vor allem halbnackte Mädchen zu sehen sind und dazu die entsprechenden Erläuterungen: Ein Modell mit einer Zukunft, die ins Auge springt, oder die gewichtigen Argumente der Sonja Sowieso oder die kubanische BB sagt,

Brigitte sähe *ihr* ähnlich, und anderes Zeug, von dem kein Mensch weiß, wo sie es hernehmen, denn sie müßten schon eine ganze Wagenladung Scheiße im Hirn haben, um so viel Mist über ein Mädchen erzählen zu können, das gestern noch Kindermädchen oder Hausangestellte war oder in der Calle Muralla gearbeitet hat und sich heute mit allem, was sie im Geschirr hat, ins Geschirr legt, um irgendwie aufzufallen. Seht ihr, ich rede auch schon so daher wie sie. Aber aus irgendeinem mysteriösen Grund (und wäre ich ein Klatschspaltenkolumnist, würde ich my$teriö$ schreiben) war Vítor in Ungnade gefallen, und deshalb wunderte es mich auch, daß er noch so guter Laune war. Stimmt nicht: Zunächst einmal wunderte es mich, daß er überhaupt noch frei herumlief, und ich sagte mir, Dieser Scheißkerl schwimmt immer noch obenauf, und sagte ihm das dann auch. Das heißt, genau genommen sagte ich zu ihm, *Gallego*, du bist wie spanischer Kork, aber er machte sich nichts draus und antwortete mir halbtot vor Lachen, Ja, aber irgendwo muß mir einer 'n Stück Blei reingesteckt haben, sonst hätt ich nicht so 'ne Schlagseite. Und wir fingen an zu reden, und er erzählte mir eine Menge Zeug, er erzählte mir fast seinen ganzen Schlamassel, aber ich will das hier nicht wiederholen, weil er mir alles ganz im Vertrauen erzählt hat, und ich bin schließlich ein ehrenwerter Mann und will hier nicht herumklatschen. Außerdem sind Vítors Probleme ja seine Probleme, und wenn er sie lösen kann, um so besser für ihn, und wenn nicht, ab durch die Mitte, Vítor Perla. Jedenfalls hatte ich es bald satt, mir seine Unglücksgeschichten anzuhören, und da er so ein verdrossenes Gesicht machte und ich keine Lust hatte, einen so verkniffenen Mund zu sehen, wechselte ich das Thema, und wir fingen an, von anderen Dingen zu reden, Frauen zum Beispiel, und plötzlich sagte er, Darf ich dir Irena vorstellen, und hatte ein winziges, wunderhübsches Blondinchen hervorgezaubert, das aussah, wie Marilyn Monroe ausgesehen hätte, wenn sie den Jívaro-Indianern in die Hände gefallen wäre und die sich die Zeit damit vertrieben hätten, sie ganz klein zu machen, nicht nur den Kopf, sondern auch den

Körper und alles andere, und wenn ich alles andere sage, dann meine ich *alles* andere. Er zog also Irena am Arm herbei, als fischte er sie aus dem Meer der Dunkelheit, und sagte zu mir oder vielmehr zu ihr, Irena, darf ich dich mit dem besten Photographen der Welt bekanntmachen, womit er natürlich sagen wollte, daß ich bei der Zeitung *El Mundo* arbeitete, und das Blondinchen lachte aufgekratzt und schob dabei die Oberlippe zurück und zeigte die Zähne, als höbe sie den Rock hoch, um ihre Schenkel zu zeigen, und sie hatte die schönsten Zähne, die ich je im Dunkeln gesehen habe: gleichmäßige, perfekte Zähne, wohlgeformt und sinnlich wie Schenkel, und wir fingen an zu reden, und sie zeigte ständig ohne jede Scham ihre Zähne, und sie gefielen mir so sehr, daß ich sie fast gefragt hätte, ob ich ihre Zähne berühren darf, und wir setzten uns zum Reden an einen Tisch, und Vítor rief den Kellner, und wir fingen an zu trinken, und nach einer Weile war ich dem Blondinchen ganz zart, so ganz unbeabsichtigt auf den Fuß getreten und merkte fast gar nicht, daß ich draufstand, weil er so klein war, aber sie lächelte, als ich mich entschuldigte, und nach einer weiteren Weile hatte ich ihre Hand ergriffen, und zwar sichtlich absichtlich, aber die Hand ging mir in meiner Hand verloren, und ich suchte sie stundenlang zwischen den gelben Fixiersalzflecken, die ich ganz charlesboyeresk als Nikotinflecken ausgab, und als ich ihre Hand dann endlich gefunden hatte und sie streichelte, ohne mich zu entschuldigen, da nannte ich sie bereits Irenita, denn das war der Name, der am besten zu ihr paßte, und dann küßten wir uns undsoweiter, und als ich mich zwischendurch mal umsah, war Vítor bereits aufgestanden, diskret wie immer, und so saßen wir eine ganze Weile da, eng aneinandergeschmiegt, untergetaucht in der Dunkelheit, küßten und betasteten uns, vergaßen alles um uns herum, daß die Show zu Ende war, daß die Band zum Tanz spielte, daß die Leute tanzten und tanzten und sich müde tanzten und daß die Musiker ihre Instrumente einpackten und gingen und daß wir allein zurückblieben, in tiefer Dunkelheit nun, nicht mehr im trüben Dämmerlicht, von dem Cuba Venegas singt, sondern im tiefsten Dämmerlicht, in der Dunkelheit fünfzig, hundert, hundertfünfzig Meter unter der Lichtoberfläche, schwammen in der Dunkelheit, völlig durchnäßt, küßten uns, vergessen, Küsse und Küsse und Küsse, selbstvergessen, ohne Körper, mit Mündern und mit Zähnen nur und nur mit einer Zunge, verloren im Geifer der Küsse, still und stumm jetzt, feucht, nach Speichel riechend, ohne es zu merken, mit geschwollenen Lippen, küßten uns, küßten uns, Mann, überhaupt nicht mehr von dieser Welt, völlig abgehoben. Plötzlich waren wir im Begriff zu gehen. Und da sah ich sie zum erstenmal.

Sie war eine riesige, ungeheuer dicke Mulattin, mit Armen wie Schenkel und Schenkeln, die wie zwei Baumstämme den Wassertank ihres Körpers stützten. Ich sagte zu Irenita, ich fragte Irenita, ich sagte zu ihr, Wer ist denn die Dicke, denn die Frau schien das Showchen völlig zu beherrschen – und jetzt muß ich erst einmal erklären, was *Shöwchen* bedeutet. Das Shöwchen, das war die Gruppe von Leuten, die sich immer an der Bar, neben der Musikbox, zum Durchmachen versammelten, nachdem die letzte Show vorbei war, und die beim Durchmachen einfach nicht wahrhaben wollten, daß es draußen schon Tag war und daß alle Welt schon eine ganze Weile arbeitete oder jetzt gerade zur Arbeit ging, alle Welt außer dieser Welt von Leuten, die in die Nacht hinabtauchten und in irgendeiner dunklen Höhle herumschwammen, auch wenn sie künstlich war, in dieser Welt nächtlicher Froschmänner. Dort, im Zentrum des Shöwchens, stand nun also die Dicke, bekleidet mit einem billigen Kleid aus einem miesen kastanienbraunen Stoff, dessen Farbe mit der Schokolade ihrer Schokoladenhaut ineinanderfloß, und ein paar alten, schäbigen Sandalen und mit einem Glas in der Hand, bewegte sich im Takt der Musik, bewegte ihre Hüften, ihren ganzen Körper auf eine so schöne Weise, nicht obszön, aber doch sinnlich und einfach schön, wiegte sich im Rhythmus, trallerte durch ihre wulstigen Lippen, ihre dicken, violetten Lippen vor sich hin, im Rhythmus, schüttelte das Glas im Rhythmus, rhythmisch, wunderschön, ganz künstlerisch jetzt, und die Gesamtwirkung war von einer so anderen, so schrecklichen, so neuen Schönheit, daß ich es bedauerte, die Kamera nicht dabeizuhaben, um diesen ballettösen Elefanten, dieses Flußpferd beim Spitzentanz, dieses von der Musik ins Schwanken gebrachte Bauwerk aufzunehmen, und ich sagte zu Irenita, bevor ich sie nach dem Namen fragte, unterbrach mich, als ich sie nach dem Namen fragen wollte, schon danach fragte, Sie ist die wilde Schönheit des Lebens, natürlich ohne daß Irenita mich hörte, natürlich ohne daß sie mich verstanden hätte, wenn sie mich gehört hätte, und ich sagte, fragte sie, sagte zu ihr, Du, wer ist das denn. Sie sagte in ziemlich garstigem Ton zu mir, Das ist die singende Riesenschildkröte, die einzige, die Boleros singt, und lachte, und dann tauchte Vítor aus der Dunkelheit neben mir auf und flüsterte mir im Vorbeigehen ins Ohr, Sei vorsichtig, das ist Moby Dicks Kusine, die Schwarze Walin, und zum Glück war ich schon in Stimmung, hatte schon zwei oder drei Gläser getrunken, denn so konnte ich Vítor an seinem Drillicharm packen und zu ihm sagen, Du Scheißgallego, du bist ein ganz beschissener Sklaventreiber, ein Scheißrassist, ein blöder Arsch: ein Arschloch erster Güte bist du, und er sagte zu mir, Ich laß es dir durchgehen, weil du betrunken bist, mehr sagte er nicht, und dann verschwand er, wie jemand, der durch einen Vorhang schlüpft, wieder in der Dunkelheit. Ich ging auf sie zu und fragte sie, wer sie sei, und sie sagte, La Estrella, und ich sagte zu ihr, Nein, nein, Ihr richtiger Name, und sie sagte, La Estrella, ich bin *die* Estrella, Jungchen, und sie hatte ein tiefes Baritonlachen oder wie immer man die Frauenstimme nennen mag, die dem Baß entspricht, aber wie Bariton klingt, Kontra-Alt oder so ähnlich, und sie sagte lächelnd zu mir, Ich heiße Estrella, Estrella Rodríguez, Ihre ergebenste Dienerin, sagte sie, und ich sagte mir, Sie ist schwarz, schwarz, schwarz, völlig schwarz, und wir fingen an zu reden, und ich dachte, was das doch für ein langweiliges Land wäre, wenn es den Pater Las Casas nicht gegeben hätte, und ich sagte zu ihm, Gesegnet seist du, Pater, daß du Neger aus Afrika als Sklaven hierhergebracht hast, um die Sklaverei der Indianer zu lindern, von denen ohnehin kaum noch welche übrig waren, und ich sagte zu ihm, Pater, gesegnet seist du, denn du hast dieses Land gerettet, und dann wandte ich mich wieder Estrella zu und sagte, La Estrella, ich liebe Sie, und sie lachte schallend und sagte, Du bist ja stockbesoffen, ich protestierte und sagte, Nein, ich bin nicht stockbesoffen, sagte ich, ich bin stocknüchtern, und sie unterbrach mich, Du bist stinkbesoffen, sagte sie und ich sagte, Sie sind eine Dame, und als Dame sagt man sowas nicht, und sie sagte, Ich bin keine Dame, ich bin eine Künstlerin, verdammich, und ich unterbrach sie und sagte, Sie sind also La Estrella, sagte ich flachsend, und sie sagte, Und du bist besoffen, und ich sagte, Wie eine Flasche, sagte ich, randvoll mit Alkohol, aber nicht besoffen, und ich fragte sie, Sind Flaschen besoffen, und sie sagte, Ach woher denn, und lachte wieder, und ich sagte, Aber vor allen Dingen liebe ich Sie, La Estrella, Würze meines Lebens, mehr als alle anderen Gewürze zusammen, mit Estrellagon können sich weder Thymian noch Majoran messen, und sie lachte wieder schallend, schüttelte sich vor Lachen und schlug sich schließlich mit einer ihrer endlosen Hände auf einen ihrer unendlichen Schenkel, und der Knall hallte von den Wänden wider, als wenn die abendliche Neunuhrsalve versehentlich morgens in dieser Bar abgefeuert worden wäre, und dann fragte sie mich, Auch bis über die Ohren, und ich sagte zu ihr, Na klar, bis über sämtliche Ohren bin ich verliebt, verknallt, verschossen, und sie sagte, Nein, nein, ich meinte, ob's auch bis über die Ohren reicht, ob du mich auch damit liebst, und sie führte beide Hände zum Kopf und faßte sich in ihr Kraushaar, und ich sagte zu ihr, Mit Haut und Haar, und plötzlich sah sie aus wie das glücklichste Geschöpf auf Erden. Und da machte ich La Estrella den großartigen, einmaligen, unmöglichen Vorschlag. Ich beugte mich zu ihr und sagte ihr ganz leise ins Ohr, La Estrella, ich möchte Ihnen einen unanständigen Antrag machen, sagte ich, La Estrella, kommen Sie, trinken wir einen zusammen, und sie sagte, Mit-Ver-gnügen, und trank mit einem Schluck das Glas leer, das sie in der Hand hielt, wogte mit zwei Chachachaschritten zur Theke und sagte zum Keeper, Hey Schätzchen, noch einen von den meinen, und ich fragte sie, Warum denn 'nen gemeinen, und sie antworte, Nein, doch keinen gemeinen, der soll mir einen von *meinen* rübergeben, und sie lachte und sagte, *Meiner*, das ist La Estrellas Drink und den bekommt sonst keiner, kapiert, und sie brach wieder in schallendes Gelächter aus, so daß ihre riesigen Brüste wackelten wie die Kotflügel eines alten Lastwagens, wenn der Motor ins Stottern gerät.

Da packte mich ein Händchen am Arm, und es war Irenita, Willst du die ganze Nacht, fragte sie mich, hier bei der Dicken bleiben, und ich antwortete ihr nicht, und sie fragte mich noch einmal, Du bleibst also bei der Dicken, und ich sagte, Ja, einfach nur ja, und sie sagte nichts, grub mir aber ihre Fingernägel in die Hand, und da lachte La Estrella schallend, ganz überheblich, ganz selbstsicher, und nahm meine Hand und sagte zu mir, Laß sie doch, heiße Katzen gehören aufs Blechdach, und zu Irenita sagte sie, Na komm, Kindchen, setz dich brav auf'n Hocker, alle lachten, sogar Irenita lachte der Form halber mit, um keine schlechte Figur abzugeben und sich nicht noch lächerlicher zu machen, und zeigte dabei die Lücken der beiden Backenzähne, die ihr direkt neben den oberen Eckzähnen fehlten.

Im Shöwchen gab es immer noch eine Show, nachdem die Show zu Ende war, und jetzt tanzte eine Rumbatänzerin zur Musik aus der Musikbox und hielt inne, als ein Kellner gerade vorbeiging, und sagte zu ihm, Papi, mach die Scheinwerfer an, dann gibt's Stimmung, und der Kellner ging hin und zog ein paarmal den Stecker heraus und steckte ihn dann wieder ein, aber da die Musik jedesmal wegblieb, wenn die Musikbox ausging, hing die Rumbatänzerin einen Augenblick in der Luft und bewegte ihren unglaublichen Körper in ein paar kurzen, merkwürdig gedehnten Schritten und streckte ein Bein vor, sepiabraun zuerst, dann erdfarben, dann Schokolade, dann Tabak, dann Rohrzucker, dann Zimt, Kaffee jetzt, jetzt Milchkaffee, Honig jetzt, schweißglänzend, tanzgestrafft, und in diesem Augenblick ließ sie den Rock über ihre Knie gleiten, die rund und poliert und Sepia und Zimt und Tabak und Kaffee und

Honig sind, über die langen, strammen, geschmeidigen, vollkommenen Schenkel, und warf ihren Kopf zurück, nach vorn, zur einen Seite, zur andern, nach links und rechts, wieder zurück, immer wieder zurück, zurück bis in den Nacken, bis auf den tief ausgeschnittenen, leuchtenden, tabakfarbenen Rükken, vor und zurück, bewegte die Hände, die Arme, die Schultern mit ihrer unglaublich erotischen, unglaublich sinnlichen, einfach unglaublichen Haut, strich sich über die Brüste, über die vollen, festen, sichtlich fessellosen, sichtlich aufgerichteten, sichtlich zarten Brüste: die Rumbatänzerin, nackt unter ihrem Kleid, Olivia hieß sie, heißt sie in Brasilien immer noch, ohne Partner, losgelöst, frei jetzt, mit dem Gesicht eines schrecklich verderbten, zugleich unglaublich unschuldigen kleinen Mädchens, das jetzt vor meinen Augen die Bewegung, den Tanz, die Rumba erfand: die Summe der Bewegung, ganz Afrika, der Inbegriff des Weiblichen, der Tanz an sich, das ganze Leben, vor meinen Augen, und ich ohne die verdammte Kamera, und hinter mir La Estrella, die alles mit ansah und sagte, Das gefällt dir wohl, und sich vom Thron ihres Barhokkers erhob, und während die Rumbatänzerin immer noch tanzte, ging sie zur Musikbox, zur Steckdose, sagte, Lauter neumodisches Zeug, stellte ab, riß fast wütend den Stecker heraus, als wollte ihr der Mund von Kraftausdrücken überschäumen, und sagte, Schluß damit, jetzt wird Musik gemacht. Und ohne Musik, ich meine, ohne Band, ohne Begleitung begann sie, ein unbekanntes, neues Lied zu singen, das aus ihrer Brust, aus ihren riesigen Eutern, aus ihrer Walzenwampe emporstieg, und nur einen kurzen Augenblick dachte ich an die Geschichte vom Wal, der in der Oper sang, denn sie legte mehr in das Lied als das falsche, zuckersüße, sentimentale, geheuchelte Gefühl, nichts von diesem dümmlichen Schmalz, von diesem kommerziell fabrizierten *Feeling*, sondern wirkliches Gefühl, und ihre Stimme klang sanft, schmelzend, flüssig, leicht ölig jetzt, eine kolloidale Stimme, die wie das Plasma ihrer Stimme ihrem ganzen Körper entströmte, und plötzlich fuhr ich zusammen. Seit langem hatte mich nichts mehr so angerührt, und ich begann laut zu lächeln, weil ich gerade das Lied erkannt hatte, begann zu lachen, bekam einen Lachanfall, weil es *Noche de ronda* war, und ich dachte, Agustín Lara, du hast überhaupt nichts ersonnen, du hast nichts komponiert, diese Frau hier erfindet gerade dein Lied: komm doch morgen vorbei und hols ab und kopiers und brings nochmal unter deinem Namen raus: *Noche de ronda* wird in dieser runden Nacht geboren.

La Estrella sang weiter. Sie schien unermüdlich. Irgendeiner bat sie, *La Pachanga* zu singen, und sie stand da, einen Fuß vor dem andern, die aufeinandergetürmten Wülste ihrer Arme über den wogenden Wülsten ihrer Hüften, stampfte auf den Boden mit ihrer Sandale, die ein unter den ozeanischen Wülsten ihrer Beine versinkendes Boot war, stampfte, ließ das Boot mehrmals auf den Boden krachen, warf ihr schweißglänzendes Gesicht nach vorne, ihre Wildtierschnauze, dieses Geäse einer borstenlosen Wildsau mit dem von Schweiß triefenden Schnurrbart, warf die ganze Abscheulichkeit ihres Gesichts nach vorne, mit den jetzt kleineren, boshafteren Augen, fast gänzlich verborgen unter den Brauen, Sehschlitze unter zwei Fettwülsten, auf denen sich in dunklerem Schokoladenbraun die Linien der aufgeschminkten Brauen abzeichneten, reckte ihr ganzes Gesicht vor den endlosen Körper und antwortete, La Estrella singt nur Boleros, sagte sie und fügte hinzu, Sanfte Lieder, mit Gefühl, vom Herzen zu den Lippen und von meinem Mund an dein Ohr, Kindchen, damit du Bescheid weißt, und sie fing an, *Nosotros* zu singen, ließ den Frühverstorbenen Pedrito Junco neu erstehen, machte aus seiner wehleidigen Schnulze ein richtiges Lied, ein lebensvolles, von gewaltiger, wahrhaftiger Wehmut erfülltes Lied. Und La Estrella sang weiter, sang bis acht Uhr morgens, ohne daß wir merkten, daß es acht Uhr morgens war, bis die Kellner anfingen zusammenzuräumen und einer von ihnen, der Kassierer, sagte, Tut mir leid, liebe Familie, und er meinte damit tatsächlich Familie, er sagte das Wort nicht nur so daher, sagte nicht Familie, obwohl er damit etwas ganz anderes sagen wollte, sondern meinte damit wirklich Familie, und sagte: *Familia,* wir müssen jetzt schließen. Aber davor, kurz davor, bevor das passierte, war da noch dieser Gitarrist, ein guter Gitarrist, ein schmächtiger, hohlwangiger Typ, ein einfacher, achtbarer Mulatte, der keine Arbeit hatte, weil er so bescheiden und so ungekünstelt und so gutmütig war, aber ein großer Gitarrist, der wußte, wie man einem noch so billigen und kommerziellen Schlager ungewöhnliche Melodien entlockt, der es verstand, wahres Gefühl aus der Tiefe seiner Gitarre zu fischen, der bei jedem Lied, bei jeder Melodie, bei jedem Rhythmus das Beste aus den Saiten holen konnte, der, dem ein Bein fehlt, der ein Holzbein und immer eine Gardenie im Knopfloch hat, den wir im Spaß liebevoll Niño Nené nannten, nach dem Vorbild der Flamencosänger wie Niño Sabicas oder Niño de Utrera oder Niño de Parma, und dieser Niño Nené sagte, bat, Laß mich dich bei deinem Bolero begleiten, Estrella, und La Estrella führte die Hand zur Brust, schlug sich zwei, dreimal auf die riesigen Titten und antwortete ganz hochnäsig, Nein, Niñito, nein, sagte sie zu ihm, La Estrella singt immer allein: sie braucht sonst keine Musik. Danach sang sie *Mala noche* und machte dabei ihre später so berühmte Parodie auf Cuba Venegas, über die wir uns halbtot lachten, und danach sang sie *Noche y día,* und danach bat uns der Kassierer zu gehen. Und da die Nacht schon Tag war, gingen wir.

La Estrella bat mich, sie nach Hause zu bringen. Sie sagte, ich solle noch einen Augenblick warten, sie müsse noch etwas holen, und dann kam sie mit einem Päckchen zurück, und als wir hinausgingen, um in mein Auto zu steigen, eines dieser englischen Sportwägelchen, hatte sie Mühe, eine einigermaßen bequeme Position zu finden, ihre dreihundert Pfund auf einem Sitz unterzubringen, auf dem nicht einmal einer ihrer Schenkel Platz hatte, und schließlich stellte sie das Päckchen zwischen uns und sagte, Das ist ein Paar Schuhe, das hab ich geschenkt bekommen, und ich sah sie an und merkte, daß sie arm war wie eine Kirchenmaus, und wir fuhren los. Sie wohnte bei einem Schauspielerehepaar, oder vielmehr bei einem

Schauspieler namens Alex Bayer. Der Typ hieß nicht wirklich so, sondern Alberto Pérez oder Juan García oder so ähnlich; aber er nannte sich Alex Bayer, weil Alex ein Name ist, den sich diese Leute mit Vorliebe zulegen, und das Bayer hatte er sich von Bayer genommen, der Pillenfirma, die Schmerzmittel herstellt, jedenfalls nannten diesen Typ manche Leute, zum Beispiel seine Freunde, die Leute aus der Cafeteria Radiocentro, nicht Alex Bayer, A-leks Bay-ér, wie er es aussprach, wenn er nach einem Programm die Absage machte, sondern nannten ihn, wie sie ihn heute noch nennen, nannten ihn Alex Aspirin, Alex Spalt, Alex Valium oder so was Ähnliches, und jeder wußte, daß er schwul war, denn er lebte in seinem Haus wie in einer regelrechten Ehe mit einem Arzt zusammen, und sie waren immer ein Herz und eine Seele, ein Herzchen und ein Seelchen, und dort wohnte sie, La Estrella, in ihrem Haus, war ihre Köchin, ihr Dienstmädchen, kochte ihnen ihr Breichen und machte ihnen ihr Bettchen und ließ ihnen das Badewässerchen einlaufen, undsoweiterchen, und wenn sie sang, dann nur zum Spaß, aus reiner Freude am Singen, und sie sang, weil es ihr Spaß machte, einfach weil sie Lust dazu hatte, im Las Vegas und in der Bar Celeste oder im Café Nico oder in irgendeinem Café oder Club oder einer Bar im Umkreis der Rampa. Ich brachte sie also in meinem Wagen nach Hause, brüstete mich aus denselben, nur anders gepolten Gründen, aus denen es andere Leute als ziemlich beschämend oder ziemlich lästig oder einfach als unbequem empfunden hätten, jene riesige Negerin in dem kleinen Wagen sitzen zu haben, sich mit ihr am frühen Morgen so zur Schau zu stellen, mit den ganzen Leuten um dich herum, die alle zur Arbeit gehen, arbeiten, durcheinanderlaufen, in die Busse steigen, die Straßen füllen, alles überschwemmen: die Alleen, die Bürgersteige, die Straßen, die Gassen, und wie unermüdliche Kolibris zwischen den Gebäuden herumschwirren. Und ich brachte sie zu dem Haus, wo sie arbeitete, sie, La Estrella, die dort Köchin, Hausangestellte, Dienstmädchen dieses ungewöhnlichen Ehepaars war. Wir waren da.

Es war eine abgelegene Straße im Vedado-Viertel, wo die Leute noch schliefen, noch träumten und schnarchten, und ich stellte gerade den Motor ab, ließ dabei den Gang drin, streckte einen Fuß aus der Wagentür, schaute den nervösen Zeigern zu, wie sie auf dem toten Punkt wieder zur Ruhe kamen, sah in den Glasscheiben der Instrumente das Spiegelbild meines abgewrackten, morgendlich gealterten Gesichts, ausgelaugt von der Nacht, als ich ihre Hand auf meinem Schenkel spürte: sie legte ihre fünf Würste auf meinen Schenkel, fünf Salamis fast, die einen Schinken garnieren, auf meinen Schenkel, ihre Hand auf meinen Schenkel, und ich sah, daß sie den Schenkel ganz bedeckte und dachte, La belle et la bête, und als ich an die Schöne und das Tier dachte, lächelte ich, und da sagte sie zu mir, Komm mit rauf, ich bin allein, sagte sie zu mir, Alex und sein Leibarzt, sagte sie und lachte mit einem Lachen, das die gesamte Nachbarschaft aus dem Schlaf, den Alpträumen, dem Tod oder sonstwas hätte reißen können, sind nicht da, sagte sie: sie sind übers Wochenende ans Meer gefahren, komm mit hoch, es ist sonst keiner da, sagte sie zu mir. Da steckte nichts dahinter, keine Anspielung auf Sex oder sowas, überhaupt nichts, aber ich sagte trotzdem zu ihr, Nein, ich muß gehen, sagte ich. Ich muß arbeiten, ich muß schlafen, und sie sagte nichts, sagte nur noch, Ist gut, und stieg aus dem Wagen, besser gesagt, leitete den mühseligen Prozeß des Aussteigens ein, und eine halbe Stunde später wachte ich aus einem kleinen Nickerchen auf und hörte, wie sie zu mir sagte, jetzt schon vom Bürgersteig aus, gerade dabei, den anderen Fuß auf den Bürgersteig zu setzen (während sie sich bedrohlich über das Autochen beugte, um ihr Päckchen mit den Schuhen an sich zu nehmen, fiel einer der Schuhe heraus, und es waren keine Damenschuhe, sondern alte Knabenschuhe, und sie hob ihn wieder auf), wie sie zu mir sagte, Weißt du, ich hab einen Sohn, nicht als Entschuldigung oder als Erklärung, einfach nur als Information sagte sie zu mir, Weißt du, er ist etwas zurückgeblieben, aber ich hab ihn um so mehr lieb, sagte sie und ging davon.

Erste

Sie werden lachen. Nein, Sie werden nicht lachen. Sie lachen nie. Sie lachen nicht, Sie weinen nicht, Sie sagen nichts. Sie sitzen einfach nur da und machen Notizen. Wissen Sie, was mein Mann sagt? Daß Sie Ödipus sind, und ich die Sphinx, aber daß ich keine Fragen stelle, weil mich die Antworten nicht mehr interessieren. Ich sage jetzt nur noch, Hör zu oder ich fresse dich, und ich erzähle und erzähle und erzähle. Ich erzähle alles. Ich erzähle sogar, was ich gar nicht weiß. Deshalb bin ich die geheimnisschwangere Sphinx. Das sagt jedenfalls mein Mann. Er ist so gebildet, mein Mann, so geistreich und so intelligent. Der einzige Fehler an ihm ist, daß ich hier bin und er dort, wo immer das sein mag, und ich rede und Sie hören zu, und wenn er nach Hause kommt, setzt er sich hin und liest oder ißt oder er hört Musik in seinem Zimmer, in dem Raum, den er sein Studio nennt, oder er sagt zu mir, Zieh dich an, wir gehn ins Kino, und ich geh und zieh mich an und wir gehen aus dem Haus, und beim Fahren sagt er auch nichts, bewegt nur den Kopf oder sagt ja oder nein zu allem, was ich ihn frage.

Wußten Sie, daß mein Mann Schriftsteller ist? Aber natürlich wissen Sie das, Sie wissen doch alles. Aber Sie wissen bestimmt nicht, daß mein Mann eine Erzählung über euch geschrieben hat. Sehen Sie, das haben Sie nicht gewußt. Sehr geistreich, die Erzählung. Sie handelt von einem Psychiater, der ein Vermögen macht, und zwar nicht, weil er eine millionenschwere Kundschaft hat, sondern weil er nach jedem Traum, der ihm erzählt wird, hingeht und auf eine Endziffer setzt. Wenn ihm jemand erzählt, daß er im Traum eine Wasserschildkröte in einem Teich gesehen hat, dann geht er hin und ruft seinen Buchmacher an und sagt zu ihm, Pancho, 5 $ auf die 6. Oder ein anderer erzählt ihm, daß er von einem Pferd geträumt hat, und er ruft an und sagt, Pancho, 10 $ auf die 1. Oder wieder ein anderer erzählt ihm, daß er von einem Stier geträumt hat, der im Wasser stand und das Wasser war voller Krabben, dann geht er hin und ruft Pancho an und sagt zu ihm, Alter, 5 $ auf die 16 und 5 $ auf die 30, wegen der Kontiguität. Und dieser Psychiater aus der Erzählung landet ständig Treffer, weil seine Patienten jedesmal die Gewinnummern träumen, und eines Tages hat er dann den Hauptgewinn und setzt sich zur Ruhe und verbringt den Rest seiner Tage glücklich und zufrieden damit, in seinem Haus, einem Palast in der Form eines Sofas, Kreuzworträtsel zu lösen! Wie finden Sie die Geschichte? Ganz nett, nicht? Aber Sie lachen ja gar nicht. Manchmal glaube ich, daß eher Sie die Sphinx sind. Mein Mann lacht auch so selten. Er bringt mit seinen Erzählungen und seiner Kolumne in der Zeitung die anderen zum Lachen, aber er selbst lacht nicht so oft.

Wissen Sie schon, daß ich auch eine Geschichte über einen Psychiater parat habe? Nein, das können Sie nicht wissen, weil ich sie nie aufgeschrieben habe, weil das eine Geschichte ist, die ich bisher nur meinem Mann erzählt habe. Ich hab das selbst erlebt, als ich zum erstenmal bei einem Psychiater war. War es das erste oder das zweite Mal? Nein, es war nicht beim erstenmal. Doch, es war doch beim erstenmal. Ich war zweimal in der Sprechstunde. Dieser Psychiater ließ im Sprechzimmer Hintergrundmusik laufen. Stellen Sie sich das vor, Hintergrundmusik. Ich erinnere mich, daß man ein Stück, wenn man nur das Ende gehört hatte, nach einer Weile wiedererkannte, weil es nämlich nochmal gespielt wurde. Es war so eine Tonbandschleife. Man sagt doch Schleife dazu, oder? Die Sitzung fing an, und ich saß da und hörte die Musik, während ich wartete, bis ich drankam, und als ich dann dran war, lief die Musik immer noch, und auch am Abend, als es schon dunkel war und ich wegging und mir die als Krankenschwester verkleidete Vorzimmerdame mit ihren angefaulten Zähnen ein Wiedersehen zulächelte und Bis bald zu mir sagte, völlig sicher, daß ich zur nächsten Sprechstunde wiederkommen würde, da leierte diese dämliche Musik immer noch endlos weiter. Manchmal waren es argentinische Tangos bis zum Gehtnichtmehr, oder international bekannte Rumbas. Oder Hintergrundmusik, die wirklich aus dem hintersten Winkel kam und man wußte nicht woher, ich meine nicht, aus welchem Winkel des Hauses, sondern aus welchem Winkel der Welt. Ich war schon zweimal dagewesen und hatte mir diese Musik angehört und diesen Arzt, der wie ein bebrillter Alligator aussah und mich mit seinen Fragen löcherte. Und *was* der so alles fragte. Also indiskreter ging's gar nicht mehr! Entschuldigen Sie, aber ich glaube, daß dieser Psychiater, im Gegensatz zum Psychiater meines Mannes, zu dem Psychiater in der Erzählung meines Mannes, nach der Sitzung mit mir was ganz anderes gespielt hat als Lotterie. Ich hab eine schmutzige Phantasie, ich weiß. Das sagt jedenfalls mein Mann. Aber dieser Psychiater hat noch eine viel schmutzigere. Am ersten Tag gab er mir ein Notizbuch, in das ich zu Hause alles aufschreiben sollte, was mir so einfiel. Und später mußte ich es ihm dann zeigen. Ich kam mir vor wie in der ersten Klasse. Ich hatte das Notizbuch immer dabei und notierte alles, was mir einfiel, nicht was ich so erlebte, sondern einfach alles, was mir in den Sinn kam, was ich so dachte oder zu denken glaubte, und er las es dann seelenruhig und las es nochmal, und beim Lesen zupfte er an seiner Lippe herum, an der Oberlippe, an dem schwarzen Strich, den er als Schnurrbart hatte, und bewegte den Kopf vor und zurück. Als er fertig war, sagte er, Ausgezeichnet, und das war dann auch schon alles, was er dazu sagte. Bei der dritten Sitzung kam er her und setzte sich zu mir auf die Couch, ganz dicht neben meine Beine. Ich setzte mich mit einem Ruck auf, und da sagte er zu mir, Sie brauchen doch keine Angst zu haben, Señora, sagte er. Ich bin doch ein Mann der Forschung, sagte er. Sie sind mir ein schöner Forscher, sagte ich, sagte ich zu mir selbst, ein ganz schön Naßforscher sind Sie, aber zu ihm sagte ich nichts, ich saß nur mit zusammengepreßten Beinen da, die Hände auf den Knien. Ich wußte gar nicht, wo ich hinschauen sollte, starrte nur vor mir auf den Boden, und so saßen wir eine Weile, bis ich merkte, daß der Kerl aufstand und sich fast auf mich setzte, neben mich, aber so dicht, daß ich das Gefühl hatte, er säße mir auf dem Schoß. Mir kam das wirklich so vor, das schwör ich Ihnen. Ich machte die Augen zu und stand auf, aber ich kam nicht richtig hoch, und dann beging ich eine große Dummheit. Ich setzte mich wieder auf die Couch, aber etwas weiter weg, und der Kerl setzte sich wieder neben mich, und ich rückte wieder weg, ein Stückchen weiter auf der Couch, und er rückte mir wieder auf die Pelle. So ging das, bis wir die ganze Couch entlanggerutscht waren, und keiner sagte dabei ein einziges Wort. Das Ende der Couch kam mir wie eine steile Klippe vor, und ich hatte auch größte Mühe, mich noch zu halten, so als hinge ich tatsächlich über dem Rand eines Abgrunds. Dann stand ich auf und brachte gerade noch ein bißchen brüchige Stimme zusammen, um zu dem Kerl zu sagen, Es tut mir leid, Herr Doktor, aber hier hat Ihre Couch ein Ende, und dann machte ich mich davon. Mein Mann lachte sich halbtot, als ich es ihm erzählte, und meinte, daraus könnte man eine gute Erzählung machen, genau das hat er gesagt. Aber als ich mich dann wieder so fühlte wie jetzt, da fing er an, mir mit dem Psychiater in den Ohren zu liegen, bis er mich so weit hatte, daß ich zu einem anderen Psychiater ging. Der war aus der Reflexologenschule. Pawlowianer, wie er selbst gesagt hat. Und zur Hypnose-Schule hat er auch gehört. Hypnotherapie hat er's genannt. Wenn er mich so anschaute, sah er aus wie Valentino. Ungefähr einen Monat lang schaute er mich ständig so an. Er ließ mich keine Sachen ins Notizbuch schreiben und legte mich nicht auf die Couch und zeigte mir auch keine Tintenkleckse oder sowas. Schließlich, so nach anderthalb Monaten, sagte er aus heiterem Himmel zu mir, Was Sie brauchen, ist ein Mann wie ich. Er war so von sich überzeugt wie einer von diesen Politikern. Es klang fast so, als hätte er gesagt, Havanna braucht einen Bürgermeister wie mich. Ich erzählte es meinem Mann, und wissen Sie, was der zu mir sagte? Du solltest ein Buch schreiben, sagte er zu mir, mit dem Titel Mein Psychiater, die Couch und ich. Ein richtiger Witzbold, mein Mann. Dabei schickt *er* mich ja immer zum Psychiater.

Sind Sie ordothox, Doktor? Or-tho-dox sagt man, oder? Ich

frage Sie, weil ich keine Couch oder Liege oder so etwas an der Wand sehe, und ich weiß, daß Sie kein Reflexologe sind. Zumindest schauen Sie nicht wie ein Pawlowianer. Ach, jetzt lächeln Sie ja. Nein, ganz im Ernst, Herr Doktor, ich meine es wirklich ernst: Wissen Sie, Herr Doktor, diesmal bin ich ganz von selbst zu Ihnen gekommen.

SIE SANG BOLEROS

Ach Fellove, sie spielten gerade dein *Mango Mangüé* im Radio, und die Musik und die Geschwindigkeit und die Nacht umhüllten uns, als wollten sie uns beschützen oder vakuumverpacken, und sie saß neben mir, sang, trällerte, glaube ich, deine rhythmische Melodie, und sie war nicht sie, das heißt, sie war nicht La Estrella, sondern Magalena oder Irenita oder ich glaube Mirtila und auf jeden Fall war es nicht sie, denn ich kann sehr wohl einen Wal von einer Sardine oder einem Schleierschwanz unterscheiden, und wahrscheinlich war es doch Irenita, weil sie tatsächlich schleierschwänzig war mit ihrem Maultierschweif, ihrem Pferdeschwanz, ihrem blonden, lose gebändigten Haarschopf und den Fischzähnen, die aus ihrem Mündchen ragten und nicht aus Estrellas riesigem Walmaul, in dem ein ganzer Ozean an Leben Platz hatte, aber: auf einen Streifen mehr kommt es dem Tiger nicht an. Diesen Streifen gabelte ich am Pigal auf, als ich zu später Stunde auf dem Weg zum Las Vegas war: sie stand allein unter der Laterne vor dem Pigal, und als ich bremste, rief sie mir zu, Halt an deinen Wagen, Ben Hur, und ich hielt dicht am Bordstein, und sie sagte, Wohin gehts denn, Süßer?, und ich sagte, Las Vegas, und sie fragte, ob ich sie nicht noch ein Stückchen weiter bringen könnte, wohin sagte ich, und sie sagte, Über die Grenze, Wohin?, und sie sagte, Bis hinter die Esquina de Texas, sie sagte Texas und nicht Esquina de Tejas, und deshalb ließ ich sie einsteigen, aber auch wegen der anderen Dinge, die ich jetzt im Auto begutachten konnte, denn im Schein der Straßenbeleuchtung hatte ich bereits die riesigen Brüste gesehen, die unter ihrer Bluse tanzten, und ich fragte sie im Spaß, Gehört das alles dir?, und sie sagte nichts, sondern öffnete das Hemd, denn was sie anhatte, war ein Männerhemd und keine Bluse, und knöpfte es ganz auf und ließ ihre Brüste heraushängen, nein: ihre Titten, nein: ihre riesigen, weißen, runden, spitzen Euter, die rosig und blau und grau waren und dann im Lichtschein der

Straßenkreuzungen, die wir überquerten, wieder rosig wurden und ich wußte nicht, ob ich zur Seite oder nach vorne schauen sollte, und da bekam ich Angst, es könnte uns jemand sehen, die Polizei könnte uns anhalten, denn obwohl es zwölf oder zwei Uhr morgens war, waren ja noch genug Leute unterwegs, und ich fuhr mit sechzig über die Infanta, und an der Fischbude waren Leute, die Muscheln aßen, und es gibt Augen, die sind schneller als der Schall und zielsicherer als Mareys Gewehr, denn ich hörte, was für einen Aufruhr es gab und wie sie uns nachriefen, Melonen gehören auf den Markt!, und ich trat das Gaspedal durch und fuhr volles Rohr über die Infanta und die Carlos III und die Esquina de Tejas verschwand plötzlich hinter der Kurve Richtung Jesús del Monte und in der Aguadulce wendete ich etwas unglücklich und entging um ein Haar oder zwei Sekunden einem Bus der Linie 10, und da waren wir am Sierra, wo dieses Mädchen, das sich jetzt vor dem Cabaret in aller Seelenruhe das Hemd zuknöpft, hinwollte, und ich sage, Okay Irenita, und strecke meine Hand nach einer dieser Melonen aus, deren Haut zu Markte getragen wurde, ohne je dort anzulangen, und da sagt sie, Ich heiß nicht Irenita, ich heiß Raquelita, aber nenn mich nicht Raquelita, nenn mich Manolito el Toro, wie meine Freunde, und sie schob meine Hand beiseite und stieg aus, Vielleicht laß ich mich bald umtaufen, sagte sie und ging über die Straße zum Eingang des Cabarets, wo ein bildhübsches Mädchen, eine wahre Augenweide, auf sie wartete, und sie hielten Händchen und küßten sich und fingen dort am Eingang an zu tuscheln, unter der Leuchtschrift, die an und aus ging, und ich sah sie und sah sie nicht und sah sie und sah sie nicht und sah sie und stieg aus und überquerte die Straße und ging zu ihnen und sagte zu ihr, Manolito, aber sie ließ mich nicht ausreden und sagte, Und das hier ist Pepe, und zeigte dabei auf ihre Freundin, die mich mit ziemlich ernster Miene ansah, aber ich sagte zu ihr, Freut mich, dich kennenzulernen, Pepe, und sie lächelte und ich fuhr fort, Manolito, sagte ich, zum selben Preis fahr ich dich auch wieder zurück, und sie sagte, kein Interesse, und da ich nicht ins Sierra gehen wollte, weil ich nicht die geringste Lust hatte, den Mulatten Eribó oder Beny oder Cué zu treffen, die bestimmt wieder anfangen würden, ihre Vorträge über Musik zu halten, die besser ins Lyceum oder zu den Amigos del País oder in das Buch von Carpentier paßten, die wieder über Musik diskutieren würden, als ginge es um Rassenfragen: Ob zwei Schwarze einer Weißen entsprechen, aber eine Schwarze mit Pünktchen genausoviel ist wie eine Weiße, und ob der Cinquillo eine rein kubanische Figur ist, weil es ihn weder in Afrika noch in Spanien gibt, oder daß der Repique ein archaischer Akzent ist (das behauptet Cué immer) oder daß die Claves als Tanzform in Kuba zwar nicht mehr gespielt werden, aber daß sie ein richtiger Musiker immer noch im Kopf hat, und von den Claves, den »Schlüsseln« aus Holz, den Gegenschlaghölzchen, kommen sie aufs Violinschlüsselstöckchen und dann auf die verschlüsselten Riten der Geheimkulte und fangen an, von Hexerei, Santería und Ñañiguismo zu reden und Geschichten von Gespenstern zu erzählen, die nicht in alten Häusern oder um Mitternacht spuken, sondern vor dem Mikrophon eines Radiosprechers am frühen Morgen oder um zwölf Uhr mittags bei einer Probe, und von dem Klavier, das bei Radioprogreso von selbst spielte, nachdem Romeu gestorben war, und ähnlichem Zeug, das mir dann bestimmt den Schlaf raubt, wenn ich allein in mein Bett muß, drehte ich mich um und ging zum Wagen zurück, nicht ohne mich von Pepe und Manolito mit einem Adiós, Mädchen, verabschiedet zu haben, und dann machte ich mich aus dem Staub.

Ich fuhr zum Las Vegas und kam an die Kaffeebude und traf dort Laserie und sagte zu ihm, Na, wie läuft's, Rolando, und er sagte, Ganz gut, *mulato*, und so fingen wir an zu plaudern, und später sagte ich ihm, daß ich demnächst einmal Aufnahmen von ihm machen wollte, wie er hier nachts seinen Kaffee trinkt, denn Rolando sah sehr gut aus, sehr kubanisch, das Urbild eines *Habanero*, der außerdem noch Sänger ist, in seinem Anzug aus weißem Drill, den kleinen Strohhut in der unnachahmlichen Art der Neger auf dem Kopf, wie er so seinen Kaffee trank, ganz vorsichtig, damit sein makelloser Anzug ja keinen Kaffeefleck abbekommt, den Oberkörper eingezogen und den Mund über der Tasse und die Tasse in einer Hand und unter dieser Hand die andere Hand auf der Theke, in kleinen Schlucken den Kaffee schlürfend, und ich verabschiedete mich von Rolando, Bis bald, sagte ich, und er sagte, Bis demnächst mal, *mulato*, und ich will gerade in den Club und wetten, daß ihr nicht wißt, wen ich da an der Tür sehe? Keinen geringeren als Alex Bayer, der auf mich zukommt und mich begrüßt und zu mir sagt, Ich habe auf dich gewartet, sehr fein und manierlich und elegant wie immer, und ich sage zu ihm, Auf wen, auf mich, und er sagt, Ja, auf dich, und ich sage, Soll ich Fotos von dir machen, und er sagt, Nein, ich will mit dir reden, und ich sage zu ihm, Wann immer du willst, lieber jetzt als gleich, und denke, daß es vielleicht Stunk gibt, denn bei diesen Leuten weiß man ja nie, wie damals, als José Mujica in Havanna war und mit zwei Schauspielerinnen oder zwei Sängerinnen oder einfach zwei Mädchen Arm in Arm über den Prado ging und ein Typ, der auf einer Bank saß, ihnen zurief, Hallo, ihr drei Hübschen, und Mujica ganz ernst, durch und durch mexikanischer Filmschauspieler, ganz gemessen, wie bei einem Gesangsauftritt, zu der Bank hinging und den Kerl fragte, Was haben Sie gesagt, *Señor*, und der Typ sagt zu ihm, Was Sie gehört haben, *Señora*, und Mujica, der ja unheimlich groß war (oder ist, er lebt ja noch, aber die Leute laufen ja mit den Jahren ein), packt ihn und stemmt ihn über den Kopf und wirft ihn auf die Straße, nicht auf die Straße, auf das Rasenstück zwischen der Begrenzungsmauer der Promenade und der Straße, und setzte seinen Spaziergang fort, so natürlich und so locker und so unvergleichlich, als wenn er mit mexikanischem Akzent und allem Drum und Dran *Júrame* singen würde, und ich weiß nicht, ob Alex dachte, was ich dachte, oder dachte, was Mujica dachte, oder dachte, was er selbst dachte, ich weiß nur, daß er lachte, lächelte und zu mir sagte, Gehen wir, und ich sagte, Setzen wir uns doch an die Bar, und er verneinte mit einer Kopfbewegung, Nein, was ich mit dir zu bereden habe, sollten wir besser draußen bereden, und ich sagte zu ihm, Dann setzen wir uns doch in meinen Wagen, und er sagte nein, Nein, wir gehen lieber ein Stück, es ist ja eine so schöne Nacht, und wir gingen die Calle P hinab, und als wir ein Stück gegangen waren, sagt er, Nachts kann man in Havanna so schön herumschlendern, findest du nicht, und ich nicke zustimmend und sage, Ja, wenn's kühl ist, Ja, sagte er, wenn es kühl ist, dann ist es eine wahre Wonne, ich mach es oft, das ist das beste Tonikum für Leib und Seele, und ich hatte gute Lust, auf seine Seele zu scheißen, weil ich dachte, der Kerl will bloß mit mir herumlaufen und den indischen Philosophen markieren.

Unterwegs tauchte vor uns aus dem Dunkeln der Lahme mit den Gardenien auf, mit seiner Krücke und seinem Gardenienstand und seinem Guten Abend, so höflich und von einer Liebenswürdigkeit, die aufrichtiger war, als man hätte vermuten können, und als wir die nächste Straße überquerten, hörte ich die schrille, näselnde, gnadenlose Stimme Juan Charrasqueados, der das einzeilige Liedchen leierte, das er immer leiert und jetzt zum abertausendsten Mal wiederholte, Kauf dir ein Los und kauf dir ein Los und kauf dir ein Los, Kauf dir ein Los, Kauf, und damit meinte, man solle ihm Münzen in den durchgeschwitzten Sombrero werfen, den er mit aufdringlicher Gebärde jedem Passanten hinstreckt, so daß eine quälende Stimmung entsteht, die so aufs Gemüt schlägt, weil alle wissen, daß er hoffnungslos verrückt ist. Ich las die Leuchtschrift des Restaurants Humboldt Club und dachte an La Estrella, die dort immer aß, und fragte mich, was wohl der ehrwurdige Baron, der Neuentdecker Kubas, sagen würde, wenn er wüßte, daß er in diesem Land, das er zwar nicht entdeckt, aber immerhin entschleiert hat, seinen Namen für ein Restaurant und eine Bar hinterlassen hat, und für eine Straße, die durch ein unrühmliches Massaker berühmt wurde, und ein berüchtigtes Bordell, das auf lebende Bilder mit Superman in der Starrolle spezialisiert war, und dann Bar San Juan und Club Tikoa und La Zorra und El Cuervo und das Eden Rock, wo eines Nachts einmal eine Negerin den Fehler beging, die Stufen bis zur Tür hinunterzugehen, und dort drin essen wollte und mit einer als Abfertigung ausgefertigten Rechtfertigung rausgeworfen wurde und dann anfing Litelroclitelroclitelroc zu schreien, weil Faubus gerade in Mode war, und einen mordsmäßigen Aufruhr veranstaltete, und La Gruta, wo alle Augen phosphoreszieren, denn die Geschöpfe, die diesen Club mit Bar und Bett bewohnen, sind Tiefseefische, und das Pigal oder Pigalle oder Pigale, diese drei Varianten sind geläufig, und Wakamba Self Service und Marakas und seine Speisekarte auf Englisch und seine Speisekarte draußen und seine chinesischen Neonschriftzeichen, die selbst Konfuzius ganz konfus machen würden, und La Cibeles und das Colmao und das Hotel Flamingo und der Flamingo Club, und als wir an der Ecke N und 25 vorbeikommen, sehe ich unter der Straßenlaterne, draußen, auf der Straße, vier alte Männer im Unterhemd Domino spielen, und ich lächle und lache und Alex fragt mich, worüber ich lache, und ich sage, Ach nichts, nur so, und er sagt, Ich weiß, worüber du lachst, und ich frage ihn, Worüber, und er sagt, Über die Poesie dieses Gruppenbildes, und ich denke, Leck mich am Arsch, ein Ästhet wie Beteta, das war ein Spanier, der als Kulturredakteur bei der Zeitung arbeitete, und jedesmal, wenn jemand sagte, er sei Journalist, oder ihn fragte, ob er Journalist sei, gab Beteta zur Antwort, Nein, Ästhet, und schließlich nannten sie ihn den Äßtitten, was durchaus paßte, denn er war der größte Tittengrabscher aller Zeiten. Und dann fällt mir auf, daß Alex bisher nicht von seiner Sache geredet hat, und ich sage es ihm, und er sagt, er wisse nicht, wie er anfangen solle, und ich sage, das sei doch ganz einfach, Fang am Anfang an oder am Ende, und er sagt, *Du* bist ja auch Journalist, und ich sage nein, ich sei Photograph, Pressephotograph, sagt er, und ich sage, Ja, leider, und er sagt, Also, ich fange in der Mitte an, und ich sage, Okay, und er sagt, Du kennst La Estrella nicht, und was du da überall rumerzählst, ist gelogen, ich kenne die Wahrheit und will sie dir erzählen, und ich bin gar nicht sauer oder so und sehe, daß er auch nicht sauer ist, und sage, Also gut, schieß los.

Zweite

Da waren drei Badeanstalten, eine neben der anderen, und ich ging in die letzte, die eine offene Terrasse mit Holzfußboden hatte, und an einer Wand standen viele Liegestühle, wo die Leute frische Luft schnappten und sich unterhielten und schliefen. Ich fragte nach jemand, ich weiß nicht mehr nach wem, und man sagte mir, ich solle ihn am Strand suchen. Ich ging auf den Weg hinaus, wo es furchtbar heiß war. Der Weg war weiß vom grellen Sonnenlicht, und das Gras sah verbrannt aus. Der Strand war auf der linken Seite ganz hinten, und ich ging weiter und kam an einen ruhigen Strand, wo die Wellen ziemlich weit landeinwärts rollten und ins Meer zurückkehrten und dann wieder ganz sachte heranfluteten. Am Ufer spielte ein Hund, aber dann war es anscheinend doch kein Spiel, denn er kam das ganze Ufer entlang angerannt und steckte die Schnauze ins Wasser, und da sah ich, daß er eine Rauchfahne hinter sich herzog: Rauch kam aus der Schnauze und aus dem Rücken und aus dem Schwanz, der wie eine Fackel war. Jetzt war da rechts ein ganz armseliges Holzhaus, und der Himmel, der noch vor einem Augenblick ausgesehen hatte wie an einem milden Wintertag, war jetzt grau, und da war eine Wolke, eine einzige, ganz dick und ganz groß und ganz weiß, und es war windig, und ich weiß nicht, ob es regnete oder nicht. Ich sah noch zwei Hunde kommen, die zuerst ebenfalls qualmend auf mich zurannten und sich dann ins Meer stürzten. Ich glaube, sie verschwanden. Als ich an die Hausecke kam, an die andere Ecke, an die letzte, sah ich zwei oder drei Hunde, die um ein Feuer herumsprangen und die Schnauze hineinstreckten und versuchten, etwas aus den Flammen zu holen. Sie verbrannten sich einer nach dem anderen und rannten dann davon, auf das Meer zu, das jetzt weiter entfernt war. Ich kam näher und sah, daß da noch ein Hund war, mitten im Feuer und völlig verbrannt, ein riesiger Hund, der aufgebläht und mit emporgereckten Pfoten im Feuer lag, und an manchen Stellen, an den

Pfoten, war er verkohlt, und der Schwanz und die Ohren waren wohl schon zu Asche zerfallen.

Ich blieb stehen und betrachtete den brennenden Hund, und dann beschloß ich scheinbar, in das Haus zu gehen, durch die Tür, die sich auf den Platz öffnete, wo der Hund verbrannt wurde (denn es war ein Platz, und der Hund war auf einem Sandhügel verbrannt worden), um Bescheid zu sagen. Ich klopfte, und es antwortete niemand, und dann stieß ich die Tür auf. Drinnen, den Blick auf die Tür gerichtet, stand ein riesiger Hund, fast so groß wie ein Kalb, mit struppigem Kopf und spitzen Ohren. Er war schmutziggrau und sah furchterregend aus. Ich glaube, die Augen waren rot oder glühten vielleicht auch nur, weil die Diele oder das Zimmer so dunkel war. Als ich die Tür öffnete, richtete er sich auf und knurrte und kam auf mich zu. Ich wollte schon schreien, als ich merkte, daß er an mir vorbeilief und die Tür mit dem Körper aufstieß. Ich sah ihn zu dem Monument laufen, wo der andere Hund brannte, und ohne jede Furcht warf er sich in die Flammen und packte den verbrannten Hund. Ich erinnere mich, daß er mit einem verkohlten Stück Fleisch im Maul dastand. Er biß erneut zu und hob den anderen Hund mit der Schnauze in die Höhe, und der verbrannte Hund war fast so groß wie er, und ich sage fast, weil dem anderen Hund ja die Körperteile fehlten, die er im Feuer verloren hatte. Der lebendige Hund hob den toten Hund aus dem Feuer, konnte ihn mit Leichtigkeit tragen und ging mit ihm zum Haus zurück, ohne daß irgendein Teil des verbrannten Hundes den Boden streifte. Sie sind wohl an mir vorbeigegangen, denn ich hatte mich nicht von der Tür weggerührt, aber ich merkte es nicht.

Du bist ungerecht, sagte Alex zu mir, und ich wollte gerade protestieren, als er sagte, Nein, laß mich erst ausreden, und wenn du dann Bescheid weißt, wirst du einsehen, daß du ungerecht bist, und ich ließ ihn reden, ließ ihn reden mit seiner runden, schönen, gepflegten Stimme, die jedes *s* aussprach und jedes *d* und in der jedes *r* ein *r* war, und während er sprach, begann ich zu verstehen, warum er als Schauspieler beim Rundfunk so berühmt war und warum er jede Woche einige tausend Briefe von Frauen bekam, und ich verstand, warum er ihre Anträge ablehnte, und verstand auch, warum er so gerne plauderte, erzählte, redete: er war ein Narziß, der seine Worte in den Teich der Unterhaltung fallen ließ und dann verzückt dem nymphischen Echo der von ihm selbst erzeugten Schallwellen lauschte. War er durch seine Stimme homosexuell geworden? Oder umgekehrt? Oder ist in jedem Schauspieler eine Schauspielerin verborgen? Ach, Fragenstellen ist nicht gerade meine Stärke.

Was du behauptest, stimmt nicht, sagte er, wir, sagte er, und mehr ließ er darüber nie heraus, wir sind nicht Estrellas Herren, oder *La* Estrella, wie du immer sagst. In Wirklichkeit sind wir eher die Schafe des Polyphem. (Hübsch, nicht? Aber man mußte es *hören*.) Sie schaltet und waltet in unserem Haus nach Belieben. Sie ist kein Dienstmädchen oder so etwas, sondern ein ungeladener Gast: sie kam eines Tages vor sechs Monaten, weil wir sie eines Nachts einluden, als wir sie in der Bar Celeste singen hörten: ich lud sie ein, ein Glas mit uns zu trinken. An diesem Morgen blieb sie zum Schlafen da und schlief den ganzen Tag, und abends ging sie weg, ohne etwas zu sagen, aber am nächsten Morgen klopfte sie an die Tür und forderte Einlaß. Sie ging hinauf und legte sich in dem Zimmer schlafen, das wir ihr tags zuvor gegeben hatten; das war, nebenbei gesagt, mein Maleratelier, das ich dann später in das Dienstbotenzimmer auf dem Dach verlegte, nachdem sie den

Umstand, daß wir in Ferien waren, dazu genutzt hatte, unser langjähriges Hausmädchen zu entlassen, und einen Koch ins Haus gebracht hatte, ein Negerchen, das ihr aufs Wort gehorchte und mit dem sie jeden Abend ausging. So liegt die Sache nämlich. Er trug ihr immer ihr Necessaire, das konnte damals eine alte Feldtasche oder eine Einkaufstüte aus dem El Encanto sein, und gemeinsam machten sie ihre Tour durch die Nachtlokale und kamen erst morgens zurück. Bis wir ihn vor die Tür setzten. Aber das war natürlich erst viel später. Nachdem sie eine Woche bei uns zu Gast war, erzählte sie uns die Geschichte von ihrem behinderten Sohn, und da wir – einen Augenblick lang, muß ich dazusagen – Mitleid zeigten, nutzte sie das gleich aus und bat uns, sie doch in unserem Haus *aufzunehmen;* sie konnte ja nicht einfach nur darum bitten, bei uns bleiben zu dürfen, denn geblieben war sie immerhin schon eine ganze Woche. Wir nahmen sie also auf, wie sie es nennt, und nach wenigen Tagen bat sie uns, ihr doch einen Schlüssel zu überlassen, »um uns nicht zu stören«, sagte sie, und sie gab ihn am nächsten Tag zwar wieder zurück, aber sie störte uns dann auch nicht mehr, denn sie klopfte von da an nicht mehr an die Tür. Weißt du warum? Weil sie sich einen anderen Schlüssel hatte machen lassen, und das war jetzt ihrer.

Hat dich die Geschichte mit dem schwachsinnigen Sohn auch so angerührt wie uns? Nun, ich kann dir versichern, daß das nicht stimmt: es gibt keinen Sohn, weder einen zurückgebliebenen noch ein Wunderkind. Aber ihr Mann hatte ein Kind, eine ganz normale Tochter, so etwa zwölf Jahre alt. Er mußte sie aufs Land schicken, weil sie ihr das Leben zur Hölle machte. Sie ist in der Tat verheiratet, mit einem Mann, der eine Grillbude am Strand von Marianao hat, ein armer Schlucker, den sie ständig erpreßt, und wenn sie ihn in seiner Bude besucht, dann nur, um ihm Hotdogs, Eier und gefüllte Kartoffeln zu klauen, die sie dann in ihrem Zimmer ißt. Dazu muß ich sagen, daß sie frißt wie ein Dutzend Scheunendrescher, und dieses ganze Essen müssen wir bezahlen, und trotzdem hat sie ständig Hunger. Deshalb ist sie ja auch so gigantisch wie ein

Nilpferd, und sie ist auch genauso amphibisch. Sie badet dreimal am Tag: morgens, wenn sie nach Hause kommt, mittags, wenn sie zum Essen aufwacht, und abends, bevor sie ausgeht. Es ist nicht zu fassen, was die zusammenschwitzt! An der läuft ständig das Wasser herunter, als müßte sie ein nicht enden wollendes Fieber ausschwitzen, und so verbringt sie ihr ganzes Leben im Wasser: schwitzend und Wasser trinkend und badend. Und zu allem singt sie: sie singt, wenn sie morgens zurückkommt, sie singt unter der Dusche, sie singt, wenn sie sich zum Ausgehen fertigmacht, sie singt einfach immer. Morgens, wenn sie heimkommt, hören wir sie schon, bevor sie anfängt zu singen, weil sie sich am Handlauf festhält, um die Treppe hochzusteigen, und du kennst ja diese Marmortreppen mit Eisengeländer, wie sie die Häuser im alten Vedado haben. Also sie steigt hinauf und klammert sich dabei an den Handlauf, und das ganze Geländer vibriert und dröhnt durch das Haus, und wenn dann die Eisenstäbe gegen den Marmor schlagen, fängt sie an zu singen. Wir haben schon tausendundeinen Krach mit den Nachbarn im Erdgeschoß gehabt, aber man kann ihr sagen, was man will, sie ist einfach nicht zur Vernunft zu bringen. »Neid«, sagt sie, »Alles nur Neid. Ihr werdet schon sehen, wie sie katzbuckeln, wenn ich mal berühmt bin.« Das mit dem Berühmtwerden ist nämlich eine Obsession von ihr, und mittlerweile auch eine von uns: wir sind ganz versessen darauf, daß sie berühmt wird und endlich mit ihrer Musik oder mit ihrer Stimme – sie behauptet nämlich, sie brauche keine Musik zum Singen, weil sie sie selbst im Blut habe –, daß sie also endlich mit ihrer Stimme anderswohin abhaut.

Wenn sie nicht singt, schnarcht sie, und wenn sie nicht schnarcht, überschwemmt sie das Haus mit dem Parfüm, in dem sie badet, denn sie betupft sich nicht damit – Cologne 1800, stell dir das mal vor: obwohl ich ja eigentlich nichts über das Produkt sagen sollte, das meinen Radioroman am Mittag sponsert –, sie schüttet es sich über, sie duscht regelrecht damit, und da sie alles übertreibt, pudert sie sich danach genauso maßlos mit Talkum ein, wie sie sich mit Parfüm besprüht und wie sie sich Wasser überschüttet und wie sie ißt. Glaub mir, mein Lieber, das übersteigt jedes menschliche Maß, jedes menschliche Maß, *cré-e-me.* (Und glaubt mir, das ist einer der wenigen Kubaner, die das zweite *e* des Verbs *creer* aussprechen, *créanme.*) Hast du die Fleisch-, die Fettringe an ihrem Hals gesehen? Dann schau mal genau hin, wenn du sie das nächstemal siehst, und du wirst sehen, daß sie in jeder Falte zwischen den Ringen eine Talkumkruste hat. Der Körpergeruch ist ja auch so eine Obsession von ihr, und sie verbringt den lieben langen Tag damit, an sich herumzuschnuppern und sich mit Deodorant und Parfüm zu besprühen und sich von den Augenbrauen bis zu den Füßen zu enthaaren, ich schwörs dir, das ist keine Übertreibung: als wir einmal zu ungewohnter Zeit nach Hause kamen, überraschten wir sie dabei, wie sie nackt, splitterfasernackt im Haus rumlief, und da sahen wir sie leider nur zu gut: nichts als Fleischwülste und kein einziges Härchen. Glaub mir, deine Estrella ist eine Naturgewalt, oder mehr noch als das, ein kosmisches Ereignis. Ihr einziger schwacher Punkt, ihr einziger menschlicher Zug, das sind ihre Füße, nicht wegen ihrer Form, sondern weil sie ihr weh tun, denn sie hat Plattfüße und jammert darüber, das ist das einzige, worüber sie jammert, sie jammert und legt ihre Füße hoch, und wenn sie dann eine Weile gejammert hat, wenn sie einem fast schon leidtun könnte, wenn man fast anfängt, sie zu bedauern, da steht sie auf und fängt an durch das ganze Haus zu schreien, »Aber ich werd noch berühmt! Ich werd berühmt! Berühmt, verdammich!« Weißt du, wer ihre Feinde sind? Erstens alte Männer, weil ihr nur die jungen gefallen und sie sich wie eine läufige Hündin in halbwüchsige Bürschchen verliebt; zweitens die Agenten, die sie einmal ausbeuten werden, wenn sie berühmt ist; drittens Leute, die Negerin zu ihr sagen oder in ihrem Beisein auf ihre schwarze Hautfarbe anspielen; dann diejenigen, die in ihrer Gegenwart Zeichen machen, die sie nicht versteht, oder lachen, ohne daß sie weiß, worüber sie lachen, oder irgendeinen Code verwenden, den sie nicht auf der Stelle entziffern kann. Und vor allem hat sie Angst zu sterben, bevor sie es geschafft hat. Ich weiß schon, was du mir sagen wirst, bevor du mir recht gibst: sie sei eben pathetisch. Ja, sie ist pathetisch, aber außer in klassischen Tragödien, mein Guter, ist Pathos einfach nicht zu ertragen.

Hab ich etwas vergessen? Ja, dir zu sagen, daß mir Freiheit lieber ist als Gerechtigkeit. Du brauchst die Wahrheit nicht zu glauben. Tu uns nur weiterhin unrecht. Liebe deine La Estrella. Aber, bitte, hilf ihr, berühmt zu werden, sorg dafür, daß sie groß herauskommt, befrei uns von ihr. Wir werden sie anbeten wie eine Heilige, mystisch verzückt in der Erinnerung an sie.

Seseribó

Ekué war geheiligt und lebte in einem geheiligten Fluß. Eines Tages kam Sikán zum Fluß. Der Name Sikán konnte neugierige Frau bedeuten – oder einfach nur Frau. Als waschechte Frau war Sikán nicht nur neugierig, sondern indiskret. Aber kann ein Neugieriger überhaupt diskret sein?
Sikán kam zum Fluß und hörte das geheiligte Geräusch, das nur einige wenige Männer von Efó kannten. Sikán lauschte und lauschte – und erzählte dann. Sie sagte alles ihrem Vater, der ihr nicht glaubte, weil Sikán immer Geschichten erzählte. Sikán kehrte zum Fluß zurück und lauschte, und nun sah sie auch. Sie sah Ekué und hörte Ekué und erzählte von Ekué. Damit ihr Vater ihr glauben würde, verfolgte sie den geheiligten Ekué mit ihrer Kürbisflasche (die sie zum Wasserschöpfen dabeihatte) und holte Ekué ein, denn der war nicht zum Weglaufen geschaffen. Sikán brachte Ekué in ihrer Wasserflasche ins Dorf. Ihr Vater glaubte ihr.
Als die wenigen Männer von Efó (man darf ihre Namen nicht nennen) zum Fluß kamen, um mit Ekué zu sprechen, fanden sie ihn nicht. Von den Bäumen erfuhren sie, daß man ihn gejagt, daß man ihn verfolgt hatte, daß Sikán ihn gefangen und in der Wasserflasche nach Efó gebracht hatte. Das war ein Verbrechen. Aber zuzulassen, daß Ekué spricht, ohne daß man sich die profanen Ohren zuhält, und sein Geheimnis zu erzählen und eine Frau zu sein (doch wer sonst hätte so etwas tun können?), das war mehr als ein Verbrechen. Das war ein Sakrileg.
Sikán bezahlte die Freveltat mit ihrer Haut. Sie bezahlte mit ihrem Leben, aber auch mit ihrer Haut. Ekué starb, manche sagen, vor Scham, weil er sich von einer Frau hatte fangen lassen, oder aus Gram darüber, daß man ihn in einer Kürbisflasche herumgetragen hatte. Andere sa-

gen, beim Weglaufen habe es ihm den Atem abgeschnürt – er war wirklich nicht zum Laufen geschaffen. Doch das Geheimnis ging nicht verloren, ebensowenig wie der Brauch, sich zu versammeln, und die Freude zu wissen, daß es ihn gibt. Mit seiner Haut wurde der *ekué* bespannt, der heute bei den Initiationsfeiern spricht und magisch ist. Die Haut Sikáns, der Indiskreten, wurde für eine andere Trommel verwendet, die weder Nägel noch Spannschnüre hat und nicht sprechen darf, weil sie noch immer die Strafe der Geschwätzigen verbüßt. Sie hat vier Federbüsche mit den vier ältesten heiligen Mächten an den vier Ecken. Da sie eine Frau ist, muß man sie schön schmücken, mit Blumen und Halsketten und Kaurimuscheln. Aber auf ihrem Trommelfell trägt sie die Hahnenzunge als Zeichen ewigen Schweigens. Niemand schlägt sie, und allein kann sie nicht sprechen. Sie ist geheim und tabu und heißt *seseribó*. *Ritus von Sikán und Ekué (aus der afrokubanischen Magie)*

I

Freitags ist keine Vorstellung, so daß wir die ganze Nacht frei haben, und dieser Freitag war geradezu ein idealer Tag, weil in dieser Nacht die Freilufttanzfläche im Sierra wiedereröffnet wurde. Es bot sich also an, auf einen Sprung rüberzufahren, um Beny Moré singen zu hören. Außerdem debütierte im Sierra an diesem Abend Cuba Venegas, und da *mußte* ich dabei sein. *Ich* habe nämlich Cuba entdeckt, nicht Kolumbus. Als ich sie zum erstenmal hörte, hatte ich bereits wieder mit dem Spielen angefangen und hörte ständig und überall Musik, so daß mein Gehör bestens in Form war. Ich hatte mich von Musik auf Werbegraphik verlegt, aber in dieser Werbeagentur, die eher eine Sterbeagentur war, verdiente ich auch nicht viel, und da damals eine Menge Cabarets und Nightclubs neu aufmachten, holte ich eben meine *Tumba* aus dem Schrank, aus ihrer

Gruft (die Tumba aus der Tumba, das ist ein Witz, den ich bei jeder Gelegenheit mache, und jedesmal denke ich dabei an Innasio, Innasio ist Ignacio Piñero, der diese unsterbliche Rumba geschrieben hat, in der ein gekränkter, gedemütigter, rachsüchtiger Liebhaber auf dem Grab seiner Geliebten eine Inschrift anbringt (man muß gehört haben, wie Innasio selbst das singt), die aus dem Text einer Rumba stammt: *Bewein sie nicht, o Totengräber, bewein sie nicht, sie war ein mieses Stück, o Totengräber: bewein sie nicht*) und fing an, tüchtig zu üben und die Trommelfelle zu bearbeiten, und nach einer Woche holte ich wieder einen sauberen, sanften, satten Klang heraus und ging zu Barreto und sagte zu ihm, »Guillermo, ich will wieder spielen«.

Und Barreto verschaffte mir dann einen Job in der zweiten Band im Capri, die zwischen Show und Show und nach der letzten Show spielt, damit die Leute tanzen (wenn sie gerne tanzen) oder sich im Rhythmus befummeln oder sich im $^6/_8$-Takt auf die Hühneraugen treten können. Ganz nach Belieben.

Und so hörte ich eines Tages durchs Fenster jemand singen und hatte den Eindruck, daß an der Stimme was dran war. Das Lied (es war »Imágenes«, von Frank Domínguez: ihr kennt es bestimmt: es geht so: *Wie im Traum, ganz unerwartet, kamst du zu mir, und in jener wunderbaren Nacht* ...), bzw. die Stimme kam aus dem Erdgeschoß, und dann sah ich, daß hinter ihr eine hochgewachsene Mulattin mit glattem Haar und indianischem Einschlag herauskam und wieder hineinging und wieder auf den Hof kam und dort Wäsche aufhängte. Ihr habt's erraten: es war Cuba, die damals Gloria Pérez hieß, und natürlich hab ich sie – man hat ja schließlich nicht umsonst in einer Werbeagentur gearbeitet – dann auf Cuba Venegas umgetauft, denn wenn eine Gloria Pérez heißt, wird sie nie eine gute Sängerin. Und diese Mulattin, die Gloria Pérez hieß, ist also jetzt Cuba Venegas (oder umgekehrt), und da sie jetzt in Puerto Rico oder in Venezuela oder was weiß ich wo ist, kann ich euch das ja so ganz nebenbei erzählen, obwohl ich eigentlich jetzt nicht über sie reden will.

Cuba schaffte es innerhalb kürzester Zeit: in der Zeit, die sie brauchte, um rechtzeitig mit mir Schluß zu machen und dann etwas mit meinem Freund Códac anzufangen, der in diesem Jahr gerade *der* Starphotograph war, und dann mit Piloto & Vera (zuerst mit Piloto und dann mit Vera), die zwei oder drei gute Lieder geschrieben haben, darunter »Ersehnte Begegnung«, das Cuba zu *ihrem* Song gemacht hat. Schließlich lebte sie dann mit Walter Socarrás (Floren Cassalis behauptete in seiner Kolumne, sie hätten geheiratet: ich weiß, daß sie *nicht* geheiratet haben, aber das ist ja alles nicht so wichtig, würde Arturo de Córdova sagen), dem Arrangeur, der sie auf eine Tournee durch Lateinamerika mitnahm und der auch an diesem Abend vom Klavier aus das Orchester im Sierra dirigierte. (Auch das ist nicht so wichtig.) Ich ging also ins Sierra, um Cuba Venegas singen zu hören, die eine sehr schöne Stimme hat und ein sehr hübsches Gesicht (Cubita Bella wird sie scherzhaft genannt) und auf der Bühne eine sagenhaft gute Figur macht, und darauf zu hoffen, daß sie mich sieht und mir zuzwinkert und speziell für mich »Erzähl mir nichts« singt.

II

Ich war also im Sierra, trank etwas an der Theke und unterhielt mich mit Beny. Laßt mich ein bißchen über Beny reden. Beny ist Beny Moré, und über ihn reden heißt über Musik reden, laßt mich also über Musik reden. Wenn ich an Beny denke, muß ich an vergangene Zeiten denken, an den *Danzón* »Isora«, in dem die *Tumba* einen Doppelschlag des Basses wiederholt, der den ganzen Takt ausfüllt und den gewieftesten Tänzer austrickst, weil der sich nämlich der steilen, fast senkrechten Kadenz des Rhythmus anpassen muß. Diesen raffinierten Doppelschlag hat Chapottín auf einer Platte nachgemacht, die man ab und zu noch findet, dreiundfünfzig aufgenommen, im *Montuno* von »Cienfuegos«, einem zum *Son* abgewandelten *Guaguancó*, in dem der Baß allerdings eine ganz dominierende

Rolle spielt. Ich fragte Chapo einmal, wie er das denn gemacht hat, und er sagte, er hätte es (ein langes Leben sei den langen Fingern Sabino Peñalvers beschieden) direkt bei der Aufnahme improvisiert. Nur so kann man in der starren Quadratur kubanischer Rhythmen einen Kreis fröhlicher Musik ziehen. Darüber hab ich mal mit Barreto bei Radio Progreso geredet, bei einer Aufnahme, bei der er Schlagzeug spielte und ich ihm mit meiner *Tumba* manchmal in die Quere kam. Barreto sagte, man müsse den zwingenden, geometrischen $^2/_4$-Rhythmus durchbrechen, und ich nannte als Beispiel Beny, der bei seinen *Sones* mit der Stimme diesem rhythmischen Gefängnis ein Schnippchen schlug, die Melodie über den Rhythmus hinausschweben ließ und damit die Band zwang, seinem Flug zu folgen, und sie geschmeidig machte wie ein Saxophon, wie eine legato gespielte Trompete, als wenn der *Son* beliebig dehnbar wäre. Ich weiß noch gut, wie ich mal in seiner Band spielte, als Ersatzmann für den Schlagzeuger, der ein Freund von mir war und mich gebeten hatte, ihn zu vertreten, weil er die Nacht frei haben wollte – zum Tanzen! Es war einfach Klasse, mit Beny zu spielen, wie er so dastand, mit dem Rücken zu uns, sang, Faxen machte, die Melodie über unsere am Fußboden festgewachsenen Instrumente fliegen ließ, und dann dreht er sich plötzlich um und fordert dich genau im richtigen Moment auf, die Bombe platzen zu lassen. Eine Wucht, dieser Beny!

Plötzlich stößt mich Beny mit der Schulter an und sagt, »He, Kumpel, gehört das Nymphchen da zu dir?« Ich wußte nicht, was Beny meinte, und da man eigentlich nie so recht weiß, was Beny meint, nahm ich seinen Spruch nicht sonderlich ernst, schaute aber doch mal hin. Und wißt ihr, was ich da sah? Ein Mädchen, fast noch ein Kind, so um die 16, und die schaute zu mir rüber. Im Sierra ist es draußen wie drinnen immer dunkel, aber ich konnte sie von der Theke aus sehen, und sie saß auf der anderen Seite, draußen, und zwischen uns war eine Glasscheibe. Ich sah genau, daß sie zu mir rüberschaute, und zwar ganz unzweideutig. Außerdem sah ich, daß sie mir zulächelte, und ich lächelte zurück und sagte zu Beny, Tschuldige mich mal 'n

Moment, und ging zu ihrem Tisch rüber. Zuerst erkannte ich sie gar nicht, weil sie ganz braungebrannt war und die Haare offen trug und wie 'ne gestandene Frau aussah. Sie hatte ein weißes Kleid an, vorne fast hochgeschlossen, aber hinten ganz tief ausgeschnitten. Unheimlich tief ausgeschnitten, so daß man den ganzen Rücken sah, und es war ein sehr hübscher Rücken, den man da zu sehen bekam. Sie lächelte mich wieder an und fragte, »Kennst du mich nicht mehr?« Und da erkannte ich sie wieder: es war Vivian Smith-Corona, und ihr wißt ja, was dieser Doppelname bedeutet. Sie stellte mich ihren Freunden vor: alles Leute aus dem Havanna Yacht Club oder dem Vedado Tennis oder dem Casino Español. Es war ein großer Tisch. Nicht nur, weil er die Länge von drei zusammengestellten Tischen hatte: da saßen auch einige Millionen auf den Eisenstühlen, die einigen sowohl gesellschaftlich als auch physisch herausragenden Hinterbacken ihr Muster aufprägten. Es nahm keiner groß Notiz von mir, und Vivian war wohl nur als Anstandsdame dabei, so daß sie eine Weile mit mir reden konnte, ich stehend, sie sitzend, und da mir keiner einen Platz anbot, sagte ich zu ihr:

»Komm, wir gehen raus«, und meinte damit die Straße, auf die die Leute oft hinausgehen, um sich zu unterhalten und die heißen, stinkenden Auspuffgase der Busse einzuatmen, wenn es drinnen zu warm ist.

»Ich kann nicht«, sagte sie, »ich muß Anstandsdame spielen.«

»Und wenn schon«, sagte ich.

»Ich *kann* nicht«, sagte sie endgültig.

Ich wußte nicht so recht, was ich tun sollte, und blieb unschlüssig stehen.

»Wir können uns doch später treffen«, zischelte sie mir zwischen den Zähnen zu.

Ich wußte nicht, was genau sie mit später meinte.

»Später«, sagte sie. »Wenn sie mich nach Hause gebracht haben. Papi und Mami sind auf der Ranch. Du kannst mich oben abholen.«

III

Die vive Vivian (Bustrófedons Einfluß) wohnte im Focsa-Gebäude, im 27. Stock, aber ich hatte sie nicht dort, nicht in solchen Höhen kennengelernt. Der Ort, wo wir uns zum erstenmal trafen, war eher eine Art Keller. Sie kam eines Abends mit Arsenio Cué und meinem Freund Silvestre ins Capri. Cué kannte ich nur dem Namen nach, und auch das nur beiläufig, aber Silvestre war auf der Penne mit mir in derselben Klasse, bis ich nach dem vierten Jahr abging, um in der San Alejandro-Akademie Zeichnen zu studieren. Damals meinte ich, ich müßte meinen Namen bald auf Raffael oder Michelangelo oder Leonardo umändern und die Espasa-Enzyklopädie würde meiner Malerei einen eigenen Band widmen. Cué stellte mich zuerst seiner Verlobten oder Freundin vor, einer großen, schlanken Blondine, die so gut wie keinen Busen hatte, aber sehr attraktiv war, und man merkte ihr an, daß sie es wußte. Dann stellte er mich Vivian vor und schließlich mir die beiden. Richtig vornehm, der Junge, fast bühnenreif. Er stellte uns auf Englisch vor, und um zu zeigen, daß wir im Zeitalter der UNO lebten, fing er an, mit seiner Geliebten oder Gelobten oder was auch immer Französisch zu reden. Ich war darauf gefaßt, daß er bei der geringsten Provokation auf Deutsch oder Russisch oder Italienisch umschalten würde, aber er tat es nicht. Er redete weiter Französisch oder Englisch oder beides gleichzeitig. Wir (die ganze Gästeschar) machten schon ziemlich viel Lärm, und die Show lief gerade, aber Cué übertönte mit seinem Englisch und seinem Französisch die Musik und die Stimme, die dazu sang, und das Getöse der Tisch-, Bar- und Bettgespräche, das in den Cabarets immer herrscht. Die beiden waren offenbar ganz darauf versessen, zu beweisen, daß sie gleichzeitig Franglais reden und sich küssen konnten. Silvestre sah sich die Show an (oder eher die Revuegirls der Show, lauter Beine, Bäuche, Busen), als sähe er so etwas zum erstenmal in seinem Leben. Kirschen aus Nachtbars Garten. (Schon wieder B.) Über dieser Fata Morgana der Schönheit auf der Bühne vergaß er völlig die wirkliche Schönheit, die er neben sich hatte. Da ich diese Gesichter und Glieder und Gesten genauso gut kannte wie Vesalius seine Anatomie und mir als unverwüstlicher Nomade in dieser Sexwüste eine dicke Haut zugelegt hatte, blieb ich in der Oase und betrachtete Vivian, die mir gegenübersaß. Sie sah sich die Show an, achtete aber als wohlerzogene junge Dame darauf, mir nicht den Rücken zuzukehren, und sie merkte, daß ich sie anschaute (sie *mußte* es merken, denn ich betastete ihre weiße, so anziehend angezogene Haut fast mit meinen Augen), und drehte sich um, um mit mir zu reden.

»Wie war nochmal Ihr Name? Ich hab's nicht mitgekriegt.«

»Das geht mir immer so.«

»Ja, mit dem Vorstellen ist es wie mit dem Kondolieren, alles nur unverbindlich hingemurmelt.«

Ich wollte ihr widersprechen, ihr sagen, daß es nur mir immer so geht, aber mir gefiel ihre Intelligenz und mehr noch ihre Stimme, die sanft und verzärtelt und angenehm leise war.

»José Pérez ist mein Name, aber meine Freunde nennen mich Vincent.«

Sie schien nicht zu verstehen und sah mich verwirrt an. So sehr, daß sie mir leid tat. Ich erklärte ihr, es sei ein Scherz gewesen, es sei eine Parodie auf eine Parodie, auf einen Ausspruch von Vincent van Douglas in *Ein Leben in Leidenschaft*. Sie sagte, sie habe den Film nicht gesehen, und fragte, ob er gut sei, und ich antwortete ihr, die Malerei schon, aber der Film nicht, weil Kirk Fangó beim Malen flenne und umgekehrt und Anthony Gauquinn ein Rausschmeißer im Saloon des Refusés sei, aber sie solle auf jeden Fall erst einmal die sach- und auch sonst so verständige Profimeinung meines Freundes Silvestre abwarten. Schließlich sagte ich ihr meinen Namen, den richtigen.

»Hübscher Name«, sagte sie. Da konnte ich ihr nicht widersprechen.

Arsenio Cué schien alles mitgehört zu haben, denn er befreite sich plötzlich aus einem der knochigen Krakenarme seiner Verlobten und sagte zu mir:

»Why dont't you marry?«

Vivian lächelte, aber es war ein automatisches Lächeln, ein Werbespottlächeln.

»Arsen«, sagte seine Verlobte.

Ich sah Arsenio Cué an, der nicht locker ließ.

»Yes yes yes. Why don't you marry?«

Vivian hörte auf zu lächeln. Arsenio war betrunken und beharrte nun mit Zunge und Zeigefinger darauf. Und zwar so eindringlich, daß Silvestre sich von der Show losriß, allerdings nur für einen Augenblick.

»Arsen«, sagte seine Verlobte ungeduldig.

»Why don't you marry?«

In seiner Stimme schwang ein gewisser Groll mit, eine störrische Gereiztheit, als hätte ich mit seiner Verlobten geredet und nicht mit Vivian.

»Arson«, schrie sie jetzt. Die Verlobte, nicht Vivian.

»Er heißt *Arsen*«, sagte ich.

Sie sah mich mit ihren blauen Augen wütend an und ließ ihre für Cué bestimmte Verärgerung an mir aus.

»*Ça alors*«, sagte sie zu mir. »*Chérie, viens. Embrassez-moi*«, womit sie natürlich Arsenio Cué meinte.

»*Oh dear*«, sagte Cué und vergaß uns alle, um wieder in jene zwei-, nein dreisprachigen Ellen, Speichen und Schlüsselbeine zu sinken.

»Was ist denn mit denen los?« fragte ich. Fragte ich Vivian.

Sie sah zu ihnen hinüber und sagte zu mir:

»Die wollen anscheinend das Spanische zu einer toten Sprache machen.«

Wir lachten beide. Ich fühlte mich wohl, und jetzt lag es nicht mehr nur an ihrer Stimme. Silvestre wandte sich erneut von der Show ab, sah uns ganz ernst an und widmete sich dann wieder dem Zug aus Beinen, Bäuchen und Busen, den eine *Conga* über einen vorgegaukelten Schienenstrang aus Musik und Farbe und Anzüglichkeiten auf die Reise schickte. Die Nummer hieß »Bummelzug der Liebe«, und die Musik war die von »Meereswellen«.

»Laßt uns den Meereswellen lauschen, wie sie ans Gestade rauschen«, sagte Vivian anzüglich und berührte Cués Verlobte am Arm.

»*Qu'est-ce que c'est?*«

»Hör mit deinem Französisch auf«, sagte Vivian, »und komm mit.«

»Wohin?« fragte Cués Verlobte.

»*Yes where?*« sagte Cué.

»*To the pipi-room, chéris*«, sagte Vivian. Sie standen auf, und kaum waren sie weg, drehte Silvestre der Show seinen aufmerksamen Rücken zu, schlug mit der Hand auf den Tisch und schrie fast:

»Die geht ins Bett.«

»Wer?« sagte Cué.

»Nicht deine, die andere, Vivian. Die geht ins Bett.«

»Ach so, ich dachte schon«, sagte Cué. Ich hatte ihn nie im Leben für einen Puritaner gehalten, aber er fügte schnell hinzu, »wenn du Sibila gemeint hättest«, so hieß also Arsenio Cués Verlobte oder was auch immer sie war: ich hatte den ganzen Abend versucht, mich daran zu erinnern, »dann wär das völlig in Ordnung«, sagte er und lächelte. »Klar geht die ins Bett, aber nur mit Michel«, womit er sich selbst meinte.

»*No*, Sibila, *no*«, sagte Silvestre.

»*Sí*, Nobila, *sí*«, sagte Cué.

Sie waren beide besoffen.

»Und ich sag euch, die geht ins Bett«, sagte Silvestre zum drittenmal.

»Je'e Nach', in ihr ei'nes«, lallte Cué.

»Nicht ins Bett, ich mein *Bett*, verdammte Scheiße!«

Ich hielt es für besser, dazwischenzugehen.

»Ist ja schon gut, Alterchen, sie geht ins Bett und sie geht ins *Bett*. Wir sollten uns jetzt lieber die Show ansehn, sonst schmeißen die uns hier noch raus.«

»Sie setzen uns vor die Tür«, sagte Cué.

»Vor die Tür setzen oder rausschmeißen. Das ist doch egal.«

»Nein, dasisnichegal«, sagte Cué.

»Dasisnich legal«, sagte Silvestre.

»Uns setzen sie vor die Tür«, sagte Cué, »aber dich schmeißen sie raus.«

»Stimmt«, sagte Silvestre.

»Stimmt dasses stimmt«, sagte Cué und brach in Tränen aus. Silvestre versuchte, ihn zu beruhigen, aber in diesem Augenblick kam Ana Gloriosa zu ihrem Auftritt auf die Bühne, und er wollte ja nicht diese Offenbarung an Beinen, Busen und Bissigkeit verpassen, die fähig war, *fast* alles anzudeuten. Als Vivian und Sibila zurückkamen, ging die Show gerade ihrem Ende zu, und Cué saß immer noch Rotz und Wasser heulend am Tisch.

»Was ist denn mit dem los?« fragte Vivian.

»*Qu'est qu'il y a chéri?*« sagte Sibila und stürzte sich auf ihren in Tränen aufgelösten Verlobten.

»Er hat Angst, daß sie mich rausschmeißen«, sagte ich zu Vivian.

»Ja, wenn wir hier weiter so eine Show veranstalten«, sagte Silvestre, »Die Show verunstalten«, übertönte ihn Vivian, »dann setzen sie uns alle vor die Tür«, sagte er und zog dabei mit seinem besoffenen Finger einen exzentrischen Kreis, »und der da«, er richtete mit dem Zeigefinger einen irrlichternden Pfeil auf mich, »der wird gefeuert, der arme Kerl.«

Vivian machte th-th-th mit ihren in falschem Kummer und echtem Vergnügen gekräuselten Lippen, und Silvestre heftete seinen Blick auf sie und wollte gerade wieder die Hand heben, mit der er Vivians erotische Willfährigkeit unterstrichen hatte, drehte sich dann aber um und gaffte einem der Revuegirls nach, die gerade an ihm vorbei auf die Tür und die Nacht der Vergessenheit zusteuerte. Cué heulte noch hemmungsloser. Als ich dann zur Band mußte, heulte er in Begleitung Sibilas, die ebenfalls betrunken war, und ich ließ den Tisch in einem Meer von Tränen (Arsenio Cué & Co.) und Fassungslosigkeit (Silvestre) und unterdrücktem Lachen (Vivian) zurück und ging zur Bühne, die gerade zur Tanzfläche abgesenkt wurde.

Wenn ich spiele, vergesse ich alles. Ich bearbeitete also meine

Tumba, trommelte, wirbelte, hämmerte im Widerstreit oder im Einklang mit Klavier und Baß, und konnte kaum noch den Tisch ausmachen, an dem meine Freunde, die Weinseligen und Beladenen und Frohgemuten, im Dunkel des Saales saßen. Ich spiele und spiele und plötzlich sehe ich, daß auf der Tanzfläche der gar nicht mehr weinerliche Cué mit der immer noch vergnügten Vivian tanzt. Ich hätte nie gedacht, daß sie so gut, so rhythmisch, so kubanisch tanzen würde. Cué hingegen ließ sich führen, rauchte dabei in einer schwarz-metallischen Spitze eine King-Size-Cigarette und bot hinter seiner dunklen Brille hochtrabend, herablassend und herausfordernd der ganzen Welt die Stirn. Sie tanzten an mir vorbei, und Vivian lächelte mir zu.

»Es gefällt mir, wie du spielst«, sagte sie zu mir, und das Du war wie noch ein Lächeln. Sie tanzten noch öfter an mir vorbei, und schließlich blieben sie in meinem Bezirk. Cué war sternhagelvoll, und jetzt nahm er die Brille ab und zwinkerte mir mit einem Auge zu, grinste und zwinkerte mir mit beiden Augen zu und gab mir mit Lippenbewegungen, glaube ich, zu verstehen, Die geht ins Bett, die geht ins Bett. Dann war endlich die Nummer zu Ende, »Belüge mich«, dieser unglaubliche Bandwurmbolero. Vivian verließ die Tanzfläche, und Cué kam zu mir und sagte mir ganz laut ins Ohr: »*Der* da geht ins Bett«, und lachte und zeigte dabei auf Silvestre, der über dem Tisch zusammengesunken schlief: sein schmaler, schmächtiger Körper in der schmucken Hülle eines rohseidenen Anzugs, der selbst auf diese Entfernung noch teuer aussah, blau hingegossen auf das weiße Tischtuch. Beim nächsten Stück tanzte (wenn man es so nennen will) Arsenio Cué mit Sibila, die ebenfalls derart herumtorkelte, daß er jetzt besser oder weniger schlecht zu tanzen schien als mit Vivian. Während ich die Bongos spielte, sah ich, daß sie (Vivian) kein Auge von mir ließ. Ich sah sie aufstehen. Ich sah sie zum Podium kommen, und dann blieb sie bei der Band stehen.

»Ich wußte nicht, daß du so gut spielst«, sagte sie, als das Stück zu Ende war.

»'s geht so«, sagte ich. »Grade so gut, daß ich davon leben kann.«

»Nein, du spielst *wirklich* gut. Gefällt mir.«

Sie sagte nicht, ob es ihr gefiel, daß ich spielte oder daß ich gut spielte, oder ob ich ihr gefiel, wenn ich gut spielte. Begeisterte sie sich für die Musik? Oder für die Perfektion? Hatte ich mich durch irgendein Zeichen oder eine Andeutung verraten?

»Im Ernst«, sagte sie. »Wenn ich nur so gut spielen könnte wie du.«

»Du hast das ja nicht nötig.«

Sie schüttelte den Kopf. War sie also ein Musikfan? Bald würde ich es wissen.

»Mädchen, die im Yacht Club sind, haben es nicht nötig, Bongos zu spielen.«

»Ich bin nicht im Yacht Club«, sagte sie und ging, und ich erfuhr nicht, wo sie plötzlich der Schuh drückte. Aber ich spielte weiter.

Ich spielte weiter und sah spielend Arsenio Cué den Kellner rufen und spielend die Rechnung verlangen und spielend Silvestre aufwecken und ich sah den dunklen Schriftsteller aufstehen und mit Vivian und Sibila am Arm zur Tür gehen und spielend bezahlte Cué allein und ziemlich viel und spielend kam der Kellner zurück und Cué gab ihm spielend ein Trinkgeld das groß war nach dem spielend zufriedenen Gesicht des Kellners und ich sah auch ihn gehen und sie alle an der Tür zusammenstehen und den Pagen die Vorhänge aufhalten und spielend gingen sie durch den roten und grünen und gut beleuchteten Spielsalon hinaus und der Vorhang fiel spielend über, hinter ihnen zu. Sie sagten nicht einmal tschau. Aber das war mir egal, weil ich spielte und weiterspielte und noch eine ganze Weile weiterspielen würde.

IV

Vor diesem Abend im Sierra hatte ich Vivian sehr selten gesehen, aber Arsenio Cué und meinen Freund Silvestre ziemlich oft. Ich weiß nicht warum, aber ich traf sie einfach. Eines Tages kam ich gerade aus einer Probe (ich glaube, es war an einem Samstagnachmittag) und begegnete zufällig Cué, der allein und erstaunlicherweise zu Fuß die Calle 21 herunterkam. Es war an diesem Nachmittag sehr heiß, und obwohl der Himmel im Süden bewölkt war, sah es nicht nach Regen aus, aber Cué hatte einen Regenmantel an (seinen *Imper*, wie er es nannte) und kam, die Zigarettenspitze im Mund, mit dem schwerfälligen Schritt seiner Säbelbeine auf mich zu und blies den Rauch durch beide Nasenlöcher, so daß zwei graue Säulen über seiner Oberlippe hervorprangten. Ich mußte an den dummen kleinen Drachen denken. Ein nicht ganz so dummer Drachen, der immer eine dunkle Brille und einen gepflegten Schnurrbart trug.

»Diese Hitze ist nicht auszuhalten«, sagte er zur Begrüßung.

»Du mußt ja schier eingehen darin«, sagte ich und deutete auf seinen Mantel.

»Mit oder ohne Mantel, mit oder ohne Klamotten, dieses Klima ist einfach unerträglich.«

Das war seine Erkennungsmelodie. Damit begannen immer seine klingenden Tiraden gegen das Land, die Leute, die Musik, die Neger, die Frauen, die Unterentwicklung. Gegen alles. Und dasselbe Thema schlug er mit seiner klangvollen Schauspielerstimme gewöhnlich auch zum Abschied an. An diesem Tag sagte er mir, Cuba (nicht Venegas, die Insel) sei nur für Pflanzen, Insekten und Pilze bewohnbar, für vegetabilische und andere niedere Lebensformen. Der Beweis dafür sei die dürftige Tierwelt, die Kolumbus bei der Landung vorgefunden habe. Übriggeblieben seien nur Vögel, Fische und Touristen. Und die könnten alle abhauen, wann immer sie wollten. Zum Abschluß sagte er völlig übergangslos:

»Kommst du mit zum Focsa?«

»Und was sollen wir da?«

»Nichts. Nur mal im Schwimmbad vorbeischauen.«

Ich wußte nicht recht, ob ich mitgehen sollte. Ich war müde und mir taten durch das Schutzpflaster hindurch die Finger weh und es war heiß und es macht nicht gerade Spaß, angezogen in ein Schwimmbad zu gehen und da am Rand zu stehen und aufpassen zu müssen, daß man sich die Klamotten nicht naß macht, und sich die Leute zu begaffen, als ob sie Fische im Aquarium wären. Ich hätte nicht einmal Lust gehabt, wenn Meeresjungfrauen drin gewesen wären. Ich sagte nein.

»Vivian ist auch da«, sagte er.

Das Schwimmbecken des Focsa war voll, vor allem mit Kindern. Wir sahen Vivian, die uns vom Wasser aus zuwinkte. Man sah nur ihren Kopf ohne Bademütze, und das Haar klebte ihr an Schädel, Gesicht und Hals. Sie sah wie ein kleines Mädchen aus. Aber als sie herauskam, war sie kein kleines Mädchen mehr. Sie hatte eine zarte Sonnenbräune, und auf ihren Schultern und Schenkeln lag ein satter Glanz, ganz anders als das milchige Weiß unter ihrem schwarzen Kleid, an dem Abend, als ich sie kennengelernt hatte. Auch ihre Haare waren viel blonder. Sie bat mich um eine Zigarette und redete ohne Groll mit mir, hatte wohl alles mit dem Alkohol des Vergessens weggespült:

»Ich hänge hier den lieben langen Tag rum, von morgens bis abends. Als Kindermädchen«, sagte sie und zeigte mit ausgestrecktem Arm auf das Becken mit mehr Kindern als Wasser. Als ich ihr Feuer gab, hielt sie meine Hand fest und führte sie zu ihrer Zigarette. Sie hatte eine lange, knochige, jetzt vom Wasser ausgebleichte und runzlig gewordene Hand. Mir gefiel diese Hand und noch mehr gefiel mir, daß sie meine Hand festhielt, während sie die Zigarette anzündete, und sie dabei so nahe an ihren breiten, vollen Mund zog.

»Ziemlich windig«, sagte sie.

Cué war auf die andere Seite des Schwimmbeckens gegangen und unterhielt sich dort mit einer Gruppe von Mädchen, die ihn erkannt hatten. Ob sie ihn um ein Autogramm baten? Sie saßen am Beckenrand, mit den Füßen im Wasser planschend, die Schenkel naß und glänzend. Nein, sie plauderten nur. Vivian und ich gingen zu einer Zementbank und setzten uns an einen Betontisch unter einem Metallsonnenschirm. Meine Füße standen auf einem Viereck aus grünen Fliesen, die sich als Rasen ausgaben. Ich zog mir die Pflaster von den Fingern und steckte sie in die Tasche. Vivian sah mir dabei zu, und jetzt sah ich sie an.

»Cué wollte eigentlich dich sehen und jetzt ist er weg.«

Sie schaute zum Schwimmbecken hinüber, zu Cué und seinem Harem feuchter Fans. Ich brauchte nicht auf ihn zu zeigen, aber ich hätte es auch nicht getan, wenn es nötig gewesen wäre.

»Nein, der ist nicht gekommen, um *mich* zu sehen. Der ist gekommen, um gesehen zu werden.«

»Bist du in ihn verliebt?«

Sie reagierte nicht überrascht auf meine Frage, sondern brach in schallendes Gelächter aus.

»In Arsen?« lachte sie. »Hast du dir mal genau sein Gesicht angesehen?«

»Ist doch nicht häßlich.«

»Nein, häßlich ist er nicht. Manche Mädchen halten ihn sogar für hübsch. Allerdings nicht für so hübsch, wie er sich selbst findet. Hast du ihn denn mal ohne Brille gesehen?«

»An dem Abend, als ich dich (hatte ich mich jetzt verraten?), als ich euch kennengelernt habe.«

»Ich meine bei Tag.«

»Ich kann mich nicht erinnern.«

Das stimmte. Ich glaube, ich hatte ihn ein- oder zweimal im Fernsehen gesehen. Aber ich hatte nicht auf seine Augen geachtet. Ich sagte es Vivian.

»Ich meine nicht im Fernsehen. Da spielt er seine Rolle und ist ganz anders. Ich meine auf der Straße. Schau mal genau hin, wenn er das nächstemal die Brille abnimmt.«

Sie sog an ihrer Zigarette, als machte sie eine medizinische Inhalationskur, und stieß eine Rauchwolke aus Mund und

Nase. Ich unterbrach ihre Teer-und-Nikotin-Aerosol-Behandlung.

»Er ist ein berühmter Schauspieler.«

Bevor sie antwortete, entfernte sie einen Tabakkrümel von ihren Lippen, und mir wurde plötzlich klar, daß in Kuba die Männer jeden Unrat, der am Mund klebt, einfach wegspucken, während die Frauen ihn mit einem ihrer langen Fingernägel wegklauben.

»Ich könnte mich *nie* in einen Mann mit solchen Augen verlieben. Und schon gar nicht in einen Schauspieler.«

Ich sagte nichts, aber ich fühlte mich nicht wohl in meiner Haut. War ich ein Schauspieler? Ich fragte mich auch, wie meine Augen auf sie wirken mochten. Bevor ich mir selbst eine Antwort geben konnte, kam Cué zurück. Er schien besorgt oder zufrieden oder beides zugleich.

»Komm.« Das galt mir. Zu Vivian sagte er: »Sibila kommt wohl heute nicht.«

»Ich weiß nicht«, sagte sie, und ich bemerkte oder wollte bemerken, daß sie die Zigarette besonders fest auf der Betontischplatte ausdrückte, bevor sie die Kippe in eine Ecke warf. Sie ging wieder zum Schwimmbecken. »Bis dann«, sagte sie zu uns beiden und zu mir mit einem Blick in die Augen:

»Danke.«

»Wofür?«

»Für die Zigarette und das Streichholz und«, fügte sie ohne spöttischen Unterton, glaube ich, aber nach kurzem Zögern hinzu, »die Unterhaltung.«

Ich schaute Cué nach, der schon davonging, und sah nur seinen bemantelten Rücken. Wir verließen gerade den Innenhof, als jemand hinter uns herschrie.

»Da ruft uns jemand«, sagte ich zu ihm. Es war ein Junge, der uns vom Wasser aus zuwinkte. Das Winken galt Cué, denn ich kannte ihn nicht. Cué drehte sich um. »Er meint dich«, sagte ich.

Der Junge machte seltsame Bewegungen mit den Armen und dem Kopf und schrie »Arsenio Quackquackquack«. Jetzt kapierte ich. Er machte eine Ente nach und »Ente« ist in Kuba auch eine der vielen Bezeichnungen für Homosexuelle. Ich weiß nicht, ob Cué die Anspielung verstand. Ich glaube ja.

»Komm«, sagte er zu mir, und wir gingen wieder zum Schwimmbad zurück. »Es ist Sibilas kleiner Bruder.«

Wir blieben am Beckenrand stehen, und Cué rief den Jungen bei seinem Namen: Tony. Er schwamm zu uns herüber.

»Was gibt's?«

Er war genauso jung wie Vivian und Sibila. Als er sich am Beckenrand festhielt, sah ich, daß er am Handgelenk ein goldenes Namenskettchen trug. Cué sagte ganz langsam und bedächtig etwas zu ihm.

»Das Wackelentchen bist du«, hatte ich verstanden und lachte. Auch Cué lachte. Der einzige, der nicht lachte, war Tony, der Cué erschrocken und mit schmerzverzerrtem Gesicht ansah. Ich verstand zunächst nicht warum, aber dann wurde es mir klar. Cué stand mit dem Schuh auf seiner Hand und quetschte ihm mit dem ganzen Gewicht seines Körpers die Finger platt. Tony schrie auf und stemmte sich mit den Beinen gegen die Beckenwand. Cué ließ los, und Tony schnellte ins Becken zurück und mußte Wasser schlucken; er versuchte, nur mit den Füßen zu schwimmen, hielt sich die Hand an den Mund und war den Tränen nahe. Arsenio Cué lachte, lächelte jetzt am Beckenrand. Mehr als der Vorfall selbst überraschte mich seine Freude, seine Genugtuung über die gelungene Rache. Aber als wir hinausgingen, schwitzte er und nahm die Brille ab und trocknete sich den Schweiß, der ihm über das Gesicht lief. Als Zugeständnis an die Hitze und an den Nachmittag und ans Klima zog er den Regenmantel aus und hängte ihn über den Arm.

»Hast du's mitgekriegt?« fragte er.

»Ja«, sagte ich, und während ich es sagte, versuchte ich, seine Augen zu sehen.

V

Ich habe gesagt, diese Geschichte hätte nichts mit Cuba zu tun, und jetzt muß ich mich selbst Lügen strafen, denn es gibt nichts in meinem Leben, was nicht mit Cuba zu tun hätte, mit Cuba Venegas. An diesem Abend, von dem ich die ganze Zeit rede, war ich unter dem Vorwand ins Sierra gegangen, Beny Moré singen zu hören, und das ist ein sehr guter Vorwand, weil Beny sehr gut ist, aber in Wirklichkeit wollte ich Cuba sehen, und Cuba (»die schönste Mulattin, die eines Menschen Augen je geschauet«, hat Floren Cassalis gesagt) ist für die Augen, was Beny für die Ohren ist: wenn man sie hören geht, geht man sie sehen.

»Komm rein, komm rein«, sagte Cuba durch den Spiegel in ihrer Garderobe. Sie schminkte sich gerade und trug einen Hausmantel über ihrem Showkostüm. Sie war hübscher denn je, mit den aufgeworfenen, feuchtroten Lippen und dem blauen Schatten über den Augen, der diese größer und schwärzer und glänzender machte, und ihrer Frisur, ungefähr wie Veronica Lake als Mulattin, und ihren übereinander geschlagenen Beinen, die straff und dunkel und zart, fast eßbar, bis über das Knie aus dem Hausmantel schauten.

»Wie geht's, Veronica Laguna?« sagte ich. Sie lachte, vor allem um ihre großen, runden, blendend weißen Zähne zu zeigen, die so ebenmäßig waren, daß sie unter dem rosigen Zahnfleisch fast künstlich wirkten.

»Fertig zum Auslaufen«, sagte sie, während sie sich mit einem schwarzen Stift den Augenwinkel verlängerte.

»Was ist los mit dir?«

»Mit mir? Nichts.«

Ich ging zu ihr und faßte sie bei den Schultern, ohne sie zu küssen oder so, aber sie stand mit einer geschmeidigen Bewegung auf und streifte den Hausmantel ab und mit dem Hausmantel auch meine Hände: sie schob nicht etwa meine Hände beiseite, sondern legte mich ab wie ein Kleidungsstück.

»Gehen wir nach der Show noch irgendwo hin?«

»Ich kann nicht«, sagte sie. »Hab meine Tage.«

»Nur auf'n Sprung ins Las Vegas.«

»Weißt du, ich glaub, ich krieg Fieber.«

Ich ging zur Tür und hielt mich am Türrahmen fest, um der hereinflutenden Leere standzuhalten. Als ich mich mit einem Ruck beider Arme hinauskatapultierte, hörte ich, wie sie mir nachrief:

»Tut mir leid, Schatz.«

Ich machte eine vage Kopfbewegung.

Sic transit Gloria Pérez.

Drei Stunden später ging ich ins Focsa, um Vivian zu treffen. Kaum war ich durch die Tür, kam schon der Portier auf mich zu, aber ich hörte Vivians Stimme rufen. Sie saß im Dunkel der Vorhalle oder vielmehr in einem Sessel im Dunkeln.

»Was ist los?«

»Balbina, das Mädchen, war noch wach, als ich heimkam, und deshalb bin ich runtergekommen, um dir zu sagen, daß du hier auf mich warten sollst.«

»Warum lachst du?«

»Balbina war eigentlich gar nicht wach, aber ich hab im Dunkeln eine Lampe umgeschmissen und sie damit aufgeweckt. Vor lauter Angst, sie aufzuwecken, hab ich sie hellwach gemacht, und obendrein hab ich noch eine Lampe zerteppert, an der Mami ganz besonders hing.«

»Das Ding an sich ist noch da ...«

»... nur die Form hat's verloren. Nanana, was sollen diese unanständigen Sprüche.«

»Vergiß nicht, daß ich Bongospieler bin.«

»Du bist ein Künstler.«

»Ja, zwischen den Beinen, auf dem Trommelfell.«

»So'ne Ferkelei. Könnte direkt von Balbina sein.«

»Dem Mädchen«, sagte ich.

»Darf man das nicht sagen? Soll ich sie vielleicht *Dienst*mädchen nennen?«

»Es geht mir nicht um sie, sondern um mich. Ist sie eine Schwarze?«

»Du kommst vielleicht auf Gedanken.«

»Ist sie schwarz oder ist sie nicht schwarz?«

»Ja, meinetwegen.«

Ich sagte nichts.

»Nein, sie ist nicht schwarz. Sie ist Spanierin.«

»Entweder das eine oder das andere.«

»Du selbst bist weder das eine noch das andere.«

»Du hast's erfaßt, Herzchen.«

»Hör mal, gehn wir raus und regeln die Sache mit den Fäusten?«

Sie sagte das natürlich im Spaß, und dann sah ich, daß sie trotz ihres Abendkleids noch ein kleines Mädchen war, und mußte an den Tag denken, als ich ins Focsa gegangen war, mal sehen, ob ich sie sehe (nachmittags um vier, unter dem Vorwand, in der Konditorei eine Kleinigkeit zu essen), und wie sie so daherkam in ihrer Schuluniform, in der Uniform einer Schule für reiche Mädchen, und keiner hätte sie älter als dreizehn oder vierzehn geschätzt, wie sie so versuchte, ihren Körper, ihre Kindheit, ihre Jugend zu bewahren, indem sie schützend ihre Schulbücher vor sich hielt und dabei die Brust einzog.

»Hast du nicht gewußt, daß man mich Grimmy the Kid nennt?« sagte ich und lachte. Sie lachte etwas gezwungen, nicht weil sie es nicht zum Lachen fand, sondern weil sie es nicht gewohnt war, laut zu lachen; sie wollte mir zeigen, daß sie den Witz verstanden hatte und ihn gut fand und daß sie ja auch ein Mädchen aus dem Volk sei, fand aber gleichzeitig ihr eigenes Lachen vulgär, weil man ihr beigebracht hatte, daß vornehme Leute nicht laut lachen. Wenn sich das kompliziert anhört, dann weil es für mich so kompliziert ist.

Ich versuchte es mit einem anderen Witz:

»Oder auch Billy der Bissige.«

»So, jetzt reicht's aber. Du findest ja kein Ende mehr, wenn du mal angefangen hast.«

»Gehn wir noch aus oder nicht?«

»Ja, wir gehen noch. Ich bin froh, daß ich runtergekommen bin. Der Portier hätte dich bestimmt nicht reingelassen.«

»Also, wie machen wir's?«

»Wart an der Ecke beim Club 21 auf mich. Ich komm gleich.«

Eigentlich hatte ich schon gar keine Lust mehr, mit ihr auszugehen. Ich weiß nicht mehr genau, ob es wegen des Portiers war oder weil ich sicher war, daß aus uns nichts werden würde. Zwischen Vivian und mir war mehr als nur eine Straße zu überqueren. Ich ließ die symbolische Straße hinter mir, überquerte die Straße der Wirklichkeit und dachte an die Straße der Erinnerung: dieselbe Straße, aber in der Nacht, als ich Vivian kennengelernt hatte und mir hier noch einmal Silvestre und Cué über den Weg liefen, nachdem sie Vivian und Sibila nach Hause gebracht hatten.

»Na, was macht denn unser Gounod der armen Leute«, sagte Cué zu mir, um damit zu protzen, wie gut er sich in der Musik auskennt, in der europäischen Musik. »Hast du gewußt, daß Gounod, ja, der Gounod des Ave Maria, Kesselpauke gespielt hat?«

»Nein, hab ich nicht gewußt.«

»Aber du kennst doch Gunó, nich?« sagte Silvestre. Er war so sternhagelvoll, daß er sich kaum noch auf den Füßen halten konnte.

»Gunonich?« sagte ich. »Nein, wer ist Gunonich?«

»Ich hab nich Gunonich gesagt, Gunó hab ich gesagt.«

Arsenio Cué lachte.

»Der will dich doch verarschen, *mon vieux*. Ich wette hundert Pesos gegen einen Zigarrenstummel, daß der hier weiß, wer Gounod war. Der ist doch ein ganz gepülteter Trommler«, sagte er spöttisch. »Wie Gounod alias Gunó.«

Ich hatte nichts gesagt. Noch nicht. Aber gleich würde ich es sagen, Cué, *mon vieux*.

»Arsenio«, sagte ich zu ihm und wollte gerade Silvestre sagen, als ich hinter mir einen Rülpser hörte: es war Silvestre, den der Rückstoß fast umwarf, »und Silvestre, das Duo.«

Sie lachten? Das Duo lachte? Ich konnte sie mit einem lauten Lachen, sogar mit einem Lächeln oder einem Blick entzweien. Duos sind so. Das weiß ich, ich bin Musiker. Es gibt immer einen Primarius und eine zweite Geige, und selbst im Unisono bleibt's prekär.

»Silvestre, weißt du, daß sich Cué gerade einen unheimlichen Schnitzer geleistet hat?«

»Was du nicht sagst«, sagte Silvestre fast er- und ausgenüchtert, »komm, erzähl mal.«

»Also gut.«

Cué schaute mich an. Er schien sich zu amüsieren.

»Arsenio Monvieux, ich muß dir etwas sehr Trauriges mitteilen. Gounod hat nie Kesselpauke gespielt. Der Trommler, mit dem du ihn verwechselst oder verwurstelst, war Hector Berlioz, der Komponist der ›Valsecure‹.«

Ich hatte den Eindruck, daß Cué für einen Augenblick gerne so betrunken gewesen wäre wie Silvestre und Silvestre so nüchtern wie Cué. Oder viceversa, wie sie beide oder wie einer von beiden sagen würde. Wenn das so war, dann weiß ich auch warum: Arsenio Cué fuhr einmal mit einem Taxi und der Fahrer hörte Musik und Silvestre und Cué fingen an, darüber zu diskutieren, ob die Musik im Radio (es war klassische Musik) Haydn oder Händel war, und der Fahrer läßt sie eine Weile reden und sagt dann:

»*Caballeros*, keins von beiden. Es ist Mozart.«

Cué stand wohl damals dieselbe Überraschung im Gesicht wie jetzt.

»Und woher wissen Sie das?« fragte Cué.

»Der Ansager hats gesagt.«

Arsenio Cué konnte nicht den Mund halten.

»Und Sie, als Taxifahrer, interessieren sich für solche Musik?«

Aber der Fahrer ließ sich das letzte Wort nicht nehmen.

»Und Sie, als Fahrgast, interessieren sich dafür?«

Cué wußte nicht, daß ich die Geschichte kannte, lange bevor ich wußte, wer er war. Aber Silvestre. Er hatte sie mir vor einiger Zeit erzählt und erinnerte sich jetzt sicherlich daran, denn er lachte und torkelte im doppelten Rausch von Körper und Seele. Aber Cué verstand es natürlich, sich aus der Affäre zu ziehen. Er ließ sich nicht so leicht aus der Fassung bringen. War ja schließlich Schauspieler. Jetzt parodierte er den Mann aus dem Volk.

»Scheiße, *mon vieux*, jetzt haste mirs musikalische Rückgrat gebrochen. Ja, ja, der Suff ...«

»Flau wien Beilchen«, sagte Silvestre. Der Alkohol machte ihn zu einem wahren Jünger Bustrófedons, und seiner Zunge geriet alles zum Zungenbrecher.

Ich sah, daß Cué mich seltsam nachdrücklich anschaute. Er redete mit seinem Partner. Zwei Schmierenkomödianten. O Elend der Philosophie.

»Silvestre, ich wette mein Gehalt gegen ein abgebranntes Streichholz, daß ich weiß, was unser *Vincent* mich fragen will.«

Ich fuhr zusammen. Nicht wegen des *Vincent;* das konnte er ja zufällig gehört haben.

»Wetten, daß ich weiß, was du wissen willst?«

Ich sagte nichts und sah ihn nur an.

»Weisssers?« fragte Silvestre.

Ich wußte, daß er's wußte. Dieser Scheißkerl. Das hatte ich gleich gemerkt, als er mir vorgestellt wurde. Trotzdem, man mußte ihn bewundern.

»Naturlic uaiß iks«, sagte Cué. Ich hörte einen amerikanischen Akzent heraus, und Silvestre grinste oder kicherte, bevor er einfältig fragte:

»Wawawasn?«

»Dann behalts lieber für dich«, sagte ich zu Cué.

»Jawasn«, sagte Silvestre.

»Warum denn? Ich bin doch kein *ñáñigo*. Und auch keine zum Schweigen verurteilte Trommel.«

»Wasn, Leute, wasn«, sagte Silvestre.

»Nichts«, sagte ich zu ihm. In ziemlich ungehaltenem Ton, nehme ich an.

»Ganz im Gegenteil«, sagte Cué.

»Wasn fürn Gegenteil«, sagte Silvestre.

»Alles«, sagte Cué.

»Wasnalles«, sagte Silvestre.

Ich sagte nichts.

»Silvestre«, sagte Cué, »der da«, und er deutete auf mich, »will wissen, ob's stimmt oder nicht.«

Es war ein Katz-und-Maus-Spiel. Zwei Mäuse, eine Katze.

»Wasnschimmt«, sagte Silvestre. Ich sagte immer noch nichts, verschränkte körperlich und seelisch die Arme.

»Ob's stimmt, daß Vivian ins Bett geht. Oder nicht.«

»Das ist mir völlig egal.«

»Die geht ins Bettie geht ins Bett«, sagte Silvestre und schlug mit der Faust auf einen Tisch aus Luft.

»Sie geht nichsie geht nich«, äffte Cué ihn nach.

»Doch, verdammich, doch«, sagte Silvestre.

»Das ist mir völlig egal«, hörte ich mich stumpfsinnig sagen.

»Isses dir *nicht*. Und ich sag dir noch was. Du wirst ein Techtelmechtel mit Vivian anfangen, aber das ist einfach keine Frau ...«

»... sondern noch ein Kind«, sagte ich.

»Wasisn daran so schlimm?« fragte Silvestre fast zusammenhängend.

»Nein, sie ist kein Kind mehr«, sagte Cué, der jetzt nur noch mit mir sprach. »Ich hab *das* gesagt, nicht *sie*. Das ist eine Schreibmaschine. Sie heißt sogar wie eine Schreibmaschine.«

»Wasis los«, sagte Silvestre, der im Suff einen seiner zahlreichen Lehrmeister vergaß. »Komm, das musse erklärn.«

Arsenio Cué, immer ganz Schauspieler, schaute Silvestre an, dann mich, ganz herablassend, und sagte:

»Hast du schon mal eine verliebte Schreibmaschine gesehn?« Silvestre schien darüber nachzudenken und sagte, »Neenochnie«. Ich sagte nichts.

»Vivian Smith-Corona ist eine Schreibmaschine. Was ist ein Name? Der hier besagt alles. Die perfekte Schreibmaschine. Aber ein Ausstellungsstück, eine von denen, die im Schaufenster stehn, mit'nem Schild daneben: Bitte nicht berühren. Unverkäuflich, keiner kauft sie, keiner benutzt sie. Sie sind nur zur Dekoration da. Manchmal weiß man gar nicht, ob sie echt sind oder nur nachgemacht. Aus Similurat, wie Silvestre hier wohl sagen würde, wenn er das Wort noch aussprechen könnte.«

»Kannichkannich«, sagte Silvestre.

»Dann sags doch.«

»Eine Schreibmaschine aus Simulierat.«

Cué lachte.

»Das ist noch besser.«

Silvestre lächelte zufrieden.

»Wer wird sich denn in eine Schreibmaschine verlieben?«

»Ich ich«, sagte Silvestre.

»Bei dir ist das ja nicht verwunderlich, aber du bist nicht der einzige«, sagte Cué und sah mich an.

Silvestre brach in ein schallendes Gelächter aus, das schnell wieder erstarb. Ich sagte nichts. Ich preßte nur die Lippen zusammen und sah Arsenio Cué ins Gesicht. Ich glaube, er ging einen Schritt zurück oder nahm zumindest den Fuß weg. Er war mir auf die Finger getreten, aber er wußte auch, daß ich nicht Tony war. Silvestre versuchte schließlich zu vermitteln:

»Auf, wir gehn jetzt. Kommste mit?«

Cué wiederholte die Frage. Es war besser so. Ich beschloß, mich auch wie ein *zivilisierter* Mensch zu benehmen, wie Silvestre sagen würde.

»Wohin?« fragte ich.

»Hier ins Saint Michel. Ein bißchen den Tunten zuschaun.«

So zivilisiert nun doch nicht.

»Keine Lust.«

Silvestre zog mich am Arm.

»Komm, sei kein Frosch. Vielleicht treffen wir'n paar Bekannte.«

»Gut möglich«, sagte Cué. »Nachts ist da alles vertreten.«

»Mag ja sein«, sagte ich immer noch leicht gereizt. »Aber ich bin nicht scharf drauf, die Schwuchteln in Aktion zu sehen.«

»Hier sind sie lammfromm«, sagte Cué. »Anhänger des Satjagraha. Sie sind für passive Resistenz, gemeinsame Residenz und friedliche Koexistenz.«

»Sie interessieren mich nicht. Weder passiv noch aktiv noch friedlich noch aggressiv.«

»Weder dantesk noch vergilisch«, sagte Cué.

»Weder zu Lande noch zur See«, sagte ich.

»Aber in der Luft?« fragte Cué.

»Da sind sie in ihrem Element«, sagte Silvestre, vermutlich mit Hintergedanken.

»Nein danke.«

»Du verpaßt was«, sagte Silvestre.

»Der mischt nämlich auch mit«, sagte Cué lachend, rachsüchtig.

»Ich doch nicht, du Scheißkerl«, sagte Silvestre. »Ich schau ihnen nur beim Tanzen zu.«

»Er findet es nämlich langweilig, daß Gene Kelly immer nur mit Cyd Charisse tanzt«, sagte Cué. »Und du, was machst du?«

»Ich geh ins Nacional, jemand treffen.«

»Immer so mysteriös«, sagte Silvestre.

Sie lachten. Sie verabschiedeten sich. Sie gingen. Silvestre sang mit versagender Stimme eine Parodie: *Mister Yös will uns beherrschen / Und ich folg ihm ohne Klagen / Denn ich will nicht daß sie sagen: / Mister Yös will uns beherrschen.*

»Ñico Saquito«, rief Arsenio Cué. »Somnate in Fies-Dur, Opusculum Kultur 1958.

VI

Ich ging in dieser Nacht nirgends mehr hin, sondern blieb an der Ecke unter der Straßenlaterne stehen, so wie jetzt. Ich hätte mir nach der zweiten Show im Casino Parisien ein Revuegirl schnappen können. Aber dann hätte ich von dort in einen Club gehen müssen und noch was trinken und danach in eine Absteige, und morgens wäre ich schließlich aufgewacht, mit einer Zunge wie eine schlüpfrige Steinplatte, in einem fremden Bett, mit einer Frau, die ich kaum wiedererkennen würde, weil sie die ganze Schminke auf der Bettwäsche und auf meinem

Körper und auf meinem Mund hinterlassen hätte, mit einem Klopfen an der Tür und einer anonymen Stimme, die sagt, es ist Zeit, und dann hätte ich allein ins Bad gehen müssen und duschen und diesen Geruch nach Bett und Sex und Schlaf loswerden und dann diese Unbekannte wecken, die mit einer Stimme, als wären wir schon zehn Jahre verheiratet, mit dieser Monotonie der Gewißheit zu mir sagen würde, Liebst du mich, Schatz, mich so etwas fragen würde, anstatt nach dem Namen zu fragen, nach meinem Namen, den sie nicht wüßte, und weil ich ihren vermutlich auch nicht wüßte, würde ich zu ihr sagen, Ja sehr, Schätzchen.

Da stand ich nun und dachte, wenn man Bongos oder Tumba oder Kesselpauke spielt (oder Schlagzeug, *timbales,* wie Cué sagen würde, um zu zeigen, wie gebildet er ist und gleichzeitig auf so bestechende, erotische und volkstümliche Weise geistreich), heißt das allein sein und doch wieder nicht allein sein, wie Fliegen ist das, meine ich, obwohl ich erst einmal auf die Isla de Pinos geflogen bin, und das als Passagier, aber ich meine Fliegen als Pilot, in einem Flugzeug, die flachgewalzte Landschaft in einer einzigen Dimension unter sich sehen und trotzdem wissen, daß man in die Dimensionen eingehüllt ist und daß die Maschine, das Flugzeug, die Trommeln die Verbindung sind, durch die man niedrig fliegen und die Häuser und die Menschen sehen oder hoch fliegen und die Wolken sehen kann, zwischen Himmel und Erde schwebend, ohne Dimension und doch in allen Dimensionen, und ich schlage, wirble, trommle, kontrapunktiere, halte mit dem Fuß den Takt, messe im Geist den Rhythmus, achte auf die inneren *Claves,* diese tönenden Hölzchen, die immer noch klingen, obwohl es sie in der Band gar nicht mehr gibt, zähle die Pausen, mein Schweigen, während ich der Band zuhöre, drehe Pirouetten, lasse mich trudeln, ziehe Kreise, mache einen Looping mit der linken Trommel, dann mit der rechten, mit beiden, simuliere ein Unglück, einen Sturzflug, führe den *Cencerro*-Spieler an der Nase herum oder den Trompeter oder den Bassisten, schlage gegen den Takt, ohne herauszulassen, daß ich synkopiere, tue so, als wenn ich gegen sie anspielen wollte, halte wieder das Tempo, bringe die Maschine ins Gleichgewicht, lasse sie auspendeln und lande: spielend mit der Musik spielend Musik entlockend dieser doppelten Ziegenhaut festgenagelt an einem Würfel an einem Kubus aus Holz unsterblich gemachter Ziegenbock sein Meckern Musik geworden zwischen den Beinen wie die Hoden der Musik im Schritt mit der Band bei ihr und doch so außerhalb der Einsamkeit und der Geselligkeit und der Welt: in der Musik. Fliegend.

Da stand ich immer noch, seit der Nacht, in der sich Cué und Silvestre zur Paradiesvögelausstellung im musikalischen Käfig des Saint Michel davongemacht hatten, als ein Cabrio vorbeiraste und ich glaubte, Cuba darin zu erkennen, hinten, mit einem Mann, der mein Freund Códac sein konnte oder auch nicht, und vorne ein anderes Paar, alle ganz eng beisammen. Der Wagen fuhr weiter und verschwand im Park des Nacional, und ich dachte, daß es doch nicht sie war, daß sie es gar nicht sein konnte, denn Cuba war bestimmt schon zu Hause und schlief. Cuba brauchte Ruhe, fühlte sich krank, »ich hab meine Tage«, hatte sie gesagt: daran dachte ich gerade, als ich einen Motor, ein Auto die Calle N hochfahren hörte, und es war dasselbe Cabrio, das jetzt einen halben Block weiter oben im Dunkeln neben dem Parkdeck anhielt, und ich hörte die Schritte den Bürgersteig bis zur Ecke heraufkommen und hinter mir vorbeigehen und drehte mich um, und es war Cuba mit einem Mann, den ich nicht kannte, und ich war froh, daß es nicht Códac war. Natürlich hatte sie mich gesehen. Sie gingen alle in den Club 21. Ich machte nichts, ich rührte mich nicht einmal.

Kurz darauf kam Cuba wieder heraus und zu der Stelle, wo ich stand. Ich sagte nichts. Sie sagte auch nichts. Sie legte mir die Hand auf die Schulter. Ich zog die Schulter weg und sie ihre Hand. Sie blieb stehen, ohne etwas zu sagen. Ich schaute sie nicht an, ich schaute auf die Straße und komisch, da dachte ich, daß Vivian bestimmt gleich kommen würde, und wollte, daß Cuba geht, und ich glaube, ich tat so, als quälte mich ein

Seelenschmerz so stark wie Zahnschmerzen. Oder empfand ich ihn tatsächlich? Cuba ging langsam davon, drehte sich plötzlich um und sagte so leise, daß ich sie fast nicht hören konnte:

»Versuch mir zu verzeihn.«

Es klang wie der Titel eines Boleros, aber das sagte ich ihr nicht.

»Hast du lange gewartet?« fragte mich Vivian, und ich dachte, Cuba hätte es gesagt, denn Vivian war praktisch im selben Augenblick gekommen, als Cuba gegangen war, und ich fragte mich, ob sie uns gesehen hatte.

»Nein.«

»Hast du dich nicht gelangweilt?«

»Nein, ganz bestimmt nicht.«

»Ich hatte schon Angst, daß du gegangen bist. Ich mußte warten, bis Balbina wieder eingeschlafen war.«

Sie hatte nichts gesehen.

»Nein, ich hab mich nicht gelangweilt. Ich hab geraucht und nachgedacht.«

»Hast du an mich gedacht?«

»Ja, an dich.«

Das war geschwindelt. Als Cuba aufgetaucht war, hatte ich gerade an ein schwieriges Arrangement gedacht, das wir am Nachmittag eingeübt hatten.

»Du schwindelst.«

Sie schien sich geschmeichelt zu fühlen. Statt des Kleides, das sie im Cabaret angehabt hatte, trug sie jetzt dasselbe, das sie an dem Tag getragen hatte, als wir uns kennenlernten. Sie sah sehr viel fraulicher aus, war aber nicht mehr so gespensterhaft weiß wie beim erstenmal. Sie hatte sich das Haar hochgesteckt und war frisch geschminkt. Sie war fast schön. Ich sagte es ihr, natürlich ohne das fast.

»Danke«, sagte sie. »Was machen wir? Oder willst du die ganze Nacht hier rumstehen?«

»Wohin willst du?«

»Ich weiß nicht. Mach einen Vorschlag.«

Wohin sollte ich mit ihr gehen? Es war schon nach drei. Es

waren noch viele Lokale auf, aber welches war das richtige für dieses Kind reicher Eltern? Ein schäbiges mit Pep wie das El Chori? Der Strand war zu weit weg, und es würde ein ganzes Monatsgehalt fürs Taxi draufgehn. Ein Nachtrestaurant wie der Club 21? Sie hatte es sicherlich über, in solchen Lokalen zu essen. Außerdem wäre dort ja Cuba. Ein Cabaret, ein Night-Club, eine Bar?

»Was hältst du vom Saint Michel?«

Ich erinnerte mich an Cué und Silvestre, die Zwillingsbrüder. Aber ich dachte, daß um diese Zeit der schwülschwelgende Schwoof der Schwuchteln und Schwestern bestimmt vorbei war und nur noch einige wenige Pärchen dasein würden, vielleicht sogar heterosexuelle.

»Einverstanden. Ist ja gar nicht so weit.«

»Das ist leicht untertrieben«, sagte ich und zeigte auf den Club. »Der Mond ist nicht weit.«

Im Saint Michel war fast niemand mehr, und der lange Korridor, durch den am frühen Abend reger Linksverkehr strömte, war wie ausgestorben. Nur ein Paar – Mann und Frau – neben der Musikbox und zwei schüchterne, ver- und erträgliche Homos in einer dunklen Ecke. Den Barkeeper, der gleichzeitig der Kellner war, konnte ich nicht mitzählen, denn ich hatte nie herausfinden können, ob er tatsächlich schwul war oder nur so tat, um ein besseres Geschäft zu machen.

»Wasdarfsein?«

Ich fragte Vivian. Für sie einen Daiquirí. Und für mich auch einen. Wir hatten schon drei davon hintereinander weggetrunken, als lärmend ein Schwarm Gäste hereinkam und Vivian ganz leise sagte, »Oh Gott«.

»Was ist los?«

»Leute aus dem Bilmor.«

Es waren Freunde von ihr, aus ihrem Club oder aus dem Club ihrer Mutter oder ihres Stiefvaters, und natürlich erkannten sie sie und natürlich setzten sie sich zu uns an den Tisch und natürlich kam dann die Vorstellerei und das ganze Drumherum. Mit dem Drumherum meine ich verständnisinnige Blicke und Gelächle und zwei der Mädchen, die aufstehen und mit der Erlaubnis der gesamten westlichen Welt auf die Toilette gehen, und das nichtmehrendenwollende Drauflosgequatsche. Ich vertrieb mir die Zeit damit, auf dem Tisch die von den Gläsern hinterlassenen Wasserringe zu vervollständigen und für neue Ringe zu sorgen, indem ich mit dem Finger das Schwitzwasser am Glas nach unten wischte. Jemand legte eine barmherzige Platte auf. Es war La Estrella, die »Laß mich allein« sang. Ich dachte an diese riesige, ungeheuerliche, heroische Mulattin, in deren Hand das runde, dunkle Mikrophon wie ein sechster Finger aussah und die jetzt sang, drüben im Saint-John (alle Nachtclubs von Havanna trugen neuerdings die Namen exotischer Heiliger: Schisma oder Snobismus?), kaum drei Blocks von uns entfernt, auf einem Sockel über der Bar wie eine monströse neue Göttin, als würde das Trojanische Pferd angebetet, umgeben von begeisterten Fans, ohne Begleitung singend, verächtlich und triumphal, um sie herumflatternd die Stammgäste wie Motten ums Licht, blind für ihr Gesicht, nichts sehend außer ihrer leuchtenden Stimme, denn aus ihrem professionellen Mund kam der Gesang der Sirenen, und wir, jeder einzelne ihrer Zuhörer, waren Odysseus, festgebunden am Mast der Bartheke, hingerissen von dieser Stimme, die die Würmer nie fressen würden, weil sie jetzt hier auf dieser Platte sang, ein perfektes, ektoplasmatisches Faksimile, ohne Dimensionen wie ein Gespenst, wie der Flug eines Flugzeugs, wie der Klang der Trommel: das hier ist die Originalstimme, und ein paar Straßen weiter ist nur ihre Replik, denn La Estrella ist ihre Stimme und ihre Stimme hörte ich und ihr flog ich entgegen, ließ blindlings mich leiten von ihrem Klang, der hell erstrahlte in der Nacht, und während ich ihre Stimme hörte, sie in der plötzlichen Dunkelheit sah, sagte ich, »La Estrella, führ mich in den sicheren Hafen, sei du der wahre Nordpunkt meiner Kompaßnadel, o meine Stella Polaris«, und ich muß es laut gesagt haben, denn ich hörte Gelächter an den Tischen um uns herum, und jemand sagte, ein Mädchen, glaube ich, »Vivian, du bist umgetauft«, und ich sagte Verzeihung und stand auf und ging auf die Toilette. Ich pinkelte zu meiner Neufassung von »Laß mich allein«: Laß mich, du Schwein, ich piß dir sonst ans Bein (© 1958, Ihr ergebenster Diener).

VII

Als ich zurückkam, war Vivian allein und trank ihren Daiquirí und an meinem Platz wartete meiner auf mich, eiskalt, fast hartgefroren. Ich leerte ihn in einem Zug, ohne etwas zu sagen, und da sie ihren auch ausgetrunken hatte, bestellte ich noch zwei, und wir redeten kein Wort über die Leute, von denen ich schon nicht mehr wußte, ob sie dagewesen waren oder ob ich nur von ihnen geträumt oder sie mir eingebildet hatte. Aber sie waren dagewesen, denn es wurde wieder, zum drittenmal jetzt, »Laß mich allein« gespielt, und ich sah die Wasserränder der Gläser auf dem schwarzen Resopal der Tische.

Ich erinnere mich, daß über uns eine Phantasielaterne hing, die Vivians blonden Kopf beleuchtete, als ich anfing, ihr die Haarklammern aus dem Knoten zu ziehen, wortlos. Sie sah mir in die Augen und war so nahe, daß sie schielte. Ich küßte sie oder sie küßte mich, ich glaube, sie küßte mich, denn ich weiß, daß ich mich in meinem Rausch noch fragte, wo dieses kleine Mädchen, das vielleicht noch nicht einmal siebzehn war, das Küssen gelernt hatte. Ich küßte sie erneut, und während ich ihr mit einer Hand den Rücken streichelte, löste ich mit der anderen Hand endgültig ihr Haar. Ich zog den Reißverschluß ihres Kleides auf und ließ meine Hand über ihren Rücken hinabgleiten, und sie wand sich ein bißchen, aber ich hatte nicht den Eindruck, daß es ihr unangenehm war. Sie trug keinen Büstenhalter, und das war für mich die erste Überraschung. Wir waren immer noch beim selben Kuß, und sie biß mich fest in die Lippen und sagte gleichzeitig irgendetwas. Ich ließ meine Hand um ihren Rücken herum zu ihren Brüsten gleiten, und da konnte ich sie endlich fühlen: sie waren klein, schienen aber unter meiner Hand zu knospen, aufzublühen, neue Triebe zu bilden. Mag ja sein, daß ich betrunken war und nur ein armseliger Bongospieler bin, aber auch ich habe meine poetische Ader. Ich rührte keinen Finger, ließ jedoch meine Hand, wo sie war. Sie redete in meinem Mund, und ich schmeckte etwas Salziges und dachte, sie hätte mir in die Lippe gebissen. Aber es waren Tränen.

Sie löste sich von mir und warf den Kopf zurück, und das Licht fiel auf ihr Gesicht. Es war ganz naß. Ein bißchen vom Speichel, aber vor allem waren es Tränen.

»Sei lieb zu mir«, sagte sie.

Und dann heulte sie noch mehr, und ich wußte nicht, was ich tun sollte. Heulende Frauen bringen mich immer ganz durcheinander, auch wenn ich betrunken und deshalb sowieso schon völlig durcheinander bin: dann bringen sie mich noch mehr durcheinander als das nächste Glas.

»Ich bin so unglücklich«, sagte sie.

Ich glaubte, sie sei in mich verliebt und daß sie wüßte – daß sie *es* wüßte –, das, was zwischen mir und Cuba Nazionale (noch ein Spitzname für Doña Venegas) gewesen war, und ich wußte nicht, was ich sagen sollte. Frauen, die in mich verliebt sind, bringen mich noch mehr durcheinander als heulende Frauen und das nächste Glas. Der Gipfel war, daß sie sowieso schon heulte und jetzt auch noch der Kellner mit zwei weiteren Drinks kam, die keiner bestellt hatte. Ich glaube, er wollte unseren Clinch unterbrechen. Aber sie redete weiter, ohne sich um den Ringrichter zu scheren.

»Am liebsten wär ich tot.«

»Aber warum denn?« sagte ich. »Es ist doch ganz nett hier.«

Sie sah mir in die Augen und heulte weiter. Das ganze Daiquiríwasser kam ihr aus den Augen.

»Es ist einfach schrecklich.«

»Was ist schrecklich?«

»Das Leben ist schrecklich.«

Noch ein Titel für einen Bolero.

»Warum?«

»Darum.«

»Warum ist es schrecklich?«

»Ach, es ist so schrecklich.«

Sie hörte plötzlich auf zu heulen.

»Gib mir ein Taschentuch.«

Ich gab es ihr, und sie wischte sich die Tränen und den Speichel ab und schneuzte sich sogar hinein. In mein einziges Taschentuch. Ich meine, für diese Nacht: zu Hause hab ich noch mehr. Sie gab es mir nicht zurück. Ich meine, sie hat es mir nie mehr zurückgegeben: sie muß es immer noch zu Hause oder in der Handtasche haben. Sie trank in einem Zug ihren Daiquirí aus.

»Entschuldige. Ich bin eine blöde Kuh.«

»Du bist keine blöde Kuh«, sagte ich und versuchte sie zu küssen. Sie ließ mich nicht. Statt dessen zog sie den Reißverschluß zu und brachte ihre Frisur in Ordnung.

»Ich muß dir etwas erzählen.«

»Bitte, erzähl«, sagte ich und versuchte so aufmerksam und so verständnisvoll und so unbeteiligt zu sein, daß ich wie der mieseste Schauspieler der Welt wirken mußte, der versucht, unbeteiligt und verständnisvoll und aufmerksam zu wirken und dabei noch zu einem Publikum spricht, das ihm gar nicht zuhört. Ein zweiter Arsenio Cué.

»Ich erzähl dir jetzt was. Niemand sonst weiß etwas davon.«

»Und es wird auch sonst niemand davon erfahren.«

»Du mußt mir schwören, daß du es niemand erzählst.«

»Niemand.«

»Vor allem darfst du es Arsen nicht erzählen.«

»Niemand.« Meine Stimme klang jetzt wie die eines Betrunkenen.

»Schwörs mir.«

»Ich schwörs.«

»Es fällt mir sehr schwer, aber es ist besser, wenn ich es dir von vornherein sage. Ich bin keine Jungfrau mehr.«

Ich muß wohl ein Gesicht gemacht haben wie Cué bei den Episoden mit Gounod, Mozart & Co., Herstellung und Vertrieb von Musika- und Bredouillen en gros.

»Doch, wirklich«, sagte sie, ohne daß ich es bezweifelt hätte.

»Das wußte ich nicht.«

»Niemand weiß es. Du und die betreffende Person und ich, wir sind die einzigen, die es wissen. *Er* wird es niemand erzählen, aber ich mußte es einfach loswerden, sonst wär ich noch geplatzt. Ich mußte es einfach jemand sagen, und Sibila ist meine einzige Freundin, aber sie ist auch die allerletzte, die es erfahren dürfte.«

»Ich werd niemand etwas sagen.«

Sie bat mich um eine Zigarette. Ich bot ihr eine an, nahm aber selbst keine. Als ich ihr Feuer gab, berührte sie kaum meine Hand, nur das Zittern ihrer Hand sprang ein paarmal von ihren verkrampften, schweißfeuchten Fingern auf meine über. Auch ihre Lippen zitterten.

»Danke«, sagte sie, stieß den Rauch aus und fuhr ohne Pause fort: »Er ist ein ziemlich verstörter Junge, noch ganz jung und ohne jeden Halt, und ich wollte seinem Leben einen Sinn geben. Aber das war ein Fehler.«

Ich wußte nicht, was ich sagen sollte: die Hingabe der Jungfräulichkeit als Akt des Altruismus, das war einfach entwaffnend. Aber was gab *mir* schon das Recht, über die möglichen Formen der Erlösung zu urteilen? Schließlich war ich ja nur ein einfacher Bongospieler.

»Ach, Vivian Smith«, sagte sie. Sie benutzte nie das Corona, und ich mußte an Lorca denken, der sich immer als Federico García vorgestellt hatte. In ihrer Stimme war nichts von Bedauern oder Selbstvorwürfen zu spüren; ich glaube, sie wollte sich einfach vergewissern, daß sie hier mit mir zusammen war und ich ihr keine Vorhaltungen machte, aber für mich war es ja auch wie ein Traum. Nur nicht der Traum, den ich mir erträumt hatte.

»Kenn ich ihn?« fragte ich sie und versuchte dabei, weder neugierig noch eifersüchtig zu wirken.

Sie antwortete nicht sofort. Ich musterte sie aufmerksam, und obwohl die Bar jetzt schwächer beleuchtet schien, weinte sie nicht. Aber ich sah, daß sie feuchte Augen hatte. Sie antwortete zwei Jahre später.

»Du kennst ihn nicht.«

»Sicher?«

Ich schaute ihr fest in die Augen.

»Also gut, du kennst ihn. Er war neulich im Schwimmbad, als du auch da warst.«

Ich wollte und konnte es nicht glauben.

»Arsenio Cué?«

Sie lachte oder versuchte zu lachen oder tat beides zugleich.

»Um Himmels Willen! Glaubst du denn, daß Arsen auch nur einen einzigen Tag in seinem Leben verstört gewesen ist?«

»Dann kenn ich ihn nicht.«

»Es ist Sibilas Bruder. Tony.«

Ich kannte ihn also doch. Was mich wurmte, war nicht, daß ausgerechnet dieser schieläugige Typ, dieser amphibische Scheißer mit seinem Kettchen am Hals und seinem Armbändchen am Handgelenk, dieser Möchtegernbürger von Miami, daß der Vivians Verstörter Junge war. Was mich wurmte, war, daß sie *ist* gesagt hatte. Wenn sie *war* gesagt hätte, wäre es etwas Vorübergehendes oder Beiläufiges oder Gezwungenes gewesen. Aber so konnte das nur eines bedeuten, nämlich daß sie verliebt war. Ich sehe Tony wieder vor mir: mit anderen Augen. Was mochte sie jetzt darin sehen?

»Ach ja«, sagte ich. »Ich weiß jetzt wer.«

Ich freute mich, daß ihm Cué auf die Hand getreten war. Ich wünschte mir sogar, er hätte wie ich die Seele in den Fingerspitzen.

»Bitte, um alles in der Welt, erzähl das nie jemand weiter. Versprich mir das.«

»Ich versprechs dir.«

»Danke«, sagte sie und nahm meine Hand und streichelte sie weder mechanisch noch zärtlich, noch absichtsvoll. Es war einfach nur wieder eine gekonnte Bewegung ihrer Hand, so wie sie damals meine an ihr Gesicht gezogen hatte, um die Zigarette anzuzünden. »Es tut mir leid«, sagte sie, aber sie sagte mir nicht, warum es ihr leid tat. »Es tut mir wirklich leid.«

Das war die Nacht, in der allen und jedem mir gegenüber etwas leid tat.

»Das ist doch alles nicht so wichtig.«

Ich glaube, meine Stimme klang ein bißchen nach Arturo de Córdova, aber auch ein bißchen nach meiner eigenen Stimme.

»Es tut mir leid und es reut mich«, sagte sie, aber sie sagte mir auch nicht, was sie reute. Vielleicht, daß sie es mir erzählt hatte. »Bestell mir noch was zu trinken.«

Ich versuchte, durch Fingerschnipsen den Kellner zu rufen, aber dafür muß man eine regelrechte Kellnerjagd veranstalten: so einfach ist das gar nicht: auch Frank Buck hätte es nicht geschafft, einen kubanischen Kellner lebend beizubringen. Als ich mich erneut Vivian zuwandte, heulte sie schon wieder. Sie schluckte beim Reden die Tränen hinunter.

»Du erzählst es bestimmt nicht weiter?«

»Nein, ganz bestimmt nicht. Niemand.«

»Niemand, ich bitte dich inständig darum, wirklich *niemand.*«

»Ich werde schweigen wie ein Grab.«

Ich fleh dich an, o Totengräber, sing für mein Lieb / ein Requiem auf ihrem Grab / auf daß der Teufel Mitleid mit ihr hab. / Bewein sie nicht, o Totengräber, bewein sie nicht (Refrain).

SIE SANG BOLEROS

Was soll ich sagen? Ich kam mir vor wie Barnum und folgte Alex Bayers unglückseligen Ratschlägen. Ich verfiel auf den Gedanken, man müßte La Estrella erst entdecken, ein Wort, das für Eribó erfunden worden ist und für all diese Curies, die ihr Leben damit verbringen, irgendwelche Entdeckungen zur Fernseh-, Film- und Radioaktivität beizusteuern. Ich sagte mir, man müßte das Gold ihrer Stimme aus dem tauben Gestein lösen, in das es die Natur oder die Vorsehung oder was auch immer eingeschlossen hatte, man müßte diesen Diamanten aus dem Berg Scheiße ziehen, unter dem er begraben lag, und so organisierte ich ein Fest, eine Party, ein Budenzäuberchen, wie Rine Leal sagen würde, und Rine trug ich auch auf, so viele Leute wie möglich einzuladen, den Rest würde ich dann selbst beischaffen. Der Rest, das waren Eribó und Silvestre und Bustrófedon und Arsenio Cué und Emsí, der ein ziemlicher Dummscheißer ist, den ich aber brauchte, weil er Conferencier im Tropicana war, und Eribó brachte Piloto & Vera mit und Franemilio, der sicher am meisten von der Sache haben würde, weil er Pianist ist und sehr sensibel und außerdem blind, und Rine brachte Juan Blanco mit, einen Komponisten, der Musik ohne jeden Sinn für Humor macht (die Musik, nicht Juan Blanco alias Johannes Witte oder Giovanni Bianco oder João Branco: er komponiert das, was Silvestre und Arsenio und Eribó, immer wenn er sich als reumutiger Mulatte gibt, ernste Musik nennen), und fast hätte er noch Alejo Carpentier mitgebracht, und das einzige, was uns noch fehlte, war ein Impresario, aber Vítor Perla ließ mich hängen und Arsenio Cué weigerte sich, jemand vom Rundfunk auch nur anzusprechen, und dabei bliebs dann auch. Aber an Publicity würde es sicher nicht fehlen.

Ich gab die Party oder was immer es auch war zu Hause, in diesem einzigen großen Raum, den Rine hartnäckig Studio nennt, und die ersten Leute kamen schon ziemlich früh, und es kamen sogar Leute, die ich gar nicht eingeladen hatte, wie zum Beispiel Gianni Boutade (oder so ähnlich), der Franzose oder Italiener oder Monegasse oder alles drei zusammen ist, und der damals Kräuterkönig genannt wurde, nicht etwa, weil er Gewürze importiert hätte, sondern weil er der Welt größter Kiffbruder war, derselbe, der eines Nachts einmal versucht hatte, bei Silvestre den Apostel zu spielen, und ihn ins Las Vegas geschleppt hatte, um La Estrella zu hören, als sie schon längst überall bekannt war, und der sich doch tatsächlich für ihren Impresario hielt, und mit ihm kamen Marta Pando und Ingrid Bérgamo und Edith Cabell, die an diesem Abend glaube ich die einzigen Frauen waren, denn ich hatte darauf geachtet, daß weder Irenita noch Manolito el Toro, noch Magalena oder irgendein anderes Geschöpf aus der schwarzen Lagune auftaucht, seien sie nun Kentaura (halb Frau, halb Pferd, ein Fabeltier der nächtlichen Zoologie Havannas, das ich jetzt weder beschreiben kann noch will) oder nicht, oder etwa Marta Vélez, die bekannte Bolerokomponistin, von Kopf bis Huf ein Pferd, und es kam auch Jesse Fernández, ein kubanischer Photograph, der für Life arbeitete und sich zu Besuch in Havanna aufhielt. Es fehlte nur noch La Estrella.

Ich machte die Kameras (meine) fertig und sagte Jesse, er könne eine davon benutzen, wenn er eine brauche, und er suchte sich eine Hasselblad aus, die ich damals gerade erst gekauft hatte, und sagte, er wolle sie heute abend ausprobieren, und wir fingen an, die Qualität der Rollei und der Hassel zu vergleichen, und danach kamen Nikon und Leica dran, und dann redeten wir über Belichtungszeiten und das Varigam-Papier, das damals gerade herausgekommen war, und über all die Dinge, über die wir Photographen eben reden, und die für uns dasselbe sind wie lange und kurze Röcke und der neueste Schnitt für die Frauen und *averages* und *ranking* für die Baseballfans und Fermaten und Quintolen für Marta und Piloto und Franemilio und Eribó und Leber, Lupus und Fußpilz für Silvestre und Rine: Themen für die Variationen der Langeweile, Konversationskeulen, mit denen man die Zeit totschlägt, was du heute schon kannst reden, brauchst erst morgen du zu denken, *Aufschieben ist alles*, ein genialer Satz, den Cué sicherlich irgendwo geklaut hat. Unterdessen reichte Rine die Drinks und die Bananenchips und die Oliven herum. Und wir redeten und redeten und die Zeit verging und kreischend flog ein Käuzchen am Balkon meiner Wohnung vorbei und Edith Cabell kreischte *Solavaya!* und mir fiel ein, daß ich La Estrella gesagt hatte, ihr Fest würde um acht beginnen, damit sie um halb zehn da wäre, und ich schaute auf die Uhr und es war zehn nach zehn. Ich ging in die Küche und sagte, ich würde runtergehen und noch etwas Eis kaufen, und Rine wunderte sich, weil er wußte, daß genug Eis in der Badewanne war, und ich ging hinunter, um auf allen Meeren der Nacht nach dieser in einer Seekuh Fleisch gewordenen Sirene zu suchen, nach dieser Godzilla, die unter ihrer ozeanischen Dusche singt, nach meiner Nat King Kong.

Ich suchte sie in der Bar Celeste unter den Leuten, die beim Essen saßen, in Hernando's Hideaway wie ein Blinder ohne weißen Stock (weil er nichts nützen würde, weil man dort nicht einmal einen weißen Stock erkennen könnte), wirklich blind, als ich wieder ins grelle Licht der Straßenlaterne an der Ecke Humboldt/Calle P hinaustrat, auf der Freiterrasse des MiTío, wo alle Getränke nach Auspuffgasen schmeckten, im Las Vegas, wo ich versuchte, möglichst nicht auf Irenita oder die andere oder die andere zu treffen, und in der Humboldt-Bar, und als ich schon die Nase voll hatte, ging ich noch bis zur Ecke Infanta und San Lázaro und fand sie dort auch nicht, aber auf dem Rückweg schaute ich nochmal im Celeste vorbei, und da saß sie, ganz hinten, allein und völlig betrunken, und unterhielt sich angeregt mit der Wand. Sie schien alles total vergessen zu haben, denn sie trug wie immer das Ordenskleid der Beschuhten Karmeliterinnen, aber als ich dann neben ihr stand, sagte sie, Hallo, Schätzchen, setz dich und trink einen mit, und grinste von Ohr zu Ohr. Ich schaute sie an, stocksauer natürlich, aber was sie dann sagte, war einfach entwaffnend. Ich habs nicht geschafft, Mann, sagte sie, Ich bring einfach nicht den Mut dazu auf: ihr seid alle viel zu fein und zu gebildet und zu vornehm für sone Negerin wie mich, sagte sie und bestellte noch einen Drink, während sie den letzten, den sie wie einen gläsernen Fingerhut in der Hand hielt, hinunterkippte. Ich gab dem Kellner durch ein Zeichen zu verstehen, er solle nichts mehr bringen, und setzte mich. Sie lächelte mich wieder an und begann, etwas vor sich hin zu trällern, was ich nicht verstand, aber es war kein Lied. Komm, sagte ich, komm jetzt mit. Nicht ums Verrecken, sagte sie, und das reimt sich auf lecken. Komm, sagte ich, es wird dich schon keiner fressen. Mich, fragte sie ohne zu fragen, mich fressen. Schau, sagte sie und hob den Kopf, bevor mir einer von euch auch nur ein Härchen auf meinem Krauskopf krümmt, freß ich euch alle zusammen, sagte sie und zerrte dabei mit einer dramatischen oder komischen Geste an ihren Haaren. Komm, sagte ich, die ganze westliche Welt wartet bei mir zu Hause auf dich. Auf was warten die denn, sagte sie. Darauf, daß du kommst und singst und sie dir zuhören können. Mir, fragte sie, mir zuhören, fragte sie, und bei dir zu Haus, sie sind also bei dir zu Haus, fragte sie, dann können sie mich auch von hier aus hören, du wohnst ja gerade da vorn um die Ecke, sagte sie, da brauch ich mich ja nur an die – sie machte Anstalten aufzustehen – Tür zu stellen und loszusingen, was das Zeug hält, und dann können sie mich hören, sagte sie, issesnichso, und fiel auf den Stuhl zurück, der nicht einmal ächzte, weil es ihm sowieso nichts genützt hätte und er sich daran gewöhnt, sich damit abgefunden hatte, ein Stuhl zu sein. Ja, sagte ich, das stimmt, aber komm jetzt lieber mit nach Hause, und ich schlug einen vertraulichen Ton an, Es ist ein Impresario da und so, und da hob sie den Kopf, das heißt, sie hob den Kopf nicht, sondern neigte ihn nur zur Seite und zog einen der dünnen Striche hoch, die sie über die Augen gemalt hatte, und sah mich an, und ich schwöre bei John Huston, daß so Mobydicka den Gregory Ahab angeschaut hat. Hatte meine Harpune getroffen?

Ich schwöre bei meiner Mutter und bei Daguerre, daß ich zuerst vorhatte, sie in den Lastenaufzug zu packen, aber da das auch der Aufzug für die Dienstboten ist und ich La Estrella kenne, wollte ich sie nicht auf die Palme bringen, und wir nahmen beide den kleinen vorderen Aufzug, der sich zweimal überlegte, ob er seine seltsame Last hinaufbefördern sollte, und dann unter kläglichem Ächzen die acht Stockwerke erklomm. Schon vom Flur aus hörte man die Musik, und wir fanden die Tür offen, und das erste, was La Estrella hörte, war der *Son* »Cienfuegos« und mitten unter den Leuten war Eribó, der seinen ewigen *montuno* erklärte, und Cué, der seine Zigarettenspitze mit der Zigarette im Mund zustimmend auf und ab bewegte, und Franemilio stand neben der Tür und stützte sich mit den Händen hinter dem Körper an der Wand ab, wie es Blinde oft tun, eher mit den Fingerspitzen als mit dem Gehör wahrnehmend, wo sie sind, und kaum hat La Estrella Franemilio gesehen, macht sie einen Satz rückwärts und wirft mir ihre in Alkohol eingelegten Lieblingswörter an den Kopf, Verdammt, du hast mich beschissen, du Scheißkerl, und ich verstand überhaupt nicht, was los war, und sagte warum, und sie sagte, weil Fran da ist, und der ist bestimmt zum Klavierspielen gekommen, und mit Musik sing ich nicht, haste kapiert, da sing ich einfach nicht, und Franemilio hörte sie, und bevor ich etwas sagen oder bei mir denken konnte, Mannomann, die ist ja völlig bekloppt, *ich* und ein Klavier im Haus, sagte er mit seiner sanften Stimme, Komm rein, Estrella, hier bringst *du* die Musik mit, und sie lächelte, und ich bat um Aufmerksamkeit und sagte, es solle jemand den Plattenspieler abstellen, La Estrella sei da, und alle drehten sich zu uns um, und die Leute auf dem Balkon kamen herein, und alle klatschten. Siehst du? sagte ich zu ihr, siehst du?, aber sie hörte gar nicht hin und wollte gerade anfangen zu singen, als Bustrófedon mit einem Tablett voller Gläser aus der Küche kam und hinter ihm Edith Cabell mit noch einem, und La Estrella angelte sich im Vorbeigehen einen Drink und sagte zu mir, Und die da, was macht denn die hier? und Edith Cabell hörte es und drehte sich um und sagte zu ihr, Ich bin keine *die da*, ist das klar, und schon gar nicht für so'n Monstrum wie Sie, und mit derselben

Bewegung, mit der sie das Glas genommen hatte, schüttete La Estrella den Drink Franemilio ins Gesicht, weil Edith Cabell ausgewichen war, aber beim Ausweichen stolperte sie und versuchte, sich an Bustrófedon festzuhalten, den sie gerade noch am Hemd erwischte, und der kam auch ins Taumeln, aber da er sehr gelenkig ist und Edith Cabell mal Ausdrucksgymnastik gemacht hat, fiel keiner von beiden hin, und Bustro machte eine Geste wie ein Trapezkünstler, der gerade einen doppelten Salto mortale ohne Netz ausgeführt hat, und alle außer La Estrella, Franemilio und mir applaudierten. La Estrella, weil sie sich gerade bei Franemilio entschuldigte und ihm mit dem Rockzipfel das Gesicht abwischte, so daß ihre ungeheuren braunen Schenkel der lauen Nachtluft ausgesetzt waren, und Franemilio, weil er nicht sehen konnte, und ich, weil ich die Tür zumachte und die Leute bat, ein bißchen ruhiger zu sein, es sei fast schon zwölf und wir hätten keine Erlaubnis für das Fest und es würde bestimmt gleich die Polizei aufkreuzen, und da waren sie alle still. Außer La Estrella, die sich zu mir umdrehte, nachdem sie sich bei Franemilio zu Ende entschuldigt hatte, und mich fragte, Und wo ist der Impresario, und Franemilio ließ mir keine Zeit, mir etwas auszudenken, und sagte, Er ist nicht gekommen, weil Vítor nicht gekommen ist, und Cué hat mit den Leuten vom Fernsehen Krach. La Estrella schaute mich mit bitterböser Miene an, mit Augen so schmal wie ihre Brauen, und sagte, Du hast mich also reingelegt, und gab mir keine Chance, ihr bei allen meinen Ahnen und Lehrmeistern bis hin zu Niepce zu schwören, daß das nicht stimmte, daß ich nicht wußte, daß keiner gekommen war, ich meine, kein Impresario, und sagte, Dann sing ich eben nicht, und verzog sich in die Küche, um sich einen Drink zu mixen.

Ich glaube, es herrschte gegenseitiges Einvernehmen, denn sowohl La Estrella als auch meine Gäste beschlossen zu vergessen, daß sie auf demselben Planeten wohnten, und während sie in der Küche geräuschvoll aß und trank, erfand jetzt Bustrófedon im Wohnzimmer Zungenbrecher, und einer von denen, die ich aufschnappte, war *Drei traurige Tiger trinken trüben Drüsentee*, und der Plattenspieler spielte »Santa Isabel de las Lajas«, und Eribó spielte, trommelte auf meinem Eßtisch und auf einer Seite des Plattenspielers herum und erklärte Ingrid Bérgamo und Edith Cabell, der Rhythmus sei etwas ganz Natürliches, Wie das Atmen, sagte er, jeder hat Rhythmus, so wie jeder auch Sex hat, und ihr wißt ja, daß es Impotente gibt, impotente Männer, sagte er, so wie es auch frigide Frauen gibt, und trotzdem würde deshalb niemand abstreiten, daß es den Sex gibt, sagte er, Niemand kann abstreiten, daß es den Rhythmus gibt, der Rhythmus ist wie der Sex etwas ganz Natürliches, und es gibt eben nur Leute, die sind inhibiert, genau dieses Wort hat er benutzt, und können nicht im Rhythmus spielen oder tanzen oder singen, während andere diese Hemmung nicht haben und tanzen und singen und sogar mehrere Percussion-Instrumente gleichzeitig spielen können, sagte er, und so wie die primitiven Völker beim Sex keine Impotenz und keine Frigidität kennen, weil sie keine sexuellen Hemmungen haben, so haben sie, sagte er, auch keine rhythmischen Hemmungen, und deshalb haben sie in Afrika genauso viel Gefühl für Rhythmus wie für Sex, und, sagte er, ich bin der festen Überzeugung, sagte er, daß wenn man jemand eine spezielle Droge gibt, nicht Marihuana oder sowas, sagte er, eine Droge wie Meskalin, sagte er und wiederholte das Wort, damit alle Bescheid wußten, daß er Bescheid wußte, oder, und er übertönte mit seiner Stimme die Musik, LYSERGSÄURE, dann kann er jedes Percussion-Instrument mehr oder weniger gut spielen, so wie ein Betrunkener auch mehr oder weniger gut tanzen kann. Sofern er sich noch auf den Füßen halten kann, dachte ich und sagte zu mir selbst, So eine großtönende Scheiße, und ich hatte gerade dieses Wort gedacht, dachte gerade an dieses Wort, als La Estrella aus der Küche kam und sagte, Scheiß Beny Moré, und sie hatte wieder einen Drink in der Hand und kam trinkend zu mir herüber, und da alle Musik hörten, redeten, Konversation machten und Rine sich auf dem Balkon einen zurechtfummelte, eines dieser Liebesscharmützel ausfocht, die man in Havanna *el mate* nennt, setzte sie sich auf den Fußboden und lehnte sich gegen das Sofa und rutschte trinkend zu Boden und dann legte sie sich mit dem leeren Glas in der Hand flach neben das Sofa, das kein modernes war, sondern eines von diesen alten kubanischen Möbeln aus Strohgeflecht und Holz und Strohgeflecht, und wälzte sich der Länge nach darunter und schlief ein, und ich hörte dort unter mir ein Schnarchen, das wie das Seufzen eines Pottwals klang, und Bustrófedon, der La Estrella nicht gesehen hatte und auch jetzt nicht sah, sagte zu mir, Nadar, alter Freund, bläst du gerade 'nen Ballon auf? womit er sagen wollte (ich kenn ihn doch), ich hätte einen fahren lassen, und ich mußte an Dalí denken, der gesagt hat, Fürze seien Seufzer des Körpers, und fast mußte ich lachen, weil mir der Gedanke kam, daß Seufzer die Fürze der Seele sind, und La Estrella schnarchte weiter, ohne sich einen Dreck um alles zu scheren, und überhaupt schien das Ganze nur für mich ein Reinfall zu sein, und ich stand auf und ging in die Küche, um mir einen Drink zu machen, den ich dort still und leise trank, und still und leise ging ich zur Tür und machte mich davon.

Dritte

Herr Doktor, meinen Sie, daß ich wieder zum Theater gehen sollte? Mein Mann sagt, mein einziges Problem wär, daß ich jetzt meine ganze nervöse Energie aufstaue und nie verbrauche. Früher, am Theater, konnte ich mir wenigstens vorstellen, ich sei eine andere.

SIE SANG BOLEROS

Ich weiß nicht mehr, wie lange ich auf der Straße herumlief und wo ich war, weil ich überall zugleich war, und so gegen zwei war ich auf dem Heimweg, und als ich am La Zorra und am Cuervo vorbeikam, sah ich zwei Mädchen und einen Mann herauskommen, und eines der Mädchen war sommersprossig und vollbusig und das andere war Magalena, die mich grüßte, die zu mir herkam und mich ihrer Freundin vorstellte und ihrem Freund, einem Typ mit dunkler Brille, ein Ausländer, der einfach so aus heiterem Himmel sagte, ich sei bestimmt ein interessanter Mensch, und Magalena sagte, Er ist Photograph, und der Typ sagte mit einem Ausruf, der ein Rülpser war, Agh, Photograph, kommen Sie doch mit uns, und ich fragte mich, was er wohl gesagt hätte, wenn Magalena ihm gesagt hätte, ich würde auf dem Markt arbeiten: Agh, Lastenträger, ein Proletarier, interessant, kommen Sie doch mit einen trinken, und der Typ fragte mich, wie ich heiße, und ich sagte Moholy-Nagy, und er fragte, Agh, Ungar? und ich sagte, Agh nein, Halbgar, und Magalena lachte sich halbtot, aber ich ging mit ihnen, und Magalena ging voraus mit der Frau, die seine Frau war, die Frau dieses Mannes, der neben mir ging, sie war kubanische Jüdin und er war Grieche, griechischer Jude, und redete mit weiß der Teufel was für einem Akzent auf mich ein, erläuterte mir, glaube ich, die Metaphysik der Photographie, agh und dieses Spiel von Licht und Schatten, und wie anrührend es doch sei, daß gerade die Silbersalze (meine Güte, die Silbersalze: der Mann war ein Zeitgenosse von Émile Zola), also die Essenz des Geldes, die Menschen unsterblich machen, daß dies eine der spärlichen (er sagte sperrlichen) Waffen sei, über die das Sein im Kampf gegen das Nichts verfüge, und ich dachte, was hab ich doch für saumäßiges Glück, immer auf diese wohlgenährten Metaphysiker zu treffen, die die Scheiße der Transzendenz fressen, als wärs Götterspeise, und da sind wir auch schon am Pigal, und kaum sind wir drin, da läuft uns Raquelita pardon

Manolito el Toro über den Weg und kommt her und küßt Magalena auf die Wange und sagt Grüß dich mein Schatz, und Magalena begrüßt sie wie eine alte Bekannte, und dieser Philosoph neben mir sagt zu mir, Interessant Ihre Freundin, als er sieht, wie sie meine Hand nimmt und sagt, Na wie läufts Mulatte, und ich sage zu dem Griechen, um ihn vorzustellen und gleichzeitig zu verbessern, Mein *Freund* Manolito el Toro, Manolito, ein Freund, und der Grieche sagt, Das ist ja noch interessanter, als wüßte er, was ich weiß, und als Manolito weg ist, sage ich zu ihm, Und Ihnen, Platon, gefallen Ihnen die Epheben? und er sagt, Wie bitte? und ich sage, Ob Ihnen Drehpeter wie Manolito gefallen, und er sagt, Die schon, solche gefallen mir, und wir setzen uns, um Rolando Aguiló und seiner Combo zuzuhören, und nach einer Weile sagt doch der Grieche zu mir, Warum tanzen Sie nicht mal mit meiner Frau? und ich sag ihm, daß ich nicht tanze, und er sagt, Ist das denn die Möglichkeit, ein Kubaner, der nicht tanzt, und Magalena sagt zu ihm, Nicht nur einer, zwei, ich tanze nämlich auch nicht, und ich sage zu ihm, Sehn Sie: eine Kubanerin und ein Kubaner, die nicht tanzen, und Magalena fängt an »Fly Me to the Moon« zu summen, was die Band gerade spielt, und steht auf, Bis gleich, sagt sie mit diesem angenehmen Säuseln, das die Mulattinnen von Havanna so an sich haben, und die Frau des Griechen, diese Helena, die wohl tausend Schiffe auf das Tote Meer schicken wird, fragt sie, Wohin gehst du? und Maga antwortet, Für kleine Mädchen, und die andere sagt, Ich geh mit, und der Grieche, ganz vornehm, ein Menelaos, dem ein Paris mehr oder weniger nicht die Laune verdirbt, steht auf, und als sie weg sind, setzt er sich wieder hin und schaut mich an und lächelt. Jetzt versteh ich erst. Ach du Scheiße, sag ich zu mir, das ist ja hier die Insel Lesbos! und als sie von der Toilette zurückkommen, diese Kombination in zwei Farbtönen, diese beiden Frauen, die Antonioni Die Freundinnen nennen und Romero de Torres mit seinem Zigeunerpinsel malen und Hemingway etwas zurückhaltender beschreiben würde, und sich setzen, sag ich, Tschuldigt, aber ich verzieh mich jetzt, ich muß morgen früh aufstehn, und Magalena sagt, Ach, warum mußt du schon wieder fort, und ich nehme ihre musikalische Anwandlung auf und sage, Doch dein bleibt mein ganzes Herz, und sie lacht, und der Grieche steht auf und gibt mir die Hand und sagt, War nett, Sie kennenzulernen, und ich sag ganz meinerseits und geb diesem biblischen Prachtstück, für das ich nie ein Salomon oder auch nur ein David sein werde, die Hand und geh. An der Tür holt mich Magalena ein und sagt, Bist du sauer? und ich sag zu ihr, Warum? und sie sagt, Weiß nicht, weil du so früh gehst und so, und macht eine Geste, die bezaubernd wär, wenn sie sie nicht so oft machen würde, und ich sag zu ihr, Mach dir keine Gedanken, ich bin nicht sauer: etwas trauriger, aber dafür klüger, und sie lächelt mich wieder an und macht wieder diese Geste, Bis dann Goldschatz, sag ich zu ihr, Tschau, sagt sie und geht zu ihrem Tisch zurück.

Ich denke daran, nach Hause zu gehn, und frage mich, ob da überhaupt noch jemand ist, und als ich am Hotel Saint John vorbeikomme, kann ich der Versuchung nicht widerstehen, nicht der durch die Groschengräber, die einarmigen Banditen, die in der Halle stehen und in die ich nie auch nur einen Centavo stecken würde, weil ich da nie was rausbekäme, sondern der durch die andere Helena, durch Elena Burke, die in der Hotelbar singt, und ich setze mich an die Theke, um sie singen zu hören, und bleibe noch, nachdem sie aufgehört hat, weil ein Jazzquintett aus Miami da ist, cool aber gut, mit einem Saxophonisten, der aussieht wie der Sohn des Vaters von Van Heflin und der Mutter von Gerry Mulligan, und ich höre ihnen zu, wie sie »Tonite at Noon« spielen, und trinke was und konzentriere mich ganz auf die Musik und würde mich gern zu Elena an den Tisch setzen und sie zu einem Drink einladen und ihr erzählen, wie unerträglich mir Sängerinnen sind, die keine Begleitung wollen, und wie sehr sie mir nicht nur wegen ihrer Stimme gefällt, sondern auch wegen ihrer Begleitung, und als mir einfällt, daß Frank Domínguez sie am Klavier begleitet, sag ich lieber nichts zu ihr, weil wir hier auf einer Insel voller Zweideutigkeiten sind, die ein besoffener Stotterer von sich gibt und die immer auf dasselbe hinauslaufen, und ich höre jetzt »Straight No Chaser«, was ein guter Titel dafür wäre, wie man das Leben nehmen muß, wenn es nicht so offensichtlich wäre, daß es genauso ist, und in diesem Augenblick hat der Geschäftsführer des Hotels an der Tür eine Diskussion mit einem, der schon eine ganze Weile spielt und ständig verliert, und der Typ, der zu allem hin noch betrunken ist, zieht eine Pistole raus und hält sie dem Geschäftsführer unter die Nase, aber der bleibt ganz gelassen, und bevor der Typ das Wort Rausschmeißer aussprechen kann, sind auch schon zwei riesenhafte Typen da und nehmen ihm die Pistole ab und verpassen ihm zwei Ohrfeigen und drücken ihn gegen die Wand, und der Geschäftsführer nimmt die Kugeln aus der Pistole, steckt das Magazin wieder rein und gibt sie dem Betrunkenen zurück, der noch gar nicht recht weiß, wie ihm geschieht, und sagt zu den anderen, sie sollen ihn raussetzen, und sie bringen ihn zur Tür und befördern ihn mit einem Stoß hinaus, und es muß ein ziemlich hohes Tier sein, denn sonst hätten sie Kleingehacktes aus ihm gemacht und würden ihn jetzt mit den Oliven zum Manhattan servieren, und da kommen Elena und die Leute aus der Bar (die Musik hat aufgehört zu spielen), und sie fragt mich, was los war, und ich will ihr gerade sagen, daß ich es nicht weiß, als sich der Geschäftsführer den ganzen Leuten zuwendet und sagt, Kein Grund zur Aufregung, meine Herrschaften, und gibt dem Quintett durch zweimaliges Händeklatschen die Anweisung weiterzuspielen, was die fünf Amerikaner dann auch mehr schlafend als wach tun, wie ein Pianola.

Ich will gerade gehn, da ist an der Tür schon wieder Aufruhr, weil nämlich wie jede Nacht Ventura kommt, um im Sky Club zu essen und sich den Vortrag von Minerva Eros anzuhören, von der es heißt, sie sei die Geliebte dieses Mörders, und die zum Glück droben in luftiger Höhe blökt, und er grüßt den Geschäftsführer und fährt mit vier seiner Schergen im Aufzug hoch, während zehn oder zwölf weitere auf die ganze Lobby verteilt zurückbleiben, und als ich merke, daß das kein Traum ist, und die unangenehmen Dinge zusammenzähle, die mir heute Nacht passiert sind, und dabei auf drei komme, entscheide ich, daß dies genau der richtige Moment ist, mein Glück im Spiel zu versuchen, und ich fische aus einer Tasche, die mir eher wie ein Labyrinth vorkommt, eine Münze, in die kein Minotaurus geprägt ist, weil es sich um einen kubanischen Real und nicht um einen amerikanischen Nickel handelt, und werfe sie in den Glücksschlitz und ziehe den Hebel herunter, den einzigen Arm der Göttin Fortuna, und halte die andere Hand unter das Füllhorn, um die zu erwartende Geldlawine aufzuhalten. Die Räder drehen sich, und zuerst bleibt eine kleine Orange stehen, dann ein Zitrönchen und etwas später ein paar Erdbeeren. Die Maschine gibt ein unheilschwangeres Geräusch von sich, kommt endgültig zum Stillstand und verfällt in ein Schweigen, das meine Gegenwart zur Ewigkeit macht.

Meine Wohnungstür ist abgeschlossen. Das muß Rine gewesen sein, der loyale Leal. Ich mache die Tür auf und sehe nicht das freundschaftliche Chaos, das die heute morgen von der Reinemachefrau aufgenötigte fremde Ordnung ersetzt, weil es mich nicht interessiert, weil ich es nicht sehen kann, weil es im Leben Wichtigeres gibt als die Unordnung, weil ich auf den weißen Laken meines Bettsofas, das jetzt aufgeklappt ist, ja mein Freund, kein Sofa mehr, sondern schon ganz Bett, weil ich auf den unbefleckten Samstagslaken den riesigen, waluminösen, karmelitischen, schokoladenbraunen Fleck sehe, der sich wie ein böser Zauber ausgebreitet hat, und es ist, ihr habt es natürlich erraten: Estrella Rodríguez, der Stern erster Ordnung, der den weißen Himmel meines Betts in der phänomenalen Gestalt einer schwarzen Sonne schrumpfen läßt: La Estrella schläft, schnarcht, sabbert, schwitzt und macht seltsame Geräusche in meinem Bett. Ich nehme alles mit der demütigen Philosophie der Geschlagenen hin und ziehe den Sakko und die Krawatte und das Hemd aus. Ich gehe zum Kühlschrank und hole einen Liter kalte Milch heraus und gieße mir ein Glas ein, und das Glas riecht nach Rum und nicht nach Milch, aber die Milch schmeckt vermutlich nach Milch. Ich trinke noch ein

Glas. Ich stelle die halbleere Flasche in den Kühlschrank zurück und werfe das Glas ins Spülbecken, auf daß es im Chaos aufgehe. Zum erstenmal in dieser Nacht spüre ich, daß drükkende Hitze herrscht, schon den ganzen Tag geherrscht haben muß. Ich ziehe das Unterhemd und die Hose aus und habe jetzt nur noch die kurze Unterhose an und ziehe die Schuhe und die Socken aus und spüre, daß der Fußboden lauwarm ist, aber doch kühler als Havanna und die Nacht. Ich gehe ins Bad und wasche mir das Gesicht und den Mund und sehe in der Badewanne eine große Wasserpfütze als Erinnerung an das Eis und stelle die Füße hinein, und es ist gerade noch einigermaßen kühl. Ich gehe in das einzige Zimmer dieses dämlichen Appartements zurück, das Rine Leal Studio nennt, und sehe mich nach einem Platz zum schlafen um: das Sofa, das aus Holz und Strohgeflecht und Strohgeflecht, ist zu hart, und der Boden ist naß, schmutzig und voller Kippen, und wenn das ein Film wäre und nicht das Leben, nicht dieser Film, in dem man wirklich stirbt, dann würde ich ins Bad gehen, und da stünde nicht fingerhoch das Wasser in der Wanne, sondern sie wäre ein bequemer und sicherer und weißer Ort: der Erzfeind der Promiskuität, und ich würde die Decken hineinwerfen, die ich nicht habe, und dort den Schlaf des Gerechten und Keuschen schlafen, wie ein unterentwickelter, weil unterbelichteter Rock Hudson, und morgen früh wäre La Estrella eine Doris Day, die zwar ohne Band singen würde, aber nach der Musik von Bakaleinikoff, die über die außergewöhnliche Eigenschaft verfügt, unsichtbar zu sein. (Scheiß Natalie Kalmus: ich rede schon daher wie Silvestre.) Aber als ich in die Wirklichkeit zurückkehre, graut schon der Morgen, und dieses Ungetüm ist in meinem Bett und ich bin müde und tue, was Sie, Orval Faubus, und jeder andere auch tun würden. Ich lege mich in *mein* Bett. Auf die Kante

Vierte

Das muß gewesen sein, als ich noch klein war. Ich weiß nur noch, daß da eine orangene oder rote oder goldfarbene Blechdose war, eine für Schokolade, Kekse, Süßigkeiten, auf der eine Landschaft drauf war, auf dem Deckel, mit einem ganz bernsteinfarbenen See und auf dem See Schiffe, Kähne, Segelboote, die von einer Seite zur andern fuhren, und opalfarbene Wolken, und die Wellen bewegten sich so sanft, so langsam, und alles sah so ruhig aus, daß es eine Lust war, dort zu leben, nicht auf den Booten, sondern am Ufer, am Rand der Konfektdose, dort zu sitzen und die gelben Boote zu betrachten und den stillen gelben See und die gelben Wolken. Ich hatte die Dose einmal geschenkt bekommen, als ich krank war, und muß sie bei mir im Bett behalten haben, denn ich träumte, ich sei in dieser Landschaft, und ich träume auch jetzt noch oft davon. Es gab da ein Lied, das meine Mutter immer sang, und das ging so: *Laß ruhn das Ruder, Fahrensmann, zu sehr betört dein Rudern mich* (danach gab es eine unangenehme Diskussion zwischen der schönen verliebten Frau und diesem Fahrensmann, der das Ruder nicht ruhen lassen wollte, weil er Angst hatte, Schiffbruch zu erleiden, aber diesen Teil hörte ich schon nicht mehr, weil ich vorher einschlief, und selbst wenn ich nicht einschlief, hörte ich ihn nicht) und ich hörte und hörte das Lied und mir war als säße ich dort am Ufer des Sees und schaute zu, wie die Boote geräuschlos in dieser ewigen Stille hin und her fuhren.

Das Spiegelkabinett

I

Silvestre und ich fuhren in meinem Wagen vom Hotel Nacional her die Calle O herunter und überquerten die 23 und sausten mit Karacho am Maraka vorbei, als Silvestre zu mir sagte *Das Licht,* und ich sagte *Was,* und er sagte *Das Licht, Arsen, sonst kriegst du'n Strafzettel,* denn es war schon nach sieben, und auf dem kurzen Stück zwischen dem kleinen Buckel der O und der 23 war es dunkel geworden, und in einem Cabrio ist nicht so leicht festzustellen, ob es Tag ist oder Nacht (ich weiß schon, jemand wird sagen, ja ist das denn die Möglichkeit, ob ich denn wüßte, was ich da sage, ob mir denn nicht klar wäre, daß ein Cabrio ein offener Wagen ist und man darin alles besser sehen kann: dieser Person oder diesen Personen oder diesen Menschenmassen kann ich sagen, daß ich nur gesagt habe »in einem Cabrio ist nicht so leicht festzustellen, ob es Tag ist oder Nacht«, siehe oben, und daß ich noch nicht gesagt habe, ob das Verdeck auf ist oder zu, denn ich bin ja schließlich nicht Pru, ein Freund von mir, Marcel Pru, Hersteller des gleichnamigen Getränks aus der Provinz Oriente, der bei seinen endlosen Aufzählungen das Abschweifen mehr schätzt als jede Ausschweifung, was ich sagen wollte und nicht gesagt habe, ist das, was die glücklichen Besitzer eines Cabrios mit mir teilen, ohne daß ich es ihnen extra sagen muß, also sage ich es nur für diejenigen, die noch nie am 11. August 1958 zwischen fünf und sieben Uhr abends mit hundert oder hundertzwanzig Sachen in einem Cabrio den Malecón entlanggefahren sind: diese Lust, dieses Hochgefühl, diese Euphorie des Tages in seiner schönsten Stunde, wenn sich die Sommersonne über einem indigoblauen Meer rötet, zwischen Wolken, die das Ganze manchmal verderben, weil sie daraus die Abenddämmerung in der Schlußeinstellung eines frommen Technicolorfilms machen, was allerdings an diesem Tag nicht der Fall war, obwohl manchmal die Stadt oben beige, bernsteinfarben, rosa ist, während darunter das Blau des Meeres dunkler wird, purpurn, violett, und den Malecón hinaufkriecht und langsam in die Straßen und Häuser vordringt und nur noch die Betonwolkenkratzer übrigbleiben, rosa-sahnig, mein Gott fast wie geröstete Meringen, und genau das betrachtete ich gerade und spürte die Abendluft im Gesicht und die Geschwindigkeit zwischen Brust und Rücken, als mir dieser Silvestre mit seinem *Das Licht* kommt), und ich schaltete das Licht ein. Ich hatte, ich weiß nicht warum, das Fernlicht an, und es schoß wie ein horizontaler Schwall Mehl, Rauch, Zuckerwatte bis ans Ende der Straße, und Silvestre sagte *Was in Sicht*, aber ich verstand wieder *Das Licht* und sagte *Ja bist du denn blind, Mann?* und er sagte *Klar zieht mich blond an* und bekam Augen so groß wie ein Teller, wie zwei Teller mit einem Spiegelei (denn er hat ganz gelbe Augen) auf jedem Teller, und sein bißchen Hals schnellte ihm aus dem Hemd, und er drückte den ganzen bebrillten Kopf derart an der Windschutzscheibe platt, daß ich glaubte, wir hätten einen Zusammenstoß gehabt und ich hätte nur noch nicht das Krachen gehört und den Ruck noch nicht gespürt, weil ich nämlich ihn anschaute, seinen an der Windschutzscheibe plattgedrückten Kopf: Glas über Glas schrappend, und der Wagen schoß unterdessen weiter die Calle 0 entlang, und als ich hinschaute (ich *wußte*, daß die Straße leer war, ich fahre ja nicht umsonst schon fünf Jahre), sah ich sie und drückte das Pedal bis zum Anschlag durch, und das Kreischen der Vollbremsung klang durch das Echo kurz vor der Humboldt wie ein Klageruf, als hätte man jemand (einer Tube Lebenspaste) gerade durch den Mund die Seele ausgedrückt. Die Straße war plötzlich voller Leute, und ich mußte mich wie ein Politiker am Rednerpult im Wagen aufrichten (ich war drauf und dran zu sagen: »Volk von Kuba, einmal mehr haben wir uns hier versammelt undsoweiter«) und aus vollem Halse schreien *Meine Herrschaften, es ist nichts passiert.* Aber die Leute standen nicht unsretwegen da herum.

Sie schauten nach den beiden Blondinen, die die Straße entlang kamen, und nahmen die Vollbremsung zum Vorwand (obwohl sie den weiß Gott nicht brauchten, denn die beiden

Blondinen waren selbst Vorwand genug: zumal man sich, wenn man die Straße zwischen dem Maraka und dem Kimbo überqueren oder auf dem Bürgersteig vom Seintschon zum Pigal gehen will, erst eine Gasse durch die Hallodris, Halunken und Herumtreiber bahnen muß, die da immer unter der Straßenlaterne, neben dem Austernverkäufer, in der Nische des Kaffeestands, am Zeitungskiosk und am anderen Kaffeeausschank gegenüber versammelt sind oder sogar vor dem Eingang des Maraka und des Kimbo herumlungern), um zu pfeifen und zu johlen und alles mögliche zu schreien, wie zum Beispiel »Nichtvordrängeln«, »Spanner«, »Laßt uns auch noch was übrig«, »Weiterfahren, weiterfahren«, und irgendeiner rief sogar »Wenn 'ne Blonde 'ne Blonde führt«, aber der beste von allen war einer, der die Hände zum Schalltrichter formte (es war bestimmt Bustrófedon, der immer dort herumstreicht, denn die Stimme war rauh und kalt wie die Bustrófedons: aber es waren so viele Leute da, daß ich es nicht mit Sicherheit sagen kann), also dieser Typ, dieses Schlitzohr aus Sancti Spíritus, schrie aus Leibeskräften: »Ich laß mich nur von Lesben tätscheln«, und das ganze christliche Abendland mußte lachen, sogar Silvestre, dessen Gesicht jetzt endgültig an der Windschutzscheibe klebte (die Blondinen waren gar nicht mehr in dieser Richtung, sondern fast schon bei unserem Wagen, denn sie gingen immer noch auf der Straße, woraus ich schließen konnte, daß sie weder Amerikanerinnen noch Touristinnen waren, sondern echte Kubanerinnen, obwohl ich das natürlich nicht nur daran erkannte, daß sie mitten auf der Straße gingen: ich erkannte es an demselben Umstand, an dem es vor dreißig Jahren schon Meister Innasio in einer ebenso fremdländischen Stadt wie Havanna, in New York, erkannt hatte: »Sind sie grazil nicht von Gestalt, ist nicht von unerreichter Anmut und Geschmeidigkeit ihr Gang, sind nie und nimmer sie Kubanerinnen«), weil ich so scharf gebremst hatte, und er jammerte, weil er sich den Kopf gestoßen hatte, und ich sagte zu ihm *Schau mal wie du meine Scheibe zugerichtet hast,* im Spaß natürlich, aber er hörte weder den Anfang noch das Ende, *ganz fettig von deiner Stirn.* Auch ich hätte nichts gehört, wenn es nicht eine dieser Stimmen gewesen wäre, die man nur als am Besanmast festgebundener Odysseus hören kann, ohne sich in das von Haien wimmelnde Wasser oder in die flüssige Feuersglut oder mit einem reinweißen Anzug aus ebenso reiner Baumwolle in den Schlamm zu stürzen, und die zu mir sagt *Arsen* sagte die Stimme, und ich schau hin und seh die beiden Blondinen neben uns stehen, und was ich natürlich zunächst einmal sehe, sind zwei Kleider aus Tüll oder Organdy (*Organza,* bestätigte mir später eine der Blondinen, als das Kleid schon verwelkt war) oder aus einem sehr zarten Gewebe, die sich über dem Auto, genau auf Höhe meiner Augen, zu vier Wölbungen wölbten, und wo die beiden violetten Ausschnitte aufhören (denn beide tragen das gleiche malvenfarbene Modell), sehe ich den Anfang oder das Ende zweier Busen, weiß, milchig, fast bläulich im Wolframlicht der Straßenlaterne vor dem Pigal, und zwei lange Hälse, keine Schwanenhälse, sondern eher die zweier weißer, edler, geschulter Lipizzanerstuten, und dann zwei Kinnspitzen, hocherhoben (überheblich), weil sie den schlanken, langen weißen Hals unter sich wissen und die violettweiße Büste, die alle Blicke auf sich zieht (unsere, meine zumindest, kommen fast nicht mehr davon los), bevor sie sich den anderen, unweigerlichen, jetzt aber durch diesen dämlichen Wagen verdeckten Herrlichkeiten zuwenden, und dann (notgedrungen muß ich nun doch nach oben schauen) zwei volle, breite rote Münder (mit einem breiten Lächeln, das die Zähne noch nicht zeigt, weil es weiß, daß die Gioconda wieder Mode ist) und die feinen (tut mir leid, aber ich habe im Augenblick kein anderes Adjektiv parat) Nasen und, du meine Güte, diese vier Augen! Zwei der Augen lachen vertraulich und sind blau und haben lange Wimpern, die wie falsche aussehen (so wie die Münder violett aussehen und doch rot sind), von denen ich aber in ein paar Sekunden wissen werde, daß sie nicht falsch sind, und dann eine hohe, breite Stirn, über der ein blonder Haarschopf beginnt, mit einer dieser modischen hohlen Hochfrisuren oder hohen Hohlfrisuren (die damals gerade erst Mode geworden waren, und eine Frau mußte ihrer Schönheit schon sehr sicher und auf dem allerneusten Stand und sehr stolz darauf sein, zum Kreis der modernen Schönheiten zu gehören, um sich mit einer solchen Frisur auf die Straßen Havannas zu wagen, auch wenn das Terrain, wo sie dieses Wagnis eingingen, zunächst noch auf die Straßen des Vedado oder auch nur die Rampa beschränkt blieb), und bevor die Frisur weitergeht, ein zart lavendelfarbenes Haarband aus Samt. Der blanke Wahnwitz!

Von der anderen Blondine brauche ich weder den Mund noch das Mona Lisa-Lächeln, noch die Frisur zu beschreiben – nicht einmal das lavendelfarbene Band. Sie unterscheidet sich (wenn man sie unterscheiden will) nur darin, daß ihre Augen grün sind, ihre Wimpern nicht so lang und ihre Stirn nicht so hoch – obwohl sie insgesamt etwas größer ist. *Ras doch nicht so* sagt die rechte Blondine, also diejenige, die ich kenne: jetzt, da sie den Kopf zurückwirft, so daß das violette Licht ihre weißen, glatten, glänzenden Backenknochen phosphoreszieren läßt (sie hat sich das Gesicht eingeölt, um ihre japanische Haut zu betonen), erkenne ich sie wieder. *Livia* sage ich zu ihr *Mädchen, schade daß ich dich nicht eher erkannt hab, sonst hätt ich dich überfahren, und wir hätten uns auf der Fahrt ins Krankenhaus ein bißchen verlustieren können.* Sie lacht ein gutturales Lachen, den schütternden Kopf in den Nacken geworfen, als würde sie mit meinem Scherz gurgeln, und sagt in einem Tonfall, der ebenso unecht ist wie ihr Lachen, *Ach Arsen, immer noch der Alte. du änderst dich nie.* Livia gehört zu dieser Art Frauen, die von einem erwarten, daß man sein Wesen so häufig wechselt wie sie die Haarfarbe. *Steht dir gut, das Blond* sage ich. *Sowas darf man nie zu einer Frau sagen* (zu wem denn sonst, zu Liberace?) sagt sie, und ihr Ernst ist dabei ebenso unecht wie ihr Lachen: die Lippen zum Schmollmund gespitzt: geschlossen und aufgeworfen und gleichzeitig feucht, und mit der Hand macht sie eine Bewegung, als wollte sie mir mit einem Fächer auf den Kopf hauen: *Du Schlimmer, du.* (Hätte sich diese Szene, denn es ist eine Szene, vor hundert

Jahren auf der Loma del Ángel abgespielt, dann hätte unser damaliger Romancier Cirilo Villaverde den Fächer tatsächlich gesehen.) *Sie sind ja ein ganz Schlimmer* sagt die andere Blondine, die natürlich eine Echostimme hat. *Wer seid ihr* fragt Silvestre *Anna und Livia Plurabelles?* Livia schaut ihn mit ihrem kurzsichtigen Blick an und dann mit ihrem frechen Blick und dann mit ihrem *Blonde-fatale*-Blick und dann mit ihrem geschmeichelten Blick und dann mit ihrem bezaubernden Blick: Livia hat ein Arsenal von Blicken, die, würde man sie zum Beispiel durch Handgranaten ersetzen, ihre Augen zum Munitionsdepot in einer der Kasernen Batistas machen würden. *Sie* sagt sie, zieht an ihrem Blick zur Vorstellung unbekannter Berühmtheiten den Sicherungssplint ab, zählt bis sieben und schleudert ihn dann (den Blick, nicht den Splint) Silvestre entgegen, dem er mitten im Gesicht explodiert, *sind sicher einer dieser intellektuellen Freunde von Arsen, oder? Ja* sage ich *das ist Silvestre Insula, der berühmte Autor von Wem sie Schläge stunden.* Zu ihrem Pech ist Livias Freundin vorwitzig: *Ach* sagt sie *heißt das nicht Die Stunde schlägt? Ja* sage ich *den hat er auch geschrieben, das ist der erste Teil. Tatsächlich?* sagt die Freundin nun eher zu Silvestre. *Tatsache* sagt Silvestre mit seinem Pokerface. *Na klar* sage ich *Er hat sie nur unter einem Pseudonym geschrieben.* Livia findet, daß es jetzt reicht, daß sie als befreundete Macht eingreifen muß, und schleudert eine Splitterblickgranate in den alliierten Schützengraben und mehrere Bösemieneminen in meine Richtung: *Aber Kindchen* explodiert sie *merkst du denn nicht, daß der dich auf den Arm nimmt?* Und ich sage *Nicht auf den Arm, an der Hand, und ich würde am liebsten auch ihre Hauptstadt im Sturm nehmen, wie heißt sie doch?* Es stimmt: seit einer ganzen Weile hat Livias Freundin die Hand auf der Wagentür, und seit einer ganzen Weile habe ich meine Hand auf ihrer Hand: seit einer ganzen Weile haben wir zwei Hände auf der Wagentür, obwohl Livias Ebenbild es nicht zu merken scheint. Jetzt, da ich es sage, schaut sie auf meine Hand, als schaute sie auf ihre Hand – und umgekehrt. Sie lächelt und sagt *Ach tatsächlich.* Sie nimmt die

Hand weg, plaziert sie zwei Fingerbreit näher bei Livia und sagt *Ach, Sie sind mir ja ein ganz Frecher,* ohne mich anzuschauen, schaut aber auch Livia nicht an, sondern irgendeinen Punkt zwischen uns und Wolkenkuckucksheim. *Ich heiße Mircea Eliade.* Silvestre und ich fahren gleichzeitig hoch *Wie? Mirta Secades* wiederholt sie: Wir hatten uns natürlich verhört *Aber mein Künstlername ist Mirtila. Den hab ich für sie ausgesucht* sagt Livia *Ist der nicht toll, Arsen? Wunderschön* sage ich mit der besten Intonation des Schauspielers, der ich bis vor kurzem noch war. *Im Namenaussuchen warst du schon immer gut* sage ich zu ihr. *Nur meinen eigenen* sagt sie *den hab ich so gelassen. Also* sage ich *dann muß ja nur ich mich noch vorstellen. Nicht nötig* sagt Mirtila *Sie sind Arsenio Cué. Und woher weißt du das* sagt Silvestre *bezaubernde Mirtila Malva? Ach, weil ich* vage, die gesamte Kultur umgreifende Geste, Blick erneut nach Wolkenkuckucksheim gerichtet *Fernsehn schau.* Da sagt Silvestre zu Livia und mir *Ach, sie schaut Fernsehn* und zu ihr *Gehst du auch ins Kino?*

Ja, ich geh auch ins Kino sagt Mirtila *wenn ich abends nicht arbeiten muß.*

Und geht Mirtila alleine? fragt Silvestre.

Wenn ich nicht in Begleitung gehe antwortet Mirtila mit einem Lächeln, das es sich fast gestattet, ein Lachen zu sein, und Livia lacht solidarisch: Livia Solidaria, das ist ihr Name.

Ein geistreiches Geschöpf sage ich. *Irgendwie erinnert sie mich an Maelzels Schachspieler* aber Silvestre hat kein Interesse mehr an meiner Geistreichelei, die damit so selbstbezogen wird wie die intimste Gliedstreichelei.

Gingest du mit mir, Mirtila? sagt Silvestre.

Ach nein sagt Mirtila.

(Ich denke an Doktor Johnson, der seine Ansprachen immer mit dem Wort Sir begann.)

Warum nicht? insistiert Silvestre.

(*Zu gebildeter Gebrauch des Konjunktivs* erkläre ich, unnützerweise, denn ich sage es zu mir selbst.)

Ich mag keine Männer mit Brille sagt Mirtila *darum.*

Ich hab gelbe Augen sagt Silvestre und ich schaue ihn an *Und im Kino bin ich fast hübsch.*

In welchem Film denn? fragt Leviatha Maliziosa.

Das halt ich für unwahrscheinlich sagt Mirtila, ohne Silvestre anzuschauen.

Sie glaubt nicht an Wunder, junger Mann sagt Livia Malavoglia.

Silvestre macht Anstalten, die Brille abzunehmen, aber das geht nun doch zu weit (sogar für Livia, die es nicht ausstehen kann, länger als zehn Sekunden nicht im Mittelpunkt des Weltinteresses zu stehen), und ich höre plötzlich hinter uns ein erbarmungswürdiges Gezeter und kann mir nicht erklären, warum es nicht schon vorher zu vernehmen war: aus der Autoschlange, die hinter uns darauf wartet, daß wir aus dem Weg gehen oder weiterfahren, und durch das Auf- und Abgeblende (und Livia scheint einen Augenblick lang bei der Weltpremiere des Films zu sein, den sie nie gemacht hat, scheint mit beifallheischenden Gesten im wogenden Scheinwerferlicht der Berühmtheit unterzugehen) und die Pfiffe hindurch höre ich eine vielleicht wohlbekannte Stimme, die klar und deutlich »*Ab in die Absteige*« ruft. Livia macht ein Gesicht, als rieche sie irgendwo etwas Faules im Dänemark ihrer Blütenträume, und steigt wieder in die Niederungen des Daseins herab, wie jemand, der nach einem Gespräch unter beschuhten Karmeliterinnen ins weltliche Leben zurückkehrt: *Sowas von fies und ungehobelt und ordinär* und Mirtila, die es überhaupt nicht gehört hat, fühlt sich verpflichtet, *Meine Güte, sowas von ordinär* zu sagen, wobei sie erneut ihre Hand unter meiner Hand wegzieht. Livia sagt zu mir *Arsen wir haben ein Appartemang cher* (ich meine zuerst, sie redet von der Miete, merke dann aber, daß sie *mon cher* gesagt hat, und da sie immer Appartemang sagt und nie Appartement wie alle Leute, ist es auch kein Wunder, daß ich einen der Nasale überhört habe) *grad da vorne an der Ecke* und hat gerade noch Zeit, einen makellosen bläulich fahlen Arm zu heben *In dem lilanen Hochhaus.* Ich fahre fast schon an, weil die anderen Autos wieder ein Höllenspektakel veranstalten *Besuch uns doch mal,* und rase bereits davon, als ich durch das Geräusch der Motoren, Auspuffrohre und Räder, die die weißen Kondensstreifen der Geschwindigkeit auf dem schwarzen Asphalt grau radieren, gerade noch höre, wie Livia aus ihrer berühmten tropischen Konteraltlage in einen fast keifenden Sopran verfällt *fünfter Stock neben dem* und ihr letzter Aufschrei sich zu einem Wort formt, das ganz von selbst nach oben strebt

g
u
u
u
u
z
Auf

und immer noch andauert, als wir um die Ecke biegen und die Calle 25 hinauffahren. *Was meinst du* sagt Silvestre. *Worüber* sage ich und tue so, als wüßte ich nicht genau, wo's lang geht. *Mirtila* sagt Silvestre und läßt seine Frage, die keine Frage ist, wie das Verdeck des Wagens über uns schweben, oder wie die bleiche Kuppel der Nacht, und unter ihrem Gewicht, in ihr, durchqueren wir diese dunkle Gegend von der Ecke 25 und N bis zur L und 25, die ich noch nie gemocht habe, und als wir dann an der belebten Ecke am Hilton sind, mit ihren Cafés und Pensionen, mit den Mädchen, die Richtung Radiocentro gehen, und den Studenten, die hier ihren Kaffee trinken, sage ich *Mirtila? Als Frau? Nicht schlecht. Groß, elegant, hübsch, ohne daß man es gleich über hat* und die grüne Ampel (Chamäleon des Verkehrs, Barmherzigkeit ist deine Farbe, nicht Hoffnung) hindert mich am Weiterreden, denn ich fahre immer noch die 25 hinauf und wünsche mich jetzt lautstark selbst zum Teufel: weil ich so wenig geredet habe und so darauf bedacht sein mußte, nicht so viel zu reden, bin ich auf dieser Straße weitergefahren, die an der Medizinischen Hochschule vorbeiführt, und beim Gedanken an die vielen im schaurigen Nachruhm des Formols konservierten und hinter den Eisengittern gelagerten Toten gebe ich Gas. *Was hältst du denn* fragt Silvestre erneut, als wir fast schon an der Avenida de los Presidentes sind *wirklich von ihr?*, und ich fühle mich schon etwas wohler, nicht bei der Frage, sondern bei der Fahrt durch die Grünanlagen einer meiner Lieblingsstraßen. Ich muß ihm eine Antwort geben, wenn nicht, wird er den lieben langen Abend weiterfragen: beim Essen, im Kino, danach, wenn wir an der Ecke 12 und 23 noch etwas Kaltes oder einen Kaffee trinken und dabei den letzten Mädchen von der Straße nachsehen, wie sie heim ins Bettchen gehen, jede in ihr eigenes und ach, keine in unseres, bevor ich ihn zu Hause absetze und selbst schlafen gehe oder bis zum Morgen lese oder irgendjemand anrufe, der bereit ist, mit mir über mein heutiges Frühmorgenthema, die Cuéntchentheorie, zu reden – das heißt, ich werde den ganzen Abend an den Haken seiner Fragezeichen zappeln. Also antworte ich ihm lieber gleich, und dann soll ihn Elia Kazan mit *Jenseits von Eden* und seinen soziometaphysischen Anwandlungen in glorreichem DeLuxe Color unterhalten und ergreifen und mit einer jenseitigen Welt beschäftigen, die für ihn wirklicher ist als dieses Stück Dschungel, das wir soeben ohne Kratzer, ohne sichtbaren jedenfalls, durchquert haben. *Du bist wirklich naiv* sage ich zu ihm *du meine Güte, bist du naiv.*

II

Da der Aufzug nicht funktionierte, machte ich kehrt und wollte gehen, aber dann beschloß ich doch, die Treppe hinaufzusteigen. Jetzt erst, vor einem Augenblick, als ich zögerte und die Straße weit hinten (und damit ist wirklich weit gemeint) nur noch als strahlendes Lichtlein zu erkennen war, als ich in den langen Korridor schaute, der eigentlich ein Tunnel war, wurde mir klar, daß ich mich in einem der tiefsten, dunkelsten und verschlungensten Kohlebergwerke mit drei, vielmehr zwei Flözen befand: einer war erschöpft (der Aufzug), aus zweien war noch etwas herauszuholen (das Gäßchen hinter dem Haus und von dort zu ihrem Fenster hinaufrufen, und das Treppenhaus), und dann noch die Möglichkeit der Freischicht an der frischen Abendluft, der Lichtschacht des Lebens: ein freier Wille, der fremd und fern war, denn die Entscheidung, hierher zu kommen, war ja bereits gefallen. Es gab natürlich auch noch die Freiheit des Zufalls in Gestalt eines etwaigen melancholischen Schlagwetters. Warum war ich hierher gekommen? Von irgendwoher, von unten vielleicht (obwohl sich darunter wohl kaum noch ein anderer Raum befand als das, was Julius Avernus den Saal des phänomenalen Windes genannt hat), kamen Geräusche, die nicht die Antwort sein konnten, denn es waren ganz eindeutig Hammerschläge. Der Aufzug wurde repariert. Ich begann die Treppe hinaufzusteigen und empfand ein umgekehrtes Schwindelgefühl (gibt es das?): wenn ich etwas mehr verabscheue, als eine dunkle Treppe hinunterzusteigen, dann eine dunkle Treppe hinaufzusteigen.

Warum komme ich zu dir, Livia Roz? (Ist das dein richtiger Name oder heißt du nicht doch Lilia Rodríguez?) Hast du mich wirklich zu dir nach Hause eingeladen? Wenn du willst, wenn du kannst, beantworte die beiden unumwundenen Fragen und vergiß die boshafte Parenthese, ja? Ich hätte Silvestre nie erklären können, warum ich mit meinen Schuhsohlen diese metaphysischen Stufen zählte, während eine meiner Hände (schweißnaß) den Handlauf aus poliertem Marmor umklammerte und die andere (sacht und vergeblich) versuchte, an der schwitzenden Granitwand Halt zu finden. Vermutlich war ich angekommen, denn ich klopfte mit unsichtbaren Knöcheln an eine Tür, die es nicht gab, und eine ferne, durchdringende und erkennbare Stimme sagte oder rief oder raunte *Komme gleich.* Ich erinnerte mich an einen Traum von einer anderen Tür, von anderen Türen und einer anderen Antwort auf mein Klopfen.

Ich hätte Silvestre viel erzählen können. Zum Beispiel, daß ich Livia Roz kennenlernte, als sie noch schwarze Haare hatte, was ziemlich lange her sein muß. Ich war damals begeistert von ihrer weißen, durchscheinenden, frischen Haut und entzückt von den dunklen blauen Augen und hingerissen von ihrem Haar, dessen Schwarz ich für natürlich hielt. Sie nahm meine Hand an sich – oder behielt sie jedenfalls so lange in ihrer, daß ich sie völlig vergaß (die Hand, meine ich). Vorgestellt wurde sie mir von Tito Lívido, der damals noch nicht Filmregisseur, sondern Kameramann beim Fernsehen war. Als sie aufhörte zu lächeln und ihr Haar zurückzustreichen und dabei ihren Hals im Rhythmus zu bewegen und an meiner Hand zu zerren, als wollte sie eine Art Tauziehen mit mir veranstalten, und anfing zu reden, vielleicht schon kurz davor, als sie den Mund aufmachte, um etwas zu sagen, wurde mir klar, daß ich die Kralle des Pfaus, die Stimme des Kakadus, das schwimmhäutige Gleiten des Schwans in meiner Hand hielt. *Sie sind* sagte sie *also* Pause, um ergriffen Luft zu holen *der berühmte* anerkennende Grimasse *Arsenio Cué?* Was kann man auf so eine Frage antworten? *Nein, ich bin sein Bruder, der genauso heißt wie er.* Homerisches, vergilisches und danteskes Gelächter. Erläuterung von Tito *Arsen, immer den Schalk im Nacken* Lívido. *Im Schabernacken* sagte ich. Erneutes Gelächter, ich weiß nicht warum. *Sie* sagte Livia und hob zum erstenmal ihren ontologischen Fächer, um mir damit auf mein hartes Haupt zu schlagen *sind ja ein Schlimmer* sich als mütterlich verstehender Tonfall *ein ganz Schlimmer.* Ich wußte überhaupt nicht, was ich tun sollte, denn sie hatte meine Hand immer noch nicht losgelassen. Dann, in einer der Phasen des Spiels (des Tauziehens), zog sie mich zu sich, und indem sie sich herüberbeugte, um auf meine andere Hand, die linke, zu schauen, und mir dabei ins Ohr säuselte, tat sie aller Welt kund, daß sie sich für Kultur interessierte: *Oh* Tonlage wie die Rodrigo de Trianas, als er Amerika entdeckte *Sie haben ja ein Buch in der Hand!* (Ich weiß, das klingt alles sehr kompliziert, aber man müßte das eigentlich sehen, sehen und hören: ich sage und hören, denn wenn es jemand nur gesehen hätte, zum Beispiel durch eine Glasscheibe, dann hätte sich dem Beobachter ein beinahe obszöner Anblick geboten). *Was ist es?* Ich zeigte ihr das Buch. Sie las wie jemand, der gerade erst lesen gelernt hat. *Ü-ber-*

den-Fluß-und-in-die-Wäl-der. Hier machte sie ein fast angewidertes Gesicht. *Hämmingweh? Sie lesen Hämmingweh?* Anscheinend sagte ich *Manchmal schon. Ist der nicht schon aus der Mode?* Ich lächelte, glaube ich: *Ja, aber ich war krank, als ich klein war.* Tito, livide, sagte ihr etwas ins Ohr, und als sie den Mund zu einem punktlosen Ausrufezeichen öffnete, sagte ich *und hole jetzt alles nach.* Sie lächelte jetzt über die ganze Breite ihrer rosigen Lippen (sie war an diesem Tag nicht geschminkt, entsinne ich mich) und mit ihrem Lächeln sagte sie *Ich bin ja* SOOO *ingnorant,* wollte aber eigentlich *Mein Lieber, Sie sind aber noch ganz schön hintendran mit Ihrer Lektüre* sagen und sagte in Wirklichkeit *Entschuldige* intime Pause *darf ich dich duzen?* höchst intimer Neubeginn.

Ja sagte ich *natürlich,* und als ich es sagte, drückte sie mir zum Zeichen des Dankes die Hand. *Danke:* sie hatte auch eine Vorliebe für das Emphatische. Sie streckte die andere Hand nach dem Buch aus. *Gib mal* sagte sie *ich muß gleich gehn* und ließ ihre Hand in mein Jackett gleiten (jetzt erst merkte ich, daß sie meine Hand losgelassen hatte, die jetzt unschlüssig in der Luft hing, und ich mußte an das Kinderspiel mit dem Muskelreflex, mit dem Arm und der Wand denken: dynamische Spannung) und zog meinen Füller heraus *Ich schreib dir meine Telefonnummer auf* während sie schrieb *ruf mich doch mal an.* Sie gab mir Buch und Füller zurück (ich schaute auf die Nummer, ohne sie zu sehen) und lächelte ihr Lächeln Marke Auf Wiedersehen Aber Hoffentlich Bis Bald. Gesagt hat sie natürlich nur *Tschau.*

Eines Tages rief ich sie an, als ich diesen ergreifenden, traurigen, fröhlichen Roman, eines der wenigen Bücher, die in diesem Jahrhundert tatsächlich über die Liebe geschrieben worden sind, gerade zum drittenmal zu Ende gelesen hatte und über dem Wort ENDE ihren Namen stehen sah: in einer großen, gemalten, aber durchaus gefälligen Handschrift, vielleicht eine Spur zu unecht / zu ausgefeilt / zu männlich. Sie war nicht zu Hause, aber ich sprach zum erstenmal mit Ihr. Ich meine, mit *Laura ihre Freundin* sagte eine Stimme, die mir damals zu lieblich vorkam. *Livia ist nicht da. Soll ich ihr was ausrichten?* Nein, ich würde dieser Tage nochmal anrufen. Ich hängte ein: Seltsam, wir hängten beide ein. Wir unterbrachen die Verbindung wieder, einfach so, mit einer Handbewegung, nachdem es uns gerade gelungen war, miteinander zu sprechen. Ich glaube, wir waren uns später (obwohl wir genug Zeit und Gelegenheit dazu hatten) nie mehr so nahe. Später sagte sie mir, sie sei an jenem Abend um Viertel nach sieben die ganze Zeit in der Nähe des Telephons geblieben (unten im Erdgeschoß, neben einem Eßzimmer voller Gäste) und habe darauf gewartet, daß ich nochmal anrufe. Sie sagte mir das, als Livia mich eines Tages vor dem Sender mit ihr bekanntmachte. Sie stand mit einer Gruppe zusammen und kam zu mir, um mir Guten Tag zu sagen, weil sie wußte, daß ich Gruppen nicht mag. *Arsen* sagte sie *da ist eine* Pause *Bekannte, die dich gern kennenlernen möchte.* Ich hatte keine Ahnung, wer es sein könnte, und war drauf und dran, mit einer Ausrede in den Wagen zu steigen, als ich ein hochgewachsenes, ärmlich und schwarz gekleidetes, schlankes Mädchen mit hellbraunem, fast sandfarbenem Haar von der Treppe herüberlächeln sah: ich hatte sie im Vorbeigehen angeschaut und mich gefreut, diesen grazilen, anmutigen, jungen Körper zu sehen, und ihr, glaube ich, auch in die grauen oder braunen oder grünen Augen geschaut (nein, doch nicht, denn sonst hätte ich mich genau daran erinnert: gerade ihre malvenfarbenen, dunklen, violetten Augen kann ich nicht vergessen) und wollte schon weitergehen, als mich Livias besitzergreifende Hand aus meinen Vorstellungen riß und zur Vorstellung zerrte: *Laura* rief Livia, und sie kam herüber und zeigte dabei zum erstenmal dieses fügsame Verhalten gegenüber Livia, das ich ihr aus Dummheit so oft vorgeworfen habe. *Komm, ich will dich mit Arsen bekanntmachen. Arsenio Cué / Laura Díaz.* Ich gebe zu, daß mich dieses schlichte Díaz unter so vielen klangvollen, exotischen und denkwürdigen Namen überraschte, aber es gefiel mir, so wie es mir gefällt, daß sie diesen Namen auch heute noch trägt, da sie berühmt ist. Ihr Händedruck war nichts Besonderes: vielleicht gerade gut genug, um jemand am Unabhängigkeitstag auf dem Dorfplatz die Hand zu geben. Ich schaute sie an: ich schaute ihr ins Gesicht, und ich muß lachen, wenn ich mich daran erinnere, denn wo heute alles so gekünstelt ist, wo Schmollmündchen à la Brigitte Bardot, schwarzgetuschte Wimpern, dramatische Make-ups für Tag und Nacht vorherrschen, war da eine einfache, unverfälschte, provinzielle, aber auch gelassene, traurige und selbstbewußte Schönheit, denn Schönheit und zwanzig Jahre und unstillbarer Hunger sind als Kämpen im Wettstreit von Havanna einfach nicht zu schlagen. Außerdem war sie Witwe – was ich natürlich nicht sehen konnte, so wie ich auch andere Dinge nicht sah, und vielleicht hätte ich am Telephon mehr erfahren, als ich jetzt weiß, da sie so fest in meiner Erinnerung haftet: wie sie redete und lachte und die Sonne hinter ihrem flatternden Haar und dem Meer unterging, als ich sie fünf Stunden danach von einem verspäteten Mittagessen nach Seemannsart von Mariel über den Malecón nach Hause fuhr.

Zwischen diesem Anfangsbuchstaben (Z) und dem letzten Punkt gibt es da noch eine andere Geschichte, von der ich nur das Ende erzählen will. Livia hat gewisse Macken, um es mal salopp auszudrücken und nicht Inklinationen zu sagen, was ja ein medizinischer Terminus wäre. Eine davon ist, immer mit einer anderen Frau das Zimmer zu teilen, eine andere die, sich ständig einladen zu lassen (zu Spazierfahrten, zum Essen, zu längeren Aufenthalten in anderer Leute Wohnung), eine weitere Macke ist die, »ihrer Freundin die Männer auszuspannen«, wie sich Laura einmal geäußert hat. Livia und Laura waren mehr als nur Zimmergenossinnen, sie waren eng befreundet, gingen überall zusammen hin, arbeiteten zusammen (Livia machte Laura, das häßliche Entlein aus der Provinz – eigentlich zu groß, zu mager, zu weiß für Santiago – mit ungewöhnlichem Geschick zu einem Schwan der *Avon Inc.*: jetzt war sie Photomodell und Mannequin und Zierde von Zeitschriften und Zeitungen: sie brachte ihr bei, richtig zu gehen, sich zu kleiden, zu sprechen, sich ihres langen weißen Halses nicht mehr zu schämen, sondern ihn emporzurecken, »als hinge die Hope-Perle daran«, und überredete sie schließlich dazu, sich das Haar pechschwarz färben zu lassen, »rabenschwarz, Schätzchen«, würde Livia sagen, wenn sie über meine Schulter mitläse, während ich schreibe) und waren schließlich ein richtiges Paar: Laura und Livia / Livia und Laura / Lauralivia: ein und dasselbe. Livia hatte noch einen anderen Tick: sie war exhibitionistisch veranlagt (auch Laura war es, weshalb ich glaube, daß alle Frauen, die ich gekannt habe, in der einen oder anderen Weise Exhibitionistinnen waren: nach innen oder nach außen: die schamlosen und die verschämten ... aber bin ich es denn nicht auch, in meinem Wagen mit offenem Verdeck, in diesem Schaufenster auf Rädern, sind wir es denn nicht alle, ist der Mensch nicht vielleicht ein Geschöpf, das sich in diesem riesigen Cabrio Welt dem Kosmos zur Schau stellt? Aber das ist bereits Metaphysik, und ich will nicht über das Physische hinausgehen: von Livias Fleisch und von Lauras Fleisch und von meinem Fleisch will ich jetzt reden) und lebte in einer Vitrine. Ganz am Anfang, an dem Tag, als ich zum erstenmal mit auf ihr Zimmer ging, drängte sie Laura, ein neues Badeanzugmodell anzuprobieren, das sie am nächsten Morgen vorführen sollten, und auch sie wollte ihren Bikini anprobieren. Livia schlug lächelnd vor *Komm, wir quälen Arsen ein bißchen* und Laura ließ sich auf das Spiel ein und fragte *Mal sehen, ob er ein Gentleman ist?* und Livia antwortete *Mal sehen, ob er ein Mann oder nur ein Gentleman ist,* aber Laura ging dazwischen *Bitte* sagte sie und machte eine abweisende Pause *Livia* und zu mir *Arsen, please, geh auf den Balkon und schau nicht und komm nicht wieder rein, bevor wir dich nicht rufen.*

Ich habe zu viele Filme der MGM gesehen, als daß ich nicht den Fehler begangen hätte, in diesem Augenblick eben kein typischer Kubaner sein zu wollen, sondern Andy Hardy, der sich mit Esther Williams trifft, und drehte mich um und ging mit dem Lächeln eines Mannes, der weiß, daß er ein Gentleman ist, oder umgekehrt, auf den Balkon hinaus. Ich erinnere mich, daß ich über alles hinwegging: Livias Anspielung, die in ihrer

Taktlosigkeit fast einer Beleidigung gleichkam, die Melvillesche Sonne draußen, Lauras unschuldige doppelte Verneinung: mit der Eleganz und fast auch dem Gang eines tropischen David Niven. Ich erinnere mich, daß ich im Park ein paar Kinder in der doppelten Sonne des Zements und des Himmels spielen sah, während drei junge Negerinnen – sicher die Kindermädchen – im Schatten der blühenden Flamboyantbäume plauderten. Ich erinnere mich, daß ich auf der imaginären Bank in der erträumten Kühle unter den Bäumen saß, als ich jemand rufen hörte, und daß mich die Wirklichkeit der Sonne in die Augen traf, als ich mich umwandte, zurückkehrte: es war Livia. Als ich hineinkam, hatte Laura einen weißen Badeanzug an, keinen Bikini oder Zweiteiler, sondern ein »perlweißes Tricot«, nach Livias technischer Anmerkung: mit einem großen, tiefen Ausschnitt im Rücken und einem zweiten Ausschnitt, der zwischen den Brüsten spitz zulief, und im Nacken gebunden: nie habe ich sie schöner gesehen als in jenem Halbdunkel – außer nackt außer nackt außer nackt. Ich habe Fehler gesagt, denn von diesem Tag an, in diesem Augenblick, fabrizierte Livia in irgendeiner Sektion ihrer Willensmaschinerie den Wunsch / das Verlangen / das dringende Bedürfnis, sich mir nackt zu zeigen: ich weiß es, denn *Arsen* rief sie mich *komm bind mir das mal:* sie hatte mir den Rücken zugewandt und grapschte nach den Bändeln ihres Bikinioberteils, das herabzurutschen drohte, weil sie es mit einer Unbeholfenheit festhielt, die nicht gerade überzeugend wirkte. Ich weiß auch, weil ich es im Spiegel sehen konnte, wie sehr es Laura mißfiel, daß ich mich eine Minute, die mehr war als eine Minute, mit diesem Knoten aus Glamour, parfümierter Nacktheit und neuester Mode aufhielt.

Nein, zwischen Laura und mir gab es an jenem Abend noch keine Liebe, noch nicht. Es gab sie, gibt sie, wird sie geben, solange ich lebe, jetzt. Livia wußte es, meine Freunde wußten es, ganz Havanna / was so viel heißt wie die ganze Welt / wußte es. Aber ich wußte es nicht. Ich weiß nicht, ob Laura es jemals wußte. Livia wußte es ganz bestimmt: ich weiß, daß sie es wußte, weil sie mich am 19. Juni 1957, als ich Laura abholen wollte, so drängte, doch hereinzukommen. *Komm rein* sagte sie *Nur keine Angst, ich freß dich nicht.* Ich gab eine Antwort, die Livia für einen neuerlichen Beweis meines sprühenden Geistes hielt, die ihr als Zeichen sentimentaler Schüchternheit ansehen werdet und die lediglich ein Shakespeare-Zitat ist: *Messala, dies ist mein Geburtstag* sagte ich *Gib mir die Hand* (Julius Caesar, 5. Aufzug, 1. Szene). Livia dachte, ich hätte ihr einen Spitznamen verpaßt, und lachte: *Ach, Arsen* sagte sie *was du wieder denkst. Ich und Messalina? Die einzige Messalina in diesem Haus ist Esperanza* Lauralivias Köchin-Zofe-Waschfrau-Botengängerin *die jeden Tag einen anderen Freund hat (Hausfreund, versteht sich).* Ich trat ein. *Ich bin allein* sagte sie. *Und Esperanza, die Hoffnung der Armen?* fragte ich, und sie setzte sich aufs Sofa, stopfte sich zwei Kissen in den Rücken und zog die Füße an – sie hatte Hosen (für Livias Slacks aus capriblauem Lastex) und ein Männerhemd an und war barfuß –, bevor sie antwortete *Sie ist ausgegangen, mein Schatz* sie fuhr sich mit der Hand durchs Haar *hat heut ihren freien Tag.* Sie knöpfte das Hemd bis zum Hals zu und machte es dann wieder weit genug auf, denn ich sollte doch zu meiner Überraschung feststellen, daß sie einen Büstenhalter trug.

Wir redeten. Über meinen Geburtstag, der nicht heute war, sondern erst in drei Monaten, darüber, daß sich vor zwei Wochen wieder einmal der Tag gejährt hatte, an dem die mollige Bloom auf dem Nachttopf saß und in blumigem Moll jenen endlosen stream of consciousness abseilte, jenes Morgenei legte, das zu einem Markstein der Literatur werden sollte, über die Photos, die Códac von Livia gemacht hatte und die »Bohemia« bringen sollte: über alles – oder fast alles, denn kurz bevor ich beschloß, nicht mehr länger auf Laura zu warten und wieder nach Hause zu gehen, kamen wir doch noch auf das, was Silvestre Das Thema nennt. *Códac meint* sagte Livia *daß einige der Photos (die besten natürlich) nicht veröffentlicht werden* sie schlug mit beiden Händen den Hemdkragen hoch. *Ach ja?* sagte ich mit einem Interesse, wie es beispielsweise

Mahatma Gandhi für die Sache hätte aufbringen können: *Und warum nicht?* Sie lächelte, lachte und nutzte die Gelegenheit, ihre Lippen zu befeuchten. Schließlich sagte sie: *Weil ich darauf au naturel bin,* natürlich sagte sie nicht au naturel, aber das exotische Geräusch, das sie von sich gab, kam dem am nächsten. *Sie trauen sich natürlich nicht, diese Feiglinge.* Meine Stimme wurde emphatisch: *Diese Scheißkerle! Sie wissen nicht was sie tun* ich betrachtete ihre blauen Augen, ihr damals platinblondes Haar und das schwarze Muttermal am Kinn, für sie wie ein Wasserzeichen, das im Durchscheinen auf die Qualität ihrer Haut hinwies *Verzeih die Sünden, Livia, diesem Pack* ihren Torso, der eher eine Büste war: würdig, auf einem Sockel oder in einem Museum oder auf einem Bücherregal zu stehen *steck sie noch nicht in Satans Sack* ihre wohlgeformten Beine, die durch die eng anliegende Hose eher verführerisch betont als verdeckt wurden, und schließlich die Füße, die durch den derzeit modischen Nagellack zum erotischen Paradigma in allen Drogerien geworden waren *denn auch sie kaufen Nivia Nagellack:* mit der Stimme des Sprechers der Kino- und Fernsehwerbung, in der sie mit lackierten Fingern ihren Fuß lackierte.

Nachdem sie ihr rundes Lachen wie Rauchringe gegen die Decke gepustet hatte, sagte sie *Ach Arsen, du bist einfach unmöglich* und stand auf *Willst du sie sehen?* fragte sie. Ich verstand nicht, was sie meinte, und sie sah es meinem Gesicht an *Die Photos, Schätzchen* sagte sie und breitete in einer Parodie schlußendlicher Verärgerung die Arme aus *Was hast du denn gedacht?* Ich sah ihr ins Gesicht *Natürlich die Originale. Nicht die Kopien.* Sie lachte: *Du bist unverbesserlich* sagte sie *Willst du sie nun sehen oder nicht?* Ich bejahte, und sie sagte *Wart* und ging ins Schlafzimmer. Ich schaute auf die Uhr, aber ich erinnere mich nicht mehr, wie spät es war. Ich weiß nur noch, daß mich Livia in diesem Augenblick vom Zimmer aus rief *Komm, Arsen* und ich hineinging. Die Tür war auf, und sie lag auf dem Bett und breitete die Photos aus, auf denen sie ihre nackten Brüste zeigte. Sie waren sehr groß.

Die Photos meine ich: zwei oder drei davon bedeckten fast das ganze Bett. Man sah sie darauf:

nackt von der Hüfte an aufwärts, mit verschränkten Armen / oder
mit Hemd, bis zum Nabel offen / oder
ganz offen, aber ohne daß man die Brustwarzen sah / oder
nackt von hinten / oder
nackt und im Halbschatten verborgen

konnte aber nie ihren vollständigen Busen sehen. Ich sagte es ihr. Sie lachte und zog ein Photo unter einem anderen hervor und sagte *Und das hier* als wollte sie etwas fragen und gleichzeitig versichern. Ich schaute hin, aber sie versteckte es hinter ihrem Rücken. *Ich hab's nicht gesehen* sagte ich. *Du wirst es auch nicht zu sehen bekommen* sagte sie. *Das ist nichts für kleine Kinder* und sie lachte und zeigte dabei ihre nackte Kehle: sie war das, was die Amerikaner *cockteaser* und die Spanier *calientapijas* nennen: in Kuba haben wir kein Wort dafür: vielleicht, weil wir zu viele davon haben – ich meine, solche Frauen. Ich beschloß zu gehen. Sie merkte es. *Jetzt ist der liebe Tleine bös* sagte sie und äffte ein Schluchzen nach *Aber wenn der liebe Tleine noch ein bißchen bleibt, triegt er was danz Schönes geschenkt.* Ich starrte sie an, und sie hielt meinem Blick stand *Da!* sagte sie und warf das Photo auf den Boden: sie war ganz nackt und man konnte ihre Brüste, die durch die Verzerrung des Weitwinkelobjektivs fast dreidimensional wirkten, gut erkennen: sie waren weiß, vollkommen und schön, und Livia hatte allen Grund, stolz darauf zu sein, stolz auf die Photos und verärgert, weil man sich weigerte, diese Pracht abzudrucken, bei der die bloße Haut gleichzeitig ästhetisches Objekt und Subjekt der Leidenschaft ist. *Nicht zu glauben* sagte ich jedoch *Das sind ja regelrechte 3-D-Titten: ideal für Arch Oboler.* Sie erstarrte, obwohl sie sich gar nicht bewegt hatte *Wer ist das denn?* fragte sie und wirkte fast wütend. *Der Regisseur von Bwana Devil.* In einer einzigen Bewegung bückte sie sich, hob das Photo vom Boden auf, sammelte die auf dem Bett ein, verwahrte sie im Schrank und ging ins Badezimmer *Geh nicht fort* sagte sie, bevor sie die Tür zuzog. Sie kam wieder heraus. Zwischen Hineingehen und Herauskommen mußten drei Minuten vergangen sein, aber in meiner Erinnerung geschieht es gleichzeitig. Sie war nackt. Das heißt, sie hatte einen kleinen schwarzen Slip an, sonst nichts. *Und jetzt?* sagte sie und kam auf Zehenspitzen auf mich zu: Brust nach vorn, Schultern und Arme zurückgeworfen, eine Haltung, die sie wohl Jayne Mansfield abgeschaut hatte, aber ich mußte nicht darüber lachen, denn vor mir (und ich meine wirklich *vor* mir) hatte ich eine Schönheit, die man mit den Augen sehen, berühren, hören, riechen und schmecken und mit jeder Pore des Körpers fühlen kann: *Na, sind sie nun echt oder falsch?* fragte sie. Eine Stimme antwortete erregt *Sie sind einfach bombastisch* und es war nicht meine: ich schaute, wir schauten uns um, und unter der Tür stand Laura, eine runde Schachtel in der einen Hand und in der anderen das Händchen eines kleinen, blonden und häßlichen Mädchens, das ihre Tochter war.

Jetzt, da die Tür zu Livias neuer Wohnung aufgeht, erinnere ich mich an eine andere Tür, die zugeht, und an den abgedroschenen Allerweltssatz, den Laura beim Hinausgehen sagte und der durch ihren plötzlich so eisigen Ton ausgesprochen dramatisch wirkte *Macht das nächste Mal die Tür zu,* und ich erinnere mich an ihre anhaltende Gleichgültigkeit, wenn ich sie gelegentlich anrief, bei ihr vorbeischaute, sie im Fernsehstudio besuchte, und an die innerliche Ferne, in der unsere Beziehung endete und in der das *Hallo* und das *Wiegehts* und das *Bisdann* alles ersetzten, was früher zwischen uns Ausdruck der Wärme, der Zuneigung – der Liebe? – gewesen war. *Junge, das ist vielleicht eine Überraschung* sagte Livia *Mirtila schaumalwerdais* rief sie in die Wohnung, in das Zimmer, in das sie jetzt hineinging, ohne die beiden Türen zu schließen, nur mit einem Höschen bekleidet, und setzte sich an den Frisiertisch *komm rein Arsen und setz dich* schaute mich durch den Spiegel an *bin gleich fertig* und zog ihre Lippen mit derselben Sorgfalt und

Präzision und demselben meisterhaften Pinselstrich nach, mit dem, wie es in den Kunstbildbänden heißt, Vermeer holländische Münder gemalt hat, wenngleich vielleicht etwas dürftiger bekleidet, sie, Livia, nicht Vermeer oder seine Miniaturfrauen. Die Stimme aus dem Bad sagte *Kommschon* und es war, als hätte sie Feuer! gerufen, und gleich danach ging die Tür auf, und es erschien: Mircea Eliade, Mirta Secades, oder einfach nur Mirtila für Sie und die Werbebranche und ihre Freunde, nackt, ja, auch sie: splitterfasernackt, und sie sagte *Ach, Arsen* als sie mich erkannte *tschuldige, ich wußte nicht, daß du es bist* und ging wieder ins Bad, ohne die Tür zuzumachen, nahm einen (durchsichtigen) Morgenmantel und kam nackt wieder heraus und schlüpfte dann mit ihren von der Hitze und vom Duschen feuchten Armen in die weißen und blaugeblümten Ärmel. Sie band aber den Morgenmantel nicht zu und fing an, irgendetwas im Wandschrank / im Frisiertisch / in der Hausapotheke im Bad / in den Koffern auf dem Fußboden / im Wohnzimmerbuffet / in der Küche / im Kühlschrank zu suchen, und zwischendurch kam sie immer wieder zum Bettsofa zurück, auf dem ich saß, und schaute aus dem Fenster, ob es regnen würde oder nicht. *Scheiße, ich kann heut schon wieder nicht meinen neuen Regenmantel anziehn* sagte sie *tschuldige, Arsen, aber ich bin* STOCK*sauer. Hier gibts noch nichmal Jahreszeiten.* Livia stand auf und ging ins Bad, und während sie sich ganz vorsichtig das geschminkte Gesicht benetzte, sagte sie *Weißt du, sie stammt aus dem Norden, aus Canada (Dry, du verstehst schon).* Mirtila tauchte mit einem blauen Höschen in der einen Hand und einem Paar flachen weißen Sandalen in der anderen zwischen den Koffern auf *Nein, ich bin aus Cotorro, aber das ändert nix dran, dasses hier keine Jahreszeiten gibt* zog sich den Schlüpfer an *und du weißt ja, Livia, daß man als Frau viel eleganter sein könnt* streifte die blaßblauen Badeschuhe ab und schlüpfte in die Sandalen *wenns wenigstens zwei Jahreszeiten gäbte.* Livia lachte schallend *Hör dir das an, Arsen, wie die redet, und sowas will Ansagerin werden* sagte sie und hakte, während sie wieder hereinkam, auf dem Rücken ihren Büstenhalter zu *Gäbe, Kindchen, gäbe* und Mirtila setzte sich an den Frisiertisch *Egal, gäbte oder gäbe, jedenfalls muß ne elegante Frau ihre Gaddarobe auch vorzeigen können* Carlo Emilios Ornat dachte ich *und in diesem Scheißland* zu mir *tschuldige, Arsen* zu Livia *kann man nichmal* DAS sie stand auf und schrie aus dem Fenster *Nichmal das kammer* lauter *Garnix kammer hier, verdammt nochmal* und setzte sich wieder an den Frisiertisch und schaute zu mir herüber *Tschuldige, du, aber mir stehts bis da oben* und hob eine lange, magere Hand und zog eine Strähne aus ihrem strohigen Haar, das hundert, tausendmal gefärbt und jetzt tot war, im weißen Färbemittel einbalsamiert, metallisch, mineralisch, echtes Platin: wahrhaftig la chevelure de Falmer.

Darf ich etwas zu den Brüsten sagen? Ich sah sie von der Seite und im Spiegel. In früheren Nächten waren sie einmal rund und voll gewesen, fast bereit, die Schranken der Scham und des Dekolletés zu überspringen, und jung, jetzt waren sie schlaff und lang und endeten in einer dunklen, violetten, breiten Spitze: ich fand keinen Gefallen daran. Auch Livias Busen, den ich nur einen kurzen Augenblick zu sehen bekam, hatte sich verändert, nicht zum Vorteil, und ich wollte nicht noch einmal hinschauen, um mir die gute / schlechte Erinnerung zu bewahren, in der ich ihn immer noch habe: es ist besser, das Paradies wegen eines roten, trügerischen Apfels zu verlieren als wegen der trockenen, untrüglichen Frucht der Erkenntnis. Gestern abend, neulich, schien Mirtila fünfzehn, zwanzig Jahre alt zu sein, und jetzt konnte ich nicht mehr sagen, welches Alter sie haben mochte, ich weiß nur, daß sie als Kind einmal Rachitis hatte, denn ihre Brust wölbte sich über dem Busen, und sie war nicht schlank, sondern unterernährt. Ohne Rouge waren auch ihre Lippen violett, wie die Brustwarzen, nur etwas blasser, und obwohl sie eine unglaublich schmale, makellose Nase und helle, große Augen mit langen Wimpern hatte, war zu erkennen, daß die Chemie der Schönheitsmittelchen und die Physik der Glühlampen eine schwarze Großmutter verbargen: sie und Livia gingen nur noch nachts aus, beide dick geschminkt. Ich sah auch, daß sie sich die Augenbrauen völlig abrasierte, wodurch ihre Stirn übertrieben hoch wirkte. Sie gefiel mir nicht: das war nicht die Frau, deretwegen ich mich freiwillig in die höllische Hitze dieses Augustabends gewagt hatte, in diese Dunkelheit des ersterbenden Lichts, in diese Spirale von Fragen ohne Antwort, die Mirtila, noch unschlüssig, wie sie sich schminken soll, an eine Livia richtet, die sich gerade den letzten Schliff gibt:

Livia-Schätzchen, machs du mir bitte das Licht an? Livia was meins du soll ich mirs Gesicht mit der Glänsingfräschkriem von Lisabeth Ardn reinigen oder lieber mit der Ponz Wännisching / Livia hört sie nicht, weil sie im Wohnzimmer am Fenster steht und sich gerade die Wimpern tuscht / *Livia soll ich als Basis Lilldefrangs oder Amorettakriem nehm was meins du oder besser Velada Radiante, aber denk dran dassich ja nachher Ardena-Puder draufmachen will* / Livia sitzt im Wohnzimmer und wühlt in einem Lackkästchen auf ihren Knien herum / *Und als Lippenstift was meins du Arden Pink oder Golden Poppy, ich weiß nich für welchen ich mich entscheiden soll, den Geschmack mag ich von beiden nich. Un beim Lúis Ixvau von Refflon weiß ich nich ob er mir steht. Was meins du denn wie die Nacht so wird Schätzchen* / Livia zieht einen schwülstigen Ring aus dem schwarzen Kästchen / *Der Rosaurora wär nich schlecht aber ich weiß nich ob er gut zu den Sachen paßt die ich anhab* / Livia fischt ein Paar zum Fingerring passende Ohrringe heraus und legt sie an / *Ich glaub ich nehm doch den Korrel Vanilla von Refflon und fertig: was soll die ganze Rumsucherei* / Livia holt aus der Lackschachtel ein mehrschnüriges Zuchtperlenkollier: Livias Sachen haben alle Qualität, aber eine unechte, mittelmäßige Qualität: Jesse Fernández, ein Photograph, der einige Aufnahmen von ihr gemacht hat, hat einmal zu mir gesagt: »Baby, hier mag sie ja Photomodell sein, aber in New York oder L. A. wär sie ein Luxuscallgirl« / *Livia finds du das Cara de Seda von Lena Rubinstein besser als das Mascaramatic oder soll ich den Eischäddo oder den Comestico von Ardn nehm* / Livia geht in die Küche, öffnet den Kühlschrank und gießt sich ein Glas Milch ein, Nahrung für ihr Ulkusküken / *Jetz wirds happig. Du stell dir vor ich hab mir dochn ganzen Eimer Wasser mit Morny-Badesalz Junirose übergeschüttet und jetz weiß ich nich was ich fürn Parföng nehm soll. Was denkstn Du Missdior oder Diorama. Ich glaub für mich wär Diorissimo am besten* / Livia setzt sich im Wohnzimmer wieder auf ihren Sessel und trinkt bedächtig ihre Milch / *Obwohl Maggi von Lankohm oder Arpäsch von Langveng sind ja auch gut, sehr gut sogar. Aber ich glaub ich nehm lieber Länterdi von Schiwangsy, das bringt mir immer Glück* /

Ich schaue Livia an, und sie schaut mir zum erstenmal ins Gesicht: sie verzieht den Mund zu einem lautlosen Schimpfwort und gibt mit einer Handbewegung zu verstehen, daß sie die Nase voll hat. Mirtila steht auf und zieht einen schwarzen Mieder-BH und einen ebenfalls schwarzen Strumpfhalter an und setzt sich auf die Kante des Schemels vor dem Frisiertisch, um die (dunkelmalvenen) Strümpfe anzuziehen: ich schaue sie mir genau an, und sie kommt mir vor wie eine gepanzerte Gottesanbeterin, ein mittelalterlicher Samurai, ein Eishockeyspieler. Ich frage sie *Gehen wir heute abend aus?* und weiß nicht warum *Wir müssen fürs El Encanto vorführen* sagt sie, während sie sich immer noch dem heiklen Geschäft widmet, ihre langen, wohlgeformten Beine in das Futteral aus dunklem, seidigem, elastischem Gewirk zu zwängen. *Und danach?* frage ich *Komm ich hierher zurück und leg mich gleich ins Bett. Letzte Nacht hab ich überhaupt nicht geschlafen, aber wirklich nicht die Bohne.* Jetzt steht sie auf und schaut mich an *Wie seh ich aus?* Ich schaue sie an und sage *Sehr gut* und sie sieht tatsächlich sehr gut aus: eine ganz andere Frau. *Dabei hab ich das Kleid noch gar nicht an: es ist funkelnagelneu.* Ich bin drauf und dran, ihr eine dritte Frage zu stellen (Everything happens in threes), aber was soll's. Zum Glück ruft mich Livia, und ich stehe auf und gehe zu ihr. *Komm doch'n andermal vorbei Arsen* sagt Mirtila. Ich weiß nicht, was ich geantwortet habe.

Ich hab diesen Bauerntrampel ja so satt flüstert mir Livia zu *Sie wird von Tag zu Tag affiger und meint, sie müßte mir Ratschläge erteilen* das Flüstern wird lauter *dabei hab ich doch erst was aus ihr gemacht.* Übergangslos und ganz laut *Wie findest du mich Herzblatt?* fragt sie mich *Schöner als je zuvor, stimmt's?* Ich lache: *Ja, o Herrin, aber im tiefen, tiefen Hollywald lebt Schneewittchen in wilder Ehe mit den sieben Zwergen.* Sie schlägt mir sacht mit ihrem unsichtbaren Fächer auf den Kopf *Du änderst dich nie* sagt sie scherzend. *Nein, ganz im Ernst, du siehst traumhaft aus. Ihr seht beide traumhaft aus. Ich weiß gar nicht, für welche ich mich entscheiden soll.* Ich mache die Tür auf *Aber ich bin schon immer* sagt Livia *deine wahre Liebe gewesen* und gehe hinaus. *Ja* sage ich vom Flur aus *die einzige und letzte.* Ich stoße gegen das Geländer und beginne, die Treppen verfluchend, den Abstieg: ein Fuß vom Schwindel gepackt, ein Fuß über dem Abgrund, ein Fuß im Nichts. Wann macht in diesem Haus endlich jemand Licht?

Ich weiß noch gut, wie ich mit meinem Mann verlobt war. Nein, stimmt nicht, ich war noch nicht verlobt, aber er holte mich oft ins Kino ab oder zu einer Spazierfahrt, und eines Tages lud er mich zu sich nach Hause ein, damit ich seine Eltern kennenlernte. Es war Heiligabend, und er holte mich erst ziemlich spät ab, so um acht, als ich schon dachte, er würde nicht mehr kommen, und alle Leute aus dem Wohnblock kamen auf den Balkon, um uns zu sehen, und meine Mutter kam nicht auf den Balkon, weil sie wußte, daß alle schauten, und sie war sehr stolz auf mich, weil mein Verlobter ziemlich betucht war und mich mit einem Cabrio abholte, um mich zum Abendessen nach Hause mitzunehmen, und sie sagte zur mir, »Kind, das ganze Viertel hat euch gesehen. Jetzt muß er dich heiraten. Blamier uns nur nicht«, und ich weiß noch genau, wie sauer ich auf meine Mutter war. Es war abends am Heiligabend, aber es war furchtbar heiß, und ich machte mir Sorgen, weil ich mein einziges vorzeigbares Kleid anhatte, ein sehr leichtes Sommerkleid, und um zu zeigen, daß ich es nur deshalb angezogen hatte, sagte ich, kaum daß ich im Wagen saß, zu meinem Verlobten, »Ricardo, ist das eine Hitze«, und er sagte, »Ja, gräßlich. Soll ich das Verdeck runterlassen?«, so rücksichtsvoll und so aufmerksam und so liebenswürdig.

Als wir bei ihm zu Hause ankamen, war mir gleich wohler, weil alle ganz salopp angezogen waren, obwohl das Haus im Country war, und sein Vater war ganz weg von mir und wollte mir am nächsten Tag das Golfspielen beibringen, und wir beschlossen, im Garten zu essen, aber der Aperitif sollte drinnen im Haus serviert werden. Ich fühlte mich sehr wohl da, mit Arturo, ich meine mit Ricardo und seinem Bruder, der Medizin studierte, und der Mutter, einer sehr jungen und sehr schönen Frau, so eine Art kubanische Myrna Loy, ganz vornehm, und mit Ricardos Vater, der groß war und gut aussah und den ganzen Abend kein Auge von mir ließ. Ich hatte ein bißchen getrunken, und wir saßen im Salon und unterhielten uns und warteten, bis der Puter schön goldgelb gebraten war, und Ricardos Vater forderte mich auf, mit ihm auf einen Sprung in die Küche zu gehen. Ich erinnere mich, daß mir schwindlig war und daß mich Ricardos Vater bis zur Küche ziemlich fest am Arm packte, und da es im Haus wegen des Christbaums fast dunkel war, störte mich das helle, fast weiße Licht in der Küche. Ich ging hin und schaute nach dem Puter, und dann sah ich das Mädchen, das uns die Getränke serviert hatte und dem Koch half (weil sie so reich waren, hatten sie einen Koch, keine Köchin), und dann sah ich, daß sie noch gar nicht so alt war, und mir fiel ein, daß Ricardos Mutter davon geredet hatte, daß sie keine Erfahrung hätte, und ich sah sie im Licht der Küche, wie sie vom Tisch mit den Salaten zum Spülstein und zum Kühlschrank ging und dabei nicht *ein*mal zu uns herschaute, und es kam mir so vor, als würde ich ihr Gesicht irgendwie kennen, und ich sah, daß sie noch ziemlich jung war, und dann merkte ich, daß es ein Mädchen war, das in meinem Dorf mit mir zur Schule gegangen war und das ich so an die zehn Jahre, seit ich mit meiner Familie in Havanna lebte, nicht mehr gesehen hatte. Sie war so alt, Herr Doktor, so abgehärmt, und dabei war sie in meinem Alter, genau in meinem Alter, und wir hatten als Kinder zusammen gespielt und waren gute Freundinnen und beide in Jorge Negrete und Gregory Peck verliebt und saßen abends oft auf dem Bürgersteig vor unserem Haus und machten Pläne für später, wenn wir einmal groß wären, und es hätte mir in der Seele weh getan, mich zu erkennen zu geben und sie zu begrüßen, weil sie sich bestimmt furchtbar mies gefühlt hätte, und deshalb ging ich raus aus der Küche. Nachher, als ich wieder im Salon war, wäre ich um ein Haar wieder in die Küche zurückgegangen, ihr guten Tag zu sagen, weil ich dachte, ich hätte ihr nur nicht guten Tag sagen wollen, weil ich Angst davor hatte, daß Ricardos Familie erfahren könnte, daß ich vom Land kam und auch so arm gewesen war. Aber ich ging dann doch nicht.

Das Essen ließ ewig auf sich warten, ich weiß auch nicht:

irgendwas war mit dem Puter nicht in Ordnung, und wir tranken weiter, und dann wollte mir Ricardos Bruder das ganze Haus zeigen, und ich ging mir erst Ricardos Zimmer anschauen und dann das Zimmer seines Bruders, und ich weiß auch nicht warum, aber ich ging ins Bad. Der Duschvorhang war vorgezogen, und Ricardos Bruder sagte zu mir, »Schau da nicht rein«, aber ich war so neugierig, daß ich den Vorhang zurückzog und schaute, und in der Badewanne lag in einer schmutzigen Brühe ein Skelett, an dem noch Fleischfetzen hingen, ein menschliches Skelett, und Ricardos Bruder sagte, »Ich mach's grad sauber.« Ich weiß nicht, wie ich aus dem Bad und die Treppe hinunter und im Hof an den Eßtisch kam. Ich erinnere mich nur noch, daß mich Ricardos Bruder an der Hand nahm und mich küßte, und daß ich ihn auch küßte und er mir dann half, das dunkle Zimmer zu durchqueren.

Im Hof war alles sehr hübsch, sehr grün durch den Rasen und hell erleuchtet und der Tisch sehr schön gedeckt, mit einer sehr teuren Tischdecke, und mir wurde zuerst serviert, weil Ricardos Mutter darauf bestand. Und ich starrte nur auf das Fleisch, auf die Puterstücke, die da gut durchgebraten, ganz dunkel geröstet in ihrer hellbraunen Soße lagen, legte das Besteck über Kreuz auf den Teller, ließ die Hände sinken und fing an zu heulen. Ich verdarb diesen Leuten, die so nett und so freundlich gewesen waren, den ganzen Weihnachtsabend und ging ganz müde und traurig und so leise nach Hause, daß mich nicht einmal meine Mutter heimkommen hörte.

Ich träumte, daß ich 68 Tage hintereinander in den nächtlichen Golf hinausfuhr und keinen einzigen Fisch fing, nicht eine einzige Sardine. An den ersten 67 Tagen hatte ich Silvestre bei mir gehabt, aber nach 67 fischlosen Tagen hatten Bustrófedon und Eribó und Arsenio Cué zu Silvestre gesagt, ich sei jetzt bestimmt für immer *salao,* was die schlimmste Form von Pechhaben ist. Am 69. Tag (im nächtlichen Havanna eine Glückszahl: Bustrófedon sagt, weil sie von oben und unten gleich ist, Arsenio Cué hat andere Gründe und Rine auch: es ist seine Hausnummer) war ich weit draußen auf dem Meer, allein, und durch das blaue, violette, ultraviolette Wasser kam ein phosphoreszierender Fisch, der ziemlich lang war und wie Cuba aussah, und dann wurde er kleiner und war Irenita und wurde dunkel, schwärzlich, schwarz und war Magalena, und als ich ihn fing, denn er hatte angebissen, wuchs und wuchs er und wurde so groß wie das Boot und trieb auf dem Wasser, kieloben, japsend, machte Geräusche mit seinem Lebermaul, schnurrend, röhrend, und dann wieder andere Geräusche, wie sie ein verstopftes Abflußrohr macht, und dann war er still, und es tauchten nach und nach Haie, Barrakudas, Piranhas auf, mit unbekannten Gesichtern, aber einer von ihnen sah Gianni Boutade unheimlich ähnlich und ein anderer Emsí, und der hatte einen Stern im Mund, und ein anderer war Vítor Perla und hatte eine Perle im Kropf, und der Kropf war wie eine blutige Krawatte, und ich begann, die Leine einzuholen, und zog meinen Fisch längsseits an das Boot und sagte großer Fisch zu ihm, mein Riesenfisch, mein nobler Fisch, ich habe dich harpuniert, ich habe dich gefangen, aber ich werde nicht zulassen, daß sie dich fressen, und ich fing an, ihn ins Boot zu hieven, und zog seinen Schwanz ins Boot, das jetzt strahlend weiß war, und der Fisch wirkte pechschwarz, und dann fing ich an, mit seinen Flanken zu kämpfen, die ganz weich waren, wie aus Gelatine, und sah, daß er auf dieser Seite eine Qualle war, und ich zog noch einmal mit aller Kraft und verlor das Gleichgewicht und fiel ins Boot, und der ganze Fisch kam über mich und paßte nicht ins Boot und nahm mir den Atem, und ich war dem Ersticken nahe, weil mir seine Kiemen genau aufs Gesicht gerieten und mir Mund und Nase bedeckten, und er atmete mir die Luft weg die ganze Luft nicht nur die Luft die ich atmen mußte die draußen sondern auch die Luft aus meiner Nase und aus meinem Mund und aus meinen Lungen und plötzlich hatte ich überhaupt keine Luft mehr und erstickte. Ich wachte auf.

Nun rang ich nicht mehr mit dem noblen Fisch des Traumes, sondern stemmte mich strampelnd und stoßend gegen den heimtückischen Pottwal der Wirklichkeit, der über mir war und mich mit seinen riesigen Lungenlippen küßte, mich auf die Augen, die Nase, den Mund küßte und mir in die Ohren und den Hals und die Brust biß, und La Estrella glitt von meinem Körper herab und bestieg mich erneut und machte seltsame, unglaubliche Geräusche, als sänge und schnarchte sie gleichzeitig, und zwischen dem Gestöhne sagte sie mein Negerchen mein Liebster liebe mich gib deiner Negerin ein Küßchen komm komm komm und anderes Zeug, über das ich hätte lachen müssen, wenn es mir nicht an der Luft dazu gefehlt hätte, und ich gab ihr mit aller Kraft einen Stoß, wobei mir die Wand die nötige Hebelwirkung verschaffte (denn ich war bereits an der Wand, abgedrängt von jener sich ausdehnenden Masse, niedergewalzt von jenem Universum, das auf mir lastete), so daß sie das Gleichgewicht verlor und aus dem Bett fiel und hechelnd und schnaubend auf dem Boden landete, und ich sprang mit einem Satz auf und knipste das Licht an: Sie war vollkommen nackt, und von ihren Brüsten, die so dick waren wie ihre Arme, doppelt so groß wie mein Kopf, fiel die eine seitlich bis auf den Boden herab, und die andere hing über den mittleren der drei großen Wülste hinaus, die ihre Beine von dem trennten, was ihr Hals gewesen wäre, wenn sie einen gehabt hätte, und der erste Wulst über den Schenkeln war eine Art Verlängerung des Venusbergs, und ich sah, daß Alex Bayer recht hatte, daß sie sich tatsächlich überall enthaarte, denn sie hatte am ganzen Körper kein einziges Härchen, und das konnte nicht natürlich sein, obwohl ja an La Estrella ohnehin nichts natürlich war. Da fragte ich mich, ob sie nicht vielleicht ein Marsweib war.

Wenn der Schlaf der Vernunft Ungeheuer gebiert, was gebiert dann der Schlaf der Unvernunft? Ich träumte (denn ich schlief wieder ein: der Schlaf ist so hartnäckig wie die Schlaflosigkeit), daß die Marsmenschen die Erde überfielen, nicht, wie Silvestre befürchtete, in Raumschiffen, die lautlos auf den Dächern niedergehen, oder indem sie als bewaffnete Geister die irdische Materie unterwandern oder uns als Mikroben befallen, die in Tieren und Menschen heranwachsen, sondern tatsächlich in Marsgestalt, Geschöpfe mit Saugnäpfen, die in der Lage sind, aus Luft Wände zu errichten und unsichtbare Treppen hinauf- und hinunterzusteigen und hoheitsvollen Schrittes allein durch ihre schwarze, glänzende, schweigsame Erscheinung Angst und Schrecken zu verbreiten. In anderen Träumen, oder im selben Traum, aber in anderer Form, waren sie Schallwellen, die sich unter uns mischten und uns wie Sirenen verzauberten: aus allen Winkeln quoll eine Musik, die stumpfsinnig machte, ein lähmender Klang, und niemand tat etwas, um dieser Invasion aus dem Weltraum zu widerstehen, denn niemand wußte, daß die Musik die alles entscheidende Geheimwaffe war, und keiner verstopfte sich die Ohren mit Wachs, ja nicht einmal mit den Fingern, und am Ende des Traumes versuchte ich, die Hände zu den Ohren zu führen, weil ich begriff, aber die Hände waren festgeklebt, und der Rücken war festgeklebt, und der Hals war festgeklebt, mit unsichtbarem Leim, und ich erwachte außerhalb des Bettes, mit einer Schweißpfütze unter dem Körper, auf dem Fußboden. Dann erinnerte ich mich, daß ich mich auf der anderen Seite des Zimmers neben der Tür auf den Boden gelegt hatte und dort eingeschlafen war. Hatte ich den Handschuh eines Trambahnführers im Mund? Ich kann es nicht sagen, denn ich spürte nur einen galligen Geschmack im Mund und hatte Durst und dennoch eher das Bedürfnis, mich zu übergeben, als etwas zu trinken, aber ich überlegte mir reiflich, ob ich aufstehen sollte. Ich hatte auf keinen Fall Lust, La Estrella zu sehen – sei sie nun Mensch oder Monstrum –, wie sie da in meinem Bett schlief, schnarchend und mit halb geschlossenen Augen, die sich unruhig hin und her bewegten: man hat ja nie Lust, beim Aufwachen dem Albtraum der vergangenen Nacht zu begegnen. Ich fing an zu überlegen, wie ich ins Bad gehen, mich waschen, zurückkommen und meine Kleider holen, sie anziehen und auf die Straße gelangen könnte, ohne Lärm zu machen. Nachdem ich das alles in Gedanken getan hatte, setzte ich im Geist eine Notiz für La Estrella auf, die in etwa besagte, sie solle doch, wenn sie aufsteht, so gut sein und das Haus verlassen, ohne daß sie jemand sieht, nein, so nicht: aufräumen, bevor sie geht, nein, auch nicht: die Tür hinter sich zuziehen: ach Scheiße, das war doch alles kindisch und außerdem zwecklos, weil La Estrella wahrscheinlich sowieso nicht lesen konnte, also gut, ich würde es in ganz großer Schrift mit dem Fettstift schreiben, und wer sagte denn, daß sie nicht lesen konnte? Vermutlich die Rassendiskriminierung, sagte ich mir und beschloß aufzustehen und sie zu wecken und ganz offen mit ihr zu reden. Natürlich mußte ich mich vorher anziehen. Ich rappelte mich auf und schaute zum Bettsofa, und sie war nicht da, und ich mußte nicht lange suchen, denn vor mir sah ich die leere Küche und durch die offenstehende Tür das Badezimmer, ebenfalls leer: sie war nicht da, sie war gegangen. Ich schaute auf die Uhr, die ich auch gestern nacht nicht ausgezogen hatte, und es war zwei Uhr (nachmittags?), und ich dachte, daß sie bestimmt früh aufgestanden und gegangen war, ohne daß ich es gemerkt hatte. Sehr zartfühlend von ihr. Ich ging ins Bad, und als ich auf der Schüssel saß und eine dieser Gebrauchsanleitungen las, die jedem Kodakfilm beigepackt sind und von denen einige, ich weiß nicht warum, im Bad auf dem Boden herumlagen, als ich diese göttlich einfältigen Hinweise las, die das Leben in Sonnig, Bewölkt, Schatten, Strand oder Schnee (ach du Scheiße, Schnee in Kuba) und schließlich Helle Innenräume aufteilen, und nichts begriff, hörte ich die Türklingel, und hätte ich ohne schmutzige Folgen aufspringen können, ich hätte es getan, denn ich war sicher, daß dies La Estrellas Comeback war, und es klingelte und klingelte, und ich sorgte dafür, daß sich meine Gedärme und meine Lunge und mein übriger Körper mucksmäuschenstill verhielten. Aber es gibt nichts, was anhänglicher wäre als ein kubanischer Freund, und jemand rief meinen Namen durch den Belüftungsschacht für Küche und Bad, was durchaus kein schwieriges Unterfangen ist, sofern man das Gebäude kennt, über die körperliche Verfassung eines Trapezkünstlers verfügt, die Kehle eines Operntenors hat, in Sachen Freundschaft so haftfest wie ein Heftpflaster ist und in einem riskanten Stunt den Kopf aus dem Flurfenster streckt. Es war nicht die Stimme eines Marsmenschen. Ich öffnete, nicht ohne vorher gewisse hygienische Riten zu vollziehen, und Silvestre kam wie ein Tornado zur Tür hereingestürmt und schrie aufgeregt, Bustro sei krank, schwer krank, Wer? sagte ich und strich mir das Haar glatt, das seine Sturmböen aufgewirbelt hatten, und er sagte, Bustrófedon gestern nacht hab ich ihn gegen Morgen nach Hause gebracht weil es ihm schlecht war und er gebrochen hat und ich hab mich noch über ihn lustig gemacht von wegen ich hätt geglaubt daß er mehr verträgt aber er hat nur gesagt ich soll ihn nach Hause bringen und heute morgen wie ich ihn abholen wollte weil wir vorhatten an den Strand zu fahren hat mir das Hausmädchen gesagt es sei niemand zu Hause weder der Señor noch die Señora und Bustrófedon auch nicht weil sie ihn heute ganz früh am Morgen ins Krankenhaus gebracht hätten, sagte Silvestre, genau so, ohne ein einziges Komma. Und das Hausmädchen hat Bustrófedon gesagt? war meine dämliche Frage an diesem von Schläfrigkeit, Katzenjammer und Erschöpfung geprägten Morgen, und er antwortete, Nein Mann nein Himmel Arsch und Zwirn sie hat seinen richtigen Namen gesagt aber natürlich war Bustrófedon gemeint. Hat man dir gesagt, was er hat, sagte ich und ging in die Küche, um ein Glas jenes köstlichen Wassers zu schöpfen, das den Trinker in der Oase seiner morgendlichen Wüste erfrischt: Milch. Ich weiß nicht, sagte Silvestre, ich glaube nicht, daß es etwas Schlimmes ist, aber es ist bestimmt nicht damit zu spaßen. Die Symptome haben mir gar nicht gefallen, es könnte ein Aneurysma im Gehirn sein oder eine Embolie, ich weiß nicht, und ich lachte, bevor er ich weiß nicht gesagt hatte. Was zum Teufel gibt's denn da zu lachen? sagte Silvestre. Du bist wirklich ein hervorragender Kliniker, Alterchen, sagte ich. Warum? schrie er mich an, und ich merkte, daß er sauer war. Nichts, nichts. Du glaubst also auch, daß ich ein Hypochonder bin? fragte er, und ich sagte nein, ich müßte nur über diese Bezeichnungen, die schnelle Diagnose und sein wissenschaftliches Selbstvertrauen lachen. Er grinste, sagte aber nichts, und ich kam nochmal um seine alte Geschichte herum, von wegen er habe angefangen, Medizin zu studieren, oder studieren wollen, und dann sei er mit einem Klassenkameraden kurz vor dem Abi zur Fakultät gegangen, in den Sektionssaal, und habe die Leichen gesehen und den Gestank von Formalin und totem Fleisch gerochen und das Krachen der Knochen gehört, die ein Professor mit einer Säge oder weiß ich was durchtrennte. Ich bot ihm ein Glas Milch an, und er sagte, er habe schon gefrühstückt, und vom Frühstück kamen wir auf das, was davor war, das Spätstück der letzten Nacht.

Wo hast du dich denn gestern Nacht rumgetrieben? fragte er mich, und ich habe noch nie jemand getroffen, der mehr Fragen stellt als Silvestre: Warum wäre ein guter Spitzname für ihn. Ich war draußen, sagte ich, 'ne Runde drehen. Wo? Nirgends speziell, sagte ich. Bist du sicher? Warum sollte ich denn nicht sicher sein, schließlich hab ich ja in meinen Klamotten gesteckt, sagte ich. Aha, sagte er mit wissendem Unterton, das ist ja interessant. Ich wollte ihn nichts fragen, und er nutzte die Gelegenheit, mich zu fragen, Wetten du weißt nicht, was gestern nacht passiert ist? Hier? sagte ich und versuchte dabei nicht zu fragen. Nein, nicht hier, sagte er, auf der Straße. Wir sind hier, glaube ich, als letzte weggegangen. Ja, wir waren die letzten, Sebastián Morán ist schon gegangen, bevor du mit La

Estrella zurückgekommen bist, weil er noch seine Show hatte (ich glaubte einen spöttischen Ton in seiner Stimme zu hören), und dann sind Gianni und Franemilio gegangen, und Eribó und Cué und Bustrófedon und ich haben uns unterhalten oder eher angeschrien, um das Geschnarche von La Estrella zu übertönen, und dann sind Eribó und Cué und Piloto und Vera zusammen gegangen, und Bustrófedon und ich haben Ingrid und Edith mitgenommen, und kurz davor war, glaube ich, Rine mit Jesse und Juan Blanco gegangen, ich weiß es auch nicht mehr genau. Also jedenfalls hab ich hier abgeschlossen, und Bustro und ich haben uns Ingrid und Edith geschnappt und wollten zu Chori, und Bustro war glänzend in Form, du hättest ihn hören sollen, und als wir schon auf der anderen Flußseite waren, wurde es ihm plötzlich übel, und wir mußten wieder zurück, und Edith ließ sich dann auch zu Hause absetzen, sagte er.

Ich suchte im ganzen Zimmer nach meinen Socken, die gestern abend noch zu zweit gewesen waren und jetzt um jeden Preis Einzelexemplare sein wollten, und als ich es satt hatte, sie im ganzen Universum zu suchen, kehrte ich in meine Galaxis zurück und ging an den Wandschrank und holte ein anderes Paar heraus und zog sie an, während er immer weitererzählte und ich mir überlegte, was ich mit dem Rest des Sonntags anfangen sollte. Jedenfalls, sagte er, hab ich dann glatt Ingrid abgeschleppt (und jetzt muß ich erklären, daß es sich bei Ingrid um Ingrid Bérgamo handelt, die nicht richtig so heißt, das ist nur ein Spitzname, den wir ihr gegeben haben, weil sie so den Namen von Ingrid Bergmann ausspricht: sie ist eine Mulattin – dunkelweiß, sagt sie selbst, wenn sie bei Laune ist –, die sich die Haare blond färbt und sich unheimlich schminkt und auf dieser Insel, auf der die Frauen keine Kleider, sondern Handschuhe für den ganzen Körper tragen, die engsten Röcke anhat und ziemlich leicht rumzukriegen ist, was aber Silvestres Überschwang keineswegs mindert, denn am Abend davor ist ja eine Frau nie leicht rumzukriegen), ich hab sie also in die Absteige in der Calle 84 gelotst, sagte er, und als wir schon drin waren, hat sie nein, nein und nochmals nein gesagt, und ich mußte wieder raus, und das alles mit dem Taxi. Aber, sagte er, als wir wieder im Vedado waren und schon zum vierten oder fünften Mal durch den Tunnel gefahren waren, da haben wir angefangen uns zu küssen und so, und sie ist dann ohne weiteres zur Ecke 11 und 24 mitgefahren, aber da war es dann wieder genau dasselbe, mit dem kleinen Unterschied, daß der Chauffeur gesagt hat, er sei Taxifahrer und nicht Kuppler und ich solle bezahlen, er wolle nicht mehr warten, und da hat Ingrid angefangen, mit ihm rumzustreiten, weil sie wollte, daß er sie nach Hause bringt, und da bin ich hingegangen und hab den Fahrer bezahlt, und er ist abgezischt. Natürlich, sagte er, hat sich Ingrid dann mit mir angelegt und dort im Dunkeln ein Mordsgezeter angestimmt, und wir sind wieder auf die Straße gegangen, immer noch streitend, vielmehr sie hat gestritten, und ich hab versucht, sie zu beruhigen, noch sachlicher als George Sanders in *Alles über Eva* (sagte Silvestre, der ständig Filmvokabular gebraucht: einmal bestimmte er mit den Händen als Sucher einen Bildausschnitt, mimte den Photographen und sagte, Nicht bewegen, du gerätst mir sonst aus dem Bildfeld, und ein andermal kam ich zu ihm nach Hause, und es war alles dunkel, die Balkontüren geschlossen, weil nachmittags die Sonne voll draufscheint, und ich machte die Balkontüren auf, und er sagte, Jetzt hast du mir zwanzigtausend full-candles ins Gesicht geknallt! und wieder ein andermal unterhielten wir uns, Cué, er und ich, und er redete über Jazz, und da sagte Cué irgendwas Neunmalkluges über die Ursprünge in New Orleans, und Silvestre sagte zu ihm, Komm, Alter, laß doch diese flash-backs aus dem Spiel, und noch mehr solche Sachen, die ich vergessen habe oder die mir gerade nicht einfallen), und so haben wir im Gehen weiterdiskutiert, quer durch den ganzen Vedado, und weißt du, wo wir schließlich gelandet sind? sagte er, Ecke 2 und 31, und wir sind reingegangen, als wär nichts dabei. Ich glaub, sagte er, irgendwie hatte ich sie weichgekocht, aber das war erst der Anfang, und drinnen, im Zimmer, war das dann ein regelrechter Kampf zwischen einem von-Stroheim-Schurken und einer Griffith-Heldin, bis sie sich endlich gesetzt hatte, stell dir das mal vor, bis sie sich nur gesetzt hatte, und nicht etwa aufs Bett, nein, nur auf einen Stuhl, und als sie dann gesessen hat, wollte sie nicht einmal die Handtasche aus der Hand legen. Schließlich, sagte er, hab ich sie dann soweit, daß sie sich abregt, daß sie sich entspannt und fast wohl fühlt, und ich geh hin und zieh mein Sakko aus, und sie springt auf wie von der Tarantel gestochen und will die Tür aufmachen und rausgehn, und wie ich in big-close-up ihre Hand auf dem Türknauf seh, zieh ich das Sakko wieder an und beruhige sie, aber während ich sie so beruhige, setzt sie sich aus Versehen aufs Bett, und kaum sitzt sie, fährt sie wieder hoch, als hätte sie sich auf das Bett eines Fakirs gesetzt, und ich, ganz weltmännisch à la Cary Grant, überzeuge sie davon, daß es keinen Grund zur Aufregung gibt, daß auf einem Bett sitzen auch nur sitzen bedeutet, daß ein Bett ein Möbelstück wie jedes andere ist, auf dem man sitzen kann, und sie steht seelenruhig auf und stellt die Handtasche auf den Nachttisch und setzt sich wieder aufs Bett. Ich weiß auch nicht warum, sagte Silvestre, aber ich hatte irgendwie das Gefühl, ich könnte jetzt mein Sakko ausziehn, und ich zieh es auch aus und setz mich neben sie und fang an, sie zu streicheln und zu küssen, und drücke sie dabei sanft nach hinten, damit sie sich hinlegt, und sie legt sich auch tatsächlich hin, kommt aber wie eine Sprungfeder gleich wieder hoch, und ich drücke sie nochmal runter, und diesmal bleibt sie ruhig liegen, ganz wie in einer romantischen aber gewagten Szene, und ich sag zu ihr, daß es so heiß ist, daß es doch ein Jammer wär, wenn sie ihr Kleid ruinieren würde, es wär nachher bestimmt ganz zerknautscht, und dabei sei es doch so elegant, und sie sagt, Hübsch, nich? und ohne Übergang sagt sie, daß sie es auszieht, damit es nicht zerknittert, aber daß sie sonst nichts auszieht, daß sie den Unterrock anbehalten will, und zieht es aus. Sie kommt wieder aufs Bett, und ich hab schon die Schuhe ausgezogen und vergesse den Production Code des Hays Office und fange an, ihren Körper in der Halbtotalen zu bearbeiten, und ich bettle und gehe im Bett fast auf die Knie und flehe sie an, doch ihren Unterrock auszuziehen, und sage ihr, daß ich ihren wunderschönen Starletkörper sehen will, daß sie doch nicht mehr anzuhaben braucht als Slip und Büstenhalter, daß das doch dasselbe ist wie ein Badeanzug, nur daß sie im Bett ist und nicht am Strand, und stell dir vor, dieses Argument überzeugt sie tatsächlich, und sie zieht ihren Unterrock aus, nachdem sie mir erst noch gesagt hat, daß sie sonst nichts mehr ausziehn wird. Nun gut. Wir küssen und streicheln uns also wieder, und ich sage ihr, daß ich mir die Hose zerknittere, wenn ich sie nicht ausziehe, und zieh sie aus und zieh auch das Hemd aus und hab jetzt nur noch die Unterhose an, und als ich wieder ins Bett steige, wird sie sauer, oder tut so, als wenn sie schon sauer wär, und läßt sich nicht mehr weiterstreicheln. Aber nach einer Weile berühre ich ihre Hand mit einem Finger, und dann klettert der Finger auf ihre Hand, und dann klettern zwei Finger ihren Arm hinauf, und dann klettert meine Hand an der Südseite ihres Busens hoch, und dann streichel ich ihren Körper, und wir fangen wieder an zu knutschen und so, und dann frag ich sie, zuerst ganz leise, fast aus dem Off, bitte sie, doch den Rest auch noch auszuziehen, oder wenigstens den BH, damit ich ihren wunderbaren Busen sehen kann, aber sie läßt sich nicht überzeugen, und als ich nahe dran bin, die Geduld zu verlieren, sagt sie, Na gut, und zieht mit einem Ruck ihren BH aus. Und was seh ich da im rötlichen Schein der Zimmerbeleuchtung? (Das war Gegenstand einer weiteren öffentlichen Debatte gewesen: die Deckenbeleuchtung auszuschalten und dafür die rote Nachttischlampe anzuknipsen.) Was ich da sehe, ist das achte Weltwunder, das achte und das neunte, denn es sind ja gleich zwei, und ich bin ganz hin und weg, und sie ist ganz hin und weg, und die ganze Atmosphäre schlägt von unerträglicher Spannung in Euphorie um, genau wie bei Hitchcock. Kurz und gut, um dich nicht zu langweilen, mit derselben Technik und nach demselben Drehbuch schaff ich's noch, daß sie ihr Höschen auszieht, aber, ABER – hier würde der alte Hitch einen Schnitt machen und als inter-cut ein

Feuerwerk einblenden – ich sag's dir ganz offen, weiter bin ich nicht gekommen: sie war einfach nicht rumzukriegen. Ich bin zu dem Schluß gekommen, daß Notzucht eine der Arbeiten des Herkules ist und daß es so etwas eigentlich gar nicht gibt, denn man kann es ja kein Verbrechen nennen, wenn das Opfer bei Bewußtsein ist und nur einer die Tat begeht. Nein, that's quite impossible, dear De Sad.

Ich breche in seismisches Gelächter aus, aber Silvestre unterbricht mich. Warte doch, waddoch, wie Ingrid sagt, der Film ist noch nicht zu Ende. Wir haben, sagt Silvestre, die Nacht, oder was davon noch übrig war, in schönstem Einvernehmen verbracht, und durch den Beistand ihrer fachkundigen Hände erleichtert, bin ich dann mehr oder weniger befriedigt eingeschlafen, wie in *Ekstase,* auch wenn es nicht gerade eine Symphonie der Liebe und schon gar nicht eine mit Hedy Kiesler alias Hedy Lamarr war. Und wie ich aufwache, ist es schon hell, und ich schau zu meiner Angebeteten rüber und seh, daß mein Co-Star über Nacht ganz anders geworden ist, daß der Schlaf sie verändert hat, und mit dem alten Kafka nenn ich das eine echte Verwandlung, auch wenn ich nicht Gregor Samsa neben mir habe, sondern eine andere Frau: die Nacht und die Küsse und der Schlaf haben ihr nicht nur den Lippenstift weggewischt, sondern das ganze Make-up, wirklich alles: die perfekten Brauen, die langen und dichten schwarzen Wimpern, die phosphoreszierende Gesichtsfarbe und, warte, warte, sagt er, noch nicht lachen! Halt dich gut fest, jetzt bring ich nämlich das Boot zum Schaukeln: dort neben mir, zwischen ihr und mir, liegt wie ein Abgrund an Heuchelei ein gelber, mehr oder weniger runder, seidig glänzender Gegenstand, und ich faß ihn an und fahr zusammen: er hat Haare. Ich nehm ihn, sagte er, ganz vorsichtig in die Hand und betrachte ihn eingehend im verfügbaren Licht, und es ist, Begleitakkord zum letzten Knalleffekt, eine Perücke! Die Frau ist kahl, sagte er, völlig kahl. Na ja, also sie hat keine richtige Glatze, sondern hier und da noch ein paar scheußliche farblose Fusseln und Zotteln. Da saß ich nun, Ionesco Malgré Louis, sagte Silvestre, mit der Chantatrice im Bett. Ich glaub, ich hab es so intensiv gedacht, daß es mir laut rausgerutscht ist, denn sie hat plötzlich angefangen, sich zu regen, und ist aufgewacht. Im Shot unmittelbar davor hatte ich die Perücke an ihren alten Platz getan, mich wieder hingelegt und schlafend gestellt, und sie wacht endgültig auf und faßt sich als erstes an den Kopf und sucht hektisch und wie von Sinnen nach ihrer Perücke, findet sie und setzt sie sich auf... aber verkehrtrum, Mann, verkehrtrum. Sie steht auf, geht ins Bad, macht die Tür zu und knipst das Licht an, und als sie wieder rauskommt, ist alles an seinem Platz. Sie schaut zu mir herüber und schaut nochmal hin, weil sie vor Schreck darüber, daß sie ihre Haarpracht verloren hatte, völlig vergessen hat, daß es mich gibt, und jetzt fällt ihr wieder ein, daß sie in einem Zimmer ist, in einer Absteige, mit mir. Sie schaut mich immer wieder an, sagte Silvestre, um sich zu vergewissern, daß ich schlafe, aber nur von weitem, und ich schlafe fest mit halbgeöffneten Augen und sehe alles: die allgegenwärtige Kamera. Sie geht hin, nimmt ihre Handtasche und sammelt ihre Kleider ein und geht wieder ins Bad. Und heraus kommt eine ganz andere Frau. Das heißt, wieder dieselbe Frau, die du kennst und die wir alle kennen und die mir gestern abend solche Schwierigkeiten gemacht hat, bis ich endlich ihrer Enthüllung beiwohnen durfte, dem totalen Striptease, au dépouillement à la Allais.

Die ganze Zeit über konnte ich nicht mehr vor Lachen, und Silvestre mußte beim Erzählen seiner Odyssee mein Gelächter übertönen, und jetzt lachten wir beide. Aber er bricht plötzlich ab und sagt, Du brauchst gar nicht so über Barnum zu lachen, Kollege Beyle, denn schließlich sind wir ja beide mit Monstren herumgezogen. Wieso, sage ich. Weil Sie, mein Herr, mit der farbigen Oliveria Hardy geschlafen haben. Wieso, sage ich noch einmal. Aber ja doch. Schau, nachdem wir die Kammer des Lügendetektors verlassen hatten, hab ich die nun wieder anmutige Blondine mit dem Taxi nach Hause gebracht, und da ich schon mal drin war, bin ich dann auch gleich heimgefahren, und wie wir hier angekommen sind, so gegen fünf, hab ich auf dem Bürgersteig La Estrella gesehen, wie sie Gift und Galle speiend die 25 hochgestiefelt ist mit ihrem Krauskopf und ihren ausgelatschten Galoschen und ihrer alten Aktentasche. Ich hab sie gerufen und einsteigen lassen und nach Hause gebracht, und unterwegs, Mister Cameraman, hat sie mir gesagt, es sei ihr etwas ganz Furchtbares passiert, und hat mir erzählt, sie sei in dieser Camera obscura eingeschlafen und du hättest im Suff versucht, sie zu vergewaltigen, und zum Schluß hat sie mir noch gesagt, sie würde nie und nimmer hier nochmal den Fuß über die Schwelle setzen, die war ganz schön sauer, kann ich dir sagen. Du siehst also, jedem sein Monster, und jedem Spektakel sein Debakel. Hat sie das so gesagt, fragte ich, genau mit diesen Worten? Sie hat mir jedenfalls gesagt, daß du versucht hast, sie zu vergewaltigen, genau das hat sie gesagt. Aber ich geb hier natürlich eine Filmfassung wieder, nicht den wörtlichen Text.

Ich hatte nichts mehr zu lachen, und es gab auch keinen Grund, sich weiter aufzuregen, und so ließ ich Silvestre auf dem Bett sitzen und ging mir die Zähne putzen. Vom Bad aus fragte ich ihn, in welcher Klinik Bustrófedon sei, und er sagte in der Antomarchi. Ich fragte, ob er ihn heute nachmittag besuchen wolle, und er antwortete nein, er sei um vier mit Ingrid aus Bérgamo verabredet und er wolle heute nicht auf morgen verschieben, was er ihr gestern hätte besorgen können. Ich lachte, schon ziemlich lustlos, und er sagte, ich solle nicht lachen, er sei nicht an ihrem Körper, sondern an ihrer entblößten Seele interessiert und ich solle außerdem an die mythologischen Vorläuferinnen denken, Jean Harlow habe immerhin auch eine Perücke getragen. Made by Max Factor.

Sechste

Herr Doktor, schreibt sich Psychiater eigentlich mit i nach dem ch oder nicht?

Die Besucher

GESCHICHTE EINES STOCKS NEBST EINIGEN EINWÄNDEN VON MRS. CAMPBELL

Die Geschichte

Wir kamen an einem Freitag etwa um drei Uhr nachmittags in Havanna an. Es war schrecklich heiß. Über uns hing eine niedrige, dichte graue, fast schon schwarze Wolkendecke. Als die Fähre in den Hafen einfuhr, hörte mit einem Schlag die Brise auf, die uns während der Überfahrt erfrischt hatte. Das Bein tat mir wieder weh, und ich ging unter großen Schmerzen die Gangway hinunter. Mrs. Campbell ging hinter mir und redete in einem fort, und *alles* fand sie bezaubernd: die bezaubernde kleine Stadt, die bezaubernde Bucht, die bezaubernde Allee an der bezaubernden Hafenmole. Ich hatte den Eindruck, daß eine Luftfeuchtigkeit von 90 oder 95 Prozent herrschte, und war sicher, daß mir das Bein das ganze Wochenende über weh tun würde. Es war wirklich ein blendender Einfall von Mrs. Campbell, auf so eine heiße und feuchte Insel zu kommen. Ich sagte es ihr, als ich vom Deck aus dieses Dach von Regenwolken über der Stadt sah. Sie protestierte und sagte, im Reisebüro hätte man ihr geschworen, in Kuba herrsche immer, aber auch wirklich immer Frühlingswetter. Frühling, mein armer, schmerzender Fuß! Wir waren hier in der heißen Klimazone. Ich sagte es ihr, und sie antwortete: »Honey, this is *the* Tropics!«

Am Kai stand eine Gruppe von diesen bezaubernden Einheimischen, die Gitarre spielten und große Rasseln schüttelten und ein höllisches Geschrei veranstalteten, das sie wohl Musik nannten. Als Dekoration für dieses einheimische Orchester war da auch ein Stand im Freien, wo Früchte vom Baum des Tourismus verkauft wurden: Kastagnetten, knallbunte Fächer, Holzrasseln, Klangstöckchen, Halsketten aus Muscheln, Gegenstände aus Horn, steife gelbe Strohhüte und solches Zeug. Mrs. Campbell kaufte ein oder zwei Stück von jeder Sorte. Sie fand es bezaubernd. Ich sagte ihr, sie solle doch diese Einkäufe bis zum Tag unserer Abreise zurückstellen. »Honey«, sagte sie, »they are *souvenirs*«. Sie begriff nicht, daß man Souvenirs erst kauft, wenn man das Land wieder verläßt. Und es hatte auch keinen Sinn, ihr das zu erklären. Zum Glück ging es am Zoll ziemlich flott, was mich wunderte. Sie waren auch freundlich, allerdings auf eine etwas schleimige Art, Sie verstehen, was ich meine.

Ich bedauerte, den Wagen nicht mitgebracht zu haben. Welchen Sinn hat es denn, mit der Fähre zu reisen, wenn man kein Auto mitnimmt. Aber Mrs. Campbell meinte, wir würden zu viel Zeit damit verlieren, die Verkehrsvorschriften zu lernen. In Wirklichkeit hatte sie Angst vor einem weiteren Unfall. Jetzt konnte sie noch einen anderen Grund anführen. »Honey, mit *dem* Bein könntest du sowieso nicht fahren«, sagte sie. »Let's get a cab.«

Wir bestellten ein Taxi, und ein paar Einheimische – mehr als nötig gewesen wären – halfen uns beim Koffertragen. Mrs. Campbell fand die sprichwörtliche Freundlichkeit der Latinos bezaubernd. Zwecklos, ihr zu sagen, daß es sich dabei um eine sprichwörtlich bezahlte Freundlichkeit handelte. Sie würde sie trotzdem wunderbar finden, schon vor der Ankunft wußte sie, daß alles wunderbar sein würde. Als das Gepäck und die tausend Dinge, die Mrs. Campbell gekauft hatte, im Taxi verstaut waren, half ich ihr beim Einsteigen, schloß in heftigem Wettstreit mit dem Chauffeur die Tür und ging um den Wagen herum, um auf der anderen Seite bequemer einsteigen zu können. Gewöhnlich steige ich zuerst ein und dann Mrs. Campbell, damit es für sie etwas einfacher ist, aber diese Geste unpraktischer Höflichkeit, die Mrs. Campbell ganz entzückt very latin fand, ermöglichte es mir, einen Fehler zu begehen, den ich nie vergessen werde. In diesem Augenblick sah ich nämlich den Spazierstock.

Es war kein gewöhnlicher Spazierstock, und allein schon aus diesem Grund hätte ich ihn nicht kaufen sollen. Er war auffällig, kompliziert und teuer. Allerdings war er auch aus einem Edelholz, vermutlich aus Ebenholz oder etwas Ähnlichem, und mit übertrieben sorgfältigen Schnitzereien versehen – exquisit nannte das Mrs. Campbell –, und in Dollars gerechnet war er eigentlich gar nicht so teuer. Aus der Nähe betrachtet, bestand das Schnitzwerk aus grotesken Ornamenten, die nichts Spezielles darstellten. Den Knauf bildete der Kopf eines Negers oder einer Negerin – bei diesen Künstlern weiß man das ja nie – mit groben Gesichtszügen. Insgesamt war er eher abstoßend. Dennoch zog er mich gleich an, und obwohl ich kein leichtfertiger Mensch bin, hätte ich ihn, glaube ich, auch ohne Schmerzen im Bein gekauft. (Vielleicht hätte mich Mrs. Campbell, wenn sie mein Interesse bemerkt hätte, sowieso dazu gedrängt, ihn zu kaufen.) Natürlich fand ihn Mrs. Campbell schön und originell und – ich muß Atem holen, bevor ich es sage – *erregend.* Mein Gott, diese Frauen!

Wir kamen ins Hotel, baten um unsere Schlüssel, beglückwünschten uns, daß es mit der Reservierung geklappt hatte, gingen auf unser Zimmer und nahmen ein Bad. Wir bestellten einen Snack beim Roomservice und legten uns zu einer kleinen Siesta hin – wer nach Rom geht ... Nein, in Wirklichkeit war es heiß, und draußen brannte die Sonne zu stark und es war zu laut, und in unserem sauberen, komfortablen und kühlen, durch die Klimaanlage fast kalten Zimmer konnte man sich wohlfühlen. Es war ein gutes Hotel. Es stimmt zwar, daß sie ziemlich viel verlangten, aber das war es wert. Wenn die Kubaner etwas von uns gelernt haben, dann ist es der Sinn für Komfort, und das Nacional ist ein komfortables und, was noch viel besser ist, ein effizientes Hotel. Wir wachten auf, als es bereits dunkel war, und wollten noch einen Streifzug durch die nähere Umgebung machen.

Vor dem Hotel trafen wir einen Taxichauffeur, der sich uns als Führer anbot. Er sagte, sein Name sei Raymond Irgendwas, und um es zu beweisen, präsentierte er uns einen schmutzigen, verblichenen Ausweis. Dann zeigte er uns dieses Stück Straße, das die Kubaner La Rampa nennen, mit seinen Geschäften und Leuchtreklamen und den vielen Leuten, die dort auf und ab flanieren. Nicht schlecht. Wir wollten das Tropicana kennenlernen, das überall als »das fabelhafteste Cabaret der Welt« angepriesen wird, und Mrs. Campbell hatte die Reise fast ausschließlich deswegen gemacht. Um uns die Zeit zu vertreiben, schauten wir uns einen Film an, den wir schon in Miami sehen wollten und verpaßt hatten. Das Kino war in der Nähe des Hotels, und es war neu und hatte Klimaanlage.

Wir kehrten ins Hotel zurück und zogen uns um. Mrs. Campbell bestand darauf, daß ich meinen Smoking anziehe. Sie wollte im Abendkleid gehen. Als wir hinauskamen, tat mir das Bein wieder weh – wahrscheinlich wegen der Kälte im Kino und im Hotel –, und ich nahm meinen Spazierstock. Mrs. Campbell hatte nichts dagegen einzuwenden und schien es eher noch amüsant zu finden.

Das Tropicana liegt in einem Viertel, das ziemlich weit vom Stadtzentrum entfernt ist. Es ist fast ein Cabaret im Dschungel. Über der Zufahrtsstraße zum Eingang wachsen die Pflanzen des Parks zusammen, und überall sind Bäume und Schlingpflanzen und Springbrunnen und bunte Lampen. Rein äußerlich kann man das Cabaret durchaus als fabelhaft anpreisen, aber die Show besteht – vermutlich wie in allen Latino-Cabarets – aus halbnackten Frauen, die Rumba tanzen, und Sängerinnen, die ihre dämlichen Lieder brüllen, und *crooners* im Stil des alten Bing Crosby, nur auf Spanisch. Das Nationalgetränk in Kuba heißt Daiquirí und ist so eine Art steifgefrorener Shake mit Rum, was gegen die Hitze in Kuba ganz gut ist – gegen die Hitze auf der Straße, meine ich, denn das Cabaret hatte die »typische«, wie man uns sagte, »kubanische Aircondition«, was so viel bedeutet wie das Klima des Nordpols zwischen vier tropischen Wänden. Es gibt noch ein zweites Cabaret im Freien, aber an diesem Abend war dort keine Vorstellung, weil mit Regen gerechnet wurde. Die Kubaner sind gute Meteorologen, denn kaum hatten wir begonnen, eines dieser Menüs zu uns zu nehmen, die sie in Kuba international nennen und die nur aus Fett und Fritiertem und viel zu stark gesalzenem Zeug mit viel zu süßen Nachspeisen bestehen, als draußen ein Platzregen niederging, der so laut prasselte, daß er sogar eines dieser typischen Orchester übertönte. Ich sage das, um deutlich zu machen, mit welcher Gewalt das Wasser herunterkam, denn es gibt nur wenige Dinge, die noch lauter tönen als ein kubanisches Orchester. Für Mrs. Campbell war das alles das Höchste an ausgeklügelter Wildheit: der Regen, die Musik, das Essen, und sie fand es bezaubernd. Es wäre alles gutgegangen – oder zumindest ganz passabel gewesen, denn nachdem wir auf schlichten Whiskey mit Soda umgestiegen waren, fühlte ich mich fast wie zu Hause –, wenn nicht so ein dämlicher schwuler Conférencier des Cabarets, der nicht nur die Show dem Publikum vorstellte, sondern auch das Publikum den Mitwirkenden der Show, auf den Gedanken gekommen wäre, uns nach unseren Namen zu fragen – und mit uns meine ich alle Amerikaner, die da waren – und uns in einem unglaublichen Englisch vorzustellen. Er verwechselte mich nicht nur mit dem Suppenfritzen, was ein häufiger und zu verschmerzender Irrtum ist, er stellte mich auch noch als internationalen Playboy vor. Aber Mrs. Campbell geriet natürlich vor Lachen fast in Ekstase!

Als wir nach Mitternacht aus dem Cabaret kamen, hatte es aufgehört zu regnen und war nicht mehr so heiß und drückend. Wir waren beide ziemlich beschwipst, aber ich vergaß den Stock nicht. Ich hielt also mit der einen Hand den Stock und mit der anderen Mrs. Campbell fest. Der Chauffeur beharrte darauf, uns noch zu einer anderen Art von Show zu bringen, von der ich nichts erzählen würde, wenn ich nicht die Entschuldigung hätte, daß sowohl Mrs. Campbell als auch ich ziemlich betrunken waren. Mrs. Campbell fand es sehr aufregend – wie die meisten Dinge in Kuba –, aber ich muß gestehen, daß es mir ziemlich langweilig vorkam, und ich schlief, glaube ich, sogar darüber ein. Es handelt sich dabei um einen lokalen Zweig der Tourismusbranche, in dem die Taxifahrer sich als Verkaufsagenten betätigen. Sie bringen einen hin, ohne daß man sie darum gebeten hat, und bevor man sich dessen versieht, ist man schon drin. Es ist ein Haus wie jedes andere, aber wenn man drin ist, wird man in einen Salon geführt, wo ringsherum Stühle stehen, wie in einem dieser Theater, die in den fünfziger Jahren so Mode geworden sind, diese Rundumtheater, nur daß in der Mitte keine Bühne ist, sondern ein Bett, ein rundes Bett. Es werden Getränke serviert – die sehr viel teurer sind als im teuersten Cabaret –, und wenn dann alle sitzen, werden die Lichter gelöscht und über dem Bett geht ein rotes und ein blaues Licht an, aber man kann alles noch sehr gut erkennen, und dann kommen zwei Frauen herein, splitternackt. Sie legen sich auf das Bett und fangen an, sich zu streicheln und zu liebkosen, und machen noch andere Sachen, die wirklich abscheulich unanständig und unhygienisch sind. Dann kommt ein Mann herein – es war ein Schwarzer, der durch die Beleuchtung noch schwärzer wirkte – mit einem übertrieben langen Glied und macht furchtbar intime Sachen mit den Frauen, die viel Spaß daran zu haben scheinen. Es waren auch ein paar Marineoffiziere da, weshalb mir das alles sehr unpatriotisch vorkam, aber sie schienen sich zu amüsieren, und es ist ja nicht mein Problem, ob sie sich bei solchen Sachen in Uniform oder in Zivil amüsieren. Nachdem die Vorstellung zu Ende war, ging das Licht an, und – der Gipfel der Schamlosigkeit – die beiden Frauen und der Neger begrüßten das Publikum. Dieser Kerl und die Frauen machten ein paar Witze über meinen Smoking und seine schwarze Farbe und meinen Spazierstock und standen dabei völlig nackt vor uns, und die Marineoffiziere amüsierten sich köstlich, und sogar Mrs. Campbell schien sich zu amüsieren. Schließlich ging der Neger zu einem der Offiziere und sagte in einem sehr kubanischen Englisch zu ihm, er verabscheue Frauen,.womit er auf etwas sehr Anstößiges anspielte, aber die Seeleute lachten schallend und Mrs. Campbell ebenfalls. Alle applaudierten.

Am Samstagmorgen schliefen wir bis zehn Uhr, und um elf fuhren wir an diesen Strand, Varadero, der etwa 50 Meilen von Havanna entfernt liegt, und blieben den ganzen Tag am Strand. Die Sonne brannte fürchterlich, aber der Anblick des Meeres mit seinen verschiedenen Farben und dem weißen Sand und den alten hölzernen Badekabinen war eines Farbfilms würdig. Ich machte viele Photos, und Mrs. Campbell und ich hatten einen netten Tag. Obwohl ich am Abend den ganzen Rücken voller Blasen hatte und von diesen ausgefallenen kubanischen Gerichten mit Meerestieren eine Magenverstimmung bekam. Wir fuhren mit Raymond nach Havanna zurück, und er setzte uns nach Mitternacht am Hotel ab. Ich freute mich, daß im Zimmer mein Spazierstock auf mich wartete, obwohl ich ihn den ganzen Tag nicht gebraucht hatte, denn durch die Sonne und das Meerwasser und die weniger feuchte Hitze ging es meinem Bein besser. Mrs. Campbell und ich saßen noch bis spät in die Nacht in der Hotelbar und tranken und hörten uns noch mehr von dieser extremistischen Musik an, die Mrs. Campbell offenbar bezaubernd findet, und ich fühlte mich wohl, weil ich mit dem Stock in der Hand heruntergekommen war.

Am nächsten Tag, Sonntagmorgen, entließen wir Raymond, bis wir wieder ins Hotel zurückmußten, um unsere Sachen abzuholen. Die Fähre ging erst um zwei Uhr nachmittags. Also beschlossen wir, einen Gang durch die Altstadt zu machen, uns ein bißchen umzusehen und, Mrs. Campbells Wunsch entsprechend, noch ein paar Souvenirs zu kaufen. Wir machten die Einkäufe in einem Touristenladen, der einer kariösen spanischen Burg gegenüberlag und jeden Tag geöffnet hat. Wir waren mit Paketen beladen und beschlossen, uns in ein altes Café zu setzen, um etwas zu trinken. Alles war sehr still, und mir gefiel die altmodische, zivilisierte Sonntagsatmosphäre dort im alten Teil der Stadt. Wir saßen so etwa eine Stunde bei unserem Getränk, und dann bezahlten wir und gingen. Zwei Straßen weiter fiel mir ein, daß ich den Stock im Café vergessen hatte, und ich ging noch einmal zurück. Niemand schien ihn gesehen zu haben, was mich nicht wunderte: so etwas kommt vor. Gekränkt trat ich auf die Straße hinaus, für einen so unbedeutenden Verlust eigentlich viel zu verärgert. Es war deshalb eine außerordentlich angenehme Überraschung für mich, als wir auf dem Weg zu einem Taxistand in eine enge

Straße einbogen und ich da einen alten Mann mit meinem Stock gehen sah. Aus der Nähe sah ich, daß es kein alter Mann, sondern ein Mann undefinierbaren Alters war, ganz offensichtlich ein mongoloider Idiot. Es war völlig unmöglich, sich mit ihm in Englisch oder in dem prekären Spanisch von Mrs. Campbell zu verständigen. Der Mann verstand nichts und klammerte sich an den Stock.

Ich befürchtete eine Slapsticksituation, wenn ich den Stock an einem Ende festhalten würde, wie mir Mrs. Campbell riet, denn der Bettler – es war tatsächlich einer dieser Berufsbettler, von denen es in diesen Ländern nur so wimmelt – machte einen kräftigen Eindruck. Ich versuchte, ihm durch Zeichen klar zu machen, daß der Stock mir gehörte, aber als einzige Antwort brachte er nur ein paar sonderbare Kehllaute zustande. Einen Augenblick lang dachte ich an die einheimischen Musiker und ihre gutturalen Lieder. Mrs. Campbell schlug vor, ihm meinen Stock abzukaufen, aber das wollte ich nicht. »Hier geht es ums Prinzip, meine Liebe«, sagte ich zu ihr und versuchte gleichzeitig, dem Bettler mit meinem Körper den Fluchtweg abzuschneiden, »dieser Stock gehört mir.« Ich wollte ihm den Stock keinesfalls überlassen, nur weil er schwachsinnig war, und noch weniger war ich bereit, ihn ihm abzukaufen, denn das hätte bedeutet, einer Erpressung nachzugeben. »Ich lasse mich nicht erpressen«, sagte ich zu Mrs. Campbell und trat vom Bürgersteig auf die Straße, weil der Bettler auf die andere Seite zu wechseln drohte. »Ich weiß, honey«, sagte sie.

Bald hatte sich eine kleine Schar von Anwohnern um uns versammelt, und ich wurde nervös, denn ich wollte nicht Opfer eines lynching mob werden, und es sah ja so aus, als sei ich ein Ausländer, der sich an einem wehrlosen Einheimischen vergriff. Die Leute verhielten sich jedoch unter den gegebenen Umständen ganz anständig. Mrs. Campbell erläuterte ihnen den Sachverhalt so gut sie konnte, und einer sprach sogar Englisch, ein ziemlich primitives Englisch, und bot sich als Vermittler an. Er versuchte, allerdings ohne jeden Erfolg, sich mit dem Idioten zu verständigen. Der umklammerte nur den

Stock und gab mit Zeichen und Lauten aus seinem Mund zu verstehen, er gehöre ihm. Wie bei jedem Menschenauflauf war die Menge einmal auf meiner Seite und dann wieder auf der Seite des Bettlers. Meine Frau versuchte immer noch, ihnen die Sache zu erklären. »Es geht ums Prinzip«, sagte sie mehr oder weniger auf Spanisch. »Mr. Campbell ist der rechtmäßige Eigentümer des Stocks. Er hat ihn gestern gekauft, er hat ihn heute morgen in einem Café vergessen, dieser Herr«, sie meinte damit den Kretin, auf den sie mit dem Finger zeigte, »hat ihn genommen, und er gehört ihm nicht, nein, *amigos.*« Die Leute waren nun auf unserer Seite.

Bald waren wir ein öffentliches Ärgernis, und es kam ein Polizist. Zum Glück war es ein Polizist, der Englisch sprach. Ich erklärte ihm, was los war. Er versuchte die Menge zu verstreuen, aber diese Leute waren an der Lösung des Problems ebenso interessiert wie wir. Er redete mit dem Idioten, aber, wie ich ihm schon erklärt hatte, war es einfach unmöglich, sich mit diesem Menschen zu verständigen. Jedenfalls verlor der Polizist schließlich die Geduld und zog seine Waffe, um den Bettler einzuschüchtern. Die Leute verstummten, und ich befürchtete schon das Schlimmste. Aber der Idiot schien zu begreifen und gab mir den Stock mit einer Geste, die mir nicht gerade behagte. Der Polizist steckte die Waffe weg und schlug mir vor, dem Schwachsinnigen etwas Geld zu geben, nicht als Entgelt, sondern als kleine Gabe »für den armen Mann«, wie er es ausdrückte. Ich war entschieden dagegen: dies würde bedeuten, eine soziale Erpressung hinzunehmen, da ja der Stock mein Eigentum war. Ich erklärte das dem Polizisten. Mrs. Campbell versuchte, ein gutes Wort einzulegen, aber ich sah keinen Grund nachzugeben: der Stock gehörte mir, und der Bettler hatte ihn an sich genommen, obwohl er ihm nicht gehörte, ihm Geld für die Rückgabe des Stocks zu schenken, hieße einen Diebstahl belohnen. Ich weigerte mich. Jemand aus der Menge schlug, wie mir Mrs. Campbell erklärte, eine Kollekte vor. Mrs. Campbell wollte in ihrer einfältigen Weichherzigkeit etwas aus eigener Tasche dazu beisteuern. Dieser lächerlichen Situation mußte endlich ein Ende gesetzt werden, und so gab ich nach, obwohl ich es eigentlich nicht hätte tun sollen. Ich bot dem Idioten ein paar Münzen an – ich weiß nicht genau, wieviel es war, aber auf jeden Fall fast so viel, wie mich der Stock gekostet hatte – und wollte sie ihm ohne Groll in die Hand drücken, aber der Bettler wollte sie nicht annehmen. Jetzt spielte er die Rolle des Beleidigten. Mrs. Campbell versuchte zu vermitteln. Der Mann schien zunächst zu akzeptieren, lehnte dann aber das Geld wieder mit den nämlichen Gutturallauten ab. Erst als der Polizist das Geld in die Hand nahm und es ihm gab, nahm er es an. Sein Gesicht gefiel mir überhaupt nicht, denn als ich den Stock fortnahm, starrte er ihm nach wie ein Hund, dem man einen Knochen weggenommen hat. Endlich war dieser unangenehme Zwischenfall zu Ende, und wir nahmen an Ort und Stelle ein Taxi – das uns der Polizist mit pflichtgemäßer Freundlichkeit besorgt hatte –, und jemand applaudierte, als wir wegfuhren, und einige winkten uns wohlwollend zu. Ich konnte dabei das Gesicht des Kretins nicht sehen und war froh darüber. Mrs. Campbell sagte während der ganzen Fahrt kein Wort und schien im Geiste ihre Geschenke nachzuzählen. Ich fühlte mich bestens mit meinem wiedererlangten Stock, der später ein Souvenir mit einer interessanten Geschichte sein würde, sehr viel mehr wert als die von Mrs. Campbell haufenweise eingekauften.

Wir kamen ins Hotel zurück, und ich sagte an der Rezeption, daß wir nachmittags in unser Land zurückkehren würden, daß sie unsere Rechnung fertigmachen sollten, daß wir im Hotel zu Mittag essen würden. Wir gingen hinauf.

Wie immer öffnete ich die Tür und ließ Mrs. Campbell den Vortritt. Sie knipste das Licht an, weil die Vorhänge noch zugezogen waren, ging in den Salon und dann ins Schlafzimmer. Als sie dort das Licht angemacht hatte, stieß sie einen Schrei aus. Ich dachte schon, sie hätte einen elektrischen Schlag bekommen, und mir fiel ein, daß ja im Ausland die Stromspannungen immer gefährlich sind. Ich dachte auch an irgendein giftiges Insekt, oder daß sie vielleicht einen Dieb überrascht hatte. Ich rannte ins Schlafzimmer und sah Mrs. Campbell starr dastehen, unfähig, etwas zu sagen, am Rande eines hysterischen Anfalls. Ich verstand zuerst gar nicht, was los war, als ich sie in dieser katatonischen Haltung mitten im Zimmer sah. Aber sie wies mit Lauten aus ihrem Mund und mit der Hand auf das Bett. Dort, auf dem Nachttischchen, quer über der Glasplatte, schwarz auf dem hellgrün gestrichenen Holz, lag ein *anderer* Stock.

Die Einwände

Mr Campbell, Schriftsteller von Beruf, hat die Geschichte wie immer falsch erzählt.

Havanna war vom Schiff aus wunderschön anzusehen. Das Meer war ruhig, von einem hellen Blau, manchmal fast himmelblau, durchzogen von einer breiten violetten Naht, dem Gulf Stream, wie jemand erklärte. Die kleinen, schaumgekrönten Wellen sahen aus wie Möwen, die durch einen umgekehrten Himmel fliegen. Plötzlich tauchte weiß und schwindelerregend die Stadt auf. Es waren schmutzige Wolken am Himmel, aber ansonsten strahlte die Sonne, und Havanna war keine Stadt, sondern die Luftspiegelung einer Stadt, ein Trugbild. Dann öffnete sie sich nach beiden Seiten, und es tauchten in rascher Abfolge Farben auf, die gleich wieder mit dem sonnendurchfluteten Weiß verschmolzen. Es war ein Panorama, wirkliches Cinemascope, das Cinerama des Lebens: um Mr Campbell eine Freude zu machen, wo er doch so ein großer Filmliebhaber ist. Wir fuhren zwischen Gebäuden aus Spiegeln, Lichtreflexen, die in die Augen stachen, und Parks in kräftigem oder verbranntem Grün bis zu einer anderen, älteren, dunkleren und schöneren Stadt. Langsam, unausweichlich, kam eine Hafenmole näher.

Es stimmt, daß die kubanische Musik primitiv ist, aber sie ist von einem fröhlichen Charme, hält immer unbändige Überraschungen bereit und hat etwas Unbestimmtes, Poetisches, das sich mit den Maracas und der Gitarre hoch in die Lüfte schwingt, während die Trommeln sie in der Erde verankern, und die Claves – zwei Holzstäbchen, die Musik machen – sind wie dieser unveränderliche Horizont.

Was soll diese Dramatisierung der Behinderung am Bein? Vielleicht will er als Kriegsversehrter gelten. Mr Campbell leidet schlicht und einfach an Rheuma.

Der Spazierstock war ein ganz gewöhnlicher Spazierstock. Er war aus dunklem Holz, und vielleicht war er auch schön, aber er hatte weder sonderbare Verzierungen noch einen androgynen Kopf als Knauf. Es war ein Stock, wie es sie überall auf der Welt gibt, derb, mit einem gewissen pittoresken Reiz: alles andere als außergewöhnlich. Ich vermute, daß viele Kubaner genau den gleichen Stock haben. Ich habe nie gesagt, der Stock sei erregend: das ist eine plumpe freudianische Anspielung. Außerdem würde ich nie etwas so Obszönes wie einen Spazierstock kaufen.

Der Stock war ausgesprochen billig. Der kubanische Peso entspricht im Wert genau dem Dollar.

Viele Dinge in der Stadt habe ich bezaubernd gefunden, aber ich habe mich nie meiner Gefühle geschämt und kann sie beim Namen nennen. Mir gefiel die Altstadt. Mir gefiel die Art der Leute. Mir gefiel, sehr sogar, die kubanische Musik. Mir gefiel das Tropicana: Obwohl es eine Touristenattraktion ist und daraus auch keinen Hehl macht, ist es schön und üppig und vegetabilisch, wie ein Abbild der Insel. Das Essen war passabel, und die Drinks waren wie überall sonst auch, aber die Musik und die Schönheit der Frauen und die ungezügelte Phantasie des Choreographen waren unvergeßlich.

Mr Campbell bemüht sich, mich als Prototyp der Durchschnittsfrau darzustellen: das heißt, als ein verkümmertes Wesen mit dem IQ eines Schwachsinnigen und dem Zartgefühl eines Gläubigers am Bett eines Sterbenden. Ich habe nie solche Sachen wie Honey this is the Tropics oder They are souvenirs gesagt. Er hat zu viele Blondie-Comics gelesen – oder alle Filme von Lucille Ball gesehen.

In der Erzählung taucht sehr oft das Wort »Einheimische« auf, aber man darf da nicht Mr Campbell die Schuld geben: vermutlich ist das nicht zu vermeiden. Als Mr (ihn, der die Satzzeichen so sehr mag, stört es bestimmt gewaltig, daß ich den Punkt hinter seiner Herrlichkeit weglasse) Campbell erfuhr, daß die Leitung des Hotels »unser ist«, wie er sich ausdrückte, lächelte er ein Kennerlächeln, denn für ihn sind die Leute aus den Tropen ein Ausbund an Trägheit. Und sie sind auch schwer auseinanderzuhalten. Ein Beispiel: der Chauffeur hatte ganz deutlich gesagt, daß er Ramón Garsía heißt.

Ich habe es niemals amüsant gefunden, daß er die ganze Zeit mit diesem Stock in der Stadt herumspaziert ist. Als wir das Tropicana verließen, war er völlig betrunken, und auf dem kurzen Stück durch die Eingangshalle fiel ihm dreimal der Stock aus der Hand: einfach katastrophal. Er war wie immer davon begeistert, daß man ihn mit den millionenschweren Campbells verwechselte, von denen er auch noch behauptet, sie seien mit ihm verwandt. Ich habe nicht über den »internationalen Playboy« gelacht, sondern über sein gespieltes Mißfallen, als er hörte, daß er »Suppenmillionär« genannt wurde.

Es stimmt, daß Raymond (mir blieb am Ende nichts anderes übrig, als ihn auch so zu nennen) den Ausflug zu den *tableaux vivants* vorschlug, aber erst auf die Anspielungen Mr Campbells hin, der im übrigen unerwähnt läßt, daß er in einer französischen Buchhandlung ein Dutzend pornographischer Bücher gekauft hat, darunter die vollständige Ausgabe eines Romans aus dem letzten Jahrhundert, der in Paris auf englisch veröffentlicht wurde. Nicht nur ich habe meinen Spaß an der Vorführung gehabt.

Er »fand« den Stock nicht auf der Straße, wie eine der Gogolschen Ding-Personen neben einem Mann einhergehend, sondern schon im Café. Wir saßen dort (das Café war voll), und als Mr Campbell aufstand, griff er sich einen Stock, der auf dem Nebentisch lag und genauso dunkel und knorrig war wie seiner. Beim Hinausgehen hörten wir jemand hinter uns herlaufen und seltsame Geräusche von sich geben: es war der

Eigentümer des Stocks, nur daß wir zu diesem Zeitpunkt noch nicht wußten, daß er der wahre Eigentümer war. Mr Campbell wollte ihn hergeben, und *ich* war dagegen. Ich sagte zu ihm, er habe den Stock für gutes Geld gekauft, und auch wenn der Bettler ein Idiot sei, gehe es nicht an, daß er uns unter dem Vorwand seines Geisteszustandes ausnähme. Es stimmt, daß sich ein kleiner Menschenauflauf bildete (vor allem Gäste des Cafés) und daß es Diskussionen gab, aber die Leute waren die ganze Zeit auf unserer Seite: der Bettler konnte ja nicht reden. Der Polizist (er war von der Tourismus-Polizei) kam, glaube ich, zufällig vorbei. Auch er war auf unserer Seite, und zwar so entschieden, daß er den Bettler abführte. Kein Mensch schlug eine Kollekte vor, und Mr Campbell bezahlte keine Entschädigung, was ich im übrigen auch gar nicht zugelassen hätte. Er erzählt die Geschichte, als wäre ich durch einen Zauberstab plötzlich in einen gütigen Engel verwandelt worden. Davon kann keine Rede sein: in Wirklichkeit war es vor allem ich, die darauf bestand, daß er den Stock nicht hergibt. Allerdings habe ich ihm nie vorgeschlagen, den Stock festzuhalten. (Die ganze Szene wird von Mr Campbell beschrieben, als stammte sie aus dem Drehbuch eines italienischen Films.)

Mein Spanisch ist nicht fehlerlos, aber man kann es verstehen.

Es gab überhaupt kein Melodrama. Weder *lynching mobs* noch Applaus, noch ein zerknirschtes Gesicht des Bettlers, das wir angeblich nicht sehen konnten. Ich habe auch nicht geschrien, als ich den anderen Stock sah (ich finde diese dramatische Kursivschrift von Mr Campbell deplorabel: »ein *anderer* Stock«, warum nicht »ein anderer Stock«?), sondern ihn ihm einfach nur gezeigt, ohne Hysterie oder Katatonie. Ich fand es natürlich furchtbar, aber ich glaubte, der Irrtum und die Ungerechtigkeit seien noch zu beheben. Wir fuhren noch einmal los und fanden das Café und mit Hilfe der Leute im Café auch die Adresse der Polizeiwache, wohin man den Bettler unter der Beschuldigung des Diebstahls gebracht hatte: es war Mr Campbells kariöse Burg. Er war nicht dort. Der Polizist hatte ihn angesichts der Witzeleien der anderen Polizisten und der Tränen des Diebes, der der einzige Bestohlene war, an der Tür wieder laufen lassen. Niemand wußte natürlich, wo wir ihn hätten finden können.

Wir verpaßten das Schiff und mußten mit dem Flugzeug zurück, mit beiden Spazierstöcken.

DIE ERZÄHLUNG VON EINEM SPAZIERSTOCK, GEFOLGT VON GEWISSEN VERBESSERUNGEN DER FRAU CAMPBELL

Die Erzählung

Wir arrivierten in Havanna an einem Freitag nachmittag, und ein ziemlich heißer Nachmittag war es, mit dieser niedrigen Decke von dicken, schweren, dunklen Wolken. Als das Schiff in die *Bahía*[1] einfuhr, knipste der Kanalpilot genau die Brise aus, die die Überfahrt erfrischt hatte. Es war frisch und dann plötzlich war es nicht. Einfach so. Der Autor Hemingway, vermute ich, würde es den Ventilator des Meeres nennen. Jetzt plagte mich das Bein wie der Teufel und ich ging mit großen Schmerzen die Planke hinunter, aber ohne es zu zeigen, zum Nutzen von Gästen und Gastgebern. (Sollte ich Entdecker und Eingeborene sagen?) Frau Campbell kam hinter mir, redend und gestikulierend und sich wundernd die ganze verdammte Zeit, und fand jedes kleine Ding bezaubernd: die bezaubernde blaue Bucht, die bezaubernde alte Stadt, die bezaubernde und malerische kleine *calle* an der bezaubernden Mole. Wer, ich? Was ich dachte, war, daß es eine Luftfeuchtigkeit von 90 oder 95% hatte, und ich war mehr als sicher, daß mir das verfluchte Bein das ganze verdammte Wochenende über furchtbar wehtun würde. Es war eine Idee des Teufels, eine Erholungsreise zu machen auf diese glühend heiße[2], triefnasse Insel, die von der Sonne gebleicht wird, wo sie nicht schon verbrannt ist. Das *Invierno* von Dante. Ein Projekt von Frau Campbell, natürlich. (Eine Vollstreckung von Frau Campbell, bin ich versucht zu sagen, mit einem gestickten *Von Ihr* auf der Rückseite.) Ich wies sie schon darauf hin, als ich vom Oberdeck aus den Dom von schwarzen Wolken über der Stadt hängen sah, ein Damoklianisches Schwert aus Regen über meinem Bein. Sie prote-

1 Spanisch im Original.
2 *White hot* im Original. Wörtlich, weiß heiß.

stierte sehr und sagte, der Reiseagent hätte auf seinem Herzen voller Plakate[3] geschworen, daß in Cuba *immer* Frühling ist. Frühling meine schmerzende große Zehe. Reiseagenten! Die müssen alle in *Händler Horn* mit Carey & Renaldo gewesen sein und sich die Boothsche Krankheit geholt haben. (Die von Edwina, meine ich, eine Frauenkrankheit.) Wir steckten mitten in der moskitoinfizierten, endemisch malarischen, von Regenwäldern bewachsenen Heißen Zone. Ich sagte so zu Frau Campbell, und sie antwortete natürlich ihrerseits: »*Honig, das* sind die Tropen!«

Auf der Mole, als ein unabweisbarer Teil der Landungsmaschine, da war ein Trio von diesen bezaubernden Eingeborenen, eine Gitarre spielend und zwei große Rasseln wie aus Kalebasse schüttelnd und Holz auf Holz schlagend und einige wilde Schreie ausstoßend, die sie wohl Musik nennen. Als *décor*[4] für das Eingeborenenorchester hatte jemand einen Laden in der offenen Luft errichtet, wo sie alle Arten von Früchten vom Baum der Erkenntnis des Tourismus verkauften: Kastagnetten, bemalte *habanicos,* die pflanzlichen Rasseln, Musikstäbchen, Halsketten, gemacht aus Muschel und Holzperlen und Samenkörnern, eine mittelmäßige Menagerie aus grauem Ochsenhorn und Hüte aus hartem, trockenem gelbem Stroh: *Tutti frutti*[5]. Frau Campbell kaufte ein oder zwei Stück von jedem Item und sah beleuchtet aus. De-ligh-ted. Ekstatisch. Ich riet ihr, alle diese Einkäufe für den letzten Tag an Land zurückzulassen. »Honig«, sagte sie, »es sind *Souvenirs*[6].« Sie konnte nicht verstehen, daß von den Souvenirs angenommen wird, erst gekauft zu werden, wenn man das Land verläßt. Gott sei Dank ging im Zollhaus alles schnell, was mich sehr überraschte, muß ich zugeben. Auch waren sie freundlich, auf eine schmierige Art, wenn ihr wißt, was ich meine.

Ich bedauerte, den Buick nicht mitgebracht zu haben. Wofür

3 *Postered heart* im Original. Wörtlich, »plakatiertes Herz«.
4 Französisch im Original. Verzierung, Dekoration.
5 Italienisch im Original. Alle Früchte.
6 Erinnerungen. Französisch im Original.

ist es gut, mit der Fähre zu reisen, wenn du nicht mit deinem Wagen kommst? Aber Frau Campbell dachte in letzter Minute, wir würden viel Zeit verlieren, um die Verkehrsregelungen und die Straßen zu lernen. Aktuell befürchtete sie einen anderen Unfall. Nun hatte sie einen Grund mehr hinzuzufügen. »Honig, mit deinem Bein in *dieser* (darauf zeigend) Kondition kannst du irgendwie nicht fahren«, sagte sie. »Laß uns ein Taxi nehmen.«

Wir bestellten ein Taxi, und einige Eingeborene (mehr als nötig waren) halfen uns mit dem Gepäck. Frau Campbell strahlte wegen der sogenannten Freundlichkeit der Latinos. Sprichwörtlich, sagte sie. Trinkgelder in Extrahände gebend, dachte ich, wie nutzlos es wäre, ihr zu sagen, daß es eine sprichwörtlich gut bezahlte Freundlichkeit ist. Sie wird sie immer wunderbar finden, egal was sie machen und/oder ob sie das Gegenteil erproben. Schon vor der Ankunft wußte sie, daß alles wunderbar ausgehen würde. Als die Koffer und die tausend Dinge, die Frau Campbell gekauft hatte, im Taxi waren, schloß ich die Tür (im Wettstreit mit dem Chauffeur, der offensichtlich mit Jesse Owens verwandt war) und ging außen herum, um durch die andere Tür einzusteigen. Üblicherweise steige ich zuerst ein, und Frau Campbell folgt mir, um die Dinge leichter für sie zu machen. Aber diese Geste unpraktischer guter Manieren, die Frau Campbell ganz berauscht *mucho latino*[7] fand, verführte mich zu einem Irrtum, den ich nie vergessen werde. Es war dann (auf der anderen Seite), daß ich den Spazierstock sah.

Es war kein ordinärer Spazierstock, und ich hätte ihn allein aus diesem Grund nicht kaufen sollen. Außer daß er ein ostentatives, verdrehtes Ding war, war er teuer. Gewiß, er war aus irgendeinem harten, wertvollen Holz gemacht, Ebenholz oder so etwas, und er war mit übertriebener Sorgfalt geschnitzt. (Eine exquisite Hand, sagte Frau Campbell.) In Dollars gerechnet, war er in der Tat nicht so teuer. Unter näherer Inspektion waren die Schnitzereien in Wirklichkeit

7 Sic.

groteske Verzierungen ohne irgendeine Bedeutung. Der Stock endete mit dem Kopf eines *Negers* oder einer *Negerin* (bei diesen Künstlern weißt du nie) mit bemerkenswert groben Gesichtszügen. *In toto*[8] war er ein bißchen auf der abstoßenden Seite. Dummerweise zog er mich sofort an, und ich kann wirklich nicht sagen warum. Ich bin kein frivoler Mensch, aber ich glaube, ich hätte ihn gekauft, schmerzendes Bein oder nicht. Vielleicht hätte mich Frau Campbell, mein Interesse sehend, schließlich dazu gestoßen, ihn zu kaufen. Wie alle Frauen liebt sie es, Sachen zu kaufen. Sie sagte, er sei schön und originell und (ich muß Luft holen, bevor ich es sage) *erregend.* Mein Gott! *Los mujeres*[9].

Im Hotel lief dieses unser Glück noch gut und die Reservierungen wurden gültig gefunden. Ich fing an, den Stock als einen Glückszauber zu betrachten. Wir gingen treppauf und nahmen eine Dusche und orderten einen schnellen Imbiß beim Raumdienst. Die Bedienung war schnell wie der Imbiß gut war und wir nahmen ein zufriedenstellendes Schläfchen, die kubanische *Siesta* – wenn in Havanna ... Nein, es war sehr heiß und sehr laut und sehr sonnig draußen, und drinnen war es sauber und komfortabel und frisch. Ein gutes, ruhiges, klimatisiertes Hotel. Es ist wahr, daß es teuer war, aber es war es wert. Wenn da ein Ding ist, das die Kubaner gut von uns gelernt haben, ist es der Sinn für Komfort, und das Nacional ist ein komfortables und, sogar noch besser, ein effizientes Hotel. Wir standen spät auf, am frühen Abend, und nahmen einen Gang durch die Nachbarschaft.

In den duftenden Gärten des Hotels lernten wir eine Art Taxichauffeur kennen, der sich anbot, unser Führer zu sein. Er sagte, er heiße Ramón Irgendwas, und produzierte eine schmutzige, zerknitterte Identitätskarte, um es zu beweisen. Dann führte er uns durch ein Labyrinth von Palmen und geparkten Autos zu dieser breiten Straße, die die *habañeros*[10]

8 Lateinisch im Original.
9 Sic.
10 Sic.

La Rampa nennen, mit Geschäften und Clubs und Restaurants all über dem Platz und Neonreklamen und schwerem Verkehr und Leuten, die die Rampe hinauf und hinab gehen, die der Allee ihren Namen gibt. Nicht zu schlecht, in der Art von San Francisco. Wir wollten das *Tropicana* kennenlernen, den Night-Club, der sich selbst als »das fabelhafteste Cabaret der Welt« ankündigt. Frau Campbell machte die Reise fast nur, um es zu besuchen. Wir, oder vielmehr sie, beschlossen dort zu dinieren. Mittlerweile gingen wir in einen Film, den wir in Miami hatten sehen wollen und verpaßt hatten. Das Theater war in der Nähe des Hotels und war neu und modern und klimatisiert.

Wir kehrten ins Hotel zurück, um uns für die Gelegenheit umzuziehen. Frau Campbell bestand darauf, daß ich meine Dinner-Jacke anziehen sollte. Sie würde sich mit einem Abendkleid auftakeln. Hinausgehend, schmerzte mich mein Bein wieder, wahrscheinlich dank der Kälte im Theater und im Hotel, und ich nahm den Stock mit mir. Frau Campbell sagte nichts dagegen. Im Gegenteil, sie fand es lustig.

Das *Tropicana* ist in einem Vorort lokalisiert. Es ist ein Cabaret im Dschungel. Die Gärten wachsen über die Einfahrtsstraßen, und jeder Quadratyard ist voller Bäume und Büsche und Lianen und *epiphytes*, die Frau Campbell Orchideen zu sein behauptete, und klassische Statuen und Brunnen mit laufendem Wasser und farbige versteckte *Spotlights*. Der Nachtclub kann als physisch fabelhaft beschrieben werden, der Gipfel, aber die Vorführung beschränkt sich meistens einfach auf flache Blößen, wie jedes Cabaret Latino, vermute ich, mit halbnackten Frauen, die Rumba tanzen, und Mulatten, die diese dummen Lieder schreien, und gestärkte Sänger, die den Stil des Alten Bing[11] ausnutzen, auf Spanisch natürlich. Das kubanische Nationalgetränk heißt *Daiquirí*, ein Mischmasch, besser beschrieben als ein Mixgetränk aus Eis und Rum, gut für das übliche Klima von Cuba, nicht sehr weit von einem Hochofen entfernt. Die Hitze auf der Straße, meine ich, denn

11 Bing Crosby.

dieses Cabaret hatte die »typische«, so sagten sie uns, »kubanische Klimatisierung«, was wie zu sagen ist, das Klima des Nordpols in einen Raum eingesperrt. Es gibt ein Zwillingscabaret, obwohl ohne Dach, das *aire libre*, das in dieser besonderen Nacht nicht benutzt wurde, weil sie etwa um elf Regen erwarteten. Die Kubaner sind gute Meteorologen. Wir fingen an, eine dieser Mahlzeiten zu essen, die in Cuba international genannt werden, auf katholische Art fettig und voller fritierter Sachen mit zu gesalzener Nahrung und zu süßen Desserts, als ein so schwerer Regen fiel, daß man ihn über die Musik hören konnte. Dies ist, um die Gewalt des Regengusses zu suggerieren, denn es sind wenig Dinge übrig auf dieser Welt, die lauter klingen als ein typisches kubanisches Orchester. Für Frau Campbell hatten wir die Grenze erreicht, die Akme, das *Summum*[12]: das Habitat des sophistischen Wilden: Urwald, Regen, Musik, Essen, wildes Pandämonium – und sie war einfach bezaubert. Besser noch, Las Encantadas besuchend. Alles wäre passabel ausgekommen oder sogar gut, den Augenblick als wir auf *bourbon y soda*[13] umstellten und es fast wie zu Hause war, wenn nur nicht dieser *maricón*[14] von *emcee*[15] angefangen hätte, die Interpreten dem Publikum und das Publikum den Interpreten und jeden dem anderen vorzustellen, und dann kam der Gipfel! Dieser Clown oder Hanswurst schickte jemand, uns nach unseren Namen zu fragen, und führt uns in diesem unglaublichen Englisch von ihm ein. Nicht nur nahm er mich für einen dieser Suppenleute, welches ein häufiger und erträglicher Irrtum ist, aber außerdem sagte er (durch den Lautsprecher, nehmen Sie Notiz davon), ich sei ein internationaler *Playboy*[16]. Oh, Junge! Wahrscheinlich der *Playboy* der Westlichen Welt. Und was glauben Sie, tut Frau

12 Lateinisch im Original.
13 Cocktail. *Bourbon* ist ein Roggenwhiskey aus Kentucky.
14 Spanisch im Original. Homosexueller, Schwuler.
15 *Emcee*, phonetische Abkürzung von engl. *Master of Ceremonies*, Zeremonienmeister.
16 Lebemann. Wörtlich, Spieljunge.

Campbell diese ganze Zeit? Sie heult, lacht Tränen, kommt fast um vor Lachen. Hin und weg!

Als wir das Cabaret verließen, gut nach Mitternacht, hatte es aufgehört zu regnen, und die Luft war frisch und klar, ein heller neuer Morgen. Wir waren beide vergiftet, aber ich vergaß meinen Stock nicht. Mit einer Hand führte ich ihn, während ich mit der anderen dasselbe für Frau Campbell tat. Der Chauffeur-Führer-Körperberater, dieser Vergil des Inviernos der Nacht, bestand darauf, uns noch zu einer anderen Art von Vorführung *(show)* zu bringen. Ich würde nicht davon sprechen, wenn ich nicht die Entschuldigung hätte, daß beide, Herr und Frau Campbell, *bien borrachos* waren. B,e,t,r,u,n,k,e,n. Frau Campbell fand es sehr aufregend, nicht zu meiner Überraschung. Ich muß gestehen, daß es für mich eine unangenehme, langweilige Angelegenheit war, und ich glaube, ich schlief über einem Stück davon ein. Die *Funktion*, wie sie es nennen, ist ein lokales Unterprodukt der Touristik-Industrie, wo die Taxifahrer Werber *(admen)* und Verkäufer zur gleichen Zeit sind. Sie bringen Sie dorthin, ohne daß man darum gebeten hat, und bevor Sie realisieren können, was wirklich passiert, sind Sie schon *drin*. *Drin* heißt in einem Haus wie jedes andere in der Straße, aber wenn die Tür hinter den Besuchern zugeht, führt man Sie durch einen Türenkorridor[17] zu einem inneren Sanktuarium oder Penetralium, in Wirklichkeit ein Salon mit Stühlen überall herum, wie eine dieser Schaubuden weg vom Broadway, die in den mittleren Fünfzigerjahren so in Mode waren, diese Arena-Theater, nur daß diesmal die Arena keine Bühne ist, aber ein großes, rundes, zentrales Bett. Ein Ganymedes[18] bietet Ihnen Getränke an (gegen Bezahlung, natürlich, und sehr viel teurer als die Drinks im *Tropicana*, bis zu den Stiefeln [?]), und später, aber nicht sehr viel später, wenn alle Gäste gekommen sind und jedermann Platz genommen hat, löschen sie das Licht[19] und zünden dann die Lichter (ein rotes

17 Engl. *Corridoors*. Unübersetzbarer Joycismus.
18 Engl. *Ganymede*, nach dem Concise Oxford, Kellner, Mundschenk.
19 Shakespearianisches Wortspiel, aus *Othello*, 4. Aufzug, letzte Szene.

und ein blaues) über dem Bett an, so daß Sie diskret die Szene sehen und gleichzeitig die bald peinliche Gegenwart Ihres Nachbarn vergessen können. Und die beiden Frauen kommen herein, stark nackt. Sie gehen miteinander zu Bett und fangen an, sich zu küssen und zu berühren und Liebe miteinander zu machen, und kompromittieren sich in einer wirklich ungesunden Gymnastik, ganz undezent und ohne jede Hygiene. Auf dem Höhepunkt gehen die Lichter aus und an, und das Paar ist jetzt eine einzige Frau, die laut schreit, denn solche Schreie sind die alles umarmende kubanische Ausdrucksform. Dann kommt ein nackter Mann herein, ein ~~Neger~~ Schwarzer, jetzt durch die Lichter tiefschwarz, ein nutznießerischer Othello, ein professioneller Lothar, Supermann nennen sie ihn, mit einem übertrieben langen Penis, den er schamlos ausbreitet, um sich an diesem schrecklich intimen Liebesspiel zu beteiligen, das diese doppelte (oder vierfache, weil ein großer, fokaler Spiegel an der Decke ist) Desdemona spielt, und sie scheinen den letzten Akt sehr zu genießen. Im Publikum waren ein paar Marineoffiziere von der Armee, und es sah alles wirklich antiamerikanisch aus, aber sie erfreuten sich auch an der Vorführung, und es ist nicht mein Geschäft, ob die Marineleute dort in Uniform herumlaufen oder nicht. Nach der Interpretation machten sie alle Lichter an, und, was für ein Nerv, die Mädchen (denn sie waren sehr jung) und der Schwarze grüßten die Audienz. Dieser Samson Sex & Genossinnen machten ein paar Witze über meine Dinner-Jacke und die Schwärze und den Stock, auf spanisch natürlich, mit passenden Gesten, vollkommen nackt dort vor uns, und die Seeleute starben vor Lachen, während Frau Campbell hart versuchte, nicht zu lachen, aber ohne Erfolg. Schließlich kam der Schwarze zu einem der Offiziere und sagte in einem weibischen, gebrochenen *(fractured)* Englisch, daß er die Frauen haßte, und die Seeleute prusteten auf einmal und Frau Campbell auch. Alle applaudierten, ich eingeschlossen.

Ähnliche finden sich im Text bezüglich Hemingway, William Blake, Melville, John Millington Synge, etc.

Wir schliefen am Samstagmorgen spät und fuhren etwa um elf nach Varadero, zu einem Strand, der genau einhunderteinundvierzig Kilometer im Osten von Havanna liegt, und wir blieben den Rest des Tages dort unten. Die Sonne war brutal, wie gewöhnlich, aber die Sicht des sanften, gescheckten, offenen Ozeans und die weißen, leuchtenden Dünen und die Pseudopinien und die Strandschirme mit Palmdach und die späten viktorianischen Strandvillen aus Holz waren etwas für Natalie Kalmus zu imitieren. Ich nahm viele Photos, in Farbe natürlich, aber auch in B & W[20], und ich war glücklich, dort zu sein. Keine Leute, keine Musik, keine Portiers, keine Chauffeure, keine Emcees, keine ~~Nutt~~ Dirnen, keine rohen Exhibitionisten, die Sie ins Lächerliche drehen, in den Haß und/oder die Verachtung. Gefundenes Paradies? Noch nicht. Am Abend hatte ich Blasen all über meinen Rücken und Arme und als Gegengewicht ein schreckliches Sodbrennen, Ergebnis der so übertriebenen Meerestiere des Mittagessens. Ich versuchte vergebens, sie mit Bromo-S[21] und kühler Creme zu brechen – indem ich das Verdauungsmittel schluckte und mich ganz mit der Salbe einrieb, nicht umgekehrt. Ohne Resultat. Die Abenddämmerung brachte auch Horden von transsylvanischen[22] Moskitos. Wir fuhren in einem Rückzugsgefecht wieder nach Havanna.

Ich war froh, meinen Stock im Zimmer wartend zu finden, vernachlässigt, fast vergessen, seit mich die Sonne und der Sand und die doppelte Hitze von meinem Beinschmerz erleichterten. Als Sonnenbrand und Schmerzen besser waren, gingen Frau Campbell und ich hinunter und blieben bis spät in der Bar, noch mehr von dieser extremistischen Musik hörend, die ihr so gefällt und jetzt irgendwie sanfter war, gedämpft durch die Nacht und die Vorhänge, und ich fühlte mich gut mit dem Spazierstock an meiner Seite.

20 *Black and White*, schwarz und weiß.
21 *Bromo-Seltzer*, ein Verdauungsmittel.
22 *Transsylvanic*, von Transsylvanien, Heimat des Grafen Dracula. Metonymie für Vampir.

Am folgenden Morgen, und ein schöner Sonntagmorgen war es, verabschiedete ich Ramón bis zum Mittagessen, wenn er uns im Hotel abholen sollte und wir für immer gehen. Die Fähre war für drei Uhr nachmittags zum Auslaufen programmiert. Dann beschlossen wir, *Havana Vieja* zu besuchen und einen letzten Blick in die Runde zu nehmen und mehr *Souvenirs* zu kaufen. So sehen Sie, daß es einmal mehr ihre Entscheidung war als unsere. Wir kauften sie (»Nun«, sagte Frau Campbell, »dort bist du«) in einem Geschäft für Touristen gegenüber einer alten, zerfallenen spanischen Burg. *Täglich geöffnet, einschließlich Sonntag – ~~Spanisch~~ Englisch gesprochen.* Mit *cadeaus*[23] beladen, beschlossen wir impromptu, uns zu setzen und ein paar angenehme, frische Drinks in einem alten Café zu trinken, das Frau Campbell quer über den Platz zwei Straßen weiter bemerkt hatte. *El Viejo Café* war sein tautologischer Name, aber es war gerade richtig mit der stillen, pittoresken, erstickten Atmosphäre eines zivilisierten Sonntags dort unten im alten Teil der Spanischen Stadt.

Wir blieben eine Stunde oder so etwas trinkend dort, und dann fragten wir nach der Rechnung und bezahlten und gingen. Drei Straßen später erinnerte ich mich, daß ich den Stock im Café vergessen hatte, und ging zurück. Nicht einer schien ihn gesehen oder bemerkt zu haben, und ich war kein bißchen überrascht. Eine so seltsame Sache hat ähnlich zu passieren in diesen Ländern. Ich ging wieder hinaus, nun von Demütigung zerfressen, mit einer zu tiefen Depression für einen so unbedeutenden Verlust.

»Die Welt ist voller Spazierstöcke, Liebling«, sagte Frau Campbell, und in der Erinnerung sehe ich mich selbst sie anstarrend, nicht in Verwunderung und nicht in Wut, aber in Trance, unfähig, mich aus dem glorreichen Glanz dieses weiblichen Dr. Pangloss in Freiheit zu entfernen.

Einen Taxistand suchend, ging ich schnell weiter und bog um die Ecke und blieb stehen und schaute vorwärts und dann rückwärts, und da konnte ich Frau Campbells Gesicht in

23 Geschenke. Französisch im Original.

Verwunderung sehen, ein Spiegel jetzt, weil sie in mein verwundertes Gesicht sah. Dort, in einer engen Straße, ging ein farbiger Alter mit meinem Stock. Aus der Nähe sah ich, daß es kein alter Mann war, aber ein Mann ohne Alter, offensichtlich ein mongoloider Schwachsinniger. Es war außerhalb der Frage, mit ihm eine Vereinbarung zu erreichen, weder auf englisch noch in dem prekären Spanisch von Frau Campbell. Der Mann verstand keine Sprache, und das ist für Sie Nemesis im Ausland. Jetzt klammerte er sich mit beiden Händen wie ein Schiffbrüchiger an den Stock.

Ich fürchtete eine *slap-stick*[24] Situation, wenn ich den Stock an einem Ende ergreifen würde, wie mir Frau Campbell zu tun riet, während ich den Bettler maß (er war einer dieser professionellen Bettler, die Sie außerhalb überall finden können, sogar in Paris), der ein sehr starker Mann war. Ich versuchte, ihn mit Gesten verstehen zu machen, daß mein Stock mir war, aber ich scheiterte elendiglich, und er antwortete mir mit seltsamen, grunzenden Lauten, die mir so fremd waren, wie es ihm die menschliche Sprache war. Ich dachte an diese eingeborenen Sänger und ihre lyrischen Kehlen. Er widersprach auch dem laufenden wissenschaftlichen Begriff, der jeden Mongoloiden als fröhlich, affektiert und Liebhaber der Musik deklariert. Irgendwo entlud ein lautes Radio noch lautere kubanische Lieder. Gut über der Niederlage *(fracas)* rief Frau Campbell, bereits kubanisiert, den Vorschlag hinaus, ich sollte ihm meinen Stock abkaufen, was ich mich natürlich zu erfüllen weigerte. »Liebling«, jaulte ich in Erbitterung, während ich versuchte, meinen Grund zu halten, indem ich mit meinem enormen Skelett den Fortschritt des Bettlers blockierte, »es ist eine Angelegenheit von Prinzipien, der Stock ist mein«, und ich fühlte nicht, wie gänzlich ich meine Bedeutung zu verstehen gab, denn ein geschrienes Prinzip hört sofort auf eins zu sein. Auf jeden Fall würde ich ihn nicht damit gehen lassen, nur weil er ein Schwachsinniger war, und ich würde ihn gewiß nicht kaufen, indem ich mich selbst auspreßte. »Ich bin kein

24 Situation in einer Stummfilmkomödie. Posse. Wörtlich, Klaps-Knüppel.

Mann zum Erpressen«, sagte ich, jetzt nicht so laut, zu Frau Campbell und tat einen Schritt vom Bürgersteig hinunter, als der Bettler die Straße zu kreuzen drohte. »Ich weiß schon, Honig«, sagte sie.

Aber die Albträume von Savannah sind die exakten Fakten in Havanna. Wie gewöhnlich hatten wir bald eine kleine lokale Menge um uns herum, und ich wurde nervös, denn ich will nicht das Opfer irgendeiner Lynchwut sein. Augenscheinlich war ich ein Ausländer, der Vorteil von einem wehrlosen Eingeborenen nahm, und ich sah mehr als ein dunkelhäutiges Gesicht im Kreis. Im Zentrum stand fest dieser Lutheraner, ein einsamer Maximalist, der das Irrationale mit fremden Argumenten bekämpft.

Die Leute benahmen sich jedoch unter den gegebenen Umständen. Frau Campbell erklärte ihm zum besten ihrer Fähigkeit, und es gab sogar einen der Umstehenden, der gebrochenes Englisch sprach und sich in einer primitiven Weise als Vermittler anbot. Dieser selbstgemachte Hammarskjöld versuchte ohne sichtlichen Erfolg, sich mit dem Mongolen, Schwachsinnigen oder Marsmenschen zu verständigen. Er machte nur zwei Rückzugsschritte, wobei er den Stock festhielt, umklammerte, umarmte und eine Geschichte in einer unbekannten Sprache brummelte, voller Schall und Wahn – natürlich ohne etwas zu bedeuten. Oder besser, immer sagen wollend, immer folgernd, der Stock sei sein Privateigentum. Die Menge, wie alle Mobs, war manchmal für uns und andere für den Bettler. Meine Frau bestand noch darauf, inständig zu bitten. »Es ist eine Angelegenheit von Prinzipien«, sagte sie, vielleicht auf spanisch. »Der Herr Campbell hier ist der legitimierte Eigentümer des Spazierstocks. Er kaufte ihn gestern für sich und verließ ihn heute morgen in einem alten Café. Dieser Herr«, sie meinte damit den Schwachsinnigen, auf den sie ihren linken Zeigefinger richtete, »nahm ihn, von wo mein Mann«, mit ihrem rechten Finger auf mich zeigend, »ihn gelassen hatte, und er gehört ihm nicht«, mit ihrem gegenwärtigen blonden Kopf verneinend, »nein, *amigos*«. Ein dubioser Fall von Diebstahl, durch die Amphibologie, den Doppelsinn, den zweideutigen Satz (wer ist *er*?), aber das Oratorium der Klägerin gewann die Gunst des Straßenhofs, und die Jury war jetzt entschieden für uns.

Bald waren wir ein öffentliches Ärgernis, und ein Polizist kam. Doppeltes gutes Glück, es war ein englischsprechender Polizist. Ich erklärte ihm alles. Er versuchte vergeblich, die Menge zu zerstreuen, aber die Leute waren so interessiert wie wir waren, eine Lösung für das Problem zu suchen. Er redete mit dem Mongolen, aber da war kein Weg der Kommunikation mit dem Herrn Niemand, wie ich Ihnen schon sagte. Gewiß, der Polizist verlor sein Temperament und nahm die Pistole, um den Bettler zu nötigen. Die Menge wuchs plötzlich still, und ich fürchtete das Schlimmste. Aber der Schwachsinnige schien endlich zu verstehen und gab mir den Stock mit einer Geste, die mir nicht gefiel. Der Polizist steckte seine Pistole in das Halfter und machte den Vorschlag für mich, dem Schwachsinnigen etwas Geld zu geben. »Nicht als Belohnung, aber in als ein Geschenk für den armen Mann«, in seinen Worten. Ich nahm Anstoß. Das war getreulich die soziale Erpressung akzeptieren, weil der Stock gewiß mein war. Ich sagte so dem Wachtmeister. Frau Campbell versuchte zu interzedieren, aber ich sah keinen Grund zu konzedieren. Der Stock war mein, und der Bettler nahm ihn, ohne ihm zu gehören. Ihm jetzt etwas Geld für seine Rückgabe zu geben, war den Diebstahl unterstützen. Ich lehnte sehr endgültig ab, ihm zu gefallen. ~~Jemand~~

Irgendeiner in der Menge, so erklärte mir Frau Campbell, schlug einen freiwilligen und kollektiven Beitrag vor. Frau Campbell, so ein dummes und teures Herz, wollte aus ihrer eigenen Tasche helfen. Irgendwie mußte ich diese lächerliche Situation beenden und gab nach, was ich nicht hätte tun sollen. Ich bot dem Schwachsinnigen ein paar Münzen an (ich erinnere mich nicht genau wieviele, aber ich bin sicher, daß es mehr Geld war, als das, was ich zuvor für den Stock ~~gez~~ bezahlt hatte) und wollte es ihm geben, ohne harte Gefühle, aber der Bettler wollte es nicht einmal berühren. Nun war es sein Dreh, die

Rolle des Beleidigten Menschlichen Wesens zu spielen. Frau Campbell griff noch einmal ein. Der Mann schien zu akzeptieren, aber in einem zweiten ... Gedanken? lehnte er das Geld mit den alten Kehllauten ab. Es war erst, als der Polizist es ihm in seine Hand gab, daß er es mit einer schnellen Geste ergriff. Sein Gesicht gefiel mir nicht, weil er (starr) den Stock anschaute, als ich ihn mit mir nahm, wie ein Hund, der einen vergrabenen/ausgegrabenen Knochen verläßt. Der unangenehme Zwischenfall beendet, nahmen wir genau dort ein Taxi, Produkt des Polizisten, höflich, wie es seine Pflicht zu sein war. Einer aus der Menge applaudierte, als wir gingen, und jemand winkte uns wohlwollend auf Wiedersehen. Ich konnte das letzte Gesicht des Schwachsinnigen/Bettlers/Diebes mit seiner furchtvollen Asymmetrie nicht sehen, und ich war froh. Frau Campbell sagte (zum ersten und einzigen Mal auf der ganzen Reise) gerade nichts und schien damit beschäftigt, eine geistige Rechnung ihrer vielen Gaben aufzustellen – der vom Mensch gemachten, nicht von der Natur. Ich fühlte mich wohl in Begleitung meines wiedererlangten Stocks, der ein *Souvenir* mit einer interessanten Geschichte zum später erzählen sein konnte, sehr viel wertvoller als alle Dinge, die Frau Campbell bei dem Dutzend gekauft hatte.

Wir kehrten ins Hotel zurück. Ich sagte dem Büroangestellten, wir würden früh am Nachmittag fahren, daß die Rechnung bereit sein mußte, wenn wir herunterkämen, daß wir im Hotel essen und im Restaurant bar zahlen würden. Und dann gingen wir hinauf.

Wie gewöhnlich öffnete ich die Tür, um Frau Campbell eintreten zu lassen, und sie machte die Lichter an, denn die Vorhänge waren noch herunter. Sie betrat den Salon der Suite und ging zum Schlafzimmer über, und ich ging die Vorhänge hochziehen, wobei ich auf dem Weg die sonntägliche Ruhe in den Tropen lobte. Als sie das Licht im Zimmer anmachte, stieß sie einen lauten, durchdringenden Schrei aus. Ich dachte, sie sei von der Elektrizität getroffen worden, wissend, daß es im Ausland gefährliche Ströme gibt. Ich fürchtete auch irgendeine giftige Schlange. Oder vielleicht ein anderer Dieb, der jetzt in fraganti erwischt worden war. Ich rannte ins Schlafzimmer. Frau Campbell erschien starr, steif, sprachlos, fast hysterisch. Ich verstand nicht gut, was geschah, als ich sie mitten im Zimmer sah, kataleptisch. Sie beherrschte sich und zeigte mit seltsamen Gutturallauten und ihrem ersten Finger auf das Bett. Das Bett war leer. Keine *Mapanare*, kein Dieb, kein Faksimile von Supermann darauf. Dann schaute ich auf das Nachttischchen. Dort, ~~quwer~~ quer über dem Glas, schwarz auf der grün gestrichenen Oberfläche, hervorragend, relevant, anklagend, endlich ekelhaft, war der *andere* Spazierstock.

Die Verbesserungen

Señor[1] Campbell, ein professioneller Schriftsteller, erzählte die Erzählung schlecht, »wie gewöhnlich«.

Havanna sah schön aus vom Schiff aus. Das Meer war ruhig, eine helle, manchmal fast kobaltblaue Oberfläche, durchkreuzt von einer breiten, dunkelblauen Naht, die, wie jemand erklärte, der Golfstrom war. Es gab einige wenige winzige Wellen, schaumige Möwen, die ruhig durch einen umgekehrten Himmel flogen. Die Stadt tauchte plötzlich auf, ganz weiß, schwindelerregend. Oben sah ich einige schmutzige Wolken, aber außerhalb ihrer strahlte die Sonne, und Havanna war keine Stadt, aber die Mirage einer Stadt, ein Spektrum. Dann öffnete sie sich zu beiden Seiten und begann feste Farben zu versprühen, die irgendwie augenblicklich im Weiß der Sonne schmolzen. Sie war ein Panorama, ein reales Cinemascope, das Cinerama des Lebens: um Herrn Campbell zu gefallen, der das Kino zu sehr liebt. Wir navigierten noch zwischen Gebäuden aus Spiegeln, Blitzen, *gaseliers*[2], die im Auge flimmerten, durch einen Park leuchtender oder verbrannter Rasenflächen,

1 Spanisch im Original.

2 *Gaselier*, an der Decke hängende Lampe mit mehreren Lichtquellen. Von Gas und *chandelier*, Kerzenleuchter.

einer anderen Stadt entgegen – alt und dunkel und noch schöner. Eine Mole kam zu uns, unausweichlich.

Das ist wahr, daß die kubanische Musik primitiv ist, aber sie hat einen stolzen Zauber, immer eine heftige Überraschung in Reserve behalten und etwas Unbestimmtes, Poetisches, das hochfliegt mit den *Maracas* und der Gitarre und den männlichen Stimmen in *falsetto*[3] oder – manchmal und – in rauhem Vibrato, wie die Sänger des *Blues*[4] tun, ein harmonischer Regreß, der für Cuba und Brasilien ebenso wertvoll ist wie für den Süden, weil es eine afrikanische Tradition ist, während die Trommeln *bongó* und *conga* sie an die Erde binden, und die *claves* – das geheimnisvolle »schlagen von Holz auf Holz« aus der Erzählung des Herrn Campbell, weder eine abergläubische Liturgie noch irgendein Geheimcode, aber zwei kleine Taktstöcke zum Musikmachen, nicht um sie zu dirigieren, feine Perkussionsinstrumente, die *col legno*[5] gegeneinander geschlagen werden, vgl. die Anmerkungen von John Sage auf dem Umschlag, Rückseite, der LP[6] von Arpeggio, *Perkutierende Perkussion*, AGO 690 –, diese »musikalischen Hölzer« sind wie dieser Horizont, immer stabil.

Warum das unfähige, aber endgültig nicht invalide Bein dramatisieren? Vielleicht will er als Kriegsopfer erscheinen. Herr Campbell ist derzeit ein Rheumatiker.

Der Spazierstock war gerade noch ein gewöhnlicher Stock. Aus dunklem und wahrscheinlich hartem Holz, aber in meiner Meinung kein Ebenholz. Er hatte weder seltsame Verzierungen noch einen androgynen Kopf am Knauf. Es war ein Stock wie Tausende von Stöcken, die auf dieser Erde kleben[7], ein bißchen roh, mit etwas pittoresker Anziehungskraft: alles außer außergewöhnlich. Ich nehme an, daß viele Kubaner einen Stock wie diesen gehabt haben. Ich sagte nie, der Stock

3 Italienisch im Original. Falsett.
4 *Blues*, Lieder der Neger im Süden der USA.
5 Italienisch im Original. Wörtlich, mit dem Holz.
6 *Long-Play*, Schallplatte von ausgedehnter Dauer.
7 Unübersetzbares Wortspiel mit den Substantiven *cane* und *stick*, die beide Stock bedeuten, und dem Verb *to stick*, kleben, anheften.

sei erregend: das ist eine rohe freudianische Unterstellung. Außerdem, ich würde nicht die Obszönität von einem Stock kaufen, niemals.

Der Stock kostete einige wenige Centavos. Der kubanische Peso egalisiert den Dollar. Nebenbei, *abanico*, nicht *habanico*, ist das spanische Wort für Fächer. Wahrscheinlich eine Verwechslung aus Sympathie mit *La Habana*. Sie sagen nie *habañeros*, aus demselben Grund, aus dem sie nicht *Habaña* schreiben. Das Adjektiv *mucho* ist immer zu *muy* verkürzt, wenn es als Adverb gebraucht wird. Und es heißt *las mujeres*, nicht *los*, da *las* die weibliche Form des bestimmten Artikels ist. Aber Sie werden keine *finesse*[8] von seiten des Herrn Campbell erwarten, wenn er mit *mujeres* umgehen muß. Frauen ist es[9].

Viele Dinge in der Stadt fand ich bezaubernd, aber ich habe nie an der Scham über meine Gefühle gelitten und kann sie nennen. Mir gefiel – nein, ich liebte, ich liebte den Charakter, derzeit das Temperament der Leute in Havanna und wo immer. Ich liebte sehr die Kubanische Musik, so, in kapitalen Lettern geschrieben. Es war Liebe auf den ersten Blick zwischen dem Tropicana und mir. In der Bosheit der Tatsache, eine touristische Attraktion zu sein, die es weiß, ist es eine wirklich schöne und überschäumende und vegetale Sache, ein Bild der Insel. Das Essen war eßbar, was die einzige innere Qualität der Nahrungsmittel ist, und die Drinks wie die Drinks überall sind. Aber die Musik und die Schönheit der Chormädchen und die wilde, entfesselte Phantasie des Choreographen, an sie denke ich als unvergeßlich.

Der Zeremonienmeister war ein Latino-Typus, sehr stattlich, groß und dunkel, mit grünen Augen und einem schwarzen Schnurrbart und einem strahlenden Lächeln. Ein richtiger Professioneller, der in seinem tiefen Bariton eine attraktive amerikanische Aussprache modulierte – und auf keinen Fall ein *maricón*, wie Herr Campbell schrieb, einen Schmähschriftan-

8 Französisch im Original. Feinheit.

9 Sprachspiel aufgrund der phonetischen Nähe des Wortes *mujeres* mit *Frauen*.

zug riskierend, da das spanische Wort sonderbar oder Königin bedeutet.

Mit dem nobelsten der Gründe engagiert sich Herr Campbell selbst in die verbale – die einzige Art, die er sich erlauben kann – Gymnastik, einen Prototyp aus mir zu machen: die einzige Art: das ~~allg~~ gemeine Weibchen der Spezies. Das will sagen, eine geistige Invalidin mit dem IQ[10] eines simplen, kretinösen Mädchens Freitag[11], eine schwachsinnige Direktfrau[12], eine weibliche Doktor nicht Pangloss aber Wattson, mit dem Ersatzteil eines expedierenden Haifischs vom Pfandleiher am sterbenden Bett eines Kunden. Er fiel kurz, mich Frau Camp *toute courte*[13] zu nennen. Nie sagte ich Dinge wie Honig das sind die Tropen oder Sie sind *souvenirs* mein Lieber oder irgendeine andere Knebelzeile wie diese. Er hat einen komischen Streifen von »Blondie« zu viel gelesen oder alle Fernsehschauen von Lucille Ball gesehen. Es würde mir einfacherweise nichts ausmachen, Lucille zu sein, wenn nur er die Blicke von Desi Arnaz[14] hätte – und sein Alter auch.

In der (Unter)Entwicklung der Geschichte können Sie oft das Wort Eingeborener in einem aufhebenden Kontext lesen. Bitte, beschuldigen Sie nicht *El Viejo* Herr Campbell und seine Tautologien. Das ist unvermeidlich, nehme ich an. Als der H–er, dieser Herr Komma Herr Punkt Herr Bindestrich, der die Satzzeichen so liebt, daß er wirklich verärgert sein muß jedes vorsätzliche Mal, wenn ich den Punkt seiner Meisterschaft vergesse, H. »dort bist *du*« – der H. Rudyard Kipling Campbell wußte, daß die Verwaltung des Hotels »unser« war, wie er sagte, sagen wollend amerikanisch, lächelte er das breite Lächeln eines *connoisseur*[15] in einem Museum. Für ihn ist das

10 *Intelligence Quotient.* Intelligenzquotient.

11 Literarische Anspielung, wie sie auch Frau Campbell liebt. Diese bezieht sich auf *Robinson Crusoe*, den Roman von Defoe, und seine Figur namens Freitag, engl. *Man Friday*.

12 Feminisierung von *Straight-Man*, Gegenspieler des Komikers im Vaudeville.

13 Französisch im Original. Ganz kurz.

14 Sic.

15 Französisch im Original. Kenner.

tropische *hoi polloi*[16] immer faul, unentrinnbar so, Siestaleute. Sie sind auch hart zu unterscheiden. Der Chauffeur sagte ausgeprägt, daß sein Name Ramon Garsia[17] war.

Ich war nicht vergnügt mit seinem Kommen und Gehen mit dem Stock in der Hand die ganze Zeit und all über die Stadt. Im Tropicana, als wir den Speisesaal verließen, nicht v,e,r,g,i,f-,t,e,t, aber betrunken wie ein Lord, mit dem Stock, der ihm in der kurzen, beleuchteten, zusammengepferchten Halle mal und wieder auf den Boden fiel, und sein prekäres Gleichgewicht, wenn er ihn aufhob, da war er – wirklich diesmal – ein »öffentliches Ärgernis«.

Er liebt es einfach, mit einem der Millionäre Campbell verwechselt zu werden. Er tut es immer. Er besteht sogar darauf, daß sie relativ nah sind. Sonst lachte ich nicht über den Titel des Internationalen Playboys, aber verschmähte nur seinen falschen Ekel, als er hörte, daß sie ihn den Millionär der Suppe nannten. Er ist solch ein lausiger Schauspieler.

Das übertriebene und manchmal falsche Gewand des Trinkens, das er entfaltet, und viele andere literarische Charakteristika hat er von Hemingway, Fitzgerald *et al*[18] kopiert.

Es gab keine sexuelle Entführung. Das ist wahr, daß Ramón – ich nannte ihn endlich so, ich hatte zu – uns anbot, uns zu den Lebensvorstellungen zu bringen, aber erst nach den vielfältigen *doubles entendres*[19] des Herrn Campbell, der nicht sagt, daß er in einer Bücherei aus Belgien[20] Bücher der Obelisk und der Olympia Press[21] »bei dem Dutzend« gekauft hat, von denen er mir draußen die Etiketten vorzeigte, wo draufstand, daß die Bücher weder in das U. K.[22] noch in die USA eingeführt oder dort verkauft werden dürfen, und er bestand auch darauf, einen voluminösen, kostspieligen französischen Roman zu kaufen,

16 Griechisch im Original. Wörtlich, das Volk.
17 Sic.
18 Lateinisch im Original. Wörtlich, und die anderen.
19 Französisch im Original. Doppelbedeutung.
20 Vermutlich die *Casa Belga*, eine Buchhandlung in Alt-Havanna.
21 Verlage für englischsprachige unanständige Bücher in Frankreich.
22 *United Kingdom*, Abkürzung für Vereinigtes Königreich.

Prélude Charnel[23], durchaus in Farbe verschönert, den ich in der zukünftigen Bettzeit übersetzen sollte. Noch sagte er den Titel des Films, den wir sahen. *Baby Doll*[24]. Er fragte nicht nach den *tableaux vivantes*[25] und den sexuellen Heldentaten, aber er machte gewiß eine oder zwei Zweideutigkeiten zu viel über Casa Marina und den Rotlichtdistrikt Barrio de Colón. Kein Kommentar über seine Verkörperung der verlorenen Lustesmüh oder des klimatischen *Sexe, Son et Lumieres*[26]. Ich werde sagen, daß es nicht nur diese arme kleine Verdorbene von mir war, die allein die Vorführung von Lothar/Othello/Supermann genoß, um die Nomenklatur und die Zeichensetzung des H Campbell zu borgen. Und um zu beenden werde ich hinzufügen, daß er seit den Tagen von Sing dem Lidlosen[27] der einzige Mensch auf der Erde ist, der fähig ist, mit beiden Augen weit offen zu schlafen.

Er »traf« den Stock nicht auf der Straße, als er mit einem seltsamen Mann wie Gogols Nase[28] ging, eine literarische Ding-Person, ein richtiger gehender Stock[29]. Der Stock verließ nie das »Café«, das für gewiß Lucero Bar hieß. Wir saßen beide in einem überfüllten Salon. Als H Campbell aufstand, um zu gehen, nahm er einfach und natürlich einen Stock vom nächsten Tisch: einen dunklen, knotigen Stock, exakt derselbe wie seiner. Wir waren an der Tür, als wir jemanden nach uns laufen und die dann fremden und jetzt familiären Laute ausstoßen hörten. Wir schauten zurück und sahen den wahren Besitzer des Stocks, nur daß wir es zu dieser Zeit nicht wußten. H Campbell machte eine Geste, wie um dem Mann seinen

23 *Fleischliches Vorspiel.* Französisch im Original.

24 Film von Elia Kazan. Der kubanische Titel war »Muñeca de Carne« (Fleischpuppe).

25 Sic. Französisch im Original. Lebende Bilder.

26 Sex, Klang und Lichter. Bezieht sich auf den Einsatz von Illuminationstechnik und Stereophonie zur besseren Nutzung von touristischen Anziehungspunkten. Französisch.

27 Berühmter Pirat des Chinesischen Meers.

28 Bezieht sich auf die berühmte Erzählung von Nikolai Gogol, »Die Nase«.

29 Unübersetzbares Wortspiel. *Walking stick* heißt wörtlich gehender Stock. Englisch im Original.

Stock zurückzuerstatten, aber es war ich, die Einspruch erhob. Ich sagte ihm, daß er den Stock mit seinem eigenen guten Geld kaufte, und nicht weil der Bettler ein Idiot war, würden wir ihn damit hinausgehen lassen, seine geistige Schwäche eine Entschuldigung für den Diebstahl. Es ist wahr, wir hatten bald eine Menge um uns herum, hauptsächlich die Kunden des »Cafés«, und es gab einige konfuse Argumente. Aber sie waren immer für uns: der Bettler konnte nicht sprechen, Sie erinnern sich? Der Polizist – der von der Touristendivision war – mischte sich gerade durch einen bloßen Zufall ein. Er war immer für uns, unvermeidlich, entschlossen so, und er nahm den Bettler ohne fernere Diskussion zum Gefängnis. Niemand schlug eine Kollektion vor und H Campbell zahlte keine Belohnung, weil es keine gab. Ich hätte es ihn nicht tun lassen, durch keine Mittel. Er erzählt die Erzählung, als ob ich mich selbst durch einen magischen Stock[30] zur Heiligkeit konvertiert hätte. Da ist nichts von der Sorte. Derzeit war ich es, die meist darauf bestand, nicht zuzulassen, daß der Stock einfach so weggeht. Ich verabscheue die Idioten, H Campbell ist der einzige, für den ich ein bißchen Geduld habe, die mit den Jahren schlanker wächst, wie er dicker wächst. Jetzt suggerierte ich nie, daß er den Stock bei einem Ende nimmt, und die ganze Szene ist gesagt, als wenn H Campbell ein Schriftsteller für die italienische Leinwand der späten Vierziger wäre.

Mein Spanisch ist, um Gottes willen, keine perfekt gesprochene Sprache, aber ich kann mich verstanden machen, um leicht zu einem Verstehen zu kommen. Ich hatte einen Intensivkurs in Paradieshöhe unter dem Professor Rigol, und H Campbell ist nur eifersüchtig[31]. Ich bürstete es auch ein wenig auf, bevor wir kamen. Ich werde nie draußen eine Sprache herumzeigen, die ich nicht gut kenne. Zufällig, *on dit*[32] Damoklesschwert, *pas*[33] Damoklianisches Schwert.

30 Weiteres, nur schwer zu übersetzendes Wortspiel.
31 Frivoles Wortspiel.
32 Französisch im Original. Man sagt.
33 Französisch im Original. Nicht.

Dort war kein Melodrama. Die Erzählung von H Campbell ist nicht nur ungeeignet erzählt, aber von halben Wahrheiten und Lügen verseucht. Dort war nie eine Letzte Parade von General Campbell, noch Lynchhaufen, noch Applaus, noch das abschließende Gesicht eines erbärmlichen Bettlers, das wir vom Taxi aus nicht sehen konnten. Weder schrie ich, als ich den anderen – ich finde diese Kursiven schrecklich, ganz Drama und Bäder, wie eine Metapher der Erzählung: ein »*anderer* Stock«: warum nicht ein »anderer Stock«? – den anderen Stock sah, noch war ich in einem katatonischen Anfall. Dort war keine Hysterie, und ich beschränkte mich gerade darauf, ihm den Stock zu zeigen, unseren aktuellen Stock. Ich glaubte es natürlich einen schrecklichen Irrtum, aber damals glaubte ich, die Ungerechtigkeit und der Irrtum wären noch reparabel. Wir fuhren aufrecht ins Café zurück, und indem wir dort die Leute verhörten, brachten wir es zustande, den Polizeibezirk zu finden: H Campbells spanische Burg mit Karies. Der Bettler war dort nicht mehr. Der Polizist ließ ihn an der Tür frei, unter den Witzen seiner Kollegen und den unerschöpflichen Tränen des Diebes, der der einzige Bestohlene war. Niemand wußte »natürlich«, wo er zu finden war.

Wir verloren unser Schiff und mußten per Flugzeug zurückkehren – mit unserem Gepäck und unseren Büchern und unseren Souvenirs plus zwei Spazierstöcken.

Siebente

Am Freitag habe ich Ihnen eine Lüge erzählt, Herr Doktor. Eine ganz dicke Lüge. Dieser Junge, von dem ich Ihnen erzählt habe, hat mich gar nicht geheiratet. Ich habe einen anderen geheiratet, den ich nicht einmal kannte, und er hat überhaupt nicht geheiratet, weil er nämlich homosexuell war, und ich wußte es vom ersten Tag an, weil er es mir gleich sagte. Er lud mich nur ein, mit ihm auszugehen, weil seine Eltern den Verdacht hatten, daß sein bester Freund etwas mehr war als nur sein bester Freund, und auch schon damit gedroht hatten, ihn auf eine Militärakademie zu schicken, wenn er sich keine Freundin zulegte. Aber ich war nie mit ihm verlobt. Obwohl sie ihn dann doch nicht auf eine Militärakademie schicken mußten.

Kopfzerbrecher

Wer war Bustrófedon? Wer war, wer ist, wer wird Bustrófedon sein? B? An ihn denken ist wie an das Huhn mit den goldenen Eiern, an ein Rätsel ohne Antwort, an eine Spirale denken. *Er war Bustrófedon für alle und alles für Bustrófedon war er.* Ich weiß nicht, wo zum Teufel er dieses Kose/Kenn/Kraftwort her hatte. Ich weiß nur, daß ich oft Bustróphoton oder Bustróphotomaton oder Busnéforoniepce hieß, je nachdemundemundem, und Silvestre war Bustrophoenix oder Bustrofelix oder Bustrofitzgerald, und Florentino Cazalis war Bustrófloren, lange bevor er seinen Namen änderte und anfing, in den Zeitungen unter dem neuen Namen Floren Cassalis zu schreiben, und eine seiner Freundinnen hieß immer Bustrofedora und seine Mutter war Bustrofelisa und sein Vater Bustrófater, und ich kann nicht einmal sagen, ob seine Freundin tatsächlich Fedora hieß oder seine Mutter Felisa, und ob es da noch einen anderen Namen gab als den, den er sich selbst gegeben hatte. Ich könnte mir vorstellen, daß er dieses lexikalische (W-)Örtchen aller Dinge aus einem Wörterbuch hatte, so wie er aus dem Namen eines Arzneimittels (mit Silvestres Hilfe?) den Kontinent Mutaflora erfand, wo sich im bustrofloriden Bustroforst die Bustróphalli tummelten.

Ich weiß noch, wie wir einmal zusammen essen gingen, er, Bustrófedont (das war in dieser Woche der Name für Rine Leal, den er nicht nur des Menschen loyalsten Freund nannte, sondern auch Rhinezeros, Rinedozent, Rinedezent, Rinerezent, so wie es dann auch eine Rinessance gab, und danach die Rinformation, Rinnovation, Rinovation, Rinegation, Rineffizienz, Rinessenz, bis hin zur Rinetenz des Rinegaten, und Rineferment, Rineferoce, Rhonidendron, Bonvivendron, Bonoferante, Buonofarniente, Buffoandante, Bustopedant, Bustopatent: Varianten, die die Variationen der Freundschaft kennzeichneten: Wörter als Teilstriche auf dem Philometer) und ich, und als mich die beiden bei der Zeitung abholten, sagte er, Gehn wir in ein Bustro, denn er konnte Luxusrestaurants und Kristallüster und Papierblumen nicht ausstehen, und wir kamen hin, und er hatte sich noch nicht gesetzt, da rief er schon den Kellner. Bustrober, sagte er, und ihr wißt ja, wie in Havanna die Kellner zu später Stunde sind: sie wollen nicht beim Namen genannt werden: weder Ober noch Kellner noch Bedienung noch sonst etwas dergleichen, und so kam der Bursche mit einem Gesicht, länger als der Schwanz einer Boa und fast genauso kalt und schuppig, und es war in der Tat eher ein Unter, obwohl ihm das Oberwasser auf der Stirn stand. W-wir, sagte B., wo-wollen etwa-was essen, mimte den Stotterer, unser Bustrofunny-man, und der Kellner (oder wie immer es heißen mag) schenkte ihm einen tödlichen Blick, mehr Viper als Boa, eine Viboa, und ich steckte mir eine Papierserviette (es war ein sehr modernes Lokal) in den Mund, um das Lachen zu ertränken, aber das Lachen konnte Kraulen, Schmettern und Brustschwimmen, und die Serviette schmeckte nach Tigerspucke, nach billigem Fusel, und der Zufall will es, daß B., der in diesem Augenblick Bustrofatum hieß, zu mir sagte, Eigentlich müßte Bustrofelix auch mit uns an der Schwafeltafel sitzen, und mein Lachen wogte schon gegen den Papierdamm an, und da fragt er mich, Oder, Bustróphoto, und ich sage mit der Serviette auf der labiodentalen Ziellinie, Fa flar, und ab geht die Serviette wie eine Mittelstreckenrakete, gefolgt von einem Überschallgelächter, das eine Ketteneruption ovaler oralovokalischer Fürze ist, und der Servjet nimmt Kurs auf das Gesicht des Kellners und nutzt die ganze Länge seines langen Gesichts als Landebahn und erreicht schließlich sein Ziel in der Augenhöhle des Seelöwen, und der Typ weigert sich, uns zu bedienen, und wird aus unserem Leben gespült wie der Sand ins Meer (Musik: Luis Sandi, Text: Georges Sand) und veranstaltet dort unten, auf dem Grunde des Ozeans, einen fürchterlichen Radau bei seinem poseidonischen Wirt, und wir, hier im Diesseits, sterben vor Lachen am Ufer des Tischtuchs, während dieser unglaubliche Ausrufer, unser Herold Bustróphon, mich einen BustrophänoNemo nennt und Junge, du bist ja ein

BustrovonBraun brüllt, Bustrombe brüllt, Bustaifun, Bustornado, Busmonsun brüllt, Bustrophänomenaler Wind brüllt, nach Strich und Faden brüllt, seinen Faden spinnt, als hätte er einen Strich zuviel. Da mußte natürlich der Wirt kommen, ein glatzköpfiger, kleiner, dicker Spanier, noch kürzer als der Kellner, ein Sitzriese, der, als er sich dort hinten auf die Hinterbeine stellen wollte, eher den Eindruck vermittelte, er sei auf die Vorderknie gefallen, eine Büste mit Füßen.

»WAS IST HIER LOS?«

»Uir uollen (sagte Bustro ganz ruhig, von der Seite) uir uollen uas essen.«

»Aber wenn Sie hier rumalbern, Freundchen, dann gibt's nichts zu essen.«

»Wer hat denn hier rumgealbert« (fragte Bustrofaktotum, und da er ein langer, dünner Kerl war und ein ziemlich finsteres Gesicht hatte, das von der jugendlichen Akne oder den volljährigen Pocken oder der Zeit und dem Salpeter oder den voreiligen Geiern oder von allem zusammen zerfressen war, stand er auf, erhob sich, verdoppelte sich, verdreifachte sich, teleskopierte sich nach oben, wurde mit jeder Bewegung riesenhafter, bis er die Decke, den Stützbalken, das Dach erreichte.)

Und der Wirt wurde kleiner und kleiner, sofern das überhaupt
noch möglich war, schrumpfte unglaublich zusammen, der Mann,
zum Däumling oder Kleinfingerling, so klein wie mein
kleiner Finger, und der ist weiß Gott klein genug, ein
umgekehrter Flaschenteufel war das, der immer
kleiner und kleiner wurde, winzig klein,
klitzeklitzeklein, bis er kaum noch zu
sehen war, und schließlich und
endlich in einem Mauseloch
verschwand, seinem Zwerg-
mauseloch ganz weit
hinten, down and
away, in
einem
Loch
mit
o

und ich mußte an Alice im Wunderland denken und sagte es unserem Bustroformidable, und der fing an, aus dem vollen neuzuschöpfen: Alice im Unterland, Alice im Wundverband, Alice im Schlund verschwand, Alice die Lunte wand, Alice als Wunderwild, Phallischer Winterwald, Alice und Vanderbilt, Bilderwand, Wilderbund, Wunderbild, Windelband, Wimpelrand, Wampenrund, Wanderlump, Wanderlust, Vandalist, Wandelgang, Walhall, Wahnfried, Arnfried, Antritt, Astrid, Arsis, Anriß, Anschiß, Ansitz, Anis, Apsis, Abszeß, Abszisse, Absit, Absinth, Ale is Acid, Alyssum, Alluvium, Alesia, Al iksir, Alice alias Alicia, Alicia iacta est, und hub an zu singen, nahm mein Fa flar als Fabfeim und begab sich auf den Bösen Pfad des John Knittel, Erfinder des gleichnamigen Verses, mit dem einzigen Unterschied, daß sich bei ihm die Paare umfeimen durften, begann also, inspiriert durch die alicianische Geisterbeschwörung und das Meer und Martí und seine *Zapaticos de Rosa,* jenes Lied zu singen, das mit seinem trophischen Rhythmus folgendermaßen lautet:

Tralala-laral^{a} tralala-laral$_{a}$
(stimmt seine Gitarreibeisenstimme)

Voy arriba! Auf geht's!

Bustrónja feint, effoamt das Feer,
Der Fandiphein und Fleinphilar
Fein Phädrafutt befiffen wahr,
Fenzy Fockphoi Twill feifen fehr.

Viehfutt fettfein nehm Finderfand,
Sattfa der fit Fidel Fiskus:
Pheno Focklein Phänocastrus,
Phobrin Gesphyrfum Pheinifand.

ACH NEIN, das bringt nichts: das alles müßte man hören, muß man hören, von ihm selbst, so wie man auch sein *Borborygma Darii* gehört haben muß.

Maniluvien mit Ozaena, phosphorleuchtend im Getrester.
Katachresen appretieren jählings übermannte
Trossen, in die Schoot und Treber drängen,
Und gewappnete Pinassen lassen Amom neue Triebe treiben.
Ein Schößling nicht im Sang, der glykosurisch würzet?

Natterngleiche Ruchgeschwade peitscheln das Telephium.
Hat die Zäumung im Gemuld das Propylaion mir umdünstet?
O kosetanische Kaleschen, die ihr der Läuterung euch windet.

Patinabewehrter Schwindel glüht im Glaste der Quintole.
Pastinaken stellen Mirabellen myrrhen gegen
Den Frimaire, derweil ein makelreicher Satyride
Das Phosphen des Lithophagen, im Balge seines Fötus bindet.

Nichts mäandriert!

Prasemen strahlen Semikola, weidend sich
Am Palatschinken, zu ihrer Seit der Pallasch lärmt
Ein Notochordium aus des Eiders Antiphon.

Schindgemährte Eibischreiser
Entankern, eins und metonym, das hehre Göpelwerk,
Die Espundia zu verderben und durchzuwalken das Cachou.

Wallt nicht, ihr Wogen!

Polyglotte Brünste sind Proömium dem Azur,
Tändelnd um des Täbris tölpelhaftes Trema kreisend,
Ein Fernerhin im güldnen Zank der Kontorniaten.
Vade Repro!
Interlinieren sie nicht den Dikephalus?
Prior Pes flexus!

In wildem Tanz umnebeln Schellenrasseln den Perkal,
Und die Speigatten, die Speigatten von Gehenna
Wringen aus die Borborygmen des simonischen April.

Und ausgerechnet in diesem Monat nutzte Rogelito Castresino die Gelegenheit, auf der Straße vorbeizugehen, und wir fingen an, alle Varianten aller Namen aller uns bekannten Leute zu singen, ein Geheimspiel – bis der Kellober oder wie auch immer er heißen mag daherkam und die Zeremonie unterbrach, und Bustrófedon begrüßte ihn mit dem, was er seine Namaste nennt, nannte, der arme Kerl, jedoch nicht mit den Handflächen gebildet, sondern mit den Handrücken, so:

und wir bestellten das Essen.

Bustrobohnen sagte Bustrófedon sagte er selbst Mit weißem Reis versuchte ich zu sagen aber er sagte Bustrofiletsteak sagte Bustrophedón-T sagte Bustrófedon sagte Bustrofrikassee sagte bustrofamos oh Schmerz bustrowardaseinst, sagte er, denn er redete die ganze Zeit und in einemfort und saß dabei dem Kellner vis-à-vis (oder vis-à-versa), von Angesicht zu Angesicht, Auge in Auge auf seinem Antipodex, denn selbst im Sitzen war er noch größer als der andere, hatte sich aber großzügig etwas schrumpfen lassen, und als wir fertig waren, bestellte er auch den Nachtisch für uns alle. Allegretto. Bustrofanilleis, sagte er, und dann Bustróffeeka, und ich konnte mich endlich schnell dazwischenschalten und sagte, Drei Kaffee, aber als ich ganz vornehm Bitteschön sagen wollte, sagte ich Schitteböhn oder Bischetön, ich weiß es nicht mehr genau, und ich weiß auch nicht mehr, wie wir davonkamen, ohne daß uns jemand wegen der Implosionen und Explosionen und Detonationen unserer Lachsalven des Terrorismus beschuldigte, und nachdem der Kaffee gebracht worden war und wir ihn getrunken und alles bezahlt hatten und das Restaurandal verließen, sangen wir noch die Kistrisini-Variationen (Copyright, Boustrophedon Inc.) der Kaffeekantate, die Bustroffenbach komponiert hat:

O! wo schmockt dor Coffoo soßo
loblochor ols tosond Kosso
moldor ols Moskotonwon
O!o! wo schmockt dor
COFFOO!

E! we schmeckt der Ceffee seße
leblecher els tesend Kesse
melder els Mesketenwen
E!e! we schmeckt der
CEFFEE!

I! wi schmickt dir Ciffii sißi
liblichir ils tisind Kissi
mildir ils Miskitinwin
I!i! wi schmickt dir
CIFFII!

U! wu schmuckt dur Cuffuu sußu
lubluchur uls tusund Kussu
muldur uls Muskutunwun
U!u! wu schmuckt dur
CUFFUU!

A! wa schmackt dar Caffaa saßa
lablachar als tasand Kassa
maldar als Maskatanwan
A!a! wa schmackt dar
CAFFAA!

wobei ich für die rhythmische Begleitung sorgte, bewies, daß der Mensch zum Affen aufstammt, indem ich Eribó imitierte, schimpansierte, mit meinen Fingern und einem Löffel und einem Glas regelmäßige Geräusche machte (vermutlich: ich war betrunken, mußte also Rhythmus im Blut haben) und draußen dann mit den Händen und den Fingerkuppen und dem Mund und ab und zu mit den Füßen. Ooooooh, MANNomann, waren wir vielleicht in einer Bombenstimmung in dieser Nacht, in dieser Bombennacht, und Bustrófedon erfand die verwickeltsten, freisten und einfachsten Zungenbrecher, wie etwa Freche fesche Frösche fressen flink Fisches frisches Fleisch während flotte fromme Flöhe frohen Fluges fransig-flaue Fritten fliehn, und dann die ganzen *Madamimadams,* wie zum Beispiel der so alte und so gute und so unverwüstliche Klassiker Ein Neger mit Gazelle zagt im Regen nie, von denen er nach einer Wette mit Rine im Handumdrehen diese drei erfand: Euern Ehen Reue, und: Retten Nebel Rentnerleben netter? und: Geil ein Slip mir im Pils nie lieg, die simpel sind, aber nicht leicht und halb kubanisch und halb exotisch oder ganz exotisch für einen x- oder y-beliebigen Dritten, und ich wunderte mich, weil aus Rines vorgesetzten Versfüßen (zwei, sagte Bustrófedon, der rechte und der linke, dexter et sinister) drei wurden: Havanna und die spanische Flagge (warum? weil wir gerade zwischen den beiden Zentren, dem galizischen und dem asturianischen, durch den Zentralpark schlenderten), und eine Mulattin ging vorbei, und schon hatten wir noch einen Fuß (B. sagte, das ergäbe jetzt einen Vierfüßer, ein Ñu oder New oder Gnu, Gnudung, reagierte Palindrófedon sofort), der damals unser unerschöpfliches Thema war, La Estrella natürlich, Aller Tseal (spr. Ziel), und Bustroverfertigte mit diesem unserem Stern Anagramme (nachdem er Anagramme autoanagrammiert hatte, um uns damit polyglottoid zu verkünden, daß z. B. Marga ein Name sei und daß eine gewisse Emma auch einmal gewinnen sollte, wenigstens ein Gran, da er ja ab und zu auch ein Gramm zu nagen habe, und wie arg er an seiner Amme hänge, und daß man schließlich die Granma lieben müsse) mit dem Satz *Dádiva ávida: vida,* der als Ring geschrieben, als Schlange, die sich in den Schwanz beißt, als Analogramm, ein magischer Kreis ist, der das Leben chiffriert und dechiffriert, wo immer man mit einem dieser drei Wörter beginnen mag: *dádiva, ávida, vida, David, ida, dad, da, di, va, vid, ad:* ein Un-Glücksrad, das sich dreht und dreht und dreht, immer auf der Suche nach der verlorenen Zeile, in der es uns seine Geschichte linear erzählen könnte, und das sich (eben)so gut auf La Estrella übertragen ließ, weil das Wortrad, der Satz, das Anagramm aus zwölf Buchstaben, die zwölf Wörter ergeben:

ein Stern war und immer auf Diva hinauslief.

Er rezitierte uns lange, ausgewahlloste Passagen aus seinem Wörterbuch der Anatonyme und sinnverwirrten Redewindungen, die ich natürlich nicht mehr alle im Kopf habe, aber ich erinnere mich noch an viele seiner Wörter und die Erläuterungen, nicht Definitionen, die der Autor einstreute: Ada, Aga, Aja, ana, Anna, Ara, ata, aua, Aya und Bob und Ede, Egge, Ehe, Elle, Esse und nebenbei bedauerte er, daß Adam auf Spanisch nicht Adá heißt (ob er wohl auf Catalá so heißt, fragte er mich), denn dann wäre er nicht nur der erste, sondern auch der vollkommenste Mensch, und daß neben nicht dazwischen bedeutet, und erklärte, daß nun der In-Begriff des in sich ruhenden Jetzt sei und das Reittier sich nicht einmal durch den antiharmonischen Damensitz aus seinem unerschütterlichen Gleichgewicht bringen lasse, und gepriesen sei die Zahl 101, weil sie, wie die 88 (lobsinget ihr) eine totale, runde, mit sich selbst identische Zahl ist, die auch die Ewigkeit nicht ändern kann und die, egal wie man sie betrachtet, immer sie selbst bleibt, genauso wie die Eins, doch, meinte er, der Gipfel an Vollkommenheit sei die 69 (zu Rines größtem Vergnügen), die absolute Zahl, nicht nur im pythagoreischen Sinn (um Cué auf die Palme zu bringen), sondern auch im platonischen und (um Silvestre eine Freude zu machen: a mystic bond of writerhood verband die beiden) im alkmeonischen, weil sie sich selbst einschließe und die Summen ihrer Teile plus die Summe der Summe gleich (hier machte sich Cué auf die Socken) der letzten Zahl sei, und was weiß ich welche numerischen Komplikationen, die C immer in Rage brachten, und als der schon an der Tür war, fügte B mit kubanischer Anzüglichkeit noch hinzu, Und allein schon, was sie andeutet, meine Herren, was sie andeutet.

Wenn wir Bustrófedon aus den Augen verloren, dann war er gerade wieder einmal auf der Jagd nach Wörtern (auf einer seiner semantischen Safaris) in irgendeinem Wörterbuch, mit dem er sich in sein Zimmer einschloß, das er beim Essen auf dem Tisch liegen hatte und ins Bad und ins Bett mitnahm, machte auf der Jagd nach dem verborgenen Wortschatz wieder einmal einen seiner tagelangen Parforceritte durch die Wörterbücher, die einzigen Bücher, die er überhaupt las, und er sagte auch immer, sagte zu Silvestre, sie seien besser als Träume, besser als erotische Phantasien, besser als Kino. Besser als Hitchcock sogar. Denn das Wörterbuch erzeuge seine Spannung mit einem einzigen im Wörterwald verirrten Wort (nicht die Nadel im Heuhaufen, die ja leicht zu finden ist, sondern eine Nadel in einer Nadelbüchse), und es gebe das fehlgeleitete Wort und das unschuldige Wort und das schuldige Wort und das Mörderwort und das Polizeiwort und das Retterwort und das Wort Ende, und die Spannung bestehe bei einem Wörterbuch darin, den Wörterwald von vorne bis hinten verzweifelt nach einem Wort zu durchkämmen, bis man es gefunden habe, und wenn es dann auftauche und man sehe, daß es etwas ganz anderes bedeutet, dann sei die Überraschung größer als bei der

Entdeckung der letzten Rolle (zu dieser Zeit war er gerade hellauf begeistert von der Entdeckung, daß sich das Wort *adefesio* für Unsinn und Witzfigur vom Brief des Paulus an die Epheser herleitet, und, sagte Bustro, nicht zu einem von uns, sondern zu allen, Stell dir das mal vor, Mann, ausgerechnet der hat es erfunden, der am Unglück so vieler Paare und an so vielen Ehebrüchen und Tangos die Schuld trägt, und gerade die Ehe kann doch der schlimmste *ad Ephesios* sein, denn Bustrófedon war ein ebenso großer Feind des Ehestandes (den er Wehestand nannte) wie er ein Freund der Ehefrauen war, der vollkommenen und der unvollkommenen) vom Toten Meer, und er beklagte sich nur darüber, daß in die Wörterbücher nur so selten obszöne Wörter Eingang fanden, aber die wenigen, die drinstanden, konnte er alle auswendig (an einem dieser Wörter, Dildo, »Gegenstand, meist aus Gummi oder Kunststoff, in Form eines Penis, der bei einer bestimmten, den Beischlaf imitierenden weiblichen Masturbationstechnik benutzt wird«, blieb er hängen wie an einem Angelhaken und hatte es wochenlang im Mund stecken, und um Silvestre zu ärgern, vercagneyerte er Micháły Curtészs Film als Yankee Dildo Dandy), so wie er auch die Definition für Hund aus dem Illustrierten Handwörterbuch der Königlichen Spanischen Akademie (2. Aufl., Madrid 1958, S. 1173/a) auswendig konnte: *masc., domestiziertes Säugetier aus der Familie der Caniden, je nach Rasse von sehr unterschiedlicher Größe, Form und Behaarung, dessen Schwanz jedoch immer kürzer ist als die Hinterläufe* (und hier machte er eine Pause), *deren einen das Männchen zum Urinieren anhebt,* und dann ging es weiter mit seinen glückseligen Wörtern:

Neffen
Uhu (O_HO wäre noch besser)
Radar
Rentner
rar (das seltenste)
Gag (das witzigste)

Kajak
stets
Rotor (der orthographische Drehwurm)
SOS/Retter (die konzentrischen)
tot (das letzte im Alphabet des Lebens)

und er wäre mit Sicherheit zum Islam übergetreten, hätte ihm nicht das verfluchte h in Allah die Tour vermasselt, und geriet ganz aus dem Häuschen wegen des geringen Unterschieds zwischen Allegorie und Allergie und der Ähnlichkeit von kausalistisch und kasualistisch und der kuriosen Zweideutigkeit von Urinsekten und Urinstinkt, und stellte auch Listen mit Wörtern zusammen, die im Spiegel etwas anderes bedeuten:

Rebe / Eber
Ton / Not
Regal / Lager
Leda / Adel
Bart / Trab
Reiz / Zier
Rennen / Nenner

und förderte in einer nicht enden wollenden Alchimie der Wörter die mutierenden Silben in Riese und Serie, Delta und Tadel, Kosak und Sakko, Aspik und Pik As zutage, ganz zu schweigen von den Äquimutanten wie Barbar und Kerker, und redete und explanierte und explizierte und explodierte in Wortspielen bis drei Uhr früh (die Zeit wußte er, weil irgendwo der Walzer Drei Uhr morgens gespielt wurde, und in dieser Nacht war es genauso wie in einer anderen, als er Cué mit seinem neuen diskontinuierlichen Zahlensystem nervte, dessen Grundlage ein weiß ich wo gelesenes (B. zieht (zöge) es vielleicht vor, gehörtes zu sagen) Sprichwort war, wonach eine Ziffer ebensoviel wert ist wie eine Million, und in seinem System hatten folglich die Zahlen keinen festgesetzten oder durch ihre Position oder Abfolge determinierten, sondern einen willkürlichen und ständig wechselnden oder auch unabänderlich festgelegten Wert, und so zählte man zum Beispiel von 1 bis 3, aber nach der 3 kam dann nicht ganz normal die 4, sondern die 77 oder die 9 oder die 1563, und damals sagte er auch, man werde eines Tages entdecken, daß das gesamte postalische Ordnungssystem falsch ist, denn es wäre nur logisch, wenn man die Straßen numerieren und jedem Haus einen Namen geben würde, und erklärte, diese Idee sei eine Parallele zu seinem neuen Geschwistertaufsystem, nach dem alle verschiedene Familiennamen aber denselben Vornamen bekämen, und obwohl Cué das alles furchtbar auf die Eier ging (sorry, es läßt sich nicht anders ausdrücken), war es eine kurze und fröhliche Nacht, in der wir uns alle köstlich amüsierten, denn im Deauville nahm Silvestre eine Karte, die ein mit Cué befreundeter Croupier abgelegt hatte, eine Karo Zwei, und behauptete, er könne genau sagen, was bei der Karte oben und unten sei, natürlich nicht Vorder- und Rückseite, sondern er sei in der Lage, sie auszurichten, sie auf die Füße zu stellen, sie festzulegen, und zwar rein intuitiv, sagte er, denn bekanntlich sieht ja die Karo Zwei von beiden Seiten gleich aus, und Bustro war ganz begeistert, weil er ein graphisches Palindrom gefunden hatte, und wettete, daß Silvestre es auf keinen Fall zerstören könnte, indem er seine richtige Position herausfände, und Cué sagte, Silvestre würde schummeln, und Silvestre regte sich darüber auf, und Bustrófedon ergriff Partei für ihn und rettete ihn mit dem Fürspruch, es sei unmöglich, mit nur einer Karte zu schummeln, und ermunterte Silvestre, das Polygamspiel (so nannte er es) mit uns zu spielen, und Silvestre fragte uns alle, außer B., ob wir denn wüßten, was eigentlich ein Hexagon sei, und Rine sagte, es sei ein sechsseitiges Polygon, und Cué, es sei ein Körper mit sechs Flächen, und Silvestre sagte, das sei doch ein Hexaeder, und dann ging ich hin und zeichnete es (Eribó war nicht dabei, sonst hätte das natürlich er gemacht) auf ein Stück Papier

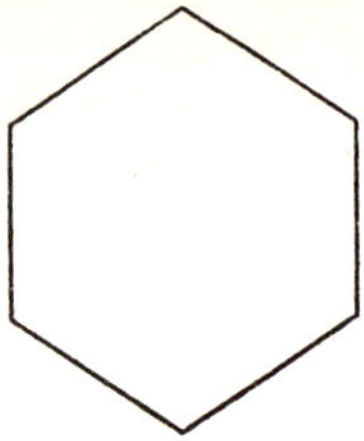

und dann sagte Silvestre, es sei in Wirklichkeit ein Würfel, der seine dritte Dimension verloren hat, und ergänzte es so

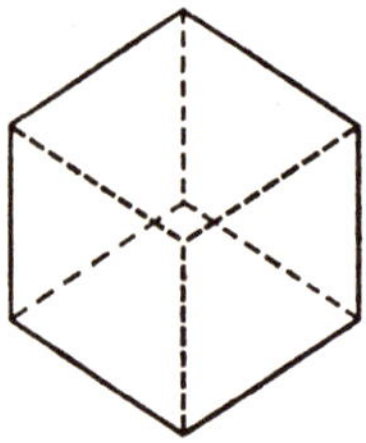

und sagte, wenn das Hexagon seine verlorene Dimension wiederfände und wir herausbekämen, wie es das gemacht hat, dann könnten wir die vierte und die fünfte und alle übrigen Dimensionen finden und frei zwischen ihnen hin und her promenieren (auf der Promenade der Dimensionen, sagte B. und zeigte dabei in Richtung Promenade der Missionen), könnten also in ein Bild eintreten, auf einem einzigen Punkt stehen, von der Gegenwart in die Zukunft oder in die Vergangenheit oder in ein anderes Jenseits reisen, indem wir einfach nur eine Tür aufmachen, und Rine nutzte die Gelegenheit, um über seine Erfindungen zu reden, wie zum Beispiel die Maschine, die uns in einen Lichtstrahl verwandeln (aber auch in einen Schattenstrahl, sagte ich) und zum Mars oder zur Venus (da möcht ich hin, sagte Vaunustrófedon) schicken wird, und dort in der Ferne und vor langer, langer Zeit würde uns eine andere Maschine zurückverwandeln, aus dem Licht feste Lichter und

Schatten machen, und so würden wir zu Weltraumtouristen werden, und Cué sagte, das sei dann genauso wie mit den Landgängen bei einer Kreuzfahrt, und B. meinte, bei einer solchen von *Kosmolchosomol Mir* oder *United Spaces Ltd.* veranst-all-teten Reise um die Zeit in n Räumen würde man aber keine Zwischenlandungen, sondern Zwischenräum-und-zeitungen machen, und Cué beging den Fauxpas (französischer Foxtrott, würde B. sagen), zu erzählen, er habe sich einmal eine Liebesgeschichte ausgedacht, in der ein Mann auf der Erde wußte, daß es auf einem Planeten in einer anderen Galaxis (der Weg aller Milch, übersetzte Bustro gleich aus dem Grecolaktinischen) eine Frau gab, die ihn liebte, und er verliebte sich unsterblich in sie, und beide wußten, daß dies die wahrhaft unmögliche Liebe war, weil sie nie und nimmer zueinander finden würden und sich auf immer und ewig nur in der Stille des unendlichen Raumes lieben könnten, und natürlich beschloß Bustrófedon den Abend, indem er Cué mit der Bemerkung verarschte, das sei wohl die Geschichte von Tristar und Isonde, und dann hieß es mäne, mäne, mu, nach Haus gehst du and sleep you well in your Bettgestell), als wir durch einen sonderbaren Zufall (der allerdings kein Sonderfall war) in der Sonderbar Las Vegas auf Arsenio Cué stießen, der sich die ganze Nacht bemüht hatte, den Umgang mit uns zu umgehen, denn an seiner Seite befand sich ein Weib, vulgo Mieze, Schnecke oder Nümpfe (und wenn ich nun endgültig wie Bustrófedon rede, dann tut mir das keineswegs leid, weil es nämlich nach bestem Wissen und Gewissen geschieht, und ich bedaure lediglich, daß ich nicht wirklich und ganz natürlich und immer (immer nicht nur bis in alle Zukunft, sondern auch bis in alle Vergangenheit) so reden und das Licht und die Schatten und die Chiaroscuros der Photographie vergessen kann, denn ein einziges seiner Wörter wiegt tausend Bilder auf), brünett, groß, weiß, sehr weiß, hübsch, photogen, ein wahrhaft goldiges Modell, aber Cué machte eine eiserne Miene dazu und legte seine bleierne Radiostimme auf, und B. sagte zu ihm, der Club sei voller einfacher Elemente, und wir nahmen ihn saturnalisch auf die Schippe, und dort erfand Bustro auch den kriminellen Slogan Arsen und spitze Täubchen, den wir zu unserer Hymne an die Nacht machten, bis die Nacht vorbei war, und als ich sie noch zur Hymne an die tropische Morgenröte erweitern wollte, sagte Rine Non valis, und ich riß mich am Riemen und biß die Zähne zusammen und schiß auf die Kultur, die mit ihrer dämlichen Metaphysik immer der Glückseligkeit in die Quere kommt.

Das war das letzte Mal (wenn ich vergesse, was ich vergessen will, weswegen ich diese endlose Parenthese mache, wofür ich am liebsten kein Gedächtnis hätte: Samstagnacht), daß ich Bustrophaon (wie ihn Silvestre manchmal nannte) lebend sah, und wenn man ihn nicht lebend gesehen hat, dann hat man ihn überhaupt nicht gesehen, und eigentlich war Silvestre derjenige, der ihn zuletzt lebend gesehen hatte.

Erst vorgestern kam dieser Bustrofilmfan, wie er in dieser Woche für uns, nicht für die gewöhnlichen Sterblichen, hieß, und sagte mir, B. sei ins Krankenhaus eingeliefert worden, und ich dachte, er würde sich einer Augenoperation unterziehen, denn er hatte ein böses, ein sartrabistisches Auge, eines, das sich im Dschungel der Nacht verirrte, schaute mit einem Auge in den Äther und mit dem anderen ins Neon, wie Silvestre immer sagte, und diese chamäleonische Sehweise war ein Problem für sein Gehirn, so daß er immer Kopfschmerzen hatte, ungeheure, ortsfeste oder migratorische Migränen, die der arme B. selbst Brutale Enzephalalgien oder Enzephallische Bustrolalien oder Bustrozephalolalien nannte, und ich hatte vor, am Montagmittag in die Klinik zu gehen, gleich nach meiner Nachtschicht, die Bustrófedon sehr viel zutreffender Nichtsschacht nannte. Aber gestern, Dienstagmorgen, ruft mich Silvestre an und sagt mir aus heiterem Himmel, daß Bustrófedon gerade gestorben ist, und ich hatte das Gefühl, daß mir das Telephon da etwas mitteilte, das von allen Seiten betrachtet dasselbe war, eines dieser Spiele, die er immer erfunden hatte, und dann merkte ich, daß der Tod keiner der uns geläufigen Scherze ist, daß für ihn eine andere Kombinatorik gilt: tot, ein Palindrom, das sich wie eine ätzende Salzsäuredusche aus den tausend Poren des Hörers über mich ergoß. Am Telephon, Kasuistik oder Kausalismus des Lebens, hatte Bustrophonem, Bustromorphose, Bustromorphem auch erst richtig damit angefangen, die Namen der Dinge ernstlich und krankhaft zu ändern, nicht mehr wie am Anfang, als er alles durcheinanderwarf und wir nicht wußten, wann es Spaß war und wann Ernst, und jetzt wußten wir zwar auch nicht, ob er Spaß machte, aber wir hatten den starken Verdacht, daß er es ernst meinte, daß es eine bitterernste Angelegenheit war, denn es ging nicht mehr nur um den *feca con chele* statt *café con leche*, um seine Filchmacke aus dem Erbe des argentinischen Lunfardoslangs von New York (wo ihn übrigens auch Arsenio Cué kennengelernt und als erster gesehen und gehört hatte), oder um den Gotan, diese Kehrseite des Tangos, aus der er den Barum ableitete, das Gegenteil der Rumba, bei dem man, da er auch umgekehrt getanzt wird, mit dem Kopf auf dem Boden steht und statt mit den Hüften mit den Knien wackelt, oder darum, daß er sein Numeri hersagte (mehr davon später: siehe unten), wie zum Beispiel Amérigo Praeputio und Harun al-Haschisch und Nephretitis und Antigrippina, die Mutter von Bandit Nehro, und Duns Skrotus und der Conde de Orgasmus und Mein Hammer Films und der Epididymisthmus von Panama und William Shakeprick oder Shapescare oder Chasepeer und Fuckner und Scotch Fizzgerald und Somersault Mom und Kleoparda und Kaiserin Erogenie und Wilhelm von Onanien und der geniale schieläugige Komponist Igor Strabisky und Jean-Paul Zaster und James Cock, der berühmte Weltumvögler, und Thomas de Quinze und Georges Bric-à-Braque und Vincent Bongó (als Seitenhieb auf Silvio Sergio Ribot, dank B. besser bekannt als Eribó), oder sein Vorhaben, einen Roman à Klee zu schreiben, oder daß er zum Beispiel Atanasia, die Köchin von Cassalis (die Kassalöchin), Euthanasia nannte, oder seine Wettkämpfe mit Rine Leal, den er einmal um eine Kopflänge schlug, als er sagte, die Ukrainer hätten einen U-förmigen Kopf und in Wirklichkeit hießen sie Ukranier, oder daherzukommen und zu fragen, ob er nicht krasse Kramotten anhätte, wenn er besonders elegant gekleidet war, oder zum Beispiel mit Silvestre darum zu wetteifern, wer die meisten Varianten von Cués Namen zusammenbrächte, oder mir das Pseudonym Códac zu verpassen (denn er war auch mein Wiedertäufer und verblümte, nachdem er das bereits entwikkelte Kodak durch ein kubanisches Fixierbad gezogen hatte, meinen prosaischen Habaneronamen mit werbegraphischer Universalpoesie), und wie er alles zu wissen, was man über Volapük und Esperanto und Ido und Neo und Basic English wissen muß, und seine Theorie, daß sich im Gegenzug zur Entwicklung im Mittelalter, als aus einer einzigen Sprache wie dem Latein oder dem Germanischen oder dem Slawischen jeweils sieben verschiedene Sprachen entstanden, in der Zukunft diese einundzwanzig Sprachen (dabei schaute er Cué an) in eine einzige zurückverwandeln werden, indem sie das Englische imitieren oder mit ihm zusammenwachsen oder sich von ihm leiten lassen, und der Mensch würde dann, zumindest in diesem Teil der Welt, eine ungeheure Lingua franca sprechen, ein stabiles, vernünftiges, denkbares Babel, und zugleich war aber er selbst eine Termite, die sich über das Gerüst des Turms hermachte, bevor man überhaupt daran gedacht hatte, ihn zu errichten, weil er nämlich Tag für Tag seine eigene Sprache verwüstete, wenn er etwa Vítor Perla (den er wegen seiner Kopfform Von Zeppelin nannte) nachäffte und als geborener Hetäriker dekrustiv, kozplimiert und erotesisch daherredete oder sagte, er habe sich über alle Zweizelheiten einer Sache okzidentiert, oder sich darüber beklagte, daß man in Cuba seinen menturinierenden Humor nicht verstehe, und sich mit dem Gedanken tröstete, man werde ihm im Ausland oder in der Zukunft noch Lob und Preis spenden, Denn der Ureth, sagte er, gilt nichts in seinem Vaterlande.

Nachdem ich Silvestre wortlos zugehört hatte, bevor ich einhängte, als ich den schwarzen, schon Trauer tragenden, unheimlichen Hörer auflegte, sagte ich zu mir selbst, Verdammte Scheiße, alle müssen sterben, und meinte damit die

Glücklichen und die Verbitterten und die Geistreichen und die Zurückgebliebenen und die Verschlossenen und die Offenherzigen und die Fröhlichen und die Traurigen und die Häßlichen und die Schönen und die Glattrasierten und die Bärtigen und die Großen und die Kleinen und die Finsteren und die Heiteren und die Starken und die Schwachen und die Mächtigen und die Armseligen, ach ja, und die Kahlköpfigen: sie alle und auch Leute, die wie Bustrófedon aus zwei Wörtern und vier Buchstaben eine Hymne und einen Witz und ein Lied machen können, auch die sterben. Scheiße, sagte ich. Sonst nichts.

Erst später, heute, gerade jetzt, erfuhr ich, daß man bei der Autopsie vor der Beerdigung, zu der ich nicht gehen wollte, weil Bustrófedon da drin, in diesem Sarg, nicht mehr Bustrófedon war, sondern etwas anderes, ein Etwas, wertloser Plunder, den man unnötigerweise in einem Panzerschrank aufbewahrte, daß man dort, nachdem man Bustrófedons Schädel in Form eines Fragezeichens trepaniert und das Gehirn aus seiner natürlichen Hülle geholt und der Pathologe es in die Hand genommen und damit gespielt und es nach Herzenslust durchstöbert und darin herumgestochert hatte, zu der Erkenntnis gekommen war, daß er seit der Kindheit, seit jeher, seit der Geburt oder sogar seit der Zeit davor einen Defekt (Defäkt hätte er bestimmt gesagt, der arme Junge) gehabt hatte, irgendwas an einem Knochen (was denn, Silvestre und Cué: ein Aneurysma, einen Embolus, eine Blase in der humoristischen Ader?), einen Knoten an der Wirbelsäule, etwas, das auf sein Gehirn drückte und ihn dazu brachte, all diese wunderbaren Dinge zu sagen und mit den Wörtern zu spielen und schließlich alles nur noch bei einem anderen Namen zu nennen, als wollte er tatsächlich eine neue Sprache erfinden – und der Tod gab ihm recht, diesem Arzt, der ihn umgebracht hatte, der ihn natürlich nicht ermordet hatte, Gott bewahre, der ihn nicht einmal umbringen, sondern sogar retten wollte, auf seine Art, auf eine wissenschaftliche, eine medizinische Art, ein echter Philanthrop und Humanist, ein Doktor Schweitzer, der sein Lambarene in der Orthopädischen Klinik hatte, wo ihm so viele mißgestaltete Kinder und so viele gelähmte Frauen und so viele Invaliden zur Verfügung standen, der diesen B-förmigen Schädel geöffnet hatte, um ihn von seinen Kopfschmerzen, seinem verbalen Vomitus, seinen oralen Schwindelanfällen zu befreien, um endgültig und für immer (ein gräßliches Wort ist das: *immer*, die gottverdammte Ewigkeit) die Wiederholungen und die Umstellungen und die Alliteration oder Alteration der gesprochenen Wirklichkeit zu beseitigen, das, was der Arzt in einer Weise ausdrückte, die für Silvestre den Nagel auf den Kopf traf, Wasser auf seine hypochondrische Mühle war, den wissenschaftlichen Vogel abschoß, fast als wolle er Bustrófedon nacheifern, aber natürlich mit seinem Kaperbrief, dem Freibrief für die schwarz-weiß-braune Mädchenbehandlung, dem Dr Punkt zwischen Ornamenten und Kringeln und Unterschriften, die das Unmögliche garantieren, mit gewichtigen, technischen, medizinischen Wörtern, die bestätigen, daß alle Fachleute Lügner sind, denen man aber wie allen großen Lügnern immer Glauben schenkt, das, was der Arzt im Jargon des Äskulap, mit dem Galenusstein (der Weisen oder Prüfstein?) als »Aphasie«, »Dysphasie«, »Echolalie« und ähnliches bezeichnete und, wie mir Silvestre erzählt hat, dreist und anmaßend erklärte, es handle sich dabei um *Das heißt, streng genommen, Verlust der Sprachfähigkeit, des oralen Unterscheidungsvermögens oder, wenn Sie so wollen, spezifischer gefaßt, einen Defekt nicht in der Phonation, sondern ausgehend von einer Dysfunktion, vielleicht von einer Dekomposition, eine durch eine spezifische Pathologie hervorgerufene Anomalie, die im Spätstadium sogar die Gehirnfunktion vom Symbolismus des Denkens durch die Sprache dissoziieren kann oder* – oh nein, nein, bitte nicht, scheiß drauf, ist schon klar genug so, man sollte es dabei bewenden lassen, denn die Mediziner sind die einzigen elefantösen Pedanten, die letzten Mammuts der Pedanterie, die noch leben, nachdem im Megalozän Shame's Joys und Marcel Wust und R. Edler von Mußviel ausgestorben sind. Das sind nur die hypokritischen Vorwände, das ist die Diagnose zur Verschleierung des perfekten Verbrechens, das hippokratische Alibi, die medizinische Ausrede, aber in Wirklichkeit wollte er nur herausfinden, in welchem Winkel von Bustrófedons Schädel, des Bucraniums, wie ihn Silvestre der Jünger so treffend nannte, an welcher Stelle, wo genau der Sitz jener wunderbaren Transformationen war, jener Umwandlung von Dummheiten und Gemeinplätzen und Alltagswörtern in Bustros magische nächtliche Sprüche, die man leider nicht einmal in einem Gefäß mit nostalgischem Formol konservieren kann, denn ich, der ich am meisten mit ihm zusammen bin, war, kann Wörter nur sehr schlecht konservieren, wenn sie nicht direkt etwas mit dem Photo darüber zu tun haben, und selbst dann kommt dabei nur eine Klumpfußnote heraus, die mir immer jemand durch entsprechende Einlagen korrigiert – wie das hier auch. Aber wenn schon seine Spiele verloren sind, seine Zoten, wie Cassalis' Mutter immer sagte, und ich sie hier nicht wiederholen kann, so will ich doch seine Parodien nicht vergessen (und habe sie deshalb aufbewahrt: nicht in Silvestres Memoria memoranda, nicht in Arsenio Cués neuralgischem Groll, nicht in Rines kritischer Würdigung, und auch nicht in der exakten photographischen Reproduktion, zu der ich nie gekommen bin, sondern in meiner Schublade, allein unter den Negativen von einer denkwürdigen Negerin, das Photo als nacktes Affidavit ihres im Durchlicht weißen Körpers, den Juan Blanco rubensianisch nennen würde, und einem oder zwei Briefen, die heute auch nicht mehr Bedeutung haben als damals, und dem Abschiedstelegramm von Freesia zum Felde, mein Gott, was für ein Pseudonym, diesem einst blauen und jetzt gelben Telegramm, das auch heute noch in am Radio gelerntem Spanisch mitteilt: Zeit und Ferne haben mich gelehrt, daß ich dich verloren habe: so etwas zu schreiben, meine Herren Geschworenen, und es dann dem Telegraphisten von Bayamo auszuhändigen, beweist das nicht, daß die Frauen entweder alle übergeschnappt sind oder mehr Mumm in den Knochen haben als Maceo und sein heldenhaftes Pferd?), die wir bei Cué zuhause aufnahmen, die vielmehr Arsenio aufnahm und die ich dann kopierte und Bustrófedon nie zurückgeben wollte, schon gar nicht nach der Diskussion mit Arsenio Cué und nachdem beide – aus unterschiedlichen und entgegengesetzten Gründen – den überstürzten Entschluß gefaßt hatten, die Aufnahmen zu löschen. Deshalb habe ich die ganze Zeit aufbewahrt, was Silvestre Memorabilia zu nennen beliebte und was ich nun seinem rechtmäßigen Eigentümer zurückerstatte, der Folklore. (Hübscher Satz, nicht? Schade, daß er nicht von mir ist.)

Trotzkis Tod

Dargestellt von verschiedenen kubanischen Schriftstellern
Jahre danach – oder davor

José Martí
(1853-1895)

DIE GESCHICHTE VOM HACKEBEILCHEN

Man erzählt sich, der Unbekannte habe nicht gefragt, wo er etwas essen oder trinken könne, sondern wo das von hohen Mauern umgebene Haus sei, und ohne sich auch nur den Staub der Straße von den Füßen zu schütteln, sei er seinem Ziele zugestrebt, der letzten Zufluchtsstätte des Leo Davidsohn Bronstein: der alte Eponymus: Prophet einer häretischen Religion: Messias, Apostel und Ketzer in einer Person. Den Reisenden, diesen hinterhältigen Jakob Mornard, trieben seine unermeßlichen Haßgefühle zur weithin bekannten Wirkstatt des großen Hebräers mit dem bronzesteinernen Namen, dessen Antlitz vom strahlenden Ausdruck eines rebellischen Rabbiners geadelt schien. Dem biblischen Greise eigneten die erhabenen Blicke des Alterssichtigen, die Gebärden des Betagten, eine streng gefurchte Stirn und jenes Beben in der Stimme, das den Sterblichen offenbart, welchem die Gestirne tiefgründende Redekünste beschieden haben. Dem künftigen Mörder: trübes Äugen und der wankende Schritt des Abtrünnigen: Konturen, die sich im dialektischen Geist des Sadduzäers nie zum historischen Gepräge eines Cassius oder eines neuen Brutus fügten.

Bald waren sie Meister und Jünger, und während der edle Gastfreund seine Sorgen und Bedenken vergaß und es geschehen ließ, daß die Zuneigung einen flammenden Pfad der Liebe zu seinem einst im Eis des Argwohns erstarrten Herzen bahnte, nistete sich in dem hohlen, nachtgleichen Dunkel, das der Ruchlose in seiner Brust beherbergte, unheildrohend, langsam und verbissen der Fötus des schnödesten Verrats ein – oder der heimtückischer Rache, denn es heißt, auf dem Grunde seiner Augen habe immer so etwas wie ein geheimer Groll gegen jenen gelodert, den er in vollendeter Verstellung und mit der Ehrerbietung der großen Begegnungen bisweilen Meister nannte. Zusammen sah man sie so manches Mal, und obwohl der gute Lew Dawidowitsch – so durfte ihn nun jener nennen, welcher in Wahrheit seinen Krämernamen Mercader verborgen hielt und der Heuchelei Empfehlungsschreiben bei sich trug – größte Vorsicht walten ließ – denn wie dereinst bei jener römischen Tragödie gebrach es nicht an bösen Omen, an dunkler Ahnung hellem Schimmern, noch an des Argwohns unauslöschlicher Gewohnheit –, gewährte er dem wortkargen Besucher, der manchmal, wie auch an jenem Unglückstag, als Bittsteller und Ratsuchender zu ihm kam, immer Audienz in trauter Zweisamkeit. In seinen bleichen Händen trug er die trügerische Schrift und auf dem bläulich hageren und bebenden Körper eine Pelerine, die an diesem glühend heißen Nachmittag jedem stärker zu Verdächtigung und Mutmaßung neigenden Auge verräterisch gewesen wäre: Mißtrauen war nicht des Rebellen starke Seite, auch nicht das systematische Zweifeln, der Widerwille als Gewohnheit. Darunter trug der meuchlerische Schurke ein tückisches Wirkeisen, den magniziden Dechsel, den Pfriem, und unter diesem die Seele eines verläßlichen Hellebardiers des neuen Zaren von Rußland. Vertrauensselig sichtete der Häresiarch die vermeintlichen Schriften, als der andere ihm seinen hinterhältigen Hieb versetzte und sich die stählerne Hellebarde in das schneeweiße edle Haupt grub.

Ein Schrei durchhallt die klösterliche Sphäre, es eilen die Adlaten (Haiti wünschte seine eloquenten Neger nicht zu senden) schnellen Schritts herbei, beseelt vom Wunsch, ihn zu ergreifen. »Tötet ihn nicht«, hat der großherzige Hebräer noch Zeit zu sagen, und seine Jünger, widerstrebend zwar, befolgen den Befehl. Achtundvierzig Stunden des Wachens und der Hoffnung währt die entsetzliche Agonie des edlen Führers, der kämpfend stirbt, wie er gelebt hat. Sein war nicht mehr das Leben noch die Geschäftigkeit der Politik, doch nun gehörten ihm der Ruhm und die historische Ewigkeit.

José Lezama Lima
(1912-1965)

NUNKUPATION EINES KREUZFAHRERS

Durchscheinendste-Region-des-Äthers, Donnerstag, 16. (NP) – Lew Dawidowitsch Bronstein, der onomaphorische Archidiakon mit dem Pseudonomen Troztki (sic), starb heute in dieser Stadt in wagnerianischer Agonie, Klagelaute mit den ökumenischen Kringeln des Melismas ausstoßend, nachdem Jacopus Mornardus oder Merceder (sic) oder Mollnard mit scholastischer Heimlichkeit aus einem vorgeblich disziplulären, in Wirklichkeit aber heimtückischen und verräterischen Wams, sich duckend unter dem tautologischen Umhang, gleich einem säkularen Jago in Empörung gegen einen Othello, dessen Desdemona die Heilige Mutter Rußland ist, entbrünstet in der Rhetorik weiland hoher Politik, in lotrechter Gravitation der Risiken eines antistalinischen Abenteuers, das er, welch treffende Analogie, auf der Insel Prinkipo unternommen hatte, gottesmörderische Waffe verwendend. Dieser Apostat zog in dämmernder Waldpurgis Nacht (sic) den todbringenden Pickel oder Judaspfriem oder endlechzenden Unglücksstichel und hieb ihn mit wutentbrannter Treffsicherheit in das mit Thesen und Antithesen und diaboloiden Synthesen befrachtete Haupt, in das dialektische Hirngefäß des Steppenlöwen, dessen Gebrüll ideologisch verworren, doch philosophisch *naïf* war: bereitete diesem einstigenmals auroralen und heuer vespertinen Ikon ein Ende, diesem Symbol des orthodoxen und häretischen Vaters, um dann als Neuankömmling seinen *favori* den geheimnisvollen und zahllosen Laufgängen von Lecumberri aufzuprägen, minotaurisch eingeschlossen in sein Labyrinth des Schweigens und finsterer Willfährigkeit. Lew Dawidowitsch soll, so sagt man, bevor er seinen letzten oder apokalyptischen und folglich aufschlußreichen Odem aushauchte, in einer Art Dämmerung der exilierten Götter, in einem politisch-prophetischen Prophemtikon (sic), vor seinem historisch Letzten Gericht, wie ein zweiter Johannes von Pannonien, der des gewaltsamen Eindringens der Argumente eines zweiten Aurelius in seine theologische Intimität gewahr würde, hervorgestoßen haben: »Wie ein Besessner fühl ich mich von einer sanften Axt durchdrungen.«

Virgilio Piñera
(1914-1966)

NACHMITTAG DER MÖRDER

Ich bin felsenfest davon überzeugt, daß kein Mensch weiß, für wen er arbeitet. Dieser Junge, Mornard (hier, unter uns, kann ich Ihnen ja sagen, daß er in Wirklichkeit Santiago Mercader heißt und Kubaner ist, und ich erzähle das, weil ich weiß, daß diese Geschichte Zucker für den Affen ist), kam nach Mexiko, um ex professo den russischen Schriftsteller Leo D. Trotzki umzubringen, während er dem Meister seine Schriften zeigte, damit dieser sie läse und beurteile. Trotzki erfuhr nie, daß Mornard als Ghostwriter für Stalin arbeitete. Mornard erfuhr nie, daß Trotzki wie eine Ameise für die Literatur arbeitete. Stalin erfuhr nie, daß Trotzki und Mornard wie die (pardon) Neger für die Geschichte arbeiteten.

Als Mornard ins Land der Azteken kam, war es stockdunkle Nacht, und seine Absichten waren so finster wie diese Nacht, und die war schwarz wie der Teufel. Der Mörder war, wie das bei Epigonen zu sein pflegt, kein Original. Er hat natürlich seine historischen Vorläufer, und die Geschichte dieses Jammertales ist ja voll von Gewalttätigkeiten. Deshalb hasse ich auch die Historiker so, weil ich Gewalt von ganzem Herzen verabscheue. Obwohl sie die Antriebskraft dieser kleinen Welt, in der wir leben, zu sein scheint. Aber es gibt solche Gewalt und solche.

Es stimmt zum Beispiel, daß die französische Aristokratie dekadent war, als sie von der Revolution und von Danton, Marat und Genossen ausgerottet wurde. Aber kurz davor hatte sie das, was man ihre goldenen Glanzzeiten nennt, *son âge d'or*. Das ist eine Epoche, über die ich von A bis Z Bescheid weiß, denn ich habe wirklich auch die allerletzten Memoiren gelesen, die damals geschrieben wurden, und davor und danach und . . . also ich will Sie ja nicht mit einer Gelehrsamkeit langweilen, die ich ebenso verabscheue wie alle Fachleute usw., aber ich kenne sämtliche Klatschgeschichten über diese *Aristocratie.* Eine Aristokratie, die, nebenbei gesagt, ganz schön verkommen war, mit einem Palais de Versailles, aus dem man alle sechs Monate in den Louvre umziehen mußte, weil die Treppen und Flure und Salons durch die Fäkalien und Exkremente der Adligen und Aristokraten völlig versaut waren. Dasselbe passierte sechs Monate später mit dem Louvre. Wußten Sie schon, daß der damalige königliche Zahnarzt dem Ludwig XIV. statt eines Backenzahns ein Stück vom Gaumenbein etwa von der Größe herausriß und der arme Mann sich dann eine derartige Infektion zuzog und davon einen solchen Halitus bekam, daß sich kein Mensch mehr in die Nähe des Sonnenkönigs wagte, aus Angst, er könnte sich einen nasalen Sonnenstich holen? Solche Sachen. Aber das rechtfertigt im Leben nicht das Quidproquo der Guillotine, denn seinem Nächsten den Kopf abzuschneiden ist nicht gerade die feinste Art und Weise, Mundgeruch zu kurieren.

Na gut, aber nun zurück zu unseren Schäfchen ... den schwarzen. Dieser Bursche, Mornard, wollte also den Herrn Trotzki umbringen, der gerade seine Memoiren schrieb – und zwar in einem Stil, der, was wahr ist, muß wahr bleiben, sehr viel besser ist als der von Stalin, Schdanow und den anderen. Es würde mich gar nicht wundern, wenn sie ihn aus purem Neid hätten umbringen lassen, denn dieses Gefühl schießt ja in literarischen Kreisen furchtbar ins Kraut. Warum sonst sollte denn Antón Arrufat ein Pistolenbuch schreiben wollen? Doch nur, um mich umzubringen, literarisch gesprochen natürlich. Aber so leicht ist Piñera nicht unterzukriegen!

Dieses Problem haben alle Meister mit ihren Jüngern, Epigonen, Anhängern, usw., und L. D. Trotzki hätte diesen Leuten einfach nie das Schreiben beibringen sollen. Mentorenschaft (vor allem in der Literatur) zahlt sich nicht aus. Und damit kommen wir zum »neuralgischen Punkt« des Problems. Ich vermute, daß Trotzki, als er beschloß, sein Drama niederzuschreiben – denn, um es ein für allemal zu sagen und ohne mit etwas hinterm Berg zu halten, die Memoiren von Männern, die

Geschichte machen oder gemacht haben oder machen werden, sind doch nichts anderes als historische Dramen. Ein Drama, ich wiederhole, um es noch einmal zu sagen, über den Antagonismus Meister – Jünger –, sich vor die Wahl gestellt sah, ihm eine realistische, eine sozialistisch-realistische, eine epische oder eine symbolische Form zu geben. Er entschied sich für die letztere. Und warum entschied er sich für die symbolische? – könnten sich jene fragen, die zum Fragenstellen neigen, oder auch einige, die eher zur realistischen oder epischen oder sozialistisch-realistischen Form neigen oder sich gewissermaßen über die Brüstung des Lebens beugen.

Nun, er entschied sich dafür, weil ihm die symbolische besser gefiel, und er traf diese Entscheidung sozusagen animalisch-instinktiv, so wie wir gebratenes Fleisch gebackenem Fisch vorziehen, weil uns gebratenes Fleisch einfach besser schmeckt. So daß also, um es etwas volkstümlich auszudrükken, Trotzki sich einen Braten bestellte. Setzt nun aber diese Entscheidung für den Braten oder das Symbolische die Mystifizierung und Mythifizierung und Mystimythifizierung (oder Mythomystifizierung) des Meister-Jünger-Antagonismus voraus, der, wie wir schon gezeigt haben, sozusagen das Äquivalent des Antagonismus Gebratenes Fleisch / Gebackener Fisch ist? In jedem Falle würde sie die Mystifizierung und Mythifizierung und Mythomystifizierung oder Mystimythifizierung des Antagonismus Gebackener Fisch / Gebratenes Fleisch voraussetzen, das heißt, anders gesagt, des Antagonismus Jünger – Meister oder der Mythifizierung und Mystifizierung und Mystimythifizierung oder Mythomystifizierung der Ursachen dieses Antagonismus oder Kampfes zwischen dem gebackenen Fisch und dem gebratenen Fleisch. Oder, um es einmal schulmeisterlich auszudrücken, der Ichthyosarkomachie. Ein Eintopf, sozusagen. Soweit das. In einem Szenarium (und nichts anderes war, dies sei ein für allemal gesagt, das *château*, die Festung, in der der Verbrecher sein Opfer ermordete) realistischer oder realistisch-sozialistischer oder sozialrealistischer Prägung erschienen sie entmystifiziert und entmythifiziert und entmystimythifiziert oder entmythomystifiziert; in einem epischen würden sie sich, um es technisch auszudrücken, die Rollen von Helden und Schurken aufteilen. In dem Trotzkis wären/sind sie als eine Art Agamemnon von Rußland/Klytämnestra, Mythifizierer und Mythomystifizierer oder Mystimythifizierer ihrer eigenen politischen Personae. Aber der Antagonismus wäre, um es präzise auszudrükken, in den zwei oder drei oder vier Konzeptionen genau derselbe.

Dies führt uns ganz zwangsläufig zum nächsten Aspekt: dem des guten oder schlechten Gewissens des Schriftstellers. War Trotzkis »schlechtes Gewissen« im Spiel, als er sich für die symbolische Konzeption seiner Ermordung entschied? Hätte er statt dessen auf sein »gutes Gewissen« rekurrieren und sich für die realistische oder sozialrealistische oder realistisch-soziale oder epische Konzeption des obengenannten Vorgangs entscheiden sollen?

Diese beiden Fragen zwingen uns die folgende Überlegung auf: Hat das Gewissen des Mörders vielleicht einen Hohlsaum? Zieht sich das gute Gewissen des Mörders, indem es sich für diese beiden Formen entscheidet, nicht gleichzeitig ein schlechtes Gewissen zu, weil es die dritte oder göttliche Konzeption ausschließt, nämlich das ideale Gewissen des Meisters? Setzt der Ermordete nicht seine eigenen Grenzen, in diesem Falle die Härte seines Schädels, die sich dem Mörder oder seinem Stechwerkzeug, was letztendlich auf dasselbe hinausläuft, widersetzt; das heißt also, seinem hartnäckigen Eispickel? Hier hat man, wie eine Hausfrau am Obststand sagen würde, weiß Gott die Qual der großen Auswahl.

Und hinsichtlich welcher symbolischen Konzeption soll das schlechte Gewissen seitens des Mörders walten? Oder des Ermordeten, was so viel heißt wie dasselbe? An diesem Nachmittag der Mörder (sie haben gewonnen, die Mörder haben gewonnen, meine ich, weil sie ihr Werk vollbracht haben und in dieser Stunde der Wahrheit oder *minute de la vérité* der Jünger wie ein Torero seinem Stier-Vater / Meister-Führer den letzten Degenstoß versetzt hat) vollzieht sich der Antagonismus Meister – Jünger zur Gänze. In keinem Augenblick wird der Konflikt oder das eigensinnige Stampfen (bei einem Kind-Autor wäre die Sache mit einer kräftigen Tracht Prügel durch den Vater-Meister gelöst worden) verwässert oder, um es wie ein professioneller Magier auszudrücken, weggezaubert; in keinem Augenblick ist das Sühneopfer der Meister und die »Hybris« (oder »Protzerei«) der Jünger weniger aufrichtig als sie es in einem realistischen oder realistisch-sozialistischen oder sozialrealistischen oder in einem epischen Gewissen wäre; in keinem Augenblick spaltet sich das vorgegebene oder vorgebliche schlechte Gewissen Trotzkis wie bei seinen Jüngern in einer Mystimythifizierung oder Mythomystifizierung und Mythifizierung und Mystifizierung des eigenen Antagonismus auf. Was so viel heißt wie dem des anderen. Künstlerische Form, ideologischer Gehalt und Motivation verschmelzen in ein und demselben Gegenstand: dem aufgeworfenen Konflikt. Oder, wie es im Polizeibericht heißen würde: dem Vorfall.

Schließlich, und dies scheint mir von größtem Interesse zu sein: Es ist sehr gut möglich, daß Mornards Eltern (und mit ihnen viele andere Eltern, sogar die Eltern Stalins, was gleichsam heißt, die Eltern seiner selbst, denn, wie man weiß, *ist* Jacques Mornard Stalin) sagen: Ist das ein böser Junge! Schauen Sie sich das mal an, bringt der doch diesen Trotzki um! ... Damit würde man das schlechte Gewissen gar zu trivial definieren. Es kommt durch eine bei Menschen sehr häufige Sinnestäuschung oder *mirage* vor, daß man den Mörder fälschlicherweise für die Persona des Mörders hält und dieser alle Mythifikationen und Mystifikationen und Mythomystifikationen oder ... (ach, ich bin es leid!) zuschreibt, die jener in seinen Mord eingebracht hat. Oder gewissermaßen in seine Pläne. Eine solche Sinnestäuschung oder *mirage* verschiebt die Termen der Gleichung, und die »guten Gewissen« werden so automatisch zu schlechten. Automatisch will heißen kraft Trägheit, mechanisch, so daß also nicht objektiv schlechtes Gewissen vorliegt, sondern Subjektivierung des Gewissens des Mörders. Wirf nur mit Dreck, etwas bleibt immer kleben, könnte man sagen.

Da wir gerade von Eltern reden, fast hätte ich vergessen zu sagen, daß ich, als ich so um die fünfzehn Lenze zählte, am Hafen von Santiago de Cuba die Mutter des Mörders oder Jüngers kennenlernte, eine gewisse Caridad Mercader, die, ich weiß nicht warum, von ihren Nachbarinnen Cachita genannt wurde. In ihren jungen Jahren ein hübsches Mädchen, diese Cachita, damals, als sie Santiaguito zur Welt brachte, der seinerzeit das war, was in jenen Tagen die bösen Weiberzungen einen Bastard nannten und was technisch oder von Rechts wegen unter der Bezeichnung Bastard bekannt ist, also ein Kind ohne Vater, daher der Name Mercader, der ja auch viel kubanischer ist als Dschugaschwili. Während sie den damals noch Chago genannten Kleinen in seiner Wiege wiegte, sagte oder wiederholte (wenn sie es mehr als einmal sagte) Caridad Mercader einen Satz, den ich zu hören bekam und den man vielleicht als Vorahnung, Akt des Vorherwissens, Prophezeiung oder gar Zukunftsmunkelei betrachten muß. Diese vorbildliche Mutter (wie meine Schwester Luisa sagen würde) sagte:

»Wenn mein Sohn einmal gewachsen ist, wird er groß sein.«

Aber wenn Trotzki né Bronstein tot ist (was definitiv evident zu sein scheint), ist daran nichts zu machen, weil es das, was wir das Jenseits nennen, nicht gibt oder zumindest nicht für uns, die wir, wie die Köchin von Pepe Rodríguez Feo zu sagen pflegt, im Hieseits sind. So wie es wohl auch kein Hieseits für die im Jenseits oder kühlen Grab gibt, wenn Sie mir einmal dieses Quodlibet gestatten, scheint Mornard am Leben zu sein, oder zumindest wird er in diesem Gefängnis an selbigem erhalten, und das ist wahrhaftig genug. Was Santiaguito Mercader jetzt tun sollte, ist Papier und Tinte verlangen und anfangen zu schreiben, denn die Literatur ist das beste Beruhigungsmittel, das ich kenne. Ich weiß noch gut, daß in Buenos Aires, wo ich sechzehn bittere Jahre verbracht habe, mein süßer Trost das Schreiben war. Was so viel heißt wie Literatur zu machen, und in meinem Fall, große Literatur. – V. P.

Lydia Cabrera
(1900-)

DER INDISSIME TRINKT DIE MOSKANNUBA UND WIRD ZUM BOLSCHEWIKUA GEWEIHT

Er hatte bereits vergessen, daß sich Baró, der *babalosha* der alten Cacha *(Caridad)*, seiner Mutter aus Santiago, rundweg geweigert hatte, dieser seine *nganga* zu leihen, um der »guámpara« eine »Arbeit« zu machen, als der Führer der Bruderschaft oder *orisha* eines Tages zu ihnen kam und nichts Geringeres mit sich führte als die sakromagische, furchterregende Terrine *(olla walabo)*, verborgen in einem schwarzen Sack – *mmunwbo futi*. Der Geist *(wije)*, der darin wohnte, hatte ihm mitgeteilt, es sei gut *(o'keiju)*, denn die »moana mundele« (weiße Frau, Cachita Mercader, in diesem Fall) hatte ihn um die Gunst gebeten, über ihren Sohn und die Aufgabe *(ebag'fúa)*, die er vor sich hatte, zu wachen. Der Alte beeilte sich, dieser Bitte *(ne'n nisna)* zu entsprechen, da seine *nganga* ebenfalls ihre Zustimmung *(yessi-ouija)* gab. Der Hexer gestattete ihm nun beruhigt die Heiligung – »mit Erlaubnis des Unterpfands« –, wenn dies sein Wunsch sei. *Burufutu nmobutu!*

Es war eine *nganga* nach allen Regeln der Kunst, und da der Weiße ein begeisterter Amateurphotograph *(fotu-fotu fan)* war, wollte er den ehrwürdigen alten Baró porträtieren (er erinnerte sich, daß er in Santiago noch eine schwarze »tata« aus Afrika gehabt hatte), allerdings erst, nachdem dieser *Olofi* mit einem liturgischen Gesang oder *litú-kanto* um seine Erlaubnis gebeten hätte.

Olofi!
Olofi!
Tendundu kipungulé!
Nami masongo silanbasa!
Silanbaka!
Bika! Dioko! Bica Ñdiambe!

Olofi!
O!
Lo!
Fi!

»Was sagen die Schnecken *(cauris),* alter und ehrwürdiger Baró?« fragte der Weiße bangend. »Ist es möglich?«

Der ehrwürdige und alte Baró lächelte sein afrikanisches und folglich rätselhaftes Lächeln.

»Ja? *(oder nein?)*« fragte der bangende Weiße erneut.

»Kauri *(Schnecken)* spricht gut«, sagte der alte und ehrwürdige Baró. »*Olofi* zufrieden.«

»Wir machen also das Photo?« fragte der Weiße bangend.

»NEIN!« antwortete der ehrwürdige und alte (oder alte und ehrwürdige) Baró scharf.

»Warum nicht?« fragte der bangende Weiße bangend.

Er hatte ihm diese Gunst nicht verweigert, weil er an seinen guten Absichten gezweifelt hätte oder aus Angst, sein Bild würde vielleicht in die Hände eines anderen Hexers geraten, der, einmal im Besitz seines Porträts, einen Zauber *(bilongo)* über ihn verhängen oder ihm durch Nadelstiche *(piku-piku)* ohne weiteres den Garaus machen könnte, oder weil seine *nganga,* abgesehen von der Entweihung, dadurch gebannt und geschwächt worden wäre. Auch nicht, weil er Angst vor dem bedrohlichen »mensu« einer Kamera gehabt hätte. Auch nicht, weil er dem weißen Mann mißtraut hätte. Auch nicht . . .

»Aber warum dann nicht?« fragte der Weiße.

Baró, ehrwürdig und alt und schwarz, schaute ihn mit seinen afrikanischen Augen an, schaute dann (immer noch mit seinen afrikanischen Augen) auf die Kamera und sprach schließlich:

»Magisches Apparat, das Bild fängt mit Hilfe von Abdruck von Lichtreflex auf empfindliches Papier, ist Asahi Pentax Spotmatic mit CdS-Belichtungsmesser, Blende f: 2,8. Alter und ehrwürdiger Baró auf diesen Photos immer sehr schlecht getroffen!«

Fürwahr eine schwierige Situation! Es bleibt nichts *(nienene)* anderes *(divi ersu)* übrig *(res'tongo)* als *(dên)* zu gehen *(futé-le-kan)*.

Der Weiße fuhr nach Mexiko, um sein Versprechen einzulösen. Er trug einen weißen Anzug, ein weißes Hemd mit weißen Knöpfen, eine weiße Krawatte mit weißer Krawattennadel, einen weißen Gürtel mit weißer Schnalle, weiße Strümpfe, weiße Unterwäsche und weiße Schuhe sowie einen weißen Hut. Die Kleidung derer, die den »Heiligen machen« – und Geld genug haben, sich die entsprechende Ausstattung zu kaufen. In der Brusttasche hatte er außerdem ein rotes Taschentuch. Teil der Liturgie? Nein, vielleicht nur zur Zierde oder als politischer Farbtupfer, um die weiße Monotonie zu durchbrechen. Es gibt jedoch noch eine andere Theorie. Der ganz in Weiß gekleidete Mann hieß Santiago Mercader und kam in der Absicht, Taita Trotzki, den mächtigen Sektenführer, zu töten. Vielleicht war es auch ein Erkennungszeichen für einen farbenblinden Komplizen *(ecobio)*.

Der weiße Mann *(Molná mundele)* kam, sah und tötete Leo *(Simba)* Trotzki. Er hieb ihm die »guámpara« in den »coco« (Kürbis) und schickte ihn so in sein »In-Kamba finda ntoto« (kühles Grab). Bevor man einen solchen endgültigen Schlag versetzte, wurden immer noch einmal die *orishas* befragt.

Glossar

Asahi Pentax Spotmatic: Nippon-Lateinisches Handelsenglisch; Photoapparat.

Babalao: babalosha, aus dem Lucumí.

Babalosha: babalao, ebenfalls aus dem Lucumí.

Baró: Eigennamen. Familiennamen.

Guámpara: wampara, Suaheli. Aus dem arabischen *Wamp'r.* In etwa, *Alpenstock*.

Mensu: Gegenteil von *nganga*. Entspricht ungefähr dem bösen Blick.

Moana mundele: weiße Frau. Nach Pierre Berger, »Zunge, die bleich geht«.

Nganga: aus dem dahomeyanischen *oroko.* Amulett.

Olofi: Geliebter Gott. Manchmal. Manchmal auch Teufel. Wird normalerweise in normaler Haltung dargestellt. Gelegentlich aber auch bäuchlings anzutreffen.

Orisha: aus dem Bakongo *orisha. Babalao* oder *babalosha.*

Tata: Amme, Nährmutter.

Taita: Vater oder Vaterfigur. Entspricht dem russischen »Väterchen«.

Lino Novás Calvo
(1905-19??)

HALTET MIR DIESEN MORNARD FEST!

»Haltet mir diesen Mann da fest! Fangt ihn. Laßt ihn nicht laufen. Haltet ihn gut fest! Daß er mir bloß nicht wegläuft. Schaut her, was er mit mir gemacht hat. Dieses Ding *(denn da steckt es noch, dieses Ding, aus Eisen, nicht aus Holz oder Stein, sondern aus Eisen, aus gehärtetem Stahl sozusagen, in den Knochen geheftet, gehauen, gehämmert, zwischen Stirnbein und Scheitelbein, schon mehr zum Hinterhauptbein hin, weder genau gezielt noch eiskalt berechnet, aber doch sehr geschickt in den Kopf jenes Mannes gerammt und gestanzt und gestoßen, der bald gestorben sein wird, eingepflanzt in hellem Zorn, in kalter Wut, mit voller Wucht, so daß die beiden Männer über den Haß und den Groll und die politische Feindschaft hinweg zu einer Einheit wurden, durch das Eisen, das die Hand zu einer mörderischen Waffe verlängert, gleichsam eine Geste, oder vielmehr die Karikatur dieser Geste, der Gebärde, mit der man jemand die Freundeshand entgegenstreckt, und jetzt sind sie eine Einheit oder eher eine Zweiheit: der Henker und sein Opfer),* das ich hier auf dem Kopf habe, ist kein Sevillaner Steckkamm. Oh, nein. Haltet ihn! Laßt ihn nicht weglaufen. Er darf auf keinen Fall entkommen. Das ist kein Zierat. Und auch kein neumodischer Jarmulke. Haltet ihn da fest! Gut so. Und auch keine widerspenstige Haarsträhne. Es ist ein Handbeil. Reingehauen. In den Schädel. Einfach so. Haltet mir diesen Mann da fest! Na endlich!

(Denn er erinnert sich, denn er vergißt nicht, denn er hat noch nicht vergessen, denn er erinnert sich noch, denn die Vergangenheit taucht wie ein Strom verworrener, bewegter Lichtbilder vor ihm auf, wie Bruchstücke aus einem Film, der in einem Kino in Luyanó oder Lawton lief, in irgendeinem Vorort, dort draußen, wo die Dachterrassen zu Ziegeldächern werden und die Telefonnummern nicht mehr ein Anfangsbuchstabe und eine Reihe von Ziffern sind, nicht einmal nur Ziffern und sonst nichts, weil man da keine Nummern und keine Anfangsbuchstaben und keine Ziffern mehr braucht. Weil es da kein Telephon gibt. Man braucht keins. Man schreit einfach nur, das langt. Genau dort.

In diesem Vorort, wo wir Alliierte und Deutsche spielten, und Deutsche und Alliierte waren auch die Taxifahrer und die Chauffeure dieser Dinger, die man mit der Zeit »guaguas« nennen würde, die aber jetzt noch keine »guaguas« sind, sondern etwas anderes, Omnibusse, Trambahnen, wie immer sie heißen mögen, und ich war ein schlechter Mensch, und so kam es, daß eines Tages die Kleine bei mir am Taxistand auftauchte und mir zwischen den alten Klapperkästen sagte, sie sei trächtig, sie, und mir, als ich sie fragte, »In Umständen?«, immer noch zwischen den alten Klapperkästen mit ja antwortete, so machte, mit dem Kopf, mit dem Kopf so machte. Deshalb weiß ich, was Erinnerung ist, so wie ich auch weiß, daß der Mann, der da, sich erinnert. Aber woran er sich erinnert, spielt keine Rolle. Deshalb. Weil sie genau das sind.

Erinnerungen. Und nichts anderes. So ein Rattenfänger! Diesen Mann dorthin zu schicken, dorthin zu beordern, wo er ihn hinbeordert, hingeschickt hat, und ihn dann allein zu lassen. Denn er wurde nicht freigekauft, es wurde nicht einmal versucht, ihn freizukaufen, und seine Zelle war eine Festung in einer anderen Festung, nämlich dem Lecumberri-Gefängnis, und niemand wird ihn da herausholen. Ein richtiger Rattenfänger. Genau das ist er. Dieser Typ, dieser brutale Tyrann, dieser Völkerschinder, dieser Stalin, genau der und kein anderer. Der hat ihn nämlich geschickt. Ich weiß es doch. Ich muß es schließlich wissen. Ich hab ihn ja selbst in meinem Taxi gefahren und in einer Nacht, in der der neunte Mond schien, zur Machina-Mole an die Fähre gebracht. Jawohl, genau den. Ihn.

Den Mörder. Den Mann, denn er ist ein Mann, keine Frau und kein Kind und kein Verwandlungskünstler, denn er ist wie ein Mann gekleidet, obwohl er eine feige Weibertat, einen Verrat begangen und dem anderen Mann diese Verzierung auf dem Kopf angebracht hat, dem Alten, dem, der gerade die Manuskripte las. Und dann auch noch von hinten.)

Hinter dem Sessel kam er hervorgeschnellt, in einer Bewegung, die eher die Zeitlupe einer Bewegung war, eine eingefrorene Gebärde, eine verzögerte Vorwärtsbewegung, die jeder Bewegung widerspricht, letzten Endes aber doch eine Bewegung. Der Mörder, Jakob. Santiago, Jago, Diego. Wie er auch heißen mag. Der, der da drüben. Mollnard, Mercader oder wie zum Teufel auch immer sein Familienname lauten mag. Der da. Der hat mich ermordet. Woher ich das weiß? Ja, Mann Gottes, weil wir beide allein hier im Zimmer waren, und ich saß hier in diesem Sessel oder Schaukelstuhl oder Fauteuil, wo ich jetzt langsam vor mich hinsterbe, in einer Agonie, die weder süß noch bitter noch sauer noch traurig noch fröhlich noch ernst ist, indem ich langsam treibend langsam jenem Ort entgegengehe, von wo man mich ruft, ohne daß ich auch nur eine blinde Vision à la Tamaría gehabt hätte, oder das motorisierte Röcheln eines Ramón Yendía oder die schmutzige Beziehung, die der alte Angusola mit seiner Tochter Sofonsiba hatte (hübsche Namen, nicht? Die hab ich von Faulkner, der sie seinerseits falsch aus einer Enzyklopädie oder sowas abgeschrieben hat, wo von Sophonisba Angusciola, der italienischen Malerin der Renaissance die Rede war), oder sonst irgendwas. Nichts. Wirklich rein gar nichts. Er war da hinten, und ich war hier vorne, und der eine (er) war hinter dem anderen (mir), und so, einer hinter dem anderen, wäre das alles, die Lektüre, die Durchsicht, egal was, bestens verlaufen, wenn dieser Mann nur nicht auf den Gedanken gekommen wäre, sich mit hervorquellenden Augen auf mich zu stürzen und mir in den Kopf zu rammen, was immer er mir da reingerammt haben mag, da oben, hinten, hinten und oben, und jetzt sitz ich hier, und meine Augen (und vielleicht auch meine graue Masse) quellen hervor, liege im Sterben, während ihr Fragen stellt, oder ihr stellt Fragen, während ich im Sterben liege, stellt Fragen über Fragen über Fragen, alle mir und keine einzige diesem Mann da, bei dem euch nichts anderes einfällt, als sein Gesicht, aus dem immer noch die Augen hervorquellen, mit euren Fäusten zu traktieren, ihn zu schlagen, ihn zu verprügeln, ohne uns auch nur zu fragen, ob ihm und mir, ob uns weh tut, was immer uns weh tun mag.

So ist's gut! Haltet ihn gut fest! Laßt ihn nicht entkommen! Daß er mir ja nicht entkommt! Haltet ihn gut fest und laßt ihn nicht los (was dasselbe ist). Haltet ihn fest! Haltet ihn gut fest! Daß. Er ja nicht. Entkommt. So. Haltet mir diesen Mann da fest! Ist's gut.

Alejo Carpentier
(1904-1982)

ZEIT DER KRIEGER[1]

Zu lesen in der Zeit, die das Abspielen von *Pavane pour une infante défunte* bei dreiunddreißig Umdrehungen pro Minute dauert.

I

L'importanza del mio compito non me impede di fare molti sbagli ... der alte Mann hielt bei diesem verstümmelten Satz mit einem Rülpser der Selbstkasteiung inne und dachte: »Dialoge sind mir ein Greuel«, was er im Geiste sogleich ins Französische übersetzte, um zu sehen, wie es klingt, und deutete auf seinen ehrwürdigen, ehrgewürdigten, ehrzuwürdigenden Zügen mit lakritzenem Lippenspiel ein Lächeln an, vielleicht weil durch das offene Fenster mit den rechtwinklig zum Rahmen stehenden Flügeln, den frisch gestrichenen Läden, den heruntergelassenen Jalousien, dem Kämpfer, der durch die sich in Antwerpener Musselin duftig berauschenden Gardinen zu sehen war, den vergoldeten Scharnieren, den Schleuderstäben in derselben gelblichen Bronzefarbe, den in blendendem Weiß abstechenden Karniesen, den ebenfalls mit Leinöl gebleichten Sprossen, Drehriegeln und Schlagleisten aus Nußbaum und dem geräumigen Sims voller Blumentöpfe, -schalen oder -kübel mit Erde, in die man Türkenbund oder Helianthus gesät hatte, doch er sah die Blumen weder vor noch hinter dem leuchtend weißen Strahlen, da sie nicht auf der Sohlbank gepflanzt waren, sondern auf der mit roten Ziegeln gepflasterten Sonnenterrasse, außerhalb der geriffelten Obhut des Wetterdachs, in diesem Brutofen, wie Atanasia, die plebejischen Redensarten verhaftete Kammerfrau, hartnäckig zu

1 Avis au traducteur: Monsieur, Vous pouvez traduire le titre par »Guère de temps«. S. V. P. – *L'Auteur.*

sagen pflegte, durch die lichtvolle Höhlung unverhoffte, honigsüße Melodien drangen. Die Musik kam von weiter her als von dem Grammophon, das die nach Melisma schmeckenden Weisen seiner Heimat auswürgte, nicht Pfeifen noch Lauten, noch Dulcimer, Vihuelas, Sistren, Virginale, Rubeben, Schalmeien, Zithern oder Psalterien, sondern eine Balalaika, die jemand zupfte, um ihr die Klangfülle eines Theremins nach Kiewer Art zu entlocken, »Kiewskii Theremina« aus der Erinnerung an die ländlichen Weiten der Ukraine. »Dialoge sind mir ein Greuel«, sagte er auf französisch und stellte sich vor, wie es auf englisch klingen würde. Der Mann, der jüngere von beiden, denn es waren zwei, ein junger und ein alter, und kraft ihrer Relativität *mußte* einer jünger sein als der andere, wobei jener diesen ansah, belachte nun in gequälten Explosionen der Heiterkeit den in Anspielung auf ein Zitat ausgesprochenen Satz. Der Alte, denn wenn ein alter Mann zugegen war und die Männer in jenem mit samtenen Webereien aus Irkutsk ausgelegten Schlafgemach zu zweit waren, so mußte einer von ihnen durch die Last seiner Jahre und Erinnerungen der ältere sein, und dieser schaute nun nach hinten und etwas nach oben und sah, perspektivisch verkürzt, den anderen, hatte den weit aufgerissenen Mund seines faktotischen Jüngers in der visuellen *auris sectio*, gewahrte, während er im Geiste mitschrieb, Lippen (zwei), Gaumen, hintere Gaumenbögen, Zäpfchen, Rachen, Mandeln (oder vielmehr die Mandelbuchten, denn die Mandeln selbst waren in pubertärer Tonsillektomie entfernt worden), rote politische Zunge und Zähne (kaum zweiunddreißig), im engeren Sinne Zähne im Unterkiefer und im Oberkiefer, als da sind Schneidezähne, Eckzähne, Backenzähne, Mahlzähne und Weisheitszähne, und da der andere immer noch lachte, nun schon ohne jeden weiteren Grund denn adlatische Sykophantien, sah der Alte, umhüllt von der herrschenden Feuchtigkeit, Gaumensegel, Raphe palati, Zäpfchen (erneut), Kehlkopf, vordere Gaumenbögen, noch einmal die Zunge (oder war es eine andere?), Mandelbuchten und hintere Gaumenbögen und wandte sich in odontologischer Erschöpfung wieder seinem Buch zu. Der Junge, denn dies war der jüngere der beiden Männer, die das Opus magnum betrachteten, welches der hassenswerte und gehaßte Meister in Händen hielt, registrierte auf seiner nachtragenden Netzhaut Vor- und Hintersatz, Falz, Deckel, Rückenschild, Eckbeschlag, Rücken (aus Leder), Bünde, Titelvignette, Blindprägungen, Kapitalband, Leineneinband, Schmutztitel, Fadenheftung der Bögen oder Lagen, Kopfschnitt, Fußschnitt, Vorderschnitt, Illustration, Kopfsteg, Außensteg, Bundsteg, Schutzumschlag, Binde und ließ seinen Blick leichthin über den Text schweifen. Nun sah er von Buchbinderkünsten, bibliographischen Angaben und bibliognostischen Nomenklaturen ab, um unter dem wasserundurchlässigen Trenchcoat, den er, obwohl die heißen Winde tropischer Hundstage über die Hochebene fegten, sorgfältig zugeknöpft hatte, zu fühlen, und konnte über dem gut geschnittenen Jackett mit Ellbogen und Unterarm ein scharfes, wohlgewetztes Handbeil am Ende kurzen Stiels aus weißem, poliertem Teak ertasten. Sein Blick wanderte vom Buch zum ehrwürdig ergrauten Haupt, und er dachte, daß er Kopfhaut und Hinterhauptbein perforieren und die Meningen (*a*, Dura mater; *b*, Arachnoidea; *c*, Pia mater) durchschneiden müßte, um das Gehirn zu spalten, durch das Cerebellum zu dringen und vielleicht bis zur Medulla oblongata vorzustoßen, denn alles hing vom Anfangsimpuls ab, einem Moment, das seine homizidale Trägheit zu beeinflussen vermochte. »Dialoge sind mir ein Greuel«, sagte der Greis erneut, diesmal auf russisch, jedoch im Gedanken daran, wie es auf deutsch klingen würde. Es war dieser ritornelleske Satz, der ihn endlich dazu brachte zuzuschlagen.

II

Er warf die mit Maispapier gedrehte Zigarette weg, weil sie unbegreiflicherweise nach den Polentas seiner Kindheit, nach nachspeisigem zuckersüßem Maisbrei, nach den prandialen *tayuyos* des heimatlichen Santiago schmeckte, und sah das gelbliche, jähe Geschoß neben dem handwerklich gefertigten, aus vertikalen, plumpen, polyedrischen, sich oben in symmetrischen Deleaturen, kalligraphischen Schwüngen und beliebig filierten Zierrändern zu barocker Pracht verflechtenden Eisenstangen geschmiedeten Gitter niederfallen. Das Tor war ein Fallgatter, das durch Handkurbeln, Blockrollen, Drahtseile, Zugfedern, Spanner, Bolzen, Riemenscheiben, Zahnstangen, Wellen, Schneckengetriebe, Steigräder, Zahnkränze, Zapfenlöcher und zuletzt die veranlassende Hand des diensttuenden Zerberus betätigt wurde, welchem die schlichte, leicht zu merkende und von ihm mit baritonöser Stimme rezitierte Losung genügte:

Queste parole di colore oscuro
vid'io scritte al sommo d'una porta;
per ch'io: »Maestro il senso lor m'è duro«

und er beglückwünschte sich zu der unübertrefflichen italienischen Aussprache, die wie ein melopöischer gregorianischer Klagegesang seinen Lippen entschlüpfte, doch das Lächeln, in das seine danteske *terza rima* mündete, erstarb sogleich, als er die Antwort des Türstehers hörte, der beschwichtigend und in perfektem archaisierendem Toskanisch avernalische Gesänge anstimmte:

Qui si convien lasciare ogni sospetto;
ogni viltà convien che qui sia morta
Noi siam venuti al loco ov'io t'ho detto
che tu vedrai le genti dolorose
c'hanno perduto il ben de l'intelletto

Nun wünschte er nur noch, daß verborgene, urtümliche Hebemechanismen endlich die rostzerfressene Tür mit ihren geschärften, in ein Fundament aus prämonitorisch armiertem Zement gesenkten Spitzen lichteten. Er ging über zwiegespaltene, von vulkanischen Felsbrocken gesäumte Strandkieselpfade und schaute zu dem imposanten *château-fort* hinüber, das sich über ihm auftürmte. Er sah Fassaden, die delirierend die Stile mengten, auf denen sich Bramante und Vitruv mit Herrera und Churriguera um den Vorrang stritten, und wo frühplatereske Ausdrucksformen in spätbarockem Prunk zergingen, und wenn das Frontispiz der klassischen, griechischen oder zugespitzten Dreiecksform zu entsprechen schien, so war dies ein müßiges Ratespiel, denn der Giebel des Portikus war keineswegs trianguliert, und auf Teilen des Kranzgesimses gewahrte er Friese zwischen Geison und Architrav, und am rechten und linken Flügel stützten Kreuzbögen katalanische Gewölbe, die wie leere Krypten wirkten, obwohl einige der Anwölber zumindest ästhetisierende Dienlichkeit offenbarten, doch es erfüllte ihn mit großer Sorge, daß der Scheitelstein durch die Laibung zum Beweggrund unvorhersehbarer Meditationen wurde. Der obere Kragstein mit seiner hervorstehenden, ausladenden, von zu vielen Kehlungen heimgesuchten Deckplatte war das Element, das seine Aufmerksamkeit auf eine prunkvolle, mit der vollkommenen Grazie des Rokoko gestaltete Gesimskonsole lenkte. Doch wozu die sichtlich asymmetrischen Spitzbogen: gleichseitig der eine, überhöht der andere und maurisch der dritte? Sollte das bedeuten, daß die konvexen Kehlungen mit dem Profil eines Viertelkreises oval waren? Waren sie nicht Drehzapfen künftiger Abschweifungen? Seltsame und womöglich paradoxe Manier, ein Fronton zu bauen, verflüchtigte sich doch die Hohlkehle, statt jene konkave Buchtung zu bleiben, die wir alle auf Anhieb an ihrem einen Viertelkreis beschreibenden Profil erkennen, an ihren Rändern, und machte sich, wo sie auf das Kapitell stieß, zirkuläre Exzentritäten zu eigen, um schließlich einen gewissen formalen Aberwitz heraufzubeschwören, indem sie an der Säule hinabglitt – denn plötzlich krankte die *façade* an Säulen sämtlicher Ordnungen: ionischen, korinthischen, dorischen, dorisch-ionischen, salomonischen, thebanischen, und zwischen Kapitellen und Plinthen erstreckten sich seltsamerweise Monolith- oder Trommelschäfte, und unser Besucher war erstaunt, Plinthen zwischen Basis und unterem Gesims nahe der Fußplatte zu sehen, und nicht zwischen Fries und Architrav, wie, so hatte man ihm gesagt, es Architekten und Baumeister in diesen exotischen Landen einzurichten pflegten. Den Schlüssel zu allem gab ihm, wie seltsam, der Schlußstein des Kappenkranzes, und da wußte er, daß er auf dem richtigen Weg war, daß er sich nicht getäuscht hatte, denn hier waren die erwarteten purpurnen Astragale, die porphyrnen Architrave und die in *Chartreuse* und Magenta kannelierten Apophygen. Dies war der Ort der Verabredung mit seiner historischen Bestimmung, und er spürte, daß statt des Blutplasmas Hydrargyrum durch seinen kleinen und peripheren Blutkreislauf floß. Er kam zum Eingang, wo ein Zahnfries völlig unnütz ein posamentenbewehrtes, aus Kretonne gefertigtes, sich den Anschein einer Marquise gebendes Vordach überkragte, und beschloß zu klopfen. Zuvor jedoch betrachtete er die denkwürdige Tür, die der Inschrift »Per me si va ne la città dolente ... lasciate, etc« nicht bedurfte.

III

Eine seltsame Tür, sagte er fast zu sich selbst, während er den Pfosten betrachtete, der einem klassischen Gewände entsprach, jedoch aus Quarz, Feldspat und Glimmer bestand, Elementen also, die, wie er wußte, gemeinsam sich zu Granit verbinden, und sah, daß das Türblatt von einer Beschaffenheit war, die er, wäre es nicht Stahl gewesen, für Eisen gehalten hätte, und sich an der Stelle, die das Schlüsselloch hätte einnehmen müssen, eine der Reinlichkeit dienende Schutzplakette befand, obwohl die Messingklinge genau da war, wo sie hingehörte: auf dem Querfries, wo sie obere und untere Füllungen voneinander schied und auf eine der drei ebenfalls goldfarbenen Angeln wies. Er klopfte nicht. Wozu? Hätte er es tun wollen, so hätte er einen eisernen Panzerhandschuh tragen müssen.

Die Tür ging auf, sicherlich durch magische Augen oder photoelektrische Zellen betätigt, und er trat ohne Bedenken noch Bangen über die Schwelle hinweg und unter dem Sturz hindurch ein. Aber kaum war das schwere Tor hinter seinem Rücken zugefallen, überkam ihn Furcht, und er versuchte zwischen den Türpfosten Halt zu finden, doch als er spürte, daß sein Rücken an Simswerk aus in Akron, Ohio, gegossenem Stahl abglitt, lehnte er sich an die Laibung. Was sich seinen Augen da bot, war unsäglich. Von der Straße aus hatte das ganze Anwesen wie eine Burg, eine Festung oder wie eine offene Kasemattenanlage ausgesehen, denn es gab keine Triglyphen und Metopen über Konvexitäten des Echinus auf anscheinend dorischem Fries, denn das Dachgesims kragte nicht in ordnungsgemäßen invertierten Stufen aus, denn einige Abschnitte der Umfriedung waren in Baststeinmauerung errichtete Wehrmäuerchen, denn es gab rechtwinklig verstärkte Mauerzungen, und nicht nur wegen derartiger Regelwidrigkeiten, die jedwede Ordnung zu zerstören vermögen, sondern weil er auch Warttürme, Schießscharten und Risalite gewahrte, Poternen, die sich als Blendpforten ausgaben, Geschützpforten, die kaum oder überhaupt nicht zu durchlüften waren, zur Brustwehr ausgebildete Brüstungen, die über der Mauerflucht von der Rinnleiste aus Satteldächer und Dachterrassen wappneten, und im Hof wahrten mächtige Strebepfeiler und Gegenschanzen die Festigkeit der Mauer, nicht weit von der aus geheimnisvollem Gitterwerk zusammengeschusterten Unschuld einer verborgenen Gartenlaube, die von blühenden, auf Lücke gepflanzten Gardenien umgeben war, und oben, auf dem Dach, tarnte eine dockenlose Balustrade das mit Barbakanen versehene Außenwerk durch das *trompe-l'œil* vorgeblicher Fugen zwischen Gefachen und Aufschieblingen, während assyrisch-romanische Zinnen gotische Schwibbogen vortäuschten, und wo zwischen gekuppelten Lotosfenstern, Schleppgaupen und ganz offensichtlich übertriebenen Ausschragungen dereinst Blunderbüchsen, Falkonette, anachronistische Geschützlafetten und Terzerole zum Vorschein gekommen waren, konnte hinter Akroterien, Wasserspeiern und Hippogryphen sehr wohl die beängstigende

Asymmetrie eines treffsicheren *franc-tireur* auftauchen. Aus all diesen Gründen hatte er gedacht, er sei unter Kameraden: unter Waffenbrüdern. Aber jetzt, hier drin, das war ein *cauchemar* volltrunkener Dekorateure. Gewiß, der Albtraum hatte bereits beim linken Flügel des Hofes begonnen, wo als *pendant* zu einem abgeschiedenen *gazebo* ein uralter Monopteros stand und man durch die Interkolumnien, hinter dem zarten Eustylos des Portikus, zwischen stummen Pilastern einen offenbar für Bestattungsriten bestimmten Zippus sah. Aber das, *das hier*... War es nicht vielleicht besser, sich aus dem Staub zu machen oder gar Fersengeld zu geben? Unmöglich, denn die Tür war hermetisch verschlossen und durch Drücker, Schnäpper, Schieber, Sperrbalken, Sicherheitsriegel, Vorhängeschlösser und Vorlegeketten gesichert, die einem plötzlichen oder herkuleischen Stoß ganz ohne Zweifel standhalten würden, und außerdem würde er damit nicht mehr erreichen, als sich Schulter und Ärmel des *imper* zu beschmutzen, unter dem er den stählernen, je nach Meinung von Exegeten und Verleumdern entweder gerecht strafenden oder mörderischen Doppelspitzhammer barg.

Nun kam ihm der Gedanke in den Sinn, daß er in seiner peinlich genauen Aufzeichnung geschnörkelte Architrave, Granitsockel auf bruchsteinernen Mauersohlen und die nach Augenmaß vermessenen Abmessungen (verfluchter Perlstabreim!) der Fassade vergessen hatte. Er kehrte in die Wirklichkeit zurück, als er das Pavimentum aus Azulejos mit grünen Mäandern auf weißem Mosaik sah, und ging, seine Zweifel entschlossen niederkämpfend, auf helikoidal gestaltete Archivolten zu, die auf den kannelierten Werksteinen des Kämpfers ruhten. Doch dies war *peccata minuta*, verglichen mit dem, was noch kommen sollte, als sich sein Blick auf einen Salon öffnete, zugleich Vestibül, Ambitus und Labyrinth mit einer Vielzahl von Halbkreis-, Hufeisen-, Dreipaß-, Kiel-, Lanzett-, Parabel-, Stich- und Korbbogen in stummer Promiskuität mit neoklassischen Estipiten, *Art-Nouveau*-Paneelen, inneren Spandrillen, Gurtbögen, die vorgebliche Kreuzrippengewölbe stützten, und Gewölbelaibungen, die in allen Farben des Spektrums und noch einigen mehr bemalt waren, wie eine delirierende Fuchsie in komplementärer Buntheit abgestimmt auf gezähnte und geperlte Ornamente mit Girlanden, Mäandern, Ringen, Flechtbändern, Rillen, Maschen und Stacheln, und darunter grenzte ein Mahagoniastragal, den die Einheimischen steif und fest als Lambrie bezeichneten, die mit malvenfarbener Seide bespannten unteren Friese oder Sockel ab. Im Hintergrund, vor einer monumentalen gekrümmt zweiläufigen Treppe, gleichsam jenes formale Chaos beherrschend, hoch aufgerichtet, der ausgestreckte Arm so bleich wie sein mongoloider Spitzbart, Gehrock, Schuhe oder Plastron, noch immer eloquent oder zumindest gestikulierend, stand auf einem Piedestal Wladimir Uljitsch Uljanow oder sein marmornes Faksimile, das eine ebenfalls marmorne Inschrift unter dem eponymen Konterfei in kyrillischen Lettern als *Lenin* identifizierte. Er betrachtete Glasvitrinen, zählte marmorierte Marmorstufen, glitt mit alles registrierendem Auge Handläufe aus selbigem Kalkstein herab, verlor sich in Voluten, Spiralen, Krümmungen, Blattornamenten und vertikalen Schlaudern schmiedeeiserner Geländer und Balkönchen und schlief darüber ein, nicht ohne sich zuvor in stetem Staunen einem verblüffend Marcel Breuerschen Sessel genähert zu haben, in den er erleichtert niedersank.

IV

Er wurde durch das Geräusch von Schritten auf dem Fliesenbelag geweckt und erspähte durch die Maschen des Schlafs und der Wimpern etwas, was er zunächst für Schnürstiefel hielt, bevor er sich erkühnte, an die hier als *huaraches* bekannten Sandalen zu denken, doch jetzt sah er, daß es ganz gewöhnliche Schuhe waren, zusammengesetzt aus Vorderblatt, Quartier, Sohle mit Brandsohle, Einlegesohle und Zwischensohle, die hierzulande *cambrera* heißt, Absatz, Fersenkappe und Lasche, welche auch als Zunge bekannt ist und in diesem abgelegenen Winkel Amerikas bisweilen *guataca* genannt wird. In selbigen ging ein Mann, dessen Kleidung die Farbe verblichener Tinte hatte. Neben ihm ging ein zweiter Mann, und er sah, daß einer von ihnen einen langen Hals hatte, in welchem er erahnte: Os hyoideum, Membrana thyreoidea, Cartilago thyreoidea, Zetkin/Schaldach, Membrana cricothyreoidea, Cartilago cricoidea und trachealis, und als er mit seinem einzigen Auge zu ihm herüberschaute (auf dem anderen trug er eine Augenbinde im Stil der Prinzessin von Eboli oder Vinzenz Naus, des Olonesers), da wußte er, daß ihn zwar nur dieses eine Auge anschaute, dennoch aber jene funktionale Ganzheit von: Hornhaut, Iris, Chorioidea, Glaskörper, Sklera, Sehnerv und Retina, und dann in der Netzhaut: Arteria temporalis superficialis, Arteria ophthalmica, Arteria nasalis posterior lateralis und septi, Sehnervenpapille, Arteria temporalis profunda und Macula lutea, und aufgrund eben dieses gelben Flecks wußte er, daß der andere ihn, wenn auch nur in zwei Dimensionen, so doch wenigstens in Farbe sah.

Daß der eine dem anderen etwas in die Ohrmuschel tuschelte, empfand er wegen des unverhofften Reimes als höchst unangenehm, und um seine Verstimmung auszuräumen, zählte er die sichtbaren Teile auf, als da sind: Helix, Anthelix, Schnecke, Ohrläppchen, Tragus, Antitragus, Auricula, hinter der sich bestimmt mit Cerumen verschmierter Gehörgang, Vestibulum, Trommelfell, Amboß und Hammer, Auris externa, media und Labyrinth verbargen. Einer der beiden hob die Hand zum Gruß, und er wußte zwar nicht, welche (Person oder Hand) es war, wohl aber, daß ihn nicht nur Mann und Hand willkommen hießen, sondern auch: Handgelenk, Hypothenar, Palma, kleiner Finger, Ring-, Mittel- und Zeigefinger, Daumen und Thenar, ganz zu schweigen von Karpus, Metakarpus und Digiti, diversen anderen Knochen (Scheiße!), Sehnen, Muskeln und schützender Epidermis. Er hob ebenfalls seine Hand, um den Gruß zu erwidern, drehte sie, nachdem er die Gebärde zu Ende geführt hatte, mit der Handfläche nach oben und sah

Linien und Zonen für Logik, Instinkt, Willen, Intelligenz und mystische Veranlagung, Jupiter, Saturn, Apoll und Merkur zugeordnete Berge, Schicksals-, Herz-, Leber-, Kopf- und Lebenslinie, sowie Mars-, Mond- und Venusberg, und er fragte sich, ob ihm das Glück hold sein würde oder nicht, zugleich aber auch, ob es sich bei den roten Flecken nahe dem Mons Veneris um Hämatome oder Herpes handeln mochte.

Er hörte, daß die Mordgesellen über eine verworrene Intarsiatur diverser kriegerischer Themen sprachen, zu denen vereinzelte, deutlich wahrnehmbare Wörter das Motto beisteuerten, und konnte sich nicht seiner alten analytischen Gewohnheit enthalten, alle Dinge dieser Welt in einer tabellarischen Synopse zu erfassen. So dachte er, als er *Gewehr* hörte, an Lauf, Visier, Ring, Handschutz, Magazin, Verschluß, Abzug, Abzugbügel, Kolben; bei *Kugel* wußte er sofort, daß diese aus Blei oder Stahl sein konnte, daß es Brand-, Leuchtspur-, Spreng-, panzerbrechende ⟨*Mil*⟩ und Jagdmunition gab und ein Geschoß immer Messinghülse, Bleikern, Salpeter und Zündhütchen aufwies; *Granate* erinnerte ihn an Sicherungskappe, Abreißschnur, Nippelbuchse, Behälter aus Bleilegierung, Brennzünder, Sprengkapsel – und nicht ein einziges Mal kam ihm der Gedanke, er könnte möglicherweise die Zielscheibe abgeben, die man ins Schwarze treffen wollte. Die beiden gingen ihres Weges, und er war wieder allein, jedoch nicht lange, denn bald leistete ihm das Brummen eines ungebetenen und einheimischen Insekts Gesellschaft, bei dem er unterscheiden konnte: Kopf, Facettenaugen, Beine (erstes Paar), Prothorax, Beine (zweites Paar), Stachel, Abdomen, Metathorax, Tracheen (Trochäen?), Notos, Vorderflügel, Hinterflügel und Beine (drittes Paar). War es vielleicht eine Wespe? Er fühlte sich von einer Transparenz der Intentionen durchdrungen, hatte die Empfindung, seine Angst könnte als metaphorische aufgefaßt, seine Absichten könnten schlicht und einfach durch seine Gehemmtheit aufgedeckt werden. Von hier zu der Schlußfolgerung, ein eingedrungener Hymenopterus könne nur bei gleichzeitiger Furcht vor gewaltigen Enthüllungen derartiges Unbehagen erzeugen, führte eine direkte Spur, und keine verlorene, denn schon beim nächsten Schritt würden sie seinen hellichten Schrecken mit similär perversen Absichten verknüpfen und herausfinden, daß er eine Art Ichneumon war, eine dieser Wespen, die in den Urwäldern des Orinoco emsig nach ihrer Spinne suchen, um ihr den tödlichen Stachel in den Nacken zu stoßen. Oder war es vielleicht eine Bienenkönigin, eine Arbeiterin oder eine Drohne? Um sich von letztigem Entsetzen und künftiger Besorgnis abzulenken, schaute er zum anderen Ende des Salons, wo er Fahnen erblickte, doch lange bevor er feststellte, ob es die ursprünglichen, orthodoxen Fahnen der Partei waren oder nicht, sah er, daß sie sich, wie alle Fahnen, in Stropp, Flaggensaum, Tuch, Appliziernähte, Webkante, Flaggstock, Marlleine, Webkante (die andere), Saumnaht und Schwieping gliederten, und da es sich weder um einen zweizackigen Dragonerwimpel noch um einen Stander noch um einen Langschild handelte, sondern um eine viereckige Flagge, wußte er, daß es nur die Venerata sein konnte, obwohl er weder gekreuzte Hämmer noch Sicheln auf dem, wie er jetzt feststellte, blauen und nicht roten Grund entdecken konnte. Litt er etwa an Daltonismus? Um sich diesbezüglich der Gewißheit oder Ungewißheit seines Wissens zu vergewissern (wieder diese anakoluthischen Reime!), betrachtete er vier Wappen, die zur Rechten und zur Linken die Fahnen zu bewachen schienen, und bevor er überhaupt wußte, daß eines spanisch, eines französisch, eines polnisch und eines schweizerisch war, registrierte er die diversen Unterteilungen: rechtes Feld des Schildhaupts, Hauptstelle, linkes Feld des Schildhaupts, rechte Flanke, Herzstelle, linke Flanke, rechtes Feld des Schildfußes, Pfahlstelle, Ehrenstück, und betrachtete nun die Nabelstelle (des Wappens, der vier Wappen, vier verschiedene Nabel und einen einzigen wirklichen Nabel), um dann festzuhalten: Or, Argent, Gueules, Azur, Sinople, Sable, Pourpre, Orange, Tanné, die als Untergrund oder Kontrast dienten für: Eichenblätter, Schrägkreuze, geschäftete Bäume, bemundstückte Jagdhörner, geastelte Schräglinksbalken, aufgespießte

Kronen, Sparren, Zickzackschnitte, Göpel, Kollanen, Freiviertel, Schildränder, Beizeichen, Pfahlfehen, Schachungen, Rauten, Ständerungen, Balken, Spaltungen, Innenborde, Verbrämungen und zum Grimmen geschickte Pumas, Adler und Schlangen.

Er ging gerade auf die Wappen zu, um die Unterschiede genauer auszumachen, als ein Saaldiener, Adjunkt oder Amanuensis kam und ihm sagte, er könne jetzt hinaufgehen, der Meister (das waren genau seine Worte) wolle ihn empfangen, erwarte ihn bereits – und sehr wohl hätte er hinzufügen können, daß Geduld die Präambel der Ungeduld ist, oder mit einer Spruchweisheit seines Volkes: Hoffen und Harren macht manchen zum Narren, denn er sah (und vermerkte) seine eindringliche oder aufdringliche Geste. Er vollzog eine exakte Vierteldrehung auf einer der in das Rund des Zentralmosaiks eingebetteten Lilien und strebte mit dem geheuchelten Schritt des Jüngers dem Quartier des *hereticus maximus* zu. Stufe um Stufe stieg er die Treppe hinauf, hielt jedoch einen Augenblick inne, um festzustellen, daß sich zuoberst auf dem Geländer der Handlauf befand und die schiefergestriemten Maserungen des bernsteinfarbenen Marmors mit den Striemen übereinstimmten, die den ebenfalls bernsteinfarbenen Marmor der Treppe schiefermaserten, wiewohl er nicht auf den marmornen Stufen stand, sondern auf dem roten Filzläufer, auf dem sich Haltestangen und bronzene Ösen wunderschön abhoben. Auf dem oberen linken Absatz sah er sich einer vollständigen Rüstung aus dem Quattrocento gegenüber, mit Visierhelm, Halsberge, Vorderflug, Armkachel mit spitzem Mäusel, Plattenschurz, Beintasche, Kniekachel, Diechling, Beinröhre, Tartsche (oder Schild), Brustharnisch mit doppelter Schiftung und Hellebarde mit durchgesteckter Toledaner Klinge auf eichenem Lanzenschaft. Auch wenn er dem mit geschmiedeten Basreliefs verzierten Küraß oder den mehrfach geschobenen Schulterstücken wenig Aufmerksamkeit schenkte, so wollte er doch wissen, ob es sich bei dem Helm um einen Steckhelm oder nur um eine Sturmhaube mit hochgezogener Halsberge handelte, und er ging näher an die Rüstung heran, fast (Gänze war ihm durch die Wand verwehrt) um sie herum, sah bei näherem Hinsehen, daß die besagte Halsberge eher der breite Schembart einer Hirnkappe mit schlitzartigen Durchbrüchen im Visier war, und kam zu dem Schluß, daß es sich um eine Kesselhaube und nicht um einen Helm handelte – und als sich die Hellebarde in seinem Regenmantel verhakte, fiel ihm ein, daß er jetzt endlich hinaufgehen und sich seinem Feinde stellen müßte, doch mitten in dieser entscheidenden Überlegung überraschte ihn die Fensterrose über dem Zwischenpodest. Er nahm alle Kraft zusammen, um sich ihrer vielblättrigen Verlockung zu widersetzen, und stieg nun endgültig die Treppe hinauf. Oben kam er zum Eingang, den eine Sopraporte mit fein ausgearbeitetem kolonialem Schnitzwerk auszeichnete, und sah, daß die Tür und mit ihr Rahmen (oder Stock), Füllungen, Rahmen, Simswerk und Sturz aus spanischer Eiche waren, und obzwar es keine Schutzplakette gab, so waren doch Schloß und Klinke vorhanden, beide aus erlesener Bronze, sowie Spitzkloben aus gleicher Legierung, und er strich mit der historischen Hand über auskragende Profile, bevor er sie zu einer marxistischen Faust ballte und mit nervigen, nervösen Knöcheln klopfte.

V-LV

(Nachdem er das Zimmer und alle Einrichtungsgegenstände nebst sonstigem Zubehör in Augenschein genommen und inventarisiert hat, zeigt Jacques Mornard Lew Dawidowitsch Trotzki die »disizipulären Oktavillen«, wie Alejo Carpentier sagt, und während der Meister durch die Lektüre abgelenkt ist, gelingt es ihm, den mörderischen Dechsel herauszuziehen – nicht ohne zuvor jede einzelne der anatomischen, sartorialen, charakterlichen, persönlichen und politischen Besonderheiten des großen Toten aufzuzählen, denn der Attentäter (oder der Autor) leidet an dem, was man in der französischen Literaturtheorie unter der Bezeichnung *Syndrome d'Honoré* kennt.)

ELEGIE FÜR JACQUES MORNARD (UNTER DEM HIMMEL VON LECUMBERRI)

Hart war er und streng,
tief war seine Stimme
und aus Stahl
sein Apostatentum.
(Nicht war, nein, ist,
denn immer noch, noch immer
geht er um.)
Er ist.
Aus Stahl.
Aus Stahl ist er.
Aus Stahl!
Nicht weniger,
nicht mehr!

TROTZKI: Ich war gelangt zu einem Wege, als der Tod sich vor mir bäumte!
(Las die Worte »einem Wege«, als man aus selbigem mich räumte.)

MORNARD: Wie kommst auf den Gedanken du,
Lew Trotzki, daß ich dich erschlug,
die Axt, die ich in Händen trug,
schlugst mit dem Kopfe du.

CHOR (Schdanow, Blas Roca und Duclos):
Stalin, großer Steuermann,
es schütze dich Changó,
mit dir sei Yemayá!

TROTZKI: O Insel von Prinkipo, ganz seist du meine Gabe,
und wenn ich einst zu sterben habe,
so lieg ein Sichelstrauß und eine Fahne mir im Grabe!

MORNARD: So nimm denn deinen Sichelstrauß
und deine Fahne, entäußre dich

des Wartens auf den Tod, denn ich
hab dir gemacht schon den Garaus.

TROTZKI: Ereilt der Tod mich auf der Straße,
so bringt mir keine Blumen!
Verlang ich Borschtsch mit Linsen,
gebt ihn mir nicht mit Bohnen!

MORNARD: Verlang nicht Borschtsch mit Linsen,
vergiß das alles: Blumen,
Sicheln und auch Bohnen!
Du bist nicht auf der Straße,
du bist hier in Tenorios Haus,
wo man bei Wodka, reichlich viel,
und mit Hermanns Glasperlenspiel
feiert deinen Leichenschmaus.

TROTZKI: Ich, hingerafft?

MORNARD: Ja, sieh doch, wie die Wunde klafft,
und wen ich aus dem Weg geschafft,
dem hilft nicht mal Paré (Ambros).

TROTZKI: Ach, welch hartes Los!
Und's gibt kein Leben im Paradiese?
Schau, laß mich beenden bloß
von Stalin die Biografiese.

MORNARD: Es tut mir leid, alter León,
Lion, Leone, Löwe, Lew
Bronstein alias Davidsson
Trotzki. Bist, wie schon Sinowjew,
Lenin, Engels, Charlie Mar-
x, tot, noch töter als der Zar:
Kaputt, difunto, dead, verreckt,
mort, morto, leblos hingestreckt,
im Schlaf, aus dem dich keiner weckt.
Hast gebissen nun ins Gras.

TROTZKI: Und wer spricht, du Rabenaas?

MORNARD: Du. Doch als Spuk, wie Fantomas.

TROTZKI: Und dieses Schimmern?

MORNARD: Das sind des nahen Todes Flamen.

TROTZKI: Und diese Stimmen?
MORNARD: Kabylen, wie in allen Dramen.
TROTZKI: Kabylen? Flamen?
Bist du des Wahnes Beute?
MORNARD: Nun gut: *Kabalen* sind's, und *Flammen*.
(O, diese Literatenmeute!)
STIMME: Wer schamlos als Biographie
tarnt seiner Lügen Wortgebäude,
sollt wahrlich auf Orthographie
nicht pochen bei anderen Leuten.
TROTZKI: Doch wer ist noch zugegen, sag?
MORNARD: Der Deutscher ist's, der Isaac.
TROTZKI: Ach, welch schwarzer Tag!
Hinweg mit ihm, ich muß jetzt sterben.
Gewiß, ich sterbe. Doch es mag
besser sein, gleich zu verderben,
als fortzuleben in der Rolle des Propheten,
bar aller Mannen und Moneten,
und im Kopfe solche Kerben.
Öch störbe!
(Stirbt unter kläglichem Gegreine)
CHOR (Deutscher, Gorkin und Verlaine,
welchletztrer nur des Reimes wegen,
in diesem Kreise war zugegen):
Wie bei Pa Montero im besten Glanze,
Spielt auf eine Rumba zum Tanze!
Als Sozi ging Leo immer aufs Ganze.
Spielt auf eine Rumba zum Tanze!
Brach gegen den Sepp so manche Lanze.
Spielt auf eine Rumba zum Tanze!
Doch Dschugaschs Willi gab ihm keine Chance.
Spielt auf eine Rumba zum Tanze!
Ließ zerquetschen ihn wie eine Wanze.
Spielt auf eine Rumba zum Tanze!
(Exeunt all except Hamlet)
HAMLET (in Wirklichkeit ist es Stalin mit blonder Perücke,

Pluderhose und Wams, in der Hand einen Teddy oder russischen Bären):
Ach, wollt doch Trotzki, der so eisern,
auflösen sich und sich verflüchtgen,
sich kehren dann in Morgenthau ...
Verzeihung, in Morgentau
(Setzt neu ein)
Wie eitel, unnütz, leer und aufgeblasen
erscheint vor meinen Augen alles,
was ein Malthus ...
(Angewidert)

Gibt es denn keine Möglichkeit, sich diesen Schurken, Verräter, Halunken usw. vom Hals zu schaffen, ohne daß man sich verkleiden und einen derartigen Schwachsinn rezitieren muß!

In diesem Augenblick, als wär's ein Zuck von Stückmayer und nicht von Shawkspear, hört man zuerst fern und dann ganz nah, oder umgekehrt, die Stimme Molotows schreien:

»Extrablatt! Extrablatt! MORNARD TÖTET TROTZKI! Extrablatt! Ausführlicher Bildbericht! Alles über die Bluttat! Kaufen Sie das Extrablatt! Extrablatt!!!«

Die Stimme klingt rauh und afrikanisch, aber Stalin erkennt sie als die Molotows und nicht als die von Bebo, dem Newsvendor an der Ecke 23 und 12. Er zieht sein Kostüm aus (Stalin, nicht Bebo oder Molotow, und schon gar nicht Trotzki) und läuft beschwingt und nackt durch die Flure des Kremls. In der Ferne sieht man ihn plötzlich auf seinen nackten Füßen herumhüpfen: jemand hat Reißzwecken ausgestreut. Man hört ihn schreien:

»Kamenew! Sinowjew! Rykow!!«

(Das sind, nach Trotzki, die schlimmsten Schimpfwörter der russischen Sprache), und danach:

»Durch Nägel Vereintes Paralleles Zentrum!«

»Säuberung! Säuberung! Abführen!«

Aus einer Tür tritt Lady Macbeth (die aus dem Landkreis

Msknz), händereibend (es ist kalt) und schlafwandelnd. Auf dem Kopf trägt sie ein Fläschchen Rizinusöl und einen slawischen Dutt. Sie hört auf, sich die Hände zu reiben (es ist nicht mehr so kalt), und entnimmt ihrem Mieder die Gesammelten Werke von Marx, Engels und Lenin, ein Vergrößerungsglas und einen Löffel. Sie legt die Bücher auf den Boden, und es gelingt ihr, sie mit Hilfe des Vergrößerungsglases und der russischen Mitternachtssonne in Brand zu stecken. Sie erhitzt das Rizinusöl auf dem Feuer und versucht dann, Stalin einen Löffel des Abführmittels einzuflößen, vergeblich, denn er sträubt sich, strampelt, reißt sich los und läuft weiter kremlabwärts; dabei brüllt er neue Schimpfwörter, die ein neben ihm laufender Schreiber sofort in einen linguistischen Traktat einträgt. Durch den Lärm aufgeschreckt, taucht aus Türen, Fluren, Wänden und dem einen oder anderen Schrank der Schatten Lunatscharskis auf, und der Schatten Radeks an seiner Seite nennt ihn fortwährend »Lupanarski, Lupanarski«, während ersterer den Schatten von Arnold und Pjatakow (an seiner anderen Seite) einen konterrevolutionären Witz erzählt:

»Sozialismus in einem Lande! Bald werden wir Sozialismus in einer Straße haben!«

Pjatakow und Arnold lachen, doch der Schatten Bucharins, der sie von hinten einholt, warnt:

»Vergiß nicht, Radek, daß dich dieses Witzchen schon einmal das Leben gekostet hat!«

Arnold, Pjatakow und ein paar Schatten geringerer Ordnung weichen diskret von Radeks Seite, doch der reißt unbeirrbar und allein weiter seine infraroten Witze; dabei schaut er ab und zu zurück und schreit »Lupanarski« über die Schulter, was keinerlei Wirkung hat (auf seine Schulter nicht, wohl aber auf Lupanarski, der sich verschämt aus dem Staub macht).

Schneller als man Objedinjonnoje Gossudarstwennoje Polititscheskoje Uprasdnenije sagen kann, bevölkern sich die Korridore des Kremls mit Dutzenden, Tausenden, Millionen (ca. hundert) von politischen Gespenstern. Über den Schatten hört man (jetzt auf georgisch) die Schimpfwörter und dann die Klagen von Dschugaschbilly the Kid in Interprol, der Sprache des proletarischen Internationalismus:

»Hätte doch der Trotzkismus nur einen Kopf!«

»Mein Generalsekretariat für ein fahles Pferd!«

»Freiheit, wie viele Tangos werden in deinem Namen begangen!«

»Etcetera!«

CHOR (Aragon, Eluard, Siqueiros, Scholochow und Brecht begleiten Guillén):
Stalin!
Großer Steuermann!
Es schütze dich Xangó,
mit dir sei Jemajá.
Warum auch nich!
Jedenfalls sag das ich!

Die Stimme Arsenio Cués schreit in der Wirklichkeit des Bandes oder der Parodie deutlich hörbar, Scheiße, das ist doch kein Guillén, nicht die Bohne, und man hört Silvestres Stimme, Rine Leals Stimme, gespenstisch im Hintergrund, und meine eigene Stimme, die alle durcheinanderreden, aber die Stimme Bustrófedons ist nicht mehr zu hören, und das war auch schon alles, was Bustrófedon geschrieben hat, wenn man das überhaupt Schreiben nennen kann, obwohl, wenn Origenes (Beitrag von Silvestre) und zwanzig Jahrhunderte später Erle Stanley Gardner (in aller Bescheidenheit, von mir) es getan haben, warum dann nicht er? Aber ich glaube nicht, daß er die Absicht hatte, einfach nur zu *schreiben* (Hervorhebung von Arsenio Cué), sondern daß er eher Cué eine Lektion erteilen wollte, weil der sich weigerte, auch nur eine Zeile zu schreiben, obwohl Silvestre ihn mit allem nur erdenklichen Nachdruck dazu drängte, und daß er gleichzeitig S. zeigen wollte, daß C. keinesfalls recht hatte, er aber genausowenig, und daß Literatur nicht wichtiger ist als Konversation, und daß überhaupt beides nicht sonderlich wichtig ist, und daß Schriftsteller zu sein dasselbe ist wie Zeitungsverkäufer oder Gazettist, wie B. immer sagte, und daß vor oder nach allem kein Grund besteht, höher zu scheißen als der Arsch/die Schar. Obwohl ja Bustrófedon bei dieser und anderen Gelegenheiten ganz eindeutig gesagt hat, daß die einzig mögliche Literatur die Wandschmiererei ist (uzend Gewutztes oder wutzend Geuztes), und als Silvestre sagte, er hätte das schon immer gesagt und sei dabei, Analekten zusammenzustellen (genauso hat er es gesagt, und B. veruzte ihn gewaltig mit seinen Auslassungen über die Unterschiede und Ähnlichkeiten, die es zwischen analektisch, anallaktisch und analgetisch gibt und geben muß, selbst wenn man von der Milch und den Algen absieht und letzten Endes ohnehin alles auf anales Lecken hinausläuft), sagte Bustrófedon, ihm gehe es nur um die auf den Wänden der öffentlichen Toiletten, Bedürfnisanstalten, Abtritte, Klosetts und Pinkulatorien, und rezitierte ausgewählte Passagen aus seinen Fäkalfaszikeln, Mistzellaneen aus seiner kackophonischen Exkrestomathie (Arsenio Cué dixit), wie zum Beispiel Hier sind alle Menschen gleich Hier stinkt arm und reich oder Jesus sprach zu seinem Jünger Ist kein Papier da nimm den Finger oder In diesem Hause wohnt ein Geist Der jeden der zu lange scheißt Von hinten in die Eier beißt oder die mikroskopisch kleinen bedruckten Aufkleber, die versprachen, Gonorrhöe, Blennorrhagie und Syphilis zu heilen, AUCH ZWANZIGJÄHRIGE, offenbar ein todsicheres Alter, sich so etwas einzufangen, und danach die Versicherung Sofortige Heilung Diskret und Vollständig Sonst Geld zurück oder die Anzeigen Bei Impotenz *Testivital* oder Nachlassen der Manneskraft? Impotenz? Monosexualität? Besuchen Sie *Dr. Arces Institut für Sexologie* – Modernste wissenschaftliche Methoden – HEILSGARANTIE, und nach dieser Blasphemie der handschriftliche Schlußvermerk Wenn man will und kann nicht mehr Dann ist das wirklich ein Malheur. Die andere, sagte jetzt B., die andere Literatur muß man in die Luft schreiben, was bedeuten sollte, daß man sie durch Reden machen muß, sage ich, oder wenn du auf eine Art Nachruhm aus bist, sagte er, dann nimmst du sie auf, so, und dann löschst du sie wieder, so (wobei er an jenem Tag beides tat, außer mit den vorstehenden Kostproben), und alle können zufrieden sein. Alle? Na, ich weiß nicht. Ich weiß nur, daß auf dem Rest des Tonbandes volkstümliche Lieder sind, Tangos (von Rine gesungen), Bongogetrommel auf einem Tisch (Eribó, wer denn sonst?) und Diskussionen zwischen Silvestre und Arsenio Cué und rezitierte Bruchstücke aus dem Neunuhr- oder Einuhrradioroman oder aus dem Großen Luftroman (Blättern Sie im klingenden Album unserer Ätherschnulzen, bis auch Ihnen der Schmalz aus allen Poren trieft) und diese Begleitgeräusche, die wir alle für Bustrófedon waren. Jedenfalls sagt Cué als Mann vom Fach, daß man dieses Brutzeln, Bullern und Blubbern als Parasitärgeräusche bezeichnet. Bustrófedon hat tatsächlich sonst nichts geschrieben, sieht man einmal von den Memoiren ab, die er mit einem Nachttopf als Beschwerer unter dem Bett hinterließ. Silvestre hat sie mir geschenkt, und hier sind sie nun, ohne daß ich auch nur ein i-Tüpfelchen daran geändert hätte. Ich glaube, sie sind irgendwie (um es wie S. zu sagen) von Bedeutung.

Ein paar Enthüllungen

Ein Witz? Was sonst war denn Bustrófedons Leben? Ein Witz in einem Witz? Dann ist die Sache ernst. Und die Aufgaben, die er Silvestre zu seiner Verzweiflung stellte (zu der Silvestres, der zu ihm sagte, Du bist der Capablanca des unsichtbaren Schreibens: Wieso? fragte Bustró. Der wollte sich auch nicht mit den 64 Feldern des Schachbretts begnügen: Wollte er 69? lachte Bustró: Nein, antwortete Silvestre ernst, denn er verträgt keinen Spaß, wenn er etwas ernst meint oder umgekehrt, Er wollte das wissenschaftliche Spiel schwieriger machen, weil es für ihn schon zu sehr Spiel und zu wenig Wissenschaft war oder viceversa: und Bustró, der sagte, Nur daß ich ein Capablanca bin, der den (Caryl) Chessmen lediglich beim Spielen zuschaut: ich schreibe ja mit Geheimtinte), und wie es Bust genoß, sich wie ein Jockey beim Steeplechase-Rennen aufzuführen (dieser Ausdruck würde unseren Eddie Arcaro des Wörterbuchs auf die Palme bringen, genauso wie er jedesmal wütend wurde, wenn jemand die Wüste Sahara oder die Stadt Leningrad sagte, außer wenn er selbst es tat, denn dann schien ihn das zu erleichtern), oder wenn er selbst den literarischen Parcours absteckte und eine Literatur vorschlug, in der die Wörter alles bedeuten könnten, ganz nach dem Belieben des Autors, der dann in einem Vorwort nur zu erklären bräuchte, daß man immer, wenn er Nacht schreibt, Tag lesen muß, oder wenn von Schwarz die Rede ist, an Rot oder Blau oder Farblos oder Weiß denken soll, und wenn er behauptet, eine Person sei weiblich, soll der Leser annehmen, es handle sich um einen Mann, aber wenn dann das Buch geschrieben wäre, müßte er das Vorwort wieder streichen (hier fuhr Silvestre hoch: jump), oder man könnte die Typen der Schreibmaschine zu einem Zwiebelfischpüree verquirlen (dieser Satz würde B. bestimmt gefallen, wenn er ihn lesen könnte) und dann zum Beispiel tippen lduoxm Bms K (Ohfcus .M'=löa+§ &Biky;z jsz) iw:k ly/mirkUk? Oder daß er sich ein Buch wünschte, in dem alles von hinten nach vorn geschrieben wäre, in dem das letzte Wort das erste wäre und umgekehrt, und jetzt, da ich weiß, daß Bus ins Jenseits abgereist ist, in sein Viceversa, ins Negativ, auf die andere Seite des Spiegels, glaube ich, daß er diese Seite so lesen wird, wie er es immer wollte: so:

Ein Witz? Was sonst war denn Bustrófedons Leben? Ein Witz in einem Witz? Dann ist die Sache ernst. Und die Aufgaben, die er Silvestre zu seiner Verzweiflung stellte (zu der Silvestres, der zu ihm sagte, Du bist der Capablanca des unsichtbaren Schreibens: Wieso? fragte Bustró. Der wollte sich auch nicht mit den 64 Feldern des Schachbretts begnügen: Wollte er 69? lachte Bustró: Nein, antwortete Silvestre ernst, denn er verträgt keinen Spaß, wenn er etwas ernst meint oder umgekehrt. Er wollte das wissenschaftliche Spiel schwieriger machen, weil es für ihn schon zu sehr Spiel und zu wenig Wissenschaft war oder viceversa: und Bustró, der sagte, Nur daß ich ein Capablanca bin, der den (Caryl) Chessmen lediglich beim Spielen zuschaut: ich schreibe ja mit Geheimtinte), und wie es Bust genoß, sich wie ein Jockey beim Steeplechase-Rennen aufzuführen (dieser Ausdruck würde unseren Eddie Arcaro des Wörterbuchs auf die Palme bringen, genauso wie er jedesmal wütend wurde, wenn jemand die Wüste Sahara oder die Stadt Leningrad sagte, außer wenn er selbst es tat, denn dann schien ihn das zu erleichtern), oder wenn er selbst den literarischen Parcours absteckte und eine Literatur vorschlug, in der die Wörter alles bedeuten könnten, ganz nach dem Belieben des Autors, der dann in einem Vorwort nur zu erklären bräuchte, daß man immer, wenn er Nacht schreibt, Tag lesen muß, oder wenn von Schwarz die Rede ist, an Rot oder Blau oder Farblos oder Weiß denken soll, und wenn er behauptet, eine Person sei weiblich, soll der Leser annehmen, es handle sich um einen Mann, aber wenn dann das Buch geschrieben wäre, müßte er das Vorwort wieder streichen (hier fuhr Silvestre hoch: jump), oder man könnte die Typen der Schreibmaschine zu einem Zwiebelfischpüree verquirlen (dieser Satz würde B. bestimmt gefallen, wenn er ihn lesen könnte) und dann zum Beispiel tippen lduoxm Bms K (Ohfcus .M'=löa+§ &Biky;z jsz) iw:k ly/mirkUk? Oder daß er sich ein Buch wünschte, in dem alles von hinten nach vorn geschrieben wäre, in dem das letzte Wort das erste wäre und umgekehrt, und jetzt, da ich weiß, daß Bus ins Jenseits abgereist ist, in sein Viceversa, ins Negativ, auf die andere Seite des Spiegels, glaube ich, daß er diese Seite so lesen wird, wie er es immer wollte: so:

Und seine Geometrie des Geistes, nach der das Zeichen für einen geometrischen Albtraum eine Spirale ist, die in einem Pfeil endet, in vielen Pfeilen, in Vektoren, denen man kompulsiv und konvulsiv wie ein Sträfling immer zur Mitte hin folgen muß, während sich die Spirallinie unter den Füßen wie eine Schraube immer weiter entfernt? Und sein Zeichen für geometrisches Glück: ein Kreis, eine polierte Kugel oder, noch besser: eine Kristallkugel, und sein Zeichen für unerschütterliche Dummheit: das Quadrat, und für urtümliche, bewegliche Solidität (ein geometrisches Rhinozeros, sagte er dazu): das Trapez, und für Zwangsvorstellung: eine einfache Spirale, und für Neurose: eine doppelte Spirale, und für

Kürze: der Punkt
Kontinuität: die Linie
Ursprünge: das Ovoid
Treue: die Ellipse
Psychose: die exzentrischen Kreise?

Und sein Vorschlag, die Unesco, sobald es (nicht sie) tagt, Ionesco zu nennen? Präsident: Marx, Groucho. Geschäftsführer: Raymond Queneau. Mitglieder des Präsidiums: Harpo Marx (oder seine Statue), Tintán, Dick Tracy und die neue Aufsichtsratsvorsitzende der Viscose Inc., Mrs. Ella Stish. Und die Tragikomödie von AA, wie er es nannte, durch die Antonin Artaud seine mexikanische Apotheose erfuhr, als er nämlich ins Tenampa oder ins Guadalajara by Night ging und die Mariachi-Band unterschiedslos jeden einzelnen Besucher begrüßte und die abendlichen Gäste mit ihrer Musik unterhielt, und einer von den Leuten am Tisch, ein gewisser Cretorio Pletino, sagte zum Baßgitarristen, Dieser leicht abwesende Kumpel hier ist der große französische Dichter Antonin Artaud, und als der Mariachero wieder bei seinen Leuten war, rief Pletino: Komm, spiel ihm einen Corrido aus Jalisco, Bruder, aber einen von den astreinen!, und der Musikaster (der übrigens Castro hieß) zog sich den Sombrero in die Stirn, strich sich den enormen Schnurrbart à la Zapata glatt und verkündete aus voller, im Schreien geübter und tequilageölter Kehle, Es ist uns eine besondere Freude, meine Damen und Herren, das folgende Stück dem großen französischen Dichter widmen zu dürfen, der heute abend hier unter uns weilt und uns die Ehre seiner Gegenwart gibt: DER GROSSE TOTONÁN TOTÓ!, und schließlich noch seine Behauptung, Groucho Marx und Quevedo und Perelman seien sich so ähnlich, daß es sich zwangsläufig um verschiedene Personen handeln müsse? Und?

DIE PRO – UND – CONTRA NAMEN

Tänzer/innen

Alicia Marxowa
Dix Entrechats
Washlap Wishinski
Nixinski
La Stampa
Jules Supermanski
Michail Strogonoff
Ude S. Sernowa
Alicia Alonsowa
Pat Dedeux
Ruth de Loukin-Glass
Isidor Drunken
La Sfida
Jack Framboise
Sue-Anne Lake
Frais d'Astair
La Pasionaria
Guy d'Humour
Hilda Capo
La Boyassianna
Joe Lemon
James Cagney
Lea Coppelia
Rudolf Phallentino
Margot von Teyn
Maria Glatzweib

Popelettenkomponisten

Strauss & Straus & Strauß
Rodgers & Hart
Rodgers & Hammerstein
Vincent Yahooman
Georg Gärswing
Call Porter!

Rodgers & Rodgers	Dmitri Pumpkin
Rodgers & Trigger	Jerome Kern Jerome
Lerner & Loewe	RCA Victor Herbert
Leopold & Loeb	Irving Berlin (West)
Rosencrantz & Guildenstern	Silver Gullivant
Boyassian & Mamassian	Jack Oftenback
Tinkers & Evers (& Chance)	Tumbler Motown
Kahlmann & Le Haar	Bernard Leonstein

Journaillisten

Hebert Tomahwák	S. Kendall McAzine
D. Saster	Sal Bader
Waldy Bookart	Cole Porter
K. Fee Schreiber	Shirley Boyassian
Nails Hardener	Forge de Magogue
Anna Coluthon	Chief Red Actor
C. Sam Ouvretoits	Wust van Woorden
Anton O'Massy	Leo Pnasmus
Larry Farina	Caulme Ishmael

Phallosophen

Zellophanes de Lea	Sankt Augustinus
Aristokrates	Sankt Anselm
Aristoteles Sokrates Onassis	Sam Clemens
Impodenklos	S. Boyasian-Mamasian
Antipaster	Martin Luther King
Presokrates	Lao Tse-tung
Ludwig Ofenbach	Duns Scotland Yard
Luftwaffe Feuer-Bang	Gratinos
Giuseppe Balsamino di Seneca	Kretinos
Martin Bormann	Platon
Groucho Marx	Plotinos

Herbert Ludwig Marxuse
Giordano Brulé
Victor Mature
Thomas von Aquamarin
Ortega und Gasset
Platinos
Martin Honegger
Des Carter
Alain Delonius
Immanuel Cunt

Kompottisten & Musiker

Gesualdo
Parmegianni
Czernyk
Cecilia Chorus van Antwerp
Macho Villabolos
Mitza Brevis
Rumsky Kosakoff
Georg Bidet
De Tartini (Schöpfer der Bourrée)
Igor Strawhiskey
Aaron Coppeliand
Albert Banbrechtsberg
P. T. Chachaikowski
Béla Händelsohn-Bartókly
Laurence da Rabbia
Antonio Valdivia
Yehudi Menuhett
C. Bakaleinikoff
Doremy Fazoll
Engelbert Pumpernickel
Dea Zauberflöte
Moritz Rebell
Ruggiero Felis Equus
Aram Caridad (Cacha) Turian
S. B. Mamasian
Sam Louis Blue
Darii Miló
Wanter Pistol

Pintaurus

Michelangelo Antonini
Le Murillo
El Grotto
Pik Asso
Lenin Riefenstahlin
Vinzens Fankoch
Karpat, Joe
Anti Warhole
Paul Gauquinn
Edgas
Mizarro
Purillo
Uccillo
Sophonisba Angusciola
Gioya
Sargent & Constable

Menasha Trois (in Kanada)
Shiram Boyasian Mamasian (in Kuba)
Felo Bergaza (in Mexiko)
Cuca Valiente (in Venezuela)
Concha Espina (in Uruguay)
Chao Ping-ah (in Kuba)
Concha Piquer (in Uruguay)
Nora Condom (in Kuba, in Spanien, in den USA)
Walter Piston (in der UdSSR)
W. C. Johns (in den USA)
Lew Dawidowitsch Bronstein (in der UdSSR)
Jay Manfoot (in Frankreich)
Mère d'Alore (in Frankreich)
A. Lecocq-Tieser (in den USA)
Lucille Ball (in Harvard)
Ernest K. Gann (in Spanien, in Kuba, in Mexiko, in Argentinien)
Dmitri Tiomkin (in Tanglewood)
Shiram Boyasian Mamasian (in Kuba)
Giovanni Verga (in Mexiko)
Della Pedal (in Frankreich)
Shiram Boyasian Mamasian (in Kuba)

Un das, was er und Silvestre Die Besetzung nannten, mit tausend unausschprchlchn, unwiewiederderhoholbabarenren Schauspielernamen? AH: ABER NEIN DOCH: aber nein: es ist einfach zu viel, wirklich. Und jetzt, mein Gott, jetzt ist also all das, all das und auch der Rest, der chironomischen Chiromantie des Chirurgen zum Opfer gefallen, hat der Große Totonán Totó, Dalai, The Mostest aufgehört zu existieren (und zu sein, und zu denken, und seinen Schatten zu werfen?), und dem Arzt, diesem Vampir, entging das Vergnügen herauszubekommen, was geschehen wäre, wenn er wie ein umgekehrter Frankenstein die schäbigen Überreste den anderen, der Geiermeute seiner Nächsten, den gewöhnlichen Sterblichen zurückgegeben hätte. Aber (aber: dieses Wörtchen *aber* drängt sich am Ende doch immer wieder dazwischen) später dann, bei der Autopsie, beim Schlachtfest (denn man hatte ihn sogar auf einen Marmortisch gelegt) in der Dunkelkammer der Enthüllungen fand der Arzt heraus, daß er seine praktische Vernunft beisammen hatte, daß er mit seiner pedantischen Prognostik (oder Proboscis) richtig lag, und das war aber auch schon alles, was der Scheißkerl herausfand. Ich, als anonymer Schreiber heutiger Hieroglyphen, könnte euch noch mehr erzählen, könnte euch zum Beispiel noch ein Letztes in Seinem Namen ,Recht das mehr einmal nicht habe ich) Ihn öffnete er :erzählen Seinen Namen auszusprechen) und sah Ihn sich an und aber ,nichts sah :nicht Ihn sah und zu wieder Ihn machte auch rein garnichts, denn er erfuhr nie und nimmer, daß er die und Regenschirm den nur Operationstisch seinem auf Nähmaschine hatte *Punkt*

Achte

Ich träumte, ich sei ein rosaroter Regenwurm und ich ging meine Mutter zu Hause in der Calle Empedrado besuchen und stieg die Treppe hinauf, aber so mit den Füßen, wie ich sonst auch gehe, und keiner wunderte sich darüber. Ich stieg also die Treppe hinauf, und obwohl es Tag war, war es sehr dunkel, und auf einem Treppenabsatz war ein schwarzer Wurm, und der vergewaltigte mich. Danach war ich auf einem Stein mitten im Fluß, zusammen mit meinen Würmchen, und sie waren alle rosarot wie ich, außer einem Würmchen, das schwarze Flecken hatte, und das schmiegte sich immer am dichtesten an mich. Ich stieß es dann mit meinem Schwanz weg, aber es kam wieder, und ich stieß es erneut weg. Ich wollte es von den anderen Würmchen fernhalten, und es machte ein ganz jämmerliches Gesicht, aber je kläglicher es dreinschaute, desto wütender wurde ich. Auf einmal gab ich ihm einen so heftigen Stoß, daß es ins Wasser fiel.

SIE SANG BOLEROS

Ist das Leben ein konzentrisches Chaos? Ich weiß es nicht, ich weiß nur, daß mein Leben ein nächtliches Chaos mit einem einzigen Zentrum war, und das war das Las Vegas, und im Zentrum des Zentrums ein Glas mit Rum und Wasser oder Rum und Eis oder Rum und Soda, und dort war ich ab zwölf, denn ich kam immer, wenn die erste Show zu Ende war und der Conferencier das verehrte und liebenswerte Publikum verabschiedete und gleichzeitig einlud, doch noch zur zweiten und letzten Show dieser Nacht dazubleiben, und die Band spielte gerade ihre Erkennungsmelodie mit einem Ausdruck nostalgischer Großspurigkeit, wie eine Blaskapelle im Zirkus, die von ihrem Hum-ta-ta plötzlich auf einen Zweiviertel- oder Sechsachteltakt umschaltet, wie eine Rhythmusgruppe, die sich an einer Melodie versucht: eben der für die schlechten kubanischen Cabarets typische Sound einer Band, die um jeden Preis wie Kostelanetz klingen will und mich mehr deprimiert als das Bewußtsein, daß ich schon wie Cué und Eribó und wie die restlichen sechs Millionen Bewohner dieser Insel von Solomusikern namens Kuba daherrede, und als ich so mein Glas zwischen den Händen rieb und in Gedanken dieses nüchterne Männlein in mir ganz leise den Namen aussprach, damit nur ich es sagen höre, daß ich langsam den Boden unter den Füßen verliere, und als dieser Flaschengeist, der ich bin, ganz leise Cuba sagte, da tauchte sie auch schon auf und begrüßte mich fröhlich, N'Abend Goldschatz, und gab mir dabei einen Kuß, genau wo die Wange ins Genick übergeht, und ich schaute in den hinter der Flaschenmauer verschanzten Spiegel und sah Cuba, mit allem Drum und Dran, größer und schöner und nuttiger denn je, wie sie mir zulächelte, und ich drehte mich um und legte meinen Arm um ihre Taille, Wie gehts denn Cubadarling, sagte ich und sagte Prachtstück und küßte sie auf den Mund, und sie küßte mich auch und sagte, Gut gut gut, und ich wußte nicht, ob sie mit dem kritischen Sachverstand des intimen Kenners die Küsse guthieß oder damit sagen wollte, daß sie bei bester seelischer Gesundheit war, wie Alex Bayer sagen würde, denn in punkto körperliche Gesundheit sah sie außerordentlich gesund aus, oder ob sie sich einfach nur über die Nacht und das unverhoffte Wiedersehen freute.

Ich stand auf, und wir gingen zu einem Tisch, aber vorher bat sie mich um eine Münze für die bereits eingeschaltete Musikbox und ließ, was denn sonst, »Ersehnte Begegnung« laufen, ihre Erkennungsmelodie, wie »The Music Goes Round 'n' Round« die der Rhythmus und Melodie mordenden Band des Cabarets ist, und setzten uns. Was machst du denn hier so früh, fragte ich, und sie sagte, Weißt du denn nicht, daß ich jetzt im Mil Novecientos singe, als erste Besetzung, mein Schatz, und es ist mir völlig egal, was die Leute reden, Hauptsache sie bezahlen gut, und vom Sierra hatte ich wirklich die Nase voll, und hier bin ich mittendrin und kann zwischen Show und Show einen Abstecher hierher machen oder ins Saindschon oder in die Gruta oder wo immer ich Lust zu hab, und das mach ich jetzt gerade auch, yuanderständ? Ja ja ich versteh, Cuba du bist jetzt das Zentrum meines Chaos, dachte ich und sagte es nicht zu ihr, aber sie wußte es, denn ich hatte meine Hand auf einer ihrer Brüste, dort in der ultravioletten Dunkelheit, wo die Hemden wie das Bettlaken eines bleichen Gespenstes und die Gesichter entweder violett oder wächsern aussehen oder überhaupt nicht zu sehen sind, je nach Farbe und Rasse und Alkoholpegel, und wo die Leute von einem Tisch zum andern huschen und die jetzt verwaiste Tanzfläche überqueren und erst an einem Ort sind und dann an einem andern und am einen wie am andern dasselbe machen, nämlich in Liebe, *matarse*, wie die Kubaner mit einem sehr viel treffenderen Ausdruck sagen, denn mit jedem Clinch wird die Liebe etwas mehr abgetötet, bis nur noch der Sex übrigbleibt, und dann diese Fluchtbewegungen von einem Tisch zum andern, bei denen man die Gesellschaft wechselt, aber nicht die Beschäftigung, und plötzlich kam mir der Gedanke, daß wir in einem Aquarium waren, allesamt, auch ich, der ich den Eindruck hatte, dachte, mir den Luxus leistete zu glauben, nur die anderen seien die Fische im Aquarium, und jetzt waren wir plötzlich alle Fische, und ich beschloß, in Cubas Schlund hinabzutauchen, zwischen ihre Brüste, die ganz von selbst aus der Bluse quollen, in ihre Achselhöhlen, die vermutlich nach dem Vorbild einer Silvana Mangano oder einer Sophia Loren oder irgendeines anderen italienischen Filmstars kunstvoll unrasiert waren, und dort schwamm ich nun herum, tauchte ab, lebte mein Leben und dachte, ich sei ein Kapitän Cousteau nächtlicher Gewässer.

Und dann hob ich den Blick und sah einen riesigen Fisch, eine unter Wasser segelnde Galeone, ein Unterseeboot aus Fleisch, das gerade noch rechtzeitig stoppen und damit vermeiden konnte, mit meinem Tisch zusammenzustoßen und ihn an die Oberfläche zu versenken. Hallo Kindchen, sagte die Stimme, und sie war tief und streng und genauso im Rum abgesoffen wie meine. Es war La Estrella, und ich erinnerte mich an Vítor Perla, der in Frieden ruhen möge, nein, er ist nicht gestorben, sein Arzt hat ihm nur dringend empfohlen, früh schlafen zu gehen, sonst würde er eines Tages überhaupt nicht mehr aufstehen, mußte an ihn denken, weil er genau wußte, wovon er sprach, als er sagte, La Estrella sei der Schwarze Wal, und ich dachte, daß sie ihm bestimmt eines Nachts auch so erschienen war wie jetzt mir, und sagte zu ihr, Wiegehts Estrella, und ich weiß nicht, ob es mir nur so rausrutschte oder ob ich es tatsächlich sagte, jedenfalls schwankte sie hin und her, breitete eine ihrer Hände wie ein Tischtuch auf dem Tisch aus, kam wieder ins Gleichgewicht und sagte wie immer, La La La, und einen Augenblick lang dachte ich, sie sei dabei, die Tuba in ihrer Brust zu stimmen, aber sie wollte mich nur verbessern, und ich sagte mit der gewohnten Gefälligkeit, Ja, *La* Estrella, und sie brach in ein Gelächter aus, das jedes Hinundherhuschen zwischen den Tischen unterband und auch den Reigen des Plattenspielers zum Stillstand brachte, glaube ich, und als sie genug gelacht hatte, ging sie, und ich muß noch dazusagen, daß Cuba und sie kein einziges Wort wechselten, denn sie redeten nie miteinander, vermutlich weil eine Sängerin, die ohne

Musik singt, nie mit einer redet, deren Gesang nur Begleitmusik oder jedenfalls mehr Musik als Gesang ist, und ihre Freunde, die auch meine Freunde sind, mögen mir verzeihen, aber Cuba erinnert mich an Olga Guillotina, eine kubanische Sängerin, die vor allem Leuten gefällt, die künstliche Blumen und Satinkleider und nylonbezogene Möbel mögen. Mir gefällt Cuba aus anderen Gründen, und die sind nicht gerade ihre Stimme und ihre Stimme und ihre Stimme, aber man kann sie befühlen und beriechen und betrachten, was ja mit einer Stimme nicht möglich ist, oder vielleicht nur mit einer einzigen Stimme, mit La Estrellas Stimme, mit dieser Stimme, die Mutter Natur zum Spaß in diesem wild wuchernden Futteral aus Fleisch und Fett und Wasser aufbewahrt. Bin ich immer noch ungerecht, Alex Bayer alias Alexis Smith?

Jetzt spielte die Band zum Tanz, und ich drehte mich in rhythmischem Getorkel im Kreis, und die Stimme, die ich in den Armen hielt, sagte kichernd, Du hast ganz schön Schlagseite, und ich stierte sie an und sah, daß es Irenita war, und fragte mich, wo wohl Cuba abgeblieben war, fragte mich aber nicht, wie es kam, daß ich jetzt mit Irenita tanzte, I-re-ni-ta, Irenita heißt sie, genau, Irena, das ist ihr Name, und ganz ohne alias, obwohl sonst um mich rum lauter alias iacta sunt, und diese Irenita sagte zu mir, Gleich fällsde hin, und das stimmte, ich merkte es in dem Augenblick, als ich zu mir selbst sagte, Sie ist unter dem Tisch hervorgekrabbelt, ja, da muß sie rausgekommen sein, weil sie nämlich immer unter dem Tisch war, wo sie gut Platz hat, aber hat sie denn wirklich Platz? So klein ist sie gar nicht, und ich weiß auch nicht, warum ich dachte, sie sei so klein, denn sie reicht mir bis zur Schulter und hat einen makellosen Körper, vielleicht sind ihre Schenkel oder was man von ihren Schenkeln sieht nicht so makellos wie ihre Zähne oder was man von ihren Zähnen sieht, und ich hoffe, daß sie mich nicht zu gemeinschaftlichem Lachen ermuntert, denn ich habe keine Lust, ihre Schenkel so weit hinten zu sehen wie ihre Zähne, als sie lachte und mir die Lücke eines gezogenen Backenzahns zeigte, aber sie hatte den hübschesten und ebenmäßigsten Körper, den ich je gesehen habe, und das Gesicht einer Genießerin, und ihr Gesicht war der Spiegel ihres Körpers, und ich vergaß Cuba voll und ganz und gar. Aber La Estrella konnte ich nicht vergessen, denn dort hinten, am Eingang des Clubs, kam es zu einem größeren Aufruhr, und die Leute rannten alle dorthin, und wir auch. Auf dem Sofa neben der Eingangstür, in der dunkelsten Ecke, lag ein riesiger dunkler Schatten, der herumstrampelte und tobte und auf den Fußboden fiel, und die Leute hievten ihn mit vereinten Kräften wieder auf das Sofa, und es war La Estrella, die hoffnungslos betrunken war und gleichzeitig das heulende Elend und einen Schreikrampf und einen Wutanfall hatte, und ich ging zu ihr und stolperte über einen ihrer Schuhe, die auf dem Fußboden herumlagen, und fiel auf sie, und sie sah mich und nahm mich zwischen ihre dorischen Säulen und drückte mich an die Brust und sagte und heulte und umarmte mich und sagte, Ach *negro* das tut so weh das tut so weh, und ich dachte, sie hätte irgendwo Schmerzen und fragte sie wo, und sie wiederholte nur tut das weh tut das weh, und ich fragte sie, warum ihr denn was weh tut, und sie sagte, Ach *chino* gestorben gestorben, und heulte und sagte nicht, wer oder was gestorben war, und ich machte mich los, und dann schrie sie, Mein geliebter Sohn, und wiederholte es immer wieder und sagte schließlich, Er ist gestorben, und fiel auf den Boden und blieb ohnmächtig oder tot auf dem Boden liegen, war aber nur eingeschlafen, denn sie fing an, so laut zu schnarchen wie sie vorher geschrien hatte, und ich löste mich von der Gruppe, die erneut versuchte, sie wieder auf das Sofa zu heben, und tastete mich zur Tür und ging hinaus.

Ich ging die ganze Infanta hinab und traf dann auf der Calle 23 einen ambulanten Kaffeeverkäufer, der immer dort zu finden ist, und er bot mir eine Tasse an, und ich sagte, Nein danke ich muß noch fahren, aber in Wirklichkeit wollte ich keinen Kaffee trinken, weil ich meinen Rausch behalten wollte und im Rausch herumstreifen und im Rausch leben, weil so das Leben am angenehmsten verrauscht. Und da ich keine Tasse Kaffee wollte, trank ich drei und fing an, mich mit dem Kaffeeverkäufer zu unterhalten, und er erzählte mir, er arbeite jede Nacht von elf Uhr abends bis sieben Uhr morgens auf der Rampa, und ich dachte, daß wir uns wohl deshalb nie begegnet waren, weil ich genau um diese Zeit auch immer auf der Rampa unterwegs war, und ich fragte ihn, was er verdient, und er sagte, er bekäme fünfundsiebzig Pesos im Monat, egal wieviel er verkauft, und jeden Tag oder besser gesagt jede Nacht würde er hundert bis hundertfünfzig Täßchen verkaufen, und er sagte, Das hier, und tätschelte mit seiner Zwergenhand die Riesenthermoskanne, bringt im Monat an die dreihundert Pesos, und ich bin nicht der einzige Verkäufer, und das ist alles für den Chef. Ich weiß nicht, was ich dazu sagte, denn jetzt trank ich keinen Kaffee mehr, sondern einen Rum on the rocks, und nicht am Meer, wie ihr vielleicht denkt, sondern an einer Bartheke, und ich kam auf die Idee, Magalena anzurufen, und als ich in der Kabine war, fiel mir ein, daß ich ihre Telefonnummer nicht wußte, und da sah ich, daß auf die Wände ein ganzes Telefonbuch gekritzelt war, und ich suchte mir eine Nummer aus, weil ich ohnehin schon die Münze eingeworfen hatte, und wählte und wartete, bis es klingelte und klingelte und klingelte, und schließlich war da eine ganz schwache, abgewetzte Männerstimme, und ich sagte, Ist da Olga Guillot? und der Mann sagte mit seiner stimmlosen Stimme, Nein Señor, und ich fragte, Wer ist denn dran, ihre Schwester? und der Mann sagte, Siesind, und ich sagte, Ach du bists, Sissy, und er kreischte, So eine Frechheit, mitten in der Nacht die Leute zu belästigen, und ich schickte ihn zum Teufel und hängte ein und nahm eine Gabel und fing an, ganz sorgfältig mein Steak anzuschneiden, und da hörte ich Musik hinter meinem Rücken, und es war ein Mädchen, das beim Singen die Wörter endlos in die Länge zog, und es war die Königin des musikalischen Suspense, Natalia Gut (iérrez mit richtigem Namen), und jetzt merkte ich, daß ich im Club 21 ein Steak aß, und ich habe beim Essen manchmal die Angewohnheit, die rechte Hand hochzureißen, damit sich der Hemdsärmel vom Sakkoärmel löst und zurückrutscht, und als ich den

Arm hob, blendete mich ein Scheinwerfer, und ich hörte, daß jemand einen Namen sagte, und ich stand auf, und die Leute klatschten mir Beifall, viele Leute, und das Licht in meinem Gesicht ging aus und schlug ein paar Tische weiter ein, und jetzt wurde ein anderer Name gesagt, und das Steak war zwar noch dasselbe, aber das Cabaret nicht mehr, denn ich war im Tropicana, aber ich weiß nicht mehr, wie ich dorthin gekommen bin, ob zu Fuß oder mit meinem Wagen oder ob ich mit jemand hingefahren bin, und nicht nur das, ich weiß auch nicht, ob das am selben Abend war, und der Emcee stellt immer noch die Gäste vor, als wären es Berühmtheiten, und irgendwo auf der Welt muß das Original zu dieser Parodie sein, vermutlich in Hollywood, ein Wort, das mir jetzt nicht nur beim Aussprechen sondern auch schon beim Denken Mühe bereitet, und ich falle zwischen den Tischen türwärts und erreiche mit Unterstützung des Oberkellners den Patio, und bevor ich abtrete, entbiete ich ihm einen militärischen Gruß.

Ich fahre in die Stadt zurück und erkenne durch die frische Nachtluft die Straßen wieder und erreiche die Rampa und fahre weiter und biege in die Infanta ein und parke beim Las Vegas, das geschlossen ist und vor dessen Tür zwei Polizisten stehen, und ich frage, und sie sagen, es hat Ärger gegeben, und fordern mich barsch zum Weitergehen auf, und ich sage, ich sei Journalist, und da sagen sie mir ganz freundlich, sie hätten Lalo Vegas, den Eigentümer, verhaftet, weil sich herausgestellt habe, daß er Drogenhändler ist, und ich frage einen der Polizisten, Jetzt erst?, und er lacht und sagt, Kommen Sie, machen Sie mir keine Schwierigkeiten, und ich sage, No problem, und gehe weiter, zu Fuß die Infanta und dann die Humboldt hinunter, und lande in einer dunklen Ecke, wo ein paar Mülltonnen herumstehen, und höre, daß aus den Mülltonnen ein Lied ertönt, und gehe um sie herum, um herauszufinden, welche Tonne denn singt, damit ich sie ihrem auserlesenen Publikum vorstellen kann, und ich gehe um die eine Tonne herum und um die andere und um die nächste, und da merke ich, daß die lieblichen Worte aus dem Boden heraufsteigen, zwischen den Speiseresten und schmutzigen Papierfetzen und alten Zeitungen, die dem hygienischen Anspruch der Mülltonnen hohnsprechen, und sehe, daß sich unter den Zeitungen ein trockengelegter Abwasserkanal befindet, ein Gitterrost auf dem Bürgersteig, der Entlüftungsschacht eines Lokals, das da unten sein muß, unter der Straße oder im Keller, oder vielleicht ist es der Schornstein des musikalischen Kreises der Hölle, und ich höre ein Klavier spielen und einen Schlag auf das Becken und einen langsamen, klebrigen, feuchten Bolero und Applaus und wieder Musik und noch ein Lied und bleibe stehen, um weiter zuzuhören, und spüre, wie mir die Musik und die Worte und der Rhythmus durch die Hosenbeine in den Körper dringen, und als das Stück zu Ende war, wußte ich, daß durch diesen Rost die heiße Luft entwich, die von der klimatisierten Luft aus dem Mil Novecientos verdrängt wurde, und ich biege um die Ecke und gehe die rote Treppe hinunter: rot gestrichene Wände, mit rotem Teppichboden ausgelegte Stufen, mit rotem Samt bezogener Handlauf, und tauche in die Musik und in das Geklirr der Gläser und in den Geruch nach Alkohol und Rauch und Schweiß und in die bunten Lichter und in die Leute und höre den Schluß des berühmten Boleros, in dem es heißt, Lichter, Trunkenheit und Küsse, vorbei ist unsre Liebesnacht, Adiós, adiós, adiós, und der Cuba Venegas' Erkennungsmelodie ist, und ich sehe, daß sie sich elegant und schön und von oben bis unten in Himmelblau verbeugt und sich noch einmal verbeugt und dabei die großen, runden halben Brüste zeigt, wie die Deckel zweier Wundertöpfe, in denen Ambrosexia kocht, die einzige Nahrung, die aus Männern Götter macht, und ich freue mich, daß sie sich verbeugt, lächelt, ihren unglaublichen Körper bewegt und ihren schönen Kopf zurückwirft und daß sie nicht singt, weil es schöner, viel schöner ist, Cuba zu sehen, als sie zu hören, denn wer sie sieht, liebt sie, aber wer sie hört und ihr genau zuhört und sie kennt, kann sie nicht mehr lieben, nie mehr.

Neunte

Hatte ich Ihnen nicht gesagt, daß ich Witwe bin? Ich war mit Raúl verheiratet, dem Jungen, der mich zu dem Fest eingeladen hatte. Seine ganze Familie war bei der Hochzeit dabei, in Jesús de Miramar, und die Kirche war voller Leute aus den besten Kreisen, und ich war ganz in Weiß, und mein Bräutigam war während der ganzen Messe mit mir unter dem Schleier und schaute mich unentwegt ganz nervös an. Er heiratete mich, als er erfuhr, daß ich, wie soll ich es Ihnen sagen, Herr Doktor? daß ich... Erinnern Sie sich noch an die Geschichte mit seinem Bruder, der das Skelett in der Badewanne hatte? Nun, nach diesem Abend kam er mich eines Tages in der Schauspielschule abholen, und wir gingen ein paarmal miteinander aus und hatten eine ziemlich intime Beziehung, und dann wurde ich, war ich plötzlich schwanger. Er hieß, heißt immer noch, Arturo und wollte nachher nichts mehr von mir wissen, und da ging ich zu seinem Bruder Raúl und erzählte ihm alles, und er beschloß sofort, mich zu heiraten, und so heirateten wir dann auch. Aber am Hochzeitsabend fuhren wir in die Flitterwochen nach Varadero, in das Haus seiner Eltern, das sie uns ganz allein überlassen hatten, und sein Vater hatte ihm zur Hochzeit einen neuen Wagen geschenkt. In der Hochzeitsnacht unterhielten wir uns noch ziemlich lange, und als ich ins Schlafzimmer hinaufging, blieb er noch unten, sagte aber, er würde gleich raufkommen. Gleich, das war drei Stunden später, als ich aufwachte, weil das Telefon klingelte, jemand von der Polizei, der mir sagte, er habe einen Verkehrsunfall gehabt. Er schwebte drei Tage lang zwischen Leben und Tod, und schließlich starb er. Als er nach dem Unfall im Krankenhaus wieder zu sich kam, sagte er als erstes meinen Namen, aber sonst nichts, und im Delirium sagte er Sachen, Wörter, die niemand verstehen konnte. Der Familie sagte ich, er sei weggefahren, um mir etwas zu essen zu holen, und deshalb sei er so spät noch auf der Straße gewesen. Zwei Dinge konnte ich allerdings nicht richtig erklären: was er mir holen wollte, wo es doch im Haus mehr als genug zu essen gab, und was er zwei Stunden später auf der Landstraße Richtung Havanna zu suchen hatte. Die Familie behandelte mich danach immer recht kühl, aber sie waren sehr nett, als die Kleine auf die Welt kam, und noch netter waren sie, als es ihnen zwei Jahre später gelang, sie mir wegzunehmen und nach New York zu bringen, weil ich ein unsittliches Künstlerleben führte, wie sie dem Richter sagten. Die Kleine hatte dasselbe Gesicht wie Raúl, nur diesmal auf dem richtigen Körper.

Jetzt, da es regnet, jetzt, da die Stadt durch diesen Sturzregen von den Fenstern des Zeitungsgebäudes aus wie rauchverhangen aussieht, jetzt, da die Stadt in diesen vertikalen Nebel gehüllt ist, jetzt, da es regnet, muß ich an La Estrella denken, denn der Regen löscht zwar die Stadt aus, kann aber nicht die Erinnerung auslöschen, und ich erinnere mich genau daran, wie La Estrella den Zenit erreichte, und wann sie wieder erlosch und wo und wie das geschah. Ich ziehe jetzt nicht mehr durch die Naiclus, wie La Estrella immer sagte, denn die Zensur ist aufgehoben worden, und man hat mich vom Unterhaltungsteil zur Tagespolitik versetzt, und ich mache die ganze Zeit nur Bilder von Verhafteten und Bomben und Sprengsätzen und Leichen, die sie zur Abschreckung liegen lassen, als könnten die Toten eine andere Zeit als ihre eigene anhalten, und ich mache auch wieder Bereitschaftsdienst, aber er ist eine traurige Angelegenheit.

Ich verlor La Estrella für einige Zeit aus den Augen, ich weiß nicht, wie lange, und ich hörte nichts mehr von ihr, bis ich in der Zeitung auf eine Annonce stieß, in der ihr Debüt im Capri angekündigt wurde, und ich weiß heute noch nicht, wie ihre Quantität Mensch diesen qualitativen Sprung geschafft hat. Irgendjemand hat mir gesagt, ein amerikanischer Impresario habe sie im Las Vegas oder in der Bar Celeste oder Ecke 0 und 23 gehört und unter Vertrag genommen, ich weiß auch nicht, jedenfalls stand ihr Name in der Zeitung, und ich mußte ihn zweimal lesen, bevor ich es glauben konnte, und als ich mich überzeugt hatte, freute ich mich aufrichtig: Also hat es La Estrella endlich geschafft, sagte ich und erschrak darüber, daß sich ihre unerschütterliche Selbstsicherheit nun als untrügliches Vorzeichen erwies, denn mich erschrecken alle Leute, die aus ihrem Schicksal eine Frage der persönlichen Überzeugung machen und einerseits das Glück und den Zufall und das Schicksal als solches nicht anerkennen wollen, andererseits aber ein derartiges Gefühl der Gewißheit, einen so tiefen Glauben an sich selbst haben, daß das einfach nichts anderes als Prädestination sein kann, und jetzt sah ich sie nicht mehr nur als physisches Phänomen, sondern auch als metaphysisches Monstrum: La Estrella war der Luther der kubanischen Musik, und sie war ihrer Sache immer so sicher, als hätte sie, die weder lesen noch schreiben konnte, in der Musik ihre Heilige Notenschrift.

Ich setzte mich an diesem Abend vom Nachtdienst ab, um zur Premiere zu gehen. Man hatte mir erzählt, die Proben hätten sie nervös gemacht, und zu einer oder zwei wichtigen Proben sei sie, nachdem sie anfangs sogar pünktlich gewesen war, einfach nicht erschienen, und man hätte ihr eine Konventionalstrafe verpaßt und sie eigentlich nur deshalb nicht aus dem Programm genommen, weil man schon so viel Geld für sie ausgegeben hatte. Sie soll sich auch geweigert haben, mit einer Band zu singen, aber offenbar hatte sie nicht aufgepaßt, als man ihr den Vertrag vorlas, denn da stand klipp und klar drin, daß sie alle Forderungen der Agentur zu akzeptieren hätte, und in einer Sonderklausel war von Partituren und Arrangements die Rede, aber das erste Wort kannte sie überhaupt nicht und das zweite war ihr sicher entgangen, denn unten, neben den Unterschriften der Hotelbesitzer und des Impresarios, war ein riesiges X, mit dem sie eigenhändig unterkreuzt hatte, so daß sie also mit Begleitung singen mußte. Das alles erzählte mir Eribó, der im Capri Bongos spielt und sie auch begleiten sollte, und er erzählte es mir, weil er wußte, daß ich mich für La Estrella interessierte und weil er sowieso in der Redaktion vorbeigekommen war, um eine Sache mit mir zu besprechen, wegen der ich ziemlich sauer auf ihn war: Durch ihn wäre es nämlich fast so weit gekommen, daß ich nicht nur die Geschichte von La Estrella, sondern überhaupt nie mehr etwas hätte erzählen können. Ich war auf dem Weg vom Hilton zum Pigal und überquerte gerade die Calle N, als ich unter den Pinien neben dem Parkplatz gegenüber dem Retiro-Hochhaus Eribó sah, der sich mit einem der amerikanischen Musiker aus dem Saint John unterhielt, und ich ging zu ihnen. Es war der Pianist, und sie unterhielten sich nicht, sondern stritten sich, und als ich sie begrüßte, sah ich, daß der Amerikaner so einen komischen Gesichtsausdruck hatte, und Eribó nahm mich beiseite und fragte mich, Kannst du Englisch? und ich sagte, Ein bißchen, ja, und er sagte, Schau, mein Freund hier hat ein Problem, und ging mit mir zu dem Amerikaner zurück und machte uns in dieser sonderbaren Situation miteinander bekannt und erklärte dem Pianisten auf Englisch, ich würde mich um ihn kümmern, und dann drehte er sich zu mir um und sagte, Du hast doch einen Wagen, fragte er, und ich sagte ja, ich hätte einen Wagen, und er sagte, Tu mir doch den Gefallen und bring ihn zu einem Arzt, und ich sagte, Wozu, und er sagte, Zu einem Arzt, der ihm eine Spritze gibt, er hat nämlich fürchterliche Schmerzen und kann sich so auf keinen Fall ans Klavier setzen und muß aber in einer halben Stunde spielen, und ich schaute den Amerikaner an, und er machte wirklich ein Gesicht, als wenn er Schmerzen hätte, und ich fragte, Was hat er denn? und Eribó sagte, Nichts, nur Schmerzen, bitte, kümmere dich doch um ihn, er ist ein netter Kerl, tu mir den Gefallen, ich muß jetzt gleich spielen, die erste Show ist gleich zu Ende, und drehte sich zu dem Amerikaner um und erklärte ihm die Sache und sagte zu mir, Bis bald dann, und ging.

Wir fuhren los, und ich suchte einen Arzt, nicht in den Straßen, sondern in meinem Gedächtnis, denn einen Arzt zu finden, der einem Heroinsüchtigen ohne weiteres eine Spritze gibt, ist tagsüber schon nicht einfach, und dann erst nachts, und jedesmal, wenn wir ein Schlagloch erwischten oder über eine unebene Kreuzung fuhren, stöhnte der Amerikaner, und einmal schrie er sogar laut auf. Ich versuchte aus ihm herauszubringen, was ihm fehlte, und er konnte mir verständlich machen, daß er etwas am After hatte, und zuerst dachte ich, er sei schwul, aber dann sagte er mir, es seien nur Hämorrhoiden, und ich sagte, ich könnte ihn in eine Klinik bringen, in die Notfallstation, ganz in der Nähe, aber er beteuerte, er bräuchte nur eine Beruhigungsspritze und dann wäre er wieder fit, und wand sich auf dem Sitz und heulte, und da ich den Mann mit dem goldenen Arm gesehen hatte, war für mich völlig klar, was ihm weh tat. Dann fiel mir ein, daß im Paseo-Gebäude ein Arzt wohnte, mit dem ich befreundet war, und ich fuhr hin und weckte ihn auf. Er hatte Angst, weil er dachte, mein Begleiter sei bei einem Attentat verletzt worden, sei ein Terrorist, dem versehentlich eine Bombe losgegangen war, oder vielleicht einer, der vom SIM verfolgt wurde, aber ich sagte ihm, ich würde mich nicht auf sowas einlassen, ich hätte an Politik kein Interesse und näher als durch ein Tele mit zweieinhalb Meter Brennweite hätte ich noch keinen Revolutionär gesehen, und er sagte, gut, ich solle den Kranken in seine Praxis bringen, er würde gleich nachkommen, und gab mir die Adresse. Als ich bei der Praxis ankam, war der Mann ohnmächtig, und ich hatte das verdammte Glück, daß gerade ein Streifenpolizist vorbeikam, als ich versuchte, ihn aufzuwecken, um ihn zum Haus zu bringen und vor die Eingangstür zu setzen, bis der Arzt käme. Der Polizist kam her und fragte mich, was denn los sei, und ich sagte ihm, wer der Pianist war, und er sei mein Freund und habe Schmerzen. Er fragte, was er denn habe, und ich sagte Hämorrhoiden, und der Polizist wiederholte, Hämorrhoiden, und ich sagte, Ja, Hämorrhoiden, aber ihm kam das noch seltsamer vor als mir, und er sagte, Ist das nicht vielleicht einer von diesen Leuten, sagte er und machte eine Handbewegung, die wohl Gefährlichkeit ausdrücken sollte, und ich sagte, Ach nein, der ist Musiker, und da wachte mein Mitfahrer auf, und ich sagte dem Polizisten, ich würde ihn jetzt reinbringen, und zu ihm sagte ich, er solle versuchen, einigermaßen gerade zu gehen, weil dieser Polizist neben ihm mißtrauisch geworden sei, und der Polizist hatte wohl etwas mitbekommen, denn er bestand darauf, uns zu begleiten, und ich erinnere mich noch gut an das Quietschen des Eisengitters, als wir in die Stille des Patios traten, und an den Mond, der die Zwergpalme im Garten beschien, und an die kalten Korbsessel und daran, was für eine seltsame Gruppe wir abgaben, wie wir da am frühen Morgen auf dieser Terrasse mitten im Vedado saßen, ein Amerikaner und ein Polizist und ich. Dann kam der Arzt, und als er das Licht im Hauseingang anknipste und den Polizisten und uns dabeisitzen sah, der Pianist halb ohnmächtig und ich ganz verstört, da machte er ein Gesicht wie wohl dereinst Christus, als er die Lippen des Judas auf der Wange spürte und über seine Schulter die römischen Schergen erblickte. Wir gingen hinein, und der Polizist ging mit, und der Arzt legte den Pianisten auf einen Tisch und bat mich, im Vorzimmer zu warten, aber der Polizist bestand darauf dabeizubleiben, und er muß wohl den Anus wachsamen Auges inspiziert haben, denn er kam ganz zufrieden heraus, als mich der Arzt hereinrief und zu mir sagte, Dem Mann geht es ziemlich schlecht, und ich sah, daß er eingeschlafen war, und der Arzt sagte, Ich hab ihm gerade eine Spritze gegeben, aber er hat eine strangulierte Hämorrhoide und muß sofort operiert werden, und ich staunte nicht schlecht, denn ich hatte bei allem noch Glück gehabt: Ich hatte eine bereits gezogene Nummer gespielt und gewonnen. Ich erklärte ihm genau, wer der Pianist war und wie ich ihn getroffen hatte, und er sagte, ich könne ruhig gehen, er würde ihn in seine Klinik bringen, die ganz in der Nähe war, und sich um alles kümmern, und er brachte mich noch zur Tür, und ich bedankte mich bei ihm und auch bei dem Polizisten, der seinen Streifengang fortsetzte.

Im Capri waren die üblichen Leute, vielleicht ein paar mehr, weil Freitag war und Premiere, aber ich bekam trotzdem noch einen guten Tisch. Ich hatte Irenita dabei, die immer zum Ruhm pilgern wollte, und sei es auf dem Weg des Hasses, und wir setzten uns und warteten auf die Sternstunde, in der La Estrella am musikalischen Himmel der Bühne erstrahlen sollte, und ich vertrieb mir die Zeit damit, in die Runde zu schauen und die satingekleideten Frauen zu betrachten, und die Männer, die aussahen, als würden sie knielange Unterhosen tragen, und die alten Schrullen, die bestimmt wegen einem Strauß Plastikblumen völlig aus dem Häuschen gerieten. Dann ertönte ein Trommelwirbel, und der Ansager hatte das Vergnügen, dem auserlesenen Publikum die Entdeckung des Jahrhunderts vorzustellen, die genialste kubanische Sängerin nach Rita Montaner, die einzige Sängerin auf der Welt, die es mit den Größten unter den Großen im internationalen Musikgeschäft aufnehmen konnte, Ella Fitzgerald und Katyna Ranieri und Libertad Lamarque, ein gemischter Salat für jeden Geschmack, der aber mit Sicherheit auf den Magen schlägt. Die Lichter gingen aus, und ein Flakscheinwerfer schnitt ein weißes Loch in den malvenfarbenen Vorhang im Hintergrund, und zwischen dessen Falten ertastete eine blutwurstfingrige Hand den Durchgangsschlitz, und dahinter kam ein Schenkel in der Form eines Armes heraus, und am Ende des Armes kam dann La Estrella, in der anderen Hand ein schwarzes Knopflochmikrophon, das sich wie ein Metallfingerchen zwischen ihren Fettfingern verlor, und endlich war sie in voller Größe da: Sie sang »Noche de ronda«, und jetzt sah man ein zierliches, rundes schwarzes Tischchen mit einem Stühlchen daneben, und La Estrella stolperte in ihrem langen, silbrigen Kleid auf diese Andeutung eines Café-Concert zu, und aus ihrem Kraushaar war eine Frisur geworden, die Madame Pompadour übertrieben gefunden hätte, und dann setzte sie sich, und fast wären Stuhl und Tisch und La Estrella allesamt zu Boden gegangen, aber sie sang weiter, als wäre nichts gewesen, erstickte stellenweise die Band, wenn sie zu ihren alten Tönen zurückfand, und füllte mit ihrer unglaublichen Stimme den großen Saal, und für einen Augenblick vergaß ich ihr seltsames Make-up, ihr Gesicht da oben, das jetzt nicht mehr häßlich, sondern grotesk aussah: violett, die großen Lippen scharlachrot geschminkt und dieselben ausgezupften und durch einen geraden, feinen Strich ersetzten Augenbrauen, die man im Dunkel des Las Vegas nie erkennen konnte. Ich dachte, daß Alex Bayer diesen großen Augenblick bestimmt doppelt und dreifach genoß, und blieb, bis ihr Auftritt zu Ende war, aus Solidarität und Neugierde und Mitleid. Natürlich kam sie nicht gut an, obwohl es eine Claque gab, die frenetisch Beifall klatschte, und ich dachte, daß es zur Hälfte ihre Freunde waren und zur Hälfte die Clique des Hotels und Leute, die man bezahlt oder umsonst hereingelassen hatte.

Als die Show zu Ende war, wollten wir ihr gratulieren, und natürlich ließ sie Irenita nicht in ihre Garderobe, auf deren Tür ein großer, silbern angemalter, an den Rändern mit Klebstoff verschmierter Stern prangte: Ich weiß das noch sehr genau, weil ich Zeit genug hatte, ihn mir unauslöschlich einzuprägen, während ich draußen wartete, bis mich La Estrella als letzten zu empfangen beliebte. Ich ging hinein, und die Garderobe war voll mit Blumen und diesem schwulen Pack von den fünf Kontinenten und sieben Weltmeeren, das im Saint Michel verkehrt, und zwei Mulattenbürschchen, die sie frisierten und ihre Kleider in Ordnung brachten. Ich begrüßte sie und sagte ihr, wie gut es mir gefallen hätte und wie gut sie aussähe, und sie streckte mir eine Hand hin, die linke, als wäre es die Hand des Papstes, und ich drückte sie ihr, und sie lächelte mich von der Seite an und sagte nichts, rein garnichts, kein einziges Wort, sondern lächelte nur ihr schräges Lächeln und betrachtete sich im Spiegel und verlangte von ihren Lakaien unübertreffliche Hingabe, wobei in ihren Gesten eine Eitelkeit lag, die, wie ihre Stimme, wie ihre Hände, wie sie, einfach monströs war. Ich verzog mich so gut es ging aus der Garderobe, indem ich ihr sagte, ich würde ein andermal, an einem anderen Abend zu ihr kommen, wenn sie nicht so müde und so nervös wäre, und sie lächelte mir zum Abschluß ihr schräges Lächeln zu. Ich weiß, daß sie im Capri bald aufhörte und danach, nur von einer Gitarre begleitet, im Saint John auftrat, wo sie wirklich großen Erfolg hatte, und daß sie eine Platte aufnahm, die ich gekauft und mit eigenen Ohren gehört habe, und daß sie dann nach San Juan und nach Caracas und nach Mexiko City ging, und daß überall von ihrer Stimme geredet wurde. Nach Mexiko reiste sie gegen den Willen ihres Leibarztes, der ihr sagte, die Höhe würde schlimme Folgen für ihr Herz haben, aber sie fuhr trotzdem und blieb so lange oben, bis sie eines Morgens, nachdem sie am Abend zuvor ausgiebig gespeist hatte, eine Magenverstimmung hatte, und da rief sie einen Arzt, und die Magenverstimmung wuchs sich zu einem Herzanfall aus, und sie lag drei Tage unter dem Sauerstoffzelt und starb am vierten

Tag, und dann kam es zwischen den mexikanischen Impresarios und ihren kubanischen Kollegen zu einem Rechtsstreit wegen der Kosten für ihre Überführung nach Kuba, und sie wollten sie als gewöhnliche Luftfracht verschicken, aber die von der Fluggesellschaft sagten, ein Sarg sei keine gewöhnliche Fracht, sondern gelte als Spezialtransport, und dann wollte man sie in eine Kiste mit Trockeneis stecken und auf dieselbe Weise hierherbringen, wie von hier aus die Langusten nach Miami gebracht werden, und ihre treuen Diener protestierten empört gegen diese letzte Schmähung, und so blieb sie schließlich in Mexiko und wurde dort begraben. Ich weiß nicht, ob diese ganzen letzten Scherereien wahr sind oder erfunden, aber es stimmt auf jeden Fall, daß sie tot ist und daß sich bald niemand mehr an sie erinnern wird, und dabei war sie doch so lebendig, als ich sie kennenlernte, und jetzt ist von diesem menschlichen Monstrum, von dieser enormen Vitalität, von dieser unvergleichlichen Person nur noch ein Skelett übrig, das genauso aussieht wie Hunderte, Tausende, Millionen von falschen und echten Skeletten in diesem von Skeletten bevölkerten Land Mexiko, nachdem die Würmer mit den dreihundertfünfzig Pfund, die sie ihnen als Erbe hinterließ, das Bankett ihres Lebens veranstaltet haben, und daß sie nun tatsächlich der Vergessenheit anheimgefallen, oder anders gesagt, endgültig beim Teufel ist, und nichts mehr von ihr bleibt als eine mittelmäßige Schallplatte mit einer Hülle von obszöner Geschmacklosigkeit, auf der sich die häßlichste Frau der Welt in Farbe und mit geschlossenen Augen die Hand mit dem röhrenförmigen Mikrophon dicht vor ihren riesigen, zwischen den Leberlippen weit geöffneten Mund hält, und obwohl wir, die wir sie gekannt haben, wissen, daß sie das nicht ist, daß das auf keinen Fall La Estrella ist, und daß die gute Stimme auf dieser miserablen Aufnahme nicht ihre wunderschöne Stimme ist, ist nur das noch übrig, und in sechs Monaten oder in einem Jahr, wenn die schmutzigen Witze über das Photo und ihren Mund und den Metallpenis abgedroschen sind: in zwei Jahren wird sie nämlich vergessen sein, und das ist am schlimmsten, denn das einzige, wofür ich tödlichen Haß empfinde, ist das Vergessen.

Aber nicht einmal ich kann etwas dagegen tun, denn das Leben geht weiter. Vor kurzem, noch bevor ich versetzt wurde, war ich im Las Vegas, das jetzt wieder auf ist und mit seiner Show und seinem Shöwchen weitermacht, und wo jeden Abend und jede Nacht und bis in den Morgen immer noch dieselben Leute hingehen wie früher, und da sangen gerade zwei Mädchen, zwei neue, zwei hübsche Schwarze, die ohne Begleitung singen, und ich dachte an La Estrella und ihre musikalische Revolution und an diese Fortführung ihres Stils, der etwas Dauerhafteres ist als eine Person und eine Stimme, und die beiden, die sich Las Capellas nennen, singen sehr gut und haben Erfolg, und mein Freund Rine Leal, der Kritiker ist, und ich gingen mit ihnen aus und brachten sie nach Hause, und unterwegs, an der Ecke Aguadulce, als ich an der Ampel anhielt, sahen wir in einer Bodega einen Jungen, der Gitarre spielte, und man sah ihm an, daß er vom Land kam, ein armer Kerl, der so viel Spaß an der Musik hatte, daß er selbst welche machen wollte, und Rine sagte, ich solle den Wagen abstellen, und wir stiegen aus und gingen durch den nieselnden Mairegen in die Bodega, und ich stellte dem Jungen Las Capellas vor und erklärte ihm, sie seien ganz verrückt nach Musik und sängen auch, aber nur unter der Dusche, weil sie sich nicht trauten, mit Begleitung zu singen, und der Junge mit der Gitarre, ein sehr einfacher und naiver und gutmütiger Kerl, sagte, Probiert's doch mal, nur keine Angst, ich begleite euch, und wenn ihr euch verhaut, dann zieh ich schon mit und hol euch wieder ein, und sagte noch einmal, Kommt, probiert's doch mal, und Las Capellas sangen mit ihm, und er folgte ihnen so gut er konnte, und ich glaube, daß die beiden hübschen schwarzen Sängerinnen noch nie so gut gesungen hatten, und Rineleal und ich applaudierten, und der Gehilfe und der Besitzer und noch ein paar andere Leute, die in der Bodega waren, applaudierten ebenfalls, und dann rannten wir hinaus in den Nieselregen, der jetzt schon eher ein Regenguß war, und der Junge mit der

Gitarre folgte uns mit seiner Stimme, Nur keine Angst, ihr seid sehr gut und bringt es bestimmt noch weit, wenn ihr nur wollt, und wir stiegen in meinen Wagen und fuhren die beiden nach Hause und warteten dort im Auto, bis es aufklarte, und als es zu regnen aufgehört hatte, redeten und lachten wir noch weiter, bis im Wagen traute Stille eintrat, und dann hörten wir ganz deutlich, daß draußen irgendjemand an eine Tür klopfte, und Las Capellas dachten, es sei ihre Mutter, die sie damit zurechtweisen wollte, wunderten sich aber, denn ihre Mutter sei Einfach prima, sagte eine von ihnen, und da hörten wir das Klopfen wieder und verhielten uns ganz still, und es war noch einmal zu hören, und wir stiegen aus, und die Mädchen gingen kurz ins Haus, um nachzusehen, und ihre Mutter schlief, und sonst wohnte niemand im Haus, und das ganze Viertel lag um diese Zeit im Schlaf, und wir wunderten uns, und die Capellas fingen an, von Toten und Gespenstern zu reden, und Rine jonglierte ein bißchen mit den Bustrophantasmen, und ich sagte, ich müßte gehen, ich müßte heute früh ins Bett, und Rine und ich fuhren nach Havanna zurück, und ich dachte an La Estrella und schwieg, aber als wir ins Zentrum kamen, zur Rampa, stiegen wir aus, um irgendwo einen Kaffee zu trinken, und trafen Irenita und eine namenlose Freundin, die gerade aus Hernandos Hideaway kamen, und wir luden sie ins Las Vegas ein, wo es keine Show und kein Shöwchen und auch sonst nichts mehr gab, nur noch die Musikbox, und wir blieben etwa eine halbe Stunde dort, tranken etwas, redeten und lachten und hörten Platten, und dann, als es fast schon Tag wurde, schleppten wir die beiden in ein Strandhotel ab.

Zehnte

Herr Doktor, ich kann schon wieder kein Fleisch mehr essen. Es ist nicht wie früher, als ich in jedem Steak eine Kuh sah, die ich einmal bei uns im Dorf gesehen hatte. Sie wollte nicht ins Schlachthaus und stemmte die Beine in den Boden und rammte die Hörner in die Tür des Schlachthauses und sträubte sich derart, daß schließlich der Schlachter herauskam und ihr auf der Straße den Fangstoß gab und das Blut durch den Rinnstein lief wie das Wasser, wenn es regnete. Nein, und die Köchin hat Anweisung, mir das Fleisch zu braten, bis es schwarz ist. Aber wissen Sie, was dann passiert: ich kaue und kaue und kaue drauf rum und kann es nicht schlucken. Ich kriegs einfach nicht runter. Wußten Sie schon, Herr Doktor, daß ich als junges Mädchen, wenn ich mit einem Jungen ausging, immer mit leerem Magen gehen mußte, weil ich mich sonst übergeben hätte?

Bachanal

I

Es wird ein Jammer sein, daß Bustrófedon nicht bei uns war, denn wir fuhren mit sechzig, achtzig, hundert Sachen vom Almendares her, diesem Ganges des Westinders, wie Cué immer sagte, über den Malecón, und links von uns war der doppelte Horizont der Mauer und des blauen, gefalzten Streifens, der bei der Scheidung der Wasser als Narbe zurückgeblieben ist. Es war ein Jammer, daß Bustrófedon nicht bei uns sein wird, um die Segmente des Meeres zu sehen, wenn es der Horizont aus Beton und Sonne erlaubt, die grün-blau-indigo-violett-schwarz gefärbten Streifen des Meeres, die so eng verzahnt sind, daß nicht einmal Pyms Messer sie trennen könnte. Es ist ein Jammer, daß Bustrófedon nicht bei uns ist, daß er an diesem Nachmittag nicht mit Arsenio Cué und mir auf dem Malecón ist, in Cués Wagen, der wie in einem Travelling vom La Chorrera-Fort zu den Übungswänden des Vedado-Tennisclubs gleitet, die stetige Schutzmauer des Malecón jetzt und immer zur Linken, bis wir umdrehen (was wir immer tun), und rechts das Hotel Riviera, ein viereckiger Toilettenbeutel mit einem blauen Stück Seife daneben: das marmorierte Ei des Vogels Rock: der Vergnügungsdom des Spielsalons, und die Tankstelle gegenüber dem manchmal mörderischen Kreisverkehr: diese Service-Station, die eine Lichtoase in der schwarzen Wüste des nächtlichen Malecón ist, und im Hintergrund immer das Meer und über allem der alles verschönernde Himmel, noch ein marmorierter Dom: das Ei des kosmischen Vogels Rock, ein endloses Stück blauer Seife.

Mit Cué Auto fahren heißt reden, denken, assoziieren wie Cué, und jetzt, da er einmal schweigt, nutze ich die Gelegenheit, aufs Meer zu schauen, schaue der Fähre aus Miami zu, die sich im Meer geirrt hat und auf der Mauerkrone der Hafeneinfahrt entgegenstrebt, aufgetaucht aus horizontalen Wolken, die zusammen eine natürliche atomare Wolke bilden, einen trinkbaren Pilz, den der salzige, durstige Golfstrom verschlingen wird, sehe, wie die Abendsonne in jedem einzelnen Fenster des dreißigstöckigen Focsa-Gebäudes Goldklümpchen freilegt, diesen obszönen Klotz in ein Eldorado verwandelt und dabei den riesigen bewohnten Backenzahn doch nur mit Goldplomben versieht, schaue mit dem einzigartigen Vergnügen, das man empfindet, wenn man sich mit gleichförmiger, konstanter Geschwindigkeit einem gegebenen Punkt nähert, was das ganze Geheimnis des Films ist, höre jetzt eine Melodie, die als musikalische Begleitung, als Hintergrundmusik dienen könnte, und Cués Schauspielerstimme vervollständigt die Illusion und reißt sie gleichzeitig in Stücke.

»Wie findest du Bach bei sechzig?« sagt er.

»Wie?« frage ich.

»Bach, Johann Sebastian, der barocke Lustmolch, Ehegatte der aufschlußreichen Anna Magdalena, der kontrapunktische Vater seines harmonischen Sohnes Carl Friedrich Emanuel, der Blinde von Bonn, der Taube von Lepanto, der geniale Einarmige, der Verfasser dieses für jeden geistigen Maurer unentbehrlichen Lehrbuchs, Die Kunst der Fuge«, sagt er. »Was würde der alte Bachus sagen, wenn er wüßte, daß seine Musik mit fünfundsechzig Stundenkilometern mitten in den Tropen über den Malecón von Havanna fährt? Was würde ihm mehr Angst machen? Was wäre für ihn das Entsetzliche? Das Tempo, mit dem der Klang des Basso continuo fährt? Oder der Raum, die Entfernung, die seine wohlgeordneten Schallwellen zurückgelegt haben?«

»Ich weiß nicht. Daran habe ich noch nie gedacht«, und ich hatte tatsächlich noch nicht darüber nachgedacht, weder früher noch jetzt.

»Aber ich«, sagt er. »Mir ist klar geworden, daß diese Musik, daß dieses subtile Concerto grosso (hier läßt er zwischen seinen pedantisch dramatischen Phrasen etwas freien Raum für die Musik) dafür geschaffen wurde, in Weimar gehört zu werden, im 18. Jahrhundert, in einem deutschen Schloß, im barocken Musiksaal, beim Schein der Kandelaber, in einer nicht nur physikalischen, sondern auch historischen Stille: eine Musik für die Ewigkeit, das heißt, für den herzöglichen Hof.«

Die Asphaltfläche des Malecón glitt unter dem Auto dahin, gesäumt von den salpeternarbigen Häusern und der endlosen Mauer, und darüber der verhangene und teilweise verhangene Himmel und die Sonne, die unaufhaltsam wie Ikarus auf das Meer herabsank. (Warum diese Anpasserei? Am Ende bin ich dann immer so wie die anderen: Sagt mir, wie ich rede, und ich sage euch, wer ich bin, was soviel heißt wie, mit wem ich gehe.) Ich hörte jetzt Bach in den Zwischenräumen des Cuéschen Vortrags und dachte an die Sprachspiele, die Bustrófedon gemacht hätte, wenn er noch am Leben gewesen wäre: Bach, Bache, Bachus, Bachanal, Bachterien (durch Schallwellen übertragbar, Erreger der Bachitis, deren erste Symptome sich bei Cué offenbar gerade zeigten), Bachalaureus, Bacharat, Bacharach – und hörte ihn aus einem einzigen Wort ein ganzes Wörterbuch machen.

»Bach«, sagt Cué, »der rauchte und Kaffee trank und hurte wie jeder Habanero, fährt jetzt mit uns durch die Gegend. Du weißt, daß er eine Kantate über den Kaffee geschrieben hat (fragte er mich?) und auch eine über den Tabak, von der kann ich sogar den Text auswendig: ›So oft ich meine Tobacks-Pfeife / Mit gutem Knaster angefüllt / Zur Lust und Zeitvertreib ergreife / So gibt sie mir ein Trauerbild / Und füget diese Lehre bei / Daß ich derselben ähnlich sei‹ (er hörte auf zu zitieren, zu rezitieren). Na, wie findest du den alten Herrn? Das ist doch fast eine Guajira. Carajo! (Er verstummte, um hinzuhören, um es mich hören zu lassen.) Hör dir mal dieses unvermittelte Ripieno an, Silvestre, wie das hier auf dem Malecón kubanisch wird und immer noch Bach bleibt, ohne eigentlich Bach zu sein. Wie würden das die Physiker erklären? Ist die Geschwindigkeit vielleicht eine konstante Fermate? Was würde Albert Schweitzer dazu sagen?«

»Auf Suaheli?« dachte ich.

Cué lenkte den Wagen und trällerte gleichzeitig die Melodie mit dem Kopf und den Händen, indem er ein Forte mit der geballten Faust vorantrieb und einem Pianissimo mit der flachen Hand eine unsichtbare, imaginäre Treppe hinabfolgte, und er sah aus wie ein Taubstummenlehrer, der eine Rede übersetzt. Ich mußte an Johnny Belinda denken, und er kam mir fast wie Lew Ayres vor, der mit dem ehrlichsten der dramatischen Klischees im Gesicht in ein schweigendes Gespräch mit Jane Wyman vertieft ist und dabei in ohnehin stummer Bewunderung oder Ignoranz von Charles Bickford und Agnes Moorehead bestaunt wird.

»Kannst du nicht hören, wie spielerisch der alte Bach mit der D-Dur-Tonart umgeht, wie er seine Imitationen aufbaut, wie er die Variationen einsetzt, unvorhersehbar, aber immer genau da, wo es das Thema erlaubt und nahelegt, nicht davor und nicht danach, und trotzdem schafft er es, einen damit zu überraschen? Kommt er dir nicht auch wie ein Sklave vor, der jede Freiheit genießt? Mann, er ist viel besser als Offenbach, da kannst du Gift drauf nehmen, weil er nämlich here, ici, aquí, hier ist, in der Tristesse von Havanna und nicht in irgendeiner Pariser Fröhlichkeit.«

Die Zeit war für Cué eine Obsession. Ich meine damit, daß er die Zeit im Raum suchte, und nichts anderes als eine Suche waren unsere ständigen, endlosen Fahrten, eine einzige, ewige Fahrt über den Malecón, so wie jetzt, aber zu jeder Tages- und Nachtzeit, bei der wir die kariöse Landschaft zwischen dem Parque Maceo und La Punta entlangfahren, die alten Häuser, die letzten Endes wieder das geworden sind, was der Mensch dem Meer geraubt hat, um den Malecón zu bauen: eine neue Barriere von Klippen, immer dem Salpeter ausgesetzt und der sprühenden Gischt des Meeres, wenn es windig ist, und an manchen Tagen den Wellen, wenn das Meer über die Straße setzt und gegen die Häuser schlägt, sich auf der Suche nach der Küste, die man ihm entrissen hat, eine neue Küste, ein neues Ufer schafft, und danach die Parkanlagen, in denen jetzt der Tunnel beginnt und die trotz der Kokospalmen und der falschen Mandelbäume und der Strandtrauben immer noch ein bißchen den Eindruck einer Ziegenweide machen, weil die

Sonne das Gras verbrennt und das Grün zu einem strohigen Gelb röstet und der unerschöpfliche Staub mit dem Licht seine eigenen Mauern errichtet, und dann die Kneipen am Hafen: New Pastores, Two Brothers, Don Quixote, die Kneipe, wo die griechischen Seeleute unter dem Gelächter der Nutten Arm in Arm tanzen, und die Kirche des Klosters San Francisco gegenüber der Lonja und dem Zollgebäude, Hinweise auf die verschiedenen historischen Epochen, auf die unterschiedlichen Formen der Fremdherrschaft, eingemeißelt in diesen Platz, der in früheren Zeiten und auf den alten Darstellungen der Eroberung von La Habana durch die Engländer wie ein venezianisches Wunderwerk aussah, und die Kneipen, die an der Einmündung der Alameda de Paula die Kneipen der Hafeneinfahrt spiegeln und daran erinnern, daß in Havanna alle Seefahrt an den Molen beginnt oder endet, und dann fuhren wir, der sanften Biegung der Bucht folgend, immer wieder einmal bis nach Guanabacoa und Regla und gingen dort in die Kneipen, um von der anderen Seite des Hafens die Stadt wie aus dem Ausland zu betrachten, vom México oder von der Piloto-Bar aus, die auf Piloten aus dem Wasser ragt, und zu sehen und zu hören, wie der Vaporetto alle halbe Stunde zu seiner Überfahrt startet, und dann kehrten wir über den ganzen Malecón bis zur Fünften Avenida und zum Strand von Marianao zurück, wenn wir nicht gleich bis Mariel weiterfuhren oder aber in den Tunnel unter der Bucht hinabtauchten und in Matanzas aufkreuzten, um dort zu essen, und dann weiter nach Varadero, um zu spielen und dann um Mitternacht, im Morgengrauen nach Havanna zurückzukehren: immer redend und immer Klatsch erzählend und Witze machend und immer und auch philosophierend oder ästhetisierend oder moralisierend, immer: Es ging einfach nur darum, so zu tun, als würden wir nicht arbeiten, denn nur dann gehört man in Havanna, Kuba, zu den besseren Leuten, was Cué und ich gerne gewesen wären, sein wollten, zu sein versuchten – und immer hatten wir Zeit, über die Zeit zu reden. Wenn Cué über die Zeit und den Raum redete und dabei diesen ganzen Raum in unserer ganzen Zeit durchmaß, hielt ich das immer für eine Art Divertimento, und jetzt weiß ich: das war es auch: es ging darum, etwas Divergierendes zu machen, etwas anderes, und solange wir durch den Raum fuhren, gelang es ihm, etwas zu umgehen, was er, glaube ich, immer gemieden hat, nämlich einen anderen Raum außerhalb der Zeit zu durchmessen oder, genauer gesagt: sich zu erinnern. Genau das Gegenteil von mir, denn mir ist es lieber, mich an die Dinge zu erinnern, als sie zu erleben, oder die Dinge in dem Bewußtsein zu erleben, daß sie nie verloren gehen, weil ich sie wieder wachrufen kann *es muß die Zeit geben Das ist in der Gegenwart das Verwirrendste und wenn es eine Zeit gibt die in der Gegenwart das Verwirrendste ist dann ist sie es die die Gegenwart so verwirrend macht* sie in der Erinnerung noch einmal erleben kann, und es wäre gut, wenn unser Verb *recordar* für erinnern auch – wie das englische *to record* – aufnehmen (eine Platte, ein Tonband) bedeuten würde, denn genau darum geht es, und genau das Gegenteil tut Arsenio Cué. Jetzt redete er von Bach, von Offenbach und vielleicht von Ludwig Feuerbach (vom Barock als Kunst der angemessenen Entlehnung, von seiner Versöhnung mit dem fröhlichen österreichischen Pariser, weil er gesagt hat, er wisse, daß er im Hain der Musik nie eine Nachtigall sein würde, vom Lob auf den Späthegelianer, der den Begriff der Entfremdung auf die Schaffung der Götter angewandt hat), aber das war nicht Erinnern, sondern genau das Gegenteil. Nämlich Memorieren.

»Mach dir das mal klar, alter Junge! Der Typ war eine Summe und kommt einem vor wie eine Multiplikation. Bach im Quadrat.«

In diesem Augenblick (ja, genau in diesem Augenblick) trat allseitige Stille ein: im Wagen und im Radio und in Cué, denn die Musik hatte aufgehört. Dann redete der Ansager – der Cué sehr ähnlich war, in der Stimme.

»Meine Damen und Herren, Sie hörten das Concerto grosso in D-Dur, Opus 11, Nummer 3, von Antonio Vivaldi. (Pause). Violine: Isaac Stern, Bratsche: . . .«

Ich lachte schallend, und Arsenio auch, glaube ich.

»Mannomann«, sagte ich, »Kultur in den Tropen. Mach dir das mal klar, alter Junge!« sagte ich und imitierte dabei seine Stimme, gab ihr jedoch einen eher pedantischen als freundschaftlichen Tonfall. Er sagte, ohne mich anzuschauen:

»Im Grunde hatte ich recht. Bach hat sein ganzes Leben lang Sachen bei Vivaldi geklaut, und nicht nur bei Vivaldi (er wollte sich mit Gelehrsamkeit aus der Affäre ziehen: ich sah es kommen), sondern auch bei Marcello (er sagte ganz deutlich Martschel-lo) und bei Manfredini und Veracini und sogar bei Evaristo Felice Dall-Abaco. Deswegen hab ich von Summe geredet.«

»Dann hättest du doch eher von Subtraktion reden sollen, oder nicht?«

Er lachte. Das Gute an Cué ist, daß der Sinn für Humor bei ihm stärker entwickelt ist als das Gefühl für das Lächerliche *In unserer Sendereihe Die Großen Partituren stellten wir Ihnen heute Werke von* Er stellte das Radio ab.

»Aber du hast recht«, sagte ich geschickt lavierend. Ich bin Ludwig der Lavierfähige. »Bach ist sozusagen der rechtmäßige Vater der Musik, aber Vivaldi zwinkert hin und wieder seiner Anna Magdalena zu.«

»Viva Vivaldi«, sagte Cué lachend.

»Wenn Bustrófedon in dieser Zeitmaschine wäre, hätte er jetzt schon Vivach Vivaldi oder Vibachaldi oder Bivaldi gesagt und würde bis in die Nacht hinein weitermachen.«

»Also gut: Wie findest du Vivaldi bei sechzig?«

»Du fährst ja langsamer.«

»Albinoni bei achtzig, Frescobaldi bei hundert, Cimarosa bei fünfzig, Monteverdi bei hundertzwanzig, Gesualdo bei allem, was der Motor hergibt.« Er machte eine eher exaltierte als erholsame Pause und fuhr dann fort:

»Egal, was ich gesagt habe, behält trotzdem seine Gültigkeit, und ich stell mir gerade vor, wie es wäre, Palestrina in einem Jet zu hören.«

»Ein akustisches Wunder«, sagte ich.

II

Das Cabrio rollte wie auf Schienen über die weite Kurve des Malecón, und ich sah, wie sich Cué wieder einmal ganz auf das Fahren konzentrierte, ein Anhängsel des Motors, wie das Lenkrad. Er erzählte mir jetzt etwas von einer einzigartigen Empfindung, von einer, die ich also nicht mit ihm teilen konnte (wie Sterben oder Defäkieren), nicht nur, weil es sich dabei um eine religiöse Erfahrung handelte, sondern auch, weil ich nicht fahren konnte. Er sagte, manchmal lösten sich der Wagen und die Straße und er selbst auf und seien plötzlich eins, die Fahrt, der Raum und das Ziel der Reise, und er, Cué, fühle dann, daß die Straße genauso zu ihm gehört wie die Kleider, die er anhat, und er genieße es wie das Vergnügen, ein frisches, sauberes Leinenhemd auf dem Körper zu tragen, und das sei ein physischer Genuß, so intensiv wie der Koitus, und gleichzeitig fühle er, Cué, sich losgelöst, als flöge er durch die Luft, aber ohne Maschine zwischen sich und den Elementen, denn der Körper habe sich verflüchtigt und er, Cué, *sei* dann die Geschwindigkeit. Ich hatte ihm vom Pfeil und vom Bogen und vom Bogenschützen und der Zielscheibe erzählt und ihm sogar das Büchlein dazu geborgt, aber er sagte, der Zen-Buddhismus rede von der Ewigkeit und er rede vom Augenblick, und es hatte keinen Zweck, mit ihm darüber zu diskutieren. Jetzt, an der roten Ampel beim La Punta-Fort, kam er endlich wieder aus seiner Trance zurück.

Ich schaute zum Park hinüber, zu dem, was vom Parque de los Mártires (auch unter dem Namen Park der Verliebten bekannt) noch übriggeblieben war, nachdem man den Tunnel unter der Bucht gebaut hatte: Der ganze Park war jetzt auch nur noch eine Ruine, wie die Überreste des Gefängnisses und das Bruchstück der Mauer, an der man früher die Leute exekutiert hatte, und der Park war wie die Museen zur Reliquie geworden. Plötzlich sah ich sie im Widerschein der Abendsonne: Sie saß unter einem Mandelbaum, aber wie immer in der Sonne. Ich sagte es Cué.

»Na und?« sagte er. »Eine Verrückte.«

»Ja, ich weiß, aber es ist doch erstaunlich, daß sie immer noch dasitzt, wie vor zehn Jahren.«

»Die wird noch eine ganze Weile da sitzen.«

»Weißt du«, sagte ich, »daß ich vor etwa zehn Jahren. Nein, nicht vor zehn Jahren: vor acht oder sieben ...«

»Oder fünf oder vielleicht gestern«, unterbrach mich Cué, der meinte, ich würde Spaß machen.

»Nein, nein, im Ernst. Vor ein paar Jahren hab ich sie zum erstenmal gesehen, und sie hat geredet und geredet und geredet. Eine richtige Einpersonenversammlung à la Hyde Park. Ich hab mich neben sie gesetzt, und sie hat weitergeredet. Sie hat mich gar nicht gesehen, sie hat überhaupt nichts gesehen, und was sie gesagt hat, das kam mir so außergewöhnlich, so symbolträchtig vor, daß ich zu einem Freund nach Hause gegangen bin, zu einem Klassenkameraden namens Matías Monte-Huidobro, der hier in der Nähe wohnte, und ihn um Papier und Bleistift gebeten hab, ohne ihm zu sagen wofür, weil er damals auch schrieb oder schreiben wollte. Dann bin ich zurückgegangen und hab ein Stück ihrer Rede mitbekommen, das genau mit dem identisch war, was ich vorher schon gehört hatte, weil sie nämlich, wenn sie an einem bestimmten Punkt angelangt war, immer wieder dasselbe wiederholt hat, wie eine endlose Pianolawalze. Nachdem ich es mir dreimal angehört und alles genau aufgeschrieben und mich noch einmal vergewissert hatte, daß außer den Satzzeichen nichts fehlt, bin ich aufgestanden und gegangen. Sie hat immer noch weitergeredet.«

»Und was ist daraus geworden?«

»Ich weiß nicht. Es muß noch irgendwo rumliegen.«

»Nein, ich dachte, du hättest eine Erzählung daraus gemacht.«

»Nein, nein. Ich hatte es zuerst verlegt, und als ich es dann wiederfand, da kam es mir nicht mehr so faszinierend vor. Das einzig Erstaunliche daran war, daß die Schrift sich verdickt hatte.«

»Wie bitte?«

»Ja, es war einer von diesen alten Kugelschreibern und ziemlich poröses Papier, und die Schrift hatte sich derart aufgebläht, daß man fast nicht mehr lesen konnte, was ich geschrieben hatte.«

»Poetische Gerechtigkeit«, sagte Cué und fuhr an, und während wir langsam am Park, an der Verrückten, die da auf ihrer Bank saß, vorbeifuhren, schaute ich sie mir genauer an.

»Das ist sie gar nicht«, sagte ich.

»Was?«

»Es ist nicht sie. Es ist eine andere.«

Er schaute mich an, als wollte er sagen, Bist du sicher?

»Ja doch. Es ist eine andere. Das ist eine andere Frau. Die von damals war Mulattin, aber mit chinesischem Einschlag.«

»Die hier ist doch auch Mulattin.«

»Ja, aber viel dunkler. Es ist nicht die von damals.«

»Wenn du meinst.«

»Ja. Ganz bestimmt. Wenn du willst, kann ich ja aussteigen und nachsehen.«

»Ach was, wozu denn? Du hast sie ja schließlich gekannt, nicht ich.«

»Das ist sie mit Sicherheit nicht.«

»Vielleicht ist sie auch gar nicht verrückt.«

»Vielleicht. Vielleicht ist es nur eine arme Frau, die hier ein bißchen im Schatten sitzen will.«

»Oder in der Sonne.«

»Oder am Meer.«

»Solche Zufälle mag ich«, sagte Cué.

Wir fuhren weiter, und als wir am Amphitheater vorbeikamen, schlug er vor, in der Lucero Bar etwas zu trinken.

»Ich war schon lange nicht mehr hier«, sagte er.

»Ich auch nicht. Ich hatte schon ganz vergessen, wie es hier aussieht.«

Wir bestellten Bier und etwas zum Knabbern.

»Seltsam«, sagte Cué, »wie die Welt ihre Achse verlagert.«

»Warum?«

»Vor langer Zeit war das hier bei Tag und bei Nacht das Zentrum von Havanna. Das Amphitheater, dieser Teil des Malecón, die Parks von La Fuerza bis Prado, die Avenida de las Misiones.«

»Als wollte Havanna wieder in die Zeiten von Cecilia Valdés zurück.«

»Nein, das ist es nicht. Das war eben das Zentrum, einfach so. Danach wurde es der Prado, so wie es früher wohl die Plaza de la Catedral oder die Plaza Vieja oder das Ayuntamiento gewesen ist. Im Lauf der Jahre hat es sich dann nach Galiano und San Rafael und Neptuno verlagert, und jetzt ist es schon an der Rampa. Ich frage mich, wo dieses ambulante Zentrum noch landen wird; komischerweise wandert es wie die Stadt und die Sonne von Ost nach West.«

»Batista hätte ja gern, daß es die Bucht überquert.«

»Das hat keine Zukunft. Du wirst schon sehen.«

»Was? Das Batista-Regime?«

Er schaute mich an und grinste.

»Worauf willst du hinaus?«

»Ich? Auf nichts.«

»Du weißt doch, daß ich nie über Politik rede. Das ist meine Politik.«

»Aber ich weiß, wie du denkst.«

»Also gut, beides hat keine.«

»Ich glaube auch nicht dran«, sagte ich. »Diese Stadt bringt keiner dazu, die Bucht zu überqueren.«

»Genau. Schau doch mal, wie Casablanca und Regla dahinkümmern.«

Ich schaute hinüber, wie Casablanca und Regla dahinkümmerten. Ich schaute zur La Cabaña-Festung. Ich schaute auch zum Morro. Schließlich schaute ich Cué an, der sein Bier trank, wie er alles tat, wie ein Schauspieler, der in jeder Position posiert, und manchmal auch im Profil.

Wir redeten eine Weile über Städte, was eines von Cués Lieblingsthemen ist. Er hat die Vorstellung, daß nicht die Stadt vom Menschen geschaffen wurde, sondern daß es genau umgekehrt war, und steckt einen dabei immer mit dieser archäologischen Nostalgie an, mit der er von den Gebäuden redet, als wären es menschliche Wesen, und in der die Häuser im richtfesten Glauben an das Neue gebaut werden und dann mit ihren Bewohnern heranwachsen und verfallen und schließlich vergessen oder abgerissen werden oder vor Altersschwäche einstürzen und an ihrer Stelle dann ein anderes Gebäude errichtet wird, das den Zyklus wieder von vorne beginnt. Hübsch, diese architektonische Saga, nicht? Ich erinnerte ihn an die Ähnlichkeit mit dem Beginn des Zauberbergs, wo Hans Castorp mit einer Haltung die Bühne betritt, die Cué als »vertrauensseligen Lebensschwung« bezeichnet hat, selbstherrlich und seiner augenfälligen Gesundheit gewiß im Sanatorium ankommt, zu einem fröhlichen Ferienbesuch in der weißen Hölle – um einige Tage später zu erfahren, daß auch er schwindsüchtig ist. »Das gefällt mir«, sagte Arsenio Cué, »mir gefällt diese Analogie. Dieser Augenblick ist wie eine Allegorie des Lebens. Man betritt es mit dem anmaßenden Gebaren des jungen, unbefleckten Empfängers eines reinen, gesunden Lebens und stellt nach kurzer Zeit fest, daß man auch nur ein Kranker ist, daß man von all diesen Schweinereien besudelt wird, daß man durch das Leben verfault: Dorian Gray und sein Bildnis.«

Als Kind kam ich oft in diesen Park. Ich spielte direkt hier und etwas weiter drüben und setzte mich auf die Mauer, um den Kriegsschiffen bei der Ein- und Ausfahrt zuzuschauen, so wie ich jetzt die Barkasse des Lotsen sehe, die auf die See hinausfährt, und hier, da drüben, beim Castillito, das nur die Ruine einer Torwache der alten Stadtmauer ist, brachte ich meinem Bruder eines Tages das Radfahren bei und schob ihn mit kräftigem Schwung an, und er sauste davon und krachte gegen eine Bank und rammte sich den Lenker in die Brust und wurde ohnmächtig und spuckte Blut. Er lag eine halbe Stunde wie tot da, oder vielleicht auch nur zehn Minuten, das weiß ich nicht genau, aber ich weiß, daß es auf jeden Fall meine Schuld war, und später, ein oder zwei Jahre später, als mein Bruder Tuberkulose bekam, glaubte ich immer noch, daß ich daran schuld war. Ich erzählte es damals Cué. Ich meine, jetzt.

»Bist du nicht von hier, Silvestre, aus Hanvana?«

»Nein, ich komme vom Land.«

»Woher?«

»Aus Virana.«

»Das ist ja witzig. Ich bin aus Samas.«

»Das ist ja ganz in der Nähe.«

»Ja, grad um die Ecke, sozusagen nur einen Hahnenschrei davon entfernt.«

»Dreiunddreißig Kilometer und hundertsechs Kurven auf einer Landstraße zweiter Ordnung mit starkem Hang zur dritten.«

»In den Sommerferien war ich oft in Virana.«

»Ja?«

»Wir hätten uns da eigentlich begegnen müssen.«

»In welcher Zeit war das denn?«

»Im Krieg. Vierundvierzig, fünfundvierzig, glaub ich.«

»Ah nein. Da hab ich schon in Havanna gelebt. Obwohl, manchmal hab ich da die Ferien verbracht, wenn wir Geld hatten. Aber wir waren ziemlich arm.«

Der Kellner kam und brachte uns noch mehr fritierte Krabben und unterbrach uns, aber ich war froh darüber. Wir tranken. Ich nahm vor meinen Augen die dunklen Flecken wahr, die in letzter Zeit des öfteren auftauchen. Tanzende Fliegen. Wahrscheinlich auch eine Art Nikotinbelag, Giftflecken. Oder eine gefährliche Ausfällung. Da drin konzentrieren sich bestimmt die ganzen schlechten Filme, die ich gesehen habe, also eine meaphtysische – so schreibt meine Maschine metaphysisch – Krankheit. Oder kosmische Verbrennungen auf der Netzhaut. Oder Marsmenschen, die nur ich ausmachen kann. Sie beunruhigen mich nicht sonderlich, aber manchmal denke ich, sie seien vielleicht der Anfang eines Fade-out und meine Leinwand könnte eines Tages mit Schwarzlicht ausgeleuchtet sein. Was früher oder später sowieso passieren wird, aber ich rede jetzt vom Erblinden, nicht vom Tod. Solch ein endgültiges Abblenden wird für meine Kinoaugen die schlimmste Strafe sein – aber nicht für die Augen der Erinnerung.

»Hast du ein gutes Gedächtnis?«

Ich fuhr fast zusammen. Arsenio Cué hat manchmal dieses seltene deduktive Gespür. Selten bei einem Schauspieler, meine ich. Er ist ein Shylock Holmes.

»Ziemlich«, sagte ich.

»Wie ziemlich?«

»Äußerst ziemlich. Eigentlich sogar ein sehr gutes. Ich kann mich fast an alles erinnern, und manchmal erinnere ich mich sogar daran, wie oft ich mich daran erinnert habe.«

»Du müßtest eigentlich Das unerbittliche Gedächtnis heißen.«

Ich lachte. Aber während ich so auf den Hafen schaute, kam mir der Gedanke, daß es eine Beziehung zwischen Meer und Erinnerung geben muß. Nicht nur, weil sie weit und tief und ewig ist, sondern weil sie auch in immer gleichen und unablässig aufeinanderfolgenden Wogen heranrollt. Ich saß jetzt auf der Terrasse und trank ein Bier, und es kam eine Brise auf, dieser warme Wind, der immer gegen Abend vom Meer her zu wehen beginnt, und in wiederkehrenden Schüben überkam mich die Erinnerung an diese Abendluft, aber es war eine totale Erinnerung, denn in einer oder zwei Sekunden erinnerte ich mich an sämtliche Abende meines Lebens (keine Angst, lieber Leser, ich habe nicht vor, sie jetzt alle aufzuzählen), an denen ich lesend in einem Park saß und aufsah, um den Abend zu spüren, oder mich an die Wand eines Holzhauses gelehnt hatte und den Wind in den Bäumen hörte oder am Strand eine Mango aß, deren gelber Saft mir die Hände verschmierte, oder in einer Englischstunde am Fenster saß oder bei meinem Onkel zu Besuch war und mit baumelnden Füßen auf einem Schaukelstuhl saß, während mir die neuen Schuhe immer schwerer wurden und an denen immer diese sanfte, laue, salzige Brise wehte. Ich dachte, ich sei ein Malecón, gegen den die Wogen der Erinnerung schlagen.

»Warum fragst du?«

»Nur so. Nicht so wichtig.«

»Nein, sag mir, warum. Vielleicht denken wir gerade dasselbe.«

Das ist mein Fehler: immer dasselbe denken zu wollen wie die anderen. Arsenio sah mich an. Er schielte manchmal, wenn er einen anschaute, aber es war kein Defekt, sondern vielmehr ein Effekt, den er mit seinem Blick erzielte. Ich dachte an Códac, der gesagt hat, in jedem Schauspieler verberge sich eine Schauspielerin. Jetzt redete er, Sekunden nachdem er den Mund erkennbar zum anlautenden Vokal geformt hatte. Die Schule Marlon Brandos.

»Also gut: Kannst du dich genau an eine Frau erinnern?«

»An welche Frau?« fragte ich überrascht.

Wieder eine seiner Vorahnungen, die die Zukunft nicht widerlegen wird?

»Irgendeine Frau. Such dir eine aus. Aber du mußt in sie verliebt gewesen sein. Warst du irgendwann einmal wirklich verliebt?«

»Ja, natürlich. Wie jeder.«

Mehr als jeder, hätte ich sagen sollen. Ich versuchte, mich an verschiedene Frauen zu erinnern, und es fiel mir einfach keine ein, und als ich schon aufgeben wollte, dachte ich nicht an eine Frau, sondern an ein Mädchen. Ich erinnerte mich an ihr blondes Haar, ihre hohe Stirn und ihre hellen, fast gelben Augen und an ihren vollen, großen Mund und das Grübchen in ihrem Kinn und an ihre langen Beine und ihre Füße mit den Sandalen und an ihren Gang, und ich erinnerte mich daran, wie ich in einem Park auf sie wartete und mich dabei an ihr Lachen erinnerte, an ein Lächeln mit makellosen Zähnen. Ich beschrieb sie Cué.

»Warst du in sie verliebt?«

»Ja. Ich glaube schon. Ja.«

Sehr, hätte ich sagen sollen, leiden/freudenschaftlich wie nie zuvor und danach. Aber ich sagte nichts.

»Du warst nicht verliebt, alter Junge«, sagte er.

»Was sagst du da?«

»Daß du nicht verliebt warst, nie und nimmer, daß es diese Frau gar nicht gibt, daß du sie eben erfunden hast.«

Ich hätte eine Stinkwut bekommen müssen, aber es gelingt mir nicht einmal, sauer zu werden, wenn andere bereits Schaum vor dem Mund haben.

»Wieso sagst du das denn?«

»Weil ich es weiß.«

»Aber ich sag dir doch, ich war verliebt, und zwar ziemlich.«

»Nein, nein, du hast gedacht, geglaubt, dir vorgestellt, daß du es warst. Aber du warst es nicht.«

»Ja?«

»Ja.«

Er machte eine Pause, um zu trinken und sich dann mit dem Taschentuch die Schweiß- und Biertröpfchen auf der Oberlippe abzuwischen. Es sah wie einstudiert aus.

IV

Jener Rücken (dieser Rücken, denn ich sehe ihn ja, oder, wie man so sagt, ich habe ihn vor mir, als wenn ich ihn sehen würde), dieser/jener Rücken der Frau, des Mädchens, das eine flüchtige, vergebliche Liebe war – wird er nicht wiederkommen? Nein, ich glaube nicht, daß er wiederkommen wird. Es ist auch nicht nötig. Es werden andere kommen, aber jener Augenblick (der durch den schwarzen Ausschnitt entblößte Rücken, das eng anliegende Abendkleid aus Satin, das unten weiter wurde wie der Rock einer spanischen Tänzerin, einer Rumbera, die vollkommenen Beine mit ihren nie endenden und einfach unvergeßlichen Fesseln, das vorne tief ausgeschnittene Kleid und der lange Hals, der erst zwischen ihren Brüsten endete, und ihr Gesicht und ihr Haar, blond/glatt/

offen, und das schüchtern schelmische Lächeln auf den vollen Lippen, die bedächtig rauchten und manchmal loslachten, um in ihrem großen Mund die ebenfalls großen, gleichmäßigen und fast eßbaren Zähne zu zeigen, und ihre Augen ihre Augen ihre Augen, die immer noch unbeschreiblichen, die auch in jener Nacht unmöglich zu beschreiben waren, und der/ihr Blick, der wie ein zweites Lachen war: der ewige Blick) wird nicht wiederkommen, und genau das macht Augenblick und Erinnerung so kostbar. Dieses Bild stürmt jetzt heftig auf mich ein, fast ohne jeden Anlaß, und ich denke, daß die verlorene Zeit, besser noch als die unwillkürliche Erinnerung, durch diese gewaltsame, unwiderstehliche Erinnerung einzufangen ist, die keiner in Tee getunkten Madeleines, keiner Düfte aus der Vergangenheit, keines mit sich selbst identischen Fehltritts bedarf, sondern ganz unvermittelt und heimtückisch auftaucht und wie ein Dieb in der Nacht das Fenster unserer Gegenwart mit einem Bild aus der Vergangenheit einschlägt. Es ist doch sonderbar, daß diese Erinnerung schwindlig macht: Dieses Gefühl eines unmittelbar bevorstehenden Sturzes, diese plötzliche ungewisse Reise, diese Annäherung zweier Ebenen durch die Möglichkeit eines gewaltsamen Sturzes (der realen Ebenen durch einen vertikalen physischen Sturz, der Ebenen von Wirklichkeit und Erinnerung durch den horizontalen imaginären Sturz) vermittelt uns die Einsicht, daß die Zeit wie der Raum auch ein Gravitationsgesetz kennt. Ich möchte Proust mit Isaac Newton vermählen.

V

»Ja, alter Junge (Cué redete immer noch), denn wenn du verliebt wärst, gewesen wärst, dann würdest du dich an nichts mehr erinnern, du könntest dich nicht einmal mehr daran erinnern, ob die Lippen schmal oder voll oder breit waren. Oder du würdest dich an den Mund erinnern, könntest dich aber nicht mehr an die Augen erinnern, und wenn du dich an ihre

Farbe erinnern könntest, dann würdest du dich nicht mehr an ihre Form erinnern, und nie und nimmer könntest du dich an Haar und Stirn und Augen und Lippen und Kinn und Beine und Füße mit Sandalen und an einen Park erinnern. Niemals. Denn dann wäre es entweder nicht wahr, oder du warst nicht verliebt. Du kannst es dir aussuchen.«

Ich hatte diesen Croupier der Erinnerung langsam satt. Warum sollte ich mir denn immer etwas aussuchen? Ich erinnerte mich an das Ende von Der Schatz der Sierra Madre,

> *Gold Hat Bedoya: Mi Subteniente, ¿me deja coger mi sombrero?*
> *Leutnant: Recójalo.*

(Stimme aus dem Off: Achtung! Legt an! Feuer! und das Krachen einer Gewehrsalve.) Hör mal, wenn du wirklich verliebt wärst, würdest du mit aller Gewalt versuchen, dich wenigstens an ihre Stimme zu erinnern... nur an ihre Stimme, und du könntest es nicht, oder du würdest vor deinen Augen im Ektoplasma der Erinnerung (»Ektoplasma der Erinnerung«, das sagt auch Eribó immer. Wer das wohl erfunden hat? Cué? Sese Eribó? Edgar Allan Kardec?) ihre Augen schweben sehen, aber das einzige, was du wirklich sehen würdest, wären ihre Pupillen, die dich anschauen, und der Rest, glaub mir, wäre Literatur. Oder du würdest sehen, wie sich dieser Mund nähert, und würdest den Kuß spüren, aber du würdest den Mund nicht sehen und den Kuß nicht spüren, weil nämlich die Nase dazwischenkäme, wie ein Ringrichter dazwischenginge, aber nicht die Nase von diesem einen Mal, sondern eine andere Nase, die von damals, als sie dir ihr Profil zugewandt hat, oder als du sie zum erstenmal gesehen hast (Fortsetzung folgt).

Er redete weiter, und ich gab jetzt meiner Gewohnheit nach, zu beiden Seiten am Gesicht der Person, die mir etwas erzählt, vorbeizuschauen, und schaute über seinen Kopf hinweg und sah hinter den Kokospalmen und über der Cabaña-Festung einen mediterranen Taubenschwarm, der eher ein Trugbild, eine optische Täuschung war, die weißen Fliegen meiner Augen – und der Himmel ist kein sanftes Dach, sondern eine grelle Zimmerdecke, ein Spiegel, der das weiße Sonnenlicht in einem stechenden, blendenden Blau zurückwirft, ein unerbittliches Leuchten, das sich wie Quecksilber unter dem reinen, unschuldigen Blau des Bellinihimmels ausbreitet. Hätte ich Gefallen an Prosopopöie (Bustrófedon würde mich Prosopopeye, den Seemann, nennen), dann würde ich sagen, daß es ein grausamer Himmel ist – und würde das diesem Idioten von Gorki entgegenhalten, der gesagt hat, das Meer würde lachen. Nein, das Meer lacht nicht. Das Meer umgibt uns, das Meer hüllt uns ein, und schließlich spült es uns die Kanten rund und glättet uns und nutzt uns ab wie die Kieselsteine am Strand und überlebt uns, genauso gleichgültig wie der übrige Kosmos, wenn wir Sand, wenn wir Quevedos Staub geworden sind. Es ist das einzig Ewige auf dieser Erde, und trotz seiner Ewigkeit können wir es messen wie die Zeit. Das Meer ist eine andere Form der Zeit oder die sichtbare Zeit, eine Art Uhr. Das Meer und der Himmel sind die beiden Glaskugeln einer Wasseruhr: genau das ist es: eine ewige, metaphysische Klepsydra. Die Fähre ließ nun das Meer, die Mauer des Malecón hinter sich und lief in die enge Hafeneinfahrt ein, fuhr fast auf der Straße gegen den Verkehr, und ich konnte deutlich ihren Namen sehen, *Phaon*, und aus dem Meer der Zeit drang Arsenio Cués für den Äther geschulte Stimme zu mir und sagte:

»und du siehst nicht Sie, sondern nur Bruchstücke von Ihr «

Und ich dachte an Celia Margarita Mena, an Landrus Frauen, an all die berühmten Zerstückelten. Als er aufhörte, um Atem zu schöpfen, sagte ich:

»Códac, unser Starphotograph, hat wirklich recht. In jedem Schauspieler verbirgt sich eine Schauspielerin.«

Er verstand die Anspielung, wußte, daß ich ihm nicht vorhalten wollte, er sei weibisch oder so etwas, sondern daß ich sein Geheimnis ganz oder teilweise kannte, und hielt den Mund. Er machte ein so ernstes Gesicht, daß ich es bedauerte und meine Gewohnheit verfluchte, den Leuten immer die richtigen Dinge im falschen Augenblick oder die falschen Dinge im richtigen Augenblick zu sagen. Mein besonderes Geschick, immer die passende Gelegenheit zu finden. Er wandte sich wieder seinem Glas zu und sagte nicht einmal, Mit dir Arsch kann man einfach nicht reden, sondern schwieg und betrachtete die gelbe Flüssigkeit, die das Glas gelb färbte und nach Farbe, Geruch und Geschmack Bier sein mußte, durch die Zeit und den Abend und die Erinnerung warm gewordenes Bier. Er rief den Kellner.

»Noch zwei, aber schön kalt, Maestro.«

Ich schaute ihm ins Gesicht und sah noch das Leuchten, das Kallikrates oder Leo gehabt haben muß, als er Ayesha traf und erfuhr, daß sie Sie war. Vielmehr She.

»Entschuldige«, sagte ich und meinte es auch so.

»Macht nichts«, sagte er. »Zwar hab Unzucht ich begangen, doch war's in einem andern Land, und außerdem, die Maid ist tot.« Er lächelte, Marlowe (Christopher, nicht Philip) oder die Bildung hatten uns gerettet. Ich mußte daran denken, wie einmal die Unbildung oder die Bildung eine Frau ins Verderben stürzte. Es war Shelley Winters, die in Ein Doppelleben zu Ronald Colman »Mach das Licht aus« sagte, als sie mit ihm ins Bett wollte, und der alte Ronaldo, der arme Kerl, der jetzt schon so mausetot ist, war in diesem Film völlig durchgedreht, so oft hatte er am Broadway des Films den Othello gespielt, und wußte nicht mehr, was Theater und was Leben war, dieser Colman knipste also das Licht aus und sagte, »Tu aus das Licht und dann tu raus den Wicht. Aber wenn ich das hier dank Westinghouse und Edison gleich wieder anzünden kann, nie find ich den Prometheusfunken wieder, deins zu zünden ...«, und stürzte sich auf die unglückliche, liebestolle Shelley und erwürgte sie (What the hell are you doing you a sex maniac or what oughh oughhh), wobei sie noch unschuldiger war als Desdemona, weil sie als ungebildete Kellnerin weder Othello noch Jago, noch Shakespeare kannte, und das brachte ihr den Tod. Die Literatur als ein Perfektes Verbrechen betrachtet.

VI

Wir fuhren zur Abwechslung die San Lázaro hinauf. Ich mag diese Straße nicht. Es ist eine verlogene Straße: Auf den ersten Blick, am Anfang, wirkt sie wie eine Straße in Paris oder Madrid oder Barcelona, und dann erweist sie sich als mittelmäßig, als zutiefst provinziell, und vom Parque Maceo an weitet sie sich zu einer der ödesten und häßlichsten Alleen Havannas. In der Sonne ist sie unbarmherzig, bei Nacht dunkel und feindselig, und ihre einzigen beschaulichen Ecken sind der Prado und die Beneficencia und die Freitreppe der Universität. Eines gefällt mir allerdings an der San Lázaro, und das ist, im ersten Teilstück, das überraschende Auftauchen des Meers. Wenn man mit dem Auto Richtung Vedado durch Havanna fährt und dabei das Glück hat, Mitfahrer zu sein, muß man nur dem Rhythmus der Häuserblocks folgen und jedesmal den Kopf zur Seite drehen, und erhascht rechts einen flüchtigen Blick auf eine Straßeneinmündung, ein Stück Mauer und im Hintergrund auf das Meer. Die Überraschung ist dialektischer Natur: Es ist eine Überraschung, es darf eigentlich keine Überraschung sein, und am Ende überrumpelt mich das Meer, ohne mich jedoch zu überraschen. So ähnlich wie vorhin Bach-Vivaldi-Bach für Cué. Außerdem ist da immer noch die Ungewißheit oder die Hoffnung, daß die Mauer am Malecón wachsen könnte, daß sie durch die Launen diverser Minister für Straßenbau höher wird und man das Meer nicht mehr sieht und am Himmel, der sein Spiegel ist, erraten muß.

»Was suchst du?« fragte mich Cué.

»La mer.«

»Was?«

»La mer, mon vieux, toujours recommencée.«

»Entschuldige, ich hatte L'amour verstanden, Dorothy.«

»Ich hab noch nicht eine Frau gesehen, die die Mühe lohnen würde. Nur das Meer lohnt jetzt die Mühe.«

Wir lachten. Natürlich hatten wir unsere eigenen Chiffren für Morgendämmerung und Sonnenuntergang. Jetzt wird Cué mit seinem Schauspielergedächtnis bestimmt einen Rosenkranz (genuschelt wie beim Rosenkranz) von Zitaten abspulen, und während der ganzen Fahrt nur noch rezitieren.

»Aber jetzt, während der August wie ein matter, vollgefressener Vogel langsam durch den blassen Sommer dem Mond des Zerfalls und des Todes entgegenflatterte . . .«

Hab ich es nicht gesagt?

». . . waren sie größer, bösartig.«

Es war Faulkner, und er machte sich darüber lustig, daß ich ihn so verehrte. Eine Retourkutsche.

»Mann, wie kann man nur so über Moskitos reden. Es fehlt nur noch, daß er sagt, sie seien Vampire, Tag und Nacht geöffnet.«

Ich lachte. Nein, ich lächelte.

»Und wenn schon«, sagte ich. »Das ist schließlich sein erster Roman.«

»Ja? Was du nicht sagst. Soll ich dir was Neueres zitieren? Das Dorf, zum Beispiel? ›Das war im Herbst vor jenem Winter, von dem an die Leute später die Zeit errechneten, die Ereignisse einordneten‹.«

»Aber diese Übersetzung ist doch gräßlich, und du weißt das sehr gut. Außerdem . . .«

»Schau, alter Junge, und du weißt noch besser als ich, daß . . .«

». . . redet er da doch von einem so dramatischen und tragischen Ereignis wie . . .«

». . . Faulkner sich verdammt gut übersetzen läßt und daß es sich auf Englisch noch viel schlimmer anhören würde.«

»Faulkner ist ein Dichter, mein Lieber, wie Shakespeare, eine Welt für sich, den kann man doch nicht lesen, als würde man Flöhe jagen. Auch Shakespeare hat seine Berühmten Worte, wie sie es in Radio Reloj nennen würden.«

»Das brauchst du mir doch nicht zu erzählen«, sagte Cué. »Ich hab noch immer diese Szene vor Augen, die mir auch nach der soundsovielten Wiederholung noch nicht plausibler vorkam, die Szene im Grab der unglückseligen Ophelia (dargestellt von Minín Bujones), in der der ungestüme Hamlex Bayer in das

Grab springt, das sich für einige Augenblicke in eine trockene Version des Mindanao-Grabens verwandelt, und den zutiefst betrübten Laertes anschnauzt, weil er schlecht betet (!), worauf der gramerfüllte Bruderissimus, Ihr ergebenster Diener, den dreisten Prinzen am Kragen packt, und dennoch findet Amletto geistesgegenwärtig die treffenden Worte (in der Übersetzung von Luis Ah! Baralt), ›Ich bitt' Euch sehr, laßt Eure Hand von meiner Gurgel‹. Einfach so, ganz seelenruhig.«

»Und was soll das beweisen?«

»Nichts. Ich versuche nicht, etwas zu beweisen. Wir unterhalten uns doch nur, oder nicht? Oder hältst du mich für einen elisabethanischen Staatsanwalt?«

Er klappte die Sonnenblende herunter und zog aus seiner Brusttasche die dunkle Brille, die er bei Tag und Nacht trug und bei Tag und Nacht abwechselnd auf- und absetzte, um seine ausdrucksvollen Augen, seinen photogenen Blick zur Schau zu stellen und dann über Blick und Augen einen Mantel dunkler Bescheidenheit zu breiten.

»›And the blessed sun himself a fair hot wench in flamecoloured taffeta.‹ Eigentlich wäre das eher ein Zitat für dich. Oder soll ich Zutat sagen?«

»Warum?«

»Es sind die Worte eines Prinzen wie du an einen Narren wie mich, der außerdem ein besserer Ratgeber ist als du und ich zusammen.«

»Red mal Klartext.«

»›Marry, then, sweet wag, when thou art king, let not us that are squires of the night's body be called thieves of the day's beauty ...‹ Falstaff ist das, Mann, ein Mordskerl. Der andere war Prinz Hal. Heinrich IV., Erster Aufzug, zweite Szene.«

Cué hatte ein stupendes (oder stupides) Gedächtnis für Zitate, aber in seinem Englisch war der karibische Akzent lediglich einem indisch angehauchten Tonfall gewichen. Ich mußte an Joseph Schildkraut denken, den Guru aus Der große Regen.

»Warum schreibst du eigentlich nicht?« fragte ich ihn unvermittelt.

»Warum fragst du mich nicht eher, warum ich nicht übersetze?«

»Nein, wirklich. Ich glaube, du könntest schreiben. Wenn du wolltest.«

»Ich hab das auch mal gedacht«, sagte er und schwieg. Dann zeigte er auf die Straße und sagte:

»Schau.«

»Was denn?«

»Das Schild da«, be-deutete er mir genauer (mit dem Finger) und fuhr langsamer.

Es war ein Bauzaun mit der Aufschrift *Öffentliche Bauvorhaben von Präsident Batista, 1957-1966. Das ist unser Mann!* Ich las es laut.

»Öffentliche Bauvorhaben von Präsident Batista neunzehnhundertsiebenundfünfzig neunzehnhundertsechsundsechzig. Das ist unser Mann. Ja und?«

»Die Zahlen, Mensch.«

»Ja, gut. Da stehn zwei Jahreszahlen. Und weiter?«

»Beide Zahlen ergeben zusammengezählt je zweiundzwanzig, das ist der Tag, an dem ich geboren bin, und mein Vorname und meine beiden vollständigen Nachnamen ergeben ebenfalls zweiundzwanzig (er sagte zwei-und-zwanzig und nicht zweinzwanzig, wie jeder normale Mensch), und die letzte Zahl, die sechsundsechzig, ist auch eine perfekte Zahl. Wie meine.«

»Schlußfolgerung?«

»Je besser ich die Buchstaben kenne, desto lieber sind mir die Zahlen.«

»Ach du Scheiße«, sagte ich und dachte, Hols der Teufel, noch so ein Tiger mit unzähligen Streifen, sagte aber: »Ein Kabbalist.«

»Ein pythagoreisches Elixier, wirkt sehr gut gegen literarischen Spasmus. Oder gegen den Koller, wie man in unserem fernen Oriente sagen würde.«

»Glaubst du wirklich an Zahlen?«

»Das ist fast das einzige, woran ich glaube. Zwei und zwei

wird immer vier sein. Wenn da mal fünf rauskommt, dann wird es Zeit, stiften zu gehen.«

»Aber hast du denn mit Mathematik nicht immer Schwierigkeiten gehabt?«

»Da geht es ja nicht um die Zahlen, sondern um den Gebrauch der Zahlen. Ein bißchen wie bei der Lotterie, die auch eine Nutzung der Zahlen ist. Der Satz des Pythagoras ist nicht so wichtig wie sein Ratschlag, keine Bohnen zu essen oder nie einen weißen Hahn zu töten oder das Bild Gottes nicht auf einem Ring zu tragen oder nie das Feuer mit dem Schwert auszumachen. Und noch drei Dinge, von denen eines entscheidender ist als das andere: kein Herz essen, nicht in die Heimat zurückkehren, wenn man sie einmal verlassen hat, und nicht gegen die Sonne pinkeln.«

Ich lachte, und die Straße öffnete sich zum Parque Maceo und zur Beneficencia. Aber nicht infolge meines Lachens. Cué ließ das Steuer los, breitete die Arme aus und schrie:

»Thalassa! Thalassa!«

Er machte noch einen Witz und fuhr dann, den Walzer Wellen und Wogen trällernd, dreimal um den Parque Maceo.

»Schau, schau es dir an, Xeno von Virana!« sagte er.

»Magst du das Meer nicht?«

»Soll ich dir einen Traum erzählen?«

Er wartete nicht, bis ich ja sagte.

VII

Arsenio Cués Traum:

Ich sitze am Malecón und schaue auf das Meer. Ich sitze mit dem Gesicht zur Straße auf der Mauer, schaue aber aufs Meer, obwohl ich ihm den Rücken zuwende. Ich sitze am Malecón und sehe das Meer. (Die Wiederholungen gehören zum Traum, das Befremdliche auch.) Es scheint keine Sonne, oder sie sticht nicht zu sehr. Jedenfalls ist es ein sonniger Tag. Ich fühle mich wohl. Ich bin nicht allein, das ist offensichtlich. Neben mir sitzt eine Frau, die ein wunderschönes Gesicht hätte, wenn ich sie nur sehen könnte. Es scheint, daß sie zu mir gehört, daß sie meine Begleiterin ist. Zumindest ist da keine Gespanntheit, kein Verlangen, sondern eine Gelassenheit, wie man sie in Gegenwart einer Frau empfindet, die einmal sehr schön oder sehr begehrenswert war und es jetzt nicht mehr ist. Sie hat vermutlich ein Abendkleid an, aber ich wundere mich nicht darüber. Ich halte sie auch nicht für exzentrisch. Der Malecón ist jetzt nicht mehr direkt am Meer: zwischen uns liegt ein langer weißer Strand. Da sind Leute, die sich sonnen. Andere schwimmen oder rudern auf dem Sand. Ein paar Kinder spielen auf einer weißen, gleißenden Zementplatte nahe der Mauer. Jetzt brennt die Sonne stark, sehr stark, zu stark, und wir fühlen uns alle vergewaltigt, zermalmt, verbrannt von dieser unverhofften Sonne. Irgendetwas warnt vor einer Gefahr, oder es ist eine undeutliche Warnung, die dann sofort Wirklichkeit wird: der Strand, nicht nur der weiße Sand, sondern auch das Meer, das nicht mehr blau ist, sondern weiß, nicht nur das Land, sondern auch das Wasser wölbt sich, faltet sich und steigt über sich selbst empor. Die Sonne brennt so stark, daß das schwarze Kleid meiner Begleiterin Feuer fängt, und ihr unsichtbares Gesicht wird mit einem Schlag schwarz und weiß und aschgrau. Ich stürze mich von der Mauer auf den Strand oder das, was der Strand war und jetzt ein Aschenfeld ist, und fange an zu laufen, ohne an meine Begleiterin zu denken, vergesse in der Angst nicht nur meine Zuneigung, sondern auch die Freude, sie bei mir zu haben. Wir laufen alle, nur sie bleibt ganz gelassen und immer noch brennend auf der Mauer zurück. Wir laufen laufen laufen laufen laufen laufen auf den Strand zu, der jetzt ein riesiger Sonnenschirm ist. Die einzige Rettung ist, den Schatten zu erreichen. Wir laufen immer noch (ein Kind fällt hin, ein anderes setzt sich auf den Boden – erschöpft? –, aber sie sind nicht mehr wichtig, nicht einmal für ihre Mutter, die weiterläuft, wenngleich sie im Laufen einen Augenblick zurückschaut) und haben den Son-

nenschirm aus weißem Sand und weißem Meer und jetzt auch weißem Himmel fast schon erreicht. Im selben Augenblick, als ich sehe, daß ein weißes Licht den Schatten unter dem Schirm auslöscht, erkenne ich auch, daß die Säule nicht die Form eines Schirms, sondern die eines Pilzes hat, daß sie keinen Schutz gegen das mörderische Licht bietet, daß sie selbst dieses Licht ist. Im Traum scheint dieser Augenblick zu spät zu kommen oder bereits bedeutungslos zu sein. Ich laufe weiter.

VIII

»Das ist eine Interpretation des Mythos von Lot im Lichte der heutigen Wissenschaft. Oder ihrer Gefahren«, sage ich, und während ich es sage, merke ich, wie schulmeisterlich das klingt.

»Möglich. Auf jeden Fall kannst du daraus ersehen, daß weder ich noch mein Unterbewußtsein, noch meine atavistischen Ängste das Meer mögen. Weder das Meer noch die Natur, noch die Tiefen des Alls. Ich glaube, wie Holmes sagt, daß die Konzentration des Raumes der Konzentration des Denkens förderlich ist.«

»Boethius in seiner Zelle. Über die Tröstung der Klaustrosophie.«

»Das nicht gerade, denn dann könntest du ja vom Hain des Akademos und von Platon anfangen und mir damit die Tour vermasseln. Ein Labor habe ich allerdings noch nie im Freien gesehen. Ich jedenfalls gedenke meine Tage in einem Kämmerlein der Nationalbibliothek zu beenden.«

»Und von Pythagoras bis Madame Blavatsky alles zu lesen.«

»Nein. Um Träume zu interpretieren und Scharaden zu entziffern und Zahlen zu notieren.«

»Was würde wohl Eliphas Levi dazu sagen?«

Wir fuhren endlich wieder auf den Malecón, und ich sah, wie sich die Wolken von der Stadt entfernten, um zwischen dem Meer und dem Horizont eine weiße und graue und manchmal rosarote Mauer zu bilden. Cué fuhr jetzt schneller.

»Weißt du, daß sich die kubanische Literatur nie mit dem Meer befaßt hat? Und das, obwohl wir zu dem verdammt sind, was Sartre Insularität nennen würde.«

»Das wundert mich nicht. Ist dir noch nie aufgefallen, daß Maceo auf seinem Pferd dem Pontos und seinen Wogen die Kruppe zukehrt? Und die Leute, die sich auf die Mauer setzen, tun dasselbe wie ich im Traum und wenden dem Meer den Rücken zu, ganz versunken in diese Landschaft aus Asphalt und Beton und vorbeifahrenden Autos.«

»Das Seltsame ist, daß sogar Martí gesagt hat, ihm sei der Gebirgsbach lieber als das Meer.«

»Und du willst also dieser rhetorischen Anomalie abhelfen?«

»Ich weiß nicht. Aber eines Tages werde ich über das Meer schreiben.«

»Ach du Schande. Dabei kannst du ja nicht mal schwimmen.«

»Was hat denn das damit zu tun? Dann könnte ja nur Esther Williams darüber schreiben.«

»Siehst du? Du fängst langsam an, meine Beziehung zu den Zahlen zu verstehen«, sagte er.

Ich suchte die fernen/schwarzen/luftigen Arkaden in der Umgebung des Carreño-Gebäudes ab, jenseits des Torreón de San Lázaro, bei dem burgähnlichen Hotel, wo im Erdgeschoß Mercedez Bens alle Möglichkeiten des Reisens feilbot, die Cué begeistern würden, und im Obergeschoß Mary Tornes ihr berühmtes Bordell für reiche Leute unterhielt, wo man sich telephonisch anmelden und zuerst als Kunde ausweisen mußte und in dem die Möglichkeiten der Liebe nach Positionen angeboten wurden, was mich begeisterte, ohne mich allzusehr zu verlocken, und wo ich einmal ein einarmiges, schönes und durch ihr fast unvergängliches Gewerbe stumm gewordenes Mädchen kennengelernt hatte, und ich suchte weiter, jetzt schon unter den Arkaden, wo die Sonne einen versöhnlichen Schatten wirft, und auf der Höhe der MiTío-Tankstelle fand ich meine Rache, Arsenio Cués Nemesis: einen Losverkäufer, der in der einen Hand ein buntes, längliches Faltblatt mit den Nummern der Lotterie hielt, während er mit der anderen die

Lose anbot und mit einer Stimme, die wir nicht hören konnten, alle Möglichkeiten des Glücks verkündete. Ich zeigte auf ihn und sagte zu Cué:

»Das traurige Ende einer Philosophie.«

IX

Befindet sich der Raum im Raum? Arsenio Cué schien es beweisen zu wollen, und daß er mir mit einem Zitat von Holmes widersprochen hatte, war ebenso ein Beleg dafür wie die Tatsache, daß er jetzt wieder in entgegengesetzter Richtung über den Malecón fuhr oder wie ein Pendel nach der anderen Seite ausschlug. Er konzentrierte sich auf das Fahren, und da die Landschaft nicht durch sein Histrionenprofil unterbrochen war, betrachtete ich den gleißenden Himmel und die fernen, niedrig hängenden und täuschend festen, wie irreale Inseln wirkenden Wolken und das Meer, das sich gleich hinter der Scheibe und der Mauer ausdehnte. Wieder glitt La Chorrera an uns vorbei, wie eine Aufforderung im Non-Stop-Kino, den Saal zu verlassen, aber Cué fuhr nicht in den Tunnel, sondern um ihn herum und bis zur Dreiundzwanzig hinauf, und dort oben hielt er an der Ampel an und drückte auf den Knopf, um das Verdeck zu öffnen, das sich wie ein Theaterhimmel bewegte. Ich mußte an das Verdun-Kino denken. Wir fuhren weiter, und die Luft hüllte uns ein, drückte uns in den Sitz, hielt uns fest: die einzige Schranke unserer neuen Freiheit. Von der Brücke aus wirkte der Almendares mit den dichtbelaubten Bäumen am Ufer und den hölzernen Landungsstegen und den Lichtreflexen auf dem schlammigen Wasser wie die Beschreibung eines Flusses von Conrad. Wir fuhren die Mendoza hinunter, bogen bald nach rechts ab und folgten dann der Avenida del Río. Einmal mehr sahen wir das Schild mit der Aufschrift *Keinen Schutt über die Schutzwand schütten,* und Cué redete von dem unfreiwilligen Wagnerianer, der es gemalt hatte, und von dem anderen Schild an der Vía Blanca, dessen

Aufschrift *Nur für Gancedo* bedeuten sollte, daß man auf dieser Spur nur in die Calle Gancedo abbiegen dürfe, und Cué meinte, das sei wieder mal eines der Vorzugsrechte des Industriellen gleichen Namens, oder am Biltmore, wo ein Plakat aufforderte, ACHTUNG SCHULE, *Langsam fahren,* und er nachts einmal das Wort SCHULE zu SCHWULE ergänzen wollte, oder die Reklametafel an der Straße nach Cantarranas, *Köstliche Mohren feine Schwarze, Besuchen Sie uns,* als Werbung für schwarze Bohnen und das Reisgericht mit Bohnen, das in Havanna Mohren und Christen heißt, und Cué meinte, das sei eine ausdrückliche Einladung an André Gide – den er immer André Yi aussprach, bis ich ihn einmal fragte, wer denn dieser ehrwürdige chinesische Romancier sei. Wir redeten über Schilder wie etwa jenes surrealistische, das am Strand verlauten ließ: *Reiter ans Meer verboten.* Synge in Guanabo? Oder der unfreiwillige Humor von Alfredo T. Quílez, als er anordnete, man solle am Druckereigebäude der Zeitschrift »Carteles« das Ankleben von Plakaten nicht mit dem üblichen *No Carteles* verbieten, sondern es durch *Keine Anschläge* ersetzen. Oder das rätselhafte *Bitte keine Hunde hereinwerfen* am Zaun eines Anwesens in der Calle Línea, das nur der kaum bekannte Umstand zu erklären vermochte, daß dort eine Millionärin wohnte, die aus ihrer Villa ein Hundeasyl gemacht hatte, und die Leute, die ihre unerwünschten Hündchen loswerden wollten, diese einfach über das Eisengitter warfen – eine luftige und sehr plötzliche Art, eine Freistatt zu finden. Oder als Cué über das Reklameschild am El Recodo, *Hot Dogs,* das Wort *Vorsicht!* schreiben oder das auf zum Verkauf stehendem Baugelände so häufige *Anträge an ...* durch ein präzises *Unsittliche* ergänzen wollte. Er selbst erinnerte auch noch an jene Ultima ratio, die jemand in Mexiko gelesen hatte und mit der den Materialfahrern das Abstellen der LKWs folgendermaßen untersagt wurde: FÜR MATERIALISTEN PARKEN IM ABSOLUTEN VERBOTEN. Arsenio Cué, immer unvorhersehbar und immer überraschend und immer wieder neu. Wie das Meer.

Wir bogen in die Siebte ein und überquerten die Fünfte Avenida (Cué nannte sie immer Filthy Avenude) und fuhren dann die Erste hinauf: er schenkte mir damit eine zweite Calle San Lázaro, und ich konnte das Meer wieder sehen, diesmal stückweise zwischen kalifornischen Villen und freitragenden Balkonen und Einfamilienhäusern und Hotels und dem Teatro Blanquita (Seine Exzellenz Senator Viriato Solaún y Zulueta wollte das größte Theater der Welt haben und fragte, Welches ist denn derzeit das größte? Radio-City, sagte man ihm, mit sechstausend Plätzen: das Blanquita hat zwanzig Sitzplätze mehr) und privaten und öffentlichen Strandbädern und Baugrundstücken *(Anträ)*, wo das Unkraut bis zu den Klippen reichte, und am Ende der Straße bogen wir Richtung Fünfte Avenida ab, fuhren aber erst die ganze Dritte hinunter, um dann kurz vor dem Tunnel auf die Fünfte überzuwechseln, und als wir in diese Gartenstraße einliefen, als wir mit hundert Sachen zwischen schwindelerregenden Grünanlagen dahinfuhren, da wußte ich plötzlich, warum Arsenio Cué so raste.

Er wollte nicht Kilometer fressen, wie man so schön sagt (und es ist sonderbar, daß in Kuba so viele Dinge durch den Mund gehen und wir nicht nur den Raum fressen, sondern daß auch eine Frau fressen mit ihr ins Bett gehen bedeutet, und Klötenfresser und Scheißefresser sind Synonyme für Idiot, und ein Kabel fressen heißt Hunger, Not leiden, und ein Feuerfresser ist ein schneidiger Kerl, und aus der Hand fressen heißt sich von einem Gegner unterkriegen lassen, und wenn jemand etwas besonders gut macht oder irgend etwas Ungewöhnliches tut, dann sagen wir, der hat es gefressen), sondern fuhr das Wort Kilometer ab, und mir kam der Gedanke, daß sein Ziel meinem Bestreben entsprach, mich an alles zu erinnern, oder Códacs verlockende Wunschvorstellung, alle Frauen hätten eine einzige Vagina (obwohl Vagina nicht genau der Ausdruck ist, den er gebrauchte), oder Eribó, wenn er sich als Klang gewordene Kreatur aufspielte, oder der verstorbene Bustrófedon, der die Sprache sein wollte. Wir waren totalitär: Wir wollten das totale Wissen, die Glückseligkeit, wollten unsterblich werden, indem wir Anfang und Ende miteinander verknüpften. Aber Cué irrte sich (wir alle irrten uns, alle, außer vielleicht Bustrófedon, der jetzt unsterblich sein konnte), denn wie die Zeit nicht umkehrbar ist, so ist auch der Raum nicht durchmeßbar, und außerdem ist er sowieso unendlich. Deshalb konnte ich ihn auch fragen:

»Wohin fahren wir?«

»Ich weiß nicht«, sagte er. »Mach mal einen Vorschlag.«

»Keine Ahnung.«

»Was hältst du vom Strand von Marianao?«

Ich freute mich. Ich hatte zuerst gedacht, er würde Mariel sagen. Demnächst werden wir noch auf den blauen Drachen oder den weißen Tiger oder die schwarze Schildkröte stoßen. Auch Cué wird sein Ultima Thule finden. Hab ich es nicht gesagt? An der Zwölf bremste er scharf ab, weil die Ampel auf Rot gesprungen war. Ich konnte mich gerade noch festhalten.

»›Die Luft macht den Adler‹, Goethe«, sagte Cué. »›Die Ampel schafft die Bremse‹, I. Myself.«

X

Wir fuhren im Schatten der Laubbäume (Lorbeer oder falscher Lorbeer, Jacarandás, blühende Flamboyants und in der Ferne die mächtigen Gummibäume in diesem durch die Allee zweigeteilten Park, dessen Name ich immer wieder vergesse und in dem diese Riesen wie ein einziger, in blasphemischen Spiegelungen vervielfältigter Baum Bo aussehen) weiter, und als wir dann zu den Kiefern kamen, näher an die Küste, spürte ich den Geruch des Meers, salzig und durchdringend wie der einer sich öffnenden Muschel, und ich dachte wie Códac, daß das Meer ein Geschlechtsorgan ist, eine Vagina. Zu beiden Seiten glitten jetzt Las Playitas und der Vergnügungspark vorbei, der mit aller Gewalt Coney Island heißen mußte, und der Rumba Palace und das Panchín und die Taberna de Pedro (nachts eine musikalische Auster mit der schwarzen Perle Chori, der dort sang und spielte und sich über alles und sich selbst lustig machte: einer der Clowns, die es am ehesten verdient hätten, berühmt zu sein, und vielleicht der namenloseste) und die kleinen Kneipen, Cafés und Grillbuden, die wie in der Avenida del Puerto anzeigten, daß hier die Fahrt begann und endete, und die Allee zum Biltmore tauschte die Dattelpalmen der Fünften Avenida gegen dickbäuchige, grauhaarige Königspalmen ein, und da wußte ich, wohin wir fuhren, zur Straße nach Santa Fe. Bald (denn Cué trat aufs Gaspedal) hatten wir Villanueva und das Picken-chicken (Picking-chicking), das auch einmal für eine Nacht unvergeßlich gewesen war, und die Golfplätze hinter uns gelassen und sahen jetzt die Reeden und die vor Anker liegenden Jachten und im Hintergrund den Golf und hinter dem Horizont die Barriere aus weißen, dicken, kompakten Wolken, die wie eine zweite Malecónmauer waren.

»Kennst du Barlovento?«

»Ja, ich glaube, ich war mit dir mal da. Das ist doch dieses Wohnviertel ...«

»Ich meine die Bar Lovento«, sagte Cué.

Jaimanitas ist ein beliebter Badeort, aber von der Straße nach Santa Fe aus sieht man nur ein paar flache, häßliche Betonbauten und eine Unfallstation und ein oder zwei zwielichtige Kneipen und einen von Mangroven gesäumten Fluß, dessen stehendes, weder blaues noch braunes noch grünes, sondern schmutziggraues Wasser sich in der Sonne kräuselt, weil das Meer, auch wenn man es nicht sieht, nur einen halben Häuserblock entfernt ist und die Brise wie durch einen Kamin das Flußbett heraufstreicht.

»Ich kann mich nicht daran erinnern«, erinnere ich mich gesagt zu haben. »Heißt sie wirklich so?«

»Nein. Sie heißt La Odisea.«

»Und der Wirt natürlich Homer. Warum nicht lieber Aeneis-Bar?«

»Du wirst staunen, aber das Lokal heißt tatsächlich Laodicea, und das ist der Name des Wirts, Juan. Juan Laodicea.«

»Das Staunen ist die Wurzel der Poesie.«

»Es liegt phantastisch. Du wirst es gleich sehen.«

Wir fuhren nach rechts in eine neue Straße mit noch schwarzem Asphaltbelag und hohen, gebogenen Laternenpfählen aus Beton, die sich über die Fahrbahn beugten wie Fitzgeralds Flappers über die Liebe, wie die Hälse vorsintflutlicher Tiere auf Beutefang, wie Marsmenschen, die unsere peripatetische Zivilisation beäugen. Am Ende der Straße war ein Hotel oder der Versuch eines Hotels, ein viereckiges Gebäude. Wir bogen nach links in eine Straße ein, die parallel zum Meer verlief, so wie auch die Kanäle in diesem Venedig der Reichen, wo die glücklichen Besitzer ihren Wagen im Car-port abstellen und ihr Boot im Yacht-port festmachen können, flankiert von allen Möglichkeiten der Flucht. Mir wurde klar, daß das hier das Paradies der Cués war. Das Projekt (oder seine Durchführung) war künstlich, fiktiv, aber wie allem in diesem Land lieh ihm die Natur ihre echte Schönheit. Er hatte schon recht, Der Reisende. Der Ort war aus mehr als einem Grund phantastisch. Das Lokal befand sich auf einer hölzernen Brücke über einem der Seitenkanäle mit Blick auf eine große, ebenfalls künstlich angelegte Lagune, auf der sich die Sonne in Körnchen, Adern, ganzen Flözen von Meeresgold widerspiegelte und vervielfältigte. Vor dem Lokal war ein kleiner Wald von Seetrauben und Strandkiefern. Ich sah fünf Palmen, deren Stamm gänzlich von riesigen Kletteraraceen bedeckt war, und eine der Schlingpflanzen war abgestorben, so daß die sechste Palme unter ihren Artgenossinnen ganz nackt aussah.

»Das ist das absolute Amen«, sagte Cué. Ich dachte, daß er vermutlich Akme sagen wollte.

»Fahr zurück«, bat ich ihn.

»Warum?«

»Fahr bitte zurück.«

»Willst du wieder nach Havanna?«

»Nein, du sollst zurückfahren, zwanzig, dreißig Meter. Zurückfahren, nicht umkehren.«

»Im Rückwärtsgang?«

»Ja.«

Er tat es. So schnell, wie wir gekommen waren, brauste er an die fünfzig Meter zurück.

»So, jetzt wieder langsam vorwärts. Ganz sachte ranfahren.«

Er tat es, und ich kniff ein Auge zu. Ich sah, wie die Reeden, die Kanäle und parallel dazu das Meer langsam vorbeiglitten, und dann kamen das Lokal und der Teich und die Vegetation völlig flach, in einer einzigen Dimension auf uns zu, und obwohl die Farben da waren und mir alles noch so dreidimensional in Erinnerung war, wie ich es gerade gesehen hatte, flimmerte das Licht über der Landschaft, und es war wie im Kino. Ich kam mir vor wie Philip Marlowe in einem Roman von Raymond Chandler. Oder eher wie Robert Montgomery bei der Verfilmung eines Romans von Chandler. Oder noch besser: wie die Kamera als Auge von Montgomery-Marlowe-Chandler in den besten, unvergeßlichen Momenten der Dame im See, gesehen im Alcázar am 7. September 1946. Ich sagte es Cué. Ich mußte es ihm sagen.

»Du meine Güte, du bist wirklich nicht mehr ganz bei Trost«, sagte er und stieg aus, »völlig übergeschnappt«, und ging davon. »Hochgradig kinogeschädigt«, war seine abschließende Diagnose.

Wir gingen unter einer Geißblattlaube an einem Rasen entlang, der nicht aus Gras, sondern aus Wassermoos war. Wir betraten das Lokal. Es war eine Camera obscura, in der ich ganz hinten eine Wasserfläche sah, trüb und rechteckig, ein Fischbecken, wie sich später herausstellte. Durch die Türen auf der anderen Seite fiel das noch immer blendende Licht, aus dem wir gekommen waren. Hinter uns sagte jemand, eine Frauenstimme, Wer Ohren hat zu hören, der höre, und unsichtbare Männer und Frauen, fleischlose Stimmen, lachten durcheinander. Cué begrüßte den Barkeeper oder Wirt, der seinen Gruß herzlich und erstaunt erwiderte, als hätte er ihn schon lange nicht mehr gesehen oder gerade erst nach Hause gebracht. Cué erklärte mir, wer er war, aber ich hörte nicht hin, weil ich ganz fasziniert auf das Fischbecken starrte, in dem ein kleiner Rochen unablässig im Kreis schwamm. Es war ein Adlerrochen, der hier auch Bischof heißt. Cué sagte mir, es sei immer einer drin, und er würde immer sterben, und sie würden ihn immer wieder durch einen neuen ersetzen, aber er könne sie nicht unterscheiden, der hier könnte noch der alte oder schon sein Nachfolger sein.

Wir tranken etwas. Cué bestellte einen Daiquirí ohne Zucker und mit viel Zitrone. Schauspielerdiät, sagte ich. Nein, sagte er, ich tue, was eigentlich du tun solltest: dem Großen Meister nacheifern. Ich bestellte einen Mojito und vergnügte mich damit, diese Metapher Kubas zu betrachten, mit ihr herumzuspielen, sie in den Händen zu halten. Wasser, Vegetation, Zucker (brauner), Rum und künstliche Kälte. Alles schön gemixt und in ein Glas gefüllt. Ausreichend für sieben (Millionen) Personen. Sollte ich es Cué sagen? Das würde seinen Geist entfesseln. Hughes sagt, ein gefesselter Mensch sei viel beängstigender als ein freier Mensch, vielleicht weil er sich jeden Moment losreißen könnte. Diese Angst hatte ich auch bei Cués Geist. Aber mein Name ist Freddy der Furchtlose: Ich sagte es ihm. Nachdem er den Kellner oder seinen Freund gerufen und noch einmal dasselbe bestellt hatte (nicht ohne die übliche Ermahnung, man solle seine Gläser nicht abräumen, auch wenn sie leer seien), löste Cué seine Fesseln, machte sich frei, nein: tobte sich in Jongleurkunststücken mit dem Leben und dem Menschen und der Ewigkeit aus: der entfesselte Promiscuetheus. Ich erspare dem Leser die explizite Blödelei der Dialoge und biete ihm dafür die Gesammelten Werke von Arsenio Cué. Oder besser gesagt, seine Pandekten. Ich weiß nicht, ob sie zu etwas nütze sind. Auf jeden Fall taugten sie damals dazu, das totzuschlagen, was Cué am meisten haßt: die Zeit.

XI

BEKENNTNISSE EINES KUBANISCHEN OTIUMRETTERS

*Über das Opium:**

Zitat des Mönches mit den Sechs Fingern (Tse Xfin-gah; Fu-Kin-Dynastie):

»Das Opium ist die Religion der Chinesen.«

Von Marx (er fragte mich, ob Marx wohl Hegel gelesen hat? Groucho. Groucho Marx, nicht Groucho Hegel):

»Die Arbeit ist das Opium der Völker.«

Von Erich J. von Strohstern:

»Das Kino ist das Opium der Zuschauer.«

Von Silvestre Silverscreen (Khi'No-Dynastie):

»Das Opium ist das Kino der Blinden.«

Vier Jahrhunderte vor Sartre, Christopher Marlowe:

Faustrus (er sagte erst so, dann im Ernst):

FAUSTUS: Where are you damned?

MEPHISTOPHELES: In hell.

FAUSTUS: How comes it then thou art out of hell?

MEPHISTOPHELES: Why this is hell!

Dies Faustae:

Es gibt viele Auslegungen des seltsamen Falls von Dr. Jekyll und Mr. Hyde: einige sind intelligent (Borges), andere populär (Victor Fleming), wieder andere verblüffend (Jean Renoir). Bedenke, daß ich von Literatur und Film und Fernsehen rede. Der heutigen Kultur. Es gibt sicher noch eine Menge älterer, die mir entgangen sind, aber ich glaube nicht, daß eine dieser Interpretationen – seien sie nun magisch oder psychoanalytisch oder rationalistisch – das eigentliche Geheimnis entschleiert. (Pause. Arsenio Wolfgang Cuéthe dramatisierte seine

* Arsenio de Cuéncy hatte zu allem eine Meinung. Die Zwischentitel sind natürlich vom Herausgeber.

Worte, das zweite Glas in der Hand.) Stevensons Novelle, Silvestre, ist, schreib das auf, eine weitere Version des Faustmythos.

Die Kunst und die Jünger:
»Neither the lunar nor the solar spheres,
Nor the dry land nor the waters over earth,
Nor the air nor the moving winds in the limitless spaces
Shall endure ever:
Thou alone art! Thou alone!
Rag Majh Ki Var
The Sacred Writings of the Sighs

Cuévafy:
»Was soll denn ohne die Barbaren aus uns werden?
Diese Leute waren doch so etwas wie eine Lösung.«

Mansportret:
»The condom is a mechanical barrier used by the male.«
Elizabeth Parker, M. D.
The Seven Ages of Women

Was würde dazu Fileteo Samaniego sagen, der verborgene Autor von Uminña?

Eine Frage, die mir immer spät in der Nacht eine Stimme mit italienischem Akzent ins Ohr flüstert: Hat es Vittorio Campolo einmal gegeben?

Die Engländer im Bade:
Die Badewannen der Marke Heureka (Shanks & Co., Ltd., Barnhead, Scotland: siehe Hotel Syracus am Strand von El Caney) hätten Archimedes seine schöpferische Arbeit erheblich erleichtert. (Oder handelt es sich nur um einen weiteren Beweis für den unwiderstehlichen Humor englischer Klempner?)

Das Nichts ist der andere Name der Ewigkeit:

Es gibt mehr Nichts als Sein. Das Nichts ist latent immer vorhanden. Das Sein muß sich zum Ausdruck bringen. Das Sein kommt aus dem Nichts, kämpft darum, sich zu offenbaren, und verschwindet dann wieder im Nichts.

Wir leben nicht im Nichts, aber irgendwie lebt das Nichts in uns. Das Nichts ist nicht das Gegenteil des Seins. Das Sein ist das Nichts mit anderen Mitteln.

Paradiesische Muse oder Die Klinge, die den Knoten von Cués Fesseln durchhaut:

Die Entdecker hielten unsere Seekuh für eine Sirene: die Zitzen, das fast menschliche Gesicht und ihr Verhalten beim Koitus erleichterten die Analogie. Es entgingen ihnen aber andere Symbole, die, weil pflanzlicher Natur, sehr viel kubanischer sind.

Die Palme, mit ihrem weiblichen Stamm und dem grünen Schopf ihrer Wedel, ist unsere Medusa.

Die angezündete Zigarre (die echte Corona für die Ausländer, die da hinten in der dunklen Ecke sitzen) ist ein Phoenix: wenn man meint, sie sei erloschen, tot, dann steigt das Leben des Feuers aus ihrer Asche auf.

Die Banane ist die Hydra der Tropen: man schneidet ihr den Früchte tragenden Kopf ab, aber es wächst sofort Ersatz nach, und die Pflanze erwacht zu neuem Leben.

Teekantate, Kaffeenocturne, Matefuge:

Der Kaffee ist ein sexuelles Stimulans. Der Tee ein intellektuelles. Der Mate ist der bittere, primitive Bodensatz eines miesen Morgengrauens im New York des Jahres 1955. (Ich rede für mich und ein bißchen auch für dich, Silvestre. Es ist mir egal, was die Wissenschaftler sagen. Deshalb bringe ich hier dieses persönliche und ferne Beispiel.)

Ein Kaffee an der Ecke 12 und 23, in der Morgendämmerung, wenn es Tag wird, die morgendliche Brise vom Malecón her, die mir mit meinen Sinnen und ihrer Geschwindigkeit ins Gesicht peitscht (das Berauschende an der Geschwindigkeit ist, daß sie aus einem physikalischen Vorgang eine metaphysische Erfahrung macht: die Geschwindigkeit verwandelt die Zeit in Raum – ich, Silvestre, sagte ihm, das Kino verwandle den Raum in Zeit, und Cué antwortete mir, Das ist auch eine Erfahrung jenseits der Physik), die Geschwindigkeit, ich selbst, im Profil und von vorn gegen diese milde Morgenluft gestemmt, mit leerem Magen und einer Müdigkeit in den Knochen, die dir deinen Körper bewußt macht, vor dir die glückselige Hellsicht der Schlaflosigkeit und hinter dir eine Nacht bei Aufnahmen im Studio, eine-Nacht-voll-Geraune-und-Hintergrundmusik, da wird der Kaffee – ein einfacher Kaffee für drei Centavos, schwarz, stark, getrunken, wenn der Lange, dieser dünne, endlose Schatten, vom Nachtdienst nach Hause geht, nachdem er die Nachtschwärmer, die Arbeiter, die früh zur Arbeit gehen, die müden Nachtschwärmer, die tau- und samenfeuchten Nutten, diese ganze Fauna des Nachtzoos, die sich an den Toren des Colón-Friedhofs einfindet, nachdem er sie alle mit Tschaikowski oder Prokofjew oder Strawinski (und laßt seine Melomanie erst mal bis zu Webern und Schönberg und – oh Gott, sie werden ihn lynchen! – bis zu Edgar Varèse gedeihen), Namen, die der Weite bei langem nicht richtig aussprechen kann, auf die Palme gebracht hat, weil er sie an der Ecke 23 und 12 (und mach dir das mal klar: 23 und 12 macht 35 und 3 und 5 macht 8, während die entsprechenden Quersummen von 23 und 12 ebenfalls 5 und 3 sind, was wiederum 8 ergibt: diese Ecke ist dazu verdammt, mit den Toten in Verbindung gebracht zu werden: 8 steht in der chinesischen Scharade für Toter, wie du weißt: das erklärt auch, warum 12 und 23, obwohl der Friedhof erst gut einen Block weiter an der Ecke Zapata und 12 beginnt, im Volksmund Havannas gleichbedeutend mit Friedhof ist) auf seinem miesen tragbaren Plattenspieler unaufhörlich und mit sämtlichen Kratzern abspielt – da wird diese halbe Tasse Wasser und Aroma und Schwärze (in mir) zu dem dringenden Bedürfnis, wie ein Eribó für Schauspielerinnen zu N oder M oder M oder N nach Hause zu gehen und sie aus ihrem Traum vom

Bühnenruhm zu wecken und in ihrer dumpfen Schläfrigkeit und in meinem geschärften Wachsein und in der schwellenden Morgenhitze dieses ewigen Sommers zu vernaschen zu vernaschen zu vernaschen, vernaschen, vernasch, verna, ver.

Der Tee ist für mich immer ein Antrieb zu arbeiten, zu denken, etwas tun zu wollen – intellektuell gesehen.

Dafür gibt es bestimmt irgendeine wissenschaftliche Erklärung, etwas, das mit der Reizung eines Hirnlappens oder dem Blutkreislauf zu tun hat, oder mit dem, was die Phrenologen eine Perfusion unter der Hirnrinde nennen würden, und auch mit dem sympathischen Zucken des Solarplexus. Aber ich will sie nicht kennenlernen, ich will nichts davon hören, ich will nichts von dieser Hypothese wissen. Erzähl mir bloß nichts darüber, Silvestre. Bitte nicht.

Es tut mir zwar leid für Macedonio Fernández, für Borges und vielleicht auch für Bioy Casares, aber ich neige andererseits dazu, mich für Debellata Ocampo zu freuen: der Mate bringt keine Kultur zustande.

Godspeed:

Du hast es lächerlich gefunden, Palestrina in einem Jet zu hören. Ja, Pater Vitoria ist mein Copilot und das alles. Aber hast du mal daran gedacht, welche Auswirkungen die Geschwindigkeit auf die Literatur haben muß? Denk doch bitte nur einmal an das folgende Phänomen: Ein Flugzeug, das von London nach Paris fliegt, kommt beim Rückflug Paris – London fünf Minuten vor seiner Abflugzeit an. Was wird erst geschehen, wenn der Mensch einmal mit fünf oder sechstausend Stundenkilometern reist und feststellt, daß er langsamer denkt, als er sich fortbewegt? Ist dieser Mensch dann immer noch das denkende Schilfrohr, für das Pascal ihn hielt? Und da meinst du manchmal noch, ich würde zu schnell fahren.

Warum ich nicht schreibe:

Du fragst mich oft, warum ich nicht schreibe. Dazu kann ich nur sagen, weil ich keinen Sinn für Geschichte habe. Ich muß mich einen ganzen Tag abmühen, um an den nächsten Tag zu denken. Nie werde ich in der Nachfolge Stendhals sagen können, Man wird mich um das Jahr 2058 lesen. (Das macht 15 oder 33, die beide 6 ergeben, eine gerade Zahl, die ein ungerades Spiegelbild hat: 9.) Domani è troppo tardi.

Außerdem verehre ich weder Proust (er sagte eindeutig Pru) noch James Joyce (Cué sprach ihn Shame Choice aus), noch Kafka (in seiner kultivierten Stimme klang es nach Kaka), diese Heilige Dreieinigkeit, die man offenbar unbedingt anbeten muß, wenn man im 20. Jahrhundert schreiben will – und da ich unmöglich im 21. Jahrhundert schreiben kann.

Ist es denn meine Schuld, wenn mir Bay City wichtiger ist als Combray? Ja, vermutlich schon. Geht es dir auch so? Du würdest dies Chandler-Syndrom nennen.

Über Laura Cton?

Vögeln verdirbt, totales Vögeln verdirbt total.

Way of Livink:

Ich lebe zwischen Provisorium und Unordnung, in der Anarchie. Dieses Chaos *muß* einfach eine Metapher des Lebens sein.

Wer wohl mein Bauchredner ist?

The Time Killer:

Die Herzogin von Malfi verzieh ihren Henkern, denn ein zünftiger Schnupfen wäre auf dasselbe herausgekommen. Warum dieser Haß auf Tyrannen? Die Mehrzahl der Leute, die sie umgebracht haben, wären sowieso tot. Man sollte über die UNO oder sonst irgendwie eine Kampagne starten und die Zeit zum Völkermörder erklären.

Beispiel für metaphorisches oder vitales Chaos:

Geschichte von Helio und Gabal: Ich lag in einem Wettstreit ungewissen Ausgangs mit Juan Blanco alias Jan DeWitte, dem Komponisten von »Canción Triste«, das er unter dem nom de flûte Giovanni Bianchi geschrieben hat. Um acht Uhr abends gehen wir von seiner Wohnung zur Ecke Paseo und Zapata. Juan bestellt Schokoladenmilch, ich Tomatensaft. Er ein Chirimoyaeis, Arsenio Cué: Erdbeeren mit Sahne. JB: Ananassaft und danach ein V-8, der andere einen Hamburger. Juan ißt ein Steak mit Brot, weil er weiß, daß die Ära der Festkörper angebrochen ist. Ich bestelle eine Portion Milchreis: es gibt Zeit zu leben und Zeit zu sterben, Zeit vorzuspeisen und Zeit zu dessertieren. Juan Blanco kaut einen Brotpudding, ich vertilge einen Cheeseburger. JoB bestellt Masarreal, moi Guavenkuchen. (Scheiße, wir sind am Ende unserer Kräfte und der Speisekarte!) Iwan einen Liter sibirisch kalte Milch, die er sybaritisch hinunterkippt. Als ich das sehe, bedeute ich ihm mit einer Geste, Bin gleich wieder da! und renne blaß und bläulich auf die tödliche Toilette. Natürlich war die Schlacht verloren. My kingdom for a cow! Als ich zurückkomme, trinken Juan, Sean, Johannes, John, João alle zusammen ihr Alkaseltzer von Segovia. Aber die Literflasche, hélas, ist leer. Sie wird heute bestimmt in Platin und Iridium gegossen beim Internationalen Büro für Maßlose und Gewichtige in Sèvres aufbewahrt. Ave Ioannis vomituri te salutant. SPQIB.

Wir gehen wieder in seine Wohnung hinauf. An diesem Abend füllt sie sich mit Schülerinnen vom Konservatorium. Sie sind gekommen, um sich zum drittenmal, o Gott, die Neunte anzuhören, die Symphonie dieses »Monstrums in Ketten«, wie neulich hier drin eine musikalische Nymphe Beethoven genannt hat. Reg dich nicht auf, Silver Tray, eine andere hat ihn sogar ständig als den Blinden von Bonn bezeichnet. Und da es noch zu früh für das Nein und zu spät für die Spötter ist, war da noch eine andere (sie vermehren sich durch spontane Degeneration), ein anderes libides Mädchen, das mich auf den Balkon führte, und ich rieb mir schon die physischen Hände. Aber wir bestätigten lediglich einmal mehr die Richtigkeit der Relativitätstheorie. Sie zeigte mir ein Licht. Venus, sagte sie, der Morgenstern. Das Schlimme daran ist weder die Tatsache, daß es bei Anbruch der Nacht war, noch das erotische Fiasko, sondern daß ich genau hinschaute und nur eine hundsgewöhnliche gelbe Glühbirne auf einer Dachterrasse strahlen sah. Für mich brach alles zusammen, aber ich sagte nichts und hielt es mit Brecht, der sagt, man dürfe die Wahrheit nicht jedem sagen.

In dieser Nacht, in der wir uns bereits einen Kampf bis aufs Messer und die Gabel geliefert hatten, gingen wir um Mitternacht alle zusammen noch einmal runter, um nach den Maratonasmen noch etwas zu essen. Die Mädchen beharrten melomanisch darauf, daß man nach der geistigen Nahrung, die uns die gequälte Seele von Ludwig Van und die gut bezahlten Techniker der RCA Victor beschert hatten, nichts Festes zu sich nehmen dürfe. Wir pflichteten mit Bekennermiene bei und überspielten unsere Rülpser mit Geträller.

Ah Oscarwilderness:

»There is a land full of strange flowers and subtle perfumes ... a land where all things are perfect and poisonous.«

Der Angriff der 666.

Er fing wieder mit den Zahlen an; der zermürbende Angriff seiner 666-köpfigen leichten und dennoch so lästigen Brigade. Arsenio Cué war ebenso sehr in die Zahlen verliebt wie in sich selbst – oder umgekehrt.

Die 3 sei die Große Nummer, fast die Nummer Eins, weil sie die erste Primzahl ist, also nur durch sich selbst und durch eins geteilt werden kann. (Cué sagte die Eins.)

Findest du es nicht seltsam, daß die 5 und die 2 so verschiedene und doch so ähnliche Zahlen sind? (Ich sagte nicht nein, und er sagte mir nicht warum.)

Die Zahl 8 ist einer der Schlüssel zum Großen Mysterium. Sie besteht aus zwei Nullen und ist die erste, die einen Kubus enthält. Der Große Schritt, das heißt, die 2, ist ihre Kubikwurzel, und gleichzeitig ist 8 das Doppelte von 4, der geometrischen oder pythagoreischen Zahl par excellence. Aufrecht stehend ist sie dies alles und mehr, und in der kubanischen

Scharade bedeutet sie Toter, und 64 ist in derselben Scharade der große Tote, *El Gran Muerto*. 8 × 8 = 64, wie du vermutlich weißt. (Ich nickte zustimmend mit dem Nillenkopf.) In der Antike war diese Zahl Poseidon gewidmet, diesem Neptunonius, nach dem hier in Kuba Straßen und Statuen und Leuchttürme benannt sind und den du so magst. Die Straße, die seinen Namen trägt, vergiß das nicht, fängt am Parque *Central* an.

Diese Zahl wird nun müde und legt sich hin, zieht sich in die Länge, nimmt kein Ende mehr, wird Unendlichkeit. (Oder ihr Symbol, das einzige, was wir zweifelsfrei über sie wissen, sagte ich. Er hörte es nicht.) Der Raum ist ein Prokrustesbett.

Die Fünf (entschuldige, Cué, alter Junge, die 5) ist in der Zahlenmythologie der Chinesen eine magische Zahl: sie sind die Erfinder der fünf Sinne, der fünf Organe des Körpers, usw.

Die 9 ist auch eine Zahl, die sich »sonderbar« verhält. Sie ist natürlich das Quadrat von 3, der ersten echten ungeraden Zahl, denn die 1 ist ja die Einheit, die Basis, unsere Mutter. (Und die Null? fragte ich ihn.) Das ist eine arabische Konvention. Keine Zahl. (Aber sie ist doch unsere Unendlichkeit, sagte ich. Aus ihr kommen wir und in sie kehren wir wieder zurück. Er lächelte und zeigte mir mit den Fingern eine Null, diese populäre Mudra, die außerdem auch bedeutet, daß alles gut läuft oder gelaufen ist – oder daß nichts läuft.) 9 mit sich selbst addiert ergibt 18 und mit sich selbst multipliziert 81. Von hinten und vorne eine Spiegelzahl. Und wenn wir ihre Ziffern addieren, stoßen wir, wie du siehst, erneut auf die 9.

Weißt du, daß sich die Primzahlen im Vergleich zu den geraden und ungeraden Zahlen sehr sonderbar verhalten? (Ich wußte es nicht.) Ja, denn sie bilden eine diskontinuierliche und arbiträre und bisher noch nicht vollständige Reihe. Man wird sie auch nie vervollständigen können. Nur die großen Mathematiker und die großen Magier entdecken Primzahlen – oder können sie entdecken.

(Wo wäre unter ihnen Arsenio Cué einzuordnen?)

Ich werde dir jetzt die wirklich perfekte Zahl zeigen. (Er hielt inne und sah mich an.) Findest du es nicht sonderbar, daß auf fast allen Schreibmaschinen, wie zum Beispiel auch auf deiner, das =-Zeichen über der 3 steht, als solle damit gesagt werden: das *ist* Die Zahl? Die 3 ist das große Quadrat.

(Er nahm mit theatralischer Geste eine Papierserviette und zog mir den Füller aus der Tasche. Er begann, Zahlen zu zeichnen.)

4	9	2

(Er hielt inne. Ich dachte, er wollte addieren.)

4	9	2
3	5	7

(Er hörte auf, Zahlen zu zeichnen, und schaute mich an. Alles Primzahlen, sagte er.)

4	9	2
3	5	7
8		

(Wir wollen hoffen, daß die nicht so betrunken ist wie du, sagte ich. Oder wir werden uns bei der geringsten Provokation, wie Eribó immer sagt, mit der Unendlichkeit herumschlagen müssen.)

4	9	2
3	5	7
8	1	

(Standfestigkeit für dich, sagte er lächelnd, und für mich.)

4	9	2
3	5	7
8	1	6

(Er schaute triumphierend auf das Papier, als hätte er dieses Zahlenquadrat erfunden oder wäre gerade dabei, es zu erfinden.)

Da hast du es. Das magische Quadrat. Es ist dem Kreis ebenbürtig. (Er schaute mich an, als warte er darauf, daß ich ihn frage warum. Warum?) Weil du, egal wie du addierst, immer 15 herausbekommst. Senkrecht, waagrecht und diagonal ergibt sich 15. Beachte auch, daß die Summe dieser Ziffern, 1 und 5, 6 ist, also die letzte Zahl des Quadrats, und wenn du die eine von der anderen abziehst, erhältst du die erste, die 4.

Wie du siehst, ist die 0 nicht dabei. Historisch gesehen ist das ein Hinweis darauf, daß es das Quadrat schon vor den Arabern gab, denn früher bestand es aus Buchstaben, die als Zahlen dienten. Für mich ist es das Quadrat des Lebens.

(Ich wollte ihm sagen, er sei ein Späteuklidianer, aber ich kannte seine Antwort schon: nein, ein Frühpythagoreer.)

Es negiert dein Nichts. Die 0.

Aleatorische Literatur

(An dieser Stelle kritisierte ich – als einziger unter allen: aber so bin ich immer: ich reagiere auf das, was ich vor mir habe, selbst wenn es mein eigenes Spiegelbild ist –, warf ich ihm vor, daß er sich von Zahlen derart in Begeisterung versetzen läßt, und er antwortete mir mit einem rezitierten Zitat:)

> Nichts ist mir sichrer als das Ungewisse,
> Verhüllt bleibt mir, was allen offenbar,
> Weiß mich im Recht und hab Gewissensbisse,
> Erkenntnis heiß ich, was nur Wahnbild war,
> Gewinner stets, Verlierer immerdar.
>
> *François Villon*
> *Ballade du Concours de Blois*

(Das ist Literatur, sagte ich zu ihm?)

Nein, Literatur wäre dieses Mögliche Meisterwerk: Man müßte *Rot und Schwarz* noch einmal schreiben, Seite für Seite, Zeile um Zeile, Satz auf Satz, Wort für Wort, Buchstabe für Buchstabe. Man müßte sogar Punkte und Kommata über die Punkte und Kommata setzen, genau an dieselbe Stelle, dabei aber die Punkte und Kommata des Originals mit größter

Sorgfalt meiden. Man müßte die i-Pünktchen (und die j-Pünktchen, sagte ich) über die is setzen, ohne die ursprünglichen Pünktchen zu verrücken. Wer das machen und damit ein radikal anderes, identisches, aber doch völlig verschiedenes Buch schreiben würde, hätte Das Meisterwerk geschaffen. Wer dieses Buch dann noch unter dem Namen (Pierre Ménard, unterbrach ich – Arsenio ließ sich nicht verdrießen, sondern sagte: Du hast also auch geglaubt, das sei es?!), unter dem Namen (er machte eine borgianische Pause) Stendhal herausbringen würde, hätte Das Totale Meisterwerk.

(Das wäre eine mit Geheimtinte gezeichnete Blaupause.)

Nein. Nicht einmal ein Programm. Für mich wäre die einzig mögliche Literatur eine aleatorische Literatur. (Wie in der Musik? fragte ich.) Nein, es gäbe dabei keine Partitur, sondern nur ein Wörterbuch. (Dachte ich an Bustrófedon? denn er berichtigte sofort:) Oder besser eine Liste von Wörtern, die keinerlei Ordnung unterworfen wäre, in der nicht nur Avicenna deinem Freund Zenon die Hand reichen würde, was ja leicht möglich ist, weil sich Gegensätze usw., sondern beide auch in der Nähe von Eintopf oder Revolver oder Mond zu finden wären. Man würde dem Leser zusammen mit dem Buch einen Satz Buchstaben für den Titel und ein Paar Würfel aushändigen. Dann bräuchte man nur noch zu würfeln. Hat man eine 1 und eine 3 gewürfelt, dann sucht man das erste und das dritte Wort heraus, oder aber das Wort Nummer 4 oder auch 13 – oder alle zusammen, und die liest man dann in willkürlicher Reihenfolge, wodurch der Zufall aufgehoben oder gesteigert wäre. Die willkürliche Reihenfolge der Wörter in der Liste und ihre neue Anordnung könnten ebenfalls durch Würfeln bestimmt werden. Vielleicht bekämen wir dann wirklich Gedichte, und der Dichter wäre wieder ein Schöpfer oder ein Troubadour. Das Aleatorische wäre dann nicht nur eine Annäherung oder Metapher. Alea iacta est heißt ja, daß der Würfel gefallen ist, wie du vermutlich weißt.

(Ja, ik uais, sagte ich. Warum nennen wir sie nicht einfach Aleateratur?)

Das wäre nur eine dieser Bustrofonaden.

(Er hat immerhin eine Idee entwickelt, die von deiner gar nicht so weit entfernt ist.)

Ja? Was denn für eine? Kenne ich sie?

(War er besorgt oder einfach nur interessiert? Sie sind sich wirklich sehr ähnlich. Bustrófedon meint, man könnte aus zwei oder drei Wörtern ein Buch machen, und er hat, glaube ich, sogar mal eine Seite mit einem einzigen Wort geschrieben.)

Da ist ihm aber schon 1946 Chano Pozo zuvorgekommen.

(Ja?)

Erinnerst du dich nicht mehr an seine Guaracha Blen blen blen? Der Text bestand nur aus:

Blen blen blen blen blen blen blen blen blen blen blen blen blen
blen blen blen blen blen blen blen blen blen blen blen blen blen
blen blen blen blen blen blen blen blen blen blen blen blen blen
blen blen blen blen blen blen blen blen blen blen blen blen blen
blen blen blen blen blen blen blen blen blen blen blen blen blen
blen blen blen blen blen blen blen blen blen blen blen blen blen
blen blen blen blen blen blen blen blen blen blen blen blen blen
blen blen blen blen blen blen blen blen blen blen blen blen blen
blen blen blen blen blen blen blen blen blen blen blen blen blen
blen blen blen blen blen blen blen blen blen blen blen blen blen
blen blen blen blen blen blen blen blen blen blen blen blen blen
blen blen blen blen blen blen blen blen blen blen blen blen blen
blen blen blen blen blen blen blen blen blen blen blen blen blen
blen blen blen blen blen blen blen blen blen blen blen blen blen
blen blen blen blen blen blen blen blen blen blen blen blen blen
blen blen blen blen blen blen blen blen blen blen blen blen blen
blen blen blen blen blen blen blen blen blen blen blen blen blen
blen blen blen blen blen blen blen blen blen blen blen blen blen
blen blen blen blen blen blen blen blen blen blen blen blen blen
blen blen blen blen blen blen blen blen blen blen blen blen blen
blen blen blen blen blen blen blen blen blen blen blen blen blen
blen blen blen blen blen blen b en blen blen blen blen blen blen
blen blen blen blen blen blen blen blen blen blen blen blen blen
blen blen blen blen blen blen blen blen blen blen blen blen blen
blen blen blen blen blen blen blen blen blen blen blen blen blen
blen blen blen blen blen blen blen blen blen blen blen blen blen
blen blen blen blen blen blen blen blen blen blen blen blen blen
blen blen blen blen blen blen blen blen blen blen blen blen blen
blen blen blen blen blen blen blen blen blen blen blen blen blen
blen blen blen blen blen blen blen blen blen blen blen blen blen
blen blen blen blen blen blen blen blen blen blen blen blen blen
blen blen blen blen blen blen blen blen blen blen blen blen blen
blen blen blen blen blen blen blen blen blen blen blen blen blen
blen blen blen blen blen blen blen blen blen blen blen blen blen

Was würde Selma Lagerbeer dazu sagen?
Was würde Virginia Beowulf sagen?
Was würde vor allem und zu allem Brigidita Frías sagen, die du Frigidita Brías nennen würdest?

»nicht bloß zu Silber bleicht, bläulich entstellt,
sondern mit dir gemeinsam ganz und gar
als Erde, Rauch, Staub, Nacht in Nichts zerfällt«

Wie man einen Elefanten tötet: Methode der Eingeborenen:
In Afrika gibt es nur wenig Flüsse, die so tief sind, daß ein so riesiges Tier wie der Elefant schwimmen müßte, und es ist durchaus nichts Ungewöhnliches, die wandernden Herden beim Durchwaten von Flußläufen zu sehen. Oft reicht das Wasser nicht einmal bis über das Knie (des Elefanten), aber manchmal tauchen die Tiere doch ganz darin unter. In diesem Fall gehen sie dann auf dem Grund des Flusses und lassen nur noch den Rüssel als Atmungsperiskop aus dem Wasser ragen.

Die wilden, nicht wildernden Jäger können sich einen Elefanten, der dergestalt den Fluß durchquert, zunutze machen. Sie befestigen ein Gewicht an einer Lanze und harpunieren den Tierschnorchel von einem Kanu aus. Der Ballast zieht den Rüssel unter Wasser, und De Olifant ertrinkt.

Acht Stunden später (nicht nach der Uhr: afrikanische Zeit) lassen Gase im Innern des Kadavers den Elefanten an die Wasseroberfläche steigen. Er sieht aus wie ein harpunierter Wal, und die Eingeborenen können die Beute problemlos bergen.

(Es war ganz offensichtlich ein Zitat. Wo zum Teufel hatte es dieser metaphysische Charlie McCarthy her?)

Popuhilarity:
Jemand hat einmal gesagt, die Popularität des Wortes Metaphysik sei darauf zurückzuführen, daß es für alles verwendbar ist.

Pascalauer:

& Die Leute halten für ihre Tugenden, was weiter nichts ist als Die Tugenden. Ethischer Aberglaube.

& Wenn jemand sagt, Ich schmeichle den Mächtigen nicht, dann meint er eigentlich, *man sollte* den Mächtigen nicht schmeicheln. Wir alle umschmeicheln die Starken und lassen uns von den Schwachen umschmeicheln. Letzteres trotz einer anderen falschen Behauptung: Ich mag es nicht, wenn man mir schmeichelt. Das ist die einzige außergewöhnliche Entdeckung Hegels (ad hoc-Grimasse von mir, Silvestre), diese uralte Beziehung zwischen Herr und Sklave, die so tief verankert ist, daß man darüber vergißt, daß derselbe Mensch einmal gesagt hat: »Wir wissen mehr als wir nicht wissen.» (War das nicht umgekehrt, wenn überhaupt?)

& Die Franzosen machen aus der Verstandesschärfe eine Tugend, wo sie doch nur ein Laster ist: eine Ideal-Sicht des Lebens, das in Wirklichkeit konfus ist. Zumindest mein Leben (das einzige, das ich einigermaßen kenne) ist konfus.

Manche betrachten das Leben als logisch und geordnet, wir anderen wissen, daß es absurd und konfus ist. Die Kunst ist (wie die Religion oder die Wissenschaft oder die Philosophie) nur ein weiterer Versuch, der Finsternis des Chaos das Licht der Ordnung aufzunötigen. Glücklich du, Silvestre, der du es durch das Wort tun kannst oder tun zu können glaubst.

& Es ist ein Jammer, daß die Kunst sich darauf versteift, das Leben nachzuahmen. Heil dir, Freedonia, wenn das Leben ab und zu die Kunst nachahmt.

Das einzig Ewige ist die Ewigkeit

& Der Tod ist die Rückkehr zum Ausgangspunkt, das Schließen des Kreise, das Zurückgehen in die totale Zukunft. Das heißt, auch in die Vergangenheit. Das heißt, in die Ewigkeit. Wenn du willst, kannst du noch etwas von T. S. Eliot (es klang wie T. S. L. J.) hinzufügen, zum Beispiel Time present and time past, oder dieses Zitat von Gertrude Stein, das dir so gut gefällt.

& Das Leben ist die Fortsetzung des Todes mit anderen Mitteln. (Oder umgekehrt, sagte ich.)

& Ein Leben ist weiter nichts als eine geöffnete Klammer, die sehnsüchtig auf ihre zweite Hälfte wartet. Wir können die Große Ankunft (oder das Große Kommen, für dich, Silliam Vester Yeats) nur hinauszögern, indem wir dazwischen weitere Klammern öffnen: das Schöpferische, das Spiel, die geistige Arbeit – oder die Große Klammer, den Sex. (Hier würde dein Großes Kommen besser hinpassen, sagte ich. Er lachte.) Das ist die Orthographie des Lebens.

& Der Tod ist der große Einebner: der Bulldozer Gottes.

& Der unsichtbare Tiger, sagen die Burmesen. Für mich ist er ein unsichtbarer Wagen, kein Tiger. Mein unsichtbares Cabrio. Eines Tages werde ich einen Unfall bauen, oder Er wird mich überfahren, oder ich werde mich bei hundert Sachen aus Ihm auf die Straße der Ewigkeit stürzen.

Kennst du die Geschichte vom Langhaarigen und der Pelona, der Kahlen Frau, die bei uns den Tod repräsentiert? Es ist eine kreolische Version von Treffpunkt in Samarra. Ein Langhaariger war auf der Straße unterwegs und sah die Pelona, ohne daß sie ihn sehen konnte, und er hörte, wie sie sagte, Heute muß ich mir einen Langhaarigen holen. Er rannte schnell in einen Friseursalon und sagte zum Friseur, Kahlschur. Ohne ein einziges Haar auf dem Kopf ging er froh und munter wieder auf die Straße hinaus. Die Pelona, die die ganze Zeit verzweifelt nach einem Langhaarigen gesucht hatte und schon todmüde war, sagte, als sie den Kahlgeschorenen sah, Nun gut, da ich keinen Langhaarigen finden kann, nehme ich eben diesen Kahlkopf mit. Moral: Alle Menschen sind sterblich, aber manche Menschen sind sterblicher als andere.

& Freud hat eine Weisheit vergessen, die von einem anderen Juden stammt, von Salomon: Sex ist nicht der einzige Motor des Menschen zwischen Leben und Tod. Es gibt noch einen anderen, die Eitelkeit. Das Leben (und dieses andere Leben, die Geschichte) ist seit jeher mehr durch das Rad der Eitelkeit angetrieben worden als durch den Kolben der Sexualität.

& Ortega (José Ortega y Gasset, nicht Domingo Ortega) hat gesagt, Ich bin ich und meine Zirkumstanz. (Ein Jude würde sagen, sagte ich, ich bin ich und meine Zirkumzision.)

& Die Bösen gewinnen immer: Abel war der erste Verlierer.

& Es ist falsch zu glauben, Gott schütze die Bösen, nur weil es mehr Böse als Gute gibt. Es ist nämlich so, daß die Bösen die vielen Guten sind.

& Es ist besser, Opfer zu sein als Henker.

& Rine, der alles immer gleich auf die Bühne bringt, sagt, das Böse bringe nichts zustande, die Bösen könnten sich zwar im ersten Akt immer großartig in Szene setzen und hätten auch noch einen recht guten zweiten Akt, würden aber im dritten Akt immer scheitern. Das ist eine boy meets girl/boy loses girl/boy finds girl-Version des Lebens. Es mag ja sein, daß in einem Stück von Shakespeare die Bösen völlig untergebuttert werden – im vierten oder fünften Akt. Aber was, wenn das Leben ein Einakter ist?

& Laster sind wahrhaftiger als Tugenden: Ahab erscheint uns glaubwürdiger als Billy Budd.

& Das Gute fürchtet das Böse, während das Böse über das Gute lacht.

& Die Hölle mag mit guten Vorsätzen gepflastert sein, aber beim Rest (Topographie, Architektur und Innenausstattung) waren böse Absichten am Werk. Und in baulicher Hinsicht ist sie ja nicht gerade ein Wohnklosett mit Kochnische. (L'Inferno als Handbuch der Bautechnik lesen, S.)

& Das Böse ist die letzte Zuflucht des Guten (Und fiese fersa, hörte man eine ganz leise, betrunkene Stimme sagen.)

& Das Böse ist die Fortsetzung des Guten mit anderen Mitteln. (Und vice hicks!)

Stehen wir nicht immer noch am Anfang?

(Ich weiß es nicht, und wir werden es auch nie erfahren, denn an diesem Punkt war ich es endgültig leid, für diesen Sokrates den Platon zu spielen.)

XII

Ich starrte auf das Fischbecken. Es waren auch ein paar anonyme Fischchen drin, die ich nicht erkennen konnte, weil der Rochen in einem fort zwanghaft und gespenstisch seine Runden drehte, und wenn er an dem zwischen den Steinen verborgenen Spot vorbeischwamm, leuchtete sein weißes, krankes Gesicht auf, und dann verschwand er in der Dunkelheit des toten Wassers und tauchte wieder auf, ohne Unterlaß. Ich empfand es als grausam, aber nicht als erschreckend, weil es sich nur um einen Fisch handelte. Ein Bischof, hatte Cuélinné gesagt, und jetzt erläuterte er mir, daß sie nicht länger als einen Monat in Gefangenschaft überleben, nicht einmal in großen Becken, genauso wie die Haie, die sich auf den Grund sinken lassen und einfach nicht mehr schwimmen und den Erstikkungstod sterben. Eine Absurdität der Natur, ein ertrunkener Fisch. Haie und Rochen sind keine Fische, belehrte mich Cué. Ich bedankte mich für die Auskunft über das Leben der Rochen, war aber noch dankbarer für die Existenz dieses Rochens, für den grausamen Aufenthalt des Rochens in seinem Todesbekken, denn ich vergaß Arsenietzsche Cué und dachte an Graf Dracula, an den unvergeßlichen Bela Lugosi, den ich im Flügelschlag des großen Bischofsmantels wiedererkannte, im fremden, bleichen Gesicht dieses Rochens, in seinem zwanghaften Hin und Her zwischen grellem Licht und Schatten, und ich sah die schöne, unselige Carol Borland in Das Zeichen des Vampirs, zusammen mit dem alten Bela (La Belle et Bela, würde Bustrófedon sagen), der hinter romanischen Spinnweben hervor die barocken Stufen herunterkommt, an einem anheimelnden gotischen Fenster innehält, um einen Augenblick lang sein Opfer zu betrachten, das zweckmäßigerweise zwischen Biedermeiervorhängen auf einem Jugendstilsofa schläft, und sich dann, ohne sich um dieses wahnwitzige Stilgemisch zu kümmern (Dracula ist kein Innenausstatter, auch wenn er so aussieht), belahende über den verlockenden Hals hermacht: gelobtes Fleisch, wandelnde Blutbank, Objekt der Liebe und des Schmerzes, das für den Göttlichen Großvater, massig, aufgedunsen und begierig, Leberchips knabbernd und Sangria schlürfend auf seinem nagelgespickten Sitz im Charentonkino, eine wahre Wonne wäre, und dann, bei einer weiteren Runde des bischöflichen Rochens durch seine Unterwasserkathedrale, sehe ich den zweifach unsterblichen Lugosi in all seiner unendlichen Ruchlosigkeit vor einem winzigen Kruzifix zurückschrecken, und im selben Shot der Erinnerung sehe ich meinen Onkel, der sich eines Nachmittags bei einem Familienstreit in einem Anfall blasphemischer Raserei sein Talismankettchen vom Hals riß, darauf herumtrampelte und es in den Hof warf, und später dann, um Mitternacht, als er vom Kino zurückkam, wo er Dracula gesehen hatte, raste er wie der Mad Doctor mit einer Laterne in der Hand im Hof herum, ein christlicher, buckliger, nächtlicher Diogenes, der im ganzen Gartenrund nach seinem Kruzifix suchte und nicht eher schlafen ging, bis er es gefunden hatte, doch geschah in jener dunklen Nacht nichts auf dem Hof, denn ich spähte vom Bett aus mit *solchen* Augen hinaus, und selbst wenn irgendein Wesen vorbeigehuscht wäre, hätte ich es nicht gesehen, weil die Nacht so dunkel war wie alle mondlosen Nächte draußen auf dem Land, pechschwarz, aber bei Vollmond, wenn der Eisenhut blüht, verbreitet der Werwolf Angst und Schrecken und schleicht über eine Galerie, durch einen langen, mondbeschienenen Korridor, und jedesmal, wenn der Schatten einer Säule auf sein Gesicht fällt, wird er etwas mehr Wolf und etwas weniger Mensch (ein guter Einfall, ein Trick, mit dem das Kino schon vor der Erfindung der graduellen Überblendung Lon Chaney den Jüngeren in ein Wolfsmonster verwandeln konnte), und dann läuft er in blinder Wut durch den Garten, durchquert ihn wie ein verirrter Pfeil, springt über die Hecken und rennt aufs freie Feld hinaus, und zwischen bleichen Bäumen, auf von schaurigem Mondlicht schaurig belichteter Lichtung findet er Nina Foch, fällt über sie her und tötet sie. Hat er sie vorher vergewaltigt? Oder hinterher? Oder hat er sich davongemacht, weil er zwar eines Verbrechens fähig, aber unfähig zur Liebe war. Kinder wissen das nicht. Ein Erwachsener kann sich vorstellen, daß diese Mythen Impotenzphantasien sind, daß es seit King Kong eine Tradition gibt, nach der das Ungeheuer zwar immer die Heldin rauben muß, dann aber nicht weiß, was es mit ihr anfangen soll, und das ganze Pulver der Liebe im Ehrensalut seiner Seufzer verschießt. Das Kind, dieses Kind, das mir so ähnlich ist, das da sitzt und eine so köstliche Folter erduldet, sieht nur den weißen, schönen, reglosen Körper von Nina Foch. Nein, nicht Nina Foch, nein, Nina ist ja auch ein Wolf, die Wolfsfrau, die Wölfin, caNina Fox, so wie die hübsche, kleine, geschmeidige Simone Simon die Pantherfrau ist, die im Gymnasion/Gynäzeum am Warmwasserbecken herumschleicht und ihren Bademantel am Bekkenrand zurückläßt und mit ihrer unsichtbaren Gegenwart die Schwingtüren knarren läßt und zwischen den Kabinen herumgeht, wo ich sie schwarz und wild und katzenhaft erahne: mit den feurig glühenden Augen, die Kent Smith verführen, und dem geifernden, hechelnden Mund voller Reißzähne, der Kent Smith küßt, und ihren manikürten Tatzen, die die verliebte Seele und den brünstigen Körper des armen Kent Smith streicheln, walken, packen, zerfetzen, in Stücke reißen, und es ist ein Jammer, ein wahres Verbrechen, daß dieses hübsche Ding so katzenhafte Begierden hat, so wie es einem furchtbar zu Herzen geht, daß das arme mexikanische Mädchen im Fluch der Katzenmenschen nicht nur so arm ist, sondern in der dunklen, grenznahen Nacht auch noch Besorgungen machen muß, und als sie auf dem Rückweg fast schon das Haus erreicht hat, nachdem sie angsterfüllt und mutterseelenallein durch die einsamen Straßen gegangen ist, verfolgt von diesen samtweichen Schritten, die immer näher kommen, und sie geht schneller und schneller und noch schneller, fängt an zu laufen, rennt und rennt und rennt bis nach Hause und klopft und klopft und klopft, und keiner macht auf, wie in einem Albtraum, und die Schritte werden schwarze, bösartige, grausame Präsenz, und die Bestie reißt sie vor der verschlossenen Tür in Stücke, welch himmelschreiendes Unrecht, und im Holz sieht man die schrecklichen Spuren der Krallen und das schaurige Blut rinnt unschuldig über den armseligen Türhaken, während sich die heimtückische, nächtliche Bestie in ihrer schwarzen Niedertracht im Schutze der schwarzen Nacht und des Drehbuchs davonschleicht, und als ich am 21. Juli 1944 ins Actualidades kam, saßen da acht oder zehn Personen auf das ganze Kino verteilt, aber nach und nach rückten wir, ohne es selbst zu merken, zu einer Gruppe zusammen, und nach der Hälfte des Films waren wir ein Knäuel von weit aufgerissenen Augen und zusammengekrampften Händen und zerfetzten Nerven, vereint in den Wonnen des künstlichen Kinograuens, genau wie am 3. Januar 1947, als ich im Radiocine Das Ding sah, da war es auch so, aber es war eine andere Art von Entsetzen, das ich empfand, das wir empfanden, das die mitten im Parkett zusammengedrängte Gruppe empfand, ein Entsetzen, von dem ich heute weiß, daß es nicht so atavistisch ist, ein aktuelles, fast politisches Entsetzen, das sich gleich am Anfang einstellte, als die Wissenschaftler und die Flieger und die Zuschauer, als wir alle in unserer Tollkühnheit versuchten, die Größe des Objektes zu bestimmen, das vom Himmel gefallen war und sich ins Eis gebohrt hatte und da in seinem Fischbecken, in seiner polaren Vitrine ausgestellt war, und wir standen alle am Rand und beugten uns darüber, und sie sahen, wir sahen, ich sah, daß es rund war, daß es wie ein Teller aussah, daß es, ja, genau, das war es: *ein Raumschiff aus dem All.* THEM!

Wie gut, daß es draußen noch Tag ist.

XIII

Wir hatten getrunken, tranken immer noch. Cué war vor einer Weile auf die Toilette gegangen, aber da stehen seine sechs leeren Gläser in einer Reihe und das siebte Glas halb leer. Mayito Trinidad! Ich war einmal bei ihm zu Hause, in dem Zimmer, das er in einer Mietskaserne bewohnte, zusammen mit Jesse Fernández, der Photos von ihm machen wollte, und er warf mir in einer geheimen Zeremonie im Dunkeln die Schnecken, in seinem am hellichten Tag verdunkelten Zimmer, wo nur eine Kerze in der afrokubanischen Version eines orphischen Rituals die Kauris beleuchtete, und ich erinnere mich noch gut an die drei Ratschläge, die er mir gab, und auch an die afrikanischen, kubanisch gewordenen Legenden, die er mir erzählte, die Geheimnisse des Stammes, wie er sagte. Drei. *Periodista* (er nannte mich Journalist, denn in Kuba ist niemand Schriftsteller: Das ist kein Beruf, sagte mir einmal eine Bibliothekarin in der Nationalbibliothek, als ich beim Ausfüllen des Formulars für die Ausleihe unter Beruf dieses Schimpfwort eingetragen hatte: *Schriftsteller*), sagte er, *Periodista*, laß nie jemand mit deinem Füller schreiben (ich schreibe alles auf der Maschine), dann also auch nicht auf deiner Maschine, sagte er, und laß nie zu, daß sich jemand mit deinem Kamm kämmt, und laß auch nie ein halbleeres Glas stehen, um es später noch auszutrinken. Das waren seine Worte. Doch hier stand Arsenio Cués halbvolles oder halbleeres Glas, und er kam und kam nicht zurück. Die einzige Magie, an die er glaubt, ist die Hexerei mit Zahlen und Summen und Quersummen, wie jetzt, bevor er auf die Toilette ging, als er wieder einmal eintausendneunhundertsechsundsechzig zusammenzählte und dabei wie immer zweiundzwanzig herausbekam und dann wieder zusammenzählte und noch einmal zusammenzählte, und das Endergebnis, das er die definitive Quantität nannte, war schließlich sieben – und sieben Buchstaben hat sein Name. Ich mußte ihm einfach sagen, daß ich noch nie einen Namen gesehen hatte, der sich manchmal auf zweiundzwanzig Buchstaben ausdehnt und dann wieder auf sieben zusammenschrumpft, das sei kein Name, sondern ein Akkordeon. Als Antwort ging er aufs Klo.

Wir hatten die ganze Zeit geredet, redeten immer noch und tranken das sechste Glas, weil das Gespräch wieder mal von ganz allein auf das gekommen war, was Cué Das Thema nannte, und das war jetzt weder der Sex noch die Musik, nicht einmal seine unvollendeten Pandekten. Ich glaube, es kam einfach mit den Wörtern dahergerollt, mit denen die Frage vermieden werden sollte, die einzige Frage, meine Frage. Aber es war Cué, der hartnäckig fragte.

»Was wäre ich denn dann? Auch nur so ein mittelmäßiger Leser? Ein Übersetzer, noch so ein Verräter? *Traduttore – Traditore?*«

Er stoppte mich mit einer Handbewegung, ein Verkehrspolizist der Konversation.

»Wir wollen jetzt nicht über Einzelheiten diskutieren und um Himmels willen keine Namen nennen. Überlaß das lieber Salvador Bueno, oder, da ich weiß, daß du Latinist bist, daß dir Unser Amerika und diese ganze Galerie an den Nagel gehängter Federn so am Herzen liegt, überlaß es Anderson Imbert oder Sánchez oder ihren Stellvertretern. Aber ich, Arsenio Cué, bin der Auffassung, daß alle kubanischen Schriftsteller (seine Zischlaute hatten bereits ein rumfeuchtes Echo) außer vielleicht dir, und wenn ich dich da ausnehme, dann nicht, weil du jetzt vor mir sitzt, sondern weil (Ich nicht hinter dir sitze, sagte ich), weil ich irgendwie das Gefühl hab, dass-s einfach s-so is-s. (Ich bedankte mich.) Keine Ursache. Aber, Augenblick, in Parenthese, oder wenn dir ein musikalischer Ausdruck lieber ist, mit einem Pausentakt. Alle anderen aus deiner Generation sind weiter nichts als schlechte Leser von Faulkner und Hemingway und Dos Passos, und wenn sie besonders weit gekommen sind, vielleicht noch von Scott, dem Armen, und Salinger und Styron, um nur die zu nennen, die mit S anfangen. (Mit S zu schreiben anfangen? fragte ich, aber er hörte es nicht einmal.) Und dann gibt es da noch die schlechtesten Leser von Borges und den einen oder anderen, der Sartre liest, ihn aber nicht versteht, und Pavese nicht versteht, ihn aber liest, und Nabokov lesen sie, ohne ihn zu verstehen oder auch nur zu empfinden«, sagte er. »Wenn du willst, daß ich etwas zu anderen Generationen sage, dann kannst du Hemingway und Faulkner einsetzen, wo ich Faulkner und Hemingway gesagt habe, und noch Huxley und Mann und Lawrence den Hetero hinzufügen, und damit daraus wieder eines dieser

Geschäfte wird, die eine nationale Metapher sind, damit wir den Gemischtwarenladen vollkriegen, tust du dann noch Hermann Hesse dazu, mein Gott, und Guiraldes (er sprach es so aus, nicht Güiraldes) und Pío Baroja und Azorín und Unamuno und Ortega und vielleicht noch Gorki, obwohl ich damit eigentlich schon im schriftstellerischen Niemandsland der ersten republikanischen Generation bin. Was bleibt da noch? Ein paar vereinzelte Namen wie ...«

»Du hast doch gesagt, du wolltest keine Namen nennen.«

»Jetzt muß ich aber. (Er unterbrach sich nur, um diese vier Worte zu sagen.) Von deinen Leuten, unter den Namen aus deiner Generation, vielleicht René Jordán. Wenn er von der Plattheit loskommt, die er in seinen Filmkritiken so penetrant zur Schau stellt, und endlich mal die andere Fifth Avenude und den New Yorker vergißt. Bei den Älteren mag trotz seiner unterentwickelten Prosa noch einiges von Montenegro durchgehen, seine Männer ohne Frauen etwa, zwei oder drei Erzählungen von Lino Novás, der ein großartiger Übersetzer ist.«

»Lino? Aber ich bitte dich! Du hast wohl seine Übertragung von Der alte Mann und das Meer nicht gelesen. Schon auf der ersten Seite sind mindestens drei schwere Fehler. Es hätte mir in der Seele weh getan, nach weiteren zu suchen. Ich mag keine Enttäuschungen. Aus reiner Neugierde hab ich mir noch die letzte Seite angeschaut. Da macht er doch tatsächlich aus den afrikanischen Löwen in Santiagos Erinnerung Seelöwen! Walrösser! Einfach irre.«

»Laß mich doch erst mal ausreden. Man könnte ja meinen, du wärst ein Senatsmitglied von der Opposition. Ich weiß das ja alles, und ich erinnere mich auch noch, daß er in dem Buch von Gosse *vessels* mit *vasos* übersetzt, Gläser statt Seglern, so daß an der Hafeneinfahrt von Algier zweihundert Gläser auf die barbaresken Piraten warten.«

»Der größte und grimmigste Toast in der Geschichte der Seefahrt.«

»Ja, aber vergiß nicht, er ist ein Vorreiter, was den Gebrauch der Populärsprache angeht. Als ich Übersetzer gesagt hab, war das ironisch gemeint und sollte nur heißen, daß er Faulkner und Hemingway ganz gut auf das Spanische übertragen hat.«

»Auf das Kubanische.«

»Na gut, meinetwegen aufs Kubanische. Nach einer Ordnung, die wir anachronisch nennen könnten, sehe ich da außer Lino und Montenegro und ein paar Brocken Carrión sonst wirklich keinen mehr. Piñera? Über das Theater will ich mich nicht äußern. Aus einleuchtenden Gründen, die ja immer am meisten im Dunkel liegen.«

»Und Alejo?« sagte ich in der Hitze des literarischen Spaßrutenlaufs.

»Carpentier?«

»Gibts denn noch einen?«

»Ja, Antonio Alejo, ein Freund von mir, ein Maler.«

»Dann ist ja da auch noch Georges Carpentier, das Veilchen oder die Orchidee des Rings. Ja, natürlich Alejo Carpentier.«

»Der letzte französische Romancier, der spanisch schreibt und damit den Besuch von Heredia (er sagte Herediá) erwidert.«

Ich lachte.

»Du lachst? Das ist das Signum Kubas. Hier muß man Wahrheiten immer als Boutade verkleiden, damit sie akzeptiert werden.«

Er schwieg und trank den Daiquirí auf einen Schlag hinunter, als Schlußpunkt. Kann man Punkte trinken? Man kann ja auch t und r trinken und im , liegen. Ich beschloß, das Ende mit dem Anfang zu verknüpfen, um dem Gespräch eine glückliche Wendung zu geben.

»Was willst du denn jetzt tun?«

»Ich weiß nicht. Aber mach dir darüber keine Sorgen. Es wird sich schon was ergeben. Aber eins steht fest: ich werd mich nie für einen Schriftsteller halten.«

»Ich meine, womit willst du dein Geld verdienen?«

»Das ist eine ganz andere Frage. Vorläufig lebe ich, wenn ich mich mal deines Wortschatzes bedienen darf, von einem ökonomisch-physikalischen Phänomen, das man pekuniäre Trägheit nennt. Das Geld wird mir bis jenseits der Rochefortschen Grenze reichen, wenn meine Tasche und ich den Außendruck und die vorübergehende Ermüdung der Metalle aushalten, die ja beim Silber besonders kritisch ist. Ich werde die Reise durch den luftleeren Raum durchstehen können, wenn ich alles in Centavos umtausche, denn bekanntlich ist ja Kupfer haltbarer, sogar haltbarer als Nickel.«

Ich lächelte. Das Trinken brachte Cué zu den Ursprüngen zurück. Jetzt verfiel er ab und zu in den volksnahen Dialekt von Códac und Eribó und Bustrófedon.

»Ich weiß, worauf du hinauswillst«, sagte er. »Du willst wissen, auf was ich aus bin.«

»Nicht nur in deiner Karriere.«

»Du kannst es auf alles und jedes beziehen, wenn du willst. Ich weiß Bescheid. Aber laß mich noch ein vorletztes Zitat anführen. Du erinnerst dich daran. (Es war eine Feststellung, keine Frage.) ›Ce qu'il y a de tragique dans la Mort, c'est qu'elle transforme notre vie en destin.‹«

»Das ist altbekannt«, sagte ich mit Sarkasmus. In solchen Fällen versuche ich, nicht allein dazustehen.

»Eigentlich gibt es so etwas wie eine Karriere gar nicht, Silvestre. Es gibt nur die Trägheit. Viele Trägheiten oder eine einzige, sich wiederholende Trägheit. Trägheit und Propaganda und in manchen Fällen soundsoviel Prozent. Das ist das Leben. Der Tod ist kein Schicksal, aber er macht Schicksale aus unserem Leben. Das heißt, daß er zu guter Letzt doch ein Schicksal ist. Ist es nicht so?«

Ich nickte zustimmend mit dem Kopf, der mir dabei seitwärts abkippte. Alkohol, nicht Emphase.

»Zu guter Letzt. Weisheit der Völker. Unter Fortführung dieser äthylischen Mäeutik kann ich dich nun fragen: Ist dann nicht jedwedes Schicksal der Tod oder Der Tod, wenn du es mit Großen Worten à la Malraux sagen willst?«

Er machte eine Pause und sagte, Komm alter Junge bring nochmal ne Runde zum Kellner. Oder zum Wirt.

»Seltsam, wie ein Photo die Wirklichkeit verändert, indem es sie genau fixiert.«

Erst am Ende des Satzes, wie im Deutschen, merkte ich, wovon er redete, denn ich folgte seinem Blick und konnte seine Rede an etwas festmachen, nachdem ich eine Zickzacklinie von seinem Blick zu einer Phototapete im Hintergrund gezogen hatte. Der Wal von Tiñales. Thales von Nalvi. Das Tal von Viñales.

»Man beachte, daß im Vordergrund ein Balkon zu sehen ist. Und daß der Begriff Vordergrund eine Konvention von Códac e gli altri ist. Aber jetzt, genau in diesem Augenblick, sind Balkon und Palmen und Felskegel und ferne Wolken und Himmel im Hintergrund ein und dasselbe. Eine einzige Wirklichkeit. Eine photographische Realität hinsichtlich der Realität von Viñales. Eine andere Realität. Eine Irrealität. Oder, um einen deiner Begriffe zu verwenden, eine Metarealität. Merkst du, wie ein Photo so zum metaphysischen Phänomen wird?«

Ich dachte an seine Pandekten und an die Popularität des Wortes Metaphysik, ich dachte, jetzt müßte eigentlich nur noch Códac da sein und zustimmend mit dem Kopf nicken. Códac, den Bustro immer Cadóc nannte. Wenn Er doch nur käme, Er muß kommen, denn wir brauchen das Fixierbad seiner Faxen. Ob es wohl einen Limbus für Witzbolde gibt? Oder ist er vielleicht im Bustroferno? Wenn nicht, wo dann? Im Himmel? In diesen Staubpartikeln, die wie Códacs Chemikalien das Blau fixieren, immer noch im Banne der irdischen Schwerkraft? Oder jenseits der Rocheschen Grenze, wo ein von der Erde weggeschleuderter Schrank in tausend Stücke bersten würde? Aber Bustrófedon ist kein Schrank, nicht einmal seine Seele ist beschränkt. Und eine unbeschränkte Seele, wird sie jenseits der Rocheschen Grenze auch in Stücke gerissen? Rollt Bustrófedon jetzt als fester Gasball durch die siderische Kälte? Ich denke oft, nicht jetzt, früher habe ich oft an die Provinz der Seelen gedacht, ich meine, wo die Geister, die Gespenster wohnen. Habe ich vielleicht des Rätsels Lösung dank der modernen Physik und der Astronomie gefunden? Es wäre nicht das erste Mal, daß die Physik der Metaphysik Nahrung gibt: vgl. ArisTodeles, die Alchimisten, Raimundus Ludius, Tailhard

Dujardin: aber das Phänomen erstaunt mich nach wie vor. Wo diese Überseelprovinz, dieses Nether-Land, diese Lethe liegt, erfuhr ich durch einen in Carteles abgedruckten Artikel über Astrophysik, wo von Lichtgeschwindigkeit und Relativität die Rede war und ein erdnaher Bereich, ein gasförmiges Magma erwähnt wurde, in dem das Licht außergewöhnliche Geschwindigkeiten erreicht, die über den eigenen Höchstwert hinausgehen: die äußerste Grenze, die totale Geschwindigkeit, das metaphysische Absolute, entdeckt von den Physikern. Dieser Artikel und ein fast bedeutungsloser Umstand, die vor einiger Zeit in Cués Wagen zufällig zusammentrafen, denn ich dachte unterwegs gerade an den Bericht und sah im Glas der Windschutzscheibe bei achtzig Sachen und weil Cué im selben Augenblick oder kurz davor etwas davon gesagt hatte, daß wir verglichen mit dem Schall im Schneckentempo fahren würden, und ich sagte, für jemand, der mit Lichtgeschwindigkeit fährt, würden wir uns überhaupt nicht bewegen, und das gefiel ihm, und da sah ich die Blase und dachte an das Licht, das schneller ist als die Lichtgeschwindigkeit, und daß die Teilchen, die sich mit solcher Geschwindigkeit fortbewegen, wahrscheinlich dachten, ihre Kollegen aus dem langsamen Lichtstrahl würden nur im Schneckentempo vorankommen, und daß es vielleicht noch größere Geschwindigkeiten gab, für die sich diese Teilchen wiederum mit Nullgeschwindigkeit fortbewegten, und während ich so nach dem Prinzip der chinesischen Kästchen meinen Gedanken nachging, überkam mich plötzlich ein Schwindelgefühl, als würde ich ins Leere fallen, aber mit einer Geschwindigkeit, die schneller ist als der Begriff des freien Falls. Und da, genau in diesem Augenblick (den ich nie vergessen werde, und um sicher zu gehen, machte ich zu Hause gleich diese Notizen), sah ich das Bläschen im Glas. Ich weiß nicht, ob ihr, auf der anderen Seite der Seite, wißt, daß das Glas bei Autos, das der Windschutzscheibe, aus zwei gleich starken hyalinen Platten besteht, die durch eine unsichtbare Plastikfolie voneinander getrennt sind. Trotz einer gewissen Opakheit der Zellulose verliert das Fenster dadurch nicht seine Transparenz. Die drei Schichten werden dann mit einem Druck zusammengepreßt, der zehnmal höher ist als der für die fertige Scheibe als Sicherheitsgrenze einkalkulierte. Irgendwo war also in diese scheinbar und auch tatsächlich homogene Oberfläche ein bißchen Luft eingedrungen – ein Quentchen Atem, ein Hauch, der tausendste Teil eines Seufzers – und hatte vor meinen Augen ein Bläschen gebildet. Ich dachte natürlich an Lovecraft und seine vormenschlichen Kreaturen und an das gasförmige Magma und erneut an die Lichtgeschwindigkeit. Ist der Äther vielleicht von Gespenstern bevölkert, Bläschen aus dem »letzten Hauch« in der großen Blase des luftleeren Raumes? Bewegen sich vielleicht die Lichtpartikel auf diesen Bestattungsbläschen fort? Mir scheint, daß sich hier ebensoviel Stoff für das Denken wie Substanzlosigkeit für den Glauben bietet. Letzte Hypothese: Das Magma besteht aus den jüngeren Seelen, während der leere Raum, der kosmische Äther nach und nach die alten Geister aufnimmt, die von einer metaphysischen Rocheschen Grenze bis in seine fernsten Winkel katapultiert werden. Ob dann wohl unser Bustrófedon, Nostrófedon im komischen Äther ist? Im ernsten Teil der Hypothese, im erhabenen Teil des Spektrums (ein gutes Wort) sehe ich die gasförmigen Reste von Julius Caesar Cué auf der Suche nach Ihrer, nach Kleopatrayeshas unsichtbarer Nase, Platon, den essentiellen Geist, der auch hier einem Symposium beiwohnt, jedoch nicht mit sokratischen Schatten, sondern mit sokratischen Bläschen, Jeanne d'Arc als fahler Rauch in einem kaum Irrlicht zu nennenden Feuer, Shakespeare, fast unversehrt in seiner Blase zirkumstanzieller Rhetorik, Cervantes mit seinem einzigen ätherischen Arm, dem wesenlosen, wie neben ihm Góngora sagen würde, der als Gashauch die schwerelose Hand von Velázquez umschwebt, während dieser versucht, mit schwarzem Licht Quevedos liebestrunkenen Sternenstaub zu malen, und näher bei mir, sehr viel näher, fast schon diesseits der Grenze, wen sehe ich da? Es ist kein Flugzeug, es ist kein Schattenvogel, es ist Superbustrófedon, der mit eigenem Lichtantrieb fliegt und mir ins Ohr, in mein Teleskopohr flüstert,

Komm, komm, wann kommst du denn, und seine unanständigen Gesten macht und mir mit Überschallstimme zuraunt, Es gibt hier so viel zu sehen, das ist besser als das Aleph, fast noch besser als Kino, und ich mache mich schon zum Absprung bereit, hole Schwung auf dem Sprungbrett der Zeit, als Cués irdische Stimme mich in diese Welt zurückholt.

»Ist es nicht so?«

»Was dich an den Photos stört, ist ihre Starrheit. Sie bewegen sich nicht.«

Er gab einen hohlen Laut von sich. Ob es auch gefüllte Laute gibt? Hohle Laute. Je hohler der Laut, desto leerer das Maul. Der Kopf fängt am Zahn an zu stinken. Gebrannter Fisch scheut das Wasser. Ein geschenktes Kind schüttet man nicht in den Brei. Blinde Köche nehmen auch mal ein Bad. Volles Huhn probiert man gern. Was man nicht im Bauch hat, muß einem die Augen verderben. Ein Herd hackt dem andern nicht die Beine ab. Es ist nicht alles voll, was kräht. Reden ist Schweigen, Silber ist Gold. Wir brauchen eine Revolution der Sprichwörter, verdammt nochmal. Die Spruchsammlungen à la lanterne. Zehn Sprichwörter, die den Mao erschütterten. Soldaten, von diesem Satz blicken viertausend Jahre Gefickte auf euch herab. Scheißheit der Völker. Ein Gespenst geht um in Europa, es ist das Gespenst von Sartre, von Stalin. Verbrechen, wie viele Freiheiten werden in deinem Namen begangen. Man muß den Menschen pflegen wie den Baum. Achtung. Legt an. Timmmbeerrrr! Wenn ihr's nicht fühlt, wird er euch nicht erhaben. Ist es nicht so? Es ist so, nicht? So, es ist nicht?

»IST ES NICHT SO? Ich rede vom Leben, verdammte Scheiße, nicht von der Photographie!«

Aus der hintersten Ecke des Lokals kam ein Pfiff.

»Halt die Luft an«, rief Cué.

»Silvestre di Luftan, ganz zu Diensten«, sagte ich, der Cid Conciliador, laut, aber zu niemand.

»Ich hab vom Leben geredet, alter Junge.«

»Ja, aber doch nicht so laut, *mon viux*.«

Untrügliches Zeichen von Alkoholissimus. Galvanisiertes

Französisch. Volta macht seine Batterie auf, und es kommt Alkohol heraus. Wieviel Ampère wohl Mamère hat? Sixte Ampère. – Französischer Wissenschaftler spanischer Abstammung. Der Name schrieb sich ursprünglich Ampérez. Sein Großvater, Grampere, emigrierte nach Frankreich; überquerte zu Elefant die Pyrenäen auf der Suche nach Libertad Lamarque und starb in Paris. Pompée funèbre. Ohm y Soit qui mal y pense. Sollen sie doch erfinden, bis sie schwarz sind! sagte Unamuno, als er die Familie auf dem Weg ins Ampire das Baskenland durchqueren sah. *Enzyklikopädia Hispanika.*

»In diesem Land kann man nicht einmal mehr reden.«

»Schreien kann man jedenfalls nicht.«

»Scheiße, es kommt doch auf den Inhalt an, nicht auf die Form. Auf das, was man sagt.«

»Hatten wir nicht ausgemacht, daß du nicht über Politik reden wolltest?«

Er lächelte. Er lachte. Er wurde ernst. One two three. Er schwieg eine Weile. Hatte das der Pfiff bewirkt?

»Schau, man hat mir gerade eine Lösung angeboten.«

Ich schaute, aber eine Lösung sah ich nicht. Ich sah einen Mojito und sieben Gläser Daiquirí. Sechs leere und ein volles.

»Ich sehe zwei Lösungen.«

»Nein, nein«, sagte Cué, »es gibt nur eine.«

»Du siehst wohl schon einfach. Anti-Alkoholismus.«

»Es gibt nur eine Lösung. Für meine Probleme. Eine einzige.«

»Wewelche denn?«

Er beugte sich in alkoholischen Wellen zu mir herüber und flüsterte mir ins Ohr:

»Ich geh inds-Sierra.«

»Es ist noch zu früh für die Nacht und schon viel zu spät für den frühen Morgen. Es ist bestimmt noch nicht auf.«

»In *die* Sierra, nicht ins Sierra.«

»Nach Nicanor del Campo? Jetzt?«

»Nein, verdammt, ich geh in die Berge. Ich greif zu den Waffen. Ich schließ mich der Guerrilla an.«

»Was!?«

»Ich geh zu Fiel, zu Fidel.«

»Du bist ja besoffen, Bruderherz.«

»Nanein, im Ernst. Ich bin besoffen, ja. Pancho Villa war ständig besoffen, und schau ihn dir an. Bitte, *ich flehe dich an*, dreh dich jetzt nicht um und schau, ob Pancho Villa hereinkommt oder nicht. Ich mein es ernst. Ich geh in die Berge.«

Er machte Anstalten, vom Hocker zu steigen. Ich hielt ihn am Ärmel fest.

»Aumblick. Wir müssen erst noch zahlen.«

Er riß sich mit einer ungeduldigen Geste los.

»Bin gleich wieder da. Geh nur auf die Toilette, vulgo Pipi-Rruum.«

»Du spinnst ja. Das ist doch wie die Fremdenlegion.«

»Die Toilette?«

»Ach was, nicht die Toilette. In die Sierra gehen, in den Krieg ziehen. Das ist doch wie die Fremdenlegion.«

»Doch eher die Bekanntenlegion.«

»Mach nur so weiter, und du wirst noch wie Ronald Colman enden. Erst viel Beau Geste, dann hälst du dich für Othello, und am Ende tot im Kino und tot im Leben und mausetot.«

»›Zutiefst tot, von Grund auf tot, tödlich tot. Tot. Endgültig, schau, schauderhaft, unwiderruflich tot.‹« Er rezitierte mit Nicolás Guilléns kongolesischer Stimme. Ich machte weiter: Ob ich Guillén Banguila bin, Guillén Kasongo, Nicolás Mayombe, Nicolás Guillén Landián?

»›In den Wassern, was für ein Rätsel!‹«

»Von wegen Rätsel, und was soll denn überhaupt diese ganze Sphingenealogie! Nicolás sollte ganz einfach mal im Geburtsregister nachsehen.«

»Wie mag mein Name wohl dann lauten? Wie mag er lauten? Woldan? Wenn nicht, dann Wolof? Vielleicht auch Follow oder Fellow nur?«

»Was für ein Rätsel zwischen zwei Wassern! A propos Wasser, ich *muß* jetzt an jenen Ort namens Pissoir oder Pißbude, denn beide Bezeichnungen kann und soll man verwenden.«

»Abtritt nach links. Ende des ersten Aktes.«

Er begann erneut den Abstieg von seinem Pico Turquino, dem Barhocker, brachte ihn aber nicht zu Ende. Er drehte sich wieder zu mir um und gab ein lang anhaltendes Zischen von sich. Ich dachte zuerst, er wollte noch einen Drink bestellen, sah dann aber, daß er den horizontalen Zeigefinger zu seinen vertikalen Lippen führte. Oder war es umgekehrt?

»Ssssss. 33-33.«

»Schon wieder Kabbalistik?«

Jetzt würde er mir gleich sagen, daß eins und eins zwei ergibt, aber auch elf, und elf mal zwei macht zweiundzwanzig und mal drei dreiunddreißig und dreiunddreißig und dreiunddreißig ergibt sechsundsechzig, was eine perfekte Zahl ist. Arseniostradamus. Aber er zischte erneut und nachdrücklich.

»Ssss. 33-33. Ein Schnüffler. Es-I-Em.«

Ich schaute, ich sah niemand. Acueter Fall von Verfolgungswahn. Doch, da war ein Kellner, der sich umgezogen hatte und jetzt in Zivil auf die Straße, auf den Kanal hinausging.

»Das ist ein venezianischer Cameriere.«

»33-33. Der hat sich verkleidet. Die sind verdammt gewieft. Sie studieren bei der Gestapo und im Berliner Ensemble. Wahre Magier der Verkleidung und Verstellung. Heller Wahnsung.«

Ich lachte.

»Nein, alter Junge. Dann doch lieber Kabbalistik, hier ist keiner vom SIM.«

»SSS. Laß dir nichts anmerken.«

»SS heißt das. Schutzstaffel.«

»Bluffe. Du mußt bluffen.«

»Wie denn? Da tarn ich mich lieber gleich. Wie ein echtes Chamäleon.«

»Laß mich nur machen. Ich bin der König des Bluffs. Actor at large. Weißt du schon, daß man mich um 1966 lesen würde, wenn ich Stendhal wäre? Das ist mein Glücksjahr.«

Was hab ich gesagt? Jetzt fing er an, mir zu erklären, daß eintausendneunhundertsechsundsechzig – aber verdammt nochmal, der bleibt ja ewig auf der Toilette. Ich gehe, ich ging nach ihm sehen. Er betrachtete sich gerade im Spiegel, was er sehr oft tut. Ich hab ihn sogar schon dabei überrascht, wie er sich in einem Glas betrachtete. In *meinem* Glas. Zum Glück ist der Spiegel so öffentlich wie die Toilette. Dieser Narziß nutzt das ganze Quecksilber ab. Ich sagte es ihm. Er zitierte Sokrates, der wie Martí zu allem etwas gesagt hat. Er sagt, er, Sokrates, habe gesagt, man müsse sich im Spiegel betrachten. Wenn es einem gut geht, kann man es so nachprüfen. Wenn man krank ist, dann läßt sich das noch in Ordnung bringen. Und wenn die Krankheit unheilbar ist wie bei mir? Das weiß Sokrates nicht. Cué auch nicht. Und mich könnten sie auf den Kopf stellen. Ich muß pinkeln. Narziß Cué beugt sich immer noch über seine vertikale Quelle. Aber, sagt er, weißt du was, ich betrachte mich gar nicht, um zu sehen, ob es mir gut oder schlecht geht, sondern nur, um herauszufinden, ob ich bin. Ob ich noch da bin. Nicht daß da plötzlich eine andere Person in meiner Haut steckt. Paß nur gut auf deine Haut auf, sage ich, sie ist dein Frontispiz, vulgo Fassade. Ob ich bin, ob ich hier bin. Here I am. Ist das ein zweisprachiges Spiegelecho, ein Echué, Ekué? Hyalines Gänseblümchen mit quecksilbernen Blütenblättern: ich weiß es/ich weiß es nicht/ich weiß es/ich weiß es nicht/ich weiß es. Du bist da, versichere ich ihm. Ja, ich bin da, sagt er. Ich bin da. Aber: bin ich? Auf jeden Fall weiß ich, daß ich es war, der sich übergibt, und er zeigt in eine Ecke der Toilette. Aber bin ich es, der sich übergeben hat? und er zeigt wieder in die Ecke. Ich schaue hin und schaue dann ihn von oben bis unten an. Ist, war er es? Er sieht jedenfalls tadellos aus. Gnadellos würde Bustrófedon sagen, wenn er sich im Spiegel betrachten könnte. Und Dracula? Wie stellt er fest, daß er ist, da ist, existiert? Vampire können sich nicht im Spiegel sehen. Wie hat wohl der alte Bela immer seinen Mittelscheitel gezogen? Bei diesen Überlegungen wird mir übel. Kann ich mich auch übergeben? Cué sagt ja, jeder könne, man müsse nur etwas zu übergeben haben. Ich gehe zu einem der WCs, das wie immer so riecht, als stehe die Abkürzung für »wirkt chloroformierend«. Ich hab mal auf Eis gepinkelt, im Floridita, der berühmten Bar in Althavanna. Hier hat Hemingway einen Affen ausgeschlafen. Hatte er aus Afrika mitgebracht. Oder aus Chicago. Jetzt sagt mir der Schwarze, der die Bar der Toilette saubermacht – oder ist es die Toilette der Bar? Der Schwarze, der die Barlette im Floridita saubermacht, sagt mir, das sei, damit es nicht schlecht riecht, weil die Urin in der Hitze fermentiert. Ein Hemingwayaner, kein Verlaß mehr aufs Geschlecht. Ich hinterlasse meine Spur im Eis. Ich schaue in das weiß-ocker-gelbe Gefäß, das wie eine Gitarre aussieht und eine Äolsharfe ist. Die Winde bringen sie zum Klingen. Ich übergebe mich nicht. Ich stecke den Finger in den Hals. Ich übergebe mich immer noch nicht. Ich stecke den Finger in den Hals. Ich kann mich nicht übergeben. Ich nehme den Finger heraus. Habe ich etwa nichts zu übergeben? Sicher Nausée Sartrienne. Metaphysisch, metapissisch. Ich gehe hinaus. Ich schaue in den Spiegel. Bin ich es, der mich im Spiegel anschaut? Oder ist es mein uralter Ego? Walter Ego. Ist es vielleicht der verwunderte Alexis Bayerland? Was würde Alice Faye zu diesen Grimassen sagen? Alice in Yonderland. Alice in underlandia. Aliceing in Vomitland.

»Weißt du, was mit dir los ist?« frage ich Arsenio Cuérkopf, der die Toilette verlassen will und kein geeignetes Loch findet.

»Was denn?«

»Du bist es leid, ständig zu wachsen und wieder zu schrumpfen und in der Gegend herumzulaufen, und daß überall diese Kaninchen auftauchen und dich herumkommandieren.«

»Was für Kaninchen?«

Er fing an, zwischen meinen Füßen herumzusuchen.

»Die Kaninchen. Die Kaninchen, die reden und auf die Uhr schauen und alles organisieren und überall das Sagen haben. Die Kaninchen unserer Zeit.«

»Es ist noch zu früh fürs Delirium tremens und schon viel zu spät für die Götter, Silvestre. Hör endlich mit der verdammten Blödelei auf.«

»Nein, ganz im Ernst.«

»Und woher willst du das wissen?«

»Alice hat es mir gesagt.«

»Adele.«

»Alice. Das ist eine andere.«

Aber Buster Kuéton ist fast ein Genie des letzten Wortes. Er zeigt auf die Tür, die er endlich ohne fremde Hilfe gefunden hat. Auf ein Herzchen, das ein Verliebter ins Holz geritzt hat. Mit Pfeil, Initialen (G/M) und allem, was dazugehört.

»Eine Anzeige der General Motors«, versuche ich, zuerst zu ziehen.

»Nein«, schießt er treffsicher aus der Hüfte. »Liebe auf den ersten Schiß.«

XIV

Soll ich es ihm jetzt sagen oder noch eine Weile warten? Vielleicht würde ihm so sein Drang zur Cuérrilla vergehen. Oder war er ihm schon vergangen? Neurose. Verwirklichung irriger Vorhaben. Addling machine. Scheiße, vielleicht geht er tatsächlich in die Sierra, Cué ist ein Neurotiker, wie er im Buch steht. Ich lasse ihn die Rechnung bezahlen. Fahren wir jetzt in die Sierra? Ich gehe hinaus, und das Meer, die Lagune ist auch ein Spiegel. Ich werde verhindern müssen, daß er sich darin betrachtet, nicht daß er mir noch hineinfällt. Am Kai wirft ein kleiner Junge flache Steine auf das ruhige Wasser, und sie klatschen auf, gleiten, springen und schlagen wieder auf und hüpfen zwei-, dreimal und durchbrechen schließlich den Spiegel und verschwinden dahinter, für immer. Am Landungssteg holte ein Fischer, schattenlos in diesem Licht, das Leonardo universal nennen würde, Fische aus einem Boot. Er zog einen riesigen, häßlichen Fisch heraus, ein Meeresungeheuer. Der stinkende Fisch aus Martís Luderboot. Wie der Fisch, so die Suppe. Was es wohl war? Cué kam aus dem Lokal. Er führte Selbstgespräche.

»Was ist los?«

»What am I? A jester? A poor player?«

A pool player?
»Was war los?«
»Nichts, nur daß wir nach der Zeche keine Zechine mehr haben. Kein Heller, kein Dunkler, kein Mittelgrauer: nichts mehr da. Nicht ein Centavo. Schöne Bescherung.«
»Wie?«
»Wir sind abgebrannt. Leonor Fini. Broken. Man hat uns geschröpft. Ich hab Krach mit dem Barkeeper bekommen. Das sind ja die reinsten Freibeuter.«
»Du bist ja auch voll wie ne Haubitze. Aber bei der Schlagseite zielt sich's schlecht. Metaphorischer Kaperkrieg.«
»Hast du Geld?«
»Nicht viel.«
»Wie immer.«
»Ja, wie immer.«
»Keine Sorge. Du bist jetzt in der Trägheitsphase der Mittellosigkeit. Das wird sich ändern, und zwar bald.«
»What are you? A sooth sayer?«
»Wer weiß wer weiß wer weiß. Musik von Osvaldo Farrés.«
Ich gehe zum Landungssteg.
»Arsenio, wie heißt dieser Fisch?«
»Woher zum Teufel soll ich das wissen. Bin ich denn ein Naturforscher? Ein Naturforscher ohne Silber. William Henry Cué alias Arsenio Hudson. Ganz zu Diensten.«
»Was ist das fürn Fisch?« frage ich den Fischer.
»Das ist kein Fisch mehr«, sagte Cué, »das ist nur noch Fisch. Die Fische verlieren wie die Menschen ihre Individualität, wenn sie sterben. Du bist Silvestre, du stirbst und zack! bist du eine Leiche.«
Der Fischer schaut uns beide an. Ist es vielleicht Mike Mascarenhas?
»Das ist eine Chimäre.«
»Eine chimère, und wo ist der chipère?« sagt Cué.
Der Fischer schaut ihn an. Nein, es ist nicht Mike: er ist nicht gewalttätig und fischt auch keine Haie. Und diese Lagune ist auch nicht der Pazifik.

»Achten Sie nicht auf ihn«, sage ich. »Er ist betrunken.«

»Nein, ich bin nicht betrunken. Ich bin ein Trinker. Ich hab's im Spiegel gesehn, nur dunkel.«

Der Fischer verstaut Bootshaken, Harpunen, Leinen und Angelruten. Cué betrachtet aufmerksam den Fisch.

»Jetzt weiß ich, was es ist. Es ist Das Tier. Komm, wir drehen es um, auf der anderen Seite muß die 666 stehn. Eine Bestie im Fropil, im Profil.«

Ich halte ihn am Arm fest, damit er nicht stolpert und ins Wasser fällt oder unter den Fischen landet.

»Was meinst du, Silvestre?«

»Was meinst du, was ich meine?« sage ich und ahme dabei Cantinflas nach.

»Meinst du nicht, daß diese 666 ein Mittel gegen Geschlechtskrankheiten ist? Die magische Silberkugel. Der Pflock in der Brust, wenn man tagsüber schläft.«

»Du bist und bleibst betrunken, Bruder«, sage ich immer noch mit mexikanischem Akzent.

»Betrunken war auch ...«

»Pancho Villa.«

»Nein, dein musikalischer Namensvetter Revueltas, und schau mal, was der komponiert hat.«

»Du meinst hör mal, nicht schau mal.«

»Hör mal, schau mal, spiel mal Sensemayá.«

Er fing an zu trällern und mit dem Fuß auf die Bretter des Landungsstegs zu trommeln. Die Schlancué.

»Jetzt müßte dich Eribo begleiten«, sagte ich.

»Wir wären ein jämmerliches Duo. So bin ich wenigstens nur solo jämmerlich.«

Es stimmte. Aber ich sagte es ihm nicht. Manchmal bin ich taktvoll. Er hörte auf zu tanzen, und ich war froh darüber.

»Ganz ehrlich, Silvestre, wenn man wüßte, daß man dazu verurteilt ist, für immer, für eine ganze Ewigkeit dieser tote Fisch zu sein, meinst du nicht auch, daß man sich dann ändern würde, daß man dann versuchen würde, zwar nicht vollkommen zu sein, aber auf ganz andere Art zu sein?«

»Der Bildfisch des Dorian Gray«, sagte ich und bedauerte gleich meine Unschicklichkeit. So bin ich eben: erst schicklich und beim nächsten Pendelausschlag taktlos. Das ist mein Charakter, der Skorpion und der Frosch, Wesen und Wirken, etc.

Er machte kehrt und ging davon. Anscheinend wollten wir gehen. War dieser Teich, diese Pfütze, diese künstliche Reede unser Finisterre? Aber nein. Er ging zum anderen Ende der Mole. Er redete mit dem kleinen Jungen, der die Stei-ei-eine geworfen hatte. Sie standen dicht beisammen, und Cué streichelte ihn oder zog ihn spaßeshalber am Ohr. Demagogie. Diktatoren und Mütter und Personen des öffentlichen Lebens tun immer so, als kämen sie gut mit Kindern und Tieren zurecht. Cué war imstande, einen Hai zu liebkosen, vorausgesetzt, es gab Zeugen dafür. Er hätte es ja auch fast mit der Bestie aus dem Meer getan. Ich konnte die beiden kaum erkennen. Es wurde jetzt rasend schnell dunkel. Licht, das mit Lichtgeschwindigkeit ins Dunkel stürzt. Finisdie, Finisternis, Finisterre. Ich schaute Richtung Havanna. Es war so etwas wie ein Regenbogen am Himmel. Nein, es waren Wolken, Wolkenfetzen, die noch von der Sonne gerötet waren. Das Meer konnte ich von der Mole aus nicht sehen, nur diesen grünen, blauen, schmutziggrauen und jetzt fast schwarzen Spiegel. Die Stadt dagegen sah aus, als erstrahle sie in einem Licht, das weder künstlich war noch von der Sonne kam, als leuchte sie von selbst, und Havanna war reines Licht, eine strahlende Fata Morgana, fast eine Verheißung gegen die Nacht, die uns langsam einhüllte. Cué winkte mich herbei, und ich ging zu ihm. Er zeigte mir einen Stein und sagte, er hätte ihn von ihr geschenkt bekommen, und da merkte ich erst, daß nicht ein Junge die Steine ins Meer geworfen hatte, sondern ein Mädchen in Shorts, ein kleines Mädchen, das jetzt davonging und dabei immer noch Cué ansah, anlächelte, ihm fast zuwinkerte, während er sich honigsüß bedankte, und ich hörte, wie jemand aus der Dunkelheit Komm Angelita rief. Ich empfand Freude und gleichzeitig Bedauern und wußte nicht warum, und dann wurde es mir klar. Ich mag kleine Jungen nicht, aber kleine Mädchen finde ich bezaubernd. Ich hätte gern mit ihr geredet, ihre Anmut aus der Nähe gespürt. Jetzt ging sie an der Seite eines anderen Schattens davon. Ihr Vater vermutlich.

»Schau. Es steht was drauf.«

Ich konnte es nicht erkennen. Ein Kurzsichtiger, jemand, der zu viel liest, sieht in der Dämmerung nie gut.

»Ich sehe nichts.«

»Mann, du wirst ja langsam blind. Bald wirst du nur noch die Filme deiner Erinnerung sehen können.«

Ich schaute ihn an.

»Entschuldige, alter Junge, entschuldige«, sagte er gleich beschämt. Er legte den Arm um mich. »Ich geb dir keinen Kuß, weil du nicht mein Typ bist.«

Schon ein seltenes Exemplar.

»Du bist wirklich von der schlimmsten Sorte, *de lo peorcito*«, sagte ich.

Er lachte. Er kannte diesen unglaublichen kubanischen Ausspruch. Schlüssel zum Sonnenuntergang. Er stammt von Grau San Martín: liebe Freunde wirkliche Freunde Kubaner sein heißt lieben, etcetera, der als Präsident in einer Rede seinen politischen Rivalen damit gekennzeichnet hat. Batista natürlich. Wird Unser Mann mehr Leute umbringen als die Zeit?

Wir gingen zwischen den Palmen hindurch, und ich zeigte ihm Havanna, leuchtend, verheißungsvoll am städtischen Horizont, mit gekalkten Wolkenkratzern, die Elfenbeintürme waren. San Cristóbal la Blanca. Eigentlich müßte sie Casablanca heißen, und nicht die Stadt in Marokko oder das Fischerdörfchen auf der anderen Seite des Hafens. Ich sagte es Arsenio.

»Das sind weiß getünchte Grabmäler, Silvestre. Das ist nicht das Neue Jerusalem, alter Junge, das ist Somorra. Oder Godom, wenn dir das lieber ist.«

Das glaub ich nicht.

»Aber ich liebe sie, diese anmutige weiße Stadt im Dornröschenschlaf.«

»Du liebst sie nicht. Sie ist jetzt nur deine Stadt. Aber sie ist weder weiß noch rot, sondern rosa. Es ist eine lauwarme Stadt, die Stadt der Lauwarmen. Auch du bist lau, Silvestre. Du bist weder heiß noch kalt. Ich wußte schon, daß du nicht lieben kannst, jetzt weiß ich, daß du auch nicht hassen kannst. Du bist eben ein Schriftsteller. Ein lauwarmer Beobachter. Ich würde dich jetzt mit Vergnügen ankotzen, aber ich kann nicht, weil ich schon alles gekotzt hab, was ich konnte. Außerdem bist du ja mein Freund, verflucht noch eins.«

»Und vergiß den geistigen Aspekt nicht. Ich bin jetzt nämlich Wolfgang Amadeus Moosart mit seinen Zauberflöhen, der mit dem Bims, Kies, Koks, Torf, Zaster oder Mammon, alles Bezeichnungen für den Schlüssel zum irdischen Paradies.«

»Ja hast du denn keine Überzeugungen?« sagt er im Scherz. »Ist dir denn gar nichts heilig? Have you no honor?«

»›The best lack all convictions‹«, fing ich an zu zitieren, aber ich kam nicht mehr dazu, ›While the worst are full of passionate intensity‹ zu sagen, denn er verbesserte mich:

»The *Beast* lacks all convictions, while the words are full of passive insanity. Magst du The Second Coming?«

»Ja«, sagte ich im Glauben, er rede von Yeats, »ein großartiges Gedicht. Things fall apart, the center cannot hold...«

»Mir ist der dritte lieber.«

»Der dritte was?«

»Der dritte Abgang. The Third Coming.«

Er verschaffte sich, metaphorisch gesprochen, einen schnellen Abgang Richtung Wagen. Wenn lose Reden geführt wurden, nannte man das in meinem Dorf, als ich noch klein war, die Metapher loslassen. Rhetorik der Völker?

XV

Die Abendluft stieg malvenfarben auf, und alles wurde purpurn violett magenta marineblau und schwarz, und Arturio Gordon Cué schaltete die Scheinwerfer ein und zerschnitt den Gegenwind in dunkle Bänder, die gegen den Park und die

Vorgärten und die vorbeifliegenden Häuser drängten, und die ultravioletten Streifen prallten deutlich sichtbar zurück, liefen neben dem Wagen her und ließen es in unserem Rücken Nacht werden, und da wir nach Osten fuhren, war die Abenddämmerung hinter uns nur noch ein helleres blaues Zittern über dem Horizont und der ebenfalls schwarzen Wolkenbank, nicht nur, weil die Sonne nun endgültig ins Meer gesunken war, sondern weil wir immer schneller der Stadt entgegenrasten, jetzt schon unter den Bäumen des Biltmore, und die Straße nach Santa Fe, den Westen, mit sechzig, achtzig, hundert hinter uns ließen, und Cués Fuß versuchte begierig, durch die Geschwindigkeit, die jetzt schon Zeitraffung, freier Fall war, die Straße zum Abgrund zu machen. Er raste weiter durch seinen horizontalen Kraterschlund.

»Weißt du, was du gerade tust?« fragte ich ihn.

»Zurückfahren.«

»Nein, ich meine etwas anderes. Du willst die Straße in einen Möbiusstreifen verwandeln.«

»Erklär dich bitte. Wie du weißt, hab ich kein Abi.«

»Aber du weißt doch, was ein Möbiusstreifen ist.«

»Vagemang.«

»Dann weißt du auch, daß du mit deiner Raserei nicht Havanna erreichen willst, sondern die vierte Dimension, daß du willst, daß du gerne hättest, daß die nie endende Straße nicht nur ein Kreis, sondern eine Umlaufbahn in der Zeit wäre. Das ist dein Zeitkreisel, Brick Bradford.«

»Das nenn ich die totale Kultur. Von Möbius und dem räumlich-zeitlichen Kontinuum zu King Features, Syndicate.«

Ich konnte kaum die spitzbogige Fassade von Santo Tomás de Villanueva erkennen, die zu einem weißen und grauen und nachtgrünen Fleck verwischte.

»Gib Obacht. Du bringst sonst noch jemand um.«

»Nur den Stillstand, Silvestre. Den Stillstand und die abendliche Langeweile.«

»Du rast wie bekloppt.«

»Und was ist mein Verbrechen? Ich will es dir sagen: daß ich kein Falke bin. Weißt du, wie sich die Falken lieben? Sie umfangen sich in schwindelerregender Höhe und lassen sich, Schnabel an Schnabel, im Sturzflug fallen, gepackt von unerträglicher Ekstase. (Rezitierte er nun oder nicht?) Der Falke steigt nach der Umarmung schnell und stolz und einsam wieder empor. Jetzt ein Falke sein, und mein Gewerbe wäre die Falknerei der Liebe.«

»Du bist betrunken.«

»Berauscht von der Geschwindigkeit.«

»Du bist betrunken wie ein ganz gewöhnlicher Trunkenbold, und komm mir bitte nicht mit literarischen Alibis. Du bist nicht Edgar Allan Cué.«

Er schlug einen anderen Ton an.

»Nein, ich bin kein Trunkenbold, und ich bin auch nicht betrunken. Aber selbst wenn ich es wäre: Laß dir sagen, daß ich betrunken am besten fahre.«

Das konnte stimmen, denn er verlangsamte die Fahrt genau so, daß die Zwillingsampel am Náutico wie von unserer Trägheit gesteuert im richtigen Augenblick von Rot auf Grün sprang.

Ich grinste ihn an.

»Das nennt man sympathetische Wirkung.«

Cué nickte.

»Du sitzt heute auf dem Tandem des physikalischen Deliriums«, sagte er.

Jetzt bremste er sanft ab, weil eine Meute Hunde die Straße überquerte, geführt von drei Männern in roter Uniform, die die Koppelriemen fest in der Hand hielten.

»Windspiele für die Hunderennbahn. Sag mir jetzt bitte nicht, ich sei wie sie, ich würde auch hinter einem illusorischen Hasen herlaufen.«

»Das wär ein ziemlich plumpes Bild, weil es auf der Hand liegt.«

»Vergiß auch den geistigen Aspekt nicht. Auf mich setzt keiner.«

»Vielleicht dein Bauchredner.«

»Der ist ein schlechter Schachspieler, oder, wie du es ausdrückst, a pool player. Und du weißt ja, daß Schach genau das Gegenteil eines Glücksspiels ist. Es setzt nie jemand auf Botwinnik, weil er keinen echten Rivalen hat.«

»Wenn Capablanca heute über ein Medium gegen ihn spielen könnte, würde ich auf jede Wette eingehen.«

»Du setzt also auf deine Mythen. Du bist schon ein toller Hecht.«

Ich mußte lächeln, als ich an die Möglichkeit einer solchen eschatologischen Partie dachte, und erinnerte mich an meinen Ahnherrn und alten Anreger, der mehr war als ein wissenschaftlicher Spieler, weil er Intuition besaß, ein unverbesserlicher Weiberheld, ein fröhlicher Spieler, ein Verlierer, der beim Schach die Bank hielt, denn er lachte, wenn er verlor, genau das Gegenteil von Mälzels Erfindung, weder eine Spielmaschine noch ein Wissenschaftler: ein Künstler, einer, der mit dem Herzen spielte, a chest player, a jazz player, ein Guru, ein Weiser des Zenschachismus, der als unsterblicher Meister allen, vom Pferdeschätzer bis zum niedrigsten oder niederträchtigsten Jünger, seine Lektionen erteilte.

»Ich erinnere mich an den Fall eines meiner Freunde, eines ziemlich schwachen Spielers, der oft den Nachmittag in seinem Schachclub verbrachte. Unter seinen Gegnern gab es einen, der ihn regelmäßig schlug, was auf die Dauer immer ärgerlicher wurde. Eines Tages kam mein Freund mich besuchen, erzählte mir von seinen Sorgen und bat um einen guten Rat. Ich sagte ihm, er müsse daran gehen, ernsthaft zu studieren, aber er erwiderte: ›Sehr gut, das werde ich. Aber inzwischen sag mir doch, was ich zu tun habe, wenn er so und so spielt.‹ Er gab mir die Züge der Lieblingseröffnungen seines Gegners an und erzählte mir, welche Seite daran besonders unangenehm war. Ich zeigte ihm, wie er diese Schwierigkeiten vermeiden könne, und gab ihm einige Hinweise im Bereich der allgemeinen Theorie... Ein paar Tage später lief ich ihm wieder über den Weg, und er war ein neuer Mensch. Kaum sah er mich, rief er aus: ›Ich habe deinen Rat befolgt, und die Ergebnisse sind wunderbar! Gestern gewann ich sogar zwei Partien gegen diesen Burschen, der mir so viel Sorge gemacht hat.‹« Also sprach der Meister in seinen Letzten Lektionen. Ich hätte ihn zwar nie zum Pferde kaufen geschickt, aber ich habe herausgefunden, daß es einen Zusammenhang zwischen seinen Lektionen und den Lektionen des Zen-Meisters und dem Bogenschießen gab, und wenn ich erführe, daß der Tod eine Partie Schach um mein Leben spielen will, dann würde ich um einen einzigen Gefallen bitten: daß Capablanca für mich kämpfen darf. Dieser buddhistische Weise mit dem leuchtenden Namen ist der weiße Schutzengel, der eigentliche Grund dafür, daß der einzige gute Film dieses mittelmäßigen Wsewolod, den die Filmidioten den Großen Pudowkin nennen, daß sein einziger Schritt auf dem richtigen Weg Schachfieber heißt, und wenn Capablanca die Hauptfigur und seine ganze Grazie ist, wie etwa am Schluß, als das schwarze Pferd aus seinen leichten Händen springt und auf das weiße Cape des Schnees fällt, so ist das etwas mehr und etwas weniger als ein Symbol.

Er umfuhr graziös den Kreisel am Yacht Club und bog wieder in die Fünfte Avenida ein, und wir fuhren fast gemächlich unter den Pinien dahin, beide angeblendet, geblendet, lichtdurchbohrt vom strahlenden Strudel des Coney Island und der elektrischen Fröhlichkeit der Bars und den Lichtzeichen der Straßenlaternen und von der leuchtenden Unrast der Autos, die uns entgegenkamen. Als wir den dunklen Kreisel am Country Club umrundet hatten, sah ich, daß Cué sich wieder einmal ganz in das Fahren vertiefte. Das war sein Laster. Du leidest an Entfernungsdipsomanie, sagte ich zu ihm, doch er hörte es nicht. Oder hatte ich es gar nicht gesagt? Wir fuhren durch die Allee und die Nacht, eingehüllt in die Geschwindigkeit und die laue, zärtliche Luft und den Duft des Meeres und der Bäume. Es war ein angenehmes Laster. Er redete, ohne mich anzuschauen, konzentrierte sich auf die Straße oder seinen doppelten Rausch. Dreifachen.

»Erinnerst du dich noch an Bustrófedons Buchstabenspiele?«

»Die Palindrome? Die kann und will ich nicht vergessen.«

»Findest du es nicht bezeichnend, daß er auf das beste nicht gekommen ist, auf das schwierigste und einfachste, Ich bin, das bedrohliche *Yo soy?*«

Ich buchstabierte, las von hinten nach vorn *yos oY*, bevor ich zu ihm sagte:

»Nicht sonderlich. Warum?«

»Ich schon«, sagte er.

Die Stadt war jetzt eine in Quanten zerlegte Nacht. Die Leuchtröhre einer Straßenlaterne, die seitlich vorbeischoß und eine Bordsteinfuge gelb färbte und sichtbar machte, oder ein Bürgersteig mit Leuten, die auf den Bus warteten, oder blasse, gesprenkelte Bäume, die nicht mehr Stamm und Zweige und Blätter waren, wenn sie sich in einer dunklen Fassade auflösten, aber auch ein einziges weißbläuliches Licht, das sich von oben her bemühte, mehr Raum zu erhellen und dabei doch nur Dinge und Menschen zu kranker Unwirklichkeit verzerrte, und ab und zu ein fliehendes Chrysolithfenster, durch das man eine in ihrer Fremdheit immer friedlich, glücklich wirkende Familienszene sehen konnte.

»Bustrófedon, der genauso mein Freund war wie deiner (ich war drauf und dran, Sag bloß! zu ihm zu sagen), hatte einen großen Fehler, abgesehen davon, daß er sich rüpelhaft benahm, wie damals, in der Nacht (ach du Schande, es wurmte ihn immer noch: Blick zurück im Zorn heißt diese Form der Erinnerung), und dieser Charakterfehler war, daß er bei seiner unablässigen Beschäftigung mit Wörtern so tat, als wären sie immer geschrieben und würden nie von jemand gesagt, außer von ihm selbst, und dann waren es keine Wörter mehr, sondern Buchstaben und Anagramme und Spielereien mit Zeichnungen. Ich befasse mich mit Lauten. Das ist jedenfalls das einzige Metier, das ich wirklich gelernt habe.«

Er machte, wie schon so oft, eine dramatische Pause, und ich behielt sein Profil im Auge, bis mir das Zittern seiner im Bernsteinlicht des Amaturenbretts nur schwach umrissenen Lippen zu erkennen gab, daß er gleich weiterreden würde.

»Sag irgendeinen Satz.«

»Wozu?«

»Komm, mach schon.«

Er verlieh seiner Aufforderung mit einer Geste Nachdruck.

»Na gut«, sagte ich und kam mir etwas lächerlich vor: in einer Klangfalle: beim Testen eines imaginären Mikrophons, und ich war versucht eins, zwei, drei, testing zu sagen, sagte aber: »Also dann«, machte wieder eine Pause und sagte schließlich: »Bustro ist zwar kein Palindrom aber tot.«

Hommage für Den Verblichenen, der in diesen Tagen so herabgewürdigt wurde.

Aus Cués Mund kam ein vertrautes und zugleich unbekanntes Geräusch.

»Totreba mordnilap niek rawztsi ortsub.«

»Was ist denn das?« fragte ich grinsend.

»Was du gerade gesagt hast, nur in umgekehrter Lautfolge.«

Ich lachte, vielleicht ein bißchen erstaunt.

»Das hab ich bei den Tonaufnahmen gelernt.«

»Und wie machst du das?«

»Es ist ganz einfach, wie rückwärts schreiben. Du mußt nur stundenlang Scheiße aufnehmen, Programme mit unglaublichen, fast unsagbaren oder zumindest unhörbaren Dialogen, schweigende Gespräche, ländliche Dramen oder städtische Tragödien mit Figuren, die unwahrscheinlicher sind als Rotkäppchen und die du mit unmenschlicher Naivität verkörpern mußt, und dabei weißt du, daß du wegen deiner Stimme, weil sie als euphonisch gilt, nie der Wolf sein wirst, und vergeudest deine Zeit, als wäre sie etwas, das du wieder zurückholen kannst, wie einer der wasserspeienden Tritonen des Brunnens an der Tunneleinfahrt.«

Ich sagte ihm, er solle es noch einmal machen. Encore, Cué. Encuére.

»Was für einen Eindruck macht es auf dich?«

»Ich find's großartig.«

»Nein, nein«, wehrte er meine Schmeichelei ab, als hätte ich ihn um ein Autogramm gebeten, als wäre ich einer seiner Fans. »Ich meine, wonach es klingt.«

»Wonach es klingt? Ich weiß nicht.«

»Hör nochmal genau hin«, und er spulte noch ein paar Sätze von hinten ab.

Mir fiel nichts dazu ein.

»Ist das nicht genau wie Russisch?«

»Kann sein.«

»Schissureiwu anegtchin sadtsi?«

»Ich weiß nicht. Eher wie Assyrisch.«

»Woher zum Teufel willst du denn wissen, wie das geklungen hat?«

»Das ist ja schließlich keine Geheimsprache. Ich hab immerhin einen Freund, und der hat eine Freundin, deren Bruder Orientalistik studiert, und der spricht es«, mit Habaneroakzent, wollte ich noch hinzufügen, aber er sah nicht so aus, als sei er zum Scherzen aufgelegt.

»Es klingt wie Russisch, sag ich dir. Ich hab ein gutes Gehör. Du müßtest mal eine ganze Aufnahme hören, ein längeres Stück, und du würdest merken, daß umgekehrtes Spanisch Russisch ist. Ist das nicht merkwürdig, seltsam?«

Nein. Was mich wundert, wunderte mich nicht damals, sondern erst jetzt. Damals fand ich nur erstaunlich, daß seiner Stimme kein bißchen anzumerken war, was wir getrunken hatten. Auch seiner Fahrweise nicht. Noch mehr hätte mich eigentlich seine Bemerkung über die Zeit und die wasserspeienden Tritonen überraschen müssen. Aber da ich so von seiner Verbalakrobatik fasziniert war, überging ich das einzige Mal, das ich Arsenio Cué von der Zeit reden hörte, als sei sie irgendwie etwas Wertvolles.

XVI

Wir fuhren über die Calzada nach Havanna hinein. Die Ampel an der Zwölf war nicht auf Rot, und wir fuhren wie ein buddhistischer Pfeil – zen! statt zum! – am Lyceum vorbei. Ich kann das Trotcha nicht sehen, mit seinen verschlungenen

Gärten und dem alten Luxusstrandbad (das, kaum zu fassen, Ende des letzten Jahrhunderts noch zu einer weit draußen vor den Stadtmauern liegenden Hacienda namens El Vedado gehörte: ein Punkt für unseren Le Cuérbusier, der meint, Musik sei Architektur in Bewegung), das heute nur noch ein armseliges, verfallenes Labyrinth ist, und das Kolonialtheater, das jetzt ein Hotel ist, weniger als das: eine schäbige, heruntergekommene Pension, Ruinen, in denen ich nie furchtlos bleiben könnte, weil sie für mich unvergeßlich sind. Am Paseo stoppte uns der Verkehr.

»Im Ernst?«

»Was im Ernst?«

»Meinst du im Ernst, daß Russisch umgekehrtes Spanisch ist?«

»Völlig im Ernst.«

»Mein Gott!« rief ich aus. »Wir sind kommunizierendes, kommunizierende Röhren. Das paßt genau in Bustrófedons Theorie, daß das kyrillische Alphabet (cyrilic/cilyric, wie Er sagte) eine Umkehrung des lateinischen Alphabets ist, daß man in einem Spiegel Russisch lesen kann.«

»Bustrófedon hat immer nur Spaß gemacht.«

»Du weißt doch, es gibt keinen Spaß. Man sagt immer alles im Ernst.«

»Oder man sagt alles im Spaß. Das Leben war für ihn ein einziger Spaß. Oder für Ihn, wie du lieber sagst. Nichts Menschliches war ihm göttlich.«

»Das heißt, daß es für ihn nichts Ernstes gab. Also gab es auch keinen Spaß. Aristotelische Logik.«

Bevor er wieder anfuhr, deutete er mit dem Mund einen Ausruf an. Jimmydeancué.

»Jungejunge«, sagte er, »du würdest überhaupt nicht auffallen, wenn ich dich mit dieser Zeitmaschine unter die Sophisten brächte.«

»Das sagst ausgerechnet du! Dabei brauchst du doch nur deine Quadriga, deinen Quatre Chevaux zu stoppen und auszusteigen und ein Rind zu töten, um an seiner Leber abzulesen, wie es um die Zukunft bestellt ist und ob wir bis nach Sardes weiterfahren oder zum Meer zurückkehren sollen. (Er lächelte.) Aber ich mach dir einen Vorschlag: Wir könnten als vorsokratisches Duo auftreten. Wir würden uns ganz gut als Damon und Phintias machen.«

»Who's who?«

»Du kannst es dir aussuchen.«

»Ich kann mir nicht vorstellen, daß du bereit wärst, dein Leben für mich zu geben.«

»Was tu ich denn jedesmal, wenn ich dich als Beifahrer begleite, wenn ich mich auf diesem Selbstmördersitz niederlasse?«

Er lachte, nahm aber nicht den Fuß vom Gas.

»Außerdem bin ich bereit, sofort deinen Platz einzunehmen.«

Er hörte es nicht oder wollte es nicht hören. Wer nicht zu hören weiß, dem nützen Worte wenig. Man muß ihm Zahlen vorsetzen, Nümmerchen zeigen. Schade. Hätte jetzt gut mit ihm reden können. Tu ich's eben mit mir selbst. Masturparlieren. Der Steifheit letzter Schuß. La solution d'un sage n'est que la pollution d'un page. Mastur und Pollux. Po-Lux. Auch den kleinen Wicht schiebt man weit in den Schacht. Unter den Tunten gilt der Eineiige wenig. Die Sprichwörter à la lanterne rouge. Red Light District. Ob wohl die Nutten die Ampeln erfunden haben? Nein, dem Erfinder hat man ja in Paris ein Denkmal gesetzt. Das kommt in The Sun also Rises vor. Die Sonne steht immer am Himmel. Das einzige, was in diesem Roman steht. The Sun Only Rises. Armer Jake Barnes. Auf dem Mond hätte er mehr Glück gehabt. Geringere Gravitation. Oder hatte er sein Pulver schon verschossen? Chopins Sylphilis. Nach der Theorie des Zeremonienmeisters (-gurus) hat jeder Mann eine genaue Anzahl von Schüssen auf Lager, ganz egal, wie, wann und wo er sie verbuttert. Wenn er in jungen Jahren fünfzig Schuß verbraucht hat, bleiben ihm im Alter fünfzig weniger. Das Zielen ist dabei allein seine Sache. Junge, du machst dir zu viele Gedanken über den Sex. Ich kenne keinen einzigen Menschen, der sich nicht ständig Gedanken über den Sex macht. Wer hat das gesagt? Aldoux Huxley. Ah, ich wußte doch, daß das nicht von dir ist. Der Essai ist nie deine starke Seite gewesen. Essais, Ensayos, Essays. Für Aldous Husley sind es exsays. Ist er tot? Nein, er lebt noch. Doch schwant ihm schon ein Schwanengesang? Keiner redet mehr von ihm. Scheiße, da ist schon wieder dieser Alte mit dem Dreizack und den Tritonen. Draller guten Dinge sind Ei. In der kubanischen Literatur muß der einfach immer vorkommen. Wie der Eiffelturm in Paris. Ich seh ihn/ich seh ihn nicht/ich seh ihn. Schau dir diese Bogenreihe an. Keine Schwibbogen, Schwipsbogen. Früh krümmt sich, wer in hohem Bogen reihern will. Oder sind es Karniesbogen? Kariesbogen? Mit Karies sollte man besser den Mund halten. Mach den Mund zu, so kommt keine Fliege hinein. Kein Moskito. Nachts fliegen die Fliegen nicht, nachts schlafen die Fliegen doch. Neptun ade. Im Carmelo sitzen Leute beim Essen, und das Auditorium ist befeuchtet, beleuchtet, illuminiert. Angeheitert wie du. Sss. Dreiunddreißig dreiunddreißig? Nein, denn wo Musik beginnt, da müssen Worte sterben. Heinich. Hein Hitlere. Freund Hein. Heil dir im Kriegertanz. Ball & Musik. Balachdiviv? Es wird ein Konzert geben, und Enna Filippi kämpft wahrscheinlich mit ihrer Harfe, waltzing plus que lente. Introduktion und Allegro. Schluß jetzt mit dem Sex. Scheiße, es ist Ravel, weithin als Asexueller bekannt. Obwohl ich nicht weiß, was ihn nach (er in) Antibes getrieben hat. Man bedenke, daß Ida Rubinstein immerhin auf dem Tisch getanzt hat. Ob da Idas Aditus adipoposus ihn nicht gereizt hat? Harping in the dark. Ina? Nein, Edna salcedando, die More by Salzburgo spielt, Harfenwellen im Salzedachwasser schlägt, himmlische Lyrelei, die mit der sündigen Synergie ihrer systaltischen Syrinx den Himmel (reimt sich auf) in Wallung bringt, Harpha Celesta. Harphe? Dann sind also Frauen, die Harphe spielen, Harphyien? Enna, die ihren himmlischen Klang materialisiert: Marxing the Harp. Oder ist es vielleicht eine Erülption des Edna? Es könnte Kleiber sein. Erich Klavier. Der Wohltemperierte Kleiber. Eine Kleiber Nachtmusik. Ein fester. Jetzt hast du dich aber selbst gefilmt. Ein feste Brandenburg. No good. Komm süßer Todd-AO. Noch schlechter. Oder ist es vielleicht Celibidache alias Tschelibidake, Cellovivace, Cello da braccio, Coelovideo, Celibertinage, Celiberace, eroicando, der das dritte Movimento verändert, Cuévidache, accelerando, weil er (sagt, daß er) in Salzedoburg eine verstaubte Partitur (eine Pudartiturücke) entdeckt hat, die beweist (to demons trate, where demons fear to trate), daß Ardébol und Kleiver und sogar Silvia & Bruno Walter trotz Steinweg auf dem Holzway waren und von Blusen und Taten keine Ahnung hatten, so daß Adolfas Gitler durchaus recht hatte, als er Walter mit anderen Mitteln daran hinderte, Beethoven zu spielen, der also jetzt einstupidiert, einübelt, Reichearsing, fffaisant des répétitions, ni-nichts geht über das Französische, den Franzosen, damit dieser Junge, der Denunziant, der nach dem Wunsch des Melomanen im Konzertsaal sterben wird, genau der, Der Denunziant, auf der Dachterrasse, wo er sich versteckt hat, die Musik hört und Ela Coso liest, geschrieben per fastidiare il souvvenire di un grand'Uomo, und um genau in der Zeit gelesen zu werden (Jazz à l'homme oder Jagdsalon), in der Celibidet die Äolica spielte, weil nämlich beide je einen Kurs im Schnellesen absolviert haben? Accelleggendo. Gli scellerati. Wir bogen in die Avenida de los Presidentes ein. Stoßverkehr bei den Präsidenten, sexueller Staatsakt. Bekanntlich stehen sie alle bestens im Saft, aber wenn sie ausgelutscht sind, muß man sie durch die Vice Presidents ersetzen.

Sie kam den Bürgersteig entlang, als ich sie sah. Boccato di castrati. Ich sagte es Cué.

»Wer?« fragte er. »Alma Mahler Gropius Werfel?«

»Spermaceti. Vallée de sperme. Sperm whale.«

»Whale? I mean, where?«

»Ahoi! Ahoi! On starboard, sir. Hart Steuerbord!«

Captain Cuérageous hielt Ausschau.

»Wahnsinn! Ich bin ja sternhagelvoll. Ich seh nicht nur eine, ich seh zwei.«

»Es sind zwei. Entschuldige die infrasprachliche Ausdrucksweise, aber ich kenne nur die äußere. Ne Bekannte von Códac.«

»Becunte.«

»Die außen, Mann. Metasprache für dich. Oder Zentimetasprache.«

»Verdammt gute Augen.«

»Du meinst wohl Brille.«

»Bedank dich bei Ben Franklyn Delano. Eine Mieze in jeder Linse. Bifokale Linsen für das andere Geschlecht. Contraria contrariis curantur.«

»Bisexkal. Eine Supermulattin.«

»Kennst du sie wirklich?«

»Ja, Mann, ja. Códac hat sie mir vorgestellt.«

»Solche Frauen stellt man nicht vor, die bietet man an.«

Jetzt waren sie fast an der Ecke. Sie war es ganz bestimmt, wie hieß sie noch gleich? Wahrscheinlich mit einer Freundin. Le amiche. The bells of loneliness. The tits of loveliness. Bikonvex. Man sagt Trilogie, Tetralogie und sogar Pentalogie, wenn sich einer zu fünf versteigt. Sagt man dann zu einem Zyklus von sechs Werken Sexologie? Und zwei? Biologie? Freud sagt, man könne primitive Frauen wie Kinder zu jeder Form sexueller Erfahrung verleiten. Er hat nicht von unterentwickelten geredet. Die kannte er nicht. Aber die hier ist überentwickelt. Hat man sie dazu verleitet oder war es Mutter Natur? Es gibt keine Natur. Alles ist Historie. Hysterie. Die Hysterie ist ein konzentrisches Chaos. Die Historie, pardon. Freud hat auch gesagt, man sei zu den extremsten Formen oraler Zärtlichkeit bereit, hätte aber Bedenken, die Zahnbürste der Geliebten zu benutzen. Julchen? Was ist, Romy Darling? Hast du wieder meine Pro-phy-lactic benutzt? Da irrt Sigismund. Ich bin bereit, tiefer einzudringen als jede Zahnbürste. Where brushes fear to sweep. Scheiße, sie biegen in die Fünfzehn ab. Die Calle Fünfzehn, entschuldige, Bertrand. Where Russells fear to think. Sie entwischen uns. Dreh um Cué dreh um caramba. Cuéramba.

»Packse vonner annern Seite.«

Er warf mir einen Hör-ich-recht?-Blick zu, dieser Rundfunkpedant, drehte dann aber gleich, jetzt wieder ganz Cuéptain Ahab auf der Jagd nach Morbid Dyke, das Steuerrad um eine volle Umdrehung, und das Cabrio wendete, kreuzte gegen den Wind, mit allem, was drin war, einschließlich dieses Bord- oder Logbuches, das Log von Gog und Magog, Magloglog, und segelte in die Straßenenge. Magellan Cué. Macuéllan. Magallanes. Magalena! Genau. Technik. Mnmotechnik. Memoria Technica. Arsenio Sebastian Cuébot reffte die Segel, legte bei und warf an der nächsten Ecke rechts Anker. Wassertiefe, fünf Faden, drei Nadeln, mark twin! In die Boote, Harpunen schußbereit.

»Sie heißt Magelana. Magalena.«

»Laß mich das allein machen.« Scheiße, ich muß wieder mal an Bord bleiben. Nennt mich Ishmael. Er öffnete die Luke und betrachtete sich beim Schein der Kontrolleuchte im Rückspiegel. Er strich sich das Haar glatt. Diese ewige Macke mit den Haaren. Hat nichts von Yul Brynner gelernt, der Junge. Er ging los. Allein. Prinz Eisenherz. Heißen Herzens. Mit seinem singenden Schwert. In den Urwald.

»Bring sie lebendig, Frank Buckué.«

Ich schaute durch den Außenspiegel auf meiner Seite und sah ihn davongehen, auf dem linken Bürgersteig der Spiegelstraße, auf der sie ihm entgegenkamen. Er kommt näher. Neun acht sieben sechs fünf vier drei zwei eins peng! Kollision der Geschlechter. Koalition. When works collide. When words collide. Er redet mit ihnen. Was zum Teufel erzählt er ihnen wohl? Die Geschichte von Cuésimodo und Esmeralda. Smeralda, angschangtée. Cuésimodo will bei Esmeralda Süßholz und auch sonst noch einiges raspeln. Nichts zu machen. Junge, du bis villeich häßlich. Ich bin so geboren. Tschuldje, aber du bis ja noch häßlicher wie der Gastgeber vom Oddiseus, wie hieß'n der noch, Poliphoetus oder so, wenn ich das mal so sagen darf. Cuésimodo grübelt und grübelt und geht auf und ab und überlegt, wie er Esmeraldita aufs Kreuz legen könnte. Er überlegt und überlegt und überlegt. Glühbirne. Das ist es! Er verkauft Wasserspeier, Postkarten und anderen Plunder als Souvenirs von der Kathedrale von Notre-Môme. Ein Wegbereiter. Er wird reich wie fast alle Pioniere, das weiß man ja. Er verläßt sein Geiernestchen hoch oben auf den gotischen Dächern und geht zum Pigalle. Er heuert die hübscheste Biene an und lädt sie zum Essen ins Tour de Nesle ein, das beste Restaurant seiner Zeit (13. Jahrhundert, ein unheilvolles Jahrhundert: alle, die damals geboren wurden, sind tot), und läßt sich von Künstlern der Schule von Fondantbleu, die bekanntlich das Beste vom Besten sind, auf einer oder zwei Miniaturen verewigen. Am nächsten Tag sieht man ihn auf allen Anschlagtafeln und in allen von Théophraste Renaudot herausgegebenen Gazetten, die auf der Rive Gauche verkauft werden, an einer Nuttenzitze zutzeln. Cuésimodo ist in aller Munde. Le Tout Paris touzt ihn. Man nennt ihn Cuési. Einige Amerikanisierte nennen ihn auch Mody. Das sind diejenigen, die The Bastill sagen, wenn sie eine Nacht im Bunker (auch ein Anglizismus) zubringen, oder einen Drink of Hydrohoney bestellen und, ihrer Zeit weit voraus, Country Dances tanzen. Quelle horreur le Franglais. Schuld daran sind diese Plantagenets mit ihrem ständigen Hin und Her. Les anglais à la lantern! We shall take care of thee lateh, Joan of Arc. Cuésimodo wiederholt seinen Ausflug und trifft erneut seine Wahl. Heute geht er ins Equus Insanus, une taverne. Quelle horreur le Franlatin. Schuld daran ist die Ecclesia Romana. Quod scripsi scripsi, Rabelaisius. Vae Vatis. Carmen et error. Die Faksimiles sind auf sämtlichen Pergamenten abgedruckt. Esmeralda, die wie fast alle nicht lesen kann (weshalb die Zeitungen völlig überflüssig sind und sang- und klanglos wieder eingehen und wir noch fünf Jahrhunderte warten müssen, bis es in Paris endlich eine Tagespresse gibt), sieht zunächst einmal wie fast alle die Bildchen. Cuésimodo mit Carmen und auch mit Error. Cuésimodo mit einer Schönheit und einer Huri. Was mag wohl an diesem Cuésimodo dran sein? beginnt sie (etwa zur selben Zeit, da sie die Bildchen zu betrachten beginnt) sich zu fragen. Es folgen Ausflüge aux Champs, zur Avenue de la Grande

Armée, nach Saint-Germain-des-Prêtres, und das Getuschel über die Tuschebildchen ist nicht mehr zu vertuschen. Esmeralda platzt vor Neugier und beschließt, sich Cuésimodo aus der Nähe anzuschauen. Horror. Noch näher. Noch horroer. Näher und näher. Esmeralda hat diese Angewohnheit, mit einem Mann zu reden und ihm dabei, weil sie nervös ist, das Hemd auf und zu zu knöpfen. Cuésimodo ist ein Riese, im richtigen Leben und in der Dichtung. Esmeralda ist jetzt ganz nah dran. Sie fängt an, mit den Knöpfen zu spielen. Aber Cuésimodo hat kein Interesse mehr an dieser kleinen Mulattin, die sich als Zigeunerin ausgibt. Warum auch? Da sind doch all diese anderen Mädchen, die außerdem viel besser angezogen sind, et quel métier! Mit mediävaler Geste knöpft er sich den Hosenlatz wieder zu. Was zum Teufel erzählt er ihnen denn? Bei dieser Dunkelheit können sie ihn unmöglich erkannt haben. Die Stimme, na klar. »Aber Liebste, du weißt doch, daß ich dich mit aller Kraft meines Herzens liebe.« Rundgefunkte Stimmenscheiße. Ein her-cul-isches Herz. Sie reden. Sie reden und gehen. Was für eine Technik. Alles nur Übung. Sie reden und kommen näher. Es klingen Schalmeien so wunderbar, da kommt sie schon, der Engel Schar. Sie sind da. Ich mache die Tür auf und steige aus. Zum Glück ist es nicht so hell. Ich komme mir ein bißchen wie Quasimodo vor. Ich werde meine erogene Stimme anknipsen. Reine Mimikry. Ich bin das Chamäleon der Liebe. Cama-León: Bettlöwe.

»Guten Abend.«

Arsenio stellte uns vor. Alte Freunde. Alles alte Freunde. Wahre Freunde in guten und in geschlechtlichen Zeiten, Kubaner sein heißt lieben und der Vogel singt auch wenn der Zweig schon knackt was da herunterfällt ist kubanisches Wasser Freunde die Frauen haben das Sagen. Silvestre, Beba und Magalena. Magalena und Beba, Silvestre Kurzundbundig. Sehr erfreut. Gehorsamster Diener. Smirn Vergnüng. Das Vergnügen kommt erst noch. Gekicher. Ich komme an. Hab das ich gesagt? Ja, denn Cuéntleman Cué öffnet gerade galant die klingenden Pforten seines Cabrios, erleben Sie mit ihm, meine Damen, ein neues, herzergreifendes Abenteuer voller Romantik / wo die Schönheit waltet wo der Koitus droht wo alle Keuschheit nichts hilft dort geht er um Kamakué der fahrende Vögelkünstler / aus den Tiefen des Urwaldes im Herzen des schwarzen und jungfräulichen Afrika boccato di missioneri ertönt ein entjungfernder Schrei Tanmangakué! es ist Zartan der Vetter Tarzans doch polygam und zoophil und im wesentlichen schwul. Hömma. Wer redet da? Junge, du glaubs doch hoffentlich nich, daßwa da so ohne Dach reinsteing. Es ist nicht Magalena. Da farch nich mit. Bei Wind un Wetter? Du siehs doch, daßwa grad vom Frisör komm. Es ist die andere. Verflucht, wie heißt sie denn noch? Hetzt mich nicht so. Bitte nicht drängeln, meine Herren. Ich hab ein derart beschissenes Gedächtnis. Beba. Bebsy-Baby. Trink Bebsy und du fühlst dich wohl. Sehr viel schöner wird der Durst mit Meister Adams Currywurst. Hier Radio Suaritos. Die Pornographie als wirkungsvolle Werbekunst betrachtet. Wenn's um die Bockwurst geht, El Miño, doch beim Bocken gibt es keine, die besser wäre als Die Meine. Auch für Sie steht er, Señora, viermal täglich bereit, der Näschonel Ährlains-Dschett nach New York. Haben Sie saubere Hände, Señorita? Wenn nicht, nehmen Sie Revlon Nagellack und Sie werden staunen. Machen Sie es nicht selbst und lassen Sie es auch nicht Ihre Freundin machen: Ihr Oberhemd nach Maß nur aus Ihrer Casa Pérez, dem Hemdenparadies. Nach solchen Sprüchen hatten wir damals in der Penne auch unsere Parodie mit Jinglemusic gemacht: Liebe Hausfrau, auf geht's, marsch/Steck den Finger in den Arsch/Hab's ja schon so oft probeiert/Und jetzt ist er ausgeleiert. Du wars beim Frisör, nich ich, ich war nur mit. Die jetzt redet, das ist Magalena, Magelana, die um mein Jungfrauenkap segelt, nachdem sie Elmondo Dantèscué umrundet hat, und auf dem Hintersitz Anker wirft. Super. Alles für mich. Sextempore silvestris. Steh und greif. Ich fahre in die Magallen-Straße ein und streife eine ihrer Brüste, glaube ich. Oder beide? Die Frauenmode neigt zur Homo . . . Was ihr gleich wieder denkt. Zur Homogenisierung, fast hätte ich mir die eingeschlafene

Zunge verrenkt, dessen, was die Natur verdoppelt hat. Es sind zwei Brüste, zwei Pobacken, und die Mode sorgt immer dafür, daß sie jeweils wie eine einzige aussehen. Cué hat einen Knopf gedrückt. Wir sitzen im Verdun-Kino, und man hört sogar die Hintergrundmusik. Er hat auch Daniele Amphitheatroff eingeschaltet. Oder ist es Bakuéleinikoff? Oder vielleicht Erich Wolfgang Korngold? Er hat das Radio angemacht, der Schweinepriester. »Technik ist konzentrierte Erfahrung.« Kondensierte Milch. Indirekte Musik, die empfänglich macht für die Liebe. »Liebe Hörer unterwegs (es ist fast Cués Stimme, die da mit dem Schnurren eines permanent heißen Katers die Musik unterbricht), bleiben Sie uns treu, reservieren Sie uns eine Taste an Ihrem Autoradio. Worte verfliegen im Wind, doch die Musik ist unvergänglich. Und nun präsentiert Ihnen Casino, Ihre Sockenmarke, mit der romantischen Stimme unserer Cuba Venegas den Bolero Ersehnte Begegnung von Piloto und Vera. Eine Aufnahme von Puchito Records.« Putschito! Was für ein Name. Geradezu abputschend. Cuba Venegas. Die romantische Stimme der Königin des Bolero. Cuba Venerea. Die Hure der Nation ist sie. Scheiße. Ergähnte Besegnung von Vera und seinem Co-Piloto, von Piloto und seinem Co-Vera, von Ploto und Viera, von Plotow und Berija, Stachanowisten des Bolero. Arslongo Cuébrevis zurrt das Verdeck fest und startet mit uns allen in eine Nacht voller Liebe, Irrsinn und Tod. Wollen Sie die Geschichte einer tristanen Isoldierung hören? Dann vergessen Sie nicht, sich zur nächsten Episode einzuschalten.

So pflegt man im kubanischen Rundfunk auf eine Sendung hinzuweisen, und diese Episolde ist nur eine weitere ausgewählte Passage aus meinen zwei Jahren vor dem Mast, aus den Abenteuern von Robinson Cuésoe und seinem silvestren Freitag auf der Insel Lesbos.

Cué mied die Calle Siebzehn, nicht weil er abergläubisch wäre, sondern weil er aus rein numerischen und persönlichen Gründen einen Hang zur Einundzwanzig hat, und wir fuhren Richtung Meer zur Avenida zurück. An der Línea stoppte uns die Ampel, und ich sah, wie Magalenas schönes Gesicht wegen des verfluchten Wolframlichts seine Farbe von Zimt zu Zement wechselte, und da fiel mir der Fleck auf, ein dunkler Schatten quer über ihrer Nase. Ich dachte, sie hätte etwas gemerkt, und sagte:

»Códac hat uns mal spät nachts miteinander bekanntgemacht.«

»Das hat er da auch gesagt«, und sie deutete mit dem Finger auf Cué, mit einem langen, lackierten Nagel, der rot gewesen wäre, hätte uns nicht von oben das Lapislazuli, Chalzedon oder Chrysopras (nur diese Namen konnten die höllische Farbe annähernd beschreiben) der zwar nicht harlowgenen, aber öffentlich feindseligen Straßenbeleuchtung bestrahlt.

»Arsenio ist der Name, Arsenio Cué.«

Ein passionierter Anglizist, der natürlich aus dem Amerikanischen übersetzt. Er sagt auch *afluente* für *próspero, morón* für *idiota, me luce* für *me parece, chance* für *oportunidad, controlar* für *revisar* u. v. a. m. Gräßlich, dieses Spanglish. Eines Tages kriegst du auch noch dein Fett, Lyno Novas.

»Ah«, sagte die andere, die, die behauptet, Beba zu heißen, »stimmt ja. Sie sind ja der Fernsehschauspieler. Ich habse doch schon sooo oft gesehn.«

Sie war eine Frau, kein Mädchen, mit einem afrikanischen Urgroßvater, der beim Überqueren anderer tropischer Flüsse verschüttgegangen war. Ein Hauch von Mulattin, aber eine so subtile Mischung, daß nur ein Kubaner oder ein Brasilianer oder vielleicht Faulkner dahinterkommen konnte. Sie hatte langes, schwarzes, frisch frisiertes Haar und große, runde, geschminkte Augen und einen Mund, der sozusagen eher sündhaft als sinnlich war. Weisheit der Elite. Als könnten Formen nicht nur durch Licht umrissen werden und Dimensionen haben und eine Position im Raum besetzen, sondern sich auch Moralvorstellungen zu eigen machen. Eine Ethik für Leonardo. Ein Pinselstrich ist ein moralisches Problem. Das Gesicht ist der Spiegel der Seele. Lombrosos Verbrechernase. O tempera, o mores.

Etcetethik. Sie hatte bestimmt eine gute Figur, aber jetzt war sie nur eine Büste, ein Kopf im Halbdunkel. Ich sah, daß Cué sich im Spiegel beschaute. Nein, daß er in den Spiegel schaute. Er beäugte Magalena durch den Rückspiegel. Wenn er jetzt Wollma tauschen? oder sonst sowas sagt, dann sag ich ihm, er soll sich ins Knie ficken, und steig aus. Oder ich bleib doch und sag, Abgemacht. Vielleicht gewinn ich bei dem Tausch sogar. Scheiße, ich mag keine alten Tanten. Gerontophobie. Alt, eine Frau von fünfundzwanzig Jahren? Du bist ja verrückt. Du bist ja abnorm veranlagt. Ein lüsterner Wüstling, ein wüster Lüstling. Du wirst noch einmal enden, wie Humbert Humbert begonnen hat. Oder wie Hunger Humbert oder Humble Humbert. Oder wie Humperdinck. Hänsel & Gretel. Erst Gretel und dann. Du bist wohl auch ein Invert Humbert. Scheiße, lieber Eunuch. Eugène Eunusco. Ich werde in der Iunescu arbeiten. Moment mal. Have you no honor? No country? No loyalty to royalty – royalty to loyalty? Diese Magalena ist nicht so jung, und die andere ist auch nicht so alt. One at a time. Konzentrier dich auf das, was du neben dir hast. Du sollst nicht begehren das Flittchen in Nachbars Garten. Schau sie dir genau an. Sie ist wirklich nicht schlecht. Warum zum Teufel sollte sie auch? Wer hat sie denn zuerst gesehen? Ich oder ich? Neunzehn Jahre und sechsunddreißig, vierundzwanzig, achtunddreißig. Kabbala? Nein, Statistik. Cuban bodice. Cuban boy. Cuban body. Body by Fisher. MagaleNash Ramper, ausgestellt auf der Rampa. Amber Motors. Sepia Motors. Sexual Motor. General Motels. Fordnicatio. Etcetitten.

»Wie bitte?«

»Wo warst'n Junge in'n Wolken?«

»Steig von deiner Wolke und komm zu uns ins Wunderland. (Johann Sebastian Cuéchs extemporiertes Klavier.) Musik von Isidro López.«

»Verzeihung, ich hatte Sie nicht gehört«, entschuldigte ich mich.

»Silvestre, alter Junge, wach endlich auf. Vor allem duzen wir uns hier. Allesamt, von links nach rechts. Du darfst mich duzen und Beba duzen und mit Magalena wutzen.«

Sie lachten. Der Scheißkerl schafft es immer wieder, bei jeder Dame mehr Steine im Brett zu haben als ich beim Schach. Ein richtiger Volkstümmler. Tummelt sich wie ein Fisch in Volkes Wasser. Während ich durch die Lüfte schwebe, ein Luftffisch, nicht gelenkig, aber immerhin lenkbar. Nennt mich von Zeppelin. Ich werde mir Mühe geben, und da ich nun schon einmal zu den Palästen aufgestiegen bin, werde ich jetzt zu den Hütten hinabsteigen, auch wenn sie Onkel Tom gehören. Populartistik. Man muß sich zum Volk herablassen, zwischen seine Beine – wenn es weiblich ist. Auf Knien die Milch der Menschenliebe trinken. Der unfrommen Denkart. Populismus. Ich will Populist sein. Nennt mich weder von noch C. P. Lin, nennt mich Starez Kapaun.

»Was hattest du gesagt, Beba?«

Die Stimme, die ihr gerade gehört habt, ist meine. Klingt gar nicht nach Eunuch. Ich bin kein Kastrat. Vielleicht Pippi der Kurze, aber ich hab eine gute Stimme – um andere Stimmen zu imitieren, diesmal eine liebenswürdige und aufmerksame und volksnahe Stimme.

»Was du so machst Junge wollt ich wissen.«

»Ich bin Ästhet.«

»Was!« sagten beide. Sie waren ein Duo. A capella.

»Ich schwanke zwischen zwei Schönheiten.«

Gekicher. Gelächter von Cué.

»Danke.«

»Nein, ich mein nich jetz: Wasde arbeites. Schauspieler, biste Schauspieler?«

»Ich bin Schri.«

Cué funkte wie eine Bibliothekarin dazwischen.

»Er ist Journalist. Bei Carteles. Erinnert ihr euch an Alfredo Telmo Quílez und sein *Keine Anschläge* und an die Titelbilder von Andrés? Ach nein, ihr seid zu jung, um euch daran zu erinnern.«

Allgemeines Lächeln.

»Danke für das Kompliment«, sagte Beba. »Aber die Zeitschrift wird ja noch auf'er Straße verkauft, so alt is die nu auch wieder nich.«

Immerhin. Ein Hauch von Humor. Besser als gar nichts.

»Aber wir schaunse uns immer beim Frisör an, nich Beba?«

»Ein Privileg der Frauen«, sagte Cué. »Uns ist der Zutritt zu solch heilgem Ort, zu diesem Zenana, verwehrt.«

»Vermutlich werden dort drin die Mysterien der Bona Dea gefeiert.«

Cué warf mir einen Blick zu, der Scheißhumanist bedeutete, sagte aber:

»Wir müssen sie beim Barbier lesen.«

»Oder beim Zahnarzt«, sagte ich.

Er warf mir durch den Rückspiegel einen dankbaren Blick zu. Das war meine Schule der Empfindsamkeit. Nennt mich Wilhelmeister, nicht Ishmael.

»Un Sie, du, was machst'n da?« fragte Magalena.

»Ich arbeite incognito.«

Ich spürte, daß Cués Blick durchdringender war als die dezibelische Potenz in Magalenas und Bebas vereintem Was! Ich beschloß, Cué zu ignorieren. Ich bin ein Rebell, der weiß, was er tut.

»Das war nur ein Scherz. Er ist immer so modest«, sagte Cué.

»Modest Mussorgski, Ihnen und dem Zar zu Diensten.«

Ich hatte das Gefühl, daß sie nicht verstanden. Cué ließ ich links liegen.

»*Erda*«, sagte Cué, »ist einer der ersten Journalisten Kubas, und wenn ich erster sage, dann meine ich damit nicht, daß er Kolumbus bei seiner Landung interviewt hat, auch wenn er wie ein Indianer aussieht.«

Sie lachten. Die Vorteile des Rundfunks.

»Da wir gerade von Kolumbus reden«, sagte Cué, »wohin sollen wir diese Karavelle eigentlich steuern?«

»Oder diese *cara bella*«, sagte ich mit einem Seitenblick auf Magalena. Zauderndes Lächeln. Sie wüßten es nicht, antworteten sie Cué. Brünett und unentschlossen. Schlag was vor, wir tanzen nach deiner Pfeife oder spielen auf deiner Flöte oder sonstwas. Ixypsilonzetera.

»Was haltet ihr von einem Club, einer Bar oder einem Cabaret?«

»Da kann ich nich hin«, sagte Beba.

»Sie kann nich«, sagte Cué.

»Un wir gehn immer überall zusamm hin«, sagte Magalena.

»Wohin wollen denn unsere siamesischen Schwestern dann?«

Mir war, als schwänge in Cués Stimme ein ganz und gar nicht musikalischer Ton der Ermüdung mit. Schlecht. Panik an den Aktienmärkten. Es könnte zu einem erotischen Börsenkrach kommen.

»Ich weiß nich«, sagte Beba. »Sagt ihr was.«

Noch schlechter. Da waren wir also wieder mal im Circus Maximus. ›Nehmt eine Frau, streichelt sie, fragt sie, was sie will, und schon habt ihr einen circulus vitiosus‹, Ionescué. ›Unfähig, das Ende vom Anfang zu unterscheiden. Glückliche Tiere‹, Alkmaion von Cuéton. ›Hätten doch alle Frauen nur einen Kopf (maidenhead)‹, Cuéligula. Jetzt redete er wieder.

»Na gut, und ein sauberer, schlecht beleuchteter Ort? Zum Beispiel das Johnny's?«

»'S Dschonni wär nich schlecht, oder, Beba?«

Beba dachte darüber nach. Sie schaute uns alle nacheinander an und spielte dann ein Silhouettenspiel: Sie betrachtete Cués Profil, während sie mir unbarmherzig den Schattenriß ihres Gesichts zeigte. Hübscher Mund. Eine Eva Gardner für Nüchterne. Ava für Betrunkene. Der Mund ging auf. Er sieht ganz niedlich aus, sagte sie zu und über Cué in dieser affektierten, affektiven dritten Person, die in Kuba, in Havanna so populär ist. Weichheit des Volkes. 'N richtig hübscher Mann. Der Mund ging wieder zu. Du hättest dich nie öffnen sollen, Beba Gardner. Nur im Dunkeln, sagte Cué. Er redete von seiner Schönheit. Sie lächelte. Welch eine Schönheit. (Die Bebas.) Cué schaute wieder nach hinten, und da uns am Malecón eine Ampel (die konventionelle Zeit, die die natürliche Gliederung des Raumes zerstört) stoppte, fragte er Magalena:

»Kennen wir uns nicht?«

»Ich habse viel im Fernsehn gesehn und im Radio gehört un so.«

»Haben wir uns nicht früher schon mal gesehen, persönlich?«

»Kann sein. Vielleich bei Códac oder auf der Rampa.«

»Nicht früher schon?«

»Wannd'n früher?« Ich glaubte in ihrem distanzierten Ton einen Anflug von Mißtrauen zu spüren.

»Als du noch jünger warst. Vor drei oder vier Jahren, da warst du vielleicht vierzehn oder fünfzehn.«

»Kannmich nich erinnern, ehrlich.«

Frau Ehrlich konnte sich nicht erinnern. Auch gut. Und genauso gut war, daß Beba ihn unterbrach: Also was is jetz, du Schameur, kommsde endlich mit deim Herz klar, oder was is los, wer gefällt dir denn jetz besser, entscheidichmal, Junge. Du natürlich, Herzblatt, sagte Cué. Ich will ja niemand zu nahe treten, aber du bist für mich die Nummer Eins. Ich dachte nur, ich hätte sie gekannt, als sie noch ein kleines Mädchen war, aber ich hab für kleine Mädchen nichts übrig, mir sind gestandene Frauen lieber. Solche, die nicht lange herumfuckeln. Na also, sagte Beba, so isses recht. Das hört sich schon besser an. Magalena lachte. Cué lachte. Ich hielt es für meine Pflicht, es ihnen nachzutun, nicht ohne mich vorher zu fragen, ob Beba wohl wußte, was die seltsame Aussprache von »herumfackeln« zu bedeuten hatte. Niemand gab mir eine Antwort darauf, nicht einmal ich selbst. Gehn wir nun ins Johnny's oder gehn wir nicht? fragte Cué, und Beba sagte ja, und Magalena machte vor Freude einen Hüpfer und sah mich vielversprechend an. Ich rieb mir im Geiste die Hände. Glaubt bloß nicht, daß das so einfach ist. Arsenio Cué sah mich ernüchternd an. Meine geistigen Hände krampften sich zusammen.

»Silver Starr.«

Seine Stimme klang zwar auch vielversprechend, hatte aber einen zweifelnden oder fragenden Akzent.

»Yeah?«

»Sheriff Silver Starr, we're running outa gas.«

Er ahmte einen texanischen Akzent nach. Er war jetzt ein Marshal aus dem Wilden Westen. Oder ein Hilfssheriff.

»Gas? You mean no gasoline?«

»Horses all right. Trouble in July. I mean the silver, Starr. Long o'women but a little this side of short on moola or mazuma. Remember? A nasty by-product of work. We need some fidutia, pronto!«

»I have some. I've already told you. About five pesos.«

»Are you loco? That won't get us not even to the frontera.«

»Where can we get some more?«

»Banks closed now. Only banks left are river banks, because park bancos are called benches in English. Holdup impossible.«

»What about Códac?«

»No good bum. Next.«

»The Teevee Channel?«

»Nothing doing. They've got plenty o'nuttin for me.«

»I mean your loan shark.«

»Nope. He's a sharky with a pnife, and a wife. Not on talking terms.«

I laughed. Ich meine, ich lachte.

»Johnny White, then?«

»Outa town. Left on a posse. He's a deputy sheriff now.«

»And Rine?«

Er schwieg. Er nickte zustimmend.

»Righto! Good Ol'Rine. It's a cinch. Thanks, Chief. You're a genius.«

Er bog nach links ab und dann nach rechts und fuhr schließlich in entgegengesetzter Richtung wieder zum Malecón zurück – und es nimmt mehr Zeit in Anspruch, das hinzuschreiben, als er dafür brauchte. Die Mädchen an Bord, die durch die zentrifugalen und zentripetalen Kräfte, den Corioliseffekt und vielleicht auch die Gezeiten einschließlich der auf Frauen ja so stark wirkenden Anziehungskraft des Mondes hin und hergerissen wurden, bekamen die Seekrankheit und legten beim Kapitän Beschwerde ein.

»Hey, Mann, was isn in dich gefahrn? Willste uns umbring, oder was?«

»Wenn das so weitergeht, steingwer lieber aus, Beba.«

Arsenio verlangsamte die Fahrt.

»Außerdem«, sagte Beba, »das ganze Gequassel auf Englisch, und alles ohne Untertitel.«

Wir lachten. Arsenio streckte eine Hand zu Beba hinüber, und sie verschwand im Dunkeln. Seine Hand, nicht Beba. Die sah in ihrer halb geheuchelten Wut hinreißend aus.

»Weißt du, ich hatte vergessen, daß ich einem Freund noch ganz dringend etwas ausrichten muß, und das ist mir eben erst wieder eingefallen. Spät kommt's mir, doch es kommt.«

»Vielleicht solltest du mal Fittaminpillen nehm.«

Wir lachten, Cué und ich.

»Das mach ich. Gleich morgen. Da werd ich sie bestimmt nötig haben.«

Beba und Magalena lachten. Das hatten sie verstanden.

»Außerdem, meine liebe Beba, (Cué schaltete seine romantische Stimme ein, der wir, seine Freunde, nach einem fürchterlichen, schmalzigen, abscheulichen Radioroman von Félix, Pita, Rodríguez, besser bekannt als Felipita, den schönen Namen Wie zart tönt deine Stimme Hans Silberling gegeben haben) darfst du den geistigen Aspekt nicht vergessen. Ich hab grad mit ihmda, mit Silvestre, darüber geredet, wie sehr ich dich liebe, eine Leidenschaft, die dir auszudrücken mein schüchternes Naturell mich hindert. Ich hab demda gesagt, daß ich im Geiste ein Gedicht für dich verfaßt habe, das sich aber meinen unschuldigen Lippen nicht entringen wollte, weil ich Angst vor der möglicherweise unbarmherzigen Kritik dieses Berufskritikers da hinten hatte, und auch aus Angst vor der Reaktion anderer Leute (Magalena parierte den Seitenhieb sofort und sagte, Aber vor mir doch nich, weil, ich hab ja garnix gesagt un außerdem find ich zum Beispiel Angel Buesa unheimlich toll!) Es war ja auch nicht deinetwegen, schönes Kind, sondern wegen etwelcher anderer, die jetzt nicht zugegen sind, es aber, wie ich hoffe, eines Tages sein werden. Und ich habe meinem innig geliebten Freund und Kollegen von der schreibenden Zunft auch gesagt, daß mein Herz mit hundert pro Minute für dich schlägt und nur darauf wartet, es unisono mit dem deinigen tun zu können. Das also ist der wahre und wirkliche Grund für meine Zerstreutheit, die für euch so unerquicklich wie diesem hervorragenden Fahrzeug unzuträglich war.«

Beba war entzückt oder sah wenigstens so aus.

»Is der aber schamant.«

»Trags doch vor, Cuésanova, bitte«, sagte ich.

»Ja, bitte, Arsenio Cué«, sagte Magalena ganz begeistert vor Begeisterung.

»Bitte, bitte, komm, trags vor, ich hab Dichter und Guajirasänger und so schon immer ganz toll gefunden.«

Cué hielt sich beschwörend eine Hand vor die Brust. Die, die sich irgendwo bei Beba verirrt hatte. Vom Raunen des Betons begleitet, sprach tiefbewegt Arsenio Cuélembourg:

»Beba, mein ein und alles, ich werde dich immer bei mir tragen, hier drin, in meinem Herzen, direkt unter meiner Brieftasche, dank diesen unvergeßlichen Worten, die mich mit einem unbeschriebenen Gefühl erfüllen. Pause. Leidenschaftlicher Akkord. Auftakt. Leitmotiv. Für Beba (Zittern des Bes auf Arsenio Cués schuldigen Lippen, einheimische Version von Enrique Santisteban), der ich mit Leib und (aufschiebende Konjunktion) Seele (emotionale Emphase) gehöre, dies Gedicht, das meinem Herzen und andren Innerein entströmt. Gongschlag bitte, Tonmeister der Nacht. Freie Verse, die an mein Herzlieb mich ketten. Gedämpfter Trommelwirbel. Glühende Liebe im Exkrematorium. Bombardonastischer Fanfarenstoß. (Erza Pound-quake reckt sein bartloses Profil empor und seine bebende Stimme erfüllt den Wagen. Ihr hättet Arsenio Cué hören und das Gesicht der anwesenden Damen sehen sollen. The Greatest Show on Hearse.)

O
Oh
Oh, wenn du nur sagtest,
mit deinem Munde nur sagtest,
Contraria contrariis curantur,
was uns als Allopathen so leicht zu sagen scheint.
Wenn du, Lesbia, mit deinem Akzent nur sagtest,
O fortunatos nimium, sua si bona norint, Agricolas.
Wie Horaz.
(Oder war's Vergilius
Publius?)
Oder auch nur
Mehr Licht,
was doch so leicht ist,
daß ein jeder in einer dunklen Stunde
hingeht und es sagt.
(Sogar Goethe.)
Wenn du Beba sagtest,
Wenn du sagtest, mein ich,
Beba,
Nicht daß du Beba sagen sollst.
Nein, wenn du nur sagtest
Thalassa! Thalassa!
Mit Xenophon nach griechischer Manier
Oder mit Valéry, dem ewig neuen,
Natürlich nur mit deutlich ausgesprochnem letztem a-á
Mit Akzént.
Oder wenn nur,
Wenn nur mit
Saint
John
Perse
Du sagtest
Ananábasis.

Wenn du nur sagtest
Thus conscience doth make cowards of us all,
Silippenmurmelnd
Wie Sir Laurence und Sir John,
Laurence Olivier, Gielgud et al.
Oder mit düstrer Gestik einer stimmbegabten Asta
Nielsen mit dem Vitaphon.
Wenn du, Lesbia,
hingestreckt auf meinem Laken
voller Inbrunst sagtest:
Eli, Eli, lama asabthani.
Wenn du sagtest, Lesbia oder Beba,
Oder besser: Lesbische Beba,
Wenn du sagtest
La chair est triste, hélas, et j'ai lu tous les livres!
Selbst wenn es Lüge wär, und du von Büchern/livres
Nur die Deckel und die Rücken kenntest
Und nicht die Bände selbst,
Doch wohl den einen oder andern Titel:
A la Recherche du Temps etcetera
Oder Remembrance of Things Past Translation
(Wie schön,
Wie schrecklich schön
Wär's,
Beba, sprächst livres du wie lèvres aus!
Denn dann wärst du nicht du,
Ich wär nicht ich
Und sehr viel weniger noch du,
Ich oder ich,
Du:
Wir wären dann Sankt Augustin und Sankt Anselm,
Oder vielleicht auch Augustine und Anselme,
Oder einfach nur Agustín Lara und seine fleischliche Anselma.
Oder du würdest viande statt chair nur sagen,
Selbst wenn du redetest dabei wie ein martini-Käse.
O wär ich dann ein glücklicher Napo,

león, lion, Löwe deines Fleisches,
Deiner eßbar kranken Josephinität.)
Wenn du nur sagtest, Bebita,
Eppur (oder E pur) si muove,
Wie Galileo zur Entschuldgung jenen sagte,
Die dem abgeschwornen Astronomen
Es zum Vorwurf machten,
Daß eine alte, wüste Hure er zum Weibe nahm,
Die unbarmherzig ihre Ehe brach.
Wenn du es sagtest, Beba,
Lesbeba,
Selbst wenn falsch du aus es sprächest:
Wenn du mit deiner flinken Zunge, die beseelt ist
Wie mit eignem Leben,
Lebende Zungen machtest aus dem Hauch von Griechisch, dem dürftigen Latein und dem kein bißchen Aramäisch.
Oder du wiederholtest vierundvierzig
Und noch tausendmal und noch einmal so oft
Oder nur 144,
Denn die erste Zahl,
Die Vierundvierzig und
Die Tausend, in Worten, ist für denda, und die andre Zahl
In blanken Ziffern ist für ein dunkles,
Noch verborgenes Geschick.
Wenn wiederholtest du mit meinem Lama
(Lagrán Rampa)
Oder auch nur einem modesten Guru,
Wenn du von ihm nur lerntest muru
melnd zu sagen:
Om-ma-ni Pad-me-Hum,
Ohne Ergebnis,
Klar.
Oder wenn du mir eine Mudra machtest
Mit steil emporgerecktem Mittelfinger,
Und der Ringfinger und der andre, Zeigefinger sei sein Name,
Die beiden, die vier, die andern alle,

reglos ihm zu Füßen liegend.
Erlangte ich nur das von dir,
So wär ich völlig außer mir,
Denn dann wär ich der Barde,
Und nicht nur eine Barde.
Doch das ist schwer.
Zu sehr.
Wenn du nur sagen könntest
Einen Satz, der einfach ist und schlicht,
Wenn du den sagen könntest,
Wenn ich ihn mit dir sagen könnte,
Und mit uns tät es unsre kleine Welt,
Der mali mir,
Den, der da lautet:
Eto mjesto svobodno!
Svobodnó!
Oh, hießest nicht Beba du, sondern Babel Martínez!
Oh.
O.

Arsenius Cuétullus verfiel in ein Schweigen, das im Wagen nachhallte, und der Mercury verwandelte sich in einen Pegaso. Fast hätte ich applaudiert. Was mich davon abhielt, war die Bestürzung in Bebas Stimme. Oder in der Lesbias. Oder vielmehr die Schnelligkeit, mit der sie sagte:

»Aber Mann, ich heiß doch garnich Martines.«

»Ach nein«, sagte Cué ganz ernst.

»Nein, un den Spitznamen Anabel mag ich auch nich.«

»Babel.«

»Is doch egal.«

Also sprach Magalena:

»Un außerdem, war das vielleich'n komisches Zeugs. Junge, ich schwörs dir, ich hab nich die Bohne kapiert.«

Was tun? Die Antwort darauf hätte uns, selbst wenn wir richtiges Russisch und nicht nur spiegelverkehrtes gesprochen hätten, auch Lenin nicht geben können, und schon gar nicht Tschernyschewski. Statt dessen leistete uns Henry Ford Beistand. Cué trat das Gaspedal bis zum Anschlag durch – oder vielmehr bis Chez Rine oder Rine's oder Ca'Rine. *Dom Rinu.*

XVII

»Guten Abend, Señoritas«, sagte Cué, als er zurückkam, einstieg, sich ans Steuer setzte. »Entschuldigt, daß ich euch Señoritas nenne, aber ich kenne euch ja noch nicht.«

Adrenalin, 0. Rote Blutkörperchen, 0. Reaktion Marxnegativ. Humor, nicht nachweisbar.

»War Rine da?«

»Yep.«

Beim Anfahren ahmte er Gary Cooper nach und schob sich den imaginären Stetson nach hinten. Er war der rettende Weiße Ritter. Salvador Cué.

»*Un año sin verte*«, sagte ich und imitierte dabei Katy Jurados dunkle mexikanische Stimme in High Noon.

»*Sí lou sei*«, sagte Gary Cuéper mit texanischem Akzent. Der hispanisierte Westen, zum Nutzen und Frommen des Publikums. Selbstkritik.

»Was hat Rine gesagt?«

»Er hat den Mund aufgemacht.«

»Weit?«

»Sperrangelweit.«

»Wirklich großartig, der Junge.«

»Mammutös«, sagte Cué.

Ein Rinosaurus, würde Bustrófedon sagen.

»Wer iss'n Rine?« fragte Beba.

»Ein Wunder der Natur«, sagte Cué.

»Der Geschichte.«

»Aber isses 'n Mann oder 'ne Frau oder was?«

»'N was«, sagte ich.

»Ein Zwerg, ein Freund von uns«, sagte Cué.

»'n Zwerg?« fragte Magdalena. »Is das nich der Schornalist, der Freund vom Códac?«

»Yep.«

»Genau der«, sagte ich.

»Aber den hab ich doch selber schon gesehn, der is doch kein Zwerg. Der is doch ganz normal groß.«

»Das *war* er mal.«

»Was?«

»Er war nicht sanforisiert«, sagte Cué.

»Wasndas?«

»Er ist eingegangen, Schätzchen«, sagte ich. »Er hat Pilze gegessen, halluzinogene Pilze, und dann hat es psss gemacht, und er ist zusammengeschrumpft.«

»Jetzt ist er der größte Zwerg der Welt.«

»So'n Lühngmärchen!« sagte Magalena. »Ihr denkt doch hoffentlich nich, daßwa euch das glaum, oder?«

»Wenn wir das glauben, dann ist nicht einzusehen, warum ihr es nicht auch glauben solltet«, sagte Cué.

»Frauen sind ja schließlich nichts Besseres als Männer«, sagte ich.

»Obwohl ich durchaus nichts gegen sie habe«, sagte Cué.

»Ich auch nicht«, sagte ich. »Viele meiner besten Freundinnen sind sogar Frauen.« Sie lachten. Endlich. Wir lachten.

»Im Ernst jetz, wer isses?« fragte Beba.

»Ein Freund von uns, ein Erfinder«, sagte Cué. »Im Ernst.«

»Früher hieß er Phryne, aber mit den Jahren hat sich das Ph abgewetzt, und am Ypsilon ist ihm das ganze Psilon abgegangen. Calciummangel.«

»Jetzt heißt er nur noch Rine und außerdem Leal.«

»Aber er ist ein bedeutender Erfinder«, spann ich Cués Faden weiter, um zu verhindern, daß das Spiel ins Semantische abgleitet.

»Ein phabelhaphter Erphinder!« sagte Cué mit radiophoner Emphase.

»Ach woher!« sagte Magalena. »In Kuba gibt's doch keine Erfinder.«

»Nicht viele, aber ein paar gibt es schon«, sagte ich.

»Hier kommt doch alles aus'm Ausland«, sagte Magalena.

»Wie schröcklich!« sagte Cué. »Frauen, die nicht an ihr Vaterland glauben, kriegen Siebenmonatskinder.«

»Jetzt fehlt nur noch«, sagte ich, »daß du sagst, Caballeros, weißes Mann soll doch erfinden.«

»Das einzige, was hier fehlt, ist ein gesunder Nationalismus«, sagte Cué in sermonalem Kundgebungston. »Schaut euch die Japaner an. (Er zeigte nach draußen.) Nein, sie sind nicht mehr zu sehen. Sie sind schon am historischen Horizont verschwunden.«

»Außerdem«, sagte ich, »ist Rine Ausländer.«

»Tatsächlich?« fragte Beba. »Woher isser denn?«

Der Snobismus ist stärker als der Geist: Er weht überall.

»Eigentlich ist er staatenlos«, sagte Cué. »Ein totaler Ausländer.«

»Ja«, sagte ich. »Er wurde auf einem Schiff der United Fruit geboren, das in Guatemala gechartert war und unter liberianischer Flagge in internationalen Gewässern kreuzte.«

»Sein Vater war ein in San Marino eingebürgerter Andorraner, und seine Mutter eine Litauerin mit pakistanischem Paß.«

»Jungejunge, is das aber kombliziert«, sagte Magalena.

»So ist es nun mal, das Erfinderleben«, sagte ich.

»Genie ist die unbeschränkte Fähigkeit, alles zu ertragen«, sagte Cué.

»Außer dem Unerträglichen«, sagte ich.

»Mädchen, glaub denen kein Wort«, sagte Beba. »Die nehm dich doch aufn Arm.«

Wo hab ich diesen Satz schon einmal gehört? Es muß ein historisches Zitat sein. Weisheit der Innung. To the unhappy few.

»Im Ernst«, sagte Cué nun in feierlichem Ton. »Er ist ein genialer Erfinder. Seit der Erfindung des Rades hat es so etwas vermutlich nicht mehr gegeben.«

Beba und Magalena lachten lauthals, um uns zu zeigen, daß sie etwas verstanden hatten. Nur hatten sie das Rad offenbar an einer anderen Stelle gepackt. An der Achse. Axis. Axes. Sexa.

»Ich mein das im Ernst«, sagte Cué.

»Im Ernst, daß er's im Ernst meint«, sagte ich.

»Ein großer Erfinder. Ganz. Außer. Gewöhnlich.«

»Ja was erfindet er denn?«

»Alles, was noch nicht erfunden ist.«

»Sonst erfindet er nichts, weil er meint, daß das unnütz wäre.«

»Eines Tages wird er bekommen, was er verdient«, sagte Cué, »und dann wird man seinen Namen nur noch Prädestinierten geben.«

»Wie etwa bei Catulle Mendès.«

»Oder Newton Medinilla, der mein reinkarnierter Physiklehrer war.«

»Oder Virgilio Piñera.«

»Und La Estrella, ci-devant Rodríguez.«

»Und was sagst du zu Erasmito Torres? Der ist jetzt in der Mazorra-Heilanstalt.«

»Arzt?«

»Nein, Patient. Aber wenn er wieder rauskommt, wird er aus erster Hand neue Erkenntnisse über die Tollheit mitbringen. Ein Enkomion Mazorrae.«

»Daran besteht kein Zweifel. Jedenfalls, um es mit einer Parodie auf Grau zu sagen, wird es Rines für jedermann geben.«

»Kommt endlich zur Sache, was erfindeder denn, dieser Rine?«

»Keine Sorge, holdes Kind, wir werden dir einen ganzen Katalog zusammenstellen.«

Cué entrollte beim Fahren wie ein Herold ein unsichtbares Pergament und tat so, als lese er von einer langen Liste ab.

»Zum Beispiel hat Rine das dehydrierte Wasser erfunden, das mit einem einzigen wissenschaftlichen Schlag das sich immer mehr zuspitzende Problem Arabiens löst, ohne jedoch den Durst abzuschaffen. Eine Erfindung für die UNO.«

»Und dabei so einfach.«

»Man braucht sich nur ein paar Wasserpillen in die Dschellabatasche zu stecken, und ab geht's, wüsteabwärts.«

»Oder aufwärts. Dann muß man allerdings das Kamel in den ersten zurückschalten.«

»Du reitest und reitest und reitest und findest weit und breit weder eine Oase noch eine Pipeline, noch ein Filmteam. Da wird nicht mehr lange gefackelt: Du holst dein Pillchen raus, tust es in ein Glas, löst es in Wasser auf, und schon hast du ein Glas Instantwasser. Ausreichend für zwei Beduinen. Ende der imperialistischen Erpressung!«

Sie lachten nicht. Sie hatten nichts verstanden. Erwarteten sie etwa richtige Erfindungen oder vielleicht mehr Räder? Wir machten weiter. Auf ähnliches Unverständnis waren anfangs auch das Christentum, der Kommunismus und sogar der Kubismus gestoßen. Wir mußten nur unseren Apollinaris finden.

»Zur Zeit perfektioniert er die destillierte Wasserpille. Garantiert keimfrei.«

»Zwischendurch erfindet er noch andere Erfindungen. Das klingenlose Messer ohne Schaft, zum Beispiel.«

»Oder die Kerze, die auch der stärkste Wind nicht ausblasen kann«, sagte ich.

»Das ist eine wahrhaft blendende Idee.«

»Und ganz einfach.«

»Wie funktioniert das?«

»Jede Kerze trägt in roter Farbe die Aufschrift Nicht anzünden!«

»Zuerst hatte er erwogen, die Kerze rot einzufärben und in schwarzen Lettern Dynamit draufzuschreiben, aber das war ihm zu barock. Außerdem wäre dann die Sicherheit vor Selbstmördern und asturischen Bergleuten nicht mehr gewährleistet.«

»Auch nicht vor Terroristen.«

Sie lachten nicht.

»Eine andere geniale Erfindung ist das Stadtkondom.«

Es war so etwas Ähnliches wie Gekicher zu vernehmen.

»Die Stadt wird einfach mit einer großen aufgeblasenen Plastikhaube überdeckt.«

»Diese Erfindung gehört zu dem, was einmal als die Pneumatische Periode in Rines Werk bekannt sein wird.«

»Sie wird die Städte in den Tropen oder in der Wüste vor der Sonne schützen, die stürmischen vor den Winden und die nordischen vor der Kälte.«

»Allerdings nicht vor Pollutionen«, sagte ich.

»Außerdem«, fuhr Cué fort, »könnte man den Regen nach Zonen regulieren, denn die Haube ist mit Reißverschlüssen versehen, damit man einzelne Abschnitte öffnen und das obendrauf angesammelte Wasser fallen lassen kann. Die Wetterstationen bräuchten dann nur noch zu sagen, Heute soll es, zum Beispiel, im Bereich El Vedado regnen, und der Haubenkontrolleinheit Anweisung zu geben: Platzregen über El Vedado, bitte.«

Enttäuschung in den Reihen der Weiblichkeit. Aber wir waren nicht mehr aufzuhalten.

»Eine weitere Erfindung aus dieser epischen Epoche sind die pneumatischen Straßen, auf denen Autos mit Asphalt- oder Betonrädern fahren, je nach Geschmack, aber immer nach dem Motto: Invertieren ist besser als Investieren.«

»Stellt euch nur mal vor, was die Autofahrer der Zukunft da an Reifen sparen können.«

»Diese Erfindung hat allerdings einen in der Natur der Sache liegenden Nachteil. Einen kleinen, aber lästigen. Die Straßen können einen Platten bekommen. Das läßt sich aber leicht mit einer Rundfunkdurchsage bereinigen. Radio Reloj informiert: Wegen einer Straßenpanne ist seit heute morgen die Fünfte Avenida für den Verkehr beidseitig gesperrt. Die Verkehrsteilnehmer werden gebeten, die Umleitung über die Dritte oder Siebte zu benutzen, solange die Aufblasarbeiten noch andauern. Piep, piep, piep. Weitere Erfindungen in einer Minute.«

Sie sagten keinen Ton.

»Dann ist da auch noch die Erfindung der fahrbaren Städte.

Statt daß man dorthin reist, kommen sie zum Reisenden. Wenn einer also zum Hauptbahnhof geht...«

»Einer? Und wenn es zwei sind?«

»Das ist egal. Das funktioniert nach dem Gleichheitsprinzip. Die Stationen kommen für alle. Es wird Bahnhöfe für jedermann geben. Die beiden stehen also wie ein Mann auf dem Bahnsteig. Wann fährt Matanzas ein? fragt er einen Schaffner. Matanzas muß jeden Augenblick eintreffen, fahrplanmäßig jedenfalls. Im Hintergrund ist eine andere Stimme zu vernehmen. Und wann kommt Camagüey? Camagüey hat leider etwas Verspätung. Über die Lautsprecher kommt eine Durchsage. Achtung, Achtung, Fahrgäste nach Pinar del Río! Auf Gleis drei fährt ein die Eilstadt Pinar del Río. Vorsicht am Stadtsteig! Die Fahrgäste nach Pinar del Río machen sich bereit, nehmen ihr Gepäck auf und springen vom Stadt- oder Bahnsteig in die Stadt, die nach kurzem Aufenthalt weiterfährt.«

Nichts nichts nichts.

»Es gibt da auch noch ein paar kleine, bescheidene Erfindungen.«

»Arm aber ehrlich.«

»Etwa die Autos, die ohne Benzin, nur mit Schwerkraft fahren. Man braucht dazu nur die Straßen mit Gefälle zu bauen. Die Shell wird dann feststellen, daß ihre Perle eine Zuchtperle ist.«

Nichts und wieder nichts.

»Zu diesen Meisterwerken des gemeinnützigen Hoch-, Tief- und Flachbaus gehören auch die rollenden Bürgersteige.«

»Mit Dreigangschaltung.«

»Das sind jeweils drei rollende Endlosbürgersteige, wobei der äußere mit der Geschwindigkeit von Leuten läuft, die es eilig haben (er kann auf Wesensart, wirtschaftliche Verhältnisse und geographische Gegebenheiten der verschiedenen Städte eingestellt werden), der mittlere ist für Leute, die spazierengehen oder zu spät zu einer Verabredung kommen wollen oder für Touristen, und der innere Bürgersteig läuft ganz langsam für alle, die einen Schaufensterbummel machen, mit Freunden plaudern oder einem Mädchen am Fenster ein Kompliment zurufen wollen.«

»Dieser innere Bürgersteig ist manchmal auch mit Sitzplätzen für ältere Personen, Behinderte und Kriegsversehrte ausgestattet. Auch schwangeren Frauen sind diese Sitzplätze im Bedarfsfall freizumachen. Eine ähnliche Regelung für schwangere Männer ist vorgesehen.«

Nichts und nichts und wieder nichts.

»Oder die Notenschreibmaschine.«

»Stellt euch mal vor, wenn Mozart die schon gehabt hätte.«

»Es wird dann Stereostenotypistinnen, Musigraphinnen und Melopsen geben.«

»Tschaikowski hätte sich seinen Sekretär auf den Schoß setzen können.«

»Noch besser ist das neue musikalische Notationssystem, das unser aller musikalische Alphabetisierung zur Folge haben wird.«

»Es ist eine derart revolutionäre Erfindung, daß es bereits in allen Konservatorien offiziell verboten worden ist. In Genf ist sogar ein Abkommen unterzeichnet worden, um seinen Einsatz zu verhindern. Ähnlich ist es auch seinem Sexophon ergangen, einer Neuentwicklung aus Virginal und Viola d'amore.«

»Das neue System ist so simpel wie alles, was Rine macht, vermutlich weil sein Großvater am Simplonpaß zur Welt gekommen ist. In die Partitur (für die man auch kein Notenpapier mehr braucht) schreibt man einfach Tatatatá tararari oder Hum-ta-ta-tá oder Nini nini niní, je nachdem, was für eine Art Musik es ist. Dazu kommen dann noch Randbemerkungen: ad schellerando, corpulento, bacitato, adstringendo, furzato nasale, maestoso mafioso, spirituoso (martellato bzw. remimartino) oder con sardina. Das ist das einzige Zugeständnis an die traditionelle Notation. Papapapááá papapapí wäre dann zum Beispiel der Anfang der Fünften Symphonie von Beethoven, die Rine schon fast vollständig in sein System transkribiert hat.

Das Solfeggio heißt dann natürlich Tralalaeggio. Ihr werdet schon sehen, Rine wird in der Musikgeschichte noch größere Bedeutung erlangen als Czerny.«

Nichts unser, das du bist im Nichts, genichtigt werde dein Nichts. Letzter Versuch.

»Sein letzter erfinderischer Versuch ist das absolute non plus Ultraschall, die endgültige Verteidigungswaffe. Eine Antibombe gegen Atom- oder Wasserstoff- oder Kobaltbomben.«

»Diese Bomben, meine Lieben, desintegrieren. Rines Antibombe dagegen integriert.«

»Wenn eine Bombe abgeworfen wird, zündet eine automatische Vorrichtung die Antibombe, die dann mit derselben Geschwindigkeit und mit der gleichen Intensität, mit der die andere desintegriert, alles wieder integriert, so daß die feindliche Bombe letztendlich nur noch ein Stück Eisen ist, das vom Himmel fällt. Und das kann schlimmstenfalls ein Gebäude beschädigen, ein Schlagloch in der Straße verursachen, ein Tier töten.«

»Wie ein schwerer Dachziegel.«

»Am nächsten Tag würde dann in der Zeitung stehen: Heeresbericht. – Gestern führte eine vom Feind auf unser heldenhaftes Volk abgeworfene Atombombe den tragischen Tod einer Kuh herbei, deren Personalien bisher noch nicht festgestellt werden konnten. Bald werden diese gewissenlosen Verbrecher für ihre Schandtaten bezahlen. Unsere Armee setzt ihren siegreichen taktischen Rückzug fort. Tschenerel Confjuschen, Chef der Langen Heeresleitung Mitte rechts.«

Es trat totale Stille ein. Ich kam mir vor wie in einer Rolls-Royce-Reklame, denn ich konnte das Ticktack der Uhr am Armaturenbrett hören. Keiner sagte ein Wort. Nur Arsenio Cué sorgte für ein kreischendes Geräusch, als er das Steuer herumriß, weil er sonst einen dicken Mann über den Haufen gefahren hätte. Der schwergewichtige Fußgänger wurde vor Schreck leichtfüßig und gewann mit einem Satz den Bürgersteig bzw. verlor die Straße und vollführte auf dem Bordstein Pirouetten, Kapriolen und Salti vitali wie ein seiltanzender

Nachtwandler oder seilwandelnder Nachttänzer. Ich hörte eine Lachkaskade, eine einzige Dauerlachsalve aus vollem Hals und leerem Kopf. Unsere Mitfahrerinnen lachten, hielten sich den Bauch vor Lachen, waren völlig aus dem Häuschen und kriegten sich nicht mehr hinein, während sie zu dem Elefanten zurückschauten, der immer noch seine Angstpolka tanzte. Sie lachten noch straßenlang weiter.

Bis zum Johnny's oder Yoni, denn beides kann man sagen, gaben wir uns redlich Mühe, das versiegende Wasser ihrer Lachkaskade auf unsere Mühle zu leiten, doch ohne allzu großen Erfolg. Jetzt, da wir drin waren, abgekühlt in der eisigen klimatisierten Luft, und einen Alexander, einen Daiquirí, einen Manhattan und einen Cubalibre, einen Jedem das Seine schlürften, versuchten wir, sie durch den Fleischwolf unserer Geistreicheleien zu drehen. Aber ihnen, das war offenkundig, kam das alles eher spastisch als spaßig vor, und sie waren nicht bereit, auch nur andeutungsweise die Zähne für uns zu entblößen. Dennoch kitzelten wir sie weiter, ovariierten lautstark die Witze aus unserem Fundus uteri auf der phalloppinischen Tuba, vergackreihten Witz an Witz. Warum? Vielleicht weil Arsenio und ich in bester Laune waren. Möglicherweise floß auch noch etwas Ulkohol durch unsere humoristischen Adern. Oder wir waren so fröhlich, weil es uns durch die unvorhersehbare Vorsehung so unversehens gelungen war, die beiden abzuschleppen, weil wir mit solcher Leichtigkeit und getreu meiner Überzeugung, daß Hochkommen das beste Mittel gegen Durchhängen ist, mit unseren Lewitationen der moralischen Schwerkraft ein Schnippchen geschlagen hatten. Jedenfalls glaube ich, daß ich das dachte, aber ich weiß nicht, ob Arsenio Cué es auch so empfand. Jetzt beschlossen wir gemeinsam und gleichzeitig, Martin & Lewis für sie zu sein, Abbott und Costello für sie, Martello/Lewbott, Laurelew und Costardy & Abbortin und Haurello/Cabbott und Stanollie Laurardy für sie und nur für sie. Wir begannen natürlich mit einer Bu(stro)ffonade als postume, aber nicht zu späte Huldigung an den Meister, den Maestrophodon, meinen Maestrom.

»Kennt ihr schon die Geschichte von Silvestre Erda, wie er mitten in einem Park plötzlich nackt dastand?«

Guter Anfang. Die Lektion mit dem Rad war gelernt. Weibliches Interesse am Nudismus im allgemeinen, nicht an meinem speziellen.

»Bitte, Cué, erzähl das nicht.« Geheucheltes Erröten in meiner Stimme.

Wachsende weibliche Wißbegier.

»Erzähl doch, Cué.«

Noch größeres Interesse.

»Komm, erzähl schon.«

»Na gut.«

»Nein, bitte nicht, Cué.«

»Also, wir (Kichern), das heißt, Erda und Eribó ... Bustrófedon (Kichern) und Eribó und ich waren im Park ...«

»Cué!«

»Also, Erda (Kichern) und Eribó ...«

»Wenn du es schon erzählen willst, dann erzähl's wenigstens anständig. Eribó war nicht dabei.«

»Wie soll ich denn eine nackte Wahrheit anständig erzählen? (Lachen) Also, Erda und, du hast recht (Kichern), Eribó war nicht dabei.«

»Du weißt doch genau, daß er nicht dabei sein konnte.«

»Stimmt, er war nicht dabei. (Lachen) Also, Bustrófedon und Erda und ... War Bustrófedon eigentlich dabei?«

»Weiß ich doch nicht. Ist ja schließlich deine Geschichte und nicht meine.«

»Nein, es ist deine Geschichte.«

»Nein deine.«

»Gut, es ist meine, aber sie handelt von dir, also ist es doch deine.«

»Dann ist es unsere.«

»Na meinetwegen, dann eben unsere. Jedenfalls (Kichern) waren Erda (Kicherchen) und ich und Códac, glaub ich. Nein, es war nicht Códac. Es war Eribó. War's Eribó?«

»Nein, es war nicht Eribó.«

»Stimmt. Eribó war wohl doch nicht dabei. Also, dann waren Erda (Kichern) und Códac...«

»Códac war doch nicht dabei.«

»War der nicht dabei?«

»Nein, war er nicht.«

»Also am besten erzählst du die Geschichte selber, wenn du sowieso alles besser weißt als ich.«

»Danke. Ich hab nämlich ein Gedächtnis wie ein Schwamm ohne drüber. Also er hier (Lachen) und Bustrófedon und ich waren alle vier...«

»Das sind aber nur drei.«

»Drei?«

»Ja, drei. Zähl doch nach. Du und Bustrófedon und ich.«

»Dann waren wir nur zu zweit, denn Bustrófedon war nicht dabei.«

»War er nicht dabei?«

»Nein, ich kann mich jedenfalls nicht an ihn erinnern, und ich hab, wie gesagt, ein ausgezeichnetes Gedächtnis. Kannst du dich noch erinnern, ob er dabei war?«

»Nein, ich weiß das doch nicht. Ich war ja nicht dabei.«

»Stimmt ja. Also, wir sind (Lachen) wir waren (Lachen) wir gingen durch den Park (Lachen), Códac und ich... War ich denn dabei?«

»Du bist doch der Gedächtnisakrobat, erinnerst du dich nicht, Mr. Memory. Mamory Blame.«

»Doch, doch, ich war dabei. Wir waren dabei. Nein, ich war doch nicht dabei. Ich hätte eigentlich dabeisein müssen. Oder? Aber wenn ich nicht dabei war, wo bin ich dann? Hilfe! Hilfe! Ich hab mich nackt im Park verirrt! Haltet den Dieb!«

Beiderseitiges Lachen. Das Lachen war die ganze Zeit über beiderseitig, aber nur von uns beiden. Sie merkten nicht einmal, daß diese Bustrófedonsche Version der Abschiedssymphonie die Geschichte war, die niemals begann. Also erfanden wir neue Spiele. Für wen? Wer nicht hören will, muß spülen, runterspülen, was ihm vorgesetzt wird, auch wenn er davon metaphysische Verdauungsstörungen bekommt.

»Soll ich euch ein Lied vorsingen?«

Das war ein Spielchen, das Bustrófedon einem *törichten Reverend* geklaut hatte und das Arsenio Cué sich zu eigen gemacht und bis zum Gehtnichtmehr perfektioniert hatte. Wer mit Dieben. Jetzt mußte ich seine Pelotawand, seinen straightman, den Martin für diesen Lewis spielen, und da Magalena oder Beba oder beide Ooch! sagten, als meinten sie damit Noch so'n Quatsch, beeilte ich mich anzufangen. Meine Damen und Herren. Ladies & Gentlemen. Es ist uns eine besondere Freude, jetzt begrüßen zu dürfen. We are glad to introduce (Cué machte mit dem Mittelfinger ein obszönes Zeichen: seine Mudra), to present, zum ersten und einzigen Mal, once and only, den Großen! The Great! Arsenio Cué! Arsenic Ui! Herr Kapellmeister, einen Tusch. Applaus, meine Damen und Herren. Doppeltusch und ein Lied, drei, vier! Ein großartiger Gesangsstar von internationalem Ruf. Er hat bereits an der Scala gesungen und dabei auf Anhieb die Stimmung um zwei Teilstriche gesenkt. Auch in der Eingangshalle der Carnegie Hall ist er aufgetreten. Und er war schon Gaststar der Virgo Intacta, die darauf ihren Firmennamen ändern mußte, er ist einfach einmalig und nie wieder ...«

Unsere Mitfahrerinnen wiederholten das Geräusch, das nach Verdauung klang. Es war ein Rülpser der Langeweile und des Überdrusses. Zu viel metaphysische Buchstabensuppe. Ich verkürzte das Verfahren mit einer patriotischen Einlage, genau wie jener Tenor, der seine Stimme, wenn sie ihm umkippte, jedesmal mit einem vollmundigen Viva Cuba libre! wieder aufrichtete.

»Unterstützt unsere kubanischen Künstler.«

Cué gurgelte mit Melotonikum. Mi mi mi Mimiii. Ich hielt ihm das Salzstreuophon unter die Nase.

»Was wirst du singen?«

»Auf allgemeinen Wunsch möchte ich Drei Worte sagen.«

»Ein hübscher Titel«, sagte ich.

»Das ist nicht der Titel«, sagte Cué.

»Ist das ein anderes Lied?«

»Nein. Es ist dasselbe Lied.«

»Und wie heißt es?«

»Ich ging auf einem kleinen Pfad dahin, als auf ein totes Eselein ich traf, und traf's nicht mit dem Fuß Trotz-Alledem (Doppelname meines rechten Fußes), als über den Kadaver ich hinübersprang.«

»Ein etwas langer Name für ein Lied.«

»Das ist nicht der Name des Liedes. Außerdem ist es kein etwas langer Name, sondern ein ziemlich langer Name.«

»Es ist also nicht der Name des Liedes?«

»Nein. Das ist der Name des Titels.«

»Und wie lautet der Titel?«

»Daran kann ich mich nicht mehr erinnern, aber ich kann dir sagen, wie es heißt.«

»Wie heißt es?«

»Regina.«

»Das ist also das Lied. Ich kenne es. Wundervoll.«

»Nein, das ist nicht das Lied. Das ist der Vorname eines Mädchens, einer Freundin.«

»Einer Freundin? Ach, dann soll es also ihr gewidmet sein!«

»Nein, sie ist eine Freundin des Liedes.«

»Ein Fan.«

»Kein Fan, sie hat überhaupt nichts Fanatisches. Sie ist sogar eher skeptisch, und wenn ich sagen soll, wer sie ist, und nicht, was sie ist, dann würde ich sagen, sie ist eine Freundin des Liedes.«

»Welches Lied ist es denn nun?«

»Das, was ich gleich sagen werde.«

»Und was wirst du sagen?«

»Drei Worte.«

»Das ist also das Lied!«

»Nein, das ist der Titel. Das Lied ist das, was unter dem Titel steht.«

»Und was steht unter dem Titel?«

»Der Untertitel.«

»Und darunter?«

»Der Unter-Untertitel.«

»Aber, Heiliger Strohsack, welches Lied ist es denn nun?«

»Ich heiße Arsenio, mein Herr.«

»WELCHES LIED IST ES?«

Hier

und

dort

»Das ist doch wieder ein Titel.«

»Nein. Das Lied.«

»Das Lied? Aber das sind noch nur drei Worte.«

»Drei Worte, genau.«

»Ja willst du denn ums Verrecken nicht singen?«

»Ich hab nie gesagt, daß ich dieses Lied singen will. Ums Verrecken? Das kenn ich ja nicht einmal. Außerdem hab ich gesagt, ich würde Drei Worte *sagen*, nicht singen.«

»Jedenfalls eine sehr schöne Komposition.«

»Das ist nicht die Komposition. Die Komposition ist etwas anderes.«

Vollbremsung. Sie hatten nicht gelacht. Sie hatten sich nicht gerührt. Sie protestierten nicht einmal mehr. Sie waren tot für das Sein – und auch für das Nichts.

Das Spiel war zu Ende, aber nur für uns. Für sie hatte es nie angefangen, nur Arsenio Cué und ich hatten es gespielt. Die Nymphen blickten mit nachtblinden Augen in die Nacht der nächtlichen Bar. Women! sagte Arsenio. Wenn es sie nicht gäbe, hätte man Gott erfinden müssen, damit er sie schafft. Das war meine Stimme, in halb ernstem, halb spöttischem Ton.

XVIII

An diesem Punkt fragten wir uns, glaube ich, stillschweigend (nach Art des Tacitus, wie Bustrófedon immer sagte), warum wir sie eigentlich zum Lachen bringen sollten. Wer waren wir denn? Der erste und der zweite Clown, Totengräber, die ein Lachgrab schaufelten, oder menschliche Wesen, stinknormale, hundsgewöhnliche Personen, Leute? War es nicht einfacher, ihnen den Kopf zu verdrehen? Das war doch zweifellos, was sie von uns erwarteten. Cué, der entschlossener oder gewiefter war, stimmte in einer dunklen Ecke sein Geraune Nummer Eins in H-Dur an, und ich fragte Magalena, warum wir nicht rausgingen.

»Wohin?«

»Nach draußen. Allein im Mondenschein.«

Draußen schien nicht einmal der unsichtbare Neumond, aber die Liebe besteht nun mal aus Gemeinplätzen.

»Ich weiß nich, o Beba.«

»Ich bin nicht Beba, ich bin Silvestre.«

Die Katze läßt das Mausen nicht.

»Ich mein, ich weiß nich, ob Beba, die da drüben, dannich sauer is. Verstehste?«

»Du brauchst sie doch nicht um Erlaubnis zu fragen.«

»Nee, natürlich nich, aber was is nachher?«

»Was soll nachher sein?«

»Dasse dann rumquatscht und blöde Bemerkungen macht un dummes Zeugs redet.«

»Na und?«

»Was heißt'n da na und? Sie haltet mich doch aus.«

Ich hatte es vermutet, sagte aber nur, interessant, und machte ein interessantes Gesicht à la Tyrone Cué.

»Sie un ihr Mann hammich bei sich aufgenomm.«

»Du brauchst mir nichts zu erklären.«

»Ich erklär dir ja auch nix, ich sags dir nur, daßde weißt, warum ich nich kann.«

»Es ist doch dein Leben.«

Das war Truismus gegen Altruismus.

»Du solltest nicht zulassen, daß sie dein Leben für dich leben.«

Liebe versus Eigenliebe.

»Verschiebe nicht auf morgen, was du heute schon genießen kannst.«

Oh »kühler Epikureer«.

Horatius Cués Argument sticht. Sogar im Kampf der Geschlechter ist Eitelkeit die einzige verbotene Waffe. Meine kubanische Version des Carpe diem gab ihr offenbar zu denken, oder sie machte jedenfalls ein Gesicht, als würde sie es sich überlegen, was schon mal nicht schlecht war, und schaute dann mit gleichbleibend gedankenträchtiger Miene aus dem Augenwinkel zu Beba Benefiz hinüber. Die saß in der dunkelsten Ecke, war durch Cués tätige Mithilfe in der Versenkung verschwunden. Wir hatten gewonnen. Der alte Pindaros und ich.

»Also gut, komm.«

Wir gingen hinaus. Es geht nichts über frische Luft. Die große Entdeckung der Straßencafés. Über uns strahlte rot und blau und grün der Name Johnny's Dream und verlosch und leuchtete wieder auf. Exotisches Kolorit. Neon-lithic Age. In einem der schwarzen Löcher dieser Leuchtreklame, die ihrem Namen immer nur vorübergehend Ehre machte, stolperte ich, konnte aber, weniger mit Hilfe des Gleichgewichtssinns als durch mein ausgeprägtes Gefühl für das Lächerliche, gerade noch einen Tanzschritt daraus machen.

»Ich war ganz geblendet«, sagte ich zur Erklärung. Ich erkläre mich immer. Verbal.

»Da drin isses arg dunkel.«

»Genau das mag ich nicht an diesen Nachtclubs.«

Sie zeigte sich erstaunt.

»Ja?«

»Ja. Ich tanze auch nicht gern. Was ist das schon, Tanzen? Musik. Ein Mann und eine Frau. Eng umschlungen. Im Dunkeln.«

Sie sagte nichts.

»Du hättest jetzt sagen sollen, und was ist daran so schlimm«, erklärte ich ihr.

»Ich find nix Schlimmes dran. Aber nich daßde meinst, ich tanz auch nich gern.«

»Nein, du sollst sagen: Und was ist daran so schlimm? Sag's.«

»Un wasis daran so schlimm?«

»Die Musik.«

Fehlanzeige. Sie lächelte nicht einmal.

»Das ist ein alter Witz von Abbott und Costello.«

»Wer iss'n das?«

»Der amerikanische Botschafter. Das ist ein Doppelname. Wie Ortega und Gasset.«

»Ach so.«

Scheißkerl. Immer auf die Kleinen und immer auf den Kopf.

»Nein. Das war nur ein Spaß. Es sind zwei amerikanische Filmkomiker.«

»Kennich nich.«

»Sie waren berühmt, als ich noch klein war. Abbott und Costello gegen die Gespenster, Abbott und Costello gegen Frankenstein, Abbott und Costello gegen den Werwolf. Sehr komisch.«

Sie machte eine vage, vago-sympathische Geste.

»Du warst damals noch sehr klein.«

»Ja. Vielleicht war'ch noch garnich geborn.«

»Du bist vielleicht noch gar nicht geboren worden. Ich meine, du bist vielleicht erst danach geboren worden.«

»Ja. So um die neunzehnhundertvierzig.«

»Weißt du nicht, wann du geboren bist?«

»Nur so ungefähr.«

»Macht dir das keine Angst?«

»Warum denn?«

»Wenn das Cué erfährt. Ach, nicht so wichtig. Auf jeden Fall weißt du, daß du geboren bist.«

»Ich bin doch da, oder?«

»Ein schlagender Beweis. Wenn du jetzt noch mit mir in einem Bett wärst, wäre er geradezu unumstößlich. Coito ergo sum.«

Sie verstand natürlich nicht. Mir schien, daß sie nicht einmal hingehört hatte. Ich hatte gar keine Zeit, mich über meinen Kopfsprung zu wundern. Das kommt vor, wenn sich ein Hasenfuß aufs Sprungbrett wagt.

»Latein. Das heißt, wenn du dengelst, denkst, dann existierst du.«

Du bist vielleicht ein Schweinepriester! Sexus Propertius.

»Da du denkst, bist du hier, gehst spazieren mit mir, unter den wärmenden Strahlen der Sterne.«

Wenn du so weiterredest, endet das noch mit Du Jane, ich Tarzan. Antisprache.

»Meine Güte, ihr macht alles immer viel komblizierter alses is.«

»Du hast ganz recht. Voll und.«

»Un'n Gequassel is das, dasses nich mehr aufhört.«

»Noch rechter. Rechter geht's nicht mehr. Du übertrumpfst ja noch Descartes.«

Ich sagte Des-cartes.

»Ja, da kenn ich mich aus.«

Ich muß regelrecht hochgefahren sein. So hoch wie Arsenio Cué eines Tages im Mambo Club, vielmehr eines Nachts, in einer Nacht voller Nutten und an einem Tisch voller Handtaschen und mit beflügelnder Musik von Alas del Casino, der damals gerade en vogue war, und eine der Gunstgewerblerinnen war so in seine Stimme verliebt, daß sie immer wieder seine fünf Platten auflegte, bis ich nicht nur das Ende einer Platte, sondern auch den Anfang der nächsten in- und auswendig kannte und alles zu einem einzigen langen Lied verschmolzen war. Cué fing wie immer an zu schulmeistern, redete mit einer der Nutten, einem bildhübschen Häschen, und sagte ihr, mein Name sei Penophon und er heiße Kyroscué und ich sei gekommen, um an seiner Seite diese Schlacht der Geschlechter, unsere Mammabasis, auszufechten, und an einem anderen Tisch saß einsam eine Nutte, etwas älter schon (im Mambo war eine Frau von dreißig Jahren bereits eine balzältliche Dame) und mit gütigen Augen, und die fragte Cué sanft, Gegen Dareios Kodomannos? und erging sich in einem langen Vortrag über die Anabasis, die einem fast wie der Rückmarsch der zehntausend Nutten zum Schwartenmeer vorkam, so gut wußte sie darüber Bescheid, und es stellte sich heraus, daß sie als Lehrerin gearbeitet hatte und durch die Wechselfälle der Geschichte (sie nannte sich Alicia, sagte uns aber ihren richtigen Namen, der kurioserweise Virginia Hybrida oder Ubría lautete) und der wirtschaftlichen Entwicklung erst vor kurzem bei der horizontalen Zunft gelandet war, ganz im Gegensatz zu den anderen, die schon als kleine Mädchen damit angefangen hatten – und könnt ihr euch vorstellen, daß Arsenio Toynbee Cué, besser bekannt als Dareios Cuédomannos, sein halb ausgewickeltes Bonbon in seinem Morgenrock aus Silberpapier links liegen ließ und daß dieser elefantöse Schulmeister mit Virginia Über Alles, der Lehrerin für alte und mittelältliche Geschichte, ins Bett ging? Was sie ihm wohl beigebracht hat? Ich fuhr wieder nieder. Es waren noch keine zwei Sekunden vergangen. Ausdehnung der Relativitätstheorie auf die Erinnerung.

»Ekarté, 'n französisches Kartenspiel. Hat mir Beba beigebracht. Un Poger kann ich auch.«

Einfach umwerfend. Wenn die Männer nur so gut Bridge spielen könnten wie die Frauen Poker. Poger.

»Ja, genau das hab ich gemeint.«

Ich beschloß, das Thema zu wechseln. Oder besser gesagt, zu einem anderen Thema zurückzukehren. Cyclisme. Die Vermählung von Mircea Eliade mit Bahamonde.

»Du tanzt nicht gern?«

»Weißde, einglich nich besonders.«

»Tatsächlich? Du siehst aber so aus, als wenn du gern tanzen würdest.«

Scheiße, auch eine Form des Rassismus. Physiognomantie. Sie hätte mir mit gutem Recht sagen können, daß man ja schließlich mit den Füßen tanzt und nicht mit dem Gesicht.

»Ja? Weißde, als kleines Mädchen war ich ganz verrückt nach'm Tanzen. Aber jetz, weiß auch nich.«

»Wenn man klein ist, hat man ja nichts davon.«

Sie lachte. Jetzt lachte sie endlich.

»Ihr seid wirklich komisch.«

»Wer ist ihr?«

»Du un dein Freund, der Cué.«

»Warum?«

»Darum. Ihr seid halt komisch. Ihr sagt immer so komische Sachen und macht die gleichen komischen Faxen. Ihr seid beide einfach komisch, einer wie der andere. Un dann redet ihr un redet un redet. Für was soll'n das ganze Gequassel gut sein?«

War sie vielleicht ein Literaturkritiker in disguise? Maga McCarthy.

»Vielleicht hast du recht.«

»Klar hab ich recht.«

Ich muß irgendein Gesicht gezogen haben, denn sie fügte hinzu: »Aber allein bisde garnich so schlimm.«

Schon besser. Ist das ein Kompliment?

»Danke.«

»Nix zu danken.«

Ich sah, daß sie mich fixierte, und im Halbdunkel hatte ich den Eindruck, spürte fast, daß ihre durchdringenden Augen glühten.

»Du gefällst mir.«

»Ja?«

»Ja, wirklich.«

Sie schaute mich an, stellte sich vor mich hin und schaute mir in die Augen und hob die Schultern und den Hals und das Gesicht und öffnete den Mund, und mir kam der Gedanke, daß Frauen die Liebe katzenhaft empfinden. Wo hatte sie diese Gebärde gelernt, die wie eine Ballettpose aussah? Niemand sagte es mir, denn es war niemand da. Wir waren allein, und ich nahm ihre Hand, aber sie machte sich wieder los und hinterließ dabei, ohne es zu wollen und ohne es zu merken, einen Kratzer an meiner Hand.

»Komm wir gehn da rüber.«

Sie zeigte mit einer Kopfbewegung in die Dunkelheit hinter uns, zum Flußufer. War sie so schüchtern? Auf der anderen Seite des Flusses funkelten die Lichter des Malecón. Ich sah einen Stern hinter La Chorrera ins Meer fallen. Wir gingen ein Stück. Ich nahm sie bei ihrer unsichtbaren Hand. Sie umfaßte meine mit festem Griff und grub ihre unsichtbaren Fingernägel in mein unsichtbares Fleisch. Ich drehte sie zu mir und küßte sie und spürte ihren Atem, fleischlich und lauer als die Nacht und der Sommer, und sie war ein Dunstschwaden, ein sanfter Hauch, ein zweiter Fluß, und erfüllte, überflutete das Ödland mit ihren Küssen ihren Gerüchen ihren Liebeslauten ihrem wilden und doch so zahmen Parfüm (denn ich spürte einen Anflug von Chanel, Nina Ricci, ich weiß nicht genau, ich bin kein Fachmann) und küßte mich fest, heftig, unsanft auf den Mund, öffnete mit ihrer Zunge meine Lippen und biß mir in die Lippen, außen und innen, in die Schleimhaut, in die Zunge, in das Zahnfleisch, suchte etwas, meine Seele vielleicht, dachte ich, und grub ihre Finger, die jetzt Klauen waren, in meinen Hals – und ich mußte an Simone Simon denken, ich weiß nicht warum, doch, ich weiß warum, gerade dort draußen in der Dunkelheit, und ich erwiderte Kuß um Kuß, bis alle nur noch ein einziger langer Kuß waren, und küßte draculant ihren Hals, und sie sagte, stöhnte ja ja ja, und ich öffnete ihre Bluse, und sie hatte nichts darunter, keinen BH, keinen Kehlenstützer, wie die Franzosen sagen, keinen soutien-gorge, Soutiens, Georges!, was ich auch tat, und inmitten der Küsse und der Zärtlichkeiten ihrer kundigen Hände, die jetzt ihre Krallen eingezogen hatten, während sie eine Bresche für die Liebe suchten, dachte ich, malte ich mir aus, sie hätte davon geträumt, heute nacht eine Seiltänzerin ohne Netz und doppelten Mayden-Form-Bra zu sein, und ich lachte innerlich und ließ äußerlich meine Zunge über ihre nackten (fast hätte ich gesagt, schlafenden) Brüste wandern, zu ihren Brustwarzen, die mir immer wieder schlüpfrig entschlüpften, und nahm dann wieder denselben Weg zurück, erreichte langsam über den Hals wieder mein Zuhause in ihrem Mund und küßte sie noch einmal, und sie hatte jetzt ihren Weg, ihren inneren Pfad gefunden und

Sie riß sich plötzlich los. Sie schaute hinter mich, und ich dachte, es käme jemand, und glaubte, sie könnte im Dunkeln sehen, und fragte mich, ob sie wohl gefleckt, getupft oder gestreift war, und sagte mir dann, sie ist bestimmt wieder ganz schwarz geworden, und da sie immer noch hinter mich starrte, dachte ich, Beba käme. Nein, es war nicht Beba. Es war niemand. Es kam niemand. Personne. Nessuno. Nobody.

»Was ist los?«

Sie schaute immer noch hinter mich, ich drehte mich blitzschnell um, und hinter mir war niemand, nichts, nur die Nacht, die Dunkelheit, die Schatten. Mir wurde angst und bange oder zumindest kalt – und dabei war es heiß, sehr heiß am Ufer des Flusses.

»Was war denn?«

Sie war in Trance, hypnotisiert von etwas, das ich nicht sehen konnte, das ich niemals sehen würde. Marsmenschen am Ufer. Kamen sie mit dem Boot? Scheiße, nicht einmal ein Marsmensch könnte in dieser Dunkelheit etwas sehen. Ich sehe ja sie kaum. Ich schüttelte sie an ihren unsichtbaren Schultern. Aber sie wachte nicht aus ihrer Trance auf. Ich dachte daran, ihr eine Ohrfeige zu geben. Nach Gefühl. Frauen zu ohrfeigen ist sehr einfach. Außerdem erwachen sie auf diese Weise immer aus ihrer Trance. Im Film. Und wenn sie zurückschlug? Vielleicht war sie nicht christlich erzogen. Ich nahm davon Abstand, ich mag keine unübersichtlichen Zweikämpfe in der Dunkelheit. Ich schüttelte sie noch einmal an den Schultern.

»Was hast du?«

Sie entwand sich mir mit einem Ruck und strauchelte und fiel über etwas Dunkles, das neben uns auf dem Boden lag. Ein Erdhaufen, noch von der Tunnelbaustelle. Erde und vielleicht auch Schlamm. Wir waren ganz nah am Fluß. Ich konnte das Wasser gegen ihren Atem schlagen hören, ein Bild, das jeglicher Logik entbehrt, aber, was wollt ihr denn, alles andere war ja auch nicht logisch. In solchen Augenblicken entweicht die Logik mit der Körperwärme und der Kaltblütigkeit durch irgendeine Pore des Körpers. Ich zog sie an den Armen hoch und sah, daß sie mich immer noch nicht anschaute. Es ist erstaunlich, wie viele Dinge man in der Dunkelheit erkennen kann, wenn man selbst in ihr ist. Nein, sie schaute mich nicht an, aber sie hatte auch nicht mehr diesen verlorenen Blick auf der Suche nach niemand im Nichts.

»Was war?«

Sie schaute mich an. Was konnte es sein?

»Was war denn?«

»Nichts.«

Sie fing an zu schluchzen und verbarg ihr Gesicht in den Händen. Das war gar nicht nötig, die Dunkelheit gab ein gutes Taschentuch ab. Vielleicht deckte sie die Augen gar nicht von innen nach außen zu, sondern wollte sie von außen nach innen schützen. Ich zog ihr die Hände weg.

»Was ist?«

Sie schloß die Augen und preßte die Lippen zusammen, und ihr Gesicht war nur noch eine dunkle Grimasse in der Nacht. Großartig. Ich habe Augengläser wie ein Luchs. Oder noch besser, wie eine Eule. Ich bin der Seelenkauz.

»Verdammte Scheiße, was ist los?«

Ob Kraftausdrücke magische Wirkung haben? Irgendetwas scheinen sie zu beschwören, denn sie begann plötzlich hemmungslos ungezügelt entfesselt zu sprechen, stellte Cué und mich noch in den Schatten, denn es brach mit derart heftigem Ungestüm aus ihr heraus, daß sie sich beim Sprechen ständig verhaspelte.

»Ich will nich. Nein, nein. Ich will nich mehr hin. Ich will nich zurück.«

»Wohin? Wohin willst du nicht zurück? Ins Johnny's?«

»Heim zu Beba. ich will nich mit ihr zurück. sie haut mich un schließt mich ein un läßt mich mit niemand rein niemand reden. bitte schick mich nich zurück. ich will nich mehr zurück. sie schließt mich in' dunkles Zimmer un gibt mir kein Wasser un nix zu essen und garnix un haut mich nur wennse aufmacht oder wennse die Tür aufmacht un mich dabei erwischt wie'ch zum Fenster rausschau bindetse mich am Bettpfosten fest un haut mich ganz furchbar un ich krieg tagelang wochenlang nix zu essen. schau doch wie mager ich bin. nein. ich will nich mehr dahin verdammich ich will nich wieder mit ihr zurück. sie is'n gemeines Miststück. sie quält mich un er darf mich auch quälen un dabei hamse gar kein Recht so gemein zu mir zu sein weil sie sin nichmal Verwandte von mir un ich will nich unwillnich unwillnich. nich ums Verrecken geh ich zurück. ich bleib bei dir. ich darf doch bei dir bleim oder. ich geh nich zurück. du darfs nich zulassen dasse mich wieder mitnehm.«

Sie sah mich mit weit aufgerissenen Augen an und machte sich von mir los und rannte davon, zum Fluß hinab, glaube ich. Ich holte sie ein und hielt sie fest. Ich bin nicht kräftig, bin eher dick, so daß ich keuchte, während ich sie festhielt, aber auch sie war nicht sonderlich kräftig. Sie beruhigte sich, schien sich zusammenzureißen und schaute wieder über meine Schulter, was nicht schwierig ist, suchte jetzt aber etwas Konkretes, genau Umrissenes. Sie fand es auch. Im Dunkeln.

»Da komm'se«, sagte sie. Scheiße, die Marsmenschen. Es waren Cué und Beba. Es war nur ein Marsmensch. Beba allein. Die herüberrief, was is'n da los?

»Nix. nix.«

»Is irngwas passiert?«

»Nein«, sagte ich. »Wir haben uns hier ein bißchen die Beine vertreten, und es war so dunkel, und da ist Magalena gestolpert. Aber sie hat sich nichts getan.«

Sie kam näher und schaute sie an/schaute uns an/schaute sie an. Noch so ein nächtliches Raubtier. Sie konnte dich in dunkelster Nacht mit ihrem Blick durchbohren. Eine leibhaftige Gorgone.

»Hatse nich wieder Geschichten erzählt? Sie hat nämlich 'n Hang zum Theaterspielen.«

Nicht zu fassen. Hang zum Theaterspielen. Hübscher Ausdruck. Weisheit ohnegleichen.

»Nein, ich hab nix gesagt. Ich schwörs dir. Wir ham nich mal geredet. Kanns ihn ja frahng.«

Was denn, zum Teufel? Ich, als Zeuge? Scheiße. Was wird hier eigentlich gespielt? Willst du nun oder willst du nicht?

»Was ist denn da los?«

Cué. Salvador Cué. Ich kannte seine Stimme, die unverkennbare Stimme unverbrüchlicher Freundschaft.

»Nichts. Magalena ist hingefallen.«

»A quoi bon la force si la vaseline suffit«, sagte Cué.

Die beiden sagten nichts, schienen gar nicht zu existieren, schweigsam im Dunkel. Shakuéspeare zog die Sache endgültig ins Lächerliche.

»Steckt eure Schwerter in die Scheide, auf daß der Tau des Stromes und der Nacht sie nicht mit Rost euch überziehe, und laßt vereint zurück uns kehren in die Burg.«

Wir gingen in den Club zurück. *Hänschens Traum,* was? Scheiße. Ein Alptraum ohne Klimaanlage. Im Vorbeigehen sagte sie (ganz leise) bitte. laß nich zu dasse mich mitnimmt. laß mich nich im Stich und ging zu Beba Martínez oder wie zum Teufel sie auch heißen mochte. Sie gingen gleich auf die Toilette und ich nutzte die Gelegenheit, Cué alles zu erzählen.

»Gott steh dir bei, o Bruder«, sagte er, »Es tut mir leid für dich. Du bist ein Glückspilz. Du bist an eine Irre geraten. Die Tante, die andere ist nämlich ihre Tante, auch wenn du das nicht glauben wirst, ich glaube es, einfach weil das eher möglich ist als irgendetwas anderes. Die gewöhnlichen, die einfachen Leute denken eher schlicht, das Barocke kommt erst mit der Bildung. Warum hätte sie sagen sollen, daß sie ihre Tante ist, wenn sie es nicht ist? Ihre Tante also hat mir alles erklärt, als ihr draußen wart. Als sie gesehen hat, daß ihr rausgeht, hat sie sich deinetwegen Sorgen gemacht. Die Kleine ist eine gefährliche Irre, die schon Leute angefallen hat und so. Sie war in Behandlung. Intensivbehandlung. Elektroschocks. Nicht in der Mazorra, noch nicht. In der Galigarcía-Klinik. Das Cabinet des Dr. Galigarcía, wie du immer sagst. Sie war ein oder zweimal in der Geschlossenen. Sie haut von zu Hause ab und macht dann die Geschichten, die du schon kennst oder vermutlich draußen erlebt hast. Offenbarungen, Bruder, gelebte Erfahrungen. Gut für den Schriftsteller, aber unheimlich beschissen für das Sein. Ich weiß.«

»Ich sag dir, die andere ist im Leben nicht ihre Tante. Eine blutrünstige Lesbe ist sie und hält die Kleine in Angst und Schrecken.«

In Angst und Schrecken! Scheiße! Und warum ruft sie nicht die Sitte an?

»Für wen hältst du Magalena eigentlich? Die Heilige Effigenie? Die Schwarze Madonna? Natürlich ist sie eine. Beide sind es. Aber das hat, wie dein Kumpel Eribó immer sagt, wenn er glaubt, Arturo de Córdova nachzuahmen, nicht die geringste Bedeutung. Wer sind wir beide denn? Sittenrichter oder was zum Teufel? Redest du nicht ständig davon, daß die Moral ein Gesellschaftsvertrag ist, der von den Haltern der Aktienmehrheit aufgezwungen wurde? Klar, por supuesto, of course, bien sûr, natürlich ist die Tante oder die für dich angebliche Tante oder die Tante in jedem beliebigen Sinn des Wortes in ihren vier Wänden und in ihrem Bett und für eine halbe oder eine oder allenfalls zwei Stunden eine Lesbe oder was immer sie sonst sein möchte, aber sie ist auch nur ein Mensch, und die übrige Zeit ist sie eine ganz normale Person, und als solche hat sie mir erzählt, was sie mit ihrer Nichte, Adoptivtochter oder Gespielin alles durchmacht. Ich glaube nicht, daß sie gelogen hat. Ich kenne die Leute.«

Mein Gott. Sie hatten eine Hülse oder ein Hüllsel aus ihm gemacht, während ich draußen war. Die Body-Snatchers waren da und haben eine Riesenschote neben ihn gelegt, und was sich da jetzt mit mir unterhält, ist ein Faksimile von Arsenio Cué, ein Zombie, der Doppelgänger vom Mars. Ich sagte es ihm, und er lachte.

»Im Ernst«, sagte ich. »Das ist eine ernste Angelegenheit. Ich sollte eigentlich nach deinem Nabel schauen. Du bist ein Roboter in Cués Gestalt.«

Er lachte.

»Wenn ich ein Roboter wäre, hätte ich trotzdem einen Nabel.«

»Na gut, dann eben irgendeinen Leberfleck, ein Muttermal oder eine Wunde, die Narbe davon. Die wären nämlich auf der anderen Seite des Körpers.«

»Dann bin ich also kein Doppelgänger, sondern mein eigenes Spiegelbild. Eucoinesra. Arsenio Cué in der Spiegelsprache.«

»Jetzt mal ganz im Ernst, ich sag dir, daß diese Kleine wirklich verdammt große Probleme hat.«

»Natürlich hat sie die, aber du bist kein Psychiater. Und wenn du einer werden willst, dann laß mich bitte aus dem Spiel. Die Psychiatrie führt direkt ins Verderben.«

»Ionesco behauptet das von der Arithmetik.«

»Das ist alles dasselbe. Die Psychiatrie, die Arithmetik und die Literatur führen geradewegs ins Verderben.«

»Das Trinken führt ins Verderben. Das Auto führt ins Verderben. Der Sex führt ins Verderben. Alles führt ins Verderben. Der Rundfunk führt ins Verderben (er machte eine Geste, als wollte er sagen, das brauchst du mir doch nicht zu erzählen), und das Wasser führt ins Verderben, und sogar der Milchkaffee führt ins Verderben. Alles führt ins Verderben.«

»Ich weiß, was ich sage. Man darf den verbotenen Garten nicht betreten und schon gar nicht vom Baum der Erkenntnis essen.«

»Vom Baum?«

»Von den Früchten des Baumes, du Scheißlogiker. Soll ich das vollständige Zitat anführen, soll ich's dir vortragen (ich wehrte mit einer Handbewegung ab, doch zu spät): ›Du darfst essen von allen Bäumen im Garten, aber von dem Baum der Erkenntnis des Guten und Bösen sollst du nicht essen ...‹?«

»Dann rührt man sich am besten überhaupt nicht vom Fleck. Wie ein Stein.«

»Ich rede ja von etwas, das konkret und real und greifbar ist, und vor allem gefährlich. Ich kenne das Leben tausendmal besser als du. Laß die Kleine in Ruhe, vergiß sie. Soll sich doch die Tante oder was immer sie ist mit ihr herumschlagen. Das ist ihre Aufgabe. Deine ist eine andere. Was immer sie auch sein mag.«

»Sei still, da kommt sie.«

Sie kamen. Sie waren unheimlich aufgeputzt. Magalena, denn Bebas Putz war ja nicht abgebröckelt. Magalena war eine andere. Das heißt, sie war dieselbe, glich sich selbst, war wieder genau wie vorher.

»Wir müssen gehn«, sagte die Tante oder Beba Martínez oder Babel sprachverwirrt. »'S wird so arg spät in der Nacht.«

Was für eine Rhetorik. Gimme the gist of it, Ma'am, the gift to is, the key o'it, the code. Cué sagte na gut und verlangte die Rechnung und bezahlte mit Rines Geld. Wir fuhren nach Havanna zurück und wo darf ich die Damen hinbringen sagte unser Cuévalier ganz weltmännisch und die Tante sagte wower uns getroffen ham wir wohn ganz inner Nähe und Cué sagte in Ordnung und da kultiviertes Benehmen kultizweite Absichten nicht ausschließt sagte er der Tante noch wie gut sie aussieht wirklich umwerfend und sie solle ihn doch anrufen und gab ihr seine Telefonnummer und wiederholte sie wie einen Kehrreim bis die Tante sie auswendig konnte und sie sagte sie könne nichts versprechen aber sie würde ihn anrufen und wir kamen zur Avenida de los Presidentes und setzten sie Ecke Fünfzehn ab und verabschiedeten uns alle freundlich voneinander und Magalena stieg aus ohne mir die Hand zu drücken oder mir ein Billet amer zuzustecken oder mir ihre Telefonnummer zu geben. Nicht ein Kratzer mehr, außer denen der Erinnerung. So ist das Leben. Manche Leute sind vom Glück begünstigt. Irgendetwas bewahrt sie davor, sich in Draculas Schloß zu wagen und zu viele Ritterromane zu lesen, denn die Lektüre der Abenteuer von Lanzelos und Amadis de Gaulle und dem Weißen Ritter führt bekanntlich immer ins Verderben. Man sollte einfach weiterhin ganz passiv ins Kino gehen – dort führen die einzigen echten Frauen wenigstens nur ins Parkett. Als Platzanweiserinnen sind sie opportun. Auch wenn vielleicht drüben in der Schweiz ein mehrfach exilierter Weißrusse der Auffassung ist, daß auch ihr Opportunismus ins Verderben führen kann. Was also tun? Bei Kim Novak bleiben? Führt Masturbation nicht auch ins Verderben? Jedenfalls hat man mir, als ich klein war, immer gesagt, daß sie Tuberkulose auslöst, daß man Gehirnerweichung davon bekommt, daß ein einziges Mal mehr Kraft aufbraucht als zehnmal richtig. Verflucht. Das Leben führt unweigerlich ins Verderben.

XIX

»Was hier fehlt, ist Luft«, sagte Cué und stoppte, um das Verdeck aufzumachen. Dann fuhr er die Zwölf hinab und überquerte die Línea, und wir waren wieder in den Möbiusschen Gefilden oder Sphären, vulgo Malecón rauf, Malecón runter.

»Was hier fehlt, ist Bustrófedon«, sagte ich.

»Immer dieselbe Leier: die Verrückten und die Toten und die Großen Geister, die nicht mehr unter uns weilen. Du hast zu viele Gespenstergeschichten gehört. Daran liegt es wahrscheinlich.«

»Weißt du eigentlich, was Gespenster sind?«

Er schaute mich an, als wollte er mich ins Jenseits oder zur Hölle schicken, und machte dann eine Geste völliger Hilflosigkeit. Mir war nicht mehr zu helfen.

»Gespenster sind Wiedergänger, also Dahingegangene, die zurückkommen oder uns nicht verlassen wollen. Findest du das nicht phantastisch? Tote, die nicht sterben können. Mit anderen Worten, Unsterbliche. Und versteh mich bitte nicht falsch, wenn ich phantastisch sage, dann meine ich außergewöhnlich, grandios, umwerfend. Famos, wie manche auch sagen.«

»Ich versteh dich schon richtig, aber, ti prego, versteh du mich auch. Ich glaube, ich hab dir schon einmal gesagt, daß ein Toter für mich keine Person, kein Mensch mehr ist, sondern eine Leiche, ein Ding, weniger noch als ein Ding, unnützer Plunder, der nur noch dazu taugt, zu verfaulen und dabei immer ekelhafter zu werden.«

Aus irgendeinem Grund machte ihn diese Unterhaltung nervös.

»Warum begräbst du Bustrófedon nicht endlich? Er fängt langsam an zu stinken.«

»Weißt du, was eine große Leiche kostet?«

Er verstand nicht. Ich sagte eine Liste auf, die ich auswendig kann.

3 Bretter Zedernholz	\$ 3.00
5 Pfund gelbes Wachs	\$ 1.00
3 Pfund vergoldete Nägel	\$ 0.45
2 Päckchen Tapezierstifte	\$ 0.40
2 Päckchen Kerzen	\$ 0.15
Entgelt für den Sargmacher	\$ 2.00
Summe	\$ 7.00

»Sieben Pesos?«

»Sieben Silberpesos oder vielleicht auch Duros. Dazu kommt noch der Lohn für Sargträger, Totengräber. Sagen wir zehn, elf Pesos.«.

»Hat das Bustrófedons Beerdigung gekostet?«

»Nein, das hat Martís Beerdigung gekostet. Traurig, nicht?«

Er sagte nichts. Wir waren beide keine Martianer. Früher bewunderte ich José Martí sehr, aber dann wurde so viel dummes Zeug über ihn geredet und mit solchem Eifer versucht, einen Heiligen aus ihm zu machen, und jeder Scheißkerl meinte, er müßte ihn als Standarte vor sich hertragen, bis ich schließlich allein schon das Wort Martianer nicht mehr hören konnte. Da war mir ja Marsianer noch lieber. Aber es ist wahr, daß es traurig ist, es ist traurig, daß es wahr ist, es ist wahr, daß es traurig ist, daß es wahr ist, daß er tot ist, genauso tot wie Bustrófedon. Das hat der Tod so an sich, daß er alle Toten zu einem einzigen langen Schatten macht. Und der heißt Ewigkeit. Während uns das Leben trennt, entzweit, vereinzelt, eint uns der Tod in einem einzigen großen Toten. Scheiße, ich werd noch mal als Pascal des kleinen Mannes enden. Pascalino. Ich nutzte den Umstand, daß er, ich weiß auch nicht warum, an der Farola de Neptuno kehrtmachte, um meine Fragen, meine Frage, Die Frage auf einen anderen Tag zu verschieben. Was du übermorgen kannst besorgen, das verschiebe nicht auf morgen. Carpe diem irae. Aufschieben ist alles. Das Leben schiebt unter, Gott schiebt ab, der Mensch schiebt auf. Silvestre Pascalino. Scheiße hoch drei.

»Nun denn«, sagte ich zu ihm, »nach diesem Ausflug ins

Nichts, nach dieser Jahreszeit (wenn ich mit eurer Erlaubnis mal so direkt aus dem Französischen übersetzen darf, und ich glaube kaum, daß mich jemand daran hindern kann), nach diesem Aufenthalt in der Hölle, nach dieser Talfahrt in den Malstrom, nach dieser Transkulturation, Osmose oder Contaminatio, wie du es sicher ausdrücken würdest, gehe ich jetzt unschuldigere, nicht ganz so verwirrende Albträume träumen.«

»Es ist schon zu spät für's Kino und noch zu früh für ein Adieu.«

»Ich hab gesagt, harmlose Albträume, nicht unruhige Träume. Ich geh nach Hause schlafen, mit angezogenen Knien zusammengekuschelt: Ich kehre in den Uterus zurück, mache eine Reise in den Mutterschoß. Das ist gemütlicher und sicherer und besser. Es ist von Vorteil, wenn man rückwärts in der Zeit lebt. Wie ein Weiser durch den Mund einer Königin gesagt hat, kann man sich so an mehr erinnern, weil das Gedächtnis in die Vergangenheit und in die Zukunft reicht. Für mich ist Erinnern jedenfalls ein wahrer Hochgenuß.«

»Warte, warte, Rodrigo. Die Nacht ist noch jung, wie ein anderer Weiser durch Rines Mund sagt. Oder wie Marx sagt, die Luft ist heute nacht wie Wein. Es gibt noch viel zu sehen, dank Gott und Mazda. Wie du weißt, ist letztere nicht die assyrische Göttin des künstlichen Lichts. Was hälst du davon, essen zu gehen?«

»Ich hab keinen Hunger.«

»Die Speise schafft den Hunger, würde Trimalchio sagen. Wir haben noch etwas Munition in der geborgten Pulverkammer. Bei diesem Rohrkrepierer ist Don Rines Donation nicht ganz draufgegangen. Es reicht noch für ein üppiges Mahl, das Lezama ebenso begeistern wie Piñera kalt lassen könnte. Ich bin dann der Fürst, dem der Turm abschlafft. Origenes von Nerval.«

»Ich hab wirklich keinen Appetit.«

»Dann leiste mir wenigstens Gesellschaft. Du wirst darüber diese alltäglichen Offenbarungen vergessen. Trink ein Glas

Lethewasser mit Zitrone, Eis und Zucker. Amnesias Milch heißt dieser Drink. Danach setze ich dich an deiner Haustür ab, und du kannst schlafen. Und der Tag ist dann ein anderer Morgen.«

»Merci. Sehr freundlich von dir. Ich dachte schon, du würdest mich an einer U-Bahn-, Metro-, Tube- oder Subwaystation absetzen. So nennt und tut man es in zivilisierten Ländern, also dort, wo die Kälte arm und reich gleichermaßen gehört.«

»Komm, bleib noch ein bißchen.«

»Nein, ich möchte lieber heim.«

»Du willst doch nicht etwa jetzt noch diese Geschichte niederschreiben?«

»Ach was. Ich hab schon lange nichts mehr geschrieben.«

»Erinnere mich daran, daß ich dir morgen früh, sobald das Kaufhaus aufmacht, ein Nussbaumsches Armband kaufe. In der Anzeige steht, es sei das Beste, was bisher gegen Schreibkrampf erfunden worden ist.«

»Du Scheißkerl, wer hat dir den Zeitungsausschnitt gezeigt?«

»Du. Silvestre the First, der Mann, der zuerst da war, Ich-habes-vor-Adam-gesagt, der Entdecker, der Cuba (Venegas) noch vor Christophoribot gesehen hat, der erste Mensch auf dem Mond, der Meister, der alles lehrt, bevor er es selbst gelernt hat, der Singular, Top Banana, das Eine des Plotinos, Adam, Nonpareil, der Altvater, Ichi-ban, Número Uno, Unamuno. Salve. Ich, die Zwei, Yang deines Yin, Eng deines Chang, der Große Schritt, der Jünger, der Plural, Number Two, Second Banana, Dos Passos, die 2, grüße dich, denn ich bin dem Tode geweiht. Aber ich will nicht allein sterben. Laß uns doch weiterhin, wie der erleuchtete oder belichtete Códac einmal gesagt hat, die Gemini sein, Eribós Ñáñigo-Zwillinge, zwei Freunde, und komm mit mir.«

Was wollt ihr? Auch ich bin für Schmeicheleien empfänglich. Außerdem hatte Cué, wie immer, keinen Augenblick die Geschwindigkeit gedrosselt. Ich konnte ja schlecht abspringen.

»Gut, ich komme mit. Wenn du mir versprichst, langsam zu fahren.«

»*Da*, Väterchen. Mit wieviel Stundenwerst?«

Wir fielen in leichten Trab und kutschierten in Cués Einspänner zum Vedado zurück. Ich machte ihn auf den Horizont aufmerksam.

»Das wäre ein idealer Universal Pictures Background für meinen Dialog mit Brunette Dubois gewesen.«

Über dem Horizont hing ein Gewitter. Ich bat ihn anzuhalten, um es in Ruhe zu betrachten. Es war die Mühe wert und kostete nichts. Rine wäre hellauf begeistert gewesen, obwohl er die Elemente fürchtet. Es blitzte fünfzig, hundertmal pro Minute, aber es war kein Donner zu hören, höchstens ab und zu, wenn gerade kein Auto vorbeifuhr, ein gedämpftes Grollen. Eine ferne Pauke, die mit Trommelschlegeln geschlagen wird, sagte Héctor Berlioz Cué. (Ich lachte, sagte ihm aber nicht worüber.) Die Blitze schossen vom Meer in den Himmel und wieder zurück, als rote Kugeln, als quecksilberne Pfeile, als weiße Striche, als weiß blau blendendes freischwebendes Wurzelwerk, und ab und zu erhellte sich der ganze Himmel für zwei oder drei Sekunden und war dann wieder dunkel, und gleich darauf jagte ein einzelner Strahl den Horizont entlang, bis er erlosch oder im Meer versank und im Wasser Lichtbläschen zurückließ, doch das Meer war ruhig und begegnete dem Gewittersturm mit derselben Gleichgültigkeit, mit der es auf dieser Seite die Lichter des Hafens reflektierte. Jetzt diente zu unserer Linken ein weiteres Gewitter dem Meer und dem Himmel als Spiegel. Ich sah noch ein Gewitter und noch eins und noch eins. Es waren fünf verschiedene Gewitter am Horizont.

»Eine grandiose Gedenkfeier zu irgendeinem vergessenen 4. Juli«, sagte Cué.

»Das ist die Woge des Ostens.«

»Was?«

»Es heißt die Woge des Ostens.«

»Haben jetzt die Gewitter auch schon Namen wie die Wirbelstürme? Manischer Adamismus. Bald werden sie jeder Wolke einen Namen geben.«

Ich lachte.

»Nein. Es ist ein Meteor, der von Osten her die ganze Küste entlangkommt und sich dann im Strom oder im Golf verliert.«

»Wo zum Teufel hast du diese Information her?«

»Liest du keine Zeitungen?«

»Nur die Schlagzeilen. In mir steckt ein Analphabet oder ein Weitsichtiger. Oder vielleicht auch eine Frau, wie du und Códac behaupten.«

»Vor kurzem kam ein Artikel über dieses ›elektrische Phänomen‹ heraus, von einem gewissen Millás, Dipl.-Ing., Korvettenkapitän, Leitender Direktor des Observatoriums.«

»Pour le Mérite Naval.«

Wir schauten noch eine Weile den Gewittern zu, die das Meer und den Himmel in eine Myorama-Version von Dr. Frankensteins Kabinett verwandelten.

»Was denkst du?«

»Daß es aus derselben Ecke kommt wie wir.«

»Aus dem Johnny's Dream?«

»Aus der Provinz Oriente, du Spinner.«

»Der Krawattenkapitän und Kommandant zu Lande, Ingenieur Carlos Millás hat nicht unseren heimatlichen Orient gemeint, sondern den abstrakteren, ursprünglichen der Furz-, vulgo Windrose, den, der auf den Landkarten immer genau über Äols rechtem Ohr zu finden ist.«

Er startete und wir fuhren in gemächlichem Astronomentempo weiter.

»Ich könnte mir vorstellen«, sagte Cué, »daß sie früher gedacht haben, die Hölle sei heraufgekommen, um ein bißchen Luft zu schnappen. Was meinst du, Altvater?«

»Die hatten doch Vulcanus oder Hephaistos und eine olympische Schmiede, um sich das zu erklären, und überdies noch Jupiter mit seinem vielfachen Zorn.«

»Nicht so viel früher. Die Geschichte ist dein Malecón der Zeit. Ich meine, im Mittelalter.«

»Hast du nicht in den Büchern gelesen, daß das ein Dunkles Zeitalter war? Damals hat man sich nicht einmal den Luxus erlaubt, mit Gewittern für etwas Licht zu sorgen. Die haben doch alle gelebt wie Köhler um Mitternacht in einem Tunnel. Ich nehme an, daß sie darin eine weitere Ausdrucksform von Gottes Zorn gesehen haben. Aber daran bestand wohl auch kein besonderer Bedarf. Und in die Tropen, vergiß das nicht, ist das Mittelalter ja nie gelangt.«

»Und die Indianer?«

»Wir Rothäute Prärien von Erde und von Himmel lieben und nicht um Pyrotechnik von Götter kümmern.«

»Pyrotechnik der Götter. So soll ein Indianer reden? Treibt dir das nicht die Schamröte ins Gesicht?«

»Ich Cherokee. Ich mir Freiheiten herausnehmen können.«

»Waren die gebildeter?«

»Hast du noch nie etwas von den Kontradiktoren gehört?«

»Nein. War das ein Stamm?«

»Eine Kaste innerhalb des Stamms. Samurais der Prärie. Krieger, die es sich aufgrund ihrer Tapferkeit im Kampf und ihres Geschicks im Umgang mit Waffen und ihrer Reitkünste erlauben konnten, in Friedenszeiten die Gesetze des Stammes zu brechen.«

»Und die Moral?«

»Das ist eine sehr interessante Geschichte. Im Ernst. Die Kontradiktoren triezten die anderen ständig mit makabrutalen Späßen und machten immer genau das Gegenteil von dem, was von ihnen erwartet wurde. Sie grüßten niemand, nicht einmal die anderen Kontradiktoren, und die Leute wußten, woran sie sich zu halten hatten. Da ist zum Beispiel die Geschichte von einer alten Frau, der kalt war und die einen Kontradiktor bat, ihr doch ein Fell zu besorgen, damit sie sich wärmen könne. Der Kontradiktor antwortete nicht einmal, obwohl man den Alten nie eine Antwort schuldig bleiben darf. Die Alte ging in ihr Zelt zurück und verfluchte diese neuen Zeiten, in denen nichts mehr respektiert wird, keine Achtung mehr vor den alten Bräuchen, was soll denn aus uns Indianern noch werden, und wenn der Häuptling Brünstiger Ochse noch lebte, dann würde es nicht so zugehen. Aber es ging so zu, und die Zeit ging vorüber und ein kahlköpfiger Adler ging über dem Lager seiner Lüfte. Als die Alte eines Morgens aufstand, fand sie eine Menschenhaut vor ihrem Wigwam. Voller Abscheu, doch ohne Scheu beschwerte sie sich beim Rat der Ältesten. Die Elders versammelten sich und beschlossen, eine Strafe zu verhängen. Über die alte Frau! In Anbetracht ihres Alters wurde ihr nur eine Rüge erteilt. Du Närrin (vermutlich sagten sie das indianische Äquivalent dieses Wortes zu ihr), die Schuld liegt bei dir und nur bei dir. Weißt du denn nicht, uiderborstiges Ueib, daß man einen Kontradiktor nicht um etwas bitten darf? Der Fluch der Seele dieses armen Gehäuteten wird über dich und die Deinen kommen. Indianische Gerechtigkeit.«

»Sehl intelessant. Pel-ly Mason den Fall kennen?«

»By heart. Mason ist ein Kontradiktor. Wie Philip Marlowe. Wie Sherlock Holmes. Es gibt keine bedeutende literarische Figur, die es nicht wäre. Don Quijote ist das Paradebeispiel eines frühen Kontradiktors.«

»Und du und ich?«

Fast hätte ich gesagt, Wir wollen doch bescheiden bleiben.

»Wir sind keine literarischen Figuren.«

»Und wenn du unsere nächtlichen Abenteuer aufschreibst?«

»Auch dann sind wir keine. Ich wäre dann ein Schreiber, ein einfacher Scriptboy, der Stenograph Gottes, aber nie und nimmer dein Schöpfer.«

»Darum geht es nicht. Die Frage ist, ob wir dann Kontradiktoren sein werden oder nicht.«

»Das werden wir erst in der letzten Episode erfahren.«

»Ist Haulden Coldfield ein Kontradiktor?«

»Natürlich.«

»Und Jake Barnes?«

»Manchmal. Colonel Cantwell ist ein guter Kontradiktor. Hemingway auch.«

»Du sagst es.«

»Ich hab ihn mal interviewt, und er hat mir gesagt, er hätte Chickasawblut in den Adern. Oder war es Ojibwa?«

»Gab es bei diesen Stämmen auch Kontradiktoren?«

»Gut möglich. Alles ist möglich in der endlosen Weite der Prärie.«

»Und in der Prärie der Vergangenheit, war da Gargantua ein Kontradiktor?«

»Nein, Pantagruel auch nicht. Aber Rabelais.«

»Und Julien Sorel?«

Glaubte ich nur, zwischen der Konjunktion und dem Eigennamen ein paar orale Auslassungspunkte zu hören, ein kurzes Zaudern, eine goldene Brücke und gleichzeitig ein Bangen, einen verwegenen Unterton? Selbst wenn ich das nicht herausgehört haben sollte, auf Cués Lippen lag jedenfalls so etwas wie ein archaisches Lächeln.

»Nein. Sorel ist Franzose, und wie du selbst schon festgestellt hast, bemühen sich die Franzosen, bis zur Besinnungslosigkeit reaktionalistisch, willentlich antikontradiktorisch zu sein. Nicht einmal Jarry war ein Kontradiktor. Seit Baudelaire haben sie keinen einzigen mehr gehabt. Breton, der so furchtbar gern einer gewesen wäre, ist genau das, was am weitesten von einem Kontradiktor entfernt ist, ein Pseudokontradiktor. Beyle hätte einer sein können, wenn er wie sein Freund Lord Byron in England geboren wäre.«

»Und Alphonse Allais?«

»Sí Allais: ein Palindrom als Geschenk für ihn.«

»Doch nur, weil dir das in den Kram paßt.«

»Wer hat denn das Spiel erfunden?«

»Ist ja schon gut: du. Aber verlaß jetzt nicht das Spielfeld mit dem Schläger, dem Handschuh und dem Ball.«

Ich lächelte. War es ein modernes Lächeln?

»War Shelley einer?«

»Nein, aber Mary, seine Frau, denn Mary Shelley war die Frau Doktor Frankenstein von Doktor Frankenstein von Frankenstein.«

»Ist Eribó ein Kontradiktor?«

»Solche Bocksprünge machen aus dir noch lange keinen. Höchstens einen epileptischen Aushorcher.«

Er lächelte. Er wußte Bescheid. Ich überantwortete ihm mein Orakel mit einem Rp. darauf.

»Ich würde sagen, nein. Eribó ist nur eingebildet und selbstgefällig.«

»Und Ascyltus?«

Wenn er solche Sprünge machte, konnte ich das auch.

»Er war ein Kontradiktor. Und Encolpius. Und Giton auch. Trimalchio nicht.«

»Und Julius Caesar?«

»Ja, selbstverständlich. Außerdem war er ein Mensch der Moderne. Wenn er hier wäre, könnte er sich ohne Schwierigkeiten mit uns unterhalten. Der würde sogar Spanisch lernen. Wie wohl Spanisch mit lateinischem Akzent klingt?«

Auf seinen Lippen zeichnete sich deutlich das archaische Lächeln der frühgriechischen Plastik ab. Die Nacht trug das ihre dazu bei, und außerdem sah ich ihn im Profil.

»Und Caligula?«

»Vielleicht der größte von allen.«

Wir bogen in den Paseo ein und fuhren diese natürlichen Terrassen hinauf, aus denen die Geschichte einen Park gemacht hat und die mich immer zweifeln lassen, ob ich nicht doch in der Zwillingsallee, in der Avenida de los Presidentes bin, und dann fuhren wir die Dreiundzwanzig bis zur Rampa hinab, bogen in die Calle M ab und drehten eine Runde um das Habana Hilton, zuerst die Fünfundzwanzig hinauf und dann die Calle L hinab bis zur Einundzwanzig.

»Schau«, sagte Cué, »wenn man den Teufel nennt.«

Ich dachte, Gaius Julius Caesar Germanicus würde in seinen goldenen Sandalen auf der Rampa spazierengehen. Auch so ein Moderner, das können Hitler und Stalin bezeugen. Ihm hätte die Rampa sicher gefallen, und er würde auch kaum aus dem Rahmen fallen. Sehr viel mehr stören würde das Pferd, das er zum Premierminister ernannt hat. Aber da waren weder Caesar noch Incitator.

»Da treibt die SS Ribot«, sagte Cué, »mit schwerer Schlagseite. Hat bestimmt zuviel Alkohol und Ziegenhäute geladen.«

Er zeigte auf die gegenüberliegende Straßenseite.

»Der Saint-Exupéry des Son?«

»Oui monsieur.«

Ich schaute genau hin, vor und hinter Cués störendem Profil.

»Das ist nicht Eribó.«

»Nicht?«

Er bremste ab und schaute noch einmal genauer hin.

»Hast recht. Ist nicht er. Sieht ihm aber verdammt ähnlich. Siehst du, jeder hat seinen Doppelgänger, oder wie du sagst, seinen vom Mars importierten Roboter, da hier ja alles aus dem Ausland kommt.«

»So groß ist die Ähnlichkeit aber nicht.«

»Das bedeutet, daß auch das Konzept des Doubles relativ ist. Alles ist letzten Endes eine Frage des Standpunktes.«

Ich beschloß anzufangen. Warum nicht auch künstliche Offenbarungen provozieren, wenn es mir offenbar so leicht fiel, spontane auszulösen?

»Sag mal, hast du mit Vivian geschlafen?«

»Vivien Leigh?«

»Ich mein es ernst.«

»Willst du damit sagen, daß die edle Erstverkörperung der Blanche Dubois nicht ernst zu nehmen ist?«

»Im Ernst, daß ich es ernst meine.«

»Meinst du vielleicht Vivian Smith-Corona y Alvarez del Real?«

»Ja.«

Er machte sich den Umstand zunutze, daß er gerade in die Einundzwanzig abbog, und nahm mit vollen Segeln Kurs auf das Nacional. Captain Kuédd. Tat er das nur, um nicht antworten zu müssen? Wir fuhren in den umfriedeten Bereich, in die pflanzliche Lobby des Hotels.

»Wo willst du essen?«

»Ich hab doch gesagt, daß ich nicht essen will.«

»Wär dir das Monseñor recht?«

»Ich gehe mit, wohin du willst. Betrachte mich als deine geistige Anstandsdame.«

Er deutete eine Verbeugung an.
»Gut, dann gehn wir in den Club 21. Ich laß den Wagen hier. Es ist immer gut, wenn man einen Freund hat, der die Pferde im Auge behält.«
Wenn er sie überhaupt reinbekommt, dachte ich. Wir fuhren auf den Parkplatz und stellten den Wagen unter einer Laterne ab. Cué ging noch einmal zurück, um den Schlüssel abzuziehen. Er schaute zum Himmel.
»Meinst du, daß es regnen wird, Pater Governa?«
»Ich glaube nicht. Das Gewitter hängt immer noch über dem Meer.«
»Gut. Ich gehe mal davon aus, daß man durch das Lesen von Frontberichten ein besserer Soldat wird als auf dem Schlachtfeld. Letts Co.«
»Nur daß es zur Zeit keine brauchbaren Informationen gibt.«
Er schaute mich mit schief gelegtem Kopf und spöttisch gerunzelter Stirn an. Cuéry Grant.
»Ich meine, von der Wetterfront, nicht *über* die Zeit«, sagte ich.
Er bezahlte an der Einfahrt.
»Ist Ramón nicht da?«
»Welcher Ramón?«
»Der einzig wahre Ramón, Ramón García.«
»Ich heiße aber auch Ramón, Ramón Suárez.«
»Oh, Verzeihung. Ist der andere Ramón nicht da?«
»Der macht grad 'ne Tour. Wollten Sie was Bestimmtes von ihm?«
A message to García, dachte ich und hätte es fast gesagt.
»Ich wollte ihm nur guten Tag sagen. Richten Sie ihm aus, daß Arsenio Cué nach ihm gefragt hat.«
»Cué. In Ordnung. Ich sag es ihm morgen oder hinterlaß ihm 'ne Nachricht, wenn ich ihn selbst nicht seh.«
»Ist nicht so wichtig. Nur 'n schönen Gruß.«
»Ich werd's ausrichten.«
»Danke.«
»Nichts zu danken.«

Versailles. Si le Nacional m'était conté. Wir gingen durch den Palmengarten, und ich blieb stehen, um die Nymphe zu betrachten, die auf dem Brunnen vor dem Hotel einen Kelch immerwährenden Wassers emporhält, nackt auf nackten Zehenspitzen, in die Nacht eingehüllt, aber von einem Scheinwerfer angestrahlt, der es sich nicht nehmen läßt, einen Akt so offensichtlicher inniger Trunkenheit publik zu machen, etwas, das fast nach innen gewendeter Narzißmus ist, wie bei einem Mädchen, das sich nackt im Badezimmerspiegel betrachtet und dabei von dem wachsamen, zudringlichen Auge eines Fremden überrascht wird. Es war einfach obszön.

»Hübsch, was? Ein bißchen verrückt mit dem ganzen Wasser, das sie unentwegt in sich reinschüttet. Sei froh, Silvestre, daß Pygmalion und Condillac nicht hier herumschleichen. Übergeschnappt, wie alle Frauen. Außerdem für meinen Geschmack zu sauber. She's spoiling her flavour.«

Warum mußte er nur immer diesen englischen, im äußersten Fall noch jamaikanischen Akzent zur Schau tragen?

»Ich kenne eine oder zwei, die nicht verrückt sind.«

»More power to you. Aber bleib bei deinem Leisten. Hör auf meinen freundschaftlichen Rat.«

Wer zum Teufel hat ihn denn darum gebeten? Miss Arsenia Lonelyhearts.

»It's a watering Lily«, sagte er, als er sah, daß ich die feuchte Fee näher begutachtete. Ich sagte ihm allerdings nicht, daß ich ein Auge zuhatte, während ich um sie herumging.

Vor dem Casino des Capri begrüßte Arsenio den hinkenden Gardenienverkäufer und kaufte ihm eine Blume ab und wechselte ein paar Worte mit ihm, die ich nicht hörte, weil ich nicht wollte.

»Steckst du dir neuerdings Gardenien ans Revers?«

»Ich hab ja nicht mal ein Revers dazu.«

»Was machst du damit?«

»Ich unterstütze damit einen Invaliden.«

»Einen im Krieg des Lebens Versehrten.«

»Dasselbe würde ich auch für Jake Barnes oder Kapitän Ahab

tun. Außerdem kommt hier sowieso gleich ein Revuegirl vorbei.«

Aus dem Zylinderhut der Nacht sprang ein Kaninchen. Cuégs Bunny Show. Sie sah haargenau aus wie die hydrophile Nymphe.

»Cué, mein Schatz! Na, das ist aber eine Überraschung!«

»Wie geht's, Goldstück. Sirene, darf ich dir diese Blume schenken. Blumen für die Deflorierten. Außerdem möchte ich dir einen Freund vorstellen. Silvestre van Naachten, Irenita Atineri.«

»Du bist und bleibst ein Charmeur. Ach, das ist aber ein hübscher Name! Sehr erfreut.« Sie entblößte ihre Zähne als tertiäres Merkmal.

»Ganz meinerseits, bella donna.«

»Niedlich. Ihr seid euch ja unheimlich ähnlich.«

»Du kannst nicht unterscheiden, wer Cué ist und quer weh?«

Sie lachte. Sie war in einem anderen Kreis als Magalena und Beba.

»Aber ich liebe euch beide.«

»Aber nacheinander, bitte«, sagte Cué.

Sie rauschte unter Küßchen, Lachen und Ciaos und kommt mich doch dieser Tage mal im Las Vegas besuchen davon. Dieser Nächte, sagte Cué, und dann zu mir:

»Hab ich's nicht gesagt?«

»Du kennst die Topographie deiner Hölle.«

»La Rampa heißt das auf spanisch. Pardon, auf kubanisch.«

Am Eingang des Clubs 21 sagte ich ihm:

»Mir geht dieses Mädchen einfach nicht mehr aus dem Kopf.«

»Irenita?«

Ich warf ihm einen seiner Standardblicke zu.

»Die kleine Statue? Aber ich bitte dich, Silvestre.«

»Du kannst mich gleich mal.«

»Ich warne dich, Deflora ist ein Mann.«

»Magalena, verdammt nochmal! Ich muß ständig an sie denken. Sie zieht mich irgendwie magisch an. Wie eine Maga Fortana.«

Cué blieb stehen und hielt sich an einer der Stützen des Markisenvordachs fest, als wäre das Gartenmäuerchen ein Brunnenrand.

»Sag das nochmal.«

Auch sein Tonfall wunderte mich.

»Wie eine Maga Fortana.«

»Nochmal, bitte. Nur den Namen.«

»Maga Fortana.«

»Wußt ich's doch!«

Er machte einen Satz rückwärts (mit den Füßen, nicht mit dem Mund) und schlug sich mit der flachen Hand an die Stirn.

»Was ist denn los?«

Nichts nichts sagte er und ging ins Restaurant.

XX

Arsenio Cué bestellte Brathähnchen, Pommes frites und Apfelkompott und grünen Salat. Ich bestellte einen Hamburger und Kartoffelpüree und ein Glas Milch. Beim Essen redete er über das Hähnchen, was fast einer Geschmacklosigkeit gleichkommt. Ich fühlte mich wiederholt, erneut nach Barlovento versetzt.

»Mir kommt gerade der Gedanke«, sagte er, »daß zwischen Tisch und Sex irgendwie eine (enge) Beziehung besteht, daß man im Bett und beim Essen denselben Fetischismen frönt. Als ich jung war oder als ich noch jünger war, als ich ein junger Bursche war, vor ein paar Jahren, war ich ganz scharf auf die Brust und bestellte immer nur das. Eines Tages sagte mir eine Freundin, die Männer würden die Brust vorziehen und die Frauen die Keule. Sie fand offenbar diese Theorie tagtäglich beim Mittagessen bestätigt. Wenn es in der Pension Hähnchen gab.«

»Und wer ißt die Flügel und den Hals und den Bürzel?«

Das war natürlich ich. Ich lasse mich immer vom Wind der Konversation treiben.

»Ich weiß nicht. Ich nehme an, daß die das Hähnchen des kleinen Mannes sind.«

»Ich hab eine bessere Hypothese. Ich will dir eine mögliche Triade vorschlagen. Superman, Graf Dracula und Oscar Wilde. In dieser Reihenfolge.«

Er lachte und runzelte dann in ein und derselben Grimasse die Stirn. Ein Akrobat des Mienenspiels.

»Damals dachte ich, interessant, was die Frau da sagt, wenn es wahr ist. Aber ich dachte auch, daß meine Freundin (deren Namen ich für mich behalte, weil du sie kennst) in ihrem starken Hang zur Poesie oder zur Affektiertheit bestimmt zu dieser Zeit gerade Virginia Woolf las. Aber heute denke ich mit Wehmut an dieses Gespräch, weil mir jetzt die Keule doch lieber ist als die Brust.«

»Sind wir verweiblicht?«

»Mir schwant Schlimmeres: das klägliche Scheitern der Theorie an der brutalen Wirklichkeit der Praxis.«

Jetzt war es an mir zu lachen, und ich lachte mit schlichtem Vergnügen. Der Würgeengel darf keinen Sinn für Humor haben. Weder er noch sonst jemand. Auch der Humor führt ins Verderben.

»Weißt du, daß mir heute die Keule auch lieber ist als die Brust und daß ich, seit ich Hähnchenschenkel mag, auch bei Frauen am meisten auf die Beine schaue? Vor kurzem hab ich sogar geträumt, man hätte mir bei einem besonders traumhaften Bankett die Beine von Cyd Charisse mit Pellkartoffeln serviert.«

»Was dabei wohl die Pellkartoffeln bedeuten?«

»Ich weiß nicht. Aber sie hat irgendwie Methode, die verrückte Idee deiner verborgenen blonden Freundin. (Er schaute mich verdutzt an und grinste, und ich war drauf und dran, zu ihm zu sagen, Elementar, mein lieber Dr. Cuatson, aber ich fuhr fort:) Früher mochte ich die Brust lieber, und damals waren bei mir Jane Russell und Kathryn Grayson Mode, und kurz darauf dann Marilyn Monroe und Jayne Mansfield und Sabbrina!«

»Hast du von denen auch geträumt? Borg mir doch bitte mal deinen Träumer.«

»Da wir gerade von geliehenen Träumen reden.«

Ich hielt inne und tat so, als interessierte ich mich für den Nachtisch. Ich bestellte Flan und danach Kaffee. Cué bestellte Strawberry Shortcake und Kaffee. Der Nachtisch erwies sich als Fehler. Nicht weil er Strawberry Shortcut bestellt hatte, sondern weil ich die bei ihm et al. abgeschaute Stanislawskische Methode der dramatischen Pause angewandt hatte. Dann kam nämlich der Kellner auf die Idee zu fragen, ob die Herren danach noch ein Gläschen Likör möchten. Ich sagte nein.

»Haben Sie vielleicht Cointradikteau?«

»Wie bitte?«

»Ob Sie Cointreau haben.«

»Ja. Möchten Sie ein Gläschen?«

»Nein, bringen Sie mir ein Gläschen Cointreau.«

»Das hab ich doch gesagt.«

»Nein, Sie haben das nicht gesagt, Sie haben mich gefragt, ob ich ein Gläschen möchte. Aber Sie haben nicht gesagt, was.«

»Weil Sie zuerst nach dem Cuentró gefragt haben.«

»Das hätte ja auch ein Freund sein können.«

»Wie bitte?«

»Ist schon gut. Es war nur ein Scherz, und außerdem ein persönlicher. Bringen Sie mir einen Benediktiner. Keinen Mönch bitte, sondern ein Gläschen Benediktinerlikör.«

»Wie Sie wünschen.«

Ich lachte nicht. Er ließ mir keine Zeit dazu. Er ließ mir nicht einmal Zeit, mich an das zu erinnern, wovon wir gesprochen hatten.

»Ist Jay Gatsby ein Kontradiktor?«

Meine Antwort war reiner Reflex.

»Nein, weder er noch Dick Diver, noch Monroe Starr. Scott Fitzgerald auch nicht. Im Gegenteil, sie sind alle ausgesprochen berechenbar. Faulkner auch nicht. Seltsamerweise sind in seinen Büchern die einzigen echten Kontradiktoren die Neger, aber nur die stolzen Neger wie Joe Christmas und Lucas

Beauchamp, und vielleicht noch ein paar arme Weiße oder weiße Emporkömmlinge, aber auf keinen Fall Sartoris oder die anderen Aristokraten. Sie sind zu engstirnig.«

»Und Ahab, war er einer oder nicht?«

»Nein. Billy Budd noch viel weniger.«

»Die einzigen Kontradiktoren der amerikanischen Literatur sind Mestizen. Oder handeln wie ein Mestize.«

»Ich weiß nicht, wie du darauf kommst. Bestimmt nicht durch das, was ich gesagt habe. Was soll denn das heißen, ›handeln wie ein Mestize‹? Das ist eine seltsame Mischung aus Behaviorismus und Rassenvorurteil.«

»Aber ich bitte dich, Silvestre. Wir reden doch über Literatur und nicht über Soziologie. Außerdem hast du ja gesagt, Hemingway sei ein Kontradiktor, weil er Halbindianer ist.«

»Das hab ich nicht gesagt. Ich hab nicht einmal gesagt, Hemingway sei Halbindianer, sondern daß er mir in einem Interview gesagt hat, er habe indianisches Blut in den Adern. Wie kann denn jemand Halbindianer sein? Willst du damit sagen, daß die eine Hälfte bärtig und weiß war und eine Brille trug, und die andere war bartlos, dunkelhäutig, schwarzhaarig und hatte den scharfen Blick des Adlers? Daß Ernest weiß war und Hut und Tweedjacke trug, während Häuptling Räuspernder Pfad mit einer Federhaube rumlief und sein Kalumet rauchte, wenn er nicht gerade den Tomahawk schwang?«

Ich bin der Perry Mason der Schwachen und der Kellner, und vor allem der schwachen Kellner. Cué machte eine Geste der Verzweiflung, die ihm sehr professionell geriet.

»Was willst du denn? Soll ich mit dir flennen? Soll ich ein Krokodil verschlingen? Oder Wachteleier essen?«

»Nein, Kronprinz Omlett, das hier ist nicht die Gesta Danorum. Aber laß mich eins klarstellen: der Begriff des Kontradiktors stammt aus einer soziologischen Abhandlung.«

»Na und? Wir reden doch über Literatur, oder?«

Ich wollte ihm nicht recht geben, ihm nicht sagen, daß mich die Soziologie genauso wenig interessiert wie Bustrófedon jetzt der Begriff des Seins, ihm nicht anvertrauen, daß wir vielleicht gerade dabei waren, den Indianern das Kontradiktorische zurückzugeben.

»Wir *spielen* mit der Literatur.«

»Und was ist daran so schlimm?«

»Die Literatur natürlich.«

»Gott sei Dank. Einen Augenblick lang hab ich befürchtet, du könntest sagen, das Spiel. Machen wir weiter?«

»Warum nicht? Des weiteren kann ich dir sagen, daß Melville ein Kontradiktor ersten Ranges war, genauso wie Mark Twain, aber Huck Finn ist ebensowenig einer wie Tom Sawyer. Vielleicht wäre Hucks Vater einer, wenn man ihn besser kennen würde. Jim dagegen ist und bleibt ein Sklave. Also ein Anti-Kontradiktor. Deshalb sind auch Tom und Huck keine Kontradiktoren, sonst wären sie nämlich beim geringsten Kontakt mit Jim explodiert.«

»Gestatte mir ein leichtes Zusammenzucken. (Mexikanischer Akzent, please.) Ist das nicht ein Konzept der posteinsteinianischen Physik, Bruder?«

»Ja. A la Edward Fortune Teller. Warum?«

»Nichts. Obrigado. Weiter im Text.«

»Der kontradiktorischste der kontradiktorischen Amerikaner: Auf wen tippst du?«

»Ich trau mich nicht, ich habe Angst, eine Explosion auszulösen.«

»Ezra Pound.«

»Wer hätte das gedacht?«

Ich schaute ihn an. Ich formte ein Schiff, a vessel, ein Glas mit den Händen, führte es/sie zum Mund, blies hinein und atmete dann ein. Ein indianisches Ritual.

»Was ist los?«

»Stört dich mein Atem?«

»Nein.«

»Hab ich Mundgeruch?«

Ich hauchte ihm menschlichen Wasserdampf ins Gesicht, wie einer, der nahe ans Fenster geht oder sich ganz dicht vor dem Spiegel rasiert, weil er die Brille im Schlaf vergessen hat.

»Nein, überhaupt nicht. Hab ich ein Gesicht gemacht, als ob?«

»Nein, ich hatte selbst so den Eindruck. Ich dachte schon, ich bekäme Besuch von Hali Tossis, dem griechischen Reeder, der wegen Helen Curtis tausend Schiffe vom Stapel gelassen hat.«

»Dein Atem riecht wie meiner nach Essen und Trinken und Quatschen. Außerdem bläst mir ja kein Wind ins Gesicht.«

»Bei manchen Leuten riecht man den Atem in jeder Position.«

»Und manchmal sogar im Profil.«

Wir lachten.

»Noch ein Spielchen?«

»Das ist besser als Domino.«

»Zumindest muß man es nicht im Unterhemd spielen. Wie es dein Vater vermutlich tut.«

»Der spielt weder Domino noch sonst ein Spiel.«

»Puritaner?«

»Nein. Verstorben.«

Er lachte, weil er wußte, daß es nur ein Scherz war, so wie ich auch einmal bei der Asche meines Vaters geschworen hatte, bei der im Aschenbecher meines Vaters, der weder tot ist noch raucht, noch trinkt, noch spielt. Auch Vegetarier? Nein, nein, nur Vegetierer.

»Trägst du Unterhemden, Arsenio?«

»Nein, wo denkst du hin. Und du?«

»Nein, ich auch nicht. Auch keine knielangen Unterhosen.«

»Sehr erfreulich. Spielen wir weiter?«

»Du bist am Zug.«

»Quo vadit Quevedo Vademecum? Gilt auch dem Queversifex quewecksilbriger Quevexierbilder dein Queveto? War Don Paco y Villegas einer oder nicht?«

»Dieses Problem hat, wie so viele andere, bereits Borges gelöst, denn er hat gesagt, Quevedo sei kein Schriftsteller, sondern eine Literatur. Er ist auch kein Mensch, er ist eine Menschheit. Er ist die spanische Geschichte seiner Zeit. Und er ist kein Kontradiktor, weil diese Geschichte damals selbst schon kontradiktorisch war.«

»Dann waren also auch Cervantes und Lope keine Kontradiktoren?«

»Lope weniger als jeder andere. Dieser Fönix namens Phelix, diese monströse Ausgeburt der Natur, war das Gegenteil von Shakespeare.«

»Und von Marlowe.«

»Der unser aller Vater ist.«

»Bist du ein Kontradiktor?«

»Nur eine rhetorische Figur.«

»Wer? Marlowe oder du?«

»Meine Ausdrucksweise.«

»Vorsicht. Ausdrucksweisen sind auch Schreibweisen. Zu guter Letzt machst du dann Figürchen aus der Rhetorik, Vögelchen aus bedrucktem Papier. Graf Fitti von Krakelsteins Origasmus.«

»Gehörst du auch zu denen, die meinen, an der schlechten Literatur sei die Rhetorik schuld? Genauso unsinnig wär es, der Physik den freien Fall eines Körpers anzukreiden.«

Er blätterte mit flink fliegender Hand ein paar Seiten weiter.

»Welche Kontradiktoren kennst du? Ich meine, persönlich.«

»Dich.«

»Ich meins im Ernst.«

»Ich auch.«

»Ich ging auf einem kleinen Pfad dahin.«

»Ich mein das wirklich im Ernst.«

»Ich auch.«

»Du bist tatsächlich ein Kontradiktor.«

»Du auch.«

»Ich meins immer noch im Ernst.«

»Ich auch. Du erfüllst sogar die Grundbedingung, die nach deiner Darstellung für die ersten Kontradiktoren galt.«

»Ja?«

Vanitas. Sie bringt jeden vom rechten Weg ab und mehr noch jene, die ohnehin schon auf dem Holzweg sind. O Salomo!

»Ja. Du bist ein Indianer. Oder ein Halbindianer. Pardon, du hast indianisches Blut in den Adern.«

»Und schwarzes und chinesisches, und vielleicht sogar weißes.«

Er lachte und schüttelte beim Lachen verneinend den Kopf. Geht das überhaupt?

»Du bist ein Maya. Schau dich doch mal im Spiegel an.«

»Nein, dann wäre ich ja ein Aztekué oder ein Inkué.«

Er lachte nicht. Er hätte eigentlich lachen müssen, machte aber plötzlich ein Gesicht wie drei Tage Regenwetter.

»Siehst du. Du beweist es gerade selbst. Du brauchst gar kein indianisches Blut. Nur ein Kontradiktor verhält sich so.«

»Tatsächlich?«

Er war eingeschnappt.

»Ja, wirklich.«

»Warum schreibst du nicht ein Buch über Die Kontradiktion als eine Schöne Kunst betrachtet?«

»Eins steht jedenfalls fest: Wir sind beide nicht kontradiktorisch. Wir sind identisch, wie deine Freundin Irenita gesagt hat.«

»Ein und dieselbe Person? Also eine Binität. Zwei Personen und eine einzige wirkliche Kontradiktion.«

Ich warf meine Serviette auf den Tisch, ohne mit dieser Geste etwas bedeuten zu wollen. Aber es gibt Gesten, die etwas Zwingendes haben, und als die Serviette auf das Tischtuch fiel, weiß auf weiß, da wußten wir beide, daß ich damit das Handtuch in den Ring geworfen hatte. Das Handtuch in den Ring. Dan, huscht dein Ding ran? Hat das da denn innig Ruch? Dann sucht Gnade ihn dir. Das Spiel war zu Ende.

»Wann gibst du mir Gelegenheit zur Revanche?«

»Nachdem ich dich in fünfzehn Runden so klar geschlagen habe?«

»Betrachte das bitte nur als technischen K. O.«

»O. K., Schmeling, abgemaxt. Morgen. Ein andermal. In der nächsten Saison. Am zwanzigsten Junimmer.«

»Warum nicht gleich? Damit ich's lerne.«

Gut, Arsenio Gatsby, im Ring besser bekannt als der Große Cué, du hast es so gewollt.

»Ich möchte lieber von dir lernen, Arsenio. Ich hab da noch ein anderes Spiel. Und das kennst du viel besser als ich.«

»Laß hören.«

»Erst muß ich dir noch den Traum erzählen. Erinnerst du dich? Wir hatten doch über Träume geredet.«

»Über Brüste.«

»Über Brüste und Träume.«

»Hübscher Titel für Thomas Woolf. Of breasts and dreams.«

»Also reden wir jetzt über eine andere Form von Literatur, über den Traum.«

Ich blieb stehen. Kennt ihr diesen Vorgang, wenn man in einem Gespräch tatsächlich stehenbleibt, obwohl man sich gar nicht im Gehen unterhält, wenn Wort und Gestik gleichzeitig stehenbleiben, wenn die Stimme verstummt und die Gebärden einfrieren?

»Also, laß mich jetzt bitte den Traum dieser kryptischen Freundin erzählen, die so geheim wie deine ist und fast genauso offenkundig: Er wird dich bestimmt interessieren. Er ist deinem Traum sehr ähnlich.«

»Meinem? *Du* hast doch einen Traum erzählt.«

»Ich meine den, den du mir heute nachmittag erzählt hast.«

»Heute nachmittag?«

»Auf dem Malecón. Auf diesem Malecón, der so oft am Maceo-Park vorbeiführt.«

Jetzt fiel es ihm wieder ein. Es war ihm nicht lieb, daß ich ihn daran erinnert hatte.

»Das war ein biblischer Traum à la page. Nach deiner Auslegung.«

»Der hier auch. Meine Freundin, unsere Freundin hat mir den folgenden Traum erzählt.«

Traum der Freundin

Sie schlief. Sie träumte. Sie erinnert sich, daß es in der Nacht des Traumes Nacht war. Sie weiß, daß sie träumt, aber der

Traum im Traum gehört einem anderen Träumer. Es wird schwarz im Traum, ganz schwarz. Sie wacht aus dem Traum im Traum auf und sieht in ihrer Traumwirklichkeit, daß alles schwarz ist. Sie bekommt Angst. Sie will das Licht anmachen, kann aber den Schalter nicht erreichen. Wenn nur ihr Arm länger würde. Aber das kommt nur in Träumen vor, und sie ist ja wach. Ist sie das? Der Arm wächst und wächst und durchquert das Zimmer (sie spürt es, glaubt ihn in der Schwärze des Wirklichkeitstraumes als etwas noch Schwärzeres zu erkennen), aber langsam, sehr langsam, l,a,n,g,s,a,m, und während der Arm ins Licht reist, sich auf den Lichtschalter zubewegt, zählt jemand, eine Stimme im Traum, von neun an rückwärts, und genau bei null erreicht ihre Hand den Schalter, und da erstrahlt plötzlich ein ganz, ganz weißes Licht, unglaublich weiß, von einem schrecklichen, furchterregenden Weiß. Es ist nichts zu hören, aber sie befürchtet oder weiß, daß es eine Explosion gegeben hat. Sie steht von Grauen gepackt auf und stellt fest, daß ihre Arme wieder ihre Arme sind. Vielleicht war der wachsende Arm ein weiterer Traum im Traum. Aber sie hat Angst. Ohne zu wissen warum, geht sie auf den Balkon. Was sie von dort aus sieht, ist entsetzlich. Ganz Havanna, was so viel heißt wie die ganze Welt, steht in Flammen. Die Gebäude liegen in Trümmern, überall nur Zerstörung. Das Licht der Feuersbrunst, der Explosion (sie ist jetzt sicher, daß es einen apokalyptischen Knall gegeben hat: sie erinnert sich, daß sie im Traum genau diese Worte denkt) erhellt die Szene, als wäre es Tag. Aus den Ruinen taucht ein Reiter auf. Es ist eine weiße Frau auf einem grauen Pferd. Sie galoppiert auf das Gebäude mit dem Balkon zu, der durch ein sonderbares Wunder unversehrt geblieben ist und zwischen ausgeglühten Eisenträgern hängt. Die Reiterin bleibt unter dem Balkon stehen und schaut hinauf und lächelt. Sie ist nackt und hat langes Haar. Ist es vielleicht Lady Godiva? Nein, es ist nicht sie. Diese Reiterin, diese bleiche Frau ist Marilyn Monroe.

(Sie wacht auf.)

»Was hältst du davon?«

»Du bist doch derjenige, der Träume deutet und auf Bekenntnisse aus ist und versucht, Verrückte zu heilen, und nicht ich.«

»Aber er ist doch interessant.«

»Kann sein.«

»Noch interessanter ist, daß unsere Freundin, meine Freundin, den Traum öfter hat, und manchmal ist sie selbst die Reiterin, aber dann ist das Pferd immer weiß.«

Er sagte nichts.

»Dieser Traum hat es in sich, Arsenio Cué, wie der Traum, den Lydia Cabrera uns beiden erzählt hat, erinnerst du dich? Damals, als du sie mit deinem neuen Wagen zu Hause besucht hast und sie dir eine Kauri als schützendes Amulett geschenkt hat, und du hast es dann mir gegeben, weil du nicht an die Magie der Schwarzen geglaubt hast, und Lydia hat uns erzählt, daß sie vor Jahren von einer Sonne geträumt hatte, die rot über dem Horizont aufstieg, und der ganze Himmel und die Erde waren mit Blut getränkt, und die Sonne hatte das Gesicht Batistas, und wenige Tage später war dann der Staatsstreich vom zehnten März. Daran muß ich bei diesem Traum auch denken, daß er eine Vorahnung sein könnte.«

Er schwieg weiter.

»Träume enthalten viele Dinge, Arsenio Cué.«

»Es gibt mehr Dinge zwischen Himmel und Erde, mein lieber Silvestre, als deine Klügelei sich träumen läßt.«

Lächelte ich? Ja, wenn ich mich recht entsinne.

»Was willst du eigentlich wissen?«

Ich hörte auf zu lächeln. Cué war aschfahl, die Haut klebte ihm wie Wachs am Schädel. Er war ein Totenkopf. Ein toter Fisch, dachte ich.

»Ich?«

»Ja, du.«

»Über den Traum?«

»Das weiß ich nicht. Das mußt du doch wissen. Seit einer ganzen Weile, seit Stunden spüre ich, sehe ich, daß du mir etwas sagen willst. Die Worte liegen dir fast schon auf der

Zunge. Grad vorhin hast du den Pseudo-Eribó dazu genutzt, mich etwas über Vivian, glaube ich, zu fragen.«

»Ich war doch nicht derjenige, der ihn gesehen hat.«

»Du hast ja auch den Traum nicht gehabt.«

»Nein. Hab ich auch nicht. Das hab ich dir doch gesagt.«

Es wurde plötzlich unruhig im Lokal, und die Leute verließen ihre Tische und ihre Barhocker und rannten zur Tür. Cué rief irgend etwas aus und ging ebenfalls zur Tür. Ich stand auf und fragte was ist denn los was.

»Nichts, verdammte Scheiße, du Superastronom. Schau mal:«

Ich schaute hinaus. Es regnete. Es war ein Wolkenbruch, ein wahrer Sturzbach. Die Wasserfälle von Iguaçu. Wogender Niagara. *Templad mi lira / Dádmela que siento.* Macht mir die Lyra heiß. Wer wohl Dilyra ist? Ein kanadisches Liebchen von Humberedia? Macht heiß sie mür, denn ich spür. Heredias feuchtfröhliches Dilyrium.

»Das ist nicht meine Schuld. Ich bin nicht Gottes Gunga Din.«

»Ich hätte das Verdeck zumachen sollen. So ein Mist!«

»Die vom Parkplatz werden sich schon drum kümmern.«

»Einen Scheiß werden die sich drum kümmern, wenn ich nicht selber hingeh. Du bist vielleicht naiv.«

Trotzdem ging er wieder zum Tisch zurück und setzte sich hin, um in aller Seelenruhe seinen Kaffee zu trinken.

»Gehst du nicht?«

»Scheiß drauf. Im Wagen steht es jetzt sowieso schon so tief wie im Bartlettgraben. Ich geh, sobald es aufklart. (Er schaute auf die Straße.) Wenn's überhaupt nochmal aufklart. Jedenfalls werden wir noch eine ganze Weile hierbleiben müssen.«

Ich setzte mich ebenfalls wieder. Es war ja schließlich nicht mein Wagen.

»Vergiß das Wasser«, sagte er, »und hör mir zu. Du wolltest doch etwas hören, oder?«

Er erzählte mir alles. Oder fast alles. Die Geschichte steht auf Seite fünfundfünfzig. Als er bei den verhängnisvollen Pistolenschüssen angelangt war, machte er eine Pause.

»Ja hat er dich denn nicht getroffen?«

»Doch, an jenem Tag bin ich gestorben. In Wirklichkeit bin ich nur mein Geist. Warte doch, verdammt nochmal.«

Er bestellte noch einen Kaffee. Eine Zigarre. Möchtest du eine? Zwei Zigarren. Ein Romeo für ihn, eine Julieta für mich.

Generösus Cué war sein richtiger Name. Freigebig mit Erinnerungen und Zigarren. Jetzt folgte endlich der Schluß der Geschichte.

Ich sah einen anderen, kraftstrotzenden Engel in eine Wolke gehüllt vom Himmel herabkommen, und er sprach mit Donnerstimme. Ich hörte nicht, was er sagte. Die Stimme, die vom Himmel herunter sprach, sprach erneut mit mir und sagte wieder etwas, das genauso umwölkt war wie sein Kopf in den Wolken. Der Himmel wurde heller, und ich sah in der Mitte zuerst eine matte Sonne und dann, an derselben Stelle des Himmels, eine Lampe, zwei Lampen, drei Lampen – dann eine einzige Lampe, einen konischen Lampenschirm, der von einer weißen Decke herabhing. Der Engel hatte ein Pistolenbuch in der Hand. Ob es Sankt Anton war? Es war kein Pistolenbuch, nicht einmal ein Buch, es war einfach nur eine lange Pistole, mit der er vor meinem Gesicht herumfuchtelte. Ich hatte gedacht, es sei ein Buch, weil ich jedesmal, wenn ich das Wort Pistole höre, nach meinem Buch greife.

Was der Hunger so alles vermag. Ich hörte sogar, was er sagte.

»Komm jetzt.«

Wohin sollte ich gehen? Ins Eßzimmer? Mit der nassen Nymphe ins Bett? Wieder zurück auf die Straße und in den Hunger? Denn es war er und nicht Er, der da sprach.

»Komm jetzt, komm«, wiederholte er. »Du bist ein sehr guter Schauspieler. Du hättest zum Theater gehen sollen und nicht Schriftsteller werden.«

Ich wollte ihm erklären (was der Hunger so alles vermag), daß Schriftsteller die besten Schauspieler sind, weil sie nämlich ihre Dialoge selbst schreiben, aber es kam mir kein Wort über die Lippen. »Komm, komm«, sagte der Mann der kleinen Überraschungen und des großen Geldes. Seine Stimme klang ängstlich. Aber es war keine Angst.

»Komm. Steh auf. Ich hab einen Job für dich.«

Ich stand auf. Nur mit Mühe kam ich wieder auf die Beine, aber allein. Ganz allein.

»So ist's recht. Fertig zum Einsatz.«

Ich konnte immer noch nicht sprechen. Ich schaute den Engel an und bedankte mich im stillen dafür, daß er mich das Büchlein nicht hatte essen lassen. Den Mann sprach ich mit meiner Stimme an.

»Wann?«

»Was wann?«

»Wann soll ich anfangen zu arbeiten?«

»Ach so«, lachte er. »Stimmt ja. Komm morgen beim Sender vorbei.«

Ich klopfte mir wie alle, die hingefallen sind und wieder aufstehen, mit der Geste des Lazarus den imaginären Staub ab und ging hinaus. Bevor ich ging, warf ich dem Engel einen letzten Blick zu und bedankte mich noch einmal. Er wußte warum. Ich bedauerte jetzt, daß ich das Büchlein nicht gegessen hatte. Auch wenn es noch so bitter gewesen wäre, für mich hätte es nach Ambrosia geschmeckt – oder nach Marzipan.

»Was hältst du davon?«

»Wenn es wahr ist, ist es unglaublich.«

»Wort für Wort.«

»*Leck* mich am Arsch!!«

»Um dir weitere Kraftausdrücke und mimische Anstrengungen zu ersparen, erzähl ich dir den Rest der Geschichte lieber nicht.«

»Ja und die Kugeln? Warum bist du nicht tot? Wie hast du die Verletzungen überstanden?«

»Es hat mich keine einzige Kugel getroffen. Ich könnte dir jetzt sagen, er sei ein schlechter Schütze gewesen, aber das stimmt nicht. Platzpatronen. Der gute Samariter wollte mir nur angst machen und dabei seinen Spaß haben. Einige Zeit später erklärte er mir alles, erhöhte mir das Gehalt, gab mir Hauptrollen und machte mich schließlich zum ersten Liebhaber. Er sagte mir damals, daß er mir eine Lektion erteilen wollte, aber dann sei es eine für ihn geworden, weil ich ihm einen ganz schönen Schrecken eingejagt hätte. Siehst du. Poetische Gerechtigkeit. Vergiß nicht, daß ich mich als Dichter oder Troubadour am Hofe von König Kandaules vorgestellt hatte.«

»Und dein Scheintod?«

»Möglicherweise der Hunger. Oder die Angst. Oder meine Phantasie.«

Er klärte mich nicht darüber auf, ob seine damalige oder seine jetzige Phantasie gemeint war.

»Oder alles zusammen.«

»Und Magalena? Ist sie dasselbe Mädchen? Bist du sicher?«

»Warum kommen deine Fragen immer zu dritt?«

»Everything happens in trees, würde Tarzan sagen.«

»Es *muß* dieselbe sein. Etwas älter, etwas verbrauchter durch die Wechselfälle des Lebens, durch ihre Art von Leben, nicht endgültig verkommen, dafür aber verrückt, und mit diesem Flecken auf der Nase. Das hat mich in die Irre geführt.«

»Sie hat mir gesagt, es sei Krebs.«

»Von wegen Krebs. Das ist ein hysterisches Symptom.«

»Es kann auch ein exanthematischer Lupus erythematodes sein.«

»Ach du Scheiße. Klingt richtig tödlich. Egal was es war, jedenfalls hab ich sie deshalb nicht erkannt, und dabei hab ich sie den ganzen Abend angeschaut.«

»Ich hab dich beobachtet und gedacht, daß sie dir gefällt. Ich hatte schon Angst, daß du tauschen willst. Die Tante oder die falsche Tante gefällt mir nicht die Bohne, auch wenn sie noch so gut aussieht.«

»Daß sie *mir* gefällt? Wann hast du denn schon mal erlebt, daß mir eine Mulattin gefällt?«

»Könnte doch sein. Sie ist eine Schönheit.«

»Vorher war sie ein wahrer Traum und hat mir nicht gefallen. Sie war damals kaum älter als 15.«

»Nicht zu fassen.«

Er bestellte noch einen Kaffee. Hatte er vor, die Nacht durchzumachen? Warum trinkst du keinen Tee? fragte ich ihn, und er überging meinen Unterton oder unterging meinen Überton. Oder hatte die Frage gar keinen? Hier machen sie ihn zu schwarz, und dann schmeckt er schlecht. Chesterton sagt, daß der Tee, wie alles, was aus dem Orient kommt, Gift ist, wenn man ihn zu stark macht. Hatte er unsere Provinz Oriente gemeint? fragte ich ihn. Er lächelte, sagte aber nichts. Diesmal war ich ganz sicher, die Würfel gefälscht zu haben. Aber Arsenio Cué interessierte sich mehr für seinen Erzählpoker als für jedes andere Spiel der Welt. Jetzt jedenfalls.

»Als ich gesagt habe, ich wollte dir weitere Kraftausdrücke ersparen, bezog sich das nicht auf die Beschreibung der Herrlichkeiten des anderen Geschlechts, sondern auf genau das Gegenteil. Manches davon kann man überhaupt nirgends erzählen. An diesem Tag des Heils blieb die Zeit stehen. Zumindest für mich. Später bin ich dann in ein Loch gefallen, das noch tiefer war als der Brunnenschacht meines Traums, meiner Halluzination. Was ich alles machen mußte, Silvestre, um das zu werden, was ich dann geworden bin! Wenn ich überhaupt etwas gewesen bin. Du würdest es nicht glauben. Deshalb erzähl ich es dir auch nicht. Außerdem müßtest dann *du* kotzen, zum jetzigen Zeitpunkt wäre ich dazu nicht mehr bereit, wo mir doch das Hähnchen so gut geschmeckt hat. Ich rede so, weil Meister Nietzsche gesagt hat, über die wirklich wichtigen Dinge könne man nur zynisch oder wie ein kleines Kind sprechen, und zum Plappern tauge ich nicht.«

Außer dem gewollten Zynismus war da auch viel Selbstmitleid, er bedauerte sich selbst, Arsenio Cué empfand großes Mitgefühl für éuC oinesrA, wie er sein alternierend alteriertes alter Ego nannte. O, crause nie. A, ein Crusoe. In euer Caos. Ich wartete darauf, daß er mir noch etwas sagen würde, aber er schwieg.

»Und Vivian?«

Er nahm seine dunkle Brille heraus und setzte sie auf.

»Komm, laß deine Brille stecken, es scheint keine Sonne. Das hier ist nicht einmal ein sauberer und gut beleuchteter Ort. Schau.«

Der Tisch war voller Asche, und ich dachte schon, er hätte mit seiner Zigarre nicht aufgepaßt. Aber da kam ein schwarzer Fleck angeflogen, den ich zuerst für eine meiner Augenfliegen hielt und dann für einen Schmetterling, irgendein Insekt, und setzte sich auf meinen Ärmel. Ich schnipste es mit dem Finger weg und es zerfiel. Es war eine Rußflocke, und ich wunderte mich, denn ich hatte nachts noch nie Ruß fallen sehen. Ich fragte mich warum. Vermutlich weil nachts die Fabriken nicht arbeiten. Manche arbeiten aber Tag und Nacht. Zum Beispiel die Zuckersiedereien und die Papierfabrik von Puentes Grandes. Es kamen noch mehr Rußflocken geflogen, die auf meinen Anzug und auf mein Hemd und auf den Tisch fielen, und eine ganze Menge davon wirbelte auf dem Boden herum, wie schwarzes Schneegestöber.

»Ich hab gedacht, es sei ein Nachtfalter.«

»Bei uns zu Hause heißen die *tatagua.*«

»Bei uns auch. Hier nennen sie die einfach Motten. Bei uns heißt es, sie würden Unglück bringen.«

»In Samas sagt man genau das Gegenteil, sie seien Glücksbringer.«

»Das kommt immer drauf an, was nachher passiert.«

»Vielleicht.«

Er mochte diese Skepsis unter Gläubigen nicht. Ich fing eine der Flocken mit der Hand, und sie leuchtete fast, schwarz zwischen den bleichen Linien des Lebens und des Todes und des Glücks, und rollte über den Venusberg und schwebte zu Boden.

»Es ist Ruß.«

»Fast reiner Kohlenstoff in Flocken. Kristallisiert wäre es ein Diamant.«

Cué schnalzte mit Zunge, Lippen, Mund.

»Und wenn meine Oma Räder hätte, wär sie ein Ford Model T. Mannomann!« sagte er, nahm die Brille ab und setzte sie wieder auf. »Der Regen und der Wind haben den Kamin beschädigt, und deshalb drückt es Rauch und Ruß wieder in die Küche zurück.«

Er hatte recht, und ich wunderte mich über seine praktische Intelligenz. Ich wäre nie auf die Idee gekommen, an die Küche, den defekten Kamin und den strömenden Regen zu denken, der in einer anderen Hemisphäre niederging: den Ruß mit seinem Erzeuger zu assoziieren. Cué, der nicht nur praktisch dachte, sondern sogar pragmatisch handelte, rief den Kellner und sagte es ihm, zeigte auf den Tisch, der sofort abgewischt wurde, und auf die halboffene Küchentür, die sofort geschlossen wurde.

»Guter Service«, sagte er, »hier im Club 21.«

Mir fiel ein, daß ihm ja auch ein Papagei des Pragmatismus innewohnte: ein Werbefunksprecher.

»Ich hab schmutzige Hände«, sagte er und stand auf und ging zur Toilette. Ich ging ebenfalls zur Toilette und dachte, es könne kein Zufall sein.

XXI

Ich ging ebenfalls zur Toilette und dachte, es könne kein Zufall sein, daß man als Hinweis auf die richtige Tür (es gibt auch falsche Türen: Moral und Architektur: auf dem Frontispiz: am Eingang: lasciate ogni ambiguità voi ch'entrate: es gibt keine zweideutigen Türen) einen realistischen Zylinderhut gemalt hatte. Eine Angströhre. Ob sie mein Kommen geahnt hatten? Ich fragte Cué über die Schwingtür hinweg, hinter der seine Pissacaglia erklang. Was war zuerst da, das WC oder der Saloon? Die Antwort-Frage auf die andere Frage, die meine

Antwort war, kam sofort. Wyatt Earpsenio Cué zog blitzschnell beide Pistolen.

»Du hältst dich also für einen Gentleman?«

War er eigentlich Linkshänder? Ich weiß nicht, aber mich könnt ihr getrost Wildbilly Hitchcock nennen.

»Nein, aber meine Röhre verbreitet Angst und Schrecken. (Ich schoß ein ganzes Lachmagazin leer, so ungeschickt, so blindlings, so erbarmungslos, daß mir schleierhaft ist, wie die Kugeln ihr Ziel treffen konnten.) Außerdem weiß ich nicht, was schlimmer ist: sich für einen Caballero zu halten oder für einen Kabbalisten.«

Ich sah ihn mit erhobenen Händen herauskommen und dachte, er gebe auf. Aber nein, er ging zum Waschbecken, um die Hände zu waschen und sich im Spiegel zu betrachten und den Scheitel nachzuziehen. Er war ein Perfektionist des Seitenscheitels. Im wirklichen Leben war er kein Linkshänder, aber im Spiegel.

»Und du, glaubst du an gar nichts?«

»Oh doch. An vieles, fast an alles. Nur nicht an Zahlen.«

»Deshalb kannst du auch nicht einmal 2 und 2 zusammenzählen.«

Das stimmte. Es stimmt, daß ich kaum addieren kann.

»Aber hast du denn nicht gesagt, die Mathematik sei eine Lotterie?«

»Die Mathematik schon, Teile der Arithmetik aber nicht. Zahlenmagie gab es schon vor Pythagoras und seinem Lehrsatz, vermutlich schon lange vor den Ägyptern.«

»Du glaubst an die Edelsteine im Kollier von Madame Fatalité oder an die bis auf drei Stellen hinterm Koma verkalkulierten Hirngefäße von Doña Fortuna. Ich glaube an andere Dinge.«

Er betrachtete sich im Spiegel und fuhr sich mit der Hand über die Backenknochen, die durch die nächtliche Stunde, durch die bleichen Wangen, durch das gespaltene Kinn besonders stark hervortraten. Er erkannte sich wieder.

»Ist das hier das Gesicht«

Hab ich's nicht gesagt? Helenos von Troja. Aeneas und

Treulos. Benoît de Troie. Chrétien de Troyes. Crétin pour trois:

»eines Mannes, der mit zweiundzwanzig in den Urwald ging und nicht reich zurückkam. Ich bin das lebendige Gegenstück zu Uncle Ben, nicht zu dem mit dem Langkorn-Reis, sondern zu Willy Lomans Bruder, Ben.«

»Ben Trovato. Wenn nicht, E. Vero. Mit dem Erstgenannten weder verwandt noch verschwägert.«

»Du weißt, *du* weißt ja, wie gefährlich ich gelebt habe.«

»Du lebst.«

»Ja, ich lebe gefährlich.«

Armer Nietzsche der Armen. Ecce homunculus cubanus.

»Ich meine, du lebst, du bist am Leben. Wir alle leben gefährlich, Arsenio Lupino. Weil wir leben, sind wir in Gefahr.«

»In Todesgefahr. Du meinst, weil wir sterben müssen.«

»In Lebensgefahr. Ich meine, weil wir das Leben um jeden Preis leben müssen, auf Brücken und Bächen, wie du immer sagst.«

Er schaute mich an und zeigte mit dem Spiegelfinger auf mich, und ich wußte nicht, ob es der linke oder der rechte war.

»Ein Kontradiktor. Im Film, in der Literatur oder im wirklichen Leben? Oder muß man noch die letzte Episode abwarten, wie in den alten Monogram-Serien? Wie heißt sie denn: Entlarvt oder Evilly the Kid Strikes Back?«

Er drehte parodistisch eine unsichtbare Kurbel.

»Aber ans Kino glaubst du.«

»Daran kann man nicht glauben, das muß man gesehen haben.«

Er tat so, als schreibe er unsichtbare Buchstaben in den Spiegel.

»Und an das Schreiben?«

»Ich tippe alles in die Maschine.«

Er vollführte eine übertriebene Pantomime des Schreibens, die weniger die Karikatur eines Schriftstellers als die einer Tippse war.

»Glaubst du an das Schreiben oder an die Schriften?«

»Ich glaube an die Schriftsteller.«

»Du Scheißkerl glaubst also an unseren Vater Hugo, der du bist im Olymp et dans le Tout Parnasse?«

»Nerval heard of him.«

»Aber du glaubst doch an die Literatur, oder?«

»Warum sollte ich nicht?«

»Glaubst du daran oder nicht?«

»Ja, ja, natürlich glaube ich daran. Ich habe immer daran geglaubt und werde immer daran glauben.«

»Vergiß nicht, daß zwei der Männer, die die Geschichte am stärksten beeinflußt haben und noch beeinflussen, nie auch nur eine Zeile geschrieben und nie etwas gelesen haben.«

Ich schaute ihn durch den Spiegel an.

»Ich bitte dich, Cué, das ist doch uralt. Christokrates. Dein Duo teilt sich durch mystische und mythische Mitose in Christus und Sokrates. Wenn du Literatur sagst, mein Teuerster, dann versteh ich darunter immer Literatur. Das heißt, eine andere Form von Geschichte. Aber wenn ich deinen Einwand mal aufgreifen darf: Was wäre denn aus Dem Einen und dem anderen ohne Platon und Paulus geworden?«

Als wäre er eine Antwort auf meine Frage, kam ein Mann mittleren Alters herein.

»Que sais-je? C'est à toi de me dire, mon vieux.«

Der Mann pinkelte und schaute uns dabei an. Er machte eine so verdutzte Miene, als glaubte er, wir redeten Griechisch oder Aramäisch. War er vielleicht ein alter Prophet? Oder ein Neuplatoniker? Ein Plotinos mit ganz metalosen physischen Bedürfnissen?

»Moi? Je n'ai rien à te dire. C'était moi qui a posé la question.«

Der Mann stellte das Pinkeln ein und drehte sich zu uns um. Ich sah, daß er noch nicht wieder eingeräumt hatte. Er hielt die Hände hoch. Plötzlich fing er an zu reden und sagte genau das, was uns auf der ganzen Welt am meisten in Erstaunen versetzen konnte – wenn uns auf dieser Seite des Paradieses überhaupt etwas wundern konnte.

»Il faut vous casser la langue. A vous deux!«

Da scheiß doch die Nemesis drauf. To defatecate. Es war ein Franzose. Ein betrunkener Franzose. Chauvin rouge. Cué gewann eher als ich seine Fassung zurück und stürzte sich mit den Worten wem, du Scheißkerl, wem, auf ihn und lieferte gleich die synchronisierte Fassung à qui vieux con à qui dis-moi nach und packte ihn an den Armen und stieß den Alten (der Eindringling war in der Toilette plötzlich um Jahre gealtert) gegen die Pinkelwand, wo dieser überrascht etliche Borborygmen mais monsieur mais voyons von sich gab und wie ein Schiffbrüchiger im Gelben Meer mit den Armen ruderte. Da beschloß ich einzugreifen. Ich hielt Cué unter den Achseln fest. Er schien noch immer betrunken zu sein, und der arme Franzose, dem La Fontaines sprachlicher Springquell offenbar versiegt war, entzog sich unserem ungleichseitigen Dreiecksverhältnis und verschwand nach einem oder zwei Fehltritten durch die Tür mit dem Zylinder. Es hingen, glaube ich, immer noch zwei Krawatten an ihm. Ich sagte es Arsenio, und wir dachten, man müßte uns von der Toilette direkt in die Leichenhalle verfrachten. Wir starben nämlich vor Lachen.

Als wir hinauskamen, war er nicht mehr da.

Ich dachte, Cué wollte gehen, aber er warf nur einen Blick durch die Glastür.

»Scheiße, es regnet immer noch.«

Dann lachte er und sagte le cabron est sorti même sous la pluie. He went wet away singing in the rain. Wir lachten. Als wir zum Tisch zurückgingen, fragte er mich über die Schulter, à la Orson Welles, den er so gut nachahmen konnte, grimmig wie ein frisch rasierter Arkadin:

»Wie fandest du mein *anuttara samyak sambodhi?*«

Er meinte damit seinen Tod und seine Wiedergeburt: seine metaphysische Auferstehung. Wir sind in Kuba alle sehr gebildet, wenn Kuba mein Freundeskreis ist. Außer dem gefährlichen Französisch können wir auch eine Menge nützliches Englisch, einiges an althergebrachtem Spanisch und als Beigabe ein bißchen Sanskrit. Ich betete zu Wischnu, es möge kein Bodhidharma unter den Gästen sein, und schaute Cué so verschlafen an wie er mich.

»Du bist noch nicht von den Toten auferstanden.«

»That's what you think. Was bist du dann? Ein Medium?«

»Gib du mir zuerst eine Antwort.«

»Worauf?«

»Was ich dich über Vivian gefragt habe.«

»Ich weiß nicht mehr, was das war.«

»Du weißt das sehr wohl.«

»Du bist doch der mit dem guten Gedächtnis, nicht ich. Ich weiß es wirklich nicht mehr.«

»Hast du mit Vivian geschlafen oder nicht?«

Er reagierte spontan oder wirkte wenigstens so.

»Ja.«

»Nimm doch endlich die verdammte Sonnenbrille ab. Du brauchst keine Maske. Hier kennt dich keiner.«

Das stimmte. Wir saßen allein im Speisesaal. Es waren nur noch zwei oder drei Gäste da, die mit dem Rücken zu uns an der Bar saßen, und die Sängerin mit ihrem Pianisten, die aber nicht auftraten. Wegen Regen ausgefallen.

»War sie noch Jungfrau?«

»Aber ich bitte dich, auf solche Nebensächlichkeiten achte ich doch nicht Außerdem war das schon vor längerer Zeit.«

»Ja, und an einem anderen Ort, und das Mädchen ist für dich längst gestorben, und du ziehst jetzt herum und vergiftest Brunnen. Marlowe. Der andere Marlowe. Jeder, der dich kennt, kennt auch deine Zitate. Sie sind leicht aufzuzählen.«

»Das wollte ich aber nicht sagen.«

Seine Stimme klang bekümmert. Ich konnte mir nicht vorstellen, daß es wegen Vivian war oder wegen irgendeiner anderen Person, die nicht den Namen Arsenio Cué oder eines seiner Anagramme getragen hätte. O nee, Icarus. Er machte fast den Eindruck, als wollte er gleich wie Laurel sagen, Bitte nicht, das tut weh!

»Hast du vor Eribó mit ihr geschlafen?«

»Ich weiß nicht. Wann hat denn Eribó mit ihr geschlafen?«

»Er hat nicht mit ihr geschlafen.«

»Dann muß ich auf jeden Fall *vor* ihm mit ihr geschlafen haben.«

»Du weißt genau, was ich sagen will.«

»Ich weiß nur, was du sagst. Was ich höre.«

»Warst du der erste bei ihr?«

»Ich hab sie nicht gefragt. Ich stelle nie solche Fragen.«

»Komm jetzt, Mann, du bist doch ein alter Hase.«

»An old hand, nicht hare. Das ist eleganter.«

»Hör einmal auf, den Dandy rauszuhängen. Warst du bei Vivian der erste?«

»Möglich. Aber ich weiß es wirklich nicht. Sie hat von klein auf Ballettstunden gehabt. Außerdem waren wir beide betrunken.«

»Dann hat sie also Ribot angelogen?«

»Schon möglich. Wenn es stimmt, was er erzählt. Ja, zum Teufel, sie hat ihn angelogen. Die Frauen lügen immer. Alle.«

Was er dann sagte, war so überraschend, daß ich denken würde, es sei gelogen, wenn ich es nicht mit eigenen Ohren gehört hätte. Blasés Nacht der Überraschungen.

»›Allzulange war im Weibe ein Sklave und ein Tyrann versteckt. (Mehr als das Zitat an sich überraschte die deutsche Aussprache, die er irgendeinem Schauspieler abgelauscht hatte. Cuérd Jürgens.) Oder, besten Falles, Kühe.‹ Friedrich Nietzsche, Also sprach Zarathustra. (Ich wollte gerade Mich laust der Affe sagen) Eine Wahrheit, der man ein Denkmal setzen sollte. Genau das sind sie: Kühe, Ziegen, seelenlose Tiere. Eine minderwertige Spezies.«

»Nicht alle. Deine Mutter ist keine Kuh.«

»Ich bitte dich, Silvestre, was soll denn diese Ansammlung von vorhersehbaren Gefühlen und Gemeinplätzen und provinzieller Gefühlsduselei. Wenn du glaubst, du konntest mich mit meiner Mutter beleidigen, dann bist du schief gewickelt. Du hast meine Mutter nicht gekannt. Ich bin doch kein Busfahrer. Aber ich bin gleich beleidigt, wenn du nicht endlich mit diesem, mit dieser dämlichen Fragerei aufhörst. Ja, ich habe mit Vivian geschlafen, klar. Ja, ich war auch der erste bei ihr. Ja, sie hat Eribó angelogen.«

»An dem Abend, als ich dir Ribot vorgestellt habe, hattest du da schon mit ihr geschlafen?«

»Ja. Ich glaube, ja. Ja. Doch.«

»Als du mit Sibila verlobt warst?«

»Jetzt reicht's aber! Du weißt besser als jeder andere, daß ich nicht mit Sibila verlobt war, daß ich mich nie verloben werde, daß ich dieses Wort genauso verabscheue, wie ich diese Art fester Beziehungen hasse, daß ich an diesem Abend einfach nur mit ihr ausgegangen bin, so wie du mit Vivian. Wenn ich dabei mehr Glück gehabt hab als du, dann ist das nicht meine Schuld.«

War es das? War ich vielleicht eifersüchtig? War sie das Puzzle meiner Erinnerungen, das die Liebe zusammengefügt hatte?

»Dann hast du mich also damals vor Ribot zum Narren gehalten, als ich gesagt hab, sie würde ins Bett gehen, und du uns mit deiner Theorie von der ewig jungfräulichen Schreibmaschine gekommen bist?«

»Aber mein Gott, du hast das doch nicht etwa geglaubt? Das war keine Dosis für Erwachsene. Das war eine für Bongospieler, um dem armen Kerl von Eribó nicht die Wahrheit zu sagen.«

»Und die war, daß du schon mit ihr geschlafen hattest.«

»Nein, mein Lieber! Die Wahrheit war, daß sie ihn nur benutzte. Daß sie mich eifersüchtig machen wollte. Daß sie nie und nimmer mit ihm schlafen würde, weil er ein Mulatte ist, und dazu noch ein armer. Ist dir nicht bekannt, daß Vivian Smith-Corona ein Mädchen aus besten Kreisen ist?«

Armer Arsenio Yachtcué, gehörst du auch zu den besten Kreisen?

»Schluß jetzt. Ende der Vorstellung. Vorhang!«

Er stand auf und bestellte die Rechnung.

»Das einzige, was dich wurmt, ist, daß man dich zum Narren gehalten hat. Betrachte diesen Satz bitte als Epilog.«

Hatte er recht? Jedenfalls ist mir die These von der Angst, als

Narr dazustehen, lieber als die Vorstellung, in Vivian Smith verliebt zu sein. Aber ich wollte mich Arsenio Cuérkopf nicht geschlagen geben. Ich kenne ihn doch. Besser als seine eigene Kuh.

»Setz dich bitte wieder hin.«

»Ich werde kein Wort mehr sagen.«

»Du sollst auch nur zuhören. Ich werde reden. Ich will diesmal das letzte Wort haben.«

»Tatsächlich?«

Er setzte sich. Er bezahlte die Rechnung und zündete sich eine Zigarette in seiner schwarz-silbernen Zigarettenspitze an. Jetzt wird er die ganze Nacht kettenrauchen, bis er den Raum, den Speisesaal, das Universum mit Rauch gefüllt hat. Vernebelungstaktik. Wie sollte ich anfangen? Es ging um das, was ich ihm den ganzen Abend, den ganzen Tag, seit Tagen schon sagen wollte. Jetzt war der Augenblick der Wahrheit gekommen. Ich kenne Cué. Er hatte sich nur wieder hingesetzt, weil er Verbalschach mit mir spielen wollte.

»Auf geht's. Ich warte. You pitch. And no spitballs, please.«

Was hab ich gesagt? Baseball, Schach fürs Volk.

»Ich sag dir jetzt den Namen der Traumfrau. Sie heißt Laura.«

Ich erwartete, daß er hochfahren würde. Darauf hatte ich seit Wochen gewartet, den ganzen Tag, den ganzen Abend und die halbe Nacht hatte ich darauf gewartet. Jetzt wartete ich nicht mehr darauf. Ich hatte nämlich etwas vor mir, was ihr nicht sehen könnt: sein Gesicht

»*Sie* hat diesen Traum geträumt.«

»Und?«

Ich kam mir mehr denn je wie ein Narr vor.

»Der Traum, er ist von ihr.«

»Das hast du mir bereits gesagt. Und weiter?«

Ich schwieg. Ich versuchte etwas Besseres als Sprichwörter und festgefügte Wendungen zu finden, eine Wendung, die noch zu fügen wäre, Wörter, einen Satz, der verstreut herumläge. Das war weder Baseball noch Schach, das war ein Geduldsspiel. Nein, das war Scrabble.

»Ich hab sie vor kurzem kennengelernt. Besser gesagt, vor einem Monat oder zwei. Wir gehen öfter zusammen aus. Ich denke, ich glaube. Nein. *Ich werde sie heiraten.*«

»Wen?«

Er wußte sehr wohl, wen. Aber ich beschloß, nach seinen Regeln zu spielen.

»Laura.«

Er machte ein Gesicht, als hätte er nicht recht verstanden.

»Laura, Laura Elena, Laura Elena Día.«

»Never heard of her.«

»Laura Día.«

»Díaz.«

»Ja, Díaz.«

»Du hast aber gerade Día gesagt.«

Wurde ich rot? Wie hätte ich das wissen sollen? Cué war gewiß kein Spiegel für mich.

»Leck mich doch am Arsch. Komm mir doch um diese Zeit nicht noch mit Diktionsübungen.«

»Sprechübungen. Dein Problem ist eher ein Artikulationsproblem.«

»Scheiß drauf.«

»Bist du sauer?«

»Ich? Wieso denn? Im Gegenteil, ich fühl mich blendend, völlig entspannt. Wie ein Mensch ohne Geheimnisse. Ich finds nur blöd, daß du einfach so da sitzen bleibst.«

»Was soll ich denn sonst tun? Es regnet doch.«

»Ich meine, wenn ich dir sage, daß ich vorhabe, Laura zu heiraten, und du bleibst einfach so da sitzen.«

»Wie denn?«

»Na eben so, wie du dasitzt.«

»Ich wüßte nicht, warum ich eine besondere Haltung einnehmen sollte, wenn du mir erzählst, daß du vorhast zu heiraten. Solange du es nur *vorhast*. Ist es dir so von der Seite recht?«

»Und der Name? Sagt er dir nichts?«

»Es ist ein ganz gängiger Name. Im Telefonbuch stehen bestimmt an die zehn Laura Díaz.«

»Aber das ist *die* Laura Díaz.«

»Ja, dein dir anzutrauendes Weib.«

»Verarsch dich doch selbst.«

»Also gut, deine Verlobte.«

»Bitte, Arsenio, ich hab mich hier reingesetzt, um mit dir zu reden, und du reagiers nich mal. Reagierst nicht mal.«

»Primo, *ich* hab dich regelrecht hier reingeschleppt, und jetzt bereu ich es fast.«

Stimmte das denn? Jedenfalls stimmte es, daß er darauf bestanden hatte.

»Secundo, du erzählst mir, daß du heiratest. Daß du vorhast zu heiraten. Ich bin der erste, der dir gratuliert. Oder bin ich das nicht? Ich werde vielleicht sogar zur Hochzeit kommen. Ich werde euch ein Geschenk machen. Etwas Passendes für euer neues Heim. Was willst du denn mehr? Ich kann auch den Trauzeugen spielen. Oder den Brautführer, wenn ihr kirchlich heiratet, allerdings nur, wenn die Trauung nicht in San Juan de Letrán stattfindet, weil ich diese Kirche, wie du weißt, nicht ausstehen kann: Sie hat keinen Glockenturm, und als Ersatz wird eine Platte mit Glockengeläut über Lautsprecher abgespielt: eine Radiokirche. Mehr kann ich wirklich nicht tun. Den Rest mußt du schon selbst übernehmen, alter Junge.«

Lächelte ich? Ich lächelte. Ich lachte.

»Na gut, da ist nichts mehr zu machen.«

»Doch, du könntest mich mit der Braut bekanntmachen.«

»Leck mich. Komm, gib mir mal 'ne Zigarette.«

»Du rauchst Zigaretten? Diese Nacht ist voller Enthüllungen und geheimnisvoller Musik. Ich dachte, du würdest nur Pfeife rauchen oder Zigarren, die man dir nach dem Dessert und dem Kaffee anbietet.«

Ich schaute ihn an. Ich schaute über seine Schulter. Eine Filmszene. Leute in Bewegung. Der Regen hatte nachgelassen. Es kamen Leute in das Restaurant. Oder gingen hinaus. Ein Kellner streute vor der Tür Sägemehl.

An einem Abend des Jahres neunzehnhundertsiebenunddreißig ging mein Vater mit mir ins Kino, und wir kamen am El

Suizo vorbei, dem größten Café im Ort, mit seinen Schwingläden an den Türen und den Marmortischen und einem großen Bild mit nackten Odalisken über der Theke, ein Geschenk von *Polar Bier, das Bier des Volkes, und das Volk irrt sich nie!*, und den verheißungsvollen Rahmtörtchen und Meringen, die wie Dornröschen in einem gläsernen Sarg schliefen, und Gläsern mit bunten Bonbons. An diesem Abend sahen wir auf dem Fußboden vor der Eingangstür einen dunklen, feuchten Streifen Sägemehl. Das Rinnsal schlängelte sich bis zum Ende der Veranda zwischen aufgeregt schwatzenden Gaffern hindurch. In jenem Café unseres sanftöstlichen Orients hatte sich ein Wildwestdrama abgespielt: Ein Mann hatte in maßloser Wut seinen Rivalen zum Duell herausgefordert. Sie waren Freunde gewesen und Feinde geworden, und sie begegneten sich mit einem Haß, wie es ihn nur zwischen Rivalen geben kann, die einmal Kameraden gewesen sind. »Ich bring dich um, bei der nächstbesten Gelegenheit«, hatte einer der beiden gesagt. Der andere Mann, der besonnener oder nicht so erfahren war, bereitete sich mit Geduld und Mut und Gottvertrauen vor. Der erste Mann sah ihn an diesem Abend im Café an der Theke sitzen und ein Glas milden Rum trinken. Er stieß die Schwingtür auf und rief noch von der Straße her, »Dreh dich um, Cholo, jetzt bist du dran«. Er schoß. Der Mann, der Cholo hieß, spürte einen Schlag auf der Brust und wurde gegen die Zinktheke geschleudert, zog aber im Fallen seinen Revolver. Er schoß. Sein Rivale an der Tür fiel mit einem Loch in der Stirn zu Boden. Die Kugel, die für Cholo bestimmt gewesen war, blieb (wie es der Zufall so will) in seinem silbernen Brillenetui stecken, das er immer (wie es die Gewohnheit so will) in der linken Innentasche seiner Jacke trug, genau über dem Herzen. Das Sägemehl bedeckte mit hygienischer Pietät das rachsüchtig vergossene Blut des Herausforderers, der jetzt ein toter Mann war. Wir gingen weiter. Als wir am Kino ankamen, war mein Vater bedrückt, ich ganz aufgeregt. Wir sahen einen alten Film mit Ken Maynard, der bei uns gerade anlief. Einen aus der Rattler-Serie. Die ästhetische Moral dieser blutigen Fabel ist, daß Maynard, schwarz gekleidet, tollkühn und treffsicher, die geheimnisvolle, ruchlose Klapperschlange, und das schöne, blasse, tugendsame Mädchen real sind und lebendig. Dagegen gehören Cholo und sein Rivale, die Freunde meines Vaters waren, das Blut auf der Erde, das spektakuläre, törichte Duell dem Nebelreich des Traums und der Erinnerung an. Irgendwann werde ich die Geschichte niederschreiben. Zuerst erzählte ich sie aber, so wie sie hier steht, Arsenio Cué.

»Klingt nach Borges«, sagte er. »Nenn sie Thema vom Bösen und vom Guten.«

Er hatte nicht verstanden. Er konnte nicht verstehen. Er begriff nicht, daß es keine Fabel mit ethischen Absichten war, daß ich die Geschichte um des Erzählens willen erzählt hatte, um eine deutliche Erinnerung mitzuteilen, daß es eine Übung in Nostalgie gewesen war. Ohne Blick zurück im Zorn. Er konnte das nicht begreifen. Was soll's.

»Was hat Cholo getrunken?«

»Was weiß ich denn«, sagte ich.

»War es nicht ein Likörchen?«

»Ich sag dir doch, daß ich es nicht weiß.«

»Du kapierst nicht.«

Er rief den Kellner.

»Sie wünschen?«

»Bringen Sie uns zwei Gläschen von dem, was Cholo immer trinkt.«

»Wie bitte?«

Ich schaute ihn an. Es war ein anderer Kellner.

»Zwei Likörchen.«

»Quantró, Benediktiner, Maribrisar?«

War es ein anderer Kellner?

»Irgendwas.«

Er ging. Ja, es war ein anderer. Wo er wohl herkam? Aus einer Kellnerfabrik im Hinterzimmer? Aus dem Zylinder?

»Wie hieß denn der Tote?«

»Ich weiß es nicht mehr.«

Ich korrigierte mich.

»Ich hab es nie gewußt, glaube ich.«

Der Kellner brachte zwei Gläschen mit einem Likör, dessen Farbe ein modernistischer Dichter als ambarin bezeichnen würde.

»Auf Cholos Glück und seine Schießkunst«, sagte Cué und hob sein Glas. Ich lachte nicht, dachte aber, daß er vielleicht anfing zu begreifen, und war versucht, seinen Trinkspruch zu akzeptieren.

»To friendship«, sagte ich und trank den Likör in einem Zug.

Mit der fast heuchlerischen Geste dessen, der zahlen will oder zu zahlen versucht, wenn es schon zu spät ist, durchforschte ich meine Taschen und ertastete eine neue Scheinvision, eine Vision von neuen Scheinen. Sah man mir die Überraschung an? Ich zog die Scheine heraus, alle zusammen. Es waren drei alte Pesoscheine, zerknittert und durch habsüchtige Liebkosungen derart geschwärzt, daß Martí fast wie Maceo aussah, und zwei weitere Scheine, die Francué vielleicht als süße Scheine bezeichnet hätte, zwei weiße, zusammengefaltete Blätter. Mein erster Gedanke war, daß Magalena mir doch eine Mitteilung zugesteckt hatte. Aber der andere Zettel? Eine Notiz von Beba? Eine Nachricht aus Babel? Eine Botschaft von García? Ich faltete sie auseinander. Scheiße.

»Was ist es?« fragte Cué.

»Nichts«, sagte ich nur, wollte aber noch etwas dazusagen.

»Ein süßes Geheimnis ...«

Ich warf die Blätter auf den Tisch. Er las sie. Er warf sie auch auf den Tisch. Ich nahm sie, knüllte sie zusammen und warf sie in den Aschenbecher.

»Scheiße«, sagte ich.

»Ah, qué memoria la tuya«, ahmte Cué den Indio Bedoya nach. »Das muß an der Aircondition liegen.«

Ich nahm die Zettel wieder an mich und strich sie auf der Marmortischplatte glatt. Ich nehme an, daß Arsenio Cué nicht der letzte der Mohikaner ist und daß es auf der Welt noch ein paar Neugierige gibt.

Silvestre, Rines Übersetzung ist, gelinde gesagt, miserabel; um es deutlicher zu sagen, müßte ich einen Kraftausdruck gebrauchen. Mach mir doch bitte mit Rines Text als Rohmaterial eine vernünftige Fassung. Ich lege dir auch das englische Original bei, damit du siehst, auf welche Weise Rine zu seiner Metaphrase gekommen ist, wie du das nennen würdest. Verschlaf die Sache nicht und schlaf vor allem nicht darüber ein. Denk daran, daß wir für diese Woche noch keine Kurzgeschichte haben, es bliebe uns sonst nichts anderes übrig, als eine von Cardoso, diesem Arme-Leute-Tschechow, reinzunehmen, oder eine von Pita, der einfach unsäglich ist. (Rine bekommt seine Übersetzung auf jeden Fall bezahlt. Warum läßt er sich eigentlich nicht davon abbringen, dieses unmögliche Pseudonym Rolando R. Pérez zu benutzen?)

GCI

P. S.: Vergiß nicht, mir rechtzeitig die Einführungsnotiz zu schreiben. Denk dran, was letzte Woche passiert ist. Der Chief hat geschäumt, als hätte er Fab (das Waschmittel von unserem Sponsor) gefressen. Gib sie gleich Wangüemert.

12 Punkt halbfett

Notiz ....

Erzähler Nord..

William Campbell, nicht verwandt mit den berühmten Herstellern von Dosensuppen, wurde 1919 in Bourbon County, Kentucky, geboren und arbeitete in den unterschiedlichsten Berufen, bevor er seine schriftstellerische Ader entdeckte. Zur Zeit lebt er in New Orleans und ist

Professor für spanische Literatur an der Universität Baton Rouge, Louisiana. Er hat bisher zwei sehr erfolgreiche Romane *(All-Ice Alice* und *Map of the South by a Federal Spy)* sowie Erzählungen und Artikel in den wichtigsten Zeitschriften der Vereinigten Staaten veröffentlicht. Außerdem war er Berichterstatter für *Sports Illustrated* bei der 2. Havanna Rallye, die vor kurzem in unserer Hauptstadt stattfand. Seine Erfahrungen in Havanna hat er in dieser köstlichen Geschichte verarbeitet, die vor kurzem in der Zeitschrift *Beau Sabreur* veröffentlicht wurde. Ihre autobiographischen Konnotationen erweisen sich als literarischer Kunstgriff reinsten Wassers, wenn man weiß, daß Campbell eingefleischter Junggeselle, überzeugter Abstinenzler und noch keine vierzig Jahre alt ist. Diese Kurzgeschichte mit ihrem langen Titel ist also für den kubanischen Literaturliebhaber von doppeltem und dreifachem Interesse, und CARTELES freut sich, sie seinen Lesern erstmals in spanischer Übersetzung vorstellen zu können. Und nun wollen wir die einen dem anderen anheimgeben – und umgekehrt.

»Scheiße«, sagte ich.

»Kannst du die Notiz nicht morgen noch hinbringen?«

»Dann muß ich ganz früh aufstehn.«

»Du hast doch wenigstens schon die Übersetzung gemacht.«

»Das hoffe ich.«

»Was heißt, du hoffst es?«

»Ich hab nur Rines Übersetzung genommen und hier und da etwas umgestellt.«

»Eine Vice-Versa-Version.«

Ich lächelte. Ich nahm die Blätter vom Tisch, knüllte sie erneut zusammen und warf sie in eine Ecke.

»Scheiß drauf.«

»Das ist deine Sache«, sagte Cué.

Ich zog einen der Geldscheine heraus und legte ihn auf den Tisch.

»Was ist denn das?« fragte Cué.

»Ein Peso.«

»Das seh ich auch, du Arsch. Was willst du denn damit?«

»Zahlen«, sagte ich.

Er brach in ein gekünsteltes Schauspielergelächter aus.

»Du hängst immer noch deinen Erinnerungen nach.«

»Was meinst du damit?«

»Daß du immer noch bei Cholo bist, alter Junge. Hast du nicht gehört, was der Kellner gesagt hat?«

»Nein.«

»Was du gerade getrunken hast, war der Schierlingsbecher für Dauergäste. Auf Kosten des Hauses.«

Ich hatte es nicht gehört.

»Oder hast du an Rine Leals Wort für Wort loyale Übersetzung in der Tradition der Traduttori/Traditori gedacht?«

»Es regnet nicht mehr«, gab ich ihm zur Antwort. Wir standen auf und davon.

XXII

Für diese Nacht hatte es genug geregnet.

»Die Zeit hat Brillat-Savarin recht gegeben«, sagte Cué im Gehen Schauen Gestikulieren. »Heute ist die Entdeckung eines neuen Gerichts mehr wert als die eines neuen Sterns. (Er zeigte ins All.) Sterne gibt es ja schon so viele.«

Der Himmel war wolkenlos, und wir gingen unter seinem Gewölbe bis zum Nacional.

»Ich hätte mir eine Lenzpumpe zulegen sollen. Ich lade dich zu einer kleinen Bootsfahrt ein.«

Ich sagte nichts. Alles war dunkel und still. Sogar das dipsomanische Püppchen stand schweigend im Dunkeln. Regentrunken. Cué sagte nichts mehr, und unsere Schritte hallten historisch wider. Am Himmel trat eine Stille ein, die mehrere Lichtminuten anhielt. Als wir zum Wagen kamen, vorher schon, denn die Parkplatzbeleuchtung war noch an, sahen wir, daß jemand das Verdeck zugemacht und die Scheiben hochgedreht hatte.

»Alles schön dicht gemacht«, sagte Cué beim Einsteigen. »Extra dry.«

Ich setzte mich auf meinen vertrauten Selbstmördersitz. Wir fuhren los, und er stoppte an der Ausfahrt und weckte den Nachtwächter und wollte ihm ein Trinkgeld geben, doch der nahm es nicht an. Es war immer noch der andere Ramón. Die Freunde meiner Freunde sind auch meine Freunde, sagte er. Cué sagte danke und gute Nacht. Bismorng. Wir zischten los. Wir machten eine kleine Rundreise, und erst nach fünf Minuten setzte er mich vor der Haustür ab, obwohl ich nur vier Straßen weiter wohnte, denn für Arsenio Einstein Cué ist die kürzeste Linie zwischen zwei Punkten die Kurve des Malecón.

»Ich bin tot«, sagte er und streckte sich.

»Willst du ein leinenes Leichentuch?«

»Nein, ein leichtes Leinentuch tut's auch. Ich gedenke nicht, heut abend noch einmal zu sterben. Wie sagt doch *dein* Marx: *Better rusty than missing.*«

»Möge er dich in deine Ewigkeit begleiten, wenn du jetzt alleine nach Hause fährst.«

»Du vergißt den Alten Mann, alter Junge.«

»Den Alten Mann und die Leere?«

»Le Vieux M, den, der gesagt hat, *le vrai néant ne se peut ni sentir ni penser.* Und schon gar nicht mitteilen.«

»Quel salaud! Der ist der Große Kontradiktor.«

Er zog die Handbremse an und drehte sich unter der Wirkung des Trägheitsgesetzes halb zu mir. Cué lebte im luftleeren Raum, und weder die Schwerkraft noch die Reibung, noch die Coriolis-Kraft konnten seine Impulse hemmen.

»Du bist auf dem Holzweg.«

Ich mußte an Ingrid Bérgamo denken, die Arme, die glaubte, Bustrófedon, der Arme, drücke sich richtig aus, wenn er sagte, du bist auf dem Kreuzweg. Ingrid Moe, die Kahle, mit Irenita Curly, der von gestern abend, und ihrer hausgemachten Dauerwelle und der Frage, welcher der Zwillinge denn nun

Toni im Haar habe (ohne zu wissen, daß einer von ihnen »Tony« war), und mit Edith Cabell, der doppelt armen, und ihrer Jeanne d'Arconnerie und ihrer Trappistenfrisur: ein Trio, das man leicht für Curly, Larry, Moe halten könnte, The Three Stooges. Die Armen. Sie alle. Wir alle. Auch wir beide. Warum war Bustrófedon nicht bei uns, damit wir zu dritt gewesen wären? Besser, daß er nicht da ist. Er würde nicht verstehen. Keine Bildchen. Nur Schall und, vielleicht, Wahn.

»Ja? Was Sartre anbelangt, den Heiligen Augustinus des Dritten Jahrtausends, deines Third Coming?«

»Nein Mann nein. Es geht auch nicht um mich. Ich rede von dir.«

»Wordswordsworth.«

»Du bist dabei, den ersten wirklich irreparablen Fehler deines Lebens zu begehen. Den hier führst *du* noch herbei. Die anderen kommen dann von selbst, aus eigener Kraft.«

»Schwer oder Flieh?«

»Ich mein es ernst. Völlig ernst, furchtbar ernst.«

»Todmüdlich ernst. Aber Hott im Gimmel, wer soll uns denn jetzt noch ernst nehmen?«

»Wir selbst. Wie die Trapezkünstler. Glaubst du denn, daß sich so einer, wenn er bei einem doppelten oder dreifachen Salto mortale durch die Luft fliegt, noch fragt: Mein ich das ernst oder Warum mach ich eigentlich diese sinnlosen Kapriolen und nicht irgendetwas Ernsthaftes? Unmöglich. Er würde runterfallen. Und er würde die andern mit in die Tiefe reißen.«

»Wie bei den Fehlern. Erstes Newtonsches Gesetz. Alle Äpfel fallen wie zweifelnde Trapezkünstler nach unten.«

»Gut, aber sag bloß nicht, ich hätte nicht versucht, dich zu warnen. Heirate, und du wirst deinem Leben ein Ende bereiten. Ich meine, deinem jetzigen Leben, du weißt schon. Das ist ein anderes Schicksal, ein zweiter Tod.«

»Ich weiß sehr wohl, was du sagen willst.«

Manchmal kann ich auch Silvestre Innuendo sein. Er schaute mich schielend, gestikulierend an, den Mund zu einem E verzogen.

»Es ist nur ein Rat. Als alter Freund.«

Und Kupferstecher, dachte ich. Der Rest ist missionarisches Schweigen. Schickt Stanley Laurels. Dr. Dyingstone, I exhume.

»Ich könnte jetzt sagen, was Clark Gable bei dem Bankett oder Symposium an Bord gesagt hat, als man Jean Harlow, dieses platinierte Gespenst, nicht zulassen wollte, und er beschloß, mit ihr andere Meere des Wahnsinns zu befahren, als er jenen Verurteilten zitierte, dem man die Schlinge um den Hals legt: ›Das wird mir für immer eine Lehre sein.‹ Aber ich sag dir: Ich werd mir deinen Rat auf nüchternen Magen zu Gemüte führen und mich dann auf die rechte Seite drehen.«

Er löste die Bremse. Ich stieg aus.

»I'll bet your wife, Cuéntame tu Viuda, wie das in Kuba hieß. Spellbound. B,o,u,n,d.«

»Ich dachte, du meinst es ernst.«

»Ernst im Spiel.«

»Der dollgühne Deufelsgerl auf dem fliegenden Drabez. Frei nach Garol Reed.«

Er löste die Bremse. Ich stieg aus.

»Abyssinia.«

Ich ging hinten um den Wagen herum, umschiffte ihn fast, und als ich an ihm vorbeisegelte, sagte er, Johann Sebastian nicht Bach, sondern Elcano, que le vent du bonheur te souffle au cul und please end well your trip around the underworld, and sleep well, bitter prince and marry then, sweet wag, was ein prophetisches Zitat war, und der Nachbarschaft zuliebe, die weder Französisch noch Englisch konnte und fast auch kein Spanisch, fügte er noch lauter hinzu:

»Muchas gracias por el culo, Sir Caca.«

Ich schrie zurück, Ganz meinerseits und du mich auch, Lord Shit-land. E. M. Forster hat sich geirrt, er dachte, London sei die Welt und die Themse die sieben Weltmeere und seine Freunde seien die ganze Menschheit. Wer wird denn sein Vaterland oder sein Mutterland (Sumatria ist uns Humalayen das Vaterland) verraten, um einen Freund zu behalten, wenn er weiß, daß er seine Freunde verraten und trotzdem wie denkende Birnen im eigenen Saft konservieren kann? Arsenio Del-Monte und auch warum es nicht sagen wahre Freunde Kubaner sein heißt lieben und auch Silvestre Libbys.

Er löste die Bremse. Ich stieg aus.

»Wenn du weißt, wer der verborgene Kontradiktor ist, schick mir einen Brief«, rief er mir durch das schnurrende cuécuécué des Motors im Davonfahren noch zu. »Schreib mir postlagernd«, und das Echo der engen Straße vervielfachte, zerstükkelte, entstellte sein »Bis morgen.«

In der Stille, die der Wagen zurückließ, stieg ich die von blühenden Dattelpalmen flankierte Treppe hinauf und durchquerte allein und in aller Stille und ohne Angst vor dem Werwolf oder der Pantherfrau den dunklen Flur und nahm in aller Stille den Aufzug und knipste das Licht in der Kabine an und knipste es wieder aus um im Dunkeln hochzufahren und betrat in aller Stille die Wohnung und zog in aller Stille das Hemd aus und die Schuhe in aller Stille und ging in aller Stille ins Bad und pinkelte und nahm in allergrößter Stille die Zähne heraus und in aller Stille und Verschwiegenheit legte ich die Brücke in ein Segelschiff in ein Glas und versteckte in aller Stille diese dentale Hierophanie oben hinter dem Arzneischränkchen und in aller Stille ging ich in die Küche und trank in aller Stille Wasser drei Tassen in aller Stille drei und hatte immer noch Durst und ging in aller Stille mit aufgeblähtem Bauch und meine Leibkugel tätschelnd auf den Balkon und sah nur das in aller Stille beleuchtete Schaufenster und die Leuchtschrift Bestattungsinstitut Die Stille Herren wo in aller Stille auch Damen in aller Stille bestattet werden und ich machte in aller Stille die Läden zu und ging in aller Stille in mein Zimmer und zog mich in aller Stille aus und öffnete in aller Stille das Fenster durch das in aller Stille die Stille der späten Nacht hereinkam und Conticinium sei ihr Name Wort der Stille und ich hörte in aller Stille Wasser still vom oberen Balkon tropfen und in aller Stille rauchte ich meine Weltfriedenspfeife und sah wie Bach wie in aller Stille der tote Tabak in geistiger Stille in etwas mehr als nichts im Rauch der Stille durch das still leuchtende Loch strich das mein Fenster war und ich schaute schaute schaute bis es rund wurde und verschwand, alles in aller Stille, und ich schaute hinüber auf die andere Seite des heaviside bis zur großen dunklen Prärie des Himmels und weiter und weiter als weiter und noch weiter wo dort hier ist und alle Richtungen und kein Ort oder ein Ort ohne Ort ohne Oben und Unten ohne Osten und Westen, nie und nimmer, und mit diesen Augen, die die Würmer fressen werden, Hartheit der Notionen, sah ich, konnte ich erneut die Sterne sehen, einige nur: sieben Sandkörner auf einem Strand: ein Strand, der ein Sandkorn auf einem anderen Strand ist: ein Strand, der ein Sandkorn auf einem Strand ist, der auf einem Sandkorn auf einem anderen Strand ist, auf einem kleinen, mit einer Reede oder einem Teich oder einer Pfütze, die eines der vielen Meere ist, die in einer Blase in einem phänomenalen Ozean schwimmen, wo es keine Sterne mehr gibt, weil die Sterne ihren Namen verloren haben: das Nulliversum, und während ich mich fragte, ob Bustrófedon wohl auch auseinanderstrebte, da die Signale seines Spektrums sich in meiner Erinnerung ins Rote, Rosarote verschoben, und dachte, daß ein Lichtjahr den Raum auch in eine begrenzte Zeit verwandelt, während es aus der Zeit einen unendlichen Raum macht, eine Geschwindigkeit, und einen Pascalschen Schwin*deine Mutter wird dir gestern sagen beug dich nicht über diesen bodenlosen Brunnen und du wirst sie heute nacht wieder fragen warum er keinen Boden hat und wiederholt wird sie wiederholen weil er auf der anderen Seite der Welt herauskommt und erneut wirst du wissen wollen und was ist auf der anderen Seite der Welt und deine andere Mutter wird dir immer sagen ein bodenloser Brunnen*del empfand, der entsetzlicher warseinwird als der Gedanke an die in meinen Körper eingedrungenen Marsianer, die Vorstellung, den Vampir in meinen Blutgefäßen, in meinen blood vessels zu beherbergen oder eine unbekannte, schemenhafte Mikrobe auszubrüten, der die Angst davor war, daß es in Wirklichkeit weder Marsianer noch ein Jenseits und auch sonst nichts gibt oder vielleicht nur nichts, und in panischer Angst das Wachen mehr fürchtete als das Träumen und umgekehrt, schlief ich ein und schlief die ganze Nacht und den ganzen Tag und ein gutes Sück der nächsten Nacht, denn es dämmerte schon, als ich aufwachte, und alles war still, und ich war das Wesen aus der schwarzen schlafenden Lagune und ich nahm die Brille ab und die Pfeife aus dem Mund und wischte die Asche weg, die auf meine Lippen gefallen war, und er löste die Bremse, ich stieg aus und betrat erneut den langen Korridor des Kommas, des Komas und sagte, genau da war es genau da, ein Wort, glaube ich, einen Mädchennamen (Ich verstand ihn nicht: Schlüssel zum Morgengrauen), und schlief wieder ein, träuming, dreamte von den Seelöwen auf der Seite Einhunderteins: Morsas: Rosmarus: Sea morsels. Traditori.

Ich hab ernstlich Krach mit meinem Mann bekommen, weil ich ihn beim Weinen aufgeweckt habe. Ich hab geweint, und er hat geschlafen. Ich wollte ihn nicht aufwecken, aber er ist aufgewacht. Er war schon vor einer ganzen Weile eingeschlafen, aber ich hatte nicht einschlafen können, weil ich an ein kleines Mädchen aus unserem Dorf denken mußte, das sehr arm war. Erinnern Sie sich noch an das Mädchen, das bei Ricardos Eltern in der Küche arbeitete? Ich weiß nicht mehr genau, ob sie es war oder ob es ihre Schwester war oder ob es ein Mädchen war, das ihr sehr ähnlich sah. Jedenfalls war dieses Mädchen sehr arm, schrecklich arm, und ein Waisenkind war sie auch. Der Bäcker hatte sie bei sich aufgenommen, und sie schlief im Bäckerladen und arbeitete furchtbar viel, und sie war in meinem Alter, aber sie war so mager und so unglücklich, daß sie davon ganz bucklig wurde, und so schüchtern, daß sie mit niemand redete, außer mit mir und noch einem anderen Mädchen, das auch mit uns spielte. Also dieses Mädchen arbeitete in der Bäckerei und schlief nachts im Laden, und der Bäcker, der sie aufgenommen hatte, und seine Frau schliefen in einem der Zimmer im Haus. Der Bäcker war jung verheiratet, und seine Frau war diejenige, die das Mädchen schon vor der Heirat bei sich aufgenommen hatte, und eines Nachts gab es in der Bäckerei einen größeren Krach, weil die Frau von einem Geräusch aufwachte und in den Laden ging und den Bäcker dabei ertappte, wie er splitternackt auf der Pritsche lag, auf der meine Freundin immer schlief, und ihr den Unterrock, den sie nachts immer anbehielt, hochgezogen hatte und versuchte, sie zu vergewaltigen, oder er hatte sie schon vergewaltigt. Es war so, daß er ihr gedroht hatte, er würde sie umbringen, wenn sie etwas sagt, aber damit sie nicht schreien konnte, hatte er ihr ein Brötchen in den Mund gesteckt, und da kam seine Frau dazu. Das ganze Dorf lief zusammen, und sie wollten ihn lynchen, und dann wurde er von zwei Gendarmen weggebracht, und der

Mann heulte, und seine Frau und seine Tochter (das andere Mädchen, das immer mit uns spielte, war nämlich die Tochter des Bäckers, er war Witwer und hatte diese Tochter, die zehn Jahre alt war und in dem anderen Zimmer im Haus schlief) gingen neben ihm her und schrien ihn an, und die Tochter sagte, »Du bist nicht mehr mein Vater«, und die Frau beschimpfte ihn und schrie, man sollte ihn dafür umbringen. Er bekam an die zehn Jahre Gefängnis, und die Frau und die Tochter zogen dann aus dem Dorf fort, und das kleine Mädchen, meine Freundin, wurde von einer anderen Familie aufgenommen, und ich ging zum Spielen immer dorthin, so etwa zehn Straßen von uns zu Hause, aber im selben Dorf. Die Jungen ließen sie noch lange Zeit nicht in Ruhe, und sogar die Erwachsenen sagten zu ihr, sie hätte sich betatschen und befummeln und vergewaltigen lassen (sie sagten nicht vergewaltigen, sondern andere Sachen, Sie wissen schon, was), und sie weinte dann immer, und ich beschimpfte die Leute und warf ihnen Steine nach und sagte zu meiner Freundin, das sei alles gelogen, das würden sie nur im Spaß sagen, und sie weinte und sagte, »Das ist nicht im Spaß, das ist nicht im Spaß«, und wurde von Mal zu Mal verschreckter. Dann zogen wir nach Havanna um.

Ich hab es meinem Mann erzählt. Ich hab es ihm sehr oft erzählt, aber er streitet dann immer mit mir, weil er meint, man hätte den Eindruck, daß das alles mir passiert ist und nicht meiner Freundin. Es ist auf jeden Fall so, Herr Doktor, daß ich schon nicht mehr weiß, ob das mir passiert ist oder meiner Freundin oder ob ich es selber erfunden habe. Obwohl ich sicher bin, daß ich es nicht erfunden habe. Aber manchmal denke ich, daß ich in Wirklichkeit meine Freundin bin.

Epilog

frische luft ich mag frische luft deshalb bin ich hier ich mag diesen duft was hat er sich denn gedacht er schneidet fratzen fratzen fratzen und fratzen ich werd noch verrückt von so viel fratzen   ich mag diesen konzentrierten duft   was hat er sich denn gedacht   daß ich seinen stinkenden arsch riechen will   nichts ist so gut wie frische luft   die frische luft in der natur   ich mag die sonne und die konzentrierten düfte

er schneidet fratzen fratzen und fratzen und streckt mir den hintern ins gesicht   wo es doch so viel wasser gibt strecken sie einem ihren stinkenden arsch ins gesicht meine herren was sind das doch für verdorbene und schmutzige leute

ich bin für die deutschen   der affe bestraft dich der affe menschenfleisch warum will er mir die hand abreißen   er will sie bestimmt aufessen   er will sie bestimmt kochen und aufessen   dieser affe verfolgt mich verfolgt mich   zeigen sie mir ihr moralisches prinzip   ich bin protestantin   ich protestiere gegen diese rohen sitten   ein pulver aus majá aus krokodil aus kröte und sie wird irreirreirre   zeigen sie mir ihre moral   ihr moralisches prinzip   ihre religion   warum zeigen sie es nicht   ich bin keine kartenlegerin und keine hexe und keine santera   meine ganze familie war protestantisch   jetzt bringen sie mich durcheinander   warum wollen sie mir ihr gesetz aufzwingen ihr ekelhaftes gesetz   sie bringen die rasse durcheinander   sie bringen die religion durcheinander   alles bringen sie durcheinander

das moralische prinzip der katholiken nicht der nañigos und nicht der spiritisten   die luft gehört nicht ihnen   das ist hier nicht ihr haus   sie hängen ihr dreckiges maul auch überall rein   von dem gestank faulen mir noch die hirnzellen ab   ich halt das nicht mehr aus   durchsucht und durchsucht und durchsucht   da kommt der affe mit einem messer und durchsucht mich   er holt mir die därme raus die kutteln weil er sehn will was sie für ne farbe haben   das ist nicht mehr auszuhalten

INHALT